Perry Rhodan

Die Cappins

Verlagsunion Erich Pabel-
Arthur Moewig KG, Rastatt

Redaktion: Horst Hoffmann
Titelillustration: Johnny Bruck
Druck und Bindung: Mohndruck
Graphische Betriebe GmbH, Gütersloh
Printed in Germany 1994
ISBN 3-8118-2066-4

Perry Rhodan

Die Cappins

Vorwort

Wer weiß, wie es in PERRY RHODAN zyklusmäßig weitergeht, der wird vielleicht (wie ich), an verschiedenen Stellen dieses Buches sein »Aha-Erlebnis« haben. Das betrifft vor allem den letzten Teil, wo erstmals (und hier noch scheinbar bedeutungslos) Namen und Begriffe wie Kytoma oder die Gelben Eroberer auftauchen. Kytoma also, die in Zukunft immer wieder sporadisch erscheinen und den Leser mindestens so verblüffen wird wie den Mann, den ein geheimnisvolles Schicksal an sie zu fesseln scheint, und der in diesem Buch ebenfalls erstmals etwas von dem ahnen läßt, was ihn später zu einer der faszinierendsten Figuren werden läßt, die diese Serie hervorgebracht hat: Alaska Saedelaere. (Und wer sonst als William Voltz hätte diese Romane schreiben können?)

Vieles von dem, was uns jetzt wie nebensächlich erscheinen mag, wird uns immer wieder begegnen und schließlich Teil eines großen kosmischen Mosaiks werden, in dem alles seinen Platz hat.

Die in diesem 47. Band der PERRY RHODAN-Bibliothek enthaltenen Romane sind, ungeachtet notwendiger Kürzungen: *Die Zeitpendler (422)* von *Hans Kneifel, Sonderkommando Atlan (423)* und *Das Ultimatum der Cappins (430)* von *Clark Darlton, Energie aus dem Jenseits (431)* von *H. G. Ewers* und *Die Welt des Mutanten (432)* und *Die Stadt der tausend Fallen (433)* von *William Voltz*.

Um den Romanstoff zu straffen und den Leser nicht mit unhaltbaren, in sich widersprüchlichen und außerdem völlig überflüssigen Handlungen zu verärgern, wurden die Hefte 424 bis 429 nicht berücksichtigt. Was dort an Wissenswertem geschah, ist in Form einer Rückblende festgehalten. (Auf die zweite »Zeitreise« können wir dagegen nicht verzichten. Sie wird ein Schwerpunkt des nächsten Buches sein.)

Bergheim, Herbst 1993 — Horst Hoffmann

Prolog

Seit dem Tag, an dem Perry Rhodan das gesamte Solsystem um exakt fünf Minuten in die Zukunft versetzen ließ, sind über zweieinhalb Jahre vergangen. Das Heimatsystem der Menschheit, von den Eingeweihten auch als »Ghost-System« bezeichnet, existiert für die gegnerischen galaktischen Mächte nicht mehr. Es ist dennoch nicht isoliert, denn über die sogenannte Temporalschleuse hält man mit Vertrauten überall in der Realzeit Verbindung. Anson Argyris, ein Vario-500-Roboter in der Maske des »Kaisers« des Freihandelsplaneten Olymp, präsentiert sich der Galaxis als legitimer Nachfolger Perry Rhodans und organisiert die geheime Versorgung des Solsystems mit Gütern aller Art.

Perry Rhodan nimmt also weiterhin rege, wenn auch unerkannt, am galaktischen Geschehen teil. Und dies ist auch nötig, denn die Bewohner der Milchstraße sehen sich mit zwei Gefahren konfrontiert, die fast zeitgleich auftauchten: die Energieblasen der aus einem Antimaterieuniversum stammenden Accalauries und der Terror des Supermutanten Ribald Corello, der ganze Planeten geistig versklavt.

Corello, so weiß man inzwischen, ist der Sohn des beim Amoklauf der Mutanten im Jahr 2909 umgekommenen Kitai Ishibashi und des Anti-Mädchens Gevoreny Tatstun. Er glaubt nicht an Rhodans Tod und verfolgt mit unstillbarem Haß sein Ziel, das Solsystem und Rhodan zu finden und zu vernichten.

Im Herbst 3432 kommt es zur Verständigung zwischen Menschen und Accalauries. Die Antimateriellen kehren in ihren Kosmos zurück, nachdem einer ihrer Forscher den in der Sonne aktiv gewordenen Todessatelliten entdeckt hat. Seither lebt die solare Menschheit unter der tödlichen Bedrohung durch den Satelliten, den Unbekannte vor rund zweihunderttausend Jahren in der Sonnenatmosphäre installiert haben.

Das Wissen um diese Fremden, die sich Cappins nennen, ist dem Pseudo-Neandertaler Lord Zwiebus zu verdanken, der nach zweihunderttausendjährigem Tiefschlaf zu neuem Leben erweckt wurde und seither ein treuer Freund der Terraner ist. Zwiebus erinnert sich und berichtet davon, daß die Cappins damals auf die Erde kamen, um mit Menschen und anderen Wesen zu experimentieren. Er sagt auch aus, daß sie durch ihre Fähigkeit der »Pedotransferierung« Menschen geistig übernehmen können.

Noch kann Perry Rhodan mit diesem Wissen nicht viel anfangen, denn der Sonnensatellit wird robotisch gesteuert und heizt das Gestirn immer rascher zur Nova auf, die bald alle Planeten und alles Leben verschlingen muß. Doch dann geschieht etwas, womit niemand rechnen konnte.

Die Cappins, so scheint es, kommen zurück . . .

Zeittafel

1971	Perry Rhodan erreicht mit der STARDUST den Mond und trifft auf die Arkoniden Thora und Crest.
1972	Mit Hilfe der arkonidischen Technik Aufbau der Dritten Macht und Einigung der Menschheit.
1976	Das Geistwesen ES gewährt Perry Rhodan und seinen engsten Wegbegleitern die relative Unsterblichkeit.
1984	Galaktische Großmächte (Springer, Aras, Arkoniden, Akonen) versuchen, die Menschheit zu unterwerfen.
2040	Das Solare Imperium ist entstanden und stellt einen galaktischen Wirtschafts- und Machtfaktor ersten Ranges dar.
2326-2328	Gefahr durch die Hornschrecken und die Schreckwürmer. Kampf gegen die Blues.
2400-2406	Entdeckung der Transmitterstraße nach Andromeda; Abwehr von Invasionsversuchen von dort und Befreiung der Andromeda-Völker vom Terror-Regime der Meister der Insel.
2435-2437	Der Riesenroboter OLD MAN bedroht die Galaxis, und die Zweitkonditionierten erscheinen mit ihren Dolans, um die Menschheit für angebliche Zeitverbrechen zu bestrafen. Perry Rhodan wird in die ferne Galaxis M 87 verschlagen. Nach seiner Rückkehr wird sein Sohn, Roi Danton, bei der entscheidenden Auseinandersetzung mit der Ersten Schwingungsmacht getötet.
3430-3432	In den vergangenen rund 1000 Jahren hat sich die Menschheit zersplittert. Um einen Bruderkrieg zu verhindern, läßt Perry Rhodan das Solsystem um fünf Minuten in die Zukunft versetzen. Neue Bedrohungen tauchen auf und können zum Teil eliminiert werden. Es bleiben vor allem der Supermutant Ribald Corello und der in der Sonne stationierte Todessatellit, der Sol in eine Nova zu verwandeln droht.

1.

Sie waren verloren.

Irgendwann waren sie mit dem Ziel gestartet, die Zukunft zu bezwingen, denn dies war ihr Forschungsauftrag. Sie hatten sich aus dem optisch erfaßten Weltraum entfernt, waren durch die Dimensionen vorgestoßen und in die Dakkarzone hinein. In diesem fünfdimensionalen Überlagerungsraum hatten fremde Kräfte sie ergriffen.

Ihr Vorhaben: Sie sollten die Hypersexta-Halbspur, die ihnen normalerweise zur Überbrückung der gewaltigen Entfernungen diente, als Polungspunkt für das Eindringen in die übergeordnete, die sechste Dimension verwenden. Dieses Vorhaben war gescheitert.

Die fremden Kräfte rissen das riesige Schiff hin und her, erschütterten die Zelle und schufen in den Wesen, die es ausfüllten, die Überzeugung, daß sie verloren waren.

Waren sie es?

Die Kräfte waren unbekannt und mit den mächtigen, höchst differenzierten Maschinen, die einen unaufhörlichen Strom von Energie in die verschiedenen Teile des Schiffes ergossen – nicht mehr zu beherrschen.

Waren sie verloren . . .?

Sie waren zu einem Pendel geworden, dessen Bewegungsebene die Zeit war. Die beiden Maximalpunkte befanden sich in der realen Nullzeit des gegenwärtigen Kontinuums und sechsundvierzig Stunden in der Zukunft. Das Schiff raste wie ein Weberschiffchen auf seiner genau errechneten Bahn hin und her, schlug einmal in der Realzeit an, dann wieder in der Zukunft. Hin und her, her und hin. Abwechselnd waren die Insassen sechsundvierzig Stunden älter, dann wieder jünger. Hunger wechselte ab mit völliger Erschöpfung, angelerntes Wissen wurde vergessen und war plötzlich wieder greifbar. Nur die Meßgeräte blieben unbestechlich und registrierten jede der zahllosen Veränderungen wie irreale Seismographen.

Lecufe saß vor seinem Schaltpult. Es war eine gewaltige Anlage, die wie eine Viertelkugel, von Pol zu Pol durchgeschnitten, vor ihm quer durch den Arbeitsraum schwang.

»Die differenzierenden Zeitebenen sind unendlich geworden«, sagte Lecufe. Er war relativ jung und kühn. Seine Gedanken bewegten sich in verwegenen Bahnen, und er versuchte fieberhaft, einen Ausweg aus der offensichtlichen Notlage zu finden. Aus dem Innern des Schiffes kamen Töne wie von einem mächtigen Gong. Dann eine Serie knatternder Geräusche, die auf brechendes Metall oder durchschlagende Sicherungen hindeuteten.

»Was hat das zu bedeuten?« fragte sich Lecufe.

Noch immer raste das Schiff zwischen der Gegenwart und der Zukunft hin und her.

Etwa zwanzigtausend Wesen in dieser Spezialstation, die in die Zukunft vordringen sollte, befanden sich in höchster Not. Es konnte nicht mehr lange dauern, bis ein totaler Zusammenbruch die gesamte Station und deren Insassen vernichtete.

Lecufe drückte auf eine Taste. Sofort erhellte sich vor ihm ein runder Sichtschirm. Ratschat war zu sehen.

»Lecufe, Sie haben mich gerufen?«

»Ja«, sagte der Junge zu dem Älteren. »Ich habe Sie gerufen. Ich sehe hier auf meinen Geräten, daß die Schwankungen unvermindert anhalten. Was schlagen Sie vor – wenn Sie etwas vorzuschlagen haben?«

Ratschat verzog sein Gesicht zu einer wütenden Grimasse. Es konnte ein bitteres Lachen sein oder der Ausdruck der Verzweiflung.

Ratschat war der militärische Chef des Unternehmens. Das heißt, daß innerhalb der Station eine Kontrollgruppe aus Wissenschaftlern und Verwaltungsbeamten bestand, die sich durch eine besonders straffe Disziplin auszeichnete – gleichzeitig leitete Ratschat dieses Unternehmen. Sein unmittelbarer Untergebener war Lecufe. Also der zweitwichtigste Mann in dem gigantischen Kugelraumschiff.

»Ich schalte Ihnen ein Bild in Ihr Büro«, sagte Lecufe. »Dort können Sie in einer graphischen Darstellung genau die Intervalle erkennen, in denen sich die Zeitstation zwischen Gegenwart und Zukunft bewegt.«

»Ja, bitte.«

Lecufe schaltete.

Vor Ratschat erschien auf einem Schirm eine längliche Tafel, die in Zeiteinheiten unterteilt war. In der Mitte der Tafel, die netzartig in kleine Vierecke unterschiedlicher Farben aufgeteilt war, schwang sich in Sinuskurven eine zitternde Linie, auf der ein großer, glimmender Punkt saß.

»Jetzt ist unsere Position fast identisch mit der Realzeit, also mit dem normalen Zeitablauf dieses Universums, unserer Gegenwart«, erklärte Lecufe.

Der Punkt wanderte ganz nach links und verharrte dort zitternd.

Er hing direkt bei dem Wert Null.

»Ich verstehe«, meinte Ratschat.

Du verstehst gar nichts, mein Freund, dachte Lecufe bitter. Aber das tut nichts. Niemand versteht es. Nicht einmal unsere Computer.

»Jetzt!« sagte er laut.

Der Punkt bewegte sich rasend schnell, wie ein Korken auf einer Meereswelle. Er raste die Kurven entlang nach ganz rechts. Sechsundvierzig Stunden befand sich das Schiff jetzt wieder in der Zukunft. Schiff oder Zeitstation – die Funktionen blieben gleich. Auch die Auswirkungen der Kräfte, die an ihm zerrten.

»Sechsundvierzig Stunden!« sagte Ratschat. »Woher kommen diese fremden Kräfte, Lecufe? Haben Sie nichts feststellen können?«

Lecufe hob verzweifelt die Arme.

»Nein!« sagte er laut. »Weder meine Leute noch ich. Niemand weiß es. Die Maschinen laufen auf Hochtouren.«

Der Punkt schwirrte wieder zurück nach links, verharrte Sekunden lang in der Mitte und raste dann, die Täler und Höhen der Kurven nachzeichnend, ganz bis zum Anschlag.

»Aber wir befinden uns noch immer in der Dakkarzone, nicht wahr?«

»Ja«, erwiderte Lecufe. »Genau dort. In der Hypersexta-Halbspur. Unser Supertriebwerke schaffen es einfach nicht, diese Zone zu verlassen.«

Ratschat bekannte:

»Ich bin völlig verzweifelt. Was sollen wir tun?«

»Ich hoffe nur, daß wir in Kürze feststellen können, woher die unbekannten Kräfte kommen. Dann werden wir ein geeignetes Verfahren finden, ihnen zu begegnen. Ich bin fest davon überzeugt.«

Wieder durchraste der Punkt die gesamte Zeitskala und schlug rechts, also weit in der Zukunft an.

»Gut«, sagte Ratschat. »Ich werde weiter überlegen. Im Augenblick sind meine Leute dabei, das Problem den Computern vorzulegen. Vielleicht vermitteln sie uns neue Erkenntnisse.«

Lecufe hob die Hand, um auf die Taste zu drücken.

»Vielleicht«, schloß er.

Das Bild Ratschats vor ihm verblaßte.

Lecufe lehnte sich zurück und dachte nach.

Um von einer Zeit in die andere zu kommen, wurde ein Raum benötigt, der die Nahtstellen zwischen der fünften und der sechsten Dimension bildete. Nur von dort konnte man in die neue Dimension eindringen. Lecufe wünschte sich weit von diesen Problemen entfernt an einen sonnenbestrahlten Strand, mit feinem Sand und salzigem Wasser – das hier überstieg, begann er deutlich zu spüren, bei weitem seine Kenntnisse und Fähigkeiten. Nach den ausgedehnten und langwierigen Forschungen seines Volkes war nur die Halbspur der Ausgangspunkt für eine längere Reise in die Zukunft. Kleine Zeitdifferenzen, also ein Sprung bis zu einigen Minuten, waren auch noch unter Benutzung des fünfdimensionalen Raumes zu machen – alles, was diese Zeit überschritt, erforderte das Eindringen in die Dakkarzone. Jahrhunderte und Jahrtausende sollten bei diesem Großversuch überwunden werden . . . und genau hier lag die Gefahr, der sie jetzt ausgesetzt worden waren. Die fremden Kräfte des Dakkarraumes hielten sie fest und schleuderten sie hin und her. Entlang der Zeitlinie.

Lecufe beobachtete den Schirm.

Der glühende Punkt tanzte wie ein Automat. Hin und her, von einem Ende zum anderen, hielt mitten in der Strecke an und schoß dann zitternd weiter, wie der sichtbar gemachte Pulsschlag eines Lebewesens.

Zwanzigtausend Besatzungsmitglieder waren in unmittelbarer Gefahr.

Noch hielten die Schirmfelder, noch konnte das fremde Kontinuum sich nicht der Station bemächtigen. Noch nicht! Es konnte sich jedoch nur um Stunden handeln, dann geschah das Unfaßbare.

»Wenn«, überlegte Lecufe laut, »die Station sich entlang einer Zeitlinie bewegt, dann muß sie nacheinander alles das entdecken können, was in dieser Zeit geschah. Gleichgültig, ob es sich um eine pulsierende Sonne handelt oder um einen Funkspruch, um ein Schiff, das sich gleich unserem eigenen in diesem Zwischen-Universum bewegt.«

Er wählte eine andere Stelle der Beobachtungssektion an und wartete, bis der Verantwortliche auf dem Schirm zu sehen war. Die Männer sahen sich unruhig und im Bewußtsein der ungeheuren Gefahr in die Augen.

»Eine Frage, Cnulp«, sagte Lecufe.

»Fragen Sie mich bitte nicht, ob sich dieser Zustand ändern läßt, sonst verliere ich meine Beherrschung!« flüsterte der andere.

Lecufe schüttelte den Kopf.

»Nein, das sicher nicht. Sie haben die Empfangsstation unter sich. Sind Sie sicher, daß alle Ihre Geräte funktionieren?«

»Ja. Vor einer Stunde wurden Funktionskontrollen durchgeführt.«

»Gut. Wie steht es mit dem Dakkarkom?«

»Ist eingeschaltet, Lecufe.«

Lecufe ließ sich Zeit und sah nacheinander die Kontrollanzeigen seines doppelt geschwungenen Pultes an. Überall schlugen die Zeiger wild aus, nur einige Maschinen liefen mit normalen Werten und schufen konstante Abwehrfelder, die aber ständig überlastet wurden. Der verhängnisvolle Punkt raste weiter hin und her, wellenförmig von links nach rechts und zurück. Aus der Gegenwart in die Zukunft und wieder zurück in die Gegenwart, ein tödliches Pendel.

»Lassen Sie es eingeschaltet und beobachten Sie alle Geräte, die uns Informationen aus der Umgebung liefern. Lassen Sie sich nicht die kleinste Information entgehen! Meinetwegen setzen Sie doppelte Besatzungen an die Schirme und an die Oszillographen.«

»Verstanden!«

Der Schirm erlosch.

»Woher kommen diese Zugkräfte?« fragte sich Lecufe zum wiederholten Mal verzweifelt. »Woher?«

Er ahnte es nicht.

Er drehte seinen schweren Sessel, der die Erschütterungen abfing, von denen die Zeitstation getroffen wurde. Dann ging er nachdenklich in den angrenzenden Raum, goß etwas in ein Gefäß und trank es leer.

»Verdammt!« sagte er nachdrücklich.

Jedenfalls hätte ein terranischer Translator diesen Fluch so oder entsprechend übersetzen müssen.

Er ging wieder zurück. Die Ahnung, die ihn peinigte, war undeutlich und verschwommen. Es konnte immerhin sein, daß sie bei ihrer schnellen Wanderung durch die Dimensionen auf einen Gegner gestoßen waren. Das hielt Lecufe zwar für unwahrscheinlich, grundsätzlich aber für möglich. Wenn es nicht so war, dann geschah diese Einwirkung von außen zufällig. Sie war in diesem Fall von der Zeitstation selbst ausgelöst worden, als diese eine Linie überschritt oder gegen eine unsichtbare und unmeßbare Barriere gestoßen war. Für diese Möglichkeit hatte sich Lecufe entschieden. Eine solche Sperre, wie immer sie sich darstellte, von wem immer sie stammte, mußte aber faßbar sein, denn es gab nichts, was die Maschinen und Orter dieser

Station nicht feststellen, anmessen, testen oder ergründen konnten. Sie waren an Computer angeschlossen, die auf jede Veränderung der Normalwerte schneller reagierten als jedes organische Gehirn. Und die rund zwanzigtausend Besatzungsmitglieder stellten einen Querschnitt der Elite ihres Volkes dar – sonst hätte man der Zeitstation diesen Auftrag nicht erteilt.

Mitten in die Überlegungen des jungen Wissenschaftlers hinein schrillte die Warneinrichtung.

Lecufe wirbelte in den Raum hinein, schwang sich in seinen Sessel und drückte auf die aufleuchtende Taste.

»Hier Lecufe!« rief er.

Der Leiter der Suchabteilung war auf dem Sichtschirm. Sein Gesicht zeigte den Ausdruck höchster Erregung.

»Sie . . . wir haben etwas gefunden!« schrie er.

Lecufe fühlte, wie sich sein Pulsschlag erhöhte.

Er zwang sich gewaltsam zur Ruhe und fragte halblaut:

»Was?«

»Ein Zeichen. Der Dakkarkom.«

»Welches Gerät?« wiederholte Lecufe ungläubig. »Ausgerechnet der Dakkarkom?«

Es handelte sich um eine spezielle Abart eines auf Funkimpuls-Basis beruhenden Gerätes der Nachrichtenübermittlung über weiteste und verwirrendste Distanzen hinweg. Die Sendewellen und die Linien der Empfangseinrichtungen reichten – indem sie den fünfdimensionalen Raum umgingen – durch die Dakkarzone. Der Impuls oder die Impulse wurden also durch die überlagernde Dakkarzone geleitet. Dies alles war ohnehin nur einem Mathematiker oder einem, dessen Verstand in abstrakten, der Wirklichkeit weitestgehend entfernten Schablonen dachte, voll verständlich. Lecufe gehörte der ersten Gattung der beiden Gruppen an, er war Wissenschaftler.

»Der Dakkarkom, Lecufe!« schrie der andere.

»Wie schön«, sagte Lecufe, der an einen bitteren Scherz oder an ein Versagen der Maschinen glaubte. »Sicher hat sich der Verwalter dieser Dimension diese Wellenfronten nur ausgedacht, weil er unser Erscheinen hier gebührend feiern wollte.«

Der andere schien in seinem Sessel kleiner zu werden. Empört sagte er: »Ich mache keine Scherze, Lecufe.«

»Ich auch nicht«, erwiderte Lecufe. »Sie haben sicher diesen Kontakt irgendwie festgehalten?«

»Ich habe.«

»Dann fahren Sie den entsprechenden Datenträger bitte an.«

»Wahrscheinlich kann ich Sie nicht überzeugen, aber ich glaube daran«, sagte der andere erbittert. Er konnte es nicht fassen, daß jemand, dazu noch der zweite Mann in der hierarchischen Folge der wichtigen Personen, seine Ruhe behielt – echte Ruhe oder vorgetäuschte. Außerdem verübelte er ihm die ironische Betrachtung dieses Problems.

»Hier Schirm drei.«

»Ich warte«, sagte Lecufe.

»Die Impulse erscheinen nur ganz kurz.« Lecufe versicherte:

»Seien Sie unbesorgt – ich werde sie kaum übersehen.«

Ein Bild erschien. Es waren, auf einigen technischen Umwegen bewerkstelligt, die sichtbar gemachten Emissionen des hyperfunktionellen Dakkarkoms. Der Dakkarkom hatte seine Bezeichnung von dem Entdecker des Dakkarraumes, einem unglücklich verkrüppelten kleinen Mann mit haarlosem Schädel, eben dem Dimensionsphysiker Ascina Dakkar. Er war seit vielen Jahrtausenden tot und vermodert, aber seine Konzeption der Dimensionsphysik galt nach wie vor. Die nun sichtbaren Impulse des Dakkarkoms erschienen normalerweise auf einem kleinen, schwarzen Sichtschirm. Über diesem Schirm war die Zeitlinie eingeblendet, auf der sich das Schiff hin und her bewegte.

»Ich sehe ein, daß ich nichts sehe«, sagte Lecufe langsam und nahm seine Augen nicht von dem Schirmbild.

»Gleich werden Sie sehen, daß Sie etwas sehen.« Die Antwort kam bissig und schnell.

Und . . . er sah es!

»Bei allen Galaxien!« schrie er auf. »Phantastisch! Endlich etwas!«

»Haben Sie es gesehen?« fragte der andere mißtrauisch.

»Sie und Ihre Mannschaft sind hervorragend. Entschuldigen Sie – aber ich hatte alle Hoffnung längst fahrenlassen«, sagte Lecufe begeistert. »Das müssen wir Ratschat berichten. Seine Kopfschmerzen werden schlagartig vergehen!«

»Hat er welche?« fragte der andere.

»Ich glaube schon. Schließlich verantwortet er alles, was hier geschieht. Wir haben also die Funkimpulse für einen Sekundenbruchteil aufgespürt. Jetzt müssen wir versuchen, in genau dieser Ebene die Station zu stabilisieren.«

Der andere nickte.

»Das wird«, sagte er ruhig, »nicht ohne Schwierigkeiten vonstatten gehen.«

»Das ist«, erwiderte Lecufe in genau dem gleichen Tonfall, »gerade das Reizvolle bei solchen Aufträgen, mein Freund.«

Er grinste breit. Im stillen war er überzeugt, daß das Ende der Schwierigkeiten nahe war.

»Warten Sie«, sagte Lecufe, nachdem er einige Schaltungen vorgenommen hatte. Ratschat erschien auf einem Schirm, auf einem anderen der Leiter der Stabilisierungsabteilung. Er sah grimmig aus, und er wußte noch nicht, was Lecufe von ihm wollte.

»Frohe Botschaften«, sagte Lecufe mit guter Laune. »Wir brauchen nur noch drei bis vier mittelgroße Wunder und einige Überraschungen, dann sind wir aus unserer prekären Situation heraus.«

Ratschat erkundigte sich finster:

»Haben Sie getrunken, Lecufe?« Lecufe erwiderte:

»Keinen Schluck, Ratschat. Sehen Sie sich einmal die überlagerten Bänder an. Wir haben einen kurzen Impuls per Dakkarkom hereinbekommen. Wir müssen nur noch die Zeitstation in genau dieser Zeit festhalten, dann werden wir die Begrüßungschöre hören oder etwas Entsprechendes in dieser Art.«

Die drei dazugeschalteten Männer sahen sich mit ernsten Augen an. Sie zweifelten inzwischen am Geisteszustand des jungen Wissenschaftlers. Indes wußte Lecufe sehr genau, was er tat, und was dieser winzige Impuls in Wirklichkeit bedeutete. Dies war der Sieg eines wissenschaftlichen Verstandes über einen militärischen – wie so häufig in den letzten Jahrhunderten.

Sehr ernst erklärte Lecufe:

»Meine Herren – wir haben folgendes Problem zu bewältigen. Gehen wir von der absoluten Realzeit aus. Etwa dreihundert Sekunden, von Null aufwärts gerechnet, haben wir im Vorbeirasen entlang der Zeitlinie einen schwachen, undeutlichen Impuls aufgefangen. Per Dakkarkom. Unglaublich, aber wahr!

Woher diese Impulse kommen, werden wir feststellen müssen.

Unser Problem gipfelt also darin, diese Station ungefähr dreihundert Sekunden in der Zukunft zu stabilisieren – gerechnet von Punkt null, also der absoluten Realzeit. Werden Sie das schaffen?«

Der Verantwortliche der Ortungssektion sagte, von dem drängenden Eifer und der Überzeugung des jungen Wissenschaftlers angesteckt:

»Wir müssen vorher mindestens drei komplette Schwankungen miterleben und die Impulse genau anmessen. Zeitlich gesehen, meine ich.«

Lecufe grinste verwegen.

»Wie überraschend – eben dieses wollte ich in meiner kindlichen Einfalt vorschlagen. Dreimal nachmessen und dann versuchen, die Zeitstation genau in dieser Ebene festzuhalten. Ist das mit unseren Maschinen zu schaffen?«

Der Mann auf dem rechten Schirm antwortete abschätzend:

»Wenn ich die genauen Zeiten habe – vielmehr die genaue Zeit, in der ich die Station arretieren soll, dann kann ich es vielleicht schaffen.«

»Gut«, sagte Ratschat. »Geben Sie bitte acht. Ich sehe gerade, daß sich die Zeitstation schon wieder entlang der Zeitlinie bewegt.«

»Verstanden, Ratschat!«

Acht Augenpaare betrachteten die beiden Schirme.

Über der optischen Erfassung der Dakkar-Impulse bewegte sich der berüchtigte Punkt, der die temporäre Position der Zeitstation anzeigte. Als der Punkt das freie Feld zwischen der ersten Stunde und dem Nullpunkt übersprang, zeichnete der Dakkarschirm einen schnellen, verwischten Impuls auf.

Das geschah einmal . . .

Atemlos und gespannt starrten die Männer auf die Schirme.

Ihnen schlossen sich die Mitarbeiter an, die jetzt erfuhren, worum es ging. Die Rettung aus dieser Situation war nahe! Jedenfalls verhieß das der unbeschwerte Kommentar von Lecufe, der damit nichts anderes als eine Welle der Begeisterung auslösen wollte, was ihm auch restlos gelang.

Bei der Rückkehr aus der Zukunft erschien zum zweitenmal der schnelle, verwischte Impuls.

Jetzt glaubten es auch die skeptischen Mitarbeiter.

Der dritte . . .

»Tadellos«, sagte Ratschat. »Wir versuchen, was Lecufe vorgeschlagen hat.«

»Sehen Sie jetzt«, erkundigte sich sarkastisch der Ortungsfachmann bei Lecufe, »daß Sie etwas sehen?«

»Ich sehe es«, erwiderte Lecufe ernst. »Was werden wir sehen, wenn wir das Schiff stabilisiert haben?«

Der Ortungsfachmann begann heftig zu lachen und sagte laut:

»Das werden Sie dann schon sehen, Lecufe.«

Alle Vorbereitungen wurden getroffen.

Zusätzliche Maschinen liefen an und schleusten ihre Energie in das Verbundnetz der Zeitstation. Schaltungen wurden gelöscht und neu programmiert. Eine mächtige potentielle Energie wartete darauf, eingesetzt zu werden.

»Was mag das für eine Art Signal sein?« fragte Ratschat.

»Keine Ahnung«, sagte Lecufe. »Wann stabilisieren wir?«

Ratschat antwortete knapp:

»Wir koordinieren die Energieschaltung mit den Beobachtungen der Computer. Sie werden sicherer und genauer schalten, als wir alle es könnten.«

»Der Sieg der Maschinen über die lebenden Wesen«, sagte Lecufe leise. »Ich habe einen Wert von sechshundert Sekunden errechnet – plus der eigentümlichen Bewegung und des Vorlaufs.«

Ratschat gab die Zahlen weiter an die Rechenabteilung.

Überall in der kugelförmigen Zeitstation wuchs die Erregung. Männer, die den sicheren Untergang schon vor Augen gehabt hatten, schöpften wieder neue Hoffnungen. Hochrufe auf Lecufe wurden ausgebracht. Sie pendelten weiter durch die Zeit, aber es ging wie ein gigantisches Atemholen durch die Station.

»Start!« sagte Ratschat.

Die miteinander verbundenen Aggregate und Maschinen, die Computer und die unzähligen Module, die vielen Schaltstellen und die mächtigen Projektoren, die mithelfen sollten, die Zeitstation zu stabilisieren, waren in Nullfunktion. Grünwerte flackerten auf den Anzeigepulten. Eine erwartungsvolle Stille herrschte im Schiff. Die zwanzigtausend Wesen sahen sich bedeutungsschwer an – sie wußten, wie sehr dieser Versuch über Leben und Tod entschied.

Die Computer arbeiteten.

Gleichzeitig schwang das Schiff bis weit in die Zukunft, blieb dort kurz haften, wie an einem gewaltigen Magneten, löste sich und eilte zurück. Jetzt übernahm der Computerverbund der Station die Schaltkommandos. Genau an dem Punkt, an dem die Signale gehört worden waren, blieb die Station auf der Zeitlinie stehen.

Mächtige Maschinen summten und arbeiteten. Ströme von unendlich großen Leistungen rasten durch die Leitungen.

Projektoren stemmten sich gegen den Zug des Zeitstroms und hielten das Schiff an. Zwei Kräfte begannen zu wirken. Bremse und Antrieb. Die unmittelbare Folge davon war, daß die gigantische Zelle des Schiffes in Schwingungen geriet. Gläser fielen von den Platten, Trinkgefäße zerschellten, und den Insassen brach der kalte Schweiß aus. Gleichzeitig zersplitterten die Schirme der am meisten überlasteten Beobachtungsgeräte.

»Informationsfluß!« schrie einer der Männer.

Der Ruf lief wie ein Lauffeuer durch die Station.

Informationsfluß! Das bedeutete, daß die Signale hereinströmten. Aufzeichner und Entschlüsselungssätze liefen gleichzeitig mit dem Eintreffen des ersten Signals an. Auf dem Schirm, der die Information sichtbar machte, zeichneten sich Kurven und Punkte ab. Sie bildeten wirre Muster.

»Hier ist die Ortungsabteilung«, sagte jemand laut.

»Haben Sie etwas?« fragte Lecufe.

»Ja. Deutliche Signale. Ich lasse die Aufnahmegeräte mitlaufen.«

Der Sichtschirm zeigte die Signale, aber er machte sie nicht verständlich. Sie hatten Angst, die Männer der Zeitstation, aber gleichzeitig hofften sie, daß Lecufes Ansichten richtig wären.

Dann . . .

»Ich kann die Stabilität nicht mehr halten. Ich muß abschalten«, schrie der Betreffende.

»Warten Sie noch!« schrie Ratschat. Es kam auf Sekunden an.

Eine kaum zu übertreffende Spannung bemächtigte sich des gesamten Forschungskommandos. Das Metall des Zeitsatelliten schien zerreißen zu wollen unter dem Druck der entgegenwirkenden Kräfte.

Jemand meldete sich aus der Ortungsabteilung.

»Das sind Signale eines Pedopeilers«, rief er laut. »Unverkennbar.«

Lecufe hörte diesen Begriff und wußte gleichzeitig, was er bedeutete.

Pedopeiler waren Riesensatelliten, die meist in der inneren Atmosphäre einer Sonne standen. Die Männer, die sich in der Zeitstation befanden, kannten den Begriff der Pedopeiler sehr genau – diese Satelliten wurden häufig verwendet. Kraft ihrer Fähigkeit konnten durch eine Pedopeilung gigantische Entfernungen innerhalb des Alls in Nullzeit überwunden werden.

»Es sind Notzeichen!« meinte jemand keuchend.

»Unglaublich«, sagte Lecufe und kontrollierte mit scharfen Augen die Bildschirme. Die flackernden Zeichen, die aus der anderen Abteilung kamen, deuteten darauf hin, daß es mit der Zeitstabilisierung bald vorbei sein würde.

»Aus!« flüsterte Sekunden später jemand resignierend.

Die Zugkräfte – jene unbekannte hyperphysikalische Macht – hatten die Zeitstation wieder in ihrem Griff. Der Punkt, der lange Minuten an einer Stelle gestanden hatte, rutschte wieder an den Nullpunkt und raste dann nach rechts, der Zukunft entgegen.

»Haben Sie alles aufgenommen?« fragte Lecufe.

»Ja. Bis eben. Ich weiß nicht, ob es eine Sendepause war oder nur eine Pause zwischen zwei Sätzen.«

»Entschlüsseln und im Klartext über sämtliche Abteilungen der Station senden!« ordnete Ratschat an. Seine Stimme klang jetzt um eine Idee hoffnungsvoller als vor kurzer Zeit, obwohl sich an der Situation der Zeitstation nichts geändert hatte.

»Sofort!«

Die zwanzigtausend Männer warteten.

»Zunächst möchte ich bemerken«, sagte der Verantwortliche aus der Ortungsabteilung, »daß es sich bei diesem Pedopeiler um einen völlig unbekannten handelt.«

»Na so was«, staunte Lecufe.

Der Mann auf dem Sichtschirm sah ihn unsicher an und fragte sich, wie es der junge Wissenschaftler wohl gemeint hatte. Die folgende Antwort enthob ihn weiteren Rätselratens.

»Wäre es ein bekannter Pedopeiler gewesen«, meinte Lecufe mit unüberhörbarem Sarkasmus, »dann wäre er in unseren Kursgeräten vermerkt gewesen. Was haben Sie noch an attraktiven Neuigkeiten?«

Ratschat grollte:

»Mäßigen Sie sich! Sie sind hier nicht als Alleinunterhalter tätig!«

»Nein«, kommentierte Lecufe. »Das nicht. Lassen Sie uns weiter hören, lieber Freund. Was sagt dieser seltsame Peiler?«

»Das Gerät sendet Notzeichen«, sagte der Verantwortliche aus der Ortungsabteilung.

Ratschat fragte humorlos:

»Arbeiten die Computer?«

»Tun sie, Chef«, sagte jemand in sein Mikrophon.

»Was ergibt die Auswertung? Schnell – es wird brenzlig!« meinte der Leiter der Stabilisierungsgruppe.

»Die Auswertung ergibt, daß dieser Pedopeiler uralt sein muß. Er hat ein vorsichtig geschätztes Alter von mindestens zweihunderttausend Jahren.«

Lecufe sagte mit gerunzelter Stirn:

»Der Jüngste ist er nicht mehr, damit haben unsere Maschinen sicherlich recht. Was gibt es weiter Bemerkenswertes?«

Jetzt explodierte Ratschat.

»Lassen Sie endlich diese überflüssigen Witzeleien, Lecufe! Es reicht, wenn wir in eine solche Notlage geraten. Wir können Ihre billige Ironie durchaus entbehren!«

Lecufe gab ungerührt zurück:

»Sind Sie sicher, Ratschat? Ironie ist der einzige Weg, von allen Dingen die nötige Distanz zu bekommen. Ich fürchte, Sie lassen sich von den Problemen zu sehr gefangennehmen!«

»Meinetwegen! Hören Sie damit auf!«

Lecufe sagte kopfschüttelnd:

»Jawohl, Ratschat!«

Der andere Mann auf dem Bildschirm fuhr fort:

»Dieser unbekannte, uralte Pedopeiler gibt, wie wir inzwischen erfahren haben, Notzeichen. Er meldet, daß seine Programmierung ihm vorschriebe, daß durch das Auftauchen überlegener Intelligenzen und dadurch, daß seine Auftraggeber nicht erschienen wären, nunmehr die Vernichtung eines Sonnensystems eingeleitet werden würde.«

Lecufe brachte sein Ohr in die Nähe des Lautsprechers und erkundigte sich zweifelnd:

»Sagte dieses Ding wörtlich: Durch das Auftauchen überlegener Intelligenzen?«

Sein Gesprächspartner witterte eine neue Teufelei und bestätigte:

»Genau das sagte der Pedopeiler.«

Lecufe grinste Ratschat ins Gesicht und sagte unüberhörbar laut:

»Überlegene Intelligenzen – er meint Sie, Ratschat!«

Ratschat musterte ihn drohend, dann glitt ein Grinsen auch über sein Gesicht.

»Weiter!« brüllte er.

»Der Pedopeiler, dessen Signale wir auffangen und entschlüsseln konnten, gibt ferner bekannt, daß er so programmiert worden sei, daß er nach Ablauf einer Sicherheitsfrist seinen Standort und seine Pedopeilung jedem technisch orientierten Lebewesen bekanntgeben müsse.«

Jetzt meldete sich wieder der Leiter der Ortungsgruppe, der mit steigender Verwunderung den Dialog mitgehört hatte. Er sagte:

»Wir haben voller Verblüffung feststellen müssen, daß dieser Pedopeiler von jemandem erbaut worden ist, den niemand an Bord kennt. Eigentlich verständlich, würde unser junger Freund sagen, da diejenigen, die ihn vor unglaublich vielen Jahrtausenden erbaut haben, schon längst gestorben sein müssen.«

Lecufe nickte.

»Endlich, endlich werde ich an Bord richtig interpretiert!« sagte er laut.

»Der Peiler ist in Aktion getreten. Er ist genau sechshundert Sekunden, von der Nullzeit ab gerechnet, in der Zukunft. Das, muß ich gestehen, macht mich neugierig.«

Ratschat erklärte:

»Mich auch! Was schlagen Sie vor?«

Lecufe sagte schnell entschlossen:

»Sehen wir an Ort und Stelle nach, Freunde.«

Ratschat schien zu zögern. Langsam fragte er:

»Gut. Mir ist endlich alles klar. Befänden wir uns nicht in der Zukunft, beziehungsweise, hätten wir nicht diese Schwingungen zu erleben, würden wir diesen leitstrahlähnlichen Impuls niemals empfangen haben. Das ist die logische Begründung, daß wir die Notzeichen überhaupt registrieren konnten.«

Lecufe zögerte nicht lange. Er überdachte seinen Plan, der seit einiger Zeit immer deutlichere Formen annahm, ein letztes Mal und sagte dann:

»Ich brauche Freiwillige!«

Ratschat sah ihn von oben bis unten an und schüttelte dann den Kopf.

»Wozu?«

»Um nachzusehen«, sagte Lecufe. »Schließlich sendet dieser Pedopeiler diese Notimpulse nicht aus reinem Übermut. Es ist ein gewagtes Experiment, aber ich gehe mit. Ich bin sicher, daß es klappt.«

Ratschat dachte nach, dann, nach einer Weile, sagte er vernehmlich durch die Kommunikationsgeräte:

»Freunde! Lecufe will sich hinüber in den Pedopeiler begeben. Wer mit ihm gehen möchte, soll sich melden. Die Computer werden die Freiwilligenziffern addieren und bekanntgeben. Los!«

In sämtlichen Abteilungen des kugelförmigen Raumkörpers meldeten sich Freiwillige. Als nach einigen Minuten das Rechenwerk die Meldungen zusammenzählte, kam es auf eine Zahl. Sie betrug genau achttausend.

Lecufe staunte.

»Hätte ich nicht gedacht. Können wir diesen Zeitkörper, in dem wir dahinrasen, noch einmal stabilisieren?«

Der Betreffende meldete sich und erklärte mürrisch:

»Ebenso leicht oder ebenso schwer wie vorhin – und sicher keine Sekunde länger als vor einigen Minuten.«

Ratschat warf einen langen Blick auf die Kontrollinstrumente und sagte schließlich:

»Diese Aktion wird sehr viel Mühe kosten und wird unter Einsatz unserer letzten Energiereserven vonstatten gehen. Voraussetzung ist, daß die Ortungsabteilung uns haargenau auf die Zeitspur des Pedopeilers einpendeln kann.«

Der Mann auf dem Bildschirm sagte:

»Das kann ich schaffen – mit Hilfe der Computer.«

»Gut«, sagte Lecufe zurückhaltend. »Leiten Sie das bitte ein. Kommen Sie mit, Ratschat?«

Der militärische Leiter der Zeitstation schüttelte langsam den Kopf.

»Nein«, erwiderte er. »Ich werde meine Aufgabe erfüllen. Sie bedeutet, daß ich die Zeitstation aus dem Mahlstrom der fremden Kräfte herausreißen werde – oder es wenigstens versuche. Wer mit Ihnen gehen will, soll dies tun.«

Lecufe fragte verständnislos:

»Sie resignieren, Ratschat?«

»Nein«, wiederholte Ratschat. »Ich wähle lediglich die schwerere Aufgabe. Gehen Sie ruhig!«

»Einverstanden.«

Während ein zweites Mal das gesamte Manöver eingeleitet wurde, überdachte Lecufe kurz die Situation. Er ließ seine Ausrüstung heranbringen und wußte: Die einzige Möglichkeit für achttausend seiner Leute, diese Zeitstation lebend zu verlassen, war der Sprung in den Pedopeiler, in den unbekannten Sonnensatelliten. Zwar wußte Lecufe nicht, wo dieser Satellit sich befand und welchem Zweck er gedient haben mochte, aber die Wahrscheinlichkeit, daß der Sturm der Zeit die Zeitstation mit sich reißen und zerstören würde, war sehr groß. Lecufe bezweifelte, daß die Zeitstation jemals wieder in den normalen, dreidimensionalen Raum zurückgebracht werden konnte. Er sah die Pedotransferierung als die vielleicht letzte Rettungsmöglichkeit an und bedauerte, daß nur achttausend von zwanzigtausend Mitarbeitern diesen Ausweg ergriffen.

Die ersten Kommandos kamen durch.

»Ich kann die Station höchstens eine volle Minute stabil halten. Machen Sie Ihre Durchsage«, sagte der Leiter der Stabilisierungsabteilung.

»Danke. Schalten Sie den Computerverbund ein!«

»Verstanden!«

Lecufe griff zum Mikrophon, schaltete sämtliche Kommunikationsgeräte der Station ein und sagte nach kurzem Zögern:

»Hier spricht Lecufe. Freunde, es ist soweit. Unser Freund von der

Stabilisierungsgruppe wird eine Sirene einschalten. Wenn dieser Ton abreißt, springen wir gemeinsam. Wir polen uns auf den Pedoleitstrahl ein, nehmen über eine noch unbekannte Entfernung Kontakt mit dem Satelliten auf und transferieren. Wo wir herauskommen, ist ungewiß – ungewiß ist auch das weitere Schicksal der Station, und wie wir wieder hierher zurückkommen. Achtung – Ausrüstung bereithalten – wir pedotransferieren in etwa drei Minuten.«

Er schaltete ab, zog sich in fieberhafter Eile um und nahm die Stücke der Sicherheitsausrüstung in die Hände. Dann wartete er geduldig und schweigend.

Der Augenblick näherte sich.

Der Punkt auf dem Anzeigeschirm raste von rechts nach links, schlug am Nullpunkt an und blieb einige Sekunden dort. Totenstille herrschte jetzt in dem Satelliten. Nur die Geräusche der Maschinen und die Bewegungen des strapazierten Metalls waren zu hören, sie schienen durch die Wände zu sickern. Dann jagte der Punkt auf die Fünf-Minuten-Marke zu, hielt kurz davor an und bewegte sich dann genau auf den feinen Strich zu. Die ersten Sekunden nach dem Heulen der Sirene verstrichen.

Die Männer von Lecufes Kommando fädelten sich in den Leitstrahl ein, überwanden in einer riesigen Schleife die Dimensionen und kamen nacheinander im Innern des Satelliten zum Vorschein. Lecufe hob die Hand, grüßte kurz Ratschat, seinen Vorgesetzten, und sprang in den Mahlstrom der Zeit hinein.

Er würde Ratschat vielleicht niemals wiedersehen.

Nacheinander sprangen achttausend Männer »hinüber« in den rätselhaften Satelliten. Sie überwanden den Abgrund zwischen den Dimensionen und einer kosmischen, gewaltigen, in Zahlen kaum mehr faßbaren Entfernung zwischen den dreidimensionalen Räumen von Start und Ziel. Der Kontakt war vollkommen – und alle achttausend Männer kamen unbeschädigt im Satelliten an.

Ihre Plätze an Bord der Zeitstation waren leer, als habe es achttausend Männer niemals gegeben. Sie hatten an ihre einzige Chance der Rettung geglaubt und waren nicht enttäuscht worden.

Sie lebten.

Ganze achtundfünfzig Sekunden konnte die Zeitstation stabil gehalten werden, dann waren die Energiereserven restlos erschöpft.

Als sichtbares Zeichen der Bewegung innerhalb der Zeit raste der glühende Punkt, der die Position kennzeichnete, wieder nach rechts, der Zukunft entgegen. Die verbleibenden zwölftausend Männer versuchten wieder und immer wieder, die Station anzuhalten oder auf eine andere Weise aus dem verderblichen Mahlstrom zu bringen.

Vergebens.

Die Geheimnisse der Dimensionen waren nicht enträtselt. Die unheilvolle Kraft, die an der gewaltigen Konstruktion riß und zerrte, konnte nicht festgestellt werden. Irgendwo, in den Weiten des Kosmos – nicht in der Galaxis der Menschen, auch nicht in einer der Millionen bekannten Galaxien, sondern irgendwo an einem entfernten Ort der Schöpfung – raste die Station weiter.

Von der Realzeit bis in die Zukunft.

Sechsundvierzig Stunden weit und wieder zurück. Ein tödlicher Reigen. In den Tiefen der Dakkarzone schwang das stählerne Pendel hin und her, die Bewegung erfüllte die Männer mit lähmendem Entsetzen. Sie erkannten jetzt langsam die furchtbare Wahrheit: Nie wieder würde es ihnen gelingen, die Zeitstation in den normalen Raum zurückzubringen, obwohl die reine Entfernung zwischen der Heimat und ihrer jetzigen Position nicht sehr groß war. Aber Abgründe und Schründe in der Zeit, in den Dimensionen und den rätselhaften, überlappenden Übergangszonen trennten sie davon.

Das ewige Dunkel breitete sich aus.

Die Vorräte würden noch lange reichen. Vielleicht ließ diese fremde Kraft irgendwann nach, vielleicht erschöpfte sie sich, vielleicht erbarmte sich ein gnädiger Tod. Niemand wußte es.

Ratschat war mit seinen Gedanken bei Lecufe.

Er bedauerte jetzt, nicht mitgesprungen zu sein, aber dann sagte er sich, daß er hier mehr gebraucht würde. Er schaltete einige Schirme ab, damit die Männer seinen hoffnungslosen Gesichtsausdruck nicht erkennen konnten, und ging in einer kurzen Pause hinunter in die Energieabteilung.

Als er das Gespräch beendet hatte, war er noch hoffnungsloser als zuvor.

Es schien, als sei der Tod von zwölftausend Wesen und die restlose Vernichtung der Zeitstation nur noch eine Frage von Stunden.

2.

Juni 3433

Der erste Tag – 2. Juni

Über Terrania City lag die Dämmerung des frühen Morgens. Um den Planeten Erde lag die riesige, fast unsichtbare Schale des Paratronschirmes. Sie färbte das Licht der Sterne ein wenig, und an ihr brachen sich die vielfältigen Ausstrahlungen der überhitzten Sonne. Der Helligkeitsstreifen wurde breiter, und die obersten Fenster der Hochhäuser begannen zu blinken. Die Erde erwachte langsam auf dieser Hälfte.

Von Osten kam die Helligkeit. Der breite Streifen, der wie ein fernes Gebirge die riesige Stadt Terrania City umspannte, begann zu lodern. Das Zentralfeuer des Systems, vor kurzer Zeit noch eine ruhige Sonne des G-Typs, schien zu rasen. Ihr Zustand ähnelte dem einer Nova – einer Pseudonova, weil fremde Kräfte, nicht die der atomaren Prozesse im Gestirnsinnern, diese Reaktion auslösten. Aus einer Pseudonova würde eine echte Nova werden, die nach den neuesten Berechnungen innerhalb von acht Wochen das System bis hinaus zu den letzten Planeten in eine sterbende Gluthülle verwandeln und alles Leben auslöschen würde. Vorausgesetzt, die festgestellte Kurve wurde weitergeführt.

Über den Wohntürmen, den Kronen der riesigen Bäume und den Antennen der Raumhafen-Kontrolltürme gleißte nun das Strahlenbündel auf, das den ersten direkten Sonnenstrahlen vorausging. Ein wolkenloser, fahlblauer Himmel spannte sich über der mächtigen Stadt rund um den Goshunsee, nördlich der chinesischen Mauer. Noch war alles ruhig. Kein Verkehrslärm, keine Stimmen, nur die der Tiere in den zahlreichen Naturschutzgebieten mitten in der Stadt und um sie herum.

Es wurde heller und heller.

Dort, wo dieses Licht herkam, gleichzeitig mit sämtlichen Strahlungen quer über die Bandbreite, schien die Vernichtung ihren Einzug gehalten zu haben. In der Sonnenatmosphäre kreiste der Satellit des Todes, der unangreifbar war und die Schuld an den unnormalen Reaktionen der Sonne hatte. Nur die beiden Spezialraumschiffe, die dort in Sonnennähe arbeiteten, konnten Hilfe bringen . . . vielleicht! Es waren schwer isolierte Sonderanfertigungen, die nur für diesen Zweck gebaut worden waren.

Jetzt wurden die ersten Strahlen über die Stadt geschleudert.

Die Glasflächen loderten auf, jedes Stück Metall und auch die weißen Mauern spiegelten die ungeheure Lichtflut wider. Plötzlich schien die Luft zu kochen. Licht erfüllte alles. Licht, nichts als Licht. Keine andere Kraft schien mehr wirksam zu sein als die der harten, kalkigen Helligkeit, die sogar die Staubkörner in der Luft sichtbar machte. Die Augen der wenigen Menschen, die um diese Zeit schon aufgestanden waren, begannen zu schmerzen. Jeder setzte eine dunkle Brille auf, die Doppelscheiben wurden mit der lichtschluckenden Flüssigkeit gefüllt, und die Menschen versuchten, sich gegen die Grelle, das Licht, die Helligkeit und, damit verbunden, auch gegen die Wärme zu schützen.

Aus der Oberfläche des Goshunsees wurde eine unbewegte Platte aus Silber. Sie wirkte wie ein Spiegel, und jemand, der sich in der Nähe des Ufers befand, sah die Binsen und die Äste der Bäume wie ein Strichmuster aus Schwarz vor einer starken Lampe. Der Tag hatte begonnen – einer der furchtbaren, heißen Tage, in denen sogar das Blut zu gerinnen schien. Die Planeten waren fest im Griff ihres Zentralfeuers. Es war wie eine würgende Fessel aus körperlicher Unbeweglichkeit und geistiger Lähmung.

In der Nähe des Goshunsees, entlang eines Pfades, dessen Oberfläche aufgerissen war und bröckelnde Erde zeigte, zwischen der die wenigen Pfützen schon längst der Glut zum Opfer gefallen waren, ertönten ungewohnte Geräusche. Die dumpfen Schläge, genau rhythmisch, wurden von den Bäumen zurückgeworfen. Einige seltene, exotische Tiere hoben matt die Köpfe. Wütendes Vogelgeschrei ertönte.

Über den Pfad kamen in einem langsamen Galopp drei Reiter.

Eine etwa fünfundzwanzigjährige junge Frau saß auf einem pechschwarzen, riesigen Pferd. Das Mädchen war dunkelhaarig. Sie trug leichte Stiefel, eine dünne Hose und ein kurzärmeliges Hemd. Vor den Augen hatte sie eine dunkle Brille.

»Nicht so schnell, Ghislaine«, sagte eine Stimme hinter ihr. Sie zog am Zügel, und das Pferd mäßigte seine Gangart.

Hinter Ghislaine Cordelier ritt der Arkonide.

»Denk daran«, sagte er leise, als er auf gleicher Höhe mit ihr war, »daß die Tiere unter der Hitze ebenso leiden wie wir alle. Obwohl es noch sehr früh ist – langsam!«

»Meinen Gedanken entsprechend«, sagte Ghislaine und nickte.

Schweigend und starr im Sattel sitzend, ritt hinter Ghislaine und Atlan Perry Rhodan. Er schwieg und konzentrierte sich auf das Pferd. Es schien, als versuche er, das Bild eines asketischen Helden einer lustfeindlichen Gesellschaft zu verkörpern.

Atlan drehte sich im Sattel herum.

»Perry«, sagte er vorwurfsvoll und halblaut.

Rhodan schaute auf. Hinter dunklen Gläsern blickten sich die beiden Männer an, und der weißhaarige Arkonide zügelte sein Pferd und wartete, bis Rhodan aufgeschlossen hatte.

»Was hast du?« fragte er.

Rhodan zog die Schultern in einem dünnen Polohemd hoch und ließ sie mutlos fallen.

»Ich glaube, ich muß mir den Vorwurf machen – oder sogar gefallen lassen – die Milliarden Menschen in diesem System in geistiger Unmündigkeit gehalten zu haben.« Atlan lächelte zurückhaltend.

»Wie meinst du das?«

»Wir alle«, sagte Rhodan bitter, »scheinen den falschen Weg eingeschlagen zu haben. Die Situation heute und hier scheint es zu beweisen. Wenigstens für mich.«

Sie ritten nebeneinander her.

Die Hufe der Pferde schlugen dumpfe Wirbel in der Einsamkeit des Parks. Alles schien tot und zerbrochen unter der Helligkeit zu liegen, die immer stärker wurde. Der Sand des Ufers sah aus wie Nebel. Der See selbst wirkte wie eine Linse, die einseitig verspiegelt war. Die Schläfen der drei Terraner begannen zu klopfen, und hinter den Brillen blinzelten sie. Sie schienen krank zu sein in ihrer Sehnsucht nach Ruhe, nach Kühle und einer deutlichen Geborgenheit vor diesem schrecklichen Lodern der Sonne.

Atlan sagte scharf:

»Du scheinst tatsächlich sehr zu leiden, Freund Rhodan. Wo ist deine strahlende Selbstsicherheit der frühen Jahre?«

Rhodan lächelte bitter. In den letzten Tagen hatte man ihn in den Nachrichten und den Zeitungen als den Mann, der nicht mehr lachte, charakterisiert. Das stimmte. Er hatte auch nicht einen einzigen Grund dafür.

»Mich hat vor einer Stunde Alaska Saedelaere angerufen«, sagte er. »Er hatte so etwas wie einen Traum.«

Atlan blieb ernst.

»Traum? Seit wann richtest du deine Entscheidungen nach den Träumen deiner Mitarbeiter, Perry?«

»Seit einiger Zeit. Einen Traum kann man es nicht nennen, eher einen Gedanken oder einen bestimmten Denkanstoß. Alaska sagte mir, daß er eine Ahnung habe. Es wären Fremde, mit denen er sich selbst irgendwie in Verbindung bringt, in erreichbarer Nähe.«

Die beiden Pferde griffen aus, und Atlan und Perry ritten einige Minuten schweigend nebeneinander her, bis sie Atlans Begleiterin erreicht hatten. Das Licht war jetzt, eine halbe Stunde nach Sonnenaufgang, noch intensiver geworden, obwohl die Kühle der Nacht sich noch nicht völlig hatte verdrängen lassen. Die Helligkeit schoß wie mit Myriaden von Lichtpfeilen durch das Geäst, schien aus der Stadt alle Kräfte zu saugen oder verdunsten zu lassen. Farben wurden undeutlich. Gestalten schienen zu verschwimmen wie Schemen, und eine gigantische körperliche Müdigkeit senkte sich über die Millionen Quadratkilometer des Landes.

»Fremde? Welcher Art?« fragte Atlan beharrlich.

Rhodan wischte sich den Schweiß von der Stirn und erwiderte:

»Keine Ahnung. Alaska wußte es selbst nicht.«

»Wo sollen sie sein?« erkundigte sich der Arkonide.

»Das wußte er auch nicht«, sagte der Großadministrator.

»Was wußte er überhaupt?« meinte Atlan.

»Wenig«, gab Rhodan zu.

»Das ist auch so eine Art der unbewußten Panikerzeugung«, sagte der Arkonide laut und warf das lange Haar zurück. »Selbst nicht genau wissen, was los ist, aber ein mächtiges Geschrei erheben und die Pferde scheu machen – beziehungsweise die Administratoren.«

Rhodan schwieg. Er schien wieder seinen trüben Gedanken nachzuhängen.

»Warum eigentlich diese Selbstvorwürfe, Partner?« fragte Atlan nach einigen Sekunden.

»Hätte ich nicht das Sonnensystem in der Zukunft versteckt«, sagte Rhodan, »dann könnten wir jetzt alle mühelos fliehen und wären nicht der sterbenden Sonne und ihren Strahlungen ausgeliefert.«

Er hob den Arm und deutete in die Richtung des Sees, der wie eine Platte weißglühenden Metalls hinter den Bäumen, Büschen und Riedgräsern lag.

»Fünfundzwanzig Milliarden Menschen!« sagte Atlan und stöhnte. »Bist du irre?«

Rhodan sagte:

»Noch nicht, Atlan, noch nicht. Weißt du einen besseren Weg?«

Atlan bückte sich unter einem überhängenden Ast und sagte, sich wieder aufrichtend, leise:

»Ja.«

»Welchen?« fragte Rhodan.

Atlan bekannte:

»Einen anderen jedenfalls. Wie lange haben wir noch Zeit, bis die Sache akut wird? Ich meine nicht die endgültige Vernichtung des Systems, sondern die ersten wirklich unangenehmen Folgeerscheinungen der sterbenden Sonne.«

Rhodan überlegte und erwiderte dann:

»Wir können es uns noch genau zwölf Tage leisten, zu warten. Dann werden die größeren Katastrophen eintreten. Noch zwölf Tage, Atlan, in denen wir ununterbrochen arbeiten müssen. Ab dem dreizehnten Tag müssen wir das System räumen.«

Atlan bestätigte:

»Wobei dir und mir unklar bleibt, wie man fünfundzwanzig Milliarden Menschen mit den vorhandenen Mitteln evakuieren soll.«

»So ist es«, bestätigte Rhodan.

Das Solsystem befand sich, unsichtbar für jeden, der es suchte, um fünf Minuten in der Zukunft. Die Sonne hatte aber die Bewegung um dreihundert Sekunden mitgemacht, und das beginnende Verderben fand ebenfalls fünf Minuten in der Zukunft statt – was an der drohenden Gefahr nicht das mindeste änderte. Langsam wurde die Sonne zur Nova. In den kommenden zwölf Tagen mußte ein Ausweg oder eine Möglichkeit der Totalevakuierung gefunden werden, sonst schloß die Geschichte Terras hier ab. Und es lag im Interesse aller Terraner, die Geschichte nicht hier enden zu lassen. Denn die Ursachen waren nicht die natürlichen Prozesse in der Sonne – die niemand, auch nicht Abel Waringer, aufhalten konnte – sondern die Ausstrahlungen des Todessatelliten.

Ghislaine kam aus einem Nebenweg angaloppiert, zügelte das Pferd und blieb vor den beiden Männern stehen. Sie hob den Arm und sagte laut:

»Reiten wir zurück. Ich habe ein ausgezeichnetes Frühstück vorbereitet.«

Rhodan lächelte zögernd.

»Reizend«, sagte er. »Nett, wie Sie sich um uns kümmern.«

Ghislaine sagte mit einer umfassenden Handbewegung:

»Atlans Freunde sind auch meine Freunde. Und da Sie sich den ganzen Tag über in Ihrer Administration mit Wissenschaftlern, Flottenkommandanten und übergroßer Hitze herumschlagen werden . . .«

Atlan ergänzte in gutmütigem Spott:

». . . und mit teilweise völlig ungerechtfertigten Selbstvorwürfen . . .«

Ghislaine erklärte dem verdutzten Perry:

». . . werden Sie die Segnungen eines wohlsortierten Frühstücks in Gegenwart zweier bezaubernder Menschen und guter Freunde besonders genießen. Ein gutes Frühstück ist entscheidend für den Verlauf des ganzen Tages. Vielleicht bringt der Traum von Alaska Saedelaere Ihnen die Lösung dieser Probleme. Ich jedenfalls bin optimistisch. Bisher ist noch keine Krise in der Lage gewesen, einen Perry Rhodan zu knicken.«

Atlan sagte:

»Nicht einmal Selbstkritik!«

Sie wendeten die Pferde und galoppierten los, dem kühlen Bungalow des Arkoniden entgegen, in dem die Roboter und das Frühstück auf sie warteten. Hätte einer der beiden Männer eine Ahnung von den wirklichen Geschehnissen gehabt, dann wäre das Essen am frühen Morgen, es war nicht einmal fünf Uhr, weniger gelockert und in guter Stimmung verlaufen.

Dann stiegen Atlan und Rhodan in einen Gleiter, schalteten das Kühlaggregat ein und rasten ins Zentrum der großen Stadt. Sie hatten, den heutigen Tag eingerechnet, zwölfmal vierundzwanzig Stunden Zeit.

In seiner fast unüberschaubar großen Administration benutzte Perry Rhodan den obersten Raum für die Sitzungen. Es war nichts anderes als ein großes Büro, dessen Seitenlänge jeweils dreißig Meter betrug. Dieser Raum war in verschiedene Zonen und Bereiche aufgeteilt, und jede dieser Funktionsgruppen erfüllte eine andere Aufgabe. Nachdem Rhodan und Atlan, anschließend an das gemeinsame Frühstück mit Ghislaine Cordelier, dieses Gebäude betreten hatten, waren sie durch den Antigravlift nach oben geschwebt und sichteten jetzt die Nachrichten, die in der vergangenen Nacht eingegangen waren. Es war sieben Uhr fünfzehn.

Ein Interkom summte.

Rhodan drückte die Antworttaste und sagte leise:

»Rhodan.«

»Soeben haben Alaska Saedelaere und Lord Zwiebus das Haus betreten. Sie sind auf dem Weg zu Ihrem Büro.«

Rhodan nickte.

Das Bild verblaßte wieder.

Auf einem anderen Schirm liefen die Nachrichten durch. Die Lage hatte sich, wie nicht anders zu erwarten gewesen war, weiter zugespitzt. In den Atmosphären der großen Planeten bewirkte der Anstieg der Sonnenintensität starke Bewegungen der verschiedenen Gasschichten. Stürme waren entfesselt worden und tobten mit ständig steigender Geschwindigkeit über die eisbedeckten Oberflächen der Planeten.

Atlan sagte:

»Die Spitzenwerte sind nur geringfügig angestiegen, aber die Auswirkungen scheinen im Quadrat zu wachsen. Hier, einige Bilder von Pluto.«

Atlan schaute von seinen Papieren und vom Schirm auf und schaltete kurz. Auf dem großen Sichtschirm an Rhodans Schreibtisch begann das Bild zu flackern, das die Plutooberfläche zeigte.

Rhodan sagte leise und fast verzweifelt:

»Und das wird in den kommenden Tagen stärker werden. Die Ammoniakgletscher werden vermutlich abschmelzen. Dadurch gibt es Gravitationsschwankungen und Verschiebungen auf den Oberflächen. Versuche, dir das alles hier auf der Erde, in entsprechender Form vorzustellen, Atlan!«

Atlan stand auf und schaltete die Filmgeräte ab.

»Warte«, sagte er. »Wir haben noch einige Eisen im Feuer – buchstäblich. SUN DRAGON I und SUN DRAGON II sind noch in der Sonne – außerdem werden wir uns zunächst mit Zwiebus und Saedelaere unterhalten, bevor die Wissenschaftler uns überfallen.«

»Du rechnest dir Chancen aus?« fragte Rhodan und schob seinen Sessel zurück.

»Ja. Echte Chancen. Noch zwölf Tage, Perry. Uns kann und wird etwas einfallen!«

Rhodan fühlte sich in einer seltsamen, hoffnungslosen Stimmung befangen. Seine Gedanken kreisten unablässig um dieses Problem, und er sah nicht einmal die Spur eines Auswegs. Er lehnte es aus reinen Gründen des Verstandes ab, sich an Alaska Saedelaeres Traum zu klammern, sah aber gleichzeitig ein, daß an diesen vagen Vermutungen doch etwas dran sein konnte.

»Warten wir also«, sagte Rhodan und sah zur Tür, die sich gerade aufschob und die riesige Gestalt des Neandertalers zeigte, hinter dem Alaska fast verschwand. Die beiden Männer kamen näher. Sie begrüßten Atlan und Rhodan und nahmen dann in den schweren, stationären Sesseln Platz.

»Sie sagten, Sie hätten heute nacht eine Beobachtung machen können?« fragte Atlan ruhig und deutete mit der Hand auf den Transmittergeschädigten.

Alaska zuckte mit den Schultern.

»Ich wachte mitten in der Nacht auf«, sagte er ruhig, »und ich wußte, als ich ganz hellwach geworden war, daß jemand erschienen war. Kennen Sie dieses Gefühl, Lordadmiral?«

Atlan blieb wohlwollend skeptisch.

»Welches Gefühl, Alaska?«

»Sie liegen in einem dunklen Raum. Und Sie schlafen. Und plötzlich werden Sie wach, weil Sie ganz genau wissen, daß jemand das Zimmer betreten hat. Sie sehen nichts. Gar nichts. Aber Sie wissen es genau: Jemand ist da und belauert Sie. Kennen Sie dieses Gefühl?«

Atlan stimmte zu.

»Ziemlich genau, Alaska. Wann war das . . . ungefähr?«

Der Mann, dessen Gesicht von der Maske verdeckt war, spreizte die Finger und erwiderte halblaut:

»Etwa zwischen Mitternacht und ein Uhr. Aber versuchen Sie bitte nicht, aus meinen persönlichen Empfindungen zuviel abzuleiten.«

»Nein«, sagte Atlan. »Aber wenn wir Waringer und die anderen Wissenschaftler hier haben werden, kann dieses Steinchen ein wertvoller Beitrag zu einem Mosaik werden. Vielleicht!«

Wieder summte auf Rhodans Schreibtisch der Interkom.

»Ja.«

»Sir«, sagte jemand, »hier spricht die Hafenkontrolle. Ich erhalte eben die Meldung, daß die beiden Sonnenschiffe einfliegen. Die Kommandanten wahren Funkstille.«

Rhodan nickte und erwiderte:

»Danke. Ich kümmere mich um die Landung.«

Rhodan schaltete ab und wandte sich an den transmittergeschädigten Mann, der ihn ansah. Es herrschte eine beklemmende Stimmung unter den vier Menschen.

Rhodan lehnte sich zurück und schwieg, dann sagte er leise:

»Wir sollten wirklich daran denken, einen Plan für eine großangelegte Evakuierung zu entwickeln. Wir verfügen zwar über Eventualpläne für die einzelnen Planeten, aber keinen für eine umfassende Evakuierung des Systems. Gleichzeitig sträubt sich alles in mir gegen diesen Plan.«

Atlan fragte knapp:

»Aus welchem Grund?«

Rhodan preßte die Lippen zusammen und sagte leise:

»Ich sträube mich dagegen, weil dann endgültig unsere Tarnung in der Zukunft hinüber wäre. Das Geheimnis des Ghost-Systems müßte zwangsläufig aufgegeben werden. Aber ich unterwerfe mich der Notwendigkeit. Wenn wir das System räumen müssen, werde ich der erste sein, der zu arbeiten beginnt. Aber zuviel ist geschehen, das schlagartig geändert werden müßte. Ich habe ganz einfach Angst vor dieser riesigen Aufgabe. Schon wieder von vorn anfangen! Ganz von neuem alles einrichten . . . vielleicht hänge ich auch nur einfach an dieser Erde, auf der ich geboren bin.«

»Das ist möglich«, sagte Atlan. »Kümmere dich erst einmal um die beiden Sonnendrachen. Ich muß mit den Kommandanten sprechen.«

Rhodan drückte die Taste nieder, der Schirm erhellte sich. Eine Stimme fragte:

»Was wünschen Sie, Sir?«

Rhodan sagte:

»Stellen Sie mir bitte eine Verbindung her zu den beiden Kommandanten von SUN DRAGON I und SUN DRAGON II.«

Die Stimme erwiderte schnell. »Sofort, Sir, selbstverständlich!«

Dann schaltete Rhodan das Bild auf drei andere Schirme, und die anderen Männer konnten sein Gespräch mit den beiden Kommandanten mitverfolgen. Bevor das erste Wort gesprochen wurde, wußte Atlan, wie das Gespräch ausgehen und welches Ergebnis es erbringen würde.

Beide Kommandanten waren ältere Männer in dunklen Uniformen ohne Rangabzeichen. Ihre Gesichter waren hart und voller Kerben, und die Augen hatten einen überraschend ernsten Ausdruck, als hätten sie Dinge gesehen wie keiner vor ihnen. Die Hände beider Männer waren der beste Ausdruck ihrer Nervosität – die Finger fuhren unruhig auf der Tastatur der Sichtschirme umher.

»Meine Herren«, sagte Rhodan leise, »Sie sind gelandet und haben bisher keine Funksprüche gewechselt. Was ist der Grund?«

Einer der Kommandanten erwiderte, ohne die Augen von Rhodans Gesicht zu nehmen:

»Wir halten nichts davon, zu einer Panik beizutragen. Das, was wir zu berichten haben, ist nicht unbedingt positiv, Sir.«

Atlan fragte:

»Also negativ?«

Der Kommandant der SUN DRAGON II nickte mehrmals. Es war eine hoffnungslose Geste.

»Ja, leider.«

Die Männer im obersten Stockwerk der Administration erlebten den Bericht mit. Sie sahen die Aufnahmen, sahen, wie die Kamera auf die Anzeigen der Instrumente überblendete und in den verschiedenen Abteilungen der Schiffe eingesetzt wurde. Die beiden Spezialschiffe arbeiteten in der glühenden Hölle der Sonnenatmosphäre und versuchten, ihr gesamtes Arsenal an Defensivwaffen und Offensivwaffen einzusetzen, um den riesigen Todessatelliten abzuschießen oder aus der Sonnennähe herauszubugsieren. Nichts half.

Gleichzeitig liefen die Messungen weiter . . .

Sie bestätigten den einzelnen Abteilungen, in denen die Wissenschaftler ihre Analysen machten, daß nur einzig und allein der Todessatellit die Schuld trug, daß sich die irdische Sonne langsam, aber unaufhaltsam in eine Nova verwandelte. Alle Zeichen deuteten unwiderruflich darauf hin.

Rhodan fragte in eine Pause hinein:

»Haben Sie, meine Herren, in der Umgebung der Sonne oder auch meinetwegen am Satelliten selbst etwas Ungewöhnliches feststellen können? Ungewöhnlich natürlich in der Form, daß es über die Pränova-Momente hinausging?«

Der Kommandant von SUN DRAGON I schüttelte den Kopf.

»Nein, nichts. Natürlich haben wir den sonnennahen Raum sehr genau abgesucht. Wir konnten kein Zeichen feststellen, das auf die Einwirkung von Fremden hinwies.«

Saedelaere fragte ruhig:

»Wie lauten die Daten der letzten Auswertung?«

Einer der Männer runzelte die Stirn und griff nach einem Blatt, das außerhalb des Sichtbereichs der Aufnahmelinsen lag. Dann sagte er, den Text ablesend:

»Wir können die nächsten zehn bis zwölf Tage noch abwarten. Die

Paratronschirme werden die größten Schäden abwehren können. Dann aber müssen wir schlagartig handeln. In etwa fünfzig Tagen werden die Planeten verbrannt sein, Sir.«

Saedelaere sagte steif:

»Danke. Haben Sie einen Vorschlag, wie wir diesen verdammten Satelliten ausschalten können?«

»Nein«, erwiderte Rhodan.

Er stützte sein Gesicht in beide Hände und stemmte die Ellbogen gegen die Tischplatte. Dann fragte er leise:

»Gibt es noch etwas, was wir wissen müssen, meine Herren?«

Einer der Kommandanten blickte Rhodan an und sah, daß der Großadministrator wie ein alter, gebrochener Mann wirkte. Rhodan schien resigniert zu haben.

»Nein. Sämtliche Unterlagen gehen Ihnen durch einen Kurier zu. Er ist bereits unterwegs in die Administration.«

»Danke«, sagte Rhodan. »Sie haben getan, was Sie konnten. So sehr ich bedaure, daß Sie mir kein besseres Ergebnis mitteilen konnten, so sehr muß ich Sie loben. Vielen Dank, meine Herren.«

Sie grüßten, dann waren die Schirme grau.

»Wieder eine Hoffnung weniger«, sagte Atlan düster. Auch er schien jetzt stückweise seinen Optimismus zu verlieren.

»Eine kleine Hoffnung, aber immerhin eine«, sagte Rhodan. »Aber . . . außer der Räumung des Systems muß es noch eine andere Möglichkeit geben. Es muß sie einfach geben!«

Atlan setzte sich auf Rhodans Tisch und sagte:

»Warten wir auf Waringer und sein Team, Perry.«

Sie brauchten nicht mehr lange zu warten.

»Sir«, sagte einer der Männer, »Sie werden tun müssen, was wir vorschlagen. Schon allein deswegen, weil wir sämtliche anderen Möglichkeiten durchprobiert haben und dabei auf kein Ergebnis gestoßen sind. Glauben Sie uns . . . wir finden den Gedanken an eine vollständige Räumung des Sonnensystems ebenso befremdend wie Sie.«

Rhodan verhielt sich schweigend und abwartend.

»Wir müssen sofort das Antitemporale Gezeitenfeld abschalten, in die Realzeit zurückkehren und mit sämtlichen Schiffen, die wir haben, fliehen. Andere Planeten werden die Menschen gern aufnehmen.«

Auch Atlan wollte zuerst hören, was die Wissenschaftler zu sagen hatten. Er sah einen nach dem anderen an und las in ihren Augen das gleiche: Sie waren mit ihren Kenntnissen am Ende.

»Fünfundzwanzig Milliarden Menschen!« sagte Rhodan leise.

»Das sind, bei fünfzigtausend Schiffen, je fünfhundert Flüge mit tausend Flüchtlingen an Bord«, erklärte ein Mathematiker laut.

»Ich weiß«, sagte Rhodan. »Ich habe bereits nachgerechnet. Das ist auch nicht der Grund meines Zögerns.«

»Sondern?« fragte Geoffry Abel Waringer.

»Ich sehe das große Vorhaben unseres Volkes, nämlich die Stabilisierung des Friedens in der Galaxis, in weite Fernen schwimmen. Dabei berührt mich besonders tief unsere Machtlosigkeit. Das Geschehen ist unbesiegbar. Und es handelt sich nur um einen einzigen Satelliten in der Sonne. Dieses Verhältnis ist unangemessen, meine Herren.«

Die Männer, die sich in Rhodans Büro versammelt hatten, zählten zur administrativen und wissenschaftlichen Spitze der Planeten des Ghost-Systems. Auf ihren Schultern lag die Verantwortung für das Schicksal der fünfundzwanzig Milliarden Menschen. Sie waren, entweder durch Wahlen oder durch ihre wissenschaftliche Qualifikation, diejenigen, die zu entscheiden hatten.

Die Entscheidung war schwerer als alle vorhergehenden, obwohl die Männer nicht eine Sekunde lang an ihr persönliches Wohl dachten. Sie waren integre Persönlichkeiten. Einer der Wissenschaftler versuchte, die düstere, hoffnungslose Stimmung durch eine sarkastische Bemerkung aufzulockern und sagte warnend:

»Es sind schon viel große Männer durch Mückenstiche gestorben, Sir. Sie sollten in weniger spektakulären Dimensionen denken. Kleiner, schneller, wirkungsvoller. Und unmittelbarer, denn die Situation schreit nach einer Lösung.«

Rhodan erwiderte:

»Besteht die Chance, daß wir diesen Satelliten angreifen können? Bestehen auch nur die geringsten Aussichten, daß wir in den folgenden zehn, zwölf Tagen dieses Problem aus der Welt schaffen können? Nein!«

Alaska Saedelaere trat aus dem Hintergrund in die Mitte der Versammlung und sagte, seine Maske auf Rhodan richtend:

»Ich glaube, ich muß mich etwas ausruhen. Ich fühle mich nicht besonders wohl – vielleicht kommt wieder einer dieser mysteriösen Anfälle. Wenn ich wieder kann, werde ich an den Beratungen weiter teilnehmen.«

Rhodan winkte zwei Ordonnanzen, die ihn hinausbegleiteten.

Alaska ging zwischen ihnen wie ein Mann, den seine Kräfte zu verlassen drohten. Rhodan wünschte einen Augenblick, er wäre an der Stelle des Transmittergeschädigten und könne sich der Verantwortung und den quälenden Gedanken durch Flucht in eine Krankheit entziehen. Dann aber sah er wieder die Hölle der Sonnenatmosphäre vor sich. Er straffte sich und sagte endlich in mühsam erzwungener Ruhe:

»Meine Herren, ich schlage einen Kompromiß vor. Nach meiner Ansicht enthält er alle Möglichkeiten und schadet niemandem, wie ich glaube. Wollen Sie ihn hören?«

Atlan munterte ihn auf.

»Selbstverständlich, Perry«, sagte er halblaut. »Wir hören.«

Rhodan warf einen Blick auf die Projektion der Galaxis, die an einer Längswand des Büros dreidimensional in den verschiedenen Farben glühte. Er sagte:

»Wir warten, von jetzt ab gerechnet, noch genau sechsunddreißig Stunden. Also bis in die frühen Morgenstunden des übernächsten Tages. In dieser Zeit spannen wir alle Kräfte an, um den Todessatelliten zu eliminieren. Wenn nach dieser Zeit kein geeignetes Mittel oder Verfahren gefunden worden ist, lösen wir das Antitemporale Gezeitenfeld auf, kehren in die Normalzeit zurück und evakuieren die Bevölkerung des Sonnensystems. Wie lautet Ihr Kommentar?«

Nacheinander meldeten sich die Wissenschaftler und gaben ihre zustimmenden oder ablehnenden Stellungnahmen ab. Die zustimmenden Worte überwogen, und zu Rhodans Erstaunen sprach sich sogar Waringer für eine sechsunddreißigstündige Wartezeit aus.

»Gut«, sagte der Arkonide. »Ich werde mich inzwischen daran machen, die einzelnen Evakuierungspläne zu koordinieren. Die Räumung kann in wenigen Tagen vollkommen ablaufen.«

Die Wissenschaftler verließen das Büro, und Atlan, Rhodan und der Pseudo-Neandertaler blieben zurück.

»Wie fühlst du dich, Lord Zwiebus?« fragte Atlan.

»Nervös!« sagte der Neandertaler guttural.

»Kann es stimmen, was Alaska geträumt zu haben glaubt?«

Der Neandertaler bewegte seinen mächtigen Schädel, stülpte die Lippen vor und kratzte sich im Ohr.

»Ja. Kann stimmen«, sagte er.

Rhodan und Atlan wechselten einen Blick. In diesem Blick wurde ihre ganze Ratlosigkeit ausgedrückt.

3.

Der dritte Tag – 4. Juni

Gerade, als Rhodan das Wort an ihn richten wollte, begann Alaska Saedelaeres Anfall.

Er schrie auf.

Alaska zog die Beine an, und seine Finger lösten sich von den Lehnen des Sessels. Unter der konturlosen Kunststoffmaske schlugen gleichzeitig drei lange Flammen von jener irisierenden Struktur hervor, die kein menschliches Auge ertragen konnte. Dann kippte Alaska wimmernd aus dem Sessel. Niemand sah es, weil ihn niemand ansehen durfte. Das dumpfe Geräusch machte die anderen Männer darauf aufmerksam.

Atlan rief:

»Alaska! Was haben Sie?«

Lord Zwiebus sprang aus dem Sessel, schlug wild um sich und raste mit Riesenschritten zur Tür. Dort hielt er an und kam wieder zurück, rannte um Rhodans Schreibtisch herum und blieb ruckartig stehen.

Alaska krümmte sich auf dem Boden zusammen, schlug nach unsichtbaren Schemen und stöhnte laut. Das Flimmern, das unter seiner Maske hervordrang, verstärkte sich und wurde wieder abgeschwächt, und an den Wänden spiegelten sich die verschiedenen Farben. Krämpfe schüttelten den Mann, und schließlich rief er erschöpft:

»Sie sind gekommen! Sie sind da! Ich spüre es!«

Rhodan sah hinüber zu Galbraith Deighton und stellte fest, daß der Geheimdienstchef nach den Medorobots rief. Atlan stand neben ihm und starrte auf Lord Zwiebus, der sichtbar gegen seine Nervosität ankämpfte. Die riesigen Finger des Neandertalers schlossen und öffneten sich.

»Was ist los?« fragte Rhodan. »Wer ist gekommen?«

Alaska wälzte sich über den Boden und blieb neben einem Sessel liegen. Wieder schlugen Flammen unter den Maskenrändern hervor, als sei der Mann das Zentrum einer elektrischen Entladung.

»Sie sind gekommen!« heulte Alaska auf.

Die Tür glitt auf, und die Medorobots schwebten herein, von einigen Ärzten der Bereitschaftsabteilung begleitet. Die Maschinen errichteten einen Schirm um den Transmittergeschädigten und spritzten ein Beruhigungsmittel, aber der Anfall hielt mit kaum verminderter Heftigkeit an.

»Alaska wurde doch von den Ärzten entlassen, mit der Begründung, er könne sich als vollkommen geheilt betrachten«, sagte Deighton. »Also muß der Anfall eine echte Grundlage haben.«

Rhodan nickte. Sein Verdacht, daß Alaskas merkwürdiger Traum wirklich etwas bedeutet hatte, schien sich zu bestätigen.

»Sicher hat der Anfall etwas mit jenen zu tun, die ›gekommen‹ sind«, sagte er.

Der Anfall klang jetzt etwas ab. Man hörte hinter dem Schirm Alaskas schweres Atmen, und wieder geisterte der Schein der kleiner werdenden Lichterscheinungen über die Decke des Büros.

»Es sind Tausende!« erklärte Saedelaere.

Lord Zwiebus' mächtiger Brustkasten hob und senkte sich unter schweren Atemzügen. Dann ruderte der Neandertaler mit den Händen durch die Luft, fegte ein Glas von einem Tisch und schrie dumpf auf.

»Tausende, ja!«

Atlan und Rhodan stürzten auf ihn zu und hielten ihn fest. Sie wurden von den mächtigen Pranken des Urzeitmenschen herumgewirbelt.

Alaska schrie:

»Tausende von ihnen sind im Ghost-System eingetroffen! Tausende!«

Der Neandertaler heulte auf und deutete in Richtung auf die verdunkelte Seitenscheibe des Raumes. Dahinter loderte die unbarmherzige Sonne.

»Ja! Sie sind da! Dort sind sie.«

Die Ärzte, einige Ordonnanzen, Rhodan, Atlan und Deighton fanden sich zu einer kleinen Gruppe zusammen. Der Neandertaler lief wie ein Irrer durch den Raum und schien jedesmal, wenn er in die Nähe der leuchtenden Glasscheiben kam, zurückzuprallen, als wären sie weißglühendes Metall.

Rhodan fragte laut.

»Alaska?«

Der Mann hinter dem Schirm sagte röchelnd:

»Ja?«

»Können Sie mich gut verstehen?«

»Ja.«

Ein erneuter Lichtblitz tauchte den Raum in blendende Helligkeit, die in den Augen feurige Kreise hervorrief.

»Wer ist angekommen? Es ist wichtig.«

Alaska antwortete keuchend:

»Die, von denen ich vor einigen Tagen geträumt habe.«

Atlans Stimme besaß einen schneidenden Tonfall, als er nahe an den Schirm heranging und fragte:

»Von wem haben Sie geträumt, Saedelaere?«

»Es sind jene Wesen . . .«, ein gurgelnder Laut, der aus Alaskas Kehle kam, schnitt die Rede ab. Wieder bäumte sich der gepeinigte Mann auf, wieder begann Lord Zwiebus, seltsame Töne und Wortfetzen ausstoßend, mit seinem wahnsinnigen Lauf durch den Raum. Wieder zuckten die Flammen unter der Gesichtsmaske des Transmittergeschädigten hervor. Ein Schüttelkrampf von großer Heftigkeit hatte den Mann in seinem Griff und ließ ihn mit Beinen und Armen um sich schlagen. Ratlos standen die Ärzte jenseits des Schirmes, sahen Rhodan und Atlan an und wußten, daß auch sie wahnsinnig werden konnten, wenn sie die Flammen aus der Maske sahen.

»In der Sonne!« kreischte Lord Zwiebus auf und rannte gegen eine Wand, so daß der Raum erzitterte.

»In der Sonne?« fragte Deighton und riß seinen Kopf herum.

Rhodan erwiderte ruhig:

»Schalten Sie bitte eine Verbindung zu NATHAN, Galbraith!«

Der Geheimdienstler nickte und setzte sich vor einen Sichtschirm.

Jetzt tobten die beiden Männer. Es war grauenhaft, die Schreie der beiden Gefolterten zu hören und zu wissen, daß nichts ihnen helfen konnte. Der Anfall dauerte elf Minuten. Der Neandertaler und Alaska Saedelaere wurden dann langsam wieder ruhiger. Schließlich setzte sich Lord Zwiebus erschöpft auf Rhodans Schreibtisch und ließ seine langen Arme bis fast auf den Boden hängen. Er atmete wie ein Blasebalg.

»Jetzt weiß ich alles«, sagte er ruhig. »Cappins!«

Rhodan fuhr wie elektrisiert herum.

»Cappins?« fragte er ungläubig.

Der Begriff war aufgetaucht nach dem mörderischen Duell, das sich der Neandertaler und Alaska geliefert hatten. Cappins waren jene Wesen, die damals in der Lage gewesen waren, Menschen zu übernehmen, indem sie einfach in deren Verstand und Körper schlüpften.

»Er hat vollkommen recht«, sagte Alaska mit einer merkwürdig flachen Stimme.

»Tausende von Cappins sind nach Aussage der beiden angekommen . . .«, kommentierte der Chef der Solaren Abwehr. Er sprach bereits mit der Programmierabteilung von NATHAN, die ihren Sitz auf dem irdischen Mond hatte. Der Mond war ebenfalls durch einen Paratronschutzschirm geschützt.

»Sie sind angekommen und haben den Todessatelliten bevölkert«, sagte Alaska am Ende seiner Kräfte. Leise sprach Deighton weiter.

Lord Zwiebus richtete sich auf, atmete mehrmals tief durch und murmelte dann:

»Ich kann genaue Daten geben. Ich bin, wie wir wissen, künstlich gezüchtet worden und aus diesem Grund mutiert. Plötzlich merkte ich, daß ich so etwas wie einen Ortungssinn habe . . . vielleicht spricht er auch nur auf die Cappins an. Jedenfalls sind viele Tausende von Cappins erschienen. Sie befinden sich innerhalb des Todessatelliten.«

Stumm und fassungslos hörten Rhodan und Atlan zu.

»Deine Ortungssinne sind also derart beschaffen, daß du Cappins aus dieser Entfernung erkennen kannst?« fragte Rhodan den Neandertaler.

»Sie haben eigentümliche Individualstrahlungen«, erklärte Lord Zwiebus.

Rhodan sank in seinen Sessel zurück, griff an sein Kinn und sagte laut:

»Jetzt verstehe ich einiges. Die Lebewesen, denen Lord Zwiebus seine Herkunft verdankt, waren Cappins. Vielleicht sind die Strahlungen, die unsere Sonne aufheizten, eine Art Signal gewesen, das die Cappins angelockt hat. Sie kamen jedenfalls und befinden sich innerhalb des Todessatelliten. Woher kommen sie, Zwiebus?«

Der Neandertaler hob seine breiten Schultern und ließ sie resignierend wieder fallen.

»Ich kann es nicht klar sagen«, meinte Alaska undeutlich. »Jedenfalls ist mein Anfall abgeklungen.«

Deighton sprach wieder mit den Programmierern.

Die Medorobots und die Ärzte konnten sich jetzt um Saedelaere kümmern. Rhodan rief ihn an.

»Ich höre«, kam es hinter dem Schirm hervor.

»Bislang war die Existenz der Cappins schemenhaft und unklar. Inzwischen haben wir einige Hinweise mehr erhalten. Wie konnte es geschehen, daß die Cappins im Todessatelliten eintrafen?«

»Das ist mir . . . unklar«, erwiderte Alaska stockend. Die künstlich hervorgerufene Müdigkeit griff nach ihm. »Ich kann nichts weiter sagen. Ich habe Ihnen alles berichtet, was ich feststellen konnte.«

»Gut. Galbraith . . . werden die früher ermittelten Daten und die Vermutungen, die darüber angestellt worden sind, NATHAN ebenfalls vorgelegt?«

Deighton hob die Hand und bat um etwas Zeit. Er sprach die letzten Worte in die Mikrophone und sagte dann:

»Ende. Sobald die Ergebnisse da sind, bitte wieder melden – ich lasse die Verbindung bestehen.«

Er nickte, hob den Kopf, sah Atlan an und lächelte ein wenig. Um seine Augen lagen tiefe Ringe.

»In diesem Moment fängt NATHAN nachzudenken an«, sagte er. »Es kann nicht länger als einige Minuten dauern.«

Lähmende Hitze lag über der Stadt. Sämtliche Klimaanlagen liefen auf Hochtouren, und der Energieverbrauch stieg ständig an. Die lichtabsorbierende Flüssigkeit zwischen den Glasscheiben fast jedes einzelnen Fensters war hochgepumpt worden, und an den Spitzen der Blätter zeigten sich gelbe, ausgedörrte Stellen. Die Menschen litten unter der starken Hitze und unter dem verstärkten Ausstoß von Strahlen und Strahlungen aller Art. In den Nächten flimmerten die Lichtvorhänge des Nordlichts bis fast an die Äquatorialkreise herunter. Schlaganfälle waren an der Tagesordnung, und die Speiseeisfabrikanten verdienten ungeahnte Gelder. Nicht einmal der Einsatz von Robotern konnte mehr helfen – die Versorgung mit alkoholfreien Getränken brach so gut wie zusammen. Alkohol tranken nur wenige, jeder Schluck rief neue Schweißausbrüche hervor. Die Tiere versteckten sich unter den Zweigen und kamen nur an den Abenden und in den frühen Morgenstunden zum Vorschein. Der Vorrat an Sonnenöl und entsprechenden Schutzmitteln wurde restlos ausverkauft, und in vielen Teilen des Planeten ging man dazu über, die Vorräte von Speiseölen als Sonnenschutz zu verwenden. Das Wasser wurde knapp. Rhodan ließ fahrbare Entsalzungsanlagen anfahren und Meerwasser aufbereiten. Der Goshunsee wurde kleiner und kleiner.

Die Männer warteten. Eine Klimaanlage sandte einen Strom kühler Luft durch das Büro auf dem Dach der Administration.

Sämtliche verfügbaren Daten waren NATHAN übergeben worden.

Jetzt rechnete die gigantische Maschinerie auf dem Mond.

Sie brauchte dazu, einschließlich der Verwandlung der Information, eine halbe Stunde.

Dann ertönte der Summer.

»Achtung . . .«, sagte Deighton leise und schaltete das Gerät lauter. Hinter ihm stellten sich Rhodan, Atlan und der Neandertaler auf.

In drei Stunden wäre die Frist abgelaufen, die Rhodan gestellt worden war. Hundertachtzig Minuten vor diesem Zeitpunkt fing NATHAN an, seine rechnerischen Operationen zu interpretieren.

»Hier spricht ein Interpreter«, sagte eine Stimme.

Das Bild zeigte Monitore, auf denen Bilder vorbeirasten. Auf anderen Flächen sahen die vier Männer Kurven entstehen und Diagramme sich zusammensetzen. Raster blendeten sich ein, auf denen Punkte entstanden, einander berührten und lange Linien bildeten.

»NATHAN hat gerechnet – hier die Auswertung:

Die Tatsache, daß das Solsystem in seiner Position in der Zukunft, also dreihundert Sekunden oberhalb der Realzeit, entdeckt worden ist, beruht auf einem Zufall. Die Wahrscheinlichkeit hierfür beträgt siebenundneunzig Prozent.

Die Wahrscheinlichkeit, daß die rätselhaften Ankömmlinge die legendären Cappins sind, ist höher. Sie beträgt neunundneunzig Prozent.

Sind es aber Cappins, so bedeutet diese Folgerung, daß dieses Volk oder ein Teil von ihm mit der Zeit experimentiert hat. Bei einem solchen Manöver sind sie in die Zukunft vorgedrungen. Sie hörten die Signale des Todessatelliten – dieselben Ausstrahlungen, die für die Aufheizung der Sonne verantwortlich sind.«

»Also doch!« sagte Rhodan.

Die Stimme aus dem Lautsprecher fuhr fort:

»Die in der Zukunft weilenden Cappins haben die Signale empfangen, sich darauf eingepeilt und haben den Satelliten betreten. Von welcher Zeitebene oder aus welcher Entfernung das geschah, darüber kann NATHAN keine Aussage machen. Mangelnde Informationen sind der Grund.

NATHAN empfiehlt, sich mit den Cappins im Todessatelliten in Verbindung zu setzen, es sind genügend Kommunikationsmöglichkeiten vorhanden. Ende der Auswertung.«

Der Chef der Solaren Abwehr sagte laut:

»Danke, meine Herren!«

Er schaltete den Schirm ab und lächelte trotzig, als er sich zu Rhodan und Atlan umdrehte.

»Sie haben es gehört. Versuchen wir, mit den Cappins zu reden.«

Atlan sagte:
»Ich habe in den langen Jahren, in denen ich mich mit diesem Planeten beschäftigte, stets Grund zum Mißtrauen gehabt. Auch heute und hier ist es nicht anders. Wir sollten die Schiffe, deren Besatzungen sich nicht gerade über zuviel Beschäftigung beklagen können, vorsichtigerweise um die Sonne postieren.«
Er meinte die zehntausend Raumschiffe innerhalb des Systems.
Rhodan nickte energisch und sagte zu Deighton:
»Das ist Ihre Aufgabe, Galbraith.«
»Einverstanden«, sagte der SolAb-Chef.
Atlan hob die Hand und sprach seinen Einwand aus.
»Die zehntausend Schiffe sollen die Auffangpositionen innerhalb des Antitemporalen Gezeitenfeldes einnehmen. Wir wissen ja nicht, was die nächsten Stunden bringen.«
Deighton war einverstanden.
»Was sagen Sie dazu, Lord Zwiebus?« fragte er ruhig.
Der Neandertaler schüttelte den Kopf und erwiderte laut:
»Ich habe nichts mehr zu sagen. Viele Tausende von Cappins sind im Todessatelliten. Ich weiß nicht, wie man mit ihnen reden kann.«
Rhodan verschränkte die Hände auf dem Rücken und ging dreimal hinter seinem Schreibtisch hin und her.
»Wir werden versuchen, über Hyperfunk und Normalfunk die Cappins zu erreichen. Zwiebus – du kümmerst dich um Alaska. Wenn etwas Unvorhergesehenes geschieht, versuche mit unserem Schiff in Funkkontakt zu kommen.«
»Das werde ich bestimmt tun«, erwiderte der Neandertaler.
»Deighton – Sie sorgen bitte für den Alarmstart der Heimatflotte.«
Der SolAb-Chef verzog sein Gesicht zu einem flüchtigen Lächeln und antwortete leise:
»Starten Sie unbesorgt. Ich werde alles veranlassen.«
Atlan und Rhodan verließen den Raum, um sich in die Bemühungen einzuschalten. Sie wollten versuchen, mit dem Todessatelliten oder mit dessen Insassen in Verbindung zu treten.

Perry Rhodan stand in der Funkzentrale des Riesenraumschiffs.
Der Mann mit dem unnatürlich bleichen Gesicht, das von Müdigkeit, Aufregung und Schlaflosigkeit geprägt war, schwieg und betrachtete langsam die Rücken der Männer. Die Besatzung der Funkzentrale

befand sich in voller Aktionsbereitschaft, und die INTERSOLAR schwebte außerhalb des Paratronschirmes. Rhodan wirkte jetzt ruhig, fast zu ruhig. Seine auffallende Nervosität war gewichen und hatte einem gespannten Gefühl der Aufmerksamkeit Platz gemacht. Mit dem Zeigefinger der Linken strich er unablässig über die winzige Narbe an der Nase. Seine Augen lagen in tiefen Höhlen, umgeben von dem Fächerwerk der Fältchen. Die Kiefer waren fest aufeinandergepreßt, in den Lippen schien kein Blut mehr zu sein. Rhodan hob jetzt den Kopf, starrte auf einen Schirm, der das Bild der lodernden Sonne zeigte. Dunkle Filter machten das Gestirn sichtbar und zeigten ziemlich genau die Protuberanzen und den Aufruhr in der Sonnenatmosphäre. Dann fragte Rhodan: »Sind wir fertig?«

»Ja, Sir«, antwortete der Leiter der Funkabteilung.

»Nehmen Sie zuerst Normalfunk. Senden Sie mit aller Energie, die aufgewendet werden kann!«

»Selbstverständlich.«

Schirme wurden eingeschaltet, und die Fernerfassung zauberte das Bild des Satelliten, ebenfalls durch Filter sichtbar, auf die dunklen Flächen. Der Offizier am Funkpult ließ das vorbereitete Band anlaufen und schaltete auf volle Sendeleistung. Die riesigen Antennen des Schiffes strahlten den Spruch ab, exakt auf den Satelliten ausgerichtet. Die Positronik schwenkte den Richtstrahl Millimeter um Millimeter herum und hielt den Satelliten stets im Zentrum der Wellen.

Minutenlang wurde die Sendung abgestrahlt.

Rhodan hielt einen Kopfhörer ans Ohr und hörte zur Kontrolle mit. Er erkannte seine Stimme, aber der Text schien ihm seltsam fremd.

Er sprach Interkosmo. Er sagte, wer er war, welche Gefahren die Sonne heraufbeschwor und bat die Cappins, sich mit ihm auf die gleiche Weise in Verbindung zu setzen. Es läge ihm, sagte er, unendlich viel an einem schnellen, vorurteilslosen Kontakt.

Dann lief die Sendung nach mehrmaliger Wiederholung aus. Rhodan wandte sich an den Leiter.

»Haben wir etwas angemessen?«

Der Mann vor ihm deutete auf seine Meßanzeigen.

»Nichts. Wir können noch nicht wissen, ob die Fremden uns gehört haben. Sie senden jedenfalls auf keiner Stelle der gesamten Bandbreite im Normalfunk. Unsere Detektoren sind hervorragend, wie Sie wissen.«

Rhodan nahm ein Mikrophon in die Hand und schaltete es ein, dann sagte er:

»Bitte die Botschaft in Hyperfunk wiederholen. Anschließend gehen wir nach dem normalen Plan vor – also sämtliche Möglichkeiten durchprobieren.«

»Klar!« sagte jemand.

Während der Hypersender der INTERSOLAR die gesamte Sendeenergie verwendete, um den Todessatelliten zu erreichen, starteten von allen Punkten des Ghost-Systems die schnellen Raumschiffe. Sie rasten, von Deighton alarmiert, ihren Zielpunkten entgegen und warteten dort mit leerlaufenden Maschinen. Aus dem langen Warten der letzten Wochen war schlagartig Aktion geworden. Aber niemand wußte, was der nächste Schachzug sein würde.

Wer waren diese Fremden?

Woher kamen sie . . . und was suchten sie im Todessatelliten?

Wie konnte man mit ihnen in Kontakt kommen?

Und: Wie konnte die beginnende Nova verhindert werden?

Die INTERSOLAR wiederholte die Sendung noch dreimal. Auch jetzt lag der Satellit genau in der Zielrichtung der Antennen und zog ruhig seine Bahn in der Sonnenatmosphäre.

Nach zehn Minuten sah Rhodan ein, daß seine Versuche fehlgeschlagen waren.

»Zur Sicherheit«, sagte er langsam, »machen wir das Programm durch. Versuchen Sie alles, was wir können. Wir müssen mit den Cappins reden! Das ist unsere einzige Chance!«

Der Mann vor ihm nickte stumm.

»Ich bin in meiner Kabine zu erreichen«, sagte Rhodan.

Er verließ die Funkzentrale und ging nachdenklich durch die Korridore bis zu seiner Kabine. Perry Rhodan grübelte. Seine Gedanken versuchten, alle erhaltenen Fakten zu einem einheitlichen Bild zu verknüpfen. Etwas mußte jetzt geschehen. Aber was? Er wußte es noch nicht. Jedenfalls war im Verlauf der letzten drei Stunden viel geschehen. Die Ereignisse lagen in einem anderen Licht.

Rhodan warf sich in seinen Sessel und kippte ihn nach hinten.

Die Ruhe der halbdunklen Kabine half ihm. Auf dem Schirm, der das Bullauge ersetzte, stand das Bild der Sonne. Ein golden glühender Fleck, eine gestochen scharfe Scheibe in einer dunkelblauen, etwas braun getönten Umgebung ohne Sterne.

Eintausendvierhundertsiebenundneunzig Jahre zählte jetzt sein Leben. In dieser, für andere Menschen unvorstellbar langen Zeit, hatte er unzählige Dinge erlebt, teilweise wieder vergessen. Unzählige Probleme hatten sich ihm gestellt, und mit Hilfe aller Terraner und seiner persönlichen Freunde hatte er fast alle Probleme lösen können. Die oft verwirrenden und untypischen Lösungswege waren in seinem Gedächtnis fest verankert, und langsam schälten sich aus dem Dunkel des Verdrängten und Versteckten Vorgänge heraus und wurden klar. Perry dachte nach.

Er ging noch einmal den Aussagen von Alaska Saedelaere nach, dann denen des Neandertalers und verglich sie mit den mathematisch abstrakten, fast sterilen Rechenergebnissen des im Mond verborgenen Rechenzentrums der Erde.

Er glaubte, einen Hinweis und auch einen Weg gefunden zu haben, der das Ghost-System vor der endgültigen Katastrophe retten konnte. Rhodan erhob sich und ging langsam in seiner Kabine hin und her. Dann blieb er, nachdem er den Durchgang überquert hatte, in dem Büroteil stehen und aktivierte den 3-D-Schirm an seinem Schreibtisch. Zuerst wählte er die Funkzentrale des Schiffes an.

»Hatten Sie Erfolg?« fragte er unvermittelt, als das Gesicht des Verantwortlichen auftauchte.

»Nein. Wir haben das gesamte Programm gefahren, jeweils viermal. Wir konnten keine einzige Veränderung feststellen, keinen Impuls, gleich welcher Art, empfangen. Es scheint, als ob der Satellit leer ist.«

Rhodan erklärte:

»Alaska hat eine andere Meinung. Schalten Sie bitte ein Gespräch hinunter in die Administration. Ich möchte Atlan und Deighton sprechen.«

Eine Minute später war er mit den beiden Männern verbunden.

»Er hat wieder den alten, verwegenen Ausdruck«, sagte Atlan sarkastisch zu Deighton und blinzelte Rhodan zu. »Gleich wird er uns mit einem neuen, tollkühnen Plan überraschen, der viel Arbeit und noch mehr Material kostet.«

Rhodan lächelte zaghaft.

»Ehe ich anfange . . . bitte, holt Waringer. Ich brauche ihn.«

Der Wissenschaftler hatte im Raum gesessen und kam jetzt vor die Linsen des Gegengerätes. Rhodan begrüßte ihn kurz und begann:

»Ich dachte mir folgendes: Es muß folgerichtig sein, daß unser System nur durch einen Zufall entdeckt worden ist. Gebt ihr mir in diesem Punkt recht?«

Atlan erwiderte:

»Das ist genau meine Meinung. Zufällig.«

Deighton und Waringer beschränkten sich auf ein Nicken.

»Der Satellit hat einen Funkstrahl ausgeschickt, den wir nicht feststellen konnten, beziehungsweise ihn mit etwas anderem identifizierten. Dieser Leitstrahl wurde von den Cappins aufgefangen, die sich – zufällig – ebenfalls genau fünf Minuten in der Zukunft befunden haben.« Waringer warf ein:

»Auch das ist logisch – wenigstens für mich.«

Rhodan fuhr fort:

»Also handelt es sich bei dem Beförderungsmittel der Fremden um eine Einrichtung, mit der sie Zeitexperimente durchführen können. Wo sie stationiert sind, bleibt unklar, wird uns auch weiter nicht beschäftigen. Es ist sicherlich ungeheuer kompliziert und außerdem sehr unwahrscheinlich, bei Zeitreisen exakt auf die Mikrosekunde einen anderen Körper aufzuspüren, der ebenfalls in der Zeit pendelt – wie alles, was sich innerhalb des Ghost-Systems befindet. Auch dieser verdammte Satellit.«

»Damit sagst du uns nichts Neues«, bekannte Atlan. »Wo ist die Pointe?«

»Du wirst nicht lachen können«, versprach Rhodan. »Die Pointe ist, daß wir verhindern müssen, daß die Cappins den Todessatelliten wieder verlassen können. Wir brauchen sie *im* Satelliten, weil sie vermutlich keine Lust haben, ebenfalls gebraten zu werden. Ich frage euch: Was haltet ihr davon?«

Atlan verstand augenblicklich, welchen Plan sein Freund vorschlagen würde.

Deighton schien etwas verwundert, wollte sich aber noch nicht äußern. Abel Waringer bekam seine berühmten glänzenden Augen. Auch er verstand, was Rhodan meinte.

»Es ist nicht besonders schwierig«, sagte er, »das Antitemporale Gezeitenfeld so zu schalten, daß das Solsystem eine andere Position in der Zeit einnimmt oder entlang der Zeitlinie.«

Rhodan lächelte jetzt deutlicher.

»So können wir die Rückkehr der Cappins verhindern. Sie haben entweder unsere Kontaktversuche nicht bemerkt, oder aber, sie haben sie bemerkt, und es hat sie nicht besonders gestört. Dadurch, daß wir ihnen zunächst den Rückweg versperren, haben wir immerhin ein Druckmittel für eine Kommunikation gefunden.«

Nachdenklich sagte Waringer:

»Wenn sie nicht genau auf die Mikrosekunde in ihrer Zeitspur sind, können sie nicht mehr zurückkehren. Wir zwingen sie dadurch, mit uns in Kontakt zu treten. Dann können wir sie bitten, den Satelliten abzuschalten, zu sprengen oder mit sich zu nehmen. Ein guter Plan.«

Rhodan nickte ernst und sagte:

»Das sollte veranlaßt werden. Ich bleibe an Bord der INTERSOLAR und beobachte weiter, was geschieht. Kann ich mich darauf verlassen?«

Waringers wissenschaftliche Eitelkeit schien gekränkt.

»Selbstverständlich!« betonte er und verließ den Raum.

Rhodan verbrachte die Wartezeit – oder wenigstens einen Teil davon – in einer Messe des riesigen Schiffes. Er saß an der langen, rechteckigen Eßtheke und hatte vor sich ein mehr als reich gedecktes Tablett. Er aß und trank langsam. Um ihn herum waren andere Besatzungsmitglieder, die ihn wenig beachteten. Niemand hatte ihn angesprochen, nur die üblichen Grüße waren gewechselt worden.

Ein Lautsprecher knackte scharf. Dann sagte eine Stimme:

»Hier Steuerzentrale. Wir rufen Perry Rhodan. Bitte ans nächste Gerät!«

Die Durchsage wurde dreimal wiederholt.

Rhodan lief aufgeregt quer durch die Messe auf den Interkom zu, drückte die betreffende Taste und sagte hastig:

»Hier Rhodan. Was ist los?«

»Sir! Ein fremdes Schiff in Sonnennähe. Kommen Sie sofort zu uns herauf. Sollen wir Alarm geben?«

Rhodan überlegte drei Sekunden lang, dann sagte er leise:

»Ja. Aber nicht Vollalarm.«

Während er noch sprach, begannen die Sirenen und die Summer zu arbeiten. Das Signal bedeutete: *Gespannte Alarmbereitschaft.*

Perry verließ laufend die Messe, schwang sich in einen Antigravschacht und war kurz darauf in der Kommandozentrale. Er rannte auf seinen Platz zu, blickte dabei auf die Panoramagalerie und sah, was er nicht erwartet hatte.

Ein Schiff!

Langsam beschleunigte die INTERSOLAR und nahm Kurs auf das fremde Flugobjekt. Da es unmöglich durch die Temporalschleuse gekommen sein konnte, mußte sein Erscheinen mit dem Todessatelliten zusammenhängen.

»Was ordnen Sie an, Sir?« fragte der Erste Offizier.

»Abwarten. Nähergehen und abwarten. Meldung an die Flotte und nach Terrania, klar?«

Jemand sagte deutlich:
»Läuft bereits. Verstanden.«
Vor Rhodans Platz glühte jetzt ein großer Bildschirm auf. Durch Blenden und schwere Filtersätze geschützt, tauchte eine Ausschnittvergrößerung der Sonne auf. Der Satellit war zu sehen und ein zweiter Flugkörper, der dicht neben ihm schwebte. Es war unverkennbar ein fremdes Raumschiff, die Form und die Größe bewiesen es. Rhodan sah nach der Einteilung des Größenrasters, daß es etwa neunhundert Meter lang war und nicht mehr durchmaß als hundertfünfzig Meter. Es sah aus wie ein Rohr, das man an einem Ende mit einer glatten Fläche verschlossen hatte, am anderen Ende, der Spitze, war es abgerundet, also halbkugelig. Die fliegende Walze wurde schneller, ohne daß Energieemmissionen zu sehen waren, und richtete den Bug auf das Flaggschiff. Die INTERSOLAR blieb etwa zwischen Sonne und Merkurbahn und flog ein Ausweichmanöver, wodurch das fremde Fahrzeug an ihr vorbeiglitt. Langsam folgte der kugelförmige Gigant dem vergleichsweise kleineren Walzenschiff.
Der Lautsprecher schnarrte:
»Hier Funkabteilung. Ein Gespräch mit Lordadmiral Atlan. Soll ich herunterschalten?«
Rhodan sprach ins Mikrophon:
»Ja, bitte«, sagte er.
Auf einem weiteren Schirm erschien der Oberkörper des Arkoniden. Atlan schien etwas aufgeregt und sagte laut:
»Ich habe eine interessante Meldung. Lord Zwiebus und Alaska Saedelaere spüren, ohne daß die Anfälle besonders stark gewesen wären, eindeutig die Anwesenheit der Cappins. Sie sollen absolut menschenähnlich sein, wie wir aus Zwiebus' Aussage wissen. Sie scheinen näher zu kommen. Das hängt mit dem Schiff zusammen. Was soll geschehen?«
Rhodan nickte und antwortete:
»Das Schiff rast der Merkurbahn entgegen. Wir werden ihm folgen und beobachten. Unternimm im Augenblick noch nichts, aber bleibe bitte an den Schirmen. Ist die Verbindung klar?«
»Sie ist es«, sagte Atlan. »Ich werde jedenfalls erhöhte Alarmbereitschaft für die Truppen und Flottenabteilungen anordnen, die sich auf Terra befinden.«
»Einverstanden.«
Die Verbindung blieb bestehen und Rhodan wußte, daß man auch auf Terra sehen konnte, was die INTERSOLAR sah. Außerdem emp-

fingen die zehntausend Schiffe der Heimatflotte die gleichen Informationen.

Langsam vergingen die Minuten und Stunden.

Während ihm die INTERSOLAR folgte wie ein Schatten, stieß das Walzenschiff bis zur Merkurbahn vor, überflog sie und nahm Kurs auf den zweiten, ebenfalls unter einem Paratronschirm liegenden Planeten des Systems: die Venus. Dort verringerte sich seine Geschwindigkeit, aber sie nahm kurz darauf wieder zu, und das fremde Schiff raste der Erde entgegen. Auch die INTERSOLAR wurde schneller und verringerte den Vorsprung des fremden Schiffes.

Rhodan schaltete auf die Funkabteilung um und sagte:

»Bitte, versuchen Sie noch einmal, mit allem, was wir haben, das Schiff zu erreichen. Strahlen Sie das gleiche aus, was wir schon einmal gesendet haben. Vielleicht reagieren die Cappins jetzt.«

»Wird gemacht. Augenblick!«

In der INTERSOLAR herrschte gemäßigte Spannung. Jeder an Bord wußte, worum es ging, aber die Frauen und Männer waren eher neugierig als ängstlich, eher aufmerksam, als daß sie eine Gefahr in dem fremden Schiff sahen. Trotzdem waren sämtliche Stationen des Schiffes besetzt. Eine Überraschung durch einen plötzlichen Angriff schien ausgeschlossen. Auch Perry Rhodan ließ das Schiff nicht aus den Augen.

Die Filter wurden von den Linsen gezogen, und das vertraute Bild tauchte auf den Schirmen der Panoramagalerie auf.

Eine riesige Kugel, die größer und größer wurde – ein Planet, weißblau, mit den Strukturen der Wolken, unter denen das Festland oder die Meere hervorsahen. Vor dieser Kugel sahen die Besatzungen des Schiffes die perspektivisch verkürzte Form des walzenförmigen Schiffes. Es strebte, mit dem runden Bug voran, auf die Erde zu.

Rhodan senkte den Kopf und sah auf dem kleinen Monitor, daß auch Atlan auf das Bild starrte, das ihm von der INTERSOLAR vermittelt wurde.

»Atlan?« fragte Rhodan.

Der Arkonide wandte den Kopf.

»Ja?«

»Die Cappins reagieren nicht einmal jetzt, obwohl wir nur rund eine Million Kilometer von ihnen entfernt sind, auf unsere Signale. Was, glaubst du, haben sie vor?«

Atlan lächelte ausgesprochen grimmig.

»Vermutlich das, was viele Schiffe vor ihnen schon planten: Die

Erde einer näheren Inspektion zu unterziehen. Der Paratronschirm wird sie, hoffe ich, nachdrücklich daran hindern.«

Rhodan sagte:

»Ich warte nicht mehr lange. Ich werde einige ferngesteuerte Projektile losschicken, die Erkundigungen einziehen sollen. Ein Test. Schießen sie gleich, dann sind sie entweder nervös . . .«

Atlan ergänzte:

». . . oder sie haben diesen schlechten Charakter, der bisher sämtliche Besucher der Erde ausgezeichnet hat. Außer den Arkoniden, natürlich.« Rhodan grinste und konterte:

»Beuteterraner!«

Die Schiffe hielten jetzt an. Das Walzenschiff schien den undurchdringlichen Schirm geortet zu haben und blieb etwa eine Million Kilometer von der Erde entfernt stehen. Hinter der Erde kam jetzt der narbige Mond hervor. Zwischen dem Walzenschiff und der INTERSOLAR klafften eine Million Kilometer leerer Raum. Eine erwartungsvolle, ausgedehnte Pause entstand. Überall starrten die Menschen auf die Schirme, und die Nachrichtensprecher schalteten sich in die laufenden Fernsehprogramme ein und informierten die fünfundzwanzig Milliarden Menschen auf den Planeten von den neuen Ereignissen.

Obwohl Fremde über der Erde schwebten, glaubte jeder, die Wende sei gekommen.

Sie kam auch – aber auf gänzlich unerwartete Art.

4.

Der vierte Tag – 5. Juni

»Freunde«, sagte Lecufe, der förmlich vor Unternehmungsgeist zitterte, »dieses Schiff ist nur wegen seines Alters eine Sensation. Aber für das, was wir vorhaben, ist es noch ziemlich gut geeignet.«

Lecufe hatte in dem verlassenen Satelliten nicht nur eine komplette technische Einrichtung, sondern auch dieses Schiff gefunden. Er als Chef der achttausend Cappins, die von der hin- und herpendelnden Zeitstation entlang des Pedopeilstrahls den Satelliten betreten hatten, fühlte sich in seinem Element.

»Beginnen wir also«, sagte er über die altertümliche, aber hervorragend funktionierende Bordkommunikation zu seinen Freunden, »dieses System zu erforschen. Der weißblaue Planet dort vorn, der dritte ist es, interessiert mich besonders.«

Das Walzenschiff glitt aus dem Satelliten hervor und beschleunigte langsam, aber stetig, verließ die Sonne und flog auf der Ebene der Ekliptik auf die Kreisbahn des ersten Planeten zu.

Einer der Männer meldete sich und stellte fest:

»Sogar Raumschiffe gibt es in diesem System!«

Lecufe hatte sehr schnell festgestellt, daß der Pedopeiler uralt war.

Als seine Männer die Energieversorgung der Station in Ordnung gebracht und sich flüchtig eingerichtet hatten, entdeckte ein Kommandotrupp das Schiff. Ein anderer aktivierte einen Computer, schaltete die Speicher ein und fand heraus, daß vor einer Zeit, die rund zweihunderttausend Umläufen des dritten Planeten um die Sonne entsprach, dieser Pedopeiler erbaut worden war. Man hatte ihn in der Sonnenkorona stabilisiert. Das erklärte vieles, dachte Lecufe, als er sich mit seinen Männern unterhielt – die Erbauer, Cappins wie sie auch, waren längst verschollen, und die erwähnten Namen, die hier und dort auftauchten, waren den Neuankömmlingen völlig unbekannt.

Das Ziel stand somit fest:

Der dritte Planet.

Ein Mittel, dorthin zu gelangen, hatten sie auch gefunden:

Das Walzenschiff.

Das Schiff fegte los und näherte sich der Bahn des sonnennächsten Planeten, bemerkte das kugelförmige Raumschiff neben sich und stieß weiter vor, in die Richtung des weißen, wolkenbedeckten zweiten Planeten. Lecufe wußte nicht, daß der Planet Venus hieß, und er konnte nicht ahnen, daß die Bewohner dieses Systems mit allen Kräften versuchten, sich mit ihm und den anderen Cappins zu verständigen. Dafür wußte er andere Dinge.

»Der Satellit wird«, sagte er zu seinem Nebenmann, einem hageren, schmalgesichtigen Mann mit hängenden Schultern, aber fanatisch glühenden Augen, »zweifellos binnen weniger Tage die Sonne zur Nova werden lassen.«

Der andere zuckte mit den Schultern und meinte:

»Geht uns das etwas an? Wir suchen uns mit dem Schiff in der Nähe dieses Systems einen neuen Wirkungsbereich. Wenn dann die Sonne explodiert . . .«, er ließ den Satz unbeendet.

Auch Lecufe hatte gemerkt, daß der Todessatellit nicht mehr einem gemütlichen Aufenthaltsort glich, sondern von Stunde zu Stunde heißer wurde. Die Funktionen der technischen Einrichtung wurden bereits gestört, nicht nennenswert, aber immerhin.

»Nun ist dieses Raumschiff völlig veraltet«, sagte Lecufe. »Bis auf die Wachmannschaft, die wir aus ihrem Tiefschlaf wecken konnten. Die Kerlchen sind rührend besorgt.«

»Ein Lob unseren Ahnen«, meinte der andere. »Ich möchte wissen, was sie hier gesucht haben.«

»Und, wenn sie etwas suchten, was sie gefunden haben!« sagte Lecufe.

»Sehen wir weiter. Landen wir erst einmal auf dem dritten Planeten. Vielleicht finden wir dort etwas Nennenswertes.«

Lecufe fragte sich laut:

»Und die Sonne, die zur Nova wird?«

Sein Nachbar antwortete:

»Warten wir noch. So schnell explodiert sie auch wieder nicht. Wir haben noch genügend Zeit. Und hier wird uns kaum eine überlegene Technik bremsen können.«

Colonel Uxbridge und Captain DeBona waren Männer, die nicht jedem Risiko aus dem Weg gingen, aber vermeidbare Risiken durchaus scheuten. Man nannte sie an Bord der INTERSOLAR allgemein die »Fernaufklärer«.

Sie waren Spezialisten.

Untereinander hatten sie im Laufe der Jahre einen Verkehrston entwickelt, der für einen Uneingeweihten schwer verständlich war, in seiner radikalen Knappheit aber beiden Männern viel Zeit und eine Menge unangebrachter Vokabeln ersparte. DeBona saß bereits in seinem Sessel, Uxbridge kam herein und setzte sich den schweren Helm auf.

»Boß hat gesagt: Hinfliegen, nachsehen, umdrehen. Machst du mit?«

»Klar, Mann . . . fertig?«

»Sekunde.«

Sie hatten den Auftrag erhalten, nachzusehen, wie nahe man sich dem fremden Schiff nähern konnte, ohne abgeschossen zu werden.

Sie ließen das Triebwerk anlaufen und warteten, bis die Lightning-Jet aus dem Hangar katapultiert wurde. Dann raste der Jäger los, drehte sich einmal überflüssigerweise um die Längsachse, wobei der Kopilot, DeBona, rief:

»Akrobatik. Wird nicht gezahlt.«

Uxbridge gab zurück:

»Dieser Witz kostet extra.«

Der kleine Jäger raste mit äußerster Beschleunigung auf das Walzenschiff zu, senkte die spitze Schnauze ein wenig, und aus den Lagekorrekturtriebwerken schossen lange Partikelströme.

Dann murmelte DeBona:

»Gut, daß im Vakuum keine Luft ist.«

»Klar«, sagte Uxbridge. »Sonst käme die Walze langsamer voran. Wieviel Grad?«

»Drei. Beschleunigung zurück.«

Die großen Objektive der Aufnahmegeräte richteten sich auf die näher kommende Bordwand des Walzenschiffes aus. Uxbridge senkte den Jäger, tauchte in höchster Fahrt unter dem Schiff hindurch und zog sofort den Steuerknüppel an. Der Jäger beschrieb eine enge Kurve, blieb stets in der gleichen Entfernung von der Bordwand und erschien wieder oberhalb des Schiffes. Sie flogen, relativ zum Schiff gesehen, auf dem Kopf, und Uxbridge drehte eine Hundertachtzig-Grad-Rolle.

»Keine besonderen Vorkommnisse«, meldete DeBona zurück an die Kontrolle.

Der Jäger entfernte sich wieder vom Schiff, und Uxbridge glaubte, eine Luke oder ein Bullauge zu sehen. Der Jäger bremste ab, wurde in einer engen Kurve abgefangen und raste wieder zurück.

DeBona stellte fest:

»Wir haben keinen Paratronschutzschirm. Wenn die Fremden schießen, gibt's Schrott.«

Der Jäger bewegte sich jetzt mit sämtlichen eingeschalteten Objektiven der verschiedenen Systeme auf der linken Seite der Kanzel entlang des Schiffes. Sie hatten den langen Rumpf von der glatten, übergangslos abgeschnittenen Seite angeflogen und rasten nach vorn, der halbkugeligen Spitze zu.

Da geschah es.

Jenseits der Schutzschirme des Walzenschiffes entstand vor und über dem Jäger ein blaßblaues Feld. Der Jäger raste mitten hinein. Es schien eine kugelförmige, unregelmäßige Wolke eines Hochenergiefeldes zu sein.

Mit einem einzigen Schlag wurden sämtliche Maschinen gezündet, die auf atomarer Fusionsbasis beruhten. Dadurch erfolgte schlagartig eine Initialzündung der gesamten atomaren Munition, der Treibstoffvorräte und Triebwerke. Der kleine Jäger zerbarst in einer grellen Explosionswolke.

Der grünlich schimmernde HÜ-Schirm des Jägers war glatt durchschlagen worden.

Abel Waringer, der unten in Terrania City vor einem Bildschirm saß, bezeichnete das hochenergetische Feld der Fremden als Initialstrahler.

»Verdammt«, sagte DeBona. »Wir sind alle tot. Du auch.«

Uxbridge nahm die Haube der Fernsteuerung ab, schaltete die jetzt sinnlosen Kontrollen ab und holte tief Luft.

»Schade um dich, Kumpel«, bemerkte er. »Wer kassiert jetzt meine Lebensversicherung?«

»Ganz einfach – ich.«

Sie nahmen die bespielten Speicherkristalle der Detektorgeräte an sich und verließen den Stand der Fernsteuerung. Wie gesagt – sie scheuten allzu offensichtliche Risiken. Verständlich.

Rhodan, Atlan, die Kommandanten der Heimatflotte, Deighton und Waringer hatten mitangesehen, wie die Fremden ohne Warnung das Feuer eröffnet hatten. Wären wirkliche Menschen und nicht nur hochempfindliche Positroniken an Bord des Jägers gewesen, wären sie gestorben.

Rhodan nickte Atlan zu und sagte grimmig:

»Das war alles andere als freundlich. Ich greife ein.«

Atlan warnte:

»Nimm ein paar größere Schiffe. Nein – nicht alle zehntausend! Ich will keine Raumschlachten . . .!«

»Glaubst du, ich?«

Rhodan griff zum Mikrophon und beorderte fünfzig seiner schwersten Einheiten hierher. Die INTERSOLAR nahm langsam wieder Fahrt auf, schoß mit allen eingeschalteten Schirmen auf den Fremden zu. Von verschiedenen Richtungen näherten sich fünfzig schwerste Einheiten und gingen nach einem häufig geübten Schema zum Angriff über. Sie verwendeten nur harmlose Waffen und blieben im Schutz der Paratronschirme.

Impulsstrahler wurden eingesetzt und schlugen in die Schutzschirme des Fremden ein.

Molekülauflösende Desintegratoren schleuderten ihre Energie der fliegenden Walze entgegen und überlasteten die Schirme.

Ultraschallschwingungen rasten entlang der Bordwände. Majestätisch näherte sich aus dem Pulk der anderen Schiffe die INTERSOLAR, verzögerte die Fahrt.

»Noch einmal«, sagte Rhodan in sein Mikrophon, »ich verbiete ausdrücklich den Einsatz von tödlichen Waffen.«

»Verstanden!« kam es zurück.

Die INTERSOALAR und die fünfzig anderen Einheiten griffen an. Sie näherten sich von allen Seiten, einer Kugelschale vergleichbar, dem fremden Walzenschiff. Ihre Bordwände lagen unter dem Schutz der starken Paratronschutzschirme. Die Energieflut, die dem Fremden entgegengeschleudert wurde, prallte zunächst an dessen Schutzschirmen ab. Minutenlang feuerten die schweren Projektoren.

Rhodan sagte laut:

»In dem Augenblick, in dem der Schutzschirm zusammenbricht, funken wir noch einmal. Wir versuchen es auch mit optischen Signalen.«

Die Funkzentrale erwiderte augenblicklich:

»Wir hatten bereits daran gedacht, Sir.«

»Vorzüglich!« meinte der Großadministrator und sah von einem Schirm zum anderen. Auf der leuchtenden, viereckigen Anzeige, auf der die Linien und Felder der ausgesandten und der fremden Energien zu sehen waren, erkannte Rhodan die Situation. Es war ein merkwürdiges Bild voller Widersprüche.

Der Weltraum war voller Muster und Streifen, Strukturen und Kreise.

Der Bildhintergrund war dunkelblau. Darauf zeichneten sich die Schauer der Sonnenemisionen ab wie schnell treibender Schnee, den ein Strom mit sich riß. Dazwischen sah man die Wülste der Van-Allen-Gürtel um die Erde. Im Vordergrund des Bildes erkannten Rhodan und die Männer der Feuerleitstellen die Schale aus Energie, die gelb leuchtete, wie ein hauchdünner Ballon. Sie umgab das fremde Walzenraumschiff von der abgerundeten Spitze bis zum abgeschnittenen Heck. In dieser Sphäre erschienen jetzt kleine, kreisrunde Löcher. Dort trafen die Strahlen aus der INTERSOLAR und den anderen Schiffen auf. Die Löcher wurden größer, und schließlich riß der gegnerische Schutzschirm von der Spitze des Schiffes anfangend auf. Mit weißem, fahlem Licht explodierte ein Projektor in der anderen Bordwand. Augenblicklich stellte die INTERSOLAR den Beschuß ein.

»Wir funken!« kam eine Stimme aus dem Lautsprecher.

»Verstanden.«

Rhodan lehnte angespannt in seinem Sessel. Seine Hände lagen auf den breiten Lehnen, und er mußte sich zusammennehmen, um nicht die Finger in die Polsterung zu bohren. Konnten sie dieser Gefahr dadurch begegnen, daß sie einen Dialog mit den Fremden erzwangen? Was war, wenn dieses Schiff nur Roboter enthielt und nicht die Cappins, die das Sonnensystem betreten hatten? Er wußte es nicht. Er wußte nur eines mit Gewißheit: Noch wenige Tage, und das Sonnensystem mußte geräumt werden. Abgesehen von dem materiellen Wert, der kaum in Zahlen auszudrücken war, bedeutete dies das Ende einer weiteren Epoche, die unter dem Zeichen neuer Hoffnungen gestanden hatte. Rhodan griff nach einem Schaltersatz und bewegte einige kleine Hebel.

Ein Schirm wechselte sein Bild.

Rhodan sah das Aufblitzen eines ultrastarken Scheinwerfers. Er war in die äußerste Bordwand installiert worden, und hinter einer dicken Abdeckplatte aus Glassit stach ein scharfer Strahl aus blendender Helligkeit hinüber zum fremden Schiff. Er erlosch und kam wieder . . . in einem schnellen, aber mit bloßem Auge bequem zu verfolgenden Rhythmus. Rhodan wartete fünf Minuten, in denen sämtliche Möglichkeiten der Funkzentrale angewandt wurden. Er wartete vergebens.

»Hoffnungslos, Sir«, kommentierte die Stimme aus dem Lautsprecher. »Sie reagieren auf nichts. Vielleicht ist dort niemand oder nichts, das reagieren könnte. Was haben Sie für Anordnungen?«

Rhodan zuckte schweigend mit den Schultern. Nach einigen Sekunden erwiderte er ruhig:

»Stellen Sie die Versuche ein!«

»Verstanden.«

Rhodan besprach sich kurz und leise mit dem Kommandanten der INTERSOLAR, dann griff er wieder zum Mikrophon. Die zweiundfünfzig Schiffe – die fünfzig schweren Einheiten, die INTERSOLAR und das Walzenschiff – drifteten inmitten der fließenden Sonnenenergie auf den Paratronschutzschirm des Planeten Erde zu. Niemand handelte. Eine ungeheure Spannung hatte die Besatzung der Schiffe ergriffen. Sie wußten, was auf dem Spiel stand – für Rhodan und für sie alle.

Die Uhren wurden beobachtet.

Die Schiffe schlossen ihre Umklammerung um den Fremden. Schlagartig begannen sämtliche Paralysegeschütze der einundfünfzig Großkampfeinheiten zu feuern. Der Fremde stand im Mittelpunkt der

Strahlungen, die auf die Nervenzellen wirkten. Jeder Kubikzentimeter des Schiffes war dreihundertsechzig Sekunden lang von der Paralysestrahlung durchflutet. Sie durchdrang sämtliche Isolierungen und flutete durch das Schiff wie Gammastrahlung. Wenn dort drinnen lebende Wesen waren, dann befanden sie sich nach Ablauf der Zeit in tiefer Bewußtlosigkeit. Sie würde lang genug anhalten, um die folgenden Schritte mit äußerster Präzision durchführen zu können.

»Einsatzgruppe Zwei fertigmachen«, sagte Rhodan, stand auf und nickte den Männern des Kontrollzentrums zu.

Er verließ den Raum, ging zurück in seine Kabine und schaltete den Kommunikationsschirm ein. Während er die Funkzentrale bat, ihn mit Terrania zu verbinden und dann etwas warten mußte, zog er langsam den schweren Kampfanzug an. Er überprüfte sämtliche Dichtungen und Aggregate, dann stellte er sich vor den Schirm.

Sein Gesprächspartner war Galbraith Deighton. Dieser nickte langsam und zufrieden und sagte halblaut:

»Wir haben die Gewißheit – im fremden Raumschiff waren lebende Wesen. Nach Aussage von Lord Zwiebus und Alaska Saedelaere haben die Pedogehirnimpulse nachgelassen. Genauer: Sie haben vollkommen aufgehört. Das läßt nur diesen einzigen Schluß zu.«

Rhodan atmete langsam ein und aus. Auf seiner Stirn erschienen drei senkrechte, scharfe Falten.

»Wir können also eindringen, ohne daß wir auf Gegenwehr stoßen?«

»Richtig«, sagte der SolAb-Chef ruhig.

»Ich möchte unter allen Umständen vermeiden, daß unser gewaltsamer Kontaktversuch das Leben oder die Gesundheit von nur einem einzigen Lebewesen kostet.«

»Recht so«, sagte Deighton. »Schon die alten Philosophen wußten, daß jede Regierung, die sich auf die Gewaltlosigkeit beruft, eine längere Lebensdauer haben wird. In diesem Sinn – viel Erfolg.«

Rhodan erwiderte:

»Wir führen tragbare Kameras mit. Sie können alles beobachten.«

»Gut.«

Dann ging Rhodan in den Bereitschaftsraum, um sich mit den Kommandotruppen zu treffen. Er fürchtete sich nicht, aber er ahnte, daß auch die folgenden Stunden alles andere als einfach sein würden. Probleme dieser Größenordnungen werden nicht durch Zufälligkeiten oder durch Wunder gelöst, sondern durch viel Arbeit, viel Mut und viel Risikobereitschaft. Sie brachen auf.

Die Entfernung zwischen den Fremden und der INTERSOLAR betrug, von Bordwand zu Bordwand gemessen, eintausendfünfhundert Meter. Eine Batterie von Scheinwerfern warf einen Kreis von Licht auf die Bordwand des Walzenschiffes. Harte Schatten entstanden, als sich von der INTERSOLAR winzige Punkte lösten. Triebwerksflammen leuchteten auf, und eine lange Kette von Männern in Kampfanzügen, mit schweren Werkzeugen und tragbaren Aggregaten in den Händen und im Schlepp, schwebte von der riesigen Kugel auf die Walze zu.

Einige Space-Jets wurden ausgeschleust.

Sie schwebten langsam und vorsichtig neben den Männern her, mit schußbereiten Waffen. Dann kamen die ersten Männer in den Lichtkreis und verankerten die Magnetsohlen ihrer schweren Stiefel an der Bordwand. Kommandos waren durch die Funkgeräte zu hören. Rhodan, in seinem Anzug mit der Nummer Eins auf Brust und Rücken, stand zwischen seinen Männern, und jemand hantierte mit einer kleinen, tragbaren Kamera.

»Traktorstrahlen eingeschaltet?« fragte Rhodan.

»Werden gerade eingesetzt.«

»Vorsicht.«

Die mächtigen Maschinen der INTERSOLAR heulten auf und zogen, mit Ansatzpunkten am Heck und Bug des Fremden, das Walzenschiff langsam an den Kugelkörper heran. Als der fremde Raumkörper etwa fünfhundert Meter von der INTERSOLAR entfernt war, wurden die ziehenden Kräfte aufgehoben. Die beiden Schiffe schwebten in der schweigenden Finsternis nebeneinander. Die INTERSOLAR hatte sich zwischen Sonne und Walzenschiff geschoben. Die rund fünfhundert Männer des Einsatzkommandos begannen mit der Arbeit.

»Kein Schott zu sehen.«

»Keine Schleuse.«

»Vielleicht hier?«

»Schaut doch mal am Bug und Heck.«

»Ja, gute Idee!«

Nach einer Weile: »Auch negativ.«

»Nein. Das sind normale Abnutzungserscheinungen.«

Einzelne, knappe Funkkommandos, Fragen und Antworten kamen aus den kleinen Lautsprechern im Innern der Helme. Die Männer setzten die tragbaren Desintegratoren ein und versuchten, die Bordwand des Schiffes aufzuschneiden. Ein Kreis von sechs Metern Durchmesser wurde markiert, dann flammten die vernichtenden Strahlen auf – die Arbeitsgeräusche waren nur über dem Umweg von Vibrationen zu hören, die vom Material der Schutzanzüge gedämpft weitergegeben wurden. Atomare Schweißgeräte mit unterarmlangen Flammen fraßen sich durch das Metall. Weißglühende, lange Funken sprangen weg und verzischten in der Finsternis.

»Vorsicht!«

»Langsam – hier entlang.«

»Darauf kannst du dich verlassen, Mike!«

Der Einschnitt in der Bordwand wurde geringfügig breiter, aber langsam schloß sich der Kreis. Nichts rührte sich, und die Männer, die neben dem Schiff schwebten, sowie die Beobachter im Innern der INTERSOLAR sahen keine einzige Veränderung. Schweigend und fremd schwebte die Walze im Raum, und mit drei Kilometern in der Stunde drifteten die Schiffe der Erde entgegen.

»Ich bin fertig!«

»Achtung – zurück!«

Rhodan schaltete sein Funkgerät ins Schiff und ließ sich mit Deighton verbinden.

»Haben Alaska und Lord Zwiebus etwas Abweichendes festgestellt?«

»Nein. Nichts. Das Schiff ist innen tot. Nur versuchen wir gerade, aus den Erinnerungen unseres behaarten Freundes einige zusätzliche Informationen herauszubekommen. Ich melde mich wieder, wenn wir etwas zu sagen haben.«

»Danke«, schloß Rhodan.

Dann hoben die eingesetzten Geräte die Platte ab.

Ein Jet war mit einigen aufgeschweißten Bügeln und einem starken Stahltau an die ausgefräste Scheibe gefesselt und beschleunigte jetzt behutsam. Das Tau spannte sich, und wie ein Korken aus dem Flaschenhals hob sich die Platte ab. Die Jet brachte die Metallplatte aus dem Bereich, in dem fünfhundert Männer operierten. Das Schiffsinnere lag jetzt im Licht der Scheinwerfer und der kleinen Helmscheinwerfer der Einsatztruppen.

»Fertig?« fragte Rhodan.

»Fertig!« meldete sich die erste Gruppe von fünfzig Männern.

Sie drangen ein.

Nacheinander, dicht gestaffelt und wachsam, schwebten sie vorwärts, bis sie in den Bereich der Anziehung gerieten. Sie betrug etwa ein g und war so orientiert, daß sie sich mit dem Begriff von oben und unten deckte, den die Männer hatten. Die runde Platte hatte den Zugang zu zwei Decks freigelegt. Man erkannte den Boden einer Kammer, die so gut wie leer war, und sah schräg in eine zweite, gleichgroße, die genau unterhalb der anderen Kammer lag. Ein gelbes diffuses Licht erfüllte das Stück Schiff. Nach zwanzig Metern stießen die Abteilungen aus je fünfzig Männern gegen ein schweres Schott. Sie öffneten es. Rhodan führte die Kommandotruppen an, die den oberen Raum ausfüllten. Während der Arbeiten hatten sie bemerkt, daß im Schiff eine Atmosphäre herrschte, die der irdischen Luft zumindest in den Grobwerten ähnelte – für genauere Untersuchungen war weder Zeit gewesen, noch hatte man Geräte mitgenommen.

»Los weiter!«

Nachdem das Schott geöffnet worden war, drangen einige Männer weiter vor. Sie befanden sich in einem Stück Korridor. Vor ihnen führte eine Treppe oder Schrägfläche aufwärts, und auf einer anderen, die nach unten zeigte, kamen die ersten Männer der zweiten Kommandotruppe herauf. Sie schlossen sich an und drangen tiefer ein. Da sich ihnen ständig weitere Schotte in den Weg stellten, vermieden sie es, die gesamte Schiffsatmosphäre entweichen zu lassen. Die Räume zwischen zwei Trennwänden wirkten wie Luftschleusen. Nacheinander drangen die fünfhundert Männer ins Schiff ein. Sie verteilten sich in den Decks und Gängen, und an ihrer Spitze bewegte sich Rhodan gerade auf den Mittelpunkt der Walze zu.

»Sie glauben, daß eine Längsachse vorhanden ist, die zugleich auch einen Korridor bildet?« erkundigte sich ein Colonel, der neben ihm ging, einen schweren Desintegrator in den Händen.

»Genau das glaube ich«, sagte Rhodan.

Kaum hatte er den Satz ausgesprochen, meldete sich Deighton über den Telekom.

»Ja?« fragte Rhodan und blieb stehen.

»Schalten Sie bitte auf den Kanal um, den alle Kommandotruppen benutzen«, sagte der SolAb-Chef. »Ich habe etwas Wichtiges zu berichten. Es geht um Zwiebus und sein Erinnerungsvermögen. Er scheint es nur stückweise preisgeben zu können.«

»Wir hören«, sagte Rhodan mit aufkommender Unruhe. »Was ist los?«

»Wichtig«, sagte Deighton scharf. Für die Dauer seiner Ausführungen bewegten sich die Männer nicht, blieben stehen und hörten nur noch zu. »Lord Zwiebus erklärte soeben, daß vor zweihunderttausend Jahren ein Hilfsvolk der Cappins, Swampoos genannt, auf der Erde gewesen wäre. Es sind Spezialzüchtungen gewesen, die von den Cappins wie Tiere behandelt wurden und das Wachpersonal für die damaligen terranischen Urmenschen abgaben. Mehr weiß ich im Augenblick nicht – ich melde mich wieder mit neuen Informationen. Es kann sein, daß in diesem Schiff Swampoos leben und sich Ihnen entgegenstellen. Genaueres kann ich nicht sagen.«

»Danke, Galbraith«, erwiderte Rhodan und schaltete auf den anderen Kanal um.

»Los. Wir gehen weiter!« sagte er entschlossen und hob den Strahler.

Als die Verbindungstür in die Vertiefung zurückrollte, war der erste Eindruck, der sich den langsam vorgehenden Männern bot, der des veränderten Lichts. Es glühte nunmehr in einem verhaltenen Rot. Außerdem war der breite Raum, der von oben bis unten mit einer treppenlosen Spirale ausgefüllt war, eine Art Knotenpunkt – viele dunkle Gänge mündeten an verschiedenen Stellen der wendeltreppenartigen Spirale.

»Hauptrichtung geradeaus«, sagte Rhodan laut. »Ins Zentrum des Schiffes. Dann nach links, denn dort müßte meiner Meinung nach die Steuerzentrale liegen.«

»Verstanden.«

Hinter dem Vorauskommando drängten die anderen Männer. Alle fünfhundert waren jetzt im Schiff und bewegten sich auf sechs verschiedenen Wegen dem Zentrum entgegen. Sie alle kannten die Warnung vor den Swampoos, aber diese Warnung schien überflüssig zu sein. Auch Tiere waren gegen die Wirkung von Paralysegeschützen nicht immun.

»Hier entlang!«

Sie stürmten geradeaus. Sie waren über einen Teil der Spirale gekommen, hatten sich blitzschnell orientiert und stießen durch einen runden Korridor, in dem nur vier Männer nebeneinander gehen konnten, gradlinig auf das Zentrum vor. Eine fiebernde Erregung hatte die Männer in ihrem Griff. In dem roten Licht glaubten sie Schatten zu sehen oder Gegner, tödliche Fallen oder Strahlensperren, aber sie schafften es, dreißig Meter oder mehr zurückzulegen, ohne daß etwas geschah. Funksprüche wurden blitzschnell gewechselt, und man stellte fest, daß sich sechs Stoßtrupps fast linear nebeneinander befanden. Dann ertönte – sie hatten selbstverständlich die Außenmikrophone und -lautsprecher eingeschaltet – ein trompetenartiger Schrei, direkt vor Rhodan.

Rhodan hielt an.

»Vorsichtig!« schrie er. »Das müssen Swampoos sein!«

Schlagartig wurden die Individual-Schutzschirme eingeschaltet. Die Männer befanden sich jetzt inmitten von kugelförmigen Abwehrfeldern. Vor Rhodan und der Spitzengruppe tauchten Wesen auf. Sie kamen aus Nischen dieses runden Korridors und warfen sich den Eindringlingen entgegen. Sie reichten den Terranern etwa bis zum Nabel, waren also rund einhundertfünfzig Zentimeter groß. Wieder waren diese Schreie zu hören, als blase jemand in eine schlechtgestimmte Trompete oder Fanfare.

Einige Scheinwerfer flammten auf.

Die Lichtkegel zeigten die heranlaufenden Tiere, die einen grotesken Anblick boten. Sie sahen aus, als habe jemand, dessen Phantasie stark erhitzt oder durch Drogen angeregt war, eine Collage hergestellt, in der sich einige wesentliche Elemente aus der terranischen Fauna und Flora vereinigt hätten.

»Sperrfeuer!« schrie Rhodan und schoß fast gleichzeitig.

Zwischen ihm und den anstürmenden Verteidigern erschien in der Mitte des Ganges eine Flammenwand. Die flackernde Beleuchtung machte aus den Tieren schreckliche Raumgespenster, und die Kommandotruppen verschanzten sich und bereiteten sich auf einen langen, erbitterten Widerstand vor. Nicht zu Unrecht.

»Sie haben nicht auf die Paralysegeschütze reagiert!« sagte jemand über Funk. Dann fluchte er erbittert.

»Deine Intelligenz ist wahrhaftig gigantisch«, antwortete sein Kamerad und zog seine Waffe. »Wären sie betäubt, könnten sie nicht angreifen. Da sie aber angreifen, können sie unmöglich betäubt sein.«

Die Sperrwand aus Feuer und Einschlägen, Detonationen und Flammen, Rauch und Blitzen schien die Swampoos abzuhalten. Sie blieben hinter dem Gürtel, und wieder hörten die Terraner jenen rätselhaften Ton.

Jetzt sahen Perry Rhodan und seine Nebenmänner die Swampoos genauer.

Die Tiere stammten eindeutig von Insekten ab. Aus einem runden Brustteil, das fast kugelförmig war und aussah wie schwarzlegierte Bronze, ragten vier Arme hervor. Es konnten auch Fühler sein, ziemlich starke, dunkelrot schimmernde Extremitäten. Der kugelartige Körperoberteil hatte einen Durchmesser von rund einem Dreiviertelmeter. Er saß auf einem grob ovalen Unterteil. Zwischen beiden Körperteilen war eine Einschnürung wie die Taille einer Wespe. Die

Tiere bewegten sich rasend schnell, und die zahlreichen Arme oder Fühler riefen, unterstützt von den zuckenden Flammen und den Lichterscheinungen der Feuerstöße aus den schweren Waffen der Terraner, den Eindruck hervor, als wälze sich eine riesige Masse durch den Korridor, ähnlich einem Dornenwall, der sich plötzlich bewegte und die Terraner zu erdrücken versuchte.

Aus dem unteren Teil der Swampoo-Körper ragten vier dünne Insektenbeine hervor, die aufgeregt bewegt wurden. Die Beine waren dreigelenkig, die Gelenke saßen wie Kugeln auf dünnen Stangen. Man erkannte deutlich, daß die Insektenhaut panzerartig war, vermutlich aber nicht aus Chitin bestand, sondern aus einer ungleich widerstandsfähigeren Masse. Die Körper der merkwürdigen, halbaufgerichteten Ameisenähnlichen glänzten tiefschwarz.

Wieder erklangen die trompetentonartigen Schreie.

Zwischen der Feuerwand und Rhodan begann plötzlich der Boden zu kochen. Er verformte sich und sah aus, als habe man zwei Komponenten eines Kunststoffs zusammengeschüttet. Es wuchs förmlich ein kleiner unregelmäßig geformter Berg aus dem Boden, der brodelnd größer wurde, Blasen warf und Rauch erzeugte.

»Was ist das?« fragte einer der Männer.

»Milchspeiseeis«, konterte ein anderer und zog den Auslöser seiner Waffe durch. Der Spurstrahl des überschweren Desintegrators zog eine breite Bahn durch die zuckende, schwärende Masse.

Rhodan verstand.

Aus den trompetenartigen Schnauzen, die in der Mitte des augenlosen Körperoberteils angeordnet waren wie die Blütenkelche langstieliger Blumen, wurde eine Masse geworfen, die in der Lage war, den Stahl des Bodens zu zerstören. Dieses Auswerfen erforderte einen sehr hohen Druck, daher schien der ovale Unterkörper der Swampoos unter anderem eine Art Pumpe zu sein, die auch die organische Säure erzeugte oder deren Komponenten. Die trompetenartigen Mäuler der Tiere versprühten diese Säure, ähnlich wie terranische Lamas. Wie groß der Säurevorrat war, konnte Rhodan nur abschätzen, aber klein war er gewiß nicht. Vor ihm entstand jetzt ein Wall des Stahls, der sich zerfließend und blasenwerfend hochwölbte, breiartig um ein Vielfaches seines Volumens wuchs und innerhalb weniger Sekunden zu einer betonharten Masse erstarrte.

Zugleich an sechs Stellen kletterten die Männer in ihren Schutzschirmen durch den Gang, dessen Durchmesser immer kleiner wurde, weil sich Boden, Decke und Wände wie in einer blitzschnell wachsenden

Tropfsteinhöhle nach innen wölbten. Sie kochten unter dem Einfluß der organischen Säure. Unter den wütenden Trompetentönen, dem Grollen der Waffen, den Schreien der Kommandos und den schweren Tritten der Stiefel gingen die Männer vor. Offensichtlich hatten die Swampoos in diesem Schiff oder im Todessatelliten in einem energetischen Tiefschlaf gelegen und waren, bevor das Schiff startete, als willkommene Sklaventruppe oder als Diener erweckt worden.

Langsam kam das Vordringen ins Stocken.

Die Waffe der Ameisenähnlichen war fürchterlich. Die erstarrende, schwammartige Masse schien sehr hart und überdies molekular vernetzt zu sein, da sie von den Thermostrahlern und den Desintegratoren kaum durchgetrennt oder durchschossen werden konnte. Gleichzeitig bot diese Masse eine vorzügliche Deckung.

»Eine andere Taktik!« rief ein Colonel. »Kleine Schritte – aber nachdrückliche.«

Als die Männer nach einer Stunde endlich den zentralen Korridor des Walzenschiffes erreicht hatten, lag hinter ihnen eine Zone der Verwüstung, als sei ein Flammenorkan durch einen Teil des Schiffes gerast. Die Gänge glichen Felsgrüften oder den Röhren von Maulwürfen, die kurz vor dem Einstürzen waren.

Nach ungefähr zwanzig Säureschüssen, so hatten die Männer festgestellt, waren die Tiere restlos erschöpft, zogen sich irgendwohin zurück und machten ausgeruhten Kämpfern mit gefüllten Säurebehältern Platz. Der Kampf verlagerte sich jetzt in den breiten Korridor, der vom Heck zum Bug des Schiffes führte. Die Swampoos verteidigten den Zugang zum Bug, also lag dort die Zentrale.

Die Terraner kämpften auf eine merkwürdige Weise.

Sie scheuten sich, gegen die relativ ungefährlichen Tiere ihre tödlichen Waffen anzuwenden. Die starken Schutzfelder der Kampfanzüge der Kommandotruppen widerstanden den Säuregeschossen, aber die Männer wurden hin und wieder in besonders engen Gängen förmlich einzementiert.

Sie schalteten dann den Schutzschirm aus und brachen mit den Waffen eine Öffnung in die zementartige, aber meist dünne Masse. Die Stahlmengen, die zur Verfügung standen, waren begrenzt. Schließlich brach der Widerstand zusammen – drei Stunden, nachdem die Paralysegeschütze in Tätigkeit getreten waren.

»Sir?«

Ein Mann stand neben Rhodan und deutete auf den schwelenden, verwüsteten Korridor vor ihnen. Dort rannten die letzten Swampoos davon, sie wirkten wirklich wie überdimensionale Ameisen ohne Kopf.

»Ja?«

»Wir scheinen so etwas wie eine Entscheidung herbeigeführt zu haben.«

Hinter ihnen drängten sich fast zweihundert Männer in dem Zentralgang, der einen elliptischen Querschnitt hatte.

»Ja«, sagte Rhodan. »Wir haben sie sozusagen ausgehungert. Ihre Säurevorräte sind zur Neige gegangen.«

Rhodan sah nach vorn. Der Gang wurde nur von den Helmscheinwerfern notdürftig erhellt.

»Nur ist mir inzwischen eines aufgefallen«, sagte er leise.

»Ich bin gespannt, Sir.«

Rhodan drehte den Kopf hin und her.

»Ich suche die Cappins, die wir angeblich restlos betäubt haben. Sind Sie auf einen gestoßen?«

»Nicht, daß es mir aufgefallen wäre«, sagte der Colonel. »Diese lieblichen Fanfarenbläser haben mich ziemlich beschäftigt.«

»Mich auch«, erwiderte Rhodan. »Nun, dem ist abzuhelfen. Suchen wir also die Cappins. Wenn wir auf Swampoos stoßen, gehen wir so vor wie bisher. Am besten, wir benutzen die Flugaggregate.«

»Klar. Los, Leute. Mir nach!«

Ein Stoßkeil von schwebenden Terranern, etwa zwanzig Mann, bewegte sich vorwärts. Nach einer weiteren Trennwand des Korridors, der sich vor und hinter ihnen in endlose Fernen zu erstrecken schien, konnten sie die Helmscheinwerfer abschalten, hier waren weder die Wände noch die Beleuchtungskörper zerstört. Nur eines fehlte: Die Cappins.

Vierhundert Meter Korridor lagen vor ihnen.

»Wo sind eigentlich die schlafenden Cappins?« fragte jemand über Funk.

Er bekam keine Antwort.

Sie schwebten in dem düsteren, roten Licht weiter. Alles schien unter einer Schicht von Rost oder dickem Staub zu liegen. Weit vor ihnen sahen sie entweder die Rückwand der Steuerkabine oder ein weiteres Schott. Die nachrückenden Männer bogen links und rechts des Ganges in die Nebenräume ab, durchsuchten Kammern und Säle, Magazine und Korridore – und überall flohen vor ihnen die ermatteten Swampoos.

»Sir?«

Eine unbekannte Stimme kam aus dem Lautsprecher. Jemand schräg hinter Rhodan hob die Hand.

»Haben Sie etwas entdeckt?«

Der andere lachte verlegen.

»Ich wollte Ihnen gerade sagen, daß meine Abteilung außer leeren Räumen nichts gefunden hat. Das heißt – das Schiff war besetzt. Aber diejenigen, die in diesem Schiff waren, sind nicht mehr da.«

Rhodan nickte, diese Auskunft entsprach seiner Vorstellung. Sie hätten spätestens in dem Moment, in dem sie den Hauptkorridor erreicht hatten, auf Cappins stoßen müssen.

»Wir haben ein altes, uraltes Schiff erbeutet«, sagte Rhodan. »Vielleicht gibt uns die Kommandozentrale Auskunft. Oder das, was als solche funktioniert.«

Sie durchkämmten in der nächsten Stunde das gesamte Schiff, soweit es zu schaffen war. Jedenfalls einen breiten Streifen, zwei Decks hoch, entlang des Hauptkorridors.

Gerade, als Rhodan die letzte Abzweigung erreichte und sein Antigravfeld abschalten wollte, summte der Helmtelekom auf. Blitzschnell schaltete er auf den Kanal, der ihn mit dem Schiff und von dort aus mit der Erde verband, mit Terrania City und Deighton.

»Hier Rhodan. Was gibt es?« fragte er.

»Schnell. Sofort das Schiff verlassen. Alaska Saedelaere hat einen Anfall. Er sagt, daß alle Cappins das Schiff verlassen hätten.«

Rhodan wirbelte herum und schrie, indem er den Arm mit der Waffe hochriß:

»Schnell – alle aus dem Schiff!«

Die Männer, in diesen und ähnlichen Situationen geschult, begriffen sofort. Sie wandten sich zur Flucht. Rhodan fragte scharf:

»Was weiter?«

Deighton schrie:

»Auch Zwiebus ist aufgeregt. Er schreit etwas von Vernichtung . . . Auf jeden Fall besteht Gefahr.«

Schlagartig setzten die Männer die Energie ihrer Triebwerke herauf. Sie rasten durch die Gänge, schossen durch die kraterübersäten Korridore und stoben aus dem Schiff. Binnen weniger Minuten versuchten die fünfhundert Männer, durch ein Loch von sechs Metern Durchmesser in den Raum hinauszukommen und hinüber zur INTERSOLAR. Die ersten von ihnen erreichten das Raumschiff, das sich langsam, mit drei geöffneten und hell erleuchteten Hangars von der Walze wegschob.

Rhodan, der mit äußerster Geschwindigkeit und eingeschaltetem Schutzschirm noch durch die abzweigende Röhre flog, fragte laut:

»Noch weitere Informationen, Deighton?«

»Nein. Nur Gestammel. Aber ich habe ein verdammt böses Gefühl.«

Der Raum zwischen den beiden Schiffen füllte sich mit den Lichtpünktchen der dahinschießenden Kommandotruppen. Fluchtartig verließen die fünfhundert Männer das Schiff, doch der Rückzug vollzog sich in geordneten Bahnen.

Die beiden Jets schwirrten zurück, umflogen die Ketten der Männer und schossen in die Hangars zurück. In der INTERSOLAR heulten die Sirenen auf. Die ersten Männer trafen ein und machten Platz, um den Nachkommenden nicht im Weg zu stehen.

»Wo ist Rhodan?« wurde gefragt.

Rhodans Stimme meldete sich.

»Ich verlasse eben das Schiff. Ich bin einer der letzten.«

Das Gros des Kommandotrupps raste durch den Weltraum, vor sich die ungeheure Masse des Schiffes, das die Sicht auf die Sonne versperrte. Rund um die Kugel schossen die Sonnenstrahlen nach allen Seiten und umgaben das Schiff mit einer auffallenden Aura. Inzwischen war der Bug des Walzenschiffes aus dem Schlagschatten der INTERSOLAR herausgetreten und lag im Licht der lodernden Sonne.

Von dem schwach sichtbaren hellen Kreis in der Schiffswand löste sich ein Lichtpunkt, kam näher und wurde schneller. Links und rechts von ihm, aber näher zum Schiff hin, waren andere Lichter. Die letzte Gruppe verließ das Schiff und raste durch den leeren, schwarzen Raum hinüber zur INTERSOLAR

»Beeilen Sie sich! Alaska sagt, sie sprengen das Schiff!« schrie Deighton.

Rhodans Stimme war gelassen. Keiner der Männer, der ihn in den letzten Tagen gehört hatte, erkannte ihn wieder. Es schien deutlich, als habe Rhodan einen Teil seiner alten Zuversicht wieder.

»Ich bin bereits außerhalb der kritischen Entfernung«, sagte Rhodan.

Als er mit ausgebreiteten Armen in den Hangar hineinschwebte und schwer auf die Terkonitgitter aufsetzte, detonierte das Walzenschiff.

Zuerst erschien in der Mitte ein senkrecht verlaufender Spalt, aus dem Flammen und Licht schossen. Dann trieben beide Schiffshälften langsam auseinander. Als sie sich drei oder vier Meter voneinander entfernt hatten, griff das Feuer auf die Hälften über und breitete sich aus. Die Stücke lösten sich auf, einzelne Flächen flogen weg, und dahinter waren Flammen und Rauch. Dann, drei Sekunden später, erschienen zwei grelle Lichtkreise mit blauem Kern und gelben Rändern – sie verschmolzen zu einer ungeheuren Explosion.

Die Terraner schlossen geblendet die Augen.

Das Walzenschiff mit allen Swampoos war vernichtet.

Sämtliche Cappins waren offenbar wieder im Todessatelliten. Sie schienen während des Eindringens der Terraner erwacht zu sein, hatten die Gefahr erkannt und sich zurückversetzt. Sie waren in der Sonne eines Systems gefangen, das sich fünf Minuten in der Zukunft befand – und diese Sonne weitete sich aus, um zu einer Nova zu werden.

Rhodan lächelte, als er in seiner Kabine saß und mit Atlan sprach, der sich inzwischen per Transmitter in die INTERSOLAR begeben hatte.

Atlan sagte:

»Seit Tagen sehe ich endlich wieder dein gewohntes Lächeln. Du scheinst blendender Laune zu sein.«

Rhodan nickte.

»Nicht ganz. Aber ich habe eine Masse Ideen, wie wir die Nova anhalten können.«

»Ich bin gespannt«, meinte der Arkonide. »Obwohl ich genau weiß, was du vorschlagen wirst.«

5.

Der fünfte Tag – 6. Juni

Abel Waringer und Rhodan saßen sich in der Administration gegenüber. Vor Rhodan stand ein langes, schlankes Glas mit Tee, eine halbe Zitrone lag daneben. Waringer zog ein Gesicht, als habe er eben in diese gebissen.

»Eine gute Zeit für Zitronen«, sagte Rhodan.

»Ein guter Vormittag für gute Gedanken«, sagte Waringer. »Ich möchte eigentlich nur hören, daß du mir genau das sagst, was ich denke, das du sagen wirst.«

Rhodan lachte kurz:
»Du und deine akademische Sprechweise – schließlich bin ich ein Mann aus dem Volke. Wie lange dauern die Vorarbeiten?«
Waringer sah auf die Uhr und drückte mit dem Daumen die Asche in seiner Pfeife nieder.
»Sie sind halb abgeschlossen; schließlich ahnte ich, was du wolltest, Perry.«
»Wir schalten zunächst das Antitemporale Gezeitenfeld um«, sagte der Großadministrator.
Waringer nickte.
»Wir lösen das Solsystem mit allem Inhalt aus der Zeitebene und lassen es in der Zeit pendeln. Dadurch verwirren wir unsere Besucher und verurteilen sie dazu, mit uns unter der Bedrohung der Sonne zu leben. Das wird ihnen ebensowenig gefallen wie uns.
Sie werden versuchen, den Todessatelliten zu verlassen. Das können sie nicht, wenn wir uns nicht mehr konstant fünf Minuten in der Zukunft befinden, weil sie dann den Kontakt zu ihrer Zeitexperiment-Ebene verlieren, beziehungsweise nicht wiederfinden. Die Folgerung liegt auf der Hand.«
»Sie werden diesen verdammten Todessatelliten abschalten«, sagte Rhodan nickend. »Wann können wir die Schaltungen vornehmen?«
Waringer antwortete:
»Heute abend. In genau zehn Stunden. Ich habe alles eingerichtet. Du kannst deine Ansprache über die Lage der Nation halten.«
Die Männer standen auf und schüttelten sich über den Schreibtisch hinweg die Hände.
»Zehn Stunden?«
»Ja. Anschließend programmiere ich die zweite Stufe unserer Aktionen. Wir werden unsere Freunde ganz hübsch verunsichern.«
Sie lachten sich kurz an, dann verließ Waringer das Büro, um seine Arbeit zu beginnen.

Der sechste Tag – 7. Juni

Draußen hatte sich gerade ein Hitzegewitter entladen. Die Ohnmachtsanfälle, die Fälle von unerträglichen Kopfschmerzen und die Angstpsychosen hatten in ihrer Menge zugenommen, aber grundsätzlich hatte man noch die Übersicht. Die Hitze stieg. Das Licht wurde noch härter und stärker – es bildete eine deutliche Drohung.

Die metallenen Seen auf Merkur kochten. Die Felsen verwandelten sich in glühende Lava zurück, jedenfalls kam es den Beobachtern so vor. Die Paratronschutzschirme fingen die Partikelschauer auf und leiteten sie ab. Trotzdem nahm die Hitze zu.

In der weißen Wolkenhülle der Venus tobten Tornados, deren Wucht jede Vorstellungskraft überstieg. Der zweite Planet des Systems raste unter den Fesseln der Strahlung. In der dichten, weißen Atmosphäre hoben und senkten sich die Schichten der erhitzten Gase, bildeten Wirbel und Fahnen, man konnte deutlich die Fahnen von Wasserstoff sehen, die gegen die unsichtbare Grenze des Paratronschirmes schlugen.

Dann, ganz plötzlich, ging im System eine Veränderung vor.

Meßgeräte konnten sie registrieren, aber die normalen menschlichen Sinne nahmen sie nicht wahr. Das Sonnensystem bewegte sich.

Es glitt in der Zeit hin und her.

Dreidimensional projiziert, sah es etwa so aus wie eine Kugel, die sich entlang einer geraden Linie oder auf einem straff gespannten Faden bewegte. Diese Kugel – ein Gebilde aus Sonne und Planeten – rutschte in völlig unregelmäßigen Abständen vor und zurück. Die Minimalentfernung von der realen Gegenwart betrug sechs Sekunden, die Maximalentfernung vier Minuten. Eine riesige Positronik steuerte diesen Vorgang, und man hatte zwei Zufallszahlen-Generatoren aufgeschaltet. Sie garantierten, daß die Schwankungen systemlos waren. Niemand, nicht einmal der Computer selbst, konnte voraussagen, wann sich das Sonnensystem an welchem Punkt dieser Linie befand.

Sechs Sekunden . . .

Dreieinhalb Minuten . . .

Zurück auf acht Sekunden.

Jeweils eine Minute Pause, dann nur noch sieben Sekunden Pause . . . Vor auf zwei Minuten, dort eine halbe Stunde Position haltend . . .

Dann, völlig überraschend – wieder hinauf bis zu fünf Minuten in die Zukunft. Das Sonnensystem war zu einer unsichtbaren Festung geworden, aber auch zu einem unsichtbaren Gefängnis für jeden, der die Gesetzmäßigkeiten nicht kannte. Die Temporalschleuse machte die Bewegungen mit, und der Schiffsverkehr litt nicht darunter. Die Cappins aber waren im Todessatelliten gefangen.

Abel Waringer überwachte die ersten Stunden der Sonderprogrammierung, dann war er restlos zufrieden.

Terra hatte die volle Verantwortung für das Ghost-System wieder in den Händen. Aber die furchtbare Sonne hörte nicht auf, sich zu blähen, riesige Protuberanzen in den Raum hinauszuwerfen, hörte nicht auf, die gnadenlose Strahlung in die Richtung der Planeten zu senden. Die Bedrohung durch die Nova war geblieben.

Der Todessatellit befand sich noch immer an Ort und Stelle.

Fünfundzwanzig Milliarden Menschen erfuhren jetzt durch eine Fernsehsendung, in der sich Rhodan und seine Wissenschaftler äußerten, was geschehen war. Die gesamte Entwicklung der letzten Tage mit sämtlichen Einzelaktionen wurde aufgezeigt, die Filme liefen ab. Man wußte Bescheid, verhielt sich diszipliniert, aber im Hintergrund lauerte die Angst. Was würden die Cappins unternehmen?

Fünfundzwanzig Milliarden Menschen warteten.

Der siebte Tag – 8. Juni

»Ich habe mich in den letzten Tagen an Ihren Sarkasmus gewöhnt«, sagte der Mann, der neben Lecufe in der Zentrale des Todessatelliten saß. »Aber jetzt muß ich doch bemerken, daß Ihr Ton etwas weniger fröhlich ist.«

Lecufe grinste kurz.

»Das bedeutet meist, daß ich überlege«, sagte er. »Eigentlich ist mir das Schicksal dieses Sonnensystems ziemlich gleichgültig. Aber ich sehe ein, daß ich die Bewohner des dritten Planeten falsch eingeschätzt habe.«

Die Sonne, die heißer und heißer wurde, setzte selbst dem Todessatelliten zu.

Die Energieversorgung war schon zweimal zusammengebrochen, und die Kühlungsmöglichkeiten waren auch nicht mehr die besten. Beide Männer schwitzten trotz ihrer leichten Kleidung.

»Das weiß selbst ich seit der Eroberung des Schiffes.«

»Natürlich«, sagte Lecufe leise. »Das war die eigentliche Überraschung. Wir mußten das Ding ferngezündet sprengen. Womöglich sind dabei Wesen vom dritten Planeten umgekommen. Aber ich sehe hier einige interessante Meldungen.«

»Soso«, meinte der andere. »Welche?«

Lecufe deutete auf die analytischen Schirme vor ihm. Dort zeichneten sich, von Störfeldern unterbrochen, gewisse Linien, Punkte und Gruppierungen ab.

»Erstens scheint innerhalb des Sonnensystems eine merkwürdige

Aufmarschbewegung stattzufinden. Entweder wollen uns diese Barbaren zeigen, wie viele Raumschiffe sie haben, oder sie sind tatsächlich in der Lage, uns anzugreifen.«

Der andere sah langsam von einem Sichtschirm zum anderen und sagte endlich:

»Wir haben diese Wesen tatsächlich unterschätzt. Das System befand sich, als wir es betraten, fünf Minuten in der Zukunft. Und jetzt vollführt es denselben Tanz wie unsere Zeitstation. Vorwärts, zurück, mit unregelmäßigen Abständen . . . sie beherrschen die gleichen Techniken wie wir, Lecufe! Es sind keine Barbaren!«

Lecufe schüttelte den Kopf und sah nachdenklich einem Swampoo zu, der den Boden säuberte.

»Nein, Barbaren sind es nicht. Aber sie werden verbrennen«, sagte er leise. »Wir allerdings auch.«

»Das läßt sich ändern«, sagte der andere.

Lecufe drehte blitzschnell den Kopf und starrte ihm in die Augen.

»Glauben Sie, daß es uns gelingt, unsere Zeitstation wiederzufinden und zurückzukehren?«

»Nein«, erwiderte sein Nachbar und verfolgte mit den Augen die Anzeigen, die nur die Bewegung des Sonnensystems entlang der Zeitlinie wiedergaben. »Das ist ausgeschlossen. Wir sind hier gefangen.«

Lecufe sagte:

»Wir verbrennen, wenn der Pedopeiler zu glühen beginnt. Das wird in wenigen Tagen unwiderruflich geschehen.«

Der andere Mann gab zu bedenken:

»Wir können es ändern, Lecufe. Und wir sollten es ändern.«

»Sie meinen«, fragte der Chef der achttausend Männer, »wir sollten die Maschinen des Pedopeilers abschalten?«

»Ja«, sagte der Cappin und versetzte dem Swampoo einen gewaltigen Tritt, weil das Tier ihn mit seinem Fühler gestreift hatte. Der Swampoo trompetete beleidigt und entfernte sich.

Beide wußten inzwischen aus den aufgefundenen Unterlagen, daß es sich bei den Bewohnern des dritten Planeten und der anderen Welten dieses gefährdeten Systems um jene Lebewesen handelte, die vor zweihunderttausend Jahren von den eigenen Vorfahren, also den Ur-Cappins, in irgendeiner Form einer biologischen Veränderung unterworfen oder sogar gezüchtet worden waren. Die Entwicklung der Rasse schien nach den heute zu beobachtenden Ergebnissen mit wahnsinniger Eile fortgeschritten zu sein – vom Faustkeil bis zum Beherrschen der Zeitebene nur zweihunderttausend Jahre.

»Wir können nicht mehr in die Zeitstation zurück?« fragte sich Lecufe laut.

»Nein. Es gelingt nicht mehr, auch nur einen flüchtigen Kontakt aufzunehmen. Beide Orte bewegen sich in der Zukunft, und selbst wenn es gelänge, unsere Zeitstation ein drittes Mal zu stabilisieren, rutscht uns dieses System weg. Es wäre ein Wunder – und seit zwei Tagen versuchen wir, wie Sie wissen, dieses Wunder zu provozieren.«

»Also ist kein Kontakt möglich?« fragte Lecufe.

»Nein.«

»Ich sollte mich dazu entschließen«, murmelte Lecufe, »die Tätigkeit des Satelliten einzustellen.«

»Ich empfahl es bereits mehrmals, Lecufe.«

»Dann sollten wir zu unseren Technikern hinuntersteigen und mit ihnen die Schaltungen durchführen. Da der Tod der Sonne auch unseren Tod bedeutet, haben wir keine andere Möglichkeit.«

Die beiden Männer, Lecufe und sein Freund, nickten sich zu und verließen die Zentrale.

Die altertümliche Einrichtung blieb zurück, während sie durch endlose Gänge, über Rampen und Schrägflächen, durch Lifts und Röhren stiegen, hinunter zu der Energieabteilung der Kugel. In den Gängen herrschte eine trockene Hitze, und die Wasservorräte gingen langsam zur Neige. Unter den achttausend Männern waren Angehörige aller Berufe vertreten. Sie hatten gleich nach ihrem Eintreffen versucht, sich hier einzurichten und die gesamte Technik in Gang zu setzen. Jetzt trafen sie sich mit den Systemtechnikern, die seit geraumer Zeit die Schaltpläne studierten – alte, verwitterte und brüchige Folien.

»Ja«, sagte Lecufe in einem Anfall von Selbsterkenntnis, »wir müssen die Schaltungen vornehmen. Gleichzeitig wird sich auch unser Aufenthalt hier weniger ungemütlich gestalten. Die Sonne ist noch zu retten . . .?«

Ein Techniker deutete auf die Meßwerte, die an langen Schirmbildreihen abzulesen waren. Qualitäts- und Quantitätsanalysen waren gemacht worden. Der Energiehaushalt der Sonne war restlos entschlüsselt.

»Ja, natürlich. Sobald wir die Maschinen abschalten, geht die erhöhte Aktivität zurück. Es dauert natürlich einige Zeit, bis sich dieses Gestirn wieder eingependelt hat. Drei Tage oder länger.«

»Gut. Schalten Sie also«, sagte Lecufe.

Eine Gruppe von Technikern schwärmte aus und kam dem Befehl nach.

»Vielleicht brauchen wir die Einrichtungen der Wesen, um zurückkehren zu können«, bemerkte ein Techniker. Lecufe wußte, daß er noch einen weiteren Vorteil in der Hand hatte – während des Eindringens der anderen Raumfahrer in sein Schiff hatte er einige Befehle gegeben, und sie waren befolgt worden.

Lecufe gab zurück:

»Schon möglich.«

Eine Stunde nachdem die beiden Männer die Zentrale verlassen hatten, hörte der Satellit auf, das Zentralgestirn aufzuheizen. Davon wußte auf Terra natürlich niemand etwas.

Der achte Tag – 9. Juni

Die schwarze Metallscheibe, im Strahlengang des Instruments untergebracht, das weit bis in den Mondboden hinabreichte, verdeckte die leuchtende Sonne. Die Scheibe war so angeordnet, daß sie die eine Million und dreihunderteinundneunzigtausend Kilometer des Sonnendurchmessers abdeckte. An den Rändern dieser Scheibe zuckte und loderte die Sonne wie die Flammen, die unter Alaska Saedelaeres Maske hervorschlugen.

Die äußere Sonnenatmosphäre oder Korona leuchtete in einem unheilbringenden, grünlichweißen Farbton. Das Weiß überwog. Das Sonnenlicht wurde von Staubpartikeln und stark verdünnten, erhitzten Gasen reflektiert, von Gasen wie Eisen und Nickel. Sie hatten eine Normtemperatur von mehreren Millionen Grad.

Noch vor vierundzwanzig Stunden hatten die Beobachter, die sich in acht Schichten ablösten, die Magnetfelder in den Sonnenflecken gemessen. Jetzt zeigten die Ferninstrumente nur noch Werte um viertausend Gauß, und die Innentemperatur der Flecken betrug kaum mehr als viertausendsechshundert Grad.

»Dave«, sagte einer der Männer. Seine Stimme entsprach seinem Zustand, sie war dunkel und tief vor Müdigkeit. »Diese Cappins haben es geschafft. Unsere Sonne ist wieder normal.«

Er schob zwei halbtransparente Meßblätter übereinander. Der Abstand, in dem sie angefertigt worden waren, betrug achtundvierzig Stunden. Das zweite, oberste Meßblatt war eben unter dem Stift des Kurvenschreibers hervorgezogen worden.

»Normal?«

»So gut wie. Sieh dir diese Kurven an.«

Die Kurven lagen eine Handbreit auseinander. Die Kurve des oberen Meßblattes lag nur wenig über den normalen Werten, die jeder der Astronomen auswendig kannte.

»Ich habe drüben auf dem Spektroheliogramm auch alles mögliche beobachtet«, sagte der Kollege, der sich nur mit Hilfe von Kaffee und Alkohol auf den Beinen hielt. »Die Wirbelstrukturen der Sonnenflekken-Umgebung zeigen wieder die typisch zyklonischen Ausmaße.«

»Können wir riskieren, unsere Beobachtungen weiterzugeben?« fragte der Diensthabende leise. »Ich möchte nicht, daß sich unser Observatorium unsterblich blamiert. Außerdem hängen an uns einige Milliarden Hoffnungen.«

Dann meinte er:

»Sucht mir bitte die wichtigsten Daten zusammen, also die Werte der ermittelten Unterschiede. Ich werde unser fliegendes Laboratorium anrufen.«

Während sie sich unterhielten und die Leitstelle den Ruf nach dem fliegenden Sonnenobservatorium durchstellte, sahen sie auf den Projektionsschirmen, wie eine riesige Protuberanz – ein flammenartiges Gebilde aus der Chromosphäre, bestehend aus Wasserstoff und anderen Gasen – fünfzigtausend Kilometer über der Sonnenoberfläche zurückgebogen wurde und wieder mit der Materie verschmolz. In den vergangenen Tagen waren die eruptiven Protuberanzen fast ausnahmslos in den interplanetaren Raum hinausgeschleudert worden und hatten sich an den Paratronschirmen gebrochen.

Eine Stunde später sagte der Leiter:

»Los! In die Betten. Von mir aus kann die nächste Abteilung jemanden herschicken, aber ich bin restlos überzeugt.«

Die Männer verabschiedeten sich leise und schlichen hinaus.

Der Leiter setzte sich, holte tief Atem und sagte dann zu der Frau, die auf dem Interkomschirm auftauchte:

»Stellen Sie bitte ein Gespräch in die Administration durch. Ich muß unbedingt Perry Rhodan sprechen.«

»Stichwort?«

Der Astronom lächelte grimmig und sagte:

»Stichwort: Sterbende Sonne.«

Sie nickte und versuchte, die Verbindung herzustellen.

6.

Der neunte Tag – 10. Juni

Nacht über Terrania.

Aber keine Dunkelheit.

Aus einigen Millionen Lichtquellen erfüllten die Farben die nächtliche Stadt. Aus dem Meer der Lichter ragten wie schlanke Bäume aus Stahlbeton die Wohntürme, die Verwaltungsbauten und die Antennen der Sender. Die Drehscheinwerfer des Kybernetischen Turms und der Raumhafentower schufen künstliche Blitze. Es war die erste Nacht, in der man, ohne die Maschinen zu überlasten, im Freien sitzen und sich dabei wohl fühlen konnte.

Ghislaine Cordelier und Lordadmiral Atlan saßen am Ende des Stegs, der weit in den Goshunsee hineinragte. Die Uferstreifen waren wesentlich breiter geworden. Der See roch durchdringend nach toten Fischen, aber das störte weder Atlan noch seine Begleiterin.

Sie fragte leise:

»Die Gefahr ist vorbei, Atlan?«

Zwischen ihnen stand ein niedriger Tisch, auf dem in Kühltaschen die Getränke steckten. Mücken summten um das starke Windlicht. Die Flammen des Lichts spiegelten sich in den Augen der beiden Menschen und auf der Scheibe des tragbaren Empfängers, der, ohne Ton, mit laufendem Bildteil, schräg zwischen Gläsern und Essensresten auf der Tischplatte stand. Atlan konnte es sich in diesem Stadium der Dinge nicht leisten, nicht mit der Administration verbunden zu sein. Er war Tag und Nacht erreichbar.

»Es scheint so, Ghis«, antwortete er.

Trotz der späten Stunde begann das Leben in den Adern der Riesenstadt zögernd wieder zu pulsieren. Der kühle Wind, der von den Hängen des Himalaja herabkam, schien die Gedanken an Ruhe und Geborgenheit mit sich zu führen. Glitzernde Ströme von Bodengleitern unter und auf den Feldbrückenkonstruktionen brachten die Menschen an die Orte, an denen sie sich Erholung von den furchtbaren Wochen erhofften. Der Umsatz von alkoholischen Getränken begann wieder zu steigen, dafür nahmen die Zahlen über die epidemieähnlichen Wellen von Psychosen und Allergiereaktionen ab. Sie fielen ständig, und die überfüllten Krankenhäuser in Terrania City – und alle anderen Krankenhäuser auf sämtlichen Planeten – leerten sich.

»Was sagen Lord Zwiebus und Alaska?« fragte Ghislaine.

»Nichts Neues. Mindestens fünftausend Cappins befinden sich im Todessatelliten, der seinem Namen alle Ehre gemacht hat.«

Atlan wußte:

Die zehntausend Raumschiffe der Solaren Heimatflotte standen nahe der Sonne an ihren Abfangpositionen. Das gesamte System vollführte einen wilden, aber kontrollierten Tanz zwischen Gegenwart und Zukunft. Rhodan und er wollten Kontakt mit den Cappins herbeiführen, um jeden Preis.

Die Tatsache, daß der Tod des Systems mit dem Tod der mehr als fünftausend Cappins einhergehen würde, hatte vorläufig die Erde gerettet.

Vorläufig.

»Ich hörte, ihr habt Vorbereitungen gegen eine Invasion aus dem Todessatelliten getroffen?« fragte Ghislaine und blickte über den See. Einige Wasservögel suchten dort nach Nahrung.

»Ja. Es kursieren bereits die Programme«, sagte Atlan. »Alle offiziellen Stellen werden verhindern, daß wir die Erfahrungen wiederholen müssen . . .«

»Welche Erfahrungen?«

Atlan lächelte hart.

»Die, die wir mit den Bestien von M-87 und den Strukturverformern bereits einmal gemacht haben. Nämlich daß Menschen von anderen Wesen geistig übernommen und versklavt werden. Das soll sich nicht wiederholen.«

Atlan sah auf die Uhr. Es war fast Mitternacht zwischen dem zehnten und elften Juni des Jahres 3433.

»Ja«, sagte er nachdenklich. »Es scheint, als ob das System gerettet wäre. Aber ich weiß sehr genau, daß diese Aktion noch nicht beendet ist. Ich erhoffe mir von dem Kontakt zwischen dem Homosapiens und den Cappins einiges. Was, weiß ich nicht. Möglicherweise gibt es Kampf, obwohl ich davon mehr als genug habe.«

Ghislaine nickte, inzwischen kannte sie Atlan sehr genau.

Rhodan und Atlan – und alle anderen Menschen – wußten, daß das irdische System zunächst einmal gerettet zu sein schien. Jedenfalls ließ die wilde Aktivität der Sonne immer mehr nach, und fast alle normalen Werte waren wieder erreicht. Die Landschaften der Erde würden sich in einigen Monaten wieder angeglichen haben – die Gletscher würden wachsen, Schnee würde fallen, die Flüsse würden neues Wasser bringen, es würde regnen und stürmen, und die verdorrten Pflanzen würden, von Ausnahmen abgesehen, wieder neue Triebe entwikkeln.

Plötzlich, wie aus einer unbestimmbaren Bergschlucht, wehte ein Strom kühler Luft über den See. Die Mücken verschwanden. Frösche quakten. Mit dem Geräusch kleiner Steine schlugen die ersten Regentropfen auf die Blätter der Bäume. Der Spiegel des Sees zerbrach in ein Muster aus Millionen Ringen.

»Es regnet«, sagte Ghislaine beinahe ehrfürchtig. »Gehen wir ins Haus.«

Atlan schüttelte den Kopf.

»Nein«, sagte er. »Ich bleibe hier und lasse mich bis auf die Haut durchnässen. Ich nehme den Regen als ein Symbol. Wir sind gerettet worden – fünfundzwanzig Milliarden Menschen. Und ich weigere mich, an einen Zufall zu glauben.«

Er blieb am Ende des Stegs stehen und fühlte, wie ihm der aufkommende Sturm die Tropfen ins Gesicht schlug. Es war ein herrliches Gefühl.

7.

Neun Tage später . . .

Leutnant Habas Beruda galt als äußerst zuverlässiger Offizier und genoß das volle Vertrauen des Führungsstabes. Innerhalb der INTERSOLAR fungierte er als Kurier zwischen der Funkzentrale und dem Kommandanten, wenn der Interkom für andere Zwecke benutzt wurde. Letzteres war jetzt der Fall.

Beruda hatte das Entermanöver mitgemacht, als es einigen Cappins gelungen war, mit einem kleineren Schiff den Todessatelliten zu verlassen und in das Sonnensystem vorzustoßen. Der Kampf gegen die Insektenabkömmlinge war ihm noch in guter Erinnerung, den Cappins jedoch gelang die Flucht. Es schien eine Art der Teleportation gewesen zu sein, wenn auch auf sechsdimensionaler Ebene. Man durfte vermuten, daß sie zu ihrem Satelliten zurückgekehrt waren.

Habas Beruda konnte sich gut an jene Ereignisse erinnern, aber da gab es noch etwas, das ihm nicht zugänglich war. Es war da, tief in seinem Unterbewußtsein verankert, unfaßbar und unbegreiflich. Es war da, aber es existierte nicht.

Der diensthabende Offizier der Funkzentrale rief ihn zu sich.

»Eine Meldung aus Terrania, Leutnant. Alle Interkoms sind besetzt. Bringen Sie den Text Oberst Korom-Khan, aber vermeiden Sie jede Störung der laufenden Videosendung.«

»In Ordnung, Sir.« Leutnant Beruda nahm die Notizfolie. »Sie können sich auf mich verlassen.«

Der Major nickte.

»Das weiß ich, danke.«

Der Weg zur Kommandozentrale war nicht weit. Auf dem Korridor nutzte der junge Leutnant die Gelegenheit, sich Rhodans Ansprache über die in regelmäßigen Abständen angebrachten Interkomschirme anzuhören. Der Großadministrator sprach wieder zur Bevölkerung. Es war der 19. Juni 3433 – vor genau 1462 Jahren war Perry Rhodan auf dem Mond gelandet. Ein neues Zeitalter hatte begonnen. Es gab keine Unterbrechungen akustischer Art, denn wenn die Stimme des Großadministrators hinter ihm zu leise wurde, konnte er die Anlage vor sich lauter werden hören. Es erinnerte ihn für einen Augenblick an die Zugmagneten einer Energiefeldbahn, aber dann mußte er lächeln. Der Vergleich war geradezu lächerlich.

Erst einmal hatte er Rhodan gegenübergestanden, und er zögerte ein wenig, als er die Kommandozentrale erreichte und vor der Tür stehenblieb. Dann aber drückte er auf den Signalknopf und gab sein Erkennungszeichen. Oberst Korom-Khan, der Kommandant der INTERSOLAR, öffnete, indem er von seinem Sessel aus die positronische Sperre beseitigte.

Beruda betrat die riesige Kommandozentrale und blieb stehen. Noch niemals zuvor hatte er so viele Menschen auf einmal in dem wichtigen Raum der INTERSOLAR gesehen. Er erkannte Rhodan, aber seine Aufmerksamkeit galt dem Kommandanten, dem er die Meldung unauffällig zu überbringen hatte.

Dicht neben Oberst Korom-Khan bemerkte Beruda drei Männer, die er auf den ersten Blick erkannte. Es handelte sich um den Neandertaler Lord Zwiebus, den rätselhaften Alaska Saedelaere und

Abwehrchef Galbraith Deighton. Besonders Alaska Saedclaere faszinierte den jungen Leutnant.

Es war ja allgemein bekannt, daß Alaska eine Maske trug, weil kein Mensch den Anblick seines flammenden und in allen Farben schillernden Gesichtes ertragen konnte, ohne den Verstand zu verlieren. Alaska war nur noch zu neunzig Prozent er selbst. Der Rest gehörte einem Cappin, der sich in seinem Körper verirrt hatte, ohne jemals die Oberhand gewinnen zu können. Immerhin war Alaska in der Lage, sich selbst zu beherrschen und sein Bewußtsein über die hilflosen Befehle des Cappins triumphieren zu lassen.

Leutnant Beruda blieb wenige Schritte vor dem Sessel des Kommandanten, keine fünf Meter von Rhodan entfernt, plötzlich stehen. Er sah in die starre Maske Alaskas, dann in das leicht erstaunte Gesicht von Lord Zwiebus. Niemand kam der merkwürdige Zufall so schnell zu Bewußtsein, daß ausgerechnet Leutnant Beruda, der den Kampf gegen die Cappins am eigenen Leib erfahren hatte, in der Nähe zweier Menschen stutzte, die ebenfalls auf diese oder jene Art eine Begegnung mit den Cappins erlebt hatten.

Der Kommandant streckte Leutnant Beruda ungeduldig die Hand entgegen.

»Nun, was ist? Meldung, von wem?«

Mit Leutnant Beruda ging plötzlich eine seltsame Veränderung vor sich. Immer noch stand er am gleichen Fleck, als sei er nicht mehr fähig, sich von der Stelle zu rühren. Starr blickten seine Augen auf Alaska, als wolle er mit seinen Blicken die Plastikmaske durchdringen und im Gesicht des Unfaßbaren eine Antwort finden. Die Notizfolie entglitt seinen kraftlos gewordenen Fingern.

Dann aber war der starre Ausdruck in seinen Augen abrupt verschwunden. Sie blickten plötzlich wieder klar – viel zu klar. Sie waren von einer Sekunde zur anderen wissend geworden.

Rhodan hatte von dem ganzen Vorfall nichts bemerkt. Nach wie vor stand er vor der Kamera und sprach zu den Terranern. Die Vorgänge in der Kommandozentrale konnten ihn nicht ablenken, denn von der Wirkung seiner Worte auf die Menschheit hing vielleicht der Erfolg des Kampfes gegen die Cappins ab. Rhodan warnte eindringlich vor der Fähigkeit der Fremden, Menschen per Pedopeilung zu »übernehmen«, wie es nach dem Bericht von Lord Zwiebus zu befürchten stand.

Lord Zwiebus' Muskeln spannten sich. Sein untrüglicher Instinkt warnte ihn, und sein Geist war bereit, dem Körper mit unglaublicher Geschwindigkeit seine Befehle zu erteilen.

Die Notizfolie Leutnant Berudas hatte den Boden noch nicht berührt, als die scheinbar so kraftlosen Finger des jungen Offiziers wieder zu leben begannen. Mit einem blitzschnellen Entschluß riß er die Dienstwaffe aus dem Gürtel und legte sie auf Rhodan an, der von dem Vorgang noch immer nichts bemerkt hatte.

Milliarden Menschen auf den Planeten des Sonnensystems und Zehntausende von Raumschiffen wurden Zeuge des Attentats auf Perry Rhodan.

Nur einer reagierte: Lord Zwiebus, der Neandertaler.

Seine ungeheuer schnellen Reflexe hatten ihn automatisch zu Rhodans Leibwächter werden lassen, und wenn er auch keine telepathischen Gaben besaß, so handelte er oft schneller als Gucky oder Fellmer Lloyd. Auch diesmal schienen die beiden Telepathen noch nichts von den Absichten des Angreifers erfahren zu haben, denn sie reagierten nicht.

Lord Zwiebus aber sprang über fünf Meter hinweg auf den jungen Leutnant zu, schlug ihm den Strahler aus der Hand und gab der Waffe einen Tritt, daß sie quer durch die Kommandozentrale schlitterte und gegen einen Kontrolltisch stieß. Da sie auf Thermowirkung geschaltet und entsichert war, entlud sie sich und verbrannte die Plastikbeschichtung eines Sockels.

Noch ehe Alaska hinzuspringen konnte, um Lord Zwiebus zu helfen, handelte Galbraith Deighton.

Der Solare Abwehrchef trug stets seinen tödlich wirkenden Impulsstrahler bei sich. Im Nu hatte er ihn aus der Tasche gerissen und feuerte ihn auf den bewegungslos dastehenden Beruda ab. Der feine Energiestrahl durchbohrte die Brust des Leutnants, ehe Lord Zwiebus es verhindern konnte.

Tödlich verwundet brach Habas Beruda zusammen.

Galbraith Deighton stand noch immer mit der Waffe in der Hand wenige Meter von dem zusammengebrochenen Beruda entfernt und schien zu warten. Erst als Atlan ihm die Hand auf die Schultern legte und ihm beruhigend zunickte, schob der Abwehrchef den Strahler in die Tasche zurück, nachdem er ihn gesichert hatte.

Lord Zwiebus sah nicht zufrieden aus, obwohl er durch seine unglaubliche Schnelligkeit mit aller Wahrscheinlichkeit Rhodan das Leben gerettet hatte. Ras Tschubai kniete neben Beruda und versuchte, die Wunde zu untersuchen. Der Leutnant stöhnte, und trotz seiner Schmerzen lächelte er verzerrt, als habe er genau das erreicht, was er erreichen wollte.

Atlan kniete sich ebenfalls nieder und sah den Ausdruck im Gesicht des Attentäters. Mit unbewegter Miene registrierte er diese ungewöhnliche und absolut unlogische Tatsache und beschloß, später über sie nachzudenken. Jetzt blieb keine Zeit.

Der tödlich Verwundete flüsterte:

»Rhodan . . . bitte . . .«

Atlan machte Platz, damit auch Rhodan sich niederknien konnte.

»Warten Sie, Leutnant. Sprechen Sie nicht. Der Arzt, Doktor Kaspon, ist nach hier unterwegs. Er wird alles tun . . .«

»Keine Zeit . . .« Die Worte waren kaum zu vernehmen. Leutnant Beruda mußte wahnsinnige Schmerzen haben, aber das, was er sagen wollte, mußte von ungeheurer Wichtigkeit sein. Wollte er ein Geständnis ablegen und seinen Auftraggeber verraten? »Verzeihen Sie meinen Angriff auf Sie, aber ich hätte niemals geschossen. Ich wollte nur den Cappin täuschen und loswerden.«

Rhodan beugte sich noch tiefer hinab.

»Den Cappin? Wie meinen Sie das?«

Der Verwundete atmete kurz und abgehackt. Es war offensichtlich, daß er die Schußverletzung nicht überleben konnte. Daran würde selbst Dr. Kaspon nichts mehr ändern können.

»Ich war dabei, als wir das Schiff der Cappins enterten, Sir. Bei der Gelegenheit übernahm mich ein Cappin und kehrte in mir zur Flotteneinheit zurück. Ich wußte es nicht, konnte es nicht wissen.« Immer wieder wurden Berudas Worte von kürzeren Pausen unterbrochen. Er bekam eine schmerzstillende Injektion, die ihn erleichterte. Seine Augen blickten wieder klarer, und seine Worte wurden deutlicher. »Ich habe es bis vor wenigen Minuten nicht gewußt. Erst als ich Alaska und Lord Zwiebus sah, ihre Nähe spürte, fiel es mir wie Schleier von den Augen. Plötzlich wußte ich alles, erinnerte mich an alles, und mein Cappin konnte es nicht verhindern.«

»Gab er Ihnen den Befehl zum Angriff auf mich?«

Leutnant Beruda schüttelte mühsam den Kopf.

»Nein, ich tat es von mir aus – ich *mußte* es tun. Lassen Sie mich erklären, Sir . . .«

Rhodan hatte längst bemerkt, daß Atlans winziges Aufzeichnungsgerät lief. Später würde man sich die so wichtige Unterhaltung noch einmal in aller Ruhe anhören können.

»Schonen Sie sich, Leutnant.«

»Keine Zeit, Sir. Ich mußte Sie angreifen, um den in mir wohnenden Cappin zur Flucht zu zwingen. Denn er muß meinen Körper verlassen, wenn er nicht mit mir zusammen sterben will. Stirbt der Gastkörper, stirbt auch der in ihm hausende Cappin. Nur durch einen Schock konnte ich wieder frei werden. Ich konnte nicht wissen, daß man so schnell auf mich schießen würde, nachdem ich mir die Waffe von Lord Zwiebus aus der Hand schlagen ließ.«

Atlans Blick streifte Abwehrchef Deighton.

Deightons Gesicht war hart und abweisend. Er wußte, welches seine Rechte und Pflichten waren. Er hatte danach gehandelt.

»Und warum kamen Sie nicht eher zu mir? Wir hätten einen Weg gefunden . . .«

»Erst die Nähe von Lord Zwiebus und Alaska Saedelaere verdrängte die dominierenden Befehle des Cappins und machten mich frei. Es ging alles viel zu schnell, um zu begreifen, ich konnte einfach nur handeln. Nun ist der Cappin geflohen. Er kann niemand von uns übernehmen, jetzt nicht. Aber da ist noch etwas, das ich Ihnen mitteilen muß, Sir . . .«

Rhodan nickte.

»Nicht so laut. Sprechen Sie leiser, das strengt Sie nicht so sehr an.«

»Es dauert nicht mehr lange. Ich weiß, daß es einem zweiten Cappin gelungen ist, einen der unseren zu übernehmen. Schon damals, als wir in das Schiff eindrangen. Aber ich weiß es erst jetzt, und ich kenne auch den Namen des Mannes. Sergeant Rudulus Kampatschin. Er ist unschuldig und weiß nichts, gar nichts. Erst hier wird es ihm vielleicht ergehen wie mir . . .«

Rhodan gab Atlan einen Wink. Der Arkonide erhob sich und verschwand ohne einen Ton. Er würde sich um den Sergeanten kümmern.

»Weiter, Leutnant. Noch etwas?«

»Nur noch eines . . . und dann möchte ich schlafen, lange und tief und fest schlafen. Ich bin müde.«

»Wir werden alles tun, Leutnant, um Ihnen zu helfen. Aber ihre Informationen sind lebenswichtig für uns und die Erde. Wenn Sie noch können, sprechen Sie.«

»Die Cappins können vom Sonnensatelliten aus keine Pedopeilungen vornehmen. Sie sind also darauf angewiesen, den Sonnensatelliten zu verlassen. Sie müssen sich auf den Individualhaushalt ihres Opfers einstellen, und das ist bei den vorhandenen Störungen in der Nähe der Sonne nicht möglich. Seien Sie also vorsichtig, Sir. Ein von den Cappins beherrschter Mann ist noch hier an Bord.«

»Was ist mit dem, der aus Ihnen floh?«

Leutnant Beruda lächelte verzerrt.

»Er hat versucht, zum Sonnensatelliten zurückzukehren – er mußte es, aber er wußte nicht, ob es ihm gelingen würde. Ihm blieb keine Zeit, sich ein neues Opfer auszusuchen. Noch einmal: Verzeihen Sie mir, bitte . . .«

Atlan kehrte zurück. Er nickte Rhodan unmerklich zu.

»Jetzt schlafen Sie, Leutnant«, sagte Rhodan zu Beruda und sah auf ihn hinab.

Dann sagte er nichts mehr.

Leutnant Beruda war tot.

Zwei Offiziere brachten den Sergeanten in die Kommandozentrale. Der Mann sah ehrlich verblüfft aus, und wie Gucky und Fellmer Lloyd feststellten, hatte er nicht die geringste Ahnung, was man von ihm wollte. Auch die unmittelbare Nähe Alaskas ergab kein Resultat in dieser Richtung.

Rhodan sah sehr ernst aus, als er sich an Deighton wandte:

»Sie wissen, was das bedeutet, Galbraith. Der Cappin hat sein Opfer längst wieder verlassen, weil es ihm zu unbedeutend erschien. Und er hatte Ruhe, das zu tun. Noch mehr, er hatte sogar Ruhe, sich ein geeigneteres Opfer auszusuchen. Jeder von uns kann es sein, ohne daß wir es wissen. Leutnant Beruda wußte es auch nicht.«

»Wir werden ihn finden, darauf können Sie sich verlassen. Schon die Eigenschaften Alaskas helfen uns . . .«

»Seien Sie sich nicht zu sicher, Galbraith. Wir wissen noch viel zu wenig über die Cappins und die Möglichkeiten, mit denen sie ihre Ziele erreichen. Soviel ich nun weiß, kann sich der Sergeant überhaupt nicht an die Übernahme erinnern, wenn sein Cappin ihn in aller Ruhe wieder verließ. Und das scheint ja offensichtlich der Fall gewesen zu sein. Von ihm erfahren wir also nichts. Damit hätten wir zwei Fakten, die wir bei unseren Untersuchungen berücksichtigen müssen: Ein Mensch, der in aller Ruhe von einem Cappin verlassen wird, kann sich an nichts mehr erinnern. Wird er jedoch in Panik und überstürzt verlassen, hat der Cappin keine Zeit mehr, das Erinnerungsvermögen seines Opfers zu löschen – es wird sich immer und an alle Einzelheiten erinnern können. Ich denke, hier haben wir eine Chance.«

»Eine sehr kleine«, schränkte Atlan ein. Er sah Fellmer Lloyd an. »Leider nützen uns diesmal unsere Telepathen wohl nicht viel.«

Fellmer schüttelte bedauernd den Kopf, schwieg aber.

Gucky meinte.

»Tut uns leid, Atlan. Aber Berudas Gedankenimpulse waren völlig normal, als er die Kommandozentrale betrat. Mit keinem Gedanken dachte er daran, Perry anzugreifen. Und als er es tat, war es beinahe zu spät. Das muß die Sekunde gewesen sein, in der der Cappin ihn verließ.«

Rhodan sah zu, wie das Ärztepersonal den toten Beruda hinaustrug. Sein Gesicht war wie versteinert, als er zu Deighton sagte:

»Das war nicht nötig, Galbraith. Warum haben Sie einen Mann erschossen, dem Zwiebus schon längst die Waffe abgenommen hatte? Er war wehrlos.«

Deighton erwiderte etwas schroff:

»Sir, das war meine Aufgabe als Abwehrchef. Ich bin für Ihre Sicherheit verantwortlich, und für die Sicherheit aller, die in diesem Raum versammelt sind.«

»Aber warum mußten Sie ihn töten?«

»Wer kann mir garantieren, daß der Attentäter – und dafür mußte ich ihn ja wohl logischerweise halten – nicht noch andere Waffen bei sich führte, die im Falle des Versagens des Strahlers automatisch in Aktion traten? Ich weiß, meine blitzschnelle Entscheidung war hart und unmenschlich, aber mir blieb keine andere Wahl. Ich wäre meines Postens unwürdig, hätte ich anders gehandelt. Das Leben des Leutnants stand gegen unser aller Leben. Da konnte es nur diese eine Entscheidung geben.«

Rhodan sah ihm einige Sekunden stumm ins Gesicht, dann nickte er.

»Vielleicht haben Sie recht, Galbraith. Es tut mir leid.«

»Mir auch, das können Sie glauben.«

Rhodan betrachtete Sergeant Kampatschin, der noch immer zwischen seinen Bewachern stand, hilflos und nichts begreifend.

»Wir müssen Sie leider in Quarantäne stecken, Sergeant. Wir dürfen kein Risiko eingehen, auch wenn wir zu wissen glauben, daß Sie nichts mehr mit einem Cappin zu tun haben. Intensivere Untersuchungen werden das hoffentlich bestätigen. Machen Sie sich keine Sorgen.«

»Schon gut, Sir. Ich sehe das ja ein. Teuflische Biester!«

Damit meinte er offensichtlich die Cappins. Sie brachten ihn fort.

Atlan sah ihm bis zur Tür nach.

»Er ist es nicht«, murmelte er. »Er hat keinen Cappin mehr in sich, das spüre ich.«

»Denken wir doch mal logisch«, warf Rhodan ein. »Der Sergeant ist viel zu unwichtig. Er diente dem Cappin nur dazu, in die INTERSOLAR zu gelangen. Hier hatte er Zeit und Ruhe, sich ein besseres Opfer auszusuchen, und ich glaube, genau das hat er auch getan.«

»Und warum hat es der Cappin in Leutnant Beruda nicht getan?« erkundigte sich Deighton. »War denn der vielleicht so ungeheuer wichtig?«

Rhodan zuckte mit den Schultern. Deightons Einwurf schien ihn beeindruckt zu haben. Es stimmte. Auch Leutnant Beruda war in diesem Fall, relativ betrachtet, nicht so wichtig gewesen.

Aber es wußte auch niemand, was die Cappins eigentlich planten.

»Ich denke, wir verstärken die Blockade noch«, schlug Atlan vor. »Auf keinen Fall dürfen weitere Cappins in das System eindringen. Es genügt einer, und der sitzt in der INTERSOLAR.«

»Muß nicht sein«, schränkte Rhodan ein. »Er hat wohl durchaus die Möglichkeit, von uns aus überall innerhalb des Sonnensystems hinzugelangen. Die Energiesperre des Sonnensatelliten fehlt, und er befindet sich in unserer Zeitebene. Er kann also durchaus von der INTERSOLAR aus einen Menschen auf der Erde übernehmen, sobald seine Pedopeilung erfolgreich gewesen ist. Die Entfernung spielt keine Rolle.«

Galbraith Deighton nickte zustimmend.

»So ist es, fürchte ich. Wir müssen also einen Menschen finden, der in Wirklichkeit ein Cappin ist. Ich werde den gesamten Solaren Abwehrapparat in Bewegung setzen, Sir. Damit sollte es gelingen.«

Rhodan sah ihn nachdenklich an.

»Vielleicht, Galbraith, vielleicht. Vergessen Sie aber nicht, daß wir keine sichere Methode kennen, einen Cappin zu entlarven. Sie werden also praktisch jemanden suchen müssen, den es gar nicht gibt.«

»Und *den* finde ich auch«, versprach Deighton grimmig.

Später saßen sie in Rhodans Kabine.

Atlan, Ras Tschubai, Fellmer Lloyd und Gucky. Julian Tifflor und Abel Waringer sollten später nachkommen.

»Noch einmal möchte ich die Frage stellen, warum der eine Cappin sich mit Leutnant Beruda zufriedengab und die Person nicht wechselte, obwohl gerade Leutnant Beruda wirklich nicht zu den wichtigsten Persönlichkeiten gezählt werden konnte, und der andere Cappin verließ Sergeant Kampatschin, sobald er dazu Gelegenheit fand.« Rhodan sah seine Freunde forschend an, ehe er hinzusetzte: »Wenn wir auf diese, von Deighton aufgeworfene Frage eine einigermaßen logische Antwort finden, sind wir ein kleines Stück weiter. Nun strengt mal eure Köpfe an, Ja, du auch, Gucky.«

Gucky sah äußerst indigniert aus.

Atlan streichelte ihm über das Fell und sagte:

»In der Person des relativ unwichtigen aber durchaus vertrauenswürdigen Offiziers sah der Cappin die Gelegenheit, sich eine längere Zeit unauffällig in unserer Nähe aufzuhalten. Er erregte keinen Verdacht, hatte aber jederzeit die Möglichkeit, mit dem Führungsstab in Berührung zu gelangen. Ich persönlich nehme an, daß er auf dich, Perry, scharf war – mit anderen Worten: Er wartete auf die beste Gelegenheit, dich zu übernehmen. Diese Gelegenheit war erst in dem Augenblick vorhanden, in dem du deine Festansprache hieltst. Du mußtest dich auf deine Worte konzentrieren und konntest nicht auf andere Dinge achten. Leutnant Beruda betrat die Kommandozentrale in der festen Absicht, die betreffende Meldung zu überbringen. Der Cappin hatte ihn in seiner Gewalt. Da passierte das Malheur mit Alaska und Zwiebus. Die beiden hatten schon früher mit den Cappins zu tun gehabt, und irgend etwas, das wir beim besten Willen nicht klar definieren können, blieb zurück. Es genügt jedenfalls, wie wir gesehen haben, einen von Cappins Befehligten plötzlich klar denken zu lassen. Ein Beweis übrigens für die Unschuld Kampatschins. Leutnant Beruda also sah plötzlich ganz klar, und in Sekundenschnelle suchte er nach einem Ausweg, uns zu warnen, ohne dem Cappin Gelegenheit zu geben, sich auf einen von uns einzupeilen. Er mimte das Attentat. Der Cappin, in der berechtigten Furcht, sein Gastkörper könnte getötet werden, mußte fliehen, wenn er nicht selbst sterben wollte. Seine Furcht war leider nur zu berechtigt. Beruda starb wirklich.«

Rhodan schwieg. Der Summer ertönte, und dann traten Julian Tifflor und Abel Waringer ein. Sie setzten sich.

»Ich glaube«, sagte Waringer, behutsam wie immer, »wir sollten uns nicht mehr Sorgen als unbedingt notwendig machen. Ein Cappin ist unter uns, gut und schön. Was kann er anrichten, ohne sofort entlarvt zu werden? Seien wir doch ehrlich: Wenn einer von uns sich auffällig benimmt, fällt sofort der ganze Verdacht auf ihn. Und was hätte der Cappin damit erreicht? Nichts, gar nichts. Wozu also die Aufregung?«

Rhodan sah Julian Tifflor an.

»Nun, Julian, was meinen Sie dazu?«

Tifflor legte seine Hände flach auf den Tisch.

»Wenn Sie so direkt fragen, Perry: nichts. Was soll ich für eine Meinung zu Dingen äußern, die ich nicht verstehe – und Sie auch nicht, wenn Sie ehrlich sind. Sicher, die Cappins können andere Intelligenzen regelrecht übernehmen und ihr Bewußtsein leiten und nach ihrem eigenen Willen lenken. Aber wir kennen nicht den Zweck dieser Übung. Wollen sie unser Sonnensystem erobern? Das halte ich für eine unsinnige Idee.«

Rhodan sagte:

»Es kann für sie verschiedene Gründe geben, Julian. Wenn Lord Zwiebus die Wahrheit berichtet und sich nicht irrt, dann kamen die Cappins etwa vor zweihunderttausend Jahren in unser System und nahmen ihre biologischen Experimente vor. Das würde viele Lücken in der Geschichte der Menschheit füllen, und es würde viele ungelöste Fragen beantworten. Nicht immer zur Zufriedenheit der ernsthaften Forscher, aber immerhin im Dienst der oft nicht angenehmen Wahrheit. Die Cappins wollten damals vor zweihunderttausend Jahren nichts anderes, als Experimente durchführen. Vergessen Sie nicht, daß sie uns äußerlich gleichen. Wir waren die geeigneten Objekte für ihre Versuche. Und wenn ich richtig vermute, haben wir den Cappins einen Sprung über hunderttausend Jahre hinweg zu verdanken. Mit anderen Worten: Wären die Cappins damals nicht so skrupellos gewesen, säßen wir noch heute in unseren Höhlen.«

Atlan wollte etwas sagen, schwieg aber dann. Es schien, daß er mit Rhodans Ausführungen nicht ganz einverstanden war. Julian, dem die Rede galt, nickte.

»Ich glaube«, sagte er, »die Cappins im Sonnensatelliten wollen einfach nur nach Hause. Wir haben ihnen diesen Weg versperrt und sind deshalb zu ihren Gegnern geworden. Sie kämpfen darum, in ihre Zeitebene zurückkehren zu können.«

8.

Gucky befand sich gerade zwei Tage in Terrania und freute sich über die freien Stunden, die ihm der Aufenthalt auf der Erde bescherte. Ohne sich um die anderen zu kümmern, ließ er sich zu seinem Bungalow am Goshunsee bringen, verschloß die Haustür und war für niemanden zu sprechen. Er schaltete einmal ganz kurz den Videoempfänger ein, überhörte im wahrsten Sinne des Wortes die neuesten Nachrichten, schaltete wieder ab und besichtigte seine Hausbar.

Fruchtsäfte in jeder Menge.

»Wenn Besuch kommt, hat er Pech gehabt«, sagte er zufrieden mit dem Ergebnis und öffnete ein kleines Geheimfach, das seine letzte Liebe enthielt: Kornschnaps.

Davon durfte natürlich niemand etwas ahnen. Man stelle sich vor: Gucky, Vegetarier und Antialkoholiker, trank Schnaps, und noch dazu das, was die besseren Schichten als »gemeinen Fusel« bezeichneten. Es beruhigte den Mausbiber ungemein, daß niemand seine heimliche Leidenschaft kannte. Und außerdem trank er niemals zuviel. So gerade ein Gläschen, höchstens zwei.

Und das auch nur dann, wenn er allein war.

Nach dem Mittagessen begab er sich in den Garten, betrachtete ein wenig trübsinnig die ruhige Wasserfläche des Sees und bedauerte, daß niemand in der Nähe war, den er bitten konnte, sein Segelboot fachgerecht aufzutakeln. Bully hatte es anscheinend vorgezogen, in Terrania zu bleiben. Klarer Fall. Der Dicke wollte nicht gesehen werden, und in der Riesenmetropole gab es eine Menge Hotels.

»So ein Heimlichtuer«, meinte Gucky wütend und beschloß, die Segelei aufzugeben. »Lege ich mich eben in die Sonne.«

Und genau das tat er auch.

Als er gerade fast eingeschlafen war, hörte er Schritte im Kies.

Im Kies! Nur in *seinem* Garten gab es Kies!

Empört richtete er sich im Liegestuhl auf und drehte sich um.

»Hallo, Atlan, alter Arkonide. Was willst du denn hier?«

Atlan nahm in einem Sessel Platz, der neben dem Liegestuhl auf der Terrasse stand.

»Bist du ein Cappin?« fragte er und machte dabei ein todernstes Gesicht.

Gucky schnappte wütend nach Luft.

»Wohl verrückt geworden, was? Ich und ein Cappin! Wie soll ein Cappin mich übernehmen? Niemals einen Mutanten wie mich!«

»Eben!« sagte Atlan und sah sich suchend um. »Hast du was zu trinken?«

»Fruchtsaft«, antwortete Gucky und rülpste diskret.

»Von mir aus Fruchtsaft«, gab sich Atlan zufrieden.

Als die Gläser auf dem Tisch standen, erkundigte sich Gucky:

»Was sollte das bedeuten? Eben?«

»Ich bin davon überzeugt, daß die Cappins keinen Mutanten übernehmen können. Also weder dich noch Ras noch Fellmer. Und ich nehme an, sie werden auch Zwiebus und Alaska nicht übernehmen können. Ich als Arkonide scheide wohl auch aus. Zwischen meinem Volk und den Terranern haben sich im Lauf der Jahrtausende etliche Unterschiede herausgebildet. Das ist der Grund, warum ich das ›Sonderkommando Atlan‹ gegründet habe.«

»Das, bitte, was?«

»Sonderkommando Atlan«, sagte Atlan. »Und ich nehme an, du wirst dabei mitmachen.«

»Weiß Perry davon?«

Atlan lächelte.

»Warum sollte er? Je weniger Eingeweihte wir haben, desto besser werden wir arbeiten können. Unser Ziel ist es, den Cappin zu finden, der sich in einem von uns verborgen hält. Wir, das Sonderkommando, scheiden mit größter Wahrscheinlichkeit aus. Ohne Vorurteile werden wir uns auf die Suche begeben, nicht nur auf der Erde. Der Cappin kann sich überall aufhalten. Nur wissen wir nicht, wie er sich verraten könnte. Wir haben keinen einzigen Anhaltspunkt. Aber wir müssen ihn finden. Wir müssen, Gucky, verstehst du?«

»Natürlich verstehe ich, Atlan. Ich frage mich nur, wie du das schaffen willst, was alle anderen nicht schaffen.«

»Nun, wir haben drei Mutanten und zwei Männer, die schon einige Erfahrungen im Umgang mit den Cappins haben. Lord Zwiebus wurde einst von ihnen experimentell umgewandelt, und Alaska begegnete einem Cappin während eines Transmittersprunges. War ein Pech für beide. Vielleicht wird es bald unser Glück sein.«

Gucky schüttelte den Kopf und schielte in Richtung Bar.

»Ich weiß nicht, so hinter Perrys Rücken . . .«

»Rede keinen Unsinn, Kleiner. Du weißt genau, daß ich nichts tun würde, was ihm schadet. Aber er ist voreingenommen. Ich bin es nicht. Ich würde selbst den besten Freund und zuverlässigsten Mann verdächtigen. Und genau das muß ich leider tun, bis wir den Cappin entlarvt haben.«

Gucky stand auf und watschelte durch die offene Tür zur Bar. Ohne Rücksicht auf seinen Besucher holte er die geheimnisvolle Flasche aus dem kleinen Fach und schenkte sich ein Glas ein. Als er Atlans neugierigen Blick bemerkte, gab er seinem Herzen einen Stoß und nahm mit einem wehmütigen Seufzer ein zweites Glas aus dem Schrank.

»Guter Tropfen«, lobte Atlan, um sofort auf das andere Thema zurückzukommen. »Die anderen wissen Bescheid. Du bist der letzte, den ich einweihte. Sobald du einverstanden bist, halten wir die erste Einsatzbesprechung ab. Hier bei dir. Kann ich dein Visiphon benutzen?«

»Mann, du hast vielleicht ein Tempo!« meinte der Mausbiber überrascht. »Und hier bei mir?«

»Natürlich!« Atlan stand auf und blieb in der Terrassentür stehen. »Was glaubst du, wie die anderen sich freuen werden, wenn sie deinen guten Tropfen probieren dürfen. Mir hat er geschmeckt.«

»Mir auch«, sagte Gucky und grinste ziemlich gemein. »Aber ich glaube nicht, daß die anderen sich so sehr freuen werden.«

»Und warum nicht?«

»Weil du ihnen das letzte Glas fortgetrunken hast«, erwiderte Gucky mit einer Mischung von Bedauern und Schadenfreude.

Die zweite Einsatzbesprechung des Geheimkommandos fand in Atlans Wohnung in Terrania statt. Da niemand von dem Komplott erfahren durfte, war es für die Beteiligten nicht ganz einfach gewesen, sich unauffällig bei Atlan einzufinden. Zum Glück war die INTERSOLAR mit Rhodan gestartet, um einen kurzfristigen Erkundungsflug zu unternehmen. Sie wurde für heute abend zurückerwartet.

Atlan wartete, bis alle Platz genommen hatten, dann sagte er:

»Über die grundlegenden Dinge sind wir uns einig, wie wir gestern feststellen konnten. Ich möchte die wichtigsten Punkte noch einmal wiederholen:

Erstens: Es darf als sicher gelten, daß eine wichtige Persönlichkeit des Solaren Imperiums von einem Cappin übernommen wurde, und es gibt momentan keine Möglichkeit, ihn zu entlarven. Höchstens die unmittelbare Nähe Alaskas, aber auch das ist nicht sicher.

Zweitens: Wir hoffen, daß es keinem Cappin gelingen kann, einen von uns zu übernehmen. Alle bisherigen Erfahrungen sprechen dagegen. Das ist der Grund, warum ausgerechnet wir das Sonderkommando bilden.

Drittens: Niemand darf etwas von unserem Kommando erfahren, da der verborgene Cappin gewarnt werden könnte.

Viertens: Für uns ist *jeder* verdächtig. Ansehen und Rang spielen keine Rolle. Selbst Rhodan ist verdächtig oder Galbraith Deighton. Jeder!

Das wären die Hauptpunkte. Gibt es noch Fragen dazu?«

Ras Tschubai meldete sich.

»Wie gehen wir vor, Atlan? Darüber haben wir gestern nicht gesprochen.«

»Deshalb sind wir hier. Es hätte wenig Sinn, wenn wir als geschlossene Gruppe handeln würden. Zu schnell könnte man auf uns aufmerksam werden, und der Cappin wäre gewarnt. Wir besitzen keinen einzigen Anhaltspunkt, bei dem wir einhaken könnten. Wir sind darauf angewiesen, das geringste Verdachtsmoment rechtzeitig zu bemerken und ihm nachzugehen. Überall auf der Erde, im ganzen Sonnensystem. Der Cappin kann abermals wechseln, wir wissen es nicht.«

»Möchte bloß mal wissen, wie er das macht«, sagte Gucky, mit sich und der Welt unzufrieden. Der Fall behagte ihm nicht. »Die sehen doch wie Menschen aus und haben einen Körper, aber sie wandern von einem zum anderen. Da muß doch was doppelt vorhanden sein.«

»Auch das werden wir herausfinden«, versprach Atlan geduldig.

Gucky zuckte mit den Schultern. Er war offensichtlich mit der Antwort nicht zufrieden.

Fellmer Lloyd sagte plötzlich:

»Atlan, Sie haben doch einen ganz bestimmten Verdacht. Warum teilen Sie ihn uns nicht mit?«

Atlan lächelte.

»Ich habe einen Verdacht, der sich jedoch auf geringfügige Indizien stützt und praktisch unhaltbar sein dürfte. Immerhin müssen wir jeder Spur nachgehen, und sei sie noch so verwischt. Ich glaube, wir sollten uns vor Galbraith Deighton in acht nehmen.«

»Deighton?« Ras Tschubai schüttelte den Kopf. »Wie kommen Sie denn auf den? Ausgerechnet Deighton, Chef der Solaren Abwehr?«

»Er schoß zu schnell«, erklärte Atlan bestimmt. »Er schoß viel zu schnell auf Leutnant Beruda, als dieser bereits entwaffnet und in der Gewalt von Lord Zwiebus war. Sein Tod war unnötig. Sollte in Deighton ein Cappin stecken, hätten wir eine logische Erklärung für das voreilige Verhalten des Abwehrchefs. Gibt es ein Argument dagegen?«

Es gab vorerst keines.

Atlan fuhr fort:

»Es ist nur ein Verdacht meinerseits, mehr nicht. Erst die zukünftige Entwicklung wird zeigen, ob ich recht hatte oder nicht. Bis dahin aber dürfen wir uns nichts anmerken lassen. Ich selbst werde die Aufgabe übernehmen, Galbraith zu überwachen und jede seiner Handlungen zu kontrollieren. Sollte sich mein Verdacht bestätigen, gibt es nur ein Mittel, den Cappin unschädlich zu machen. Wir wissen, daß er Zeit für den Wechsel benötigt. Wir werden ihm also keine Zeit lassen.«

»Kommt mir alles ziemlich verrückt vor«, gestand Gucky resigniert. »Kein Anhaltspunkt, keine echte Arbeitsmethode, ein Tappen im dunkeln, Jagd auf etwas, das wir nicht kennen – nein, das ist nichts für mich. Aber ich steige natürlich nicht aus, Atlan, keine Sorge.«

»Damit hat auch niemand gerechnet, Kleiner. Wir werden schon einen geeigneten Weg finden. Haltet euch bereit. Ich bin in der Zentrale und überwache Galbraith. Bei der Gelegenheit höre ich die Nachrichten ständig ab. Wo immer auf Terra oder im Sonnensystem sich etwas ereignet, das in unserem Sinne verdächtig sein könnte, werden wir der Sache nachgehen. Einer von uns wird auf die Reise gehen. Ras Tschubai und Gucky werden als Transportmittel dienen, Teleportation. Das geht schnell und nimmt keine Zeit in Anspruch. Ich bin jederzeit im Hauptquartier zu erreichen. Dort laufen unsere Fäden zusammen. Treffen werden wir uns in Guckys Bungalow, das ist am unauffälligsten. Noch Fragen?«

Es gab vorerst keine mehr.

Am 29. Juni 3433 sah Rhodan ein, daß es zu nichts führte, wenn er sich überanstrengte. Seit Tagen schon war er auf den Beinen, und in den Nächten konnte er froh sein, wenn er ein paar Stunden Schlaf erwischte. Unabhängig von Galbraith Deighton und Atlan durchsiebte er die Nachrichten aus aller Welt.

Als Rhodan beschloß, endlich einmal ein dienstfreies Wochenende einzulegen, fühlte er sich auf einmal sehr einsam und allein. Solange ihn die Arbeit und seine Pflichten beschäftigten, war ihm das niemals zu Bewußtsein gekommen. Jetzt aber, als er sich überlegte, was er mit den freien Stunden anfangen sollte, wußte er keine Antwort.

Bully?

Sein Freund Bully ging oft eigene Wege. Rhodan hatte allerdings aus verschiedenen Quellen erfahren, daß sich Bully durchaus normal benahm, wenn er in Terrania war und frei hatte. Man kannte ihn in jeder Nachtbar, und er galt als regelmäßiger Besucher interplanetarischer Varietéveranstaltungen. Auch das Kabarett schien er zu lieben.

Rhodan verspürte keinerlei Lust, Bully in einer der zahlreichen Bars aufzuspüren. Es konnte ihm dabei zu leicht passieren, daß er ungelegen kam. Bully galt durchaus nicht als Heiliger.

Es gab noch genug Freunde, zu denen Rhodan gehen konnte. Er verspürte aber kein Bedürfnis, auch nur einen von ihnen aufzusuchen. Sein Haus, draußen am Goshunsee, bot ihm alles, was er sich nur wünschen konnte, nur nicht das, wonach er sich sehnte. Oft dachte er an Thora, seine erste Frau, zurück. Es war eine Ewigkeit her, aber in seiner Erinnerung war sie lebendiger denn je zuvor. Oder Mory, seine zweite Frau. Beide lebten gleichberechtigt und nebeneinander in seinem Gedächtnis, das in der Realität keinen Platz für eine dritte Frau zu haben schien.

Und *doch* mußte ein Platz vorhanden sein.

Zumindest für Sentimentalitäten.

Rhodan mußte laut auflachen, als er plötzlich an Gucky dachte. Der Mausbiber hätte wahrscheinlich verwundert den Kopf geschüttelt, wenn er in diesem Augenblick Rhodans Gedanken gelesen hätte. Er als Ersatz für menschliche Gesellschaft!

Jedenfalls beschloß Rhodan an diesem Abend, seinem treuen Freund einen Besuch abzustatten. Sicherlich, so vermutete er, hockte der letzte Mausbiber trübsinnig vor seinem Videogerät und wartete sehnsüchtig auf einen neuen Einsatzbefehl. So gut es dem Ilt auch in seinem Bungalow gefallen mochte, richtig munter wurde er erst dann, wenn etwas geschah.

Rhodan nahm seinen Privatgleiter und parkte keine hundert Meter von Guckys Bungalow entfernt auf einem kleinen Platz, der für derartige Zwecke vorgesehen war. Den Rest der Strecke legte er zu Fuß zurück.

Es war ein warmer Sommerabend. Die Nähe des Sees milderte die Hitze, die vielleicht drüben in der angrenzenden Wüste herrschen mochte. Aber eigentlich war es keine Wüste mehr, so wie vor anderthalb Jahrtausenden. Die Wetterkontrolle hatte ein Paradies aus ihr gemacht, aber noch immer nannte man das unbewohnte Gebiet, das mehr einem Park ähnelte, die »Wüste«.

Rhodan wunderte sich ein wenig, als er feststellen mußte, daß in Guckys Haus sämtliche Lichter brannten. Das war ungewöhnlich, denn Gucky liebte die Einsamkeit und Ruhe. Seit es keine Ilts mehr gab, hielt der Mausbiber keine Parties mehr ab.

Heute schien das anders zu sein.

Rhodan zögerte, aber dann beschloß er doch, seinen geplanten Überraschungsbesuch nicht aufzugeben. Wer immer auch bei Gucky zu Gast sein mochte, man würde Rhodan nicht die Tür weisen.

Es war still. Kein Lärm drang aus dem Bungalow, und Rhodan entsann sich der empörten Schilderungen Bullys, wenn er von den wüsten Obstsaftgelagen der Mausbiber berichtete. Das war ein Krach gewesen, der die Ruhe der Nachbarn empfindlich gestört hatte. Und Bully hatte seinen Bungalow direkt neben Guckys Domizil.

Alles dunkel bei Bully, stellte Rhodan fest.

Vielleicht war er bei Gucky . . .?

Er betrat den Vorgarten und drückte dann auf den Knopf des Interkoms. Die Tür war verschlossen.

Es dauerte eine Weile, dann meldete sich die Piepsstimme Guckys:

»Wenn Sie schon hereinwollen, dann stellen Sie sich wenigtens vor die Kamera. Mein Bildschirm ist dunkel.«

Rhodan trat einen Schritt beiseite. Er blickte genau in die Linse.

Er hörte einen verblüfften Schnaufer.

»O je, du bist es?«

»Richtig, ich bin es nur. Willst du mich nicht hineinlassen?«

Pause.

»Ich habe Besuch, Perry. Lauter langweilige Kerle, wenn du mich fragst. Wir unterhalten uns über die Philosophie vierdimensionaler Gebilde im Zustand absoluter Euphorie.«

Rhodan wartete, bis sich die Tür öffnete.

»Oh, das interessiert mich ungemein. Darf ich eintreten?«

Gucky fühlte sich total überrumpelt. Bereitwillig macht er Platz. Rhodan ging an ihm vorbei und betrat das Wohnzimmer. Amüsiert betrachtete er die Gesellschaft, die dort versammelt war. Wenn er überrascht war, so verriet er es mit keiner Miene.

»Guten Abend, meine Freunde. So ein Zufall, daß sich heute alles bei Gucky trifft. Hätte man mir auch vorher sagen können. Nun, was halten Sie denn von der Philosophie vierdimensionaler Gebilde? Übrigens halte ich diese Bezeichnung für äußerst unpassend. Warum kann es sich denn nicht um Intelligenzen handeln? Unter Gebilden kann man allerhand verstehen. Auch geometrische Gebilde. Und welcher Philosophie sollten die wohl frönen?«

Gucky stand neben Rhodan und schnitt hilflose Grimassen.

Atlan stand auf und ging Rhodan entgegen.

»Willkommen, Perry. Du wunderst dich wohl, daß wir uns bei Gucky eingefunden haben, nicht wahr? Nun, die Erklärung ist einfach: Wir haben uns über die Möglichkeit unterhalten, einen Cappin zu entlarven. Leider kamen wir bisher zu keinem Ergebnis.« Er lächelte. »In gewissem Sinn hat das natürlich etwas mit vierdimensionalen Intelligenzen zu tun, eigentlich sogar mit sechsdimensionalen. Gucky hat also nicht geschwindelt.«

»Das habe ich auch keine Sekunde angenommen.« Rhodan betrachtete die Runde, die ihn mit verlegenem Schweigen ansah. »Störe ich vielleicht?«

Gucky brachte ein Glas und stellte es auf den Tisch.

»Da ist noch ein Plätzchen frei, Perry. Es gibt aber nur Orangensaft.«

Atlan und Gucky setzten sich wieder. Das Gespräch kam nicht so recht in Gang.

»Deighton hat Julian Tifflor festnehmen lassen«, sagte Rhodan plötzlich ohne jeden Übergang. »Seiner Meinung nach hat Tiff sich verdächtig benommen, als er sein Flaggschiff startbereit machen ließ.«

»Und deshalb ließ Deighton ihn gleich festnehmen?« Atlan war ehrlich erstaunt. »Das finde ich aber reichlich übertrieben.«

»Ich auch«, sagte Rhodan mit Überzeugung. »Leider hatte ich noch keine Gelegenheit, mit Galbraith darüber zu sprechen, aber ich ließ Tiff die Nachricht zukommen, daß ich mich um den Fall kümmere. Wenn wirklich ein Cappin in ihm sitzt, dann nicht mehr lange. Mit einem verdächtigen und bereits verhafteten Gastkörper kann ein Cappin nicht mehr viel anfangen. Er wird eine neue Pedopeilung vornehmen und sich ein neues Opfer suchen.«

Atlan fragte:

»Wo hält sich Galbraith Deighton im Augenblick auf?«

»Deighton? Keine Ahnung, wahrscheinlich zu Hause, wenn er nicht dienstlich unterwegs ist.«

»Das könnte man doch feststellen, nicht wahr?«

»Sicher. Gucky hat alles im Haus.«

»Stimmt«, sagte der Mausbiber und deutete auf die Nachrichtenanlage neben der Bar. »Bediene dich, Perry.«

»Wieso ich? Atlan wollte doch wissen . . .«

»Schon gut, bin schon unterwegs.«

Zehn Sekunden später erschien das Gesicht des Abwehrchefs auf dem Bildschirm des Telekoms. Ungehalten erkundigte er sich danach, wer ihn zu dieser ungewohnten Wochenendstunde belästigte. Als Atlan sich zu erkennen gab und die eigene Kamera einschaltete, wurde er gleich freundlicher.

»Sie sind's, Atlan? Wo stecken Sie? Ich rief Sie eben zu Hause an, aber Sie meldeten sich nicht.«

»Ich bin bei Gucky. Perry ist auch hier. Wir hörten, daß Sie Tifflor sichergestellt haben. Warum?«

»Ich dachte mir, daß diese Frage kommen würde, Atlan. Sie müssen verstehen, daß ich vorsichtig sein muß. Jeder, der sich verdächtig macht, kann den Cappin in sich haben. So auch Tifflor. Er ließ sein Schiff startbereit machen, ohne mich oder Rhodan zu verständigen. Das ist zumindest ungewöhnlich.«

»Tifflor ist berechtigt, jederzeit zu starten«, erinnerte ihn Atlan. »Ich sehe darin keinen Grund, ihn zu verdächtigen. Oder gibt es noch andere Gründe, von denen wir nicht unterrichtet sind?«

»Die Zielkoordinaten, Atlan. Ich habe natürlich meine Erkundigungen eingezogen, wie Sie sich denken können. So ohne weiteres kann ich einen Solarmarschall nicht verhaften lassen. Aber der Navigationsoffizier hatte von Tifflor den Befehl erhalten, den Kurs nach Merkur zu programmieren. Merkur, Atlan! Dort ist der Hauptgezeitenwandler; ein Objekt, das einen Anschlag der Cappins geradezu herausfordern muß!«

»Ihr Argument klingt logisch. Behalten Sie also Tifflor in Haft, bis wir mehr wissen. Danke, und entschuldigen Sie die Störung.«

»Ich bin morgen in meinem Büro. Sie können mich dort jederzeit erreichen.«

»Bis dann«, sagte Atlan und unterbrach die Verbindung.

»Hm«, machte Rhodan und probierte den Obstsaft Guckys. »Wer weiß, wer morgen verhaftet wird. Der Cappin, sollte er wirklich in Tifflor stecken, hat ja genügend Zeit, sich nach einem anderen Opfer umzusehen.«

»Und das kann jeder von uns sein«, stellte Atlan nüchtern fest und sah Rhodan gerade ins Gesicht. »Jeder!« wiederholte er.

Rhodan erhob sich, nachdem er sein Glas geleert hatte.

»Ich möchte die erlauchte Runde nicht länger stören. Schließlich platzte ich so einfach hier herein, ohne mich anzumelden. Weiß jemand, wo Bully steckt? Gucky, auch du nicht?«

Gucky konzentrierte sich einige Sekunden, während die anderen gespannt zusahen. Dann schüttelte der Mausbiber den Kopf und machte ein verlegenes Gesicht.

»Tut mir leid, Perry, aber ich würde doch davon abraten, jetzt Bully aufzusuchen. Du wirst es nicht glauben, aber er ist nebenan im Bungalow. Hast du denn kein Licht gesehen, als du kamst?«

»Nein, alles war dunkel.«

Gucky kicherte.

»Der alte Genießer. Dabei ist er zu Hause. Aber nicht allein . . .«

Rhodan ging zur Tür und drehte sich noch einmal um.

»Diskretion ist noch nie deine besondere Stärke gewesen, Gucky«, stellte er fest und verbiß sich das Grinsen. »Wir sehen uns dann morgen im Hauptquartier. Wir können Tiff nicht in der Patsche sitzen lassen.«

Erst als sich Rhodans Schritte auf dem Kiesweg entfernten, kam das Gespräch wieder in Gang. Gucky meinte:

»Ob er was gemerkt hat?«

Atlan schüttelte den Kopf.

»Wie sollte er? Natürlich kam ihm die Versammlung verdächtig vor, aber niemand kann uns verbieten, hier in Guckys Bungalow eine Party zu feiern.«

»Eine Party mit Obstsaft wirkt immer verdächtig«, stellte Ras Tschubai fest. »Wir hätten Wein haben müssen, Schnaps und einige Mädchen. Das wäre Perry normal vorgekommen. Aber so . . .?«

Gucky räusperte sich.

»Ich werde mich um beides kümmern – zur Tarnung. Aber nicht mehr heute.« Er sah sich forschend um. »Will noch jemand Himbeersaft?«

Sie schüttelten entsetzt die Köpfe.

Am anderen Tag besuchten Atlan und Gucky Julian Tifflor. Natürlich gelang es ihnen nicht, etwas Verdächtiges festzustellen, aber sie stellten einige Fragen. Im Verlauf der Unterhaltung kristallisierte es sich dann heraus, daß Deighton in seiner Eigenschaft als Abwehrchef durchaus richtig gehandelt hatte. Jeder andere hätte Tifflor ebenfalls verdächtigen müssen.

»Ja, mein lieber Julian, da kann man nichts machen. Bleiben Sie ruhig hier, da sind Sie sicher. Niemand kann Ihnen etwas anhaben, aber wenn tatsächlich ein Cappin in Ihnen stecken sollte, wird er der Gefangenschaft sehr bald überdrüssig werden und sich verziehen. Wir haben leider keine Möglichkeit, ihn bei Ihnen festzustellen. Üben Sie sich in Geduld.«

Tifflor beherrschte sich.

»Deighton ist ein Rindvieh«, stellte er lediglich fest. »Er kann nichts dafür, zugegeben, aber ich müßte schließlich doch wissen, ob mich ein Cappin übernommen hat oder nicht.«

»Das ist eben nicht möglich«, berichtigte ihn Atlan.

»Dann bis später, Julian«, sagte Gucky und gab seinem Freund die Hand. »Im Augenblick können wir leider nichts für dich tun. Perry wird dir auch noch einen Besuch abstatten.«

»Freut mich zu hören«, bemerkte Tifflor mißmutig.

Draußen im Innenhof des Hauptgebäudes blieb Gucky plötzlich stehen.

»Besuchen wir Deighton doch mal«, schlug der Mausbiber vor. »So geht das doch nicht weiter. Überall werden inzwischen Menschen verhaftet, weil sie sich angeblich verdächtig machten. Danach zu urteilen, müßte es nicht nur ein einziger Cappin sein, der sich bei uns verborgen hält, sondern ein paar tausend. Ich finde, Deighton ist zu gründlich, viel zu gründlich.«

»Das ist seine Pflicht«, verteidigte Atlan den Abwehrchef.

Gucky warf ihm einen schiefen Blick zu.

»Seine Pflicht – natürlich. Aber das weiß der Cappin auch.«

Atlan ging weiter.

»Besuchen wir nun Deighton, oder lassen wir es sein? Ich finde, man sollte ihn nicht unnötig warnen – beziehungsweise den Cappin, der vielleicht in ihm wohnt. Er würde dadurch nur noch vorsichtiger werden und sich erst recht nicht verraten. Ich schlage vor, du bewachst seine Gedanken, obwohl ich nicht sicher bin, daß das Zweck hat. Er weiß ja nicht, daß ein Cappin in ihm ist – *wenn* einer in ihm ist.«

Gucky sah auf seine Uhr.

»Weißt du was, Atlan? Heute ist Sonntag, und außerdem ist schönes Wetter. Cappin oder nicht Cappin – für mich ist Feierabend. Wenn du mich brauchst – ich bin zu Hause. Zur Beruhigung kann ich dir versichern, daß ich mir auf dem Spezialkanal die Nachrichten der Abwehr anhören werde. Vielleicht stoße ich auf etwas, das uns weiterbringt.«

»Gut, Kleiner, ich habe nichts dagegen. Morgen treffen wir uns wie vereinbart bei Fellmer. Wir vergleichen die Nachrichten, die uns verdächtig vorkamen und koordinieren sie. Bis dann.«

Sie gaben sich die Hand, dann gingen sie in verschiedenen Richtungen davon.

Als Atlan sich noch einmal umdrehte, war Gucky bereits verschwunden.

9.

Am 5. Juli waren Atlan und seine Verbündeten noch keinen einzigen Schritt weitergekommen. Die beiden Teleporter trugen die Hauptlast der Arbeit, denn sie besaßen die Möglichkeit, von einem Punkt der Erde zum anderen zu gelangen, ohne Aufsehen zu erregen. Und Atlan machte von dieser Möglichkeit ausgiebig Gebrauch.

Wo immer sich auch ein Mensch ungewöhnlich benahm und von seinen bekannten Gewohnheiten abwich, setzte er die Mutanten ein. Aber immer wieder stellte es sich dann heraus, daß es ganz natürliche Erklärungen für das Verhalten dieser verdächtigen Personen gab. Keiner von ihnen stand offenbar unter dem Befehl eines Cappins.

Tifflor war inzwischen auf Rhodans Betreiben freigelassen worden, wobei es allerdings zu einer fast gespenstischen Szene kam, als Deighton Perry Rhodan beschuldigte, der verkappte Cappin zu sein.

Atlan fühlte sich nicht besonders wohl, als er Alaska Saedelaere bat, sich neben Rhodan zu stellen.

Rhodan reagierte nicht.

Und Atlan stellte bei sich mit einiger Enttäuschung fest, daß auch Deighton nicht reagierte.

Zumindest nicht so, wie er erwartet hatte.

Deighton entschuldigte sich mit seiner Pflicht, die er unter allen Umständen zu erfüllen habe, und gab Rhodan frei. Sehr zur Erleichterung jener Männer der Solaren Abwehr, die mit der Festnahme beauftragt worden waren.

Rhodan gab keinen Kommentar. Stumm verließ er das Hauptquartier, von Tifflor und Atlan begleitet. Auf dem Gleiterparkplatz trennten sie sich.

»Deighton nimmst seine Aufgabe sehr ernst.«

Das war alles, was Rhodan zu sagen hatte.

Atlan nickte.

»Ja, sehr. Ich bin gespannt, wann er sich selbst verhaftet.«

Rhodan sah Atlan an.

»Du verdächtigst ihn jetzt, weil er mich festnahm?«

»Nicht deshalb, Perry. Er mußte es tun, denn du benahmst dich verdächtig. Du holtest Tifflor aus dem Gefängnis.«

»Ist das ein Grund? Wäre der Cappin in Tifflor, hätte ich wiederum keinen Grund, ihn befreien zu wollen, und ganz bestimmt könnte auch ein Cappin nicht zugleich in zwei Körpern hausen. Wäre aber der Cappin in mir gewesen, welchen Grund gäbe es dann für ihn, Tiff aus dem Gefängnis zu holen? Gar keinen, Atlan, überhaupt keinen. Ganz im Gegenteil. Der Cappin wäre froh, den Verdacht von sich abgelenkt zu haben. Welchen Grund also gab es für Deighton, mich zu verhaften?«

»Eben!« sagte Atlan und programmierte seinen Gleiter für den Heimflug. »Eben!«

Rhodan winkte ihm zu.

»Gute Nacht, Atlan. Sehen wir uns morgen? Ich bin im Büro.«

»Vielleicht melde ich mich«, versprach Atlan und stieg ein.

Als er hoch über Terrania schwebte, dachte er über seinen Verdacht nach.

Er besaß keinerlei Beweise. Er wußte, daß Galbraith Deighton immer ein gemäßigter Mensch gewesen war, der sich nicht so schnell zu einer übereilten oder gar unüberlegten Tat hinreißen ließ. Er galt sogar als besonders friedfertig. Und doch hatte er völlig unnötig einen Menschen erschossen, der bereits entwaffnet und hilflos war.

Dafür gab es keine Erklärung.

Nur eine einzige:

Deighton war von einem Cappin übernommen worden und zwar bereits vor Wochen, zur gleichen Zeit etwa, oder später als Leutnant Beruda. Wahrscheinlich war der Cappin von Sergeant Kampatschin auf Deighton übergewechselt, als sich dazu eine günstige Gelegenheit bot.

Atlan schlug sich gegen die Stirn.

»Natürlich, das ist es!« Er schüttelte den Kopf. »Auf die einfachsten Dinge kommt man immer zuletzt. Ich müßte das nachprüfen lassen. Kampatschin! Das ist die Lösung!«

Und dann gab es da noch einen Punkt, den es zu bedenken galt.

Atlan versuchte, sich in die Lage eines Cappins zu versetzen. Welche der führenden Persönlichkeiten des Solaren Imperiums würde er übernehmen, wenn er die Wahl hatte?

Die Antwort war eindeutig:

Galbraith Deighton, Chef der Solaren Abwehr.

Auf keinen Fall aber Rhodan, den man zuerst verdächtigen würde.

Deighton, immer wieder Deighton.

Atlan programmierte den Gleiter um und landete fünf Minuten später auf dem Parkplatz vor Guckys Bungalow.

Am anderen Tag rief Rhodan überraschend die wichtigsten Leute der Administration zusammen.

Atlan, Bully, Deighton, Tifflor und Abel Waringer erschienen pünktlich. Ein wenig später trafen auch die drei Mutanten, Lord Zwiebus und Alaska ein.

Rhodan hielt sich nicht mit langen Vorreden auf.

»Wir alle finden, daß die Lage unhaltbar geworden ist, auch wenn scheinbar nichts passiert und die Cappins in ihrem Satelliten Ruhe bewahren und nichts unternehmen. Es ist uns klar, daß wir diesen Satelliten niemals vernichten können, ebensowenig wie ein zweidimensionaler Schatten auf einem Blatt Papier einen dreidimensionalen Würfel umstoßen kann. Der Satellit wird durch sechsdimensionale Energiefelder geschützt. Die Cappins werden also bleiben, weil sie nicht angegriffen werden können. Aber sie können auch nicht fliehen. Unser Sonnensystem pendelt weiterhin in der Zeit hin und her. Ich habe Ihnen nun Deightons Vorschlag zu unterbreiten und bitte Sie um Ihre Meinung:

Deighton schlägt vor, das Zeitfeld für die Dauer einer Stunde abzuschalten, um so den Cappins Gelegenheit zu geben, sich ehrenvoll zurückzuziehen. Wir ermöglichen ihnen die Flucht in die Gegenwart. Ich erteile hierzu Galbraith Deighton das Wort. Er möchte seine These begründen.«

Atlan hatte es fast die Sprache verschlagen. Er ahnte, daß sich nun die Entscheidung anbahnte. Noch hatte er nicht mit Fellmer Lloyd sprechen können, den er mit den Nachforschungen betreffs Sergeant Kampatschin beauftragt hatte.

Deighton erhob sich.

»Wir alle stimmen dem Großadministrator zu. Die Lage ist unhaltbar. Wir müssen die Cappins loswerden, daran kann kein Zweifel bestehen. Blieben sie dort, wo sie sich jetzt aufhalten, bedeuteten sie eine immerwährende Bedrohung, gegen die wir nichts unternehmen könnten. Geben wir ihnen also die Möglichkeit zur Flucht. Selbstverständlich darf das nur unter Beachtung aller Vorsichtsmaßnahmen geschehen, damit es keinem Cappin gelingt, innerhalb unserer Zeitebene, gemeint ist die relative Gegenwart, in einen Menschen einzudringen und ihn zu übernehmen. Sie sollen fliehen, alle. Nur so können wir sicher sein, der ewigen Bedrohung zu entrinnen. Leider sehe ich keine andere Möglichkeit, der Gefahr zu begegnen. Ich bitte Sie, sich meinen Plan zu überlegen und mir Ihre Meinung dazu mitzuteilen.«

Atlan ging zur Tür, ohne sich zu äußern. Rhodan fragte ihn:

»Du willst uns verlassen?«

Atlan blieb einen Augenblick stehen.

»Ich bin gleich zurück, Perry. Diskutiert inzwischen. Ich habe etwas zu erledigen und werde euch das Ergebnis meiner Bemühungen rechtzeitig mitteilen. Bis dann.«

Die Tür schloß sich hinter ihm.

Als erster protestierte Abel Waringer gegen Deightons Vorschlag. Er begründete seinen Protest damit, daß es völlig unsinnig sei, die Cappins fliehen zu lassen, denn sie würden unter besseren Voraussetzungen zurückkehren, wenn sie erst einmal neugierig auf das Solsystem geworden waren. Es könne nur eins geben: absolute Isolierung des Todessatelliten und Beibehaltung des Zeitfeldes. Gerade das Zeitfeld sei die einzige Garantie für die Sicherheit des Sonnensystems gegen Invasionen jeglicher Art.

Man pflichtete Waringer bei, und Deightons Gesicht wurde immer verbissener. Gucky versuchte in seinen Gedanken zu lesen, kam aber nicht ganz durch. Da stand die feste Absicht, das Zeitfeld auszuschalten, um den Cappins die Gelegenheit zur Flucht zu geben. Und davor noch stand der Gedanke, damit der Erde zu dienen.

Atlan kehrte zurück. Er ging zu Fellmer Lloyd und wechselte einige Worte mit ihm. Dann sah er die erwartungsvollen Gesichter der Versammelten, die sich ihm zugewandt hatten. Er verstand die schweigende Aufforderung.

»Ich habe mir erlaubt«, sagte er, als er an seinem Platz anlangte, »NATHAN zu befragen. Ich gab ihm alle erreichbaren Daten und bat um ein schnelles Ergebnis. Es dauerte nur eine knappe Minute. Das Ergebnis dürfte eindeutig sein. Leider zuungunsten Ihres Vorschlags, Galbraith Deighton.«

»Was weiß schon ein Robotgehirn?« entfuhr es dem Abwehrchef.

Atlan lächelte.

»Alles, Galbraith, fast alles. NATHAN führt aus, daß einzig und allein den Cappins daran gelegen sein kann, das Solsystem in die Gegenwart zurückfallen zu lassen, um ungehindert entfliehen zu können. Nur in der Gegenwartsebene arbeiten ihre Pedopeiler, mit deren Hilfe sie eine Pedotransferierung vornehmen können. Wir alle wissen, daß sie damit gigantische Entfernungen in Nullzeit zurücklegen können. Eine Vorstellung, die für uns noch utopisch klingen mag, so wie es für die Menschen einmal utopisch war, an die Überwindung der Entfernungen von einem Stern zum anderen zu denken. Wenn Deighton das Ausschalten des Zeitfeldes empfiehlt, handelt er im Interesse der Cappins. Aber er handelt auch in unserem Interesse. Denn auf diese oder jene Art müssen wir mit den Cappins fertig werden. Nur kann ich nicht dem Gedanken zustimmen, daß eine Flucht der Cappins die endgültige Lösung darstellt. Das wäre alles, was ich zu diesem Thema zu sagen habe.«

Er setzte ich.

Rhodan sah in Richtung des Abwehrchefs.

»Was meinen Sie dazu, Galbraith?« erkundigte er sich.

Deighton schüttelte den Kopf.

»Flucht für die Cappins soll natürlich nur eine Notlösung sein. Ich persönlich wäre für eine radikalere Lösung. Vernichtung des Todessatelliten. Ich weiß, wir haben es einige Male versucht, aber vielleicht vergaßen wir dabei etwas und es geht doch? Warum nehmen wir nicht einen BRANDER, eins der neuen Spezialschiffe zum Einflug in die Sonnenkorona, beladen es mit zehntausend Fusionsbomben zu je viertausend Gigatonnen Sprengkraft und lassen es in den Satelliten rasen? Die Besatzung kann den BRANDER rechtzeitig in ihren Beibooten verlassen. Ich glaube, der Satellit und seine schützenden Energiefelder würden *dieser* Belastung kaum standhalten. Das nur, um unnötigen Fragen vorzubeugen.«

Er setzte sich.

Atlan verhielt sich diesmal passiv. Er saß an seinem Platz, zwischen Gucky und Abel Waringer. Deighton saß ihm gegenüber. Der Abwehrchef war von der Güte seines Vorschlages überzeugt, das konnte man ihm ansehen. Und wenn er ihn ernst meinte, war nichts dagegen einzuwenden, außer daß die Cappins bisher noch nichts getan hatten, was ihre Vernichtung rechtfertigte.

»Sind Fragen an Deighton zu richten?« erkundigte sich Rhodan.

Waringer erhob sich.

»Ich bezweifle, daß wir es mit zehntausend Fusionsbomben schaffen, aber immerhin halte ich diesen zweiten Vorschlag Deightons für besser als den ersten. Das Zeitfeld muß erhalten bleiben. Ich bin sicher, wir vernichten mit dem Satelliten nicht auch die Cappins. Sie werden im Augenblick höchster Gefahr einen Ausweg finden, den wir noch nicht kennen. Davon bin ich überzeugt. Ich stimme deshalb Deightons Vorschlag zu.«

Damit war er angenommen, denn niemand sonst hatte Einwände.

Atlan fing den forschenden Blick Rhodans auf, reagierte aber nicht. Bis zur Ausführung des Planes würden noch einige Tage vergehen, Zeit genug jedenfalls, sich entsprechend vorzubereiten.

Atlan traf lange vor den anderen ein.

»Warum ausgerechnet heute das Treffen?« erkundigte sich Gucky. »Hätte das nicht Zeit bis morgen gehabt?«

»Morgen haben wir andere Dinge zu erledigen, und es würde auffallen, wenn wir uns dann hier träfen. Gestern hatten wir keine Gelegenheit mehr, Deightons Vorschlag zu besprechen. Aber wenn die anderen hier sind, habe ich noch einiges dazu zu sagen. Du verstehst, daß ich nicht alles doppelt und dreifach berichten möchte.«

»Klarer Fall. Aha, da kreuzt der nächste auf . . .«

Zwanzig Minuten später waren sie alle versammelt.

Atlan sagte nach einer kurzen Einleitung:

»Ich kenne Deighton seit einem halben Jahrtausend, und ich glaube, ihn sehr gut zu kennen. Es war immer seine Art, gute Vorschläge zu unterbreiten und sie logisch zu begründen. Wenn es sein mußte, konnte er sie auch mit Nachdruck durchsetzen. Aber die Hartnäckigkeit, mit der er seine Idee, das Zeitfeld abzuschalten, verfolgte, ist zumindest ungewöhnlich. Auf der Sitzung schien er ja schnell nachzugeben, als Waringer dagegen sprach. Er brachte den neuen uns bekannten Plan auf den Tisch, den Satelliten mit dem BRANDER zu vernichten. Was aber allgemein nicht bekannt ist, dürfte die Tatsache sein, daß er nach der Sitzung Rhodan aufsuchte und dahingehend überzeugen wollte, daß die Abschaltung des Zeitfeldes doch die einzig richtige Lösung sei. Perry berichtete mir noch gestern abend persönlich über das Gespräch. Er war über Deightons Sturheit mehr erschreckt als erstaunt. Allerdings lehnte er mit dem Hinweis ab, daß der Angriff auf den Satelliten in der Sitzung beschlossen worden sei. Selbst er, Rhodan, könne diesen Entschluß nicht einfach ignorieren. Daraufhin verließ Deighton wütend Perrys Haus und hat seitdem nichts mehr von sich hören lassen.«

»Er benimmt sich sehr verdächtig«, meinte Ras Tschubai. »Oder er ist ganz einfach ehrlich überzeugt, richtig zu handeln.«

Atlan wartete, bis Gucky neue Getränke brachte. Dann fuhr er fort. »Aber da ist noch etwas anderes, das ich inzwischen durch Fellmer in Erfahrung bringen konnte. Sie erinnern sich an Sergeant Kampatschin, der von unserem gesuchten Cappin rechtzeitig und zu einem unbekannten Zeitpunkt verlassen wurde. Er wechselte unserer Vermutung nach zu einer wichtigeren Persönlichkeit über, die zu diesem Zeitpunkt in Kampatschins Nähe gewesen sein muß. Fellmer konnte herausfinden, daß Rudulus Kampatschin nach dem Zusammenstoß mit den Cappins, bei dem er leicht verwundet wurde, einen Erholungsurlaub auf der Erde antrat. Bei dieser Gelegenheit wurde er mit anderen Verwundeten des Gefechts von höheren Offizieren der Flotte und vom Chef der Solaren Abwehr, Galbraith Deighton, begrüßt. Und zwar durch Händedruck.«

Als Atlan schwieg, sagte niemand etwas. Sie sahen ihn nur stumm an, jeder mit seinen eigenen Gedanken und Vermutungen beschäftigt.

»Der Cappin in Kampatschin hatte demnach genügend Zeit, sich auf Deighton einzupeilen und den Sergeanten zu verlassen. Er wußte, daß Deighton die richtige Person für seine Pläne war. Ich fürchte, wir brauchen nun keine weiteren Beweise mehr. Zuschlagen allerdings können wir noch immer nicht. Wir können nur abwarten und aufpassen. Besonders bei dem bevorstehenden Unternehmen, das ohne Zweifel die Entscheidung herbeiführen wird. Wir werden zum Teil dabeisein.«

»Wie denn?« fragte Alaska. »Das fällt doch auf.«

»Nicht unbedingt, mein Freund. Wir haben zwei Teleporter, die uns im geeigneten Moment an Bord des BRANDER bringen werden. Vorerst unternehmen wir nichts. Die Vorbereitungen sind angelaufen, und wir wollen sie nicht unterbrechen. Deightons Unternehmen ist für uns die einzige Chance, den Cappin zu entlarven.«

»Und wenn Deighton es nicht ist?«

»Dann ist es ein anderer, der sich jedoch unter allen Umständen auf dem BRANDER aufhält. Eine solche Chance wird sich der Cappin nicht entgehen lassen.«

Sie besprachen noch weitere Einzelheiten, dann trennten sie sich.

Das Spezialraumschiff BRANDER besaß Kugelform und hatte einen Durchmesser von achthundert Metern. Es gehörte zur DRAGON-Klasse und war somit geeignet, tief in die Atmosphäre der Sonne einzudringen, ohne von der unvorstellbaren Hitze, die dort herrschte, beschädigt zu werden.

Ursprünglich war der BRANDER als Expeditionsschiff gedacht gewesen, aber das Auftauchen der Cappins und zuvor die Entdeckung des Todessatelliten hatten ihn ein wenig zweckentfremdet.

Deighton bestand darauf, daß an der bevorstehenden Expedition nur fünfzig Mann Besatzung teilnehmen sollten, damit das Risiko, Menschenleben zu verlieren, nicht so hoch war. Die an Bord befindlichen Rettungsboote reichten leicht aus, alle Männer in Sicherheit zu bringen, sobald der BRANDER sein Ziel erreichte und auf den Satelliten angesetzt wurde.

Deighton selbst überwachte die letzten Vorbereitungen. Persönlich hatte er die fünfzig Männer ausgesucht, die ihn begleiten sollten. Es handelte sich durchwegs um Freiwillige, meist direkte Angehörige der Solaren Abwehr.

Abel Waringer bestand darauf, ebenfalls an dem entscheidenden Flug teilzunehmen, aber Deighton lehnte rundweg ab. Es sei zu gefährlich, betonte er, einen so hervorragenden Wissenschaftler aufs Spiel zu setzen.

Atlan hielt die Zeit für gekommen, mit Rhodan offen zu sprechen. Er war nun felsenfest davon überzeugt, den gesuchten Cappin gefunden zu haben.

Wenige Tage vor dem Start des BRANDERS suchte er ihn in seinem Büro auf.

Als sich die Tür hinter ihm geschlossen hatte und er Rhodan gegenübersaß, fragte er:

»Sind alle Nachrichtenverbindungen ausgeschaltet? Können wir sicher sein, nicht belauscht zu werden?«

Rhodan verbarg sein Erstaunen hinter einem Lächeln.

»Natürlich können wir sicher sein. Warum so mißtrauisch?«

»Weil es lebenswichtig ist, daß niemand erfährt, was wir zu bereden haben. Ich habe dir einige Mitteilungen zu machen. Es gibt Dinge, von denen du noch nichts weißt.«

»Davon bin ich sogar fest überzeugt, Atlan. Wer weiß schon alles?«

»Ich habe ohne dein Wissen ein geheimes Sonderkommando gegründet, um Nachforschungen hinsichtlich des Cappins zu betreiben, und zwar so zu betreiben, daß der Cappin niemals etwas davon erfahren konnte. Ich habe Personen gewählt, die aller Wahrscheinlichkeit nach nicht von einem Cappin übernommen werden können. Die Mutanten Ras, Fellmer und Gucky gehören dazu. Dann Alaska und Lord Zwiebus. Und ich selbst glaube als Arkongeborener auch immun zu sein.«

»Soso, ein Sonderkommando, und du glaubst, ich hätte nichts davon gewußt.« Rhodan lachte ironisch. »Guckys Verlegenheit, als ich ihn damals besuchte und ihr alle dort versammelt wart, war verräterisch genug. Und was hat dein Kommando erreicht, wenn ich fragen darf? Außer daß du dich in die Idee verrannt hast, daß der Cappin in Deighton ist. Noch haben wir keine Beweise.«

»Er kann auch in dir sein«, gab Atlan ihm trocken recht.

Rhodan stützte die Ellenbogen auf den Tisch.

»Na schön, dann ist er in mir. Was nun?«

Atlan winkte gelassen ab.

»Er ist *nicht* in dir, sonst säße ich jetzt nicht hier und erzählte dir alles. Er ist an Bord des BRANDERS, mit größter Wahrscheinlichkeit in Deighton. Ich werde dich jedoch aus Sicherheitsgründen nicht in unseren Plan einweihen, denn noch immer ist es möglich, daß der Cappin die Person im letzten Augenblick wechselt. Dann wäre alles verdorben. Du kannst dich aber darauf verlassen, daß der Flug zur Sonne die Entscheidung bringt.«

»Glaubst du, daß Deightons Plan gelingt? Ich meine, bist du davon überzeugt, daß die zehntausend Bomben genügen, den Satelliten zu zerstören?«

»Nein, das glaube ich nicht, weil es wahrscheinlich gar nicht erst zu dem Versuch kommen wird.«

Rhodan beugte sich interessiert vor.

»Ach . . .? Könntest du mir das näher erklären?«

Atlan lächelte kühl.

»Nein, das kann ich leider nicht. Ich weiß es nämlich selbst nicht so genau. Übrigens, was hast du in den nächsten Tagen vor?«

Rhodan tat so, als ließe er sich ablenken.

»Merkur, nehme ich an. Ein Blick durch die Zeitschleuse vielleicht, eine Inspektion der dortigen Anlagen. Während Deighton zur Sonne fliegt, halte ich mich jedenfalls auf dem Merkur auf.«

»Und Deighton weiß das?«

»Natürlich weiß er das.«

Atlan lehnte sich zurück. Sein Gesicht zeigte Genugtuung.

»Dachte ich es mir doch. Ich fürchte, damit hat sich der Kreis geschlossen, Perry.« Er stand auf. »Entschuldige, daß ich deine wertvolle Zeit in Anspruch nahm. Ich habe auch noch zu tun. Wir sehen uns vor dem Start.«

»Hoffentlich. Die INTERSOLAR und der BRANDER starten zur gleichen Zeit. Das ist mit Deighton so abgemacht. Allerdings nehmen wir einen anderen Kurs.«

Atlan war an der Tür stehengeblieben.

»Einen anderen Kurs? Wie soll ich das verstehen?«

»Wir fliegen mit der INTERSOLAR direkt den Merkur an, während Deightons Ziel die Sonne ist.«

Atlan nickte und ging.

Rhodan sah noch eine Weile gegen die verschlossene Tür, dann ging er daran, seine tägliche Arbeit zu erledigen.

Sie schmeckte ihm heute überhaupt nicht.

Die Vorbereitungen für das »Unternehmen Sonnensturz« liefen auf Hochtouren.

Selbst Bully ließ es sich nicht nehmen, seinen Teil zum Gelingen des Deighton-Plans, wie er genannt wurde, beizutragen. Er trieb sich viel auf dem Raumhafen herum, überwachte die bürokratischen Notwendigkeiten in der Verwaltung, unterhielt sich mit den Besatzungsmitgliedern des BRANDERS und tat auch sonst eine ganze Menge, sich verdächtig zu machen.

Wenigstens mußte Leutnant Halpers, ein als besonders fähiger Abwehrmann geltender Offizier, das annehmen. Er beobachtete Bully schon seit zwei Tagen und kam zu dem eindeutigen Ergebnis, daß der Staatsmarschall genau die richtige Persönlichkeit sein mußte, einem Cappin als Unterschlupf zu dienen. Reginald Bull war Rhodans Stellvertreter und als solcher einflußreich genug, freien Zugang zu den wichtigsten Befehlsstellen zu haben.

Leutnant Halpers beschloß, seinem obersten Chef den Verdacht mitzuteilen, denn es war ihm doch zu gefährlich, auf eigene Faust zu handeln.

Galbraith Deighton hörte sich seinen Bericht mit gespannter Aufmerksamkeit an und dachte dann längere Zeit angestrengt nach. Dann sah er den Leutnant an.

»Sie haben richtig gehandelt, Leutnant, daß Sie zu mir kamen. Es hätte wenig Sinn, würden wir den Staatsmarschall beim jetzigen Stand der Dinge einfach festnehmen. Damit würden wir nichts gewinnen, höchstens den Cappin warnen. Sie bekommen noch zwei Offiziere zugeteilt, und Sie haben keine andere Aufgabe, als Bull nicht aus den Augen zu lassen, Tag und Nacht. Melden Sie mir sofort, wenn er sich auffällig benimmt. Versuchen Sie festzustellen, mit wem er Umgang pflegt. Und seien Sie vorsichtig mit der Überwachung. Es darf niemand etwas merken. Haben Sie verstanden?«

»Jawohl, Sir. Sie können sich auf mich verlassen.«

»Das muß ich auch, Leutnant. Übermorgen startet der BRANDER.«

Am 9. Juli, zwei Tage vor dem Start, betrat Bully nach einem arbeitsreichen Vormittag und einem ausgezeichneten Mittagessen das Restaurant »Zum Zentauren« und bestellte sich einen Eiskaffee.

Seit einigen Stunden hatte er ein unbehagliches Gefühl. Er war sich ziemlich sicher, beobachtet zu werden. Einmal war es ein junger Offizier gewesen, der sich ständig in seiner Nähe aufgehalten hatte. Dann war ihm ein Fremder in Zivil gefolgt. Und nun, kaum im Restaurant, betrat der Zivilist den Laden, sah sich suchend um und nahm am Nebentisch Platz.

Das konnte kein Zufall sein!

In diesem Augenblick entdeckte Bully seinen alten Freund Fellmer Lloyd an einem weiter entfernten Tisch, eigentlich ein unglaublicher Zufall. Aber in diesem Fall war Bully der Zufall egal. Fellmer war Telepath und konnte ihm helfen.

Er leerte seinen Eisbecher. Dann stand er auf und schlenderte quer durch das Lokal, tat so, als sähe er erst jetzt Fellmer, begrüßte ihn begeistert und fragte, ob er sich setzen könne.

Der Zivilist wollte sich erheben, als Bully ging, blieb aber dann sitzen, als er feststellen mußte, daß sein Opfer keine Absicht verriet, das Lokal zu verlassen.

Bully hingegen hatte das Gefühl, an Fellmers Tisch nicht gerade willkommen zu sein. Das war allerdings etwas, das er nicht verstehen konnte.

»Erwarten Sie noch jemanden?« erkundigte er sich höflich. »Ich möchte nicht stören.«

»Nein, Sie stören nicht, Bully. Ich bin allein.«

War es Einbildung, oder streifte Fellmers Blick wirklich den Mann in Zivil? Bully wußte es nicht genau. Trotzdem sagte er:

»Sie könnten mir einen Gefallen tun, Fellmer. Sehen Sie drüben den Mann – ja, Sie sehen genau hin. Der ist hinter mir her, schon seit Stunden. Sie sind Telepath. Was will er von mir?«

Fellmer betrachtete den Bezeichneten aufmerksam, dann schüttelte er den Kopf.

»Sie müssen sich irren, Bully. Der Mann will nichts von Ihnen. Es ist reiner Zufall, wenn Sie ihm schon einmal begegneten.«

»Ich habe doch keine Halluzinationen, Fellmer!« Bully schüttelte den Kopf. »Er hat einen anderen abgelöst, als ich noch auf dem Raumhafen war. Seitdem beobachtet er mich. Wenn Sie nichts feststellen können, werde ich auf eigene Faust Detektiv spielen.«

»Ich kann wirklich nichts feststellen.«

»Gut«, sagte Bully und nickte. »Dann viel Spaß bei Ihrem Kaffee.«

Ohne sich zu verabschieden, stand Bully auf und ging ärgerlich davon. Aus den Augenwinkeln heraus sah er, wie der Fremde zahlte und ihm folgte.

Das konnte kein Zufall sein, aber Bully wollte ganz sichergehen, um keinen Fehler zu machen. Er nahm sich ein Lufttaxi, programmierte es und drückte auf den Starterknopf. Im Rückbildschirm sah er den Verfolger ebenfalls ein Taxi besteigen.

Bully lehnte sich zurück und überließ alles weitere der Automatik. Sie würde ihn sicher nach Hause bringen und vor seinem Bungalow absetzen. Der Verfolger mußte auf Handsteuerung geschaltet haben, da er das Ziel nicht kannte. Er hielt großen Abstand und wechselte mehrmals den Kurs. Erst als Bullys Taxi zur Landung ansetzte, holte er wieder auf.

Bully programmierte den Autopiloten zum Rückflug. Dann stieg er aus und sah zu, wie sein Taxi startete und nach Terrania zurückkehrte. Gelassen spazierte er dann an seinem Bungalow vorbei und betrat den Vorgarten zum Nachbarhaus. An der geöffneten Terrassentür erkannte er, daß Gucky daheim war.

Der Fremde war zwar gelandet, blieb aber in seinem Fahrzeug sitzen. Bully kümmerte sich nicht mehr um ihn.

Er traf Gucky im Garten. Der Mausbiber hatte sein Kommen längst bemerkt und ging ihm entgegen.

»Alter Schwerenöter, was führt dich zu mir?« Er sah plötzlich an Bully vorbei, in Richtung des parkenden Lufttaxis. »Ah, so ist das? Und da möchtest du wohl wissen, was der Bursche von dir will, was?«

Bully war froh, sich eine lange Vorrede ersparen zu können. Er nickte.

»Klar, ich wußte, daß du mir helfen würdest. Ist der Kerl von der Abwehr?«

»Ja, und er ist der unerschütterlichen Ansicht, daß du von einem Cappin übernommen bist.«

Bully starrte den Mausbiber verstört an.

»Ich und ein Cappin? Der ist wohl übergeschnappt!«

»Warum sollte er? Heute ist jeder verdächtig, mein Lieber. Du hast dich wohl zuviel um Deightons Angelegenheiten gekümmert, was?«

»Was hat denn der damit zu tun?« Bully deutete auf das Haus. »Wollen wir nicht zu dir gehen? Hier ist es mir zu heiß, und außerdem habe ich mordsmäßigen Durst.«

»Du kannst Limonade haben«, willigte Gucky ein und watschelte voran. Bully folgte ihm. Er konnte es noch immer nicht begreifen, daß man ausgerechnet ihn für ein Cappin-Opfer hielt.

»Also Deighton läßt mich beschatten, sieh mal einer an! Welchen Zweck soll das haben?«

»Es wurden in letzter Zeit Tausende von Menschen verdächtigt, sogar Tifflor, wie du ja weißt. Jetzt bist du eben dran.«

»Ich will aber nicht dran sein«, sagte Bully wütend. »Was denkt der Kerl jetzt?«

Gucky esperte eine Weile, dann grinste er.

»Er denkt, daß er in einer halben Stunde abgelöst wird und nach Hause gehen kann. Aber da denkt noch jemand anders, ganz in der Nähe. Wird gleich zur Tür hereinkommen und dumm gucken, wenn er dich hier sieht – da ist er schon.«

Atlan blieb stehen, als er Bully erblickte.

»Du hier? Man sieht dich so selten. Viel Arbeit gehabt?«

Gucky verhielt sich ruhig. Er hatte ein schlechtes Gewissen, weil er so offen zu Bully gewesen war. Und der berichtete Atlan auch prompt, was geschehen war. Atlan warf Gucky einen strafenden Blick zu, dann sagte er:

»Nun, Perry ist auch eingeweiht, da schadet es kaum etwas, wenn wir Bully ebenfalls reinen Wein einschenken.« In kurzen Worten erzählte er, wie er das Sonderkommando gegründet hatte, und daß nun der ganze Verdacht auf Deighton gefallen war. »Wenn er nun dich überwachen läßt, so ist das ein geschicktes Täuschungsmanöver. Übermorgen ist der Start. Bis dahin muß er jeden Verdacht von sich ablenken. Ich würde mich kaum wundern, wenn er uns vorher noch alle verhaften läßt – außer jenen natürlich, die mit der INTERSOLAR zum Merkur fliegen.«

Bully sah Atlan forschend an.
»Hast du etwas damit zu tun?«
»Ich fürchte, eine ganze Menge. Der Cappin will ganze Arbeit verrichten und zwei Fliegen mit einer Klappe schlagen.« Er stand noch immer neben Bully und legte ihm die Hand auf die Schulter. »Ich hätte eine Bitte an dich.«
»Welche?«
»Verlasse dieses Haus nicht, bevor die beiden Schiffe gestartet sind. Oder hat Perry gesagt, du sollst an dem Flug der INTERSOLAR teilnehmen?«
»Ich soll hierbleiben und ihn vertreten.«
»Gut, dann bleibst du bei Gucky. Ich selbst werde nach dem Start mit meinen Leuten vom Sonderkommando in die INTERSOLAR teleportieren, von hier aus. Niemand wird etwas davon wissen, am allerwenigsten Deighton.«
»Was soll ich hier?«
Atlan schmunzelte vergnügt.
»Den Verdacht auf uns lenken, was sonst?«

10.

11. Juli 3433

Nach einer letzten Lagebesprechung hatte sich Galbraith Deighton an Bord begeben und den Start angeordnet. Atlan und einige andere, die ihm vielleicht noch in die Quere hätten kommen können, saßen friedlich versammelt am Goshunsee, von fähigen Abwehrleuten bewacht.
Deighton war fest davon überzeugt, daß einer von ihnen der Cappin war. Er tippte auf Bully.
Nach einer letzten Kontaktaufnahme vor dem Start erhob sich der BRANDER und verschwand Sekunden später im Himmel über Terrania.
Oberst Korom-Khan deutete auf den Bildschirm und sagte zu Rhodan:
»Wir werden das Schiff nicht aus den Ortern verlieren, Sir, auf keinen Fall. Start?«

»Start, Oberst!«

Mit aufheulenden Triebwerken folgte die INTERSOLAR dem Schiff Deightons und nahm Kurs auf den Merkur, der seitlich der Sonne stand und einen etwas anderen Kurs erforderte. Die beiden Schiffe würden sich nur allmählich voneinander entfernen.

Atlan schaltete Guckys Videogerät aus.

»Sie sind gestartet und unterwegs. Nun werden wir bald wissen, ob unsere Vermutung stimmt. Du hast keine entsprechenden Hinweise mehr erhalten, Fellmer?«

»Keine, Atlan«, versicherte der Telepath. »Du auch nicht. Wenn der Cappin in Deighton denkt, muß er es verstehen, seine Impulse völlig abzuschirmen. Sie dringen auf keinen Fall nach außen, was seine Entdeckung so gut wie unmöglich macht. Deighton hat, seinen Gedanken nach zu urteilen, nur die Absicht, den Todessatelliten zu vernichten, sonst nichts. Er ist sogar davon überzeugt, daß Bully und der Cappin hier bei uns gut aufgehoben sind. Insgesamt sind es sieben Abwehroffiziere, die uns ständig beobachten. Sie sind im Gelände hier verteilt.«

»Sollen sie aufpassen«, sagte Atlan. »Bully und Fellmer werden hier zurückbleiben und sich manchmal im Garten sehen lassen. Das wird die Männer glauben lassen, daß wir noch alle hier versammelt sind. Ich habe gestern abend Perry in unseren Plan eingeweiht. Ich weiß, daß es ein Risiko gewesen ist, aber wir hatten keine andere Wahl. Er darf nach der Landung auf Merkur auf keinen Fall die INTERSOLAR verlassen, sondern muß das Schiff in Startbereitschaft halten. Sobald wir aus irgendeinem Grund versagen, und sobald der BRANDER Merkur ansteuert, muß Rhodan das Expeditionsschiff vernichten. Das ist leider unsere letzte Möglichkeit.«

Gucky fragte:

»Steht schon fest, ob wir zuerst in die INTERSOLAR teleportieren oder gleich in den BRANDER?«

»Hast du mit beiden Kontakt?«

»Natürlich.«

»In die INTERSOLAR, damit wir von dort aus im entscheidenden Augenblick eingreifen können.«

Sie besprachen die letzten Einzelheiten. Gucky würde Atlan und Alaska transportieren, während sich Ras Tschubai des kräftig gebauten Lord Zwiebus annahm.

»Noch etwas«, sagte Gucky plötzlich und sah Bully durchdringend an. »Hände weg von meiner Hausbar! Ihr könnt euch von mir aus Tag und Nacht an die Wasserleitung hängen, aber laßt die Finger von meinen Medikamenten.«

»Alter Geizkragen«, rief Bully und grinste.

Atlan mahnte zum Aufbruch. Die beiden Schiffe flogen zwar nicht mit ihrer Höchstgeschwindigkeit, aber Merkur und die Sonne konnten nur eine Angelegenheit von wenigen Stunden sein.

Und noch konnte niemand wissen, was der Cappin wirklich plante.

Sie faßten sich bei den Händen, und Sekunden später waren Bully und Fellmer Lloyd allein in Guckys Wohnraum.

Sie materialisierten in der Kommandozentrale der INTERSOLAR, wo sie von Rhodan bereits ungeduldig erwartet wurden. Atlan vergewisserte sich, daß der BRANDER, nur einige Millionen Kilometer entfernt und fast auf Parallelkurs, noch immer die Sonne ansteuerte. Das konnte sich natürlich von einem Moment zum anderen ändern. Aber wenn der Cappin so handelte, wie Atlan vermutete, bestand noch kein Grund zur Kursänderung.

Nicht bevor die INTERSOLAR auf dem Merkur gelandet war.

In der Orterzentrale wurde mit Hochdruck gearbeitet. Auf mehreren Bildschirmen war der BRANDER zu erkennen, darunter wechselten die Kurs- und Geschwindigkeitsdaten. Das Expeditionsschiff wurde etwas langsamer. Das war genau das, was Atlan erwartet hatte. Wenn der Cappin folgerichtig handelte, *mußte* der BRANDER jetzt langsamer werden.

Die Venus zog seitlich in einigen Millionen Kilometern vorbei, und Merkur rutschte von oben rechts in den Panoramaschirm. Der BRANDER flog noch weiter rechts mit Kurs auf die Sonne.

»Wir erreichen den Merkur in fünfzig Minuten«, gab Oberst Korom-Khan bekannt.

Wieder liefen die Berechnungen an, und das Ergebnis entsprach Atlans Vermutungen.

»Der BRANDER wird den Merkur bei gleichbleibendem Kurs in einer Entfernung von fünfzehn Millionen Kilometern passieren und die äußeren Schichten der Sonnenatmosphäre in siebzig Minuten erreichen«, gab der Chef der Ortung bekannt.

Atlan nickte Rhodan zu.

»Bisher stimmt alles. Noch handelt Deighton in eigener Initiative. Ich schätze, der Cappin wird übernehmen, sobald die INTERSOLAR gelandet ist. Dann handeln wir, eher nicht.«

Die fünfzig Minuten vergingen mit quälender Langsamkeit.

Der Merkur wurde immer größer, und Oberst Korom-Khan hatte die ersten Erkennungssignale abzustrahlen, um nicht von den automatischen Abwehrforts unter Feuer genommen zu werden. Gucky hielt permanenten Kontakt mit Galbraith Deighton, um jederzeit teleportieren zu können. Er würde Ras Tschubais Hand nehmen, damit sie sich nicht während des Sprunges verloren.

Lord Zwiebus betrachtete seine mächtigen Fäuste. Auf die Keule verzichtete er diesmal. Seine Pranken würden genügen, Deighton einen tödlichen Schreck einzujagen.

Und gerade der tödliche Schreck war in diesem Fall lebenswichtig.

»Noch dreißig Minuten«, sagte Korom-Khan in das Schweigen hinein. »Noch keine Kursänderung des BRANDERS.«

»Hoffentlich hast du dich nicht geirrt«, sagte Rhodan, und seine Stimme verriet Unsicherheit. »Was passiert, wenn das der Fall ist?«

»Nichts«, erwiderte Atlan. »Gar nichts.«

»Und Bully? Wenn Bully es ist?«

»Auch dann kann nichts geschehen. Bully wird sowohl durch Fellmer wie auch durch die Männer der Solaren Abwehr ständig unter Kontrolle gehalten. Hier hat Deighton uns eindeutig einen Gefallen erwiesen – so oder so.«

Rhodan schwieg. Er sah auf die Bildschirme.

Noch zwanzig Minuten bis zur Landung.

Der Merkur war größer geworden. Die INTERSOLAR passierte die ersten Pulks der Wachschiffe. Sterne waren nicht zu sehen, dafür das rötliche Schimmern des Hyperraums, in den das Solsystem innerhalb des Zeitfeldes eingebettet lag.

Dann setzte die INTERSOLAR zur Landung an, etwas südlich des Nordpols, ganz in der Nähe der gigantischen Anlagen des Hauptgezeitenwandlers, der das System in der Zukunft hielt.

Noch während das Schiff landete, programmierte Oberst Korom-Khan den Alarmstart in die Computer und Flugautomatik.

Atlan sah Gucky an.

»Nun?« erkundigte er sich gespannt.

Galbraith Deighton saß neben dem Kommandanten des BRANDERS.

Major Kees Holländer war ein bewährter Offizier der Solaren Abwehr, kühl und überlegen. Der BRANDER war nicht das erste Schiff, das er befehligte, und sicherlich würde es auch nicht das letzte sein. Er genoß das volle Vertrauen des Abwehrchefs.

»In vierzig Minuten erreichen wir den kritischen Punkt und müssen abschwenken, Sir. Sonst schaffen es die Kühlanlagen nicht.«

»Haben Sie die Rettungsboote überprüfen lassen? Von ihnen wird unser aller Leben abhängen.«

»Alles in Ordnung, Sir.« Major Holländer hatte plötzlich ein paar senkrechte Falten auf der Stirn. »Dürfte ich eine Frage stellen?«

»Raus damit, Major.«

»Die Rettungsboote, Sir . . . Sie verfügen nicht über wirksame Kühlmäntel. Wenn wir innerhalb der Sonnenatmosphäre damit den BRANDER verlassen, verglühen wir. Ich fürchte, wir müssen die Aktion früher als geplant beginnen und das Schiff eher verlassen.«

In Deightons Gesicht zuckte es.

»Sie befolgen meine Befehle, Major, mehr haben Sie nicht zu tun. Ich habe den Rat der Fachwissenschaftler eingeholt. Es ist durchaus möglich, sich für kurze Zeit mit den Rettungsbooten in größter Hitze aufzuhalten. Es besteht keine Gefahr für uns, oder glauben Sie, ich wäre lebensmüde?«

»Natürlich nicht, Sir. Ich meinte ja auch nur.«

Deighton gab keine Antwort. Er rief die Orterzentrale, und während er das tat, veränderte sich plötzlich sein Gesichtsausdruck. Er verlor ganz kurz seine bisher zur Schau getragene Gewißheit und sein Zielbewußtsein. Er verriet für eine Sekunde Unsicherheit, Zweifel. Aber dann leuchteten seine Augen wieder klar und befehlsgewohnt.

Der Wandel hatte nur Bruchteile von Sekunden gedauert.

Der Cappin hatte ihn übernommen, kompromißlos und total.

»Orterzentrale? Geben Sie mir die Daten der INTERSOLAR.«

»Einen Augenblick, Sir.« Zwei Sekunden Pause. »Die INTERSOLAR hat eben zur Landung am Nordpol von Merkur angesetzt, Sir. Die Landekoordinaten sind . . .«

»Danke, das genügt.« Deighton wandte sich wieder an Major Kees Holländer. »Programmieren Sie den neuen Kurs, Major. Ich habe meine Absicht geändert. Wir fliegen zuerst zum Merkur.«

Major Holländer kniff die Augen zusammen.

»Zum Merkur? Aber das ist doch gegen alle Abmachungen und . . .«

»Merkur, Major! Oder wollen Sie, daß ich Sie wegen Meuterei festnehmen lasse?«

Kees Holländers Augen waren plötzlich kalt wie Eis. Kein Muskel zuckte in seinem Gesicht, als er die notwendigen Daten dem Computer zur Verarbeitung gab, und bereits zwanzig Sekunden später schwenkte der BRANDER vom Kurs ab und nahm Richtung auf den Merkur.

»Wir erreichen Merkur in fünfzehn Minuten«, sagte Major Holländer tonlos.

Gucky zögerte, als Atlan ihn fragte, dann sagte er:

»Deightons Gedanken sind klar zu erkennen. Der Cappin hat seine Tarnung aufgegeben, er scheint sich absolut sicher zu fühlen. Er hat Deightons Bewußtsein übernommen, und Deighton muß gehorchen, ohne es zu wissen. Der Kurs des BRANDERS wurde geändert. Das Schiff hat Kurs zum Merkur eingeschlagen.«

»Es kann in zehn Minuten hier sein«, gab die Orterzentrale bekannt.

Rhodan legte Atlan die Hand auf die Schulter.

»Du scheinst recht gehabt zu haben, alter Freund.«

»Gucky hat es soeben bestätigt. Ich glaube, wir werden handeln müssen. Deighton hat die Absicht, den BRANDER mit seiner gesamten Last auf den Nordpol des Merkurs stürzen zu lassen. Die Detonation würde den Hauptgezeitenwandler restlos zerstören. Das Solsystem fiele in die Gegenwart zurück, und die Cappins könnten ungehindert fliehen. Auch der Cappin in Deighton, denn er würde ihn kurz vor der Detonation verlassen.«

Gucky nahm Ras Tschubais Hand, dann die von Atlan und Alaska.

»Haltet euch an mir und Ras fest, auch du, Zwiebus. Den Kontakt nicht verlieren, sonst segelt ihr mutterseelenallein durch den Hyperraum, und das wäre unangenehm. Sobald ihr wieder sehen könnt, benehmt euch wie die Wilden, was Zwiebus ja nicht schwerfallen dürfte. Na, ihr wißt ja Bescheid.«

Atlan wartete, bis sie einen fest verbundenen Ring bildeten, dann nickte er Rhodan noch einmal zu.

»Ab mit uns . . .«

Sie entmaterialisierten.

»Lassen Sie die Rettungsboote klarmachen, Major!« befahl Deighton dem Kommandanten der BRANDER. »Wie lange noch bis zum Merkur?«

»Bei der augenblicklichen Geschwindigkeit drei Minuten. Wir müssen verzögern, wenn Sie die Absicht haben, in der Nähe der INTERSOLAR zu landen.«

Deighton ging nicht auf die Bemerkung ein. Es schien in auch nicht zu interessieren, ob die Rettungsboote startbereit waren oder nicht. Gespannt blickte er auf den Panoramaschirm, der bereits ganz von dem Planeten Merkur ausgefüllt wurde.

Und der BRANDER raste genau darauf zu.

Mehrere Offiziere der Abwehr, die Dienst in der Kommandozentrale taten, kamen näher. Befremden stand in ihren Gesichtern, denn das, was Deighton tat, war wider jede Vernunft. Das Schiff mußte entweder abbremsen oder sofort einen anderen Kurs einschlagen.

Es würde sonst dicht unterhalb des Pols auf Merkur aufschlagen.

Und was das bei der Bombenlast bedeutete, konnte sich jeder selbst ausrechnen.

»Sir . . .«

Deighton reagierte nicht.

Er starrte auf den Bildschirm, ließ aber Major Holländer, der vor den Kontrollen saß, nicht aus den Augen. Seine rechte Hand lag auf dem Griff der Impulswaffe.

Genau in diesem Augenblick materialisierten fünf Gestalten aus dem Nichts.

Es waren noch zwei Minuten bis zum Aufschlag.

Sie handelten blitzschnell und nach Plan.

Mit fürchterlichem Gebrüll stürzte sich Lord Zwiebus auf Galbraith Deighton, der neben Major Kees Holländer stand und ihm den Rükken zuwandte.

Mit einem Griff hatte er ihm den Impulsstrahler aus der Gürteltasche gezogen und entsichert. Er legte die Waffe auf Deighton an, noch während sich dieser verblüfft umdrehte.

Er sah Atlans Waffe auf sich gerichtet.

»Was soll das . . .?«

Ras war zu Kees Holländer gesprungen.

»Kursänderung, sofort! Geschwindigkeit herabsetzen! Versuchen Sie, Kontakt mit der INTERSOLAR zu erhalten. Rhodan ist inzwischen gestartet. Los, machen Sie schon!«

Kees Holländer gehorchte.

Er wußte, daß die Befehle der Logik und Vernunft entsprachen. Das, was Deighton beabsichtigt hatte, konnte nichts mehr mit Vernunft zu tun gehabt haben. Er hatte sowohl den BRANDER wie auch die INTERSOLAR vernichten wollen.

Der BRANDER schwenkte in den neuen Kurs ein.

Wimmernd brach Galbraith Deighton zusammen, aber Gucky ließ dem Cappin keine Zeit, sich zu erholen. Telekinetisch stellte er Deighton wieder auf die Füße.

Und Atlan zielte genau auf seine Stirn.

Aber er wartete noch einige Sekunden, ehe der Daumen den Feuerknopf langsam, unendlich langsam einzudrücken begann.

Deighton quollen die Augen beinahe aus dem Kopf, als er auf den Daumen Atlans starrte. Er wußte, daß dieser Schuß tödlich sein würde, und es würde nur noch Sekunden dauern, bis . . .

Mit einem hilflosen Stöhnen brach er abermals zusammen, und Atlan ließ seine Waffe sinken.

»Das wäre es dann wohl«, sagte er heiser und ohne jede Genugtuung.

Er schob seinen Strahler in den Gürtel zurück, nickte Alaska zu und bückte sich, um sich um Deighton zu kümmern, der das Bewußtsein verloren hatte. Aber nur für kurze Zeit, dann öffnete der Abwehrchef wieder seine Augen und sah Atlan verständnislos an.

»Wo bin ich hier?« fragte er leise. »Was ist geschehen?« Er griff sich an den Kopf. »Schmerzen . . . wer hat auf mich geschossen?«

Atlan übergab Kees Holländer das Kommando und befahl ihm, Kurs zurück zur Erde zu nehmen. Die Verbindung zur INTERSOLAR kam wenig später zustande. Rhodan kam durch den Transmitter an Bord des BRANDERS.

Inzwischen kehrte Deightons Erinnerung zurück. Es geschah genau dasselbe, was auch bei Leutnant Beruda der Fall gewesen war. Er wußte, was geschehen war. Zu hastig hatte der Cappin ihn verlassen müssen.

Sie brachten ihn in die Krankenstation, damit er sich erholen konnte. Rhodan drängte darauf, ihn zu verhören, aber Atlan riet davon ab.

»Er ist erschöpft, aber wir können sicher sein, daß der Cappin überstürzt floh. Die Blockade des Todessatelliten bleibt bestehen, bis wir eine Lösung gefunden haben. Deighton wird uns viel erzählen können, und vielleicht werden wir bald wissen, was wir zu tun haben.«

Die in der Kommandozentrale des BRANDERS anwesenden Offiziere hatten sich beim Eingreifen Atlans und seiner Leute passiv und abwartend verhalten. Einer von ihnen hatte zur Waffe greifen wollen, aber Gucky hatte sie ihm kurzerhand abgenommen. Jetzt gab er sie ihm zurück.

»Entschuldigen Sie, Leutnant. Wir konnten Sie leider nicht vorher einweihen.«

Der Leutnant schob den Strahler wortlos in den Gürtel. Sein Gesicht verriet noch immer Verwunderung.

Noch während des Fluges zur Erde fühlte sich Deighton wieder stark genug, einen ersten Bericht zu geben. Rhodan, Atlan und die Mitglieder des Sonderkommandos versammelten sich um sein Bett. Deighton machte einen guten und zuversichtlichen Eindruck.

»Ich habe mich wie ein Verrückter benommen«, gestand er etwas verlegen, als er die neugierigen Gesichter um sich sah. »Das war der Cappin. Ich kann mich jetzt genau erinnern, wie alles kam. Er muß mich völlig überraschend verlassen haben, denn er tastete mein Gedächtnis nicht an. Ich weiß alles, und ich weiß nun auch, wie sie es machen.«

Rhodan unterbrach Deighton nicht, nickte aber gespannt.

»Eine Pedotransferierung erfolgt auf sechsdimensionaler Halbspurindividualbasis.«

Atlan beugte sich vor.

»Auf was, bitte?«

»Es ist ein neuer Faktor, mit dem wir noch niemals etwas zu tun hatten. Ich kann es Ihnen nicht so einfach erklären, wenn mir auch die Ausdrücke und Bezeichnungen geläufig sind. Es ist der Gedächtnisinhalt des Cappins, der in mir zurückblieb. Sein Wissen hat er mitgenommen.

Der menschliche Organismus, hochgezüchtet in seinen organischen und geistigen Funktionen, besitzt eine sogenannte Hypersexta-Modulparstrahlung. Es handelt sich um eine überlagernde Sextabezugsfrequenz. Eine sechsdimensionale Energiekonstante, die jeder Mensch und jedes hochintelligente Lebewesen besitzen muß, weil es ohne sie nicht existieren kann. Der Mensch hat diese Konstante während seiner langen Evolution entwickelt.

Die ÜBSEF-Konstante, wie man sie kürzer auch bezeichnen kann, ist jene eigentümliche und nicht meßbare Energieeinheit, die letztlich dafür verantwortlich ist, daß es zur Ballung der Atomgruppenmasse im Gehirn kam, und damit zur Erzeugung eines Intellektes. Und diese ÜBSEF-Konstante ist der Pedobezugspunkt für die Cappins.

Wenn ein Cappin einen Menschen nach erfolgreicher Pedopeilung übernimmt, kann er das nur ohne seinen organischen Körper tun. Er hinterläßt also dabei seinen eigentlichen Körper, der ohne den sechsdimensionalen Faktor regelrecht zusammenbricht. Eine blasige und schnell erstarrende Masse – das ist alles, was von einem transferierten Cappin zurückbleibt.«

»Wie können Sie das alles wissen, Galbraith?« fragte Rhodan.

»Ich bin von Natur aus ein ausgezeichneter Beobachter, außerdem verfüge ich ja als Gefühlsmechaniker über ein mutiertes Gehirn, allerdings anscheinend nicht ausgeprägt genug, um von einem Cappin nicht übernommen werden zu können. Ich habe also nichts vergessen, was der Cappin einmal dachte.

Doch hören Sie weiter: Wenn ein Cappin einen übernommenen Körper wieder verläßt, wird dieser nicht geschädigt. Er löst sich einfach aus seinem Opfer. Geschieht das in Ruhe und ohne Hast, löscht der Cappin das Erinnerungsvermögen, und das Opfer weiß nicht einmal, daß es übernommen worden war. Das beste Beispiel dafür ist wohl Sergeant Kampatschin, dessen Cappin in aller Ruhe zu mir überwechselte.

Geschieht das alles auf ein und derselben Zeitebene, gibt es keine Entfernungen mehr zwischen Pedopeiler und Pedopeiler. In Nullzeit können die Cappins von Galaxis zu Galaxis gelangen. Die sechsdimensionale Pedotransferierung hat Raum und Zeit in idealer Weise überwunden. Ich glaube, damit ist vieles geklärt, worüber wir uns bisher vergeblich den Kopf zerbrachen. Und noch etwas: Die Zahl der Cappins im Sonnensatelliten beträgt ziemlich exakt achttausend.«

Rhodan kehrte auf die INTERSOLAR zurück, begleitet von Atlan.

Die anderen blieben im BRANDER.

In Rhodans Kabine saßen sich die beiden Freunde gegenüber.

»Jetzt wissen wir eine ganze Menge, Perry. Vielleicht werden wir mit ihnen fertig. Oder glaubst du, daß wir einen direkten Kontakt zu ihnen herstellen können?«

»Versuchen müssen wir es auf jeden Fall. Aber zuerst müssen wir nun das tun, worüber wir bisher immer nur als von der letzten Möglichkeit spekuliert haben, nämlich tatsächlich in die Vergangenheit zurückkehren, in die Zeit vor zweihunderttausend Jahren, als die

Cappins zum erstenmal die Erde besuchten und den Sonnensatelliten einrichteten. Als Pedo-Peilstation, wie wir nun wissen. Etwas ist jedoch schiefgegangen. Aus dem Satelliten wurde eine Sonnenbombe. Eine Gefahr, die beseitigt werden muß. Und zwar in der Vergangenheit! Der Nullzeit-Deformator wird bald vollendet sein. Er wartet auf uns.«

»Die Zeitmaschine . . .?«

Atlan nickte grimmig – nicht so, als sprächen sie über das bisher bestgehütete Geheimnis der Menschheit. »Wir müssen es also riskieren . . .«

»Ja, du kannst niemals in die echte Zukunft vordringen, das ist unmöglich. Von unserer Gegenwart aus in die Vergangenheit und wieder zurück. Das ist alles.«

Rhodan schwieg, dann sagte er mit einer Spur von Unsicherheit:

»Ich weiß es nicht, ich weiß es wirklich nicht. Aber wir werden es versuchen müssen, Atlan. Wir haben jetzt keine andere Wahl mehr.«

»Stimmt, wir haben keine andere Wahl, Perry. Vielleicht erhalten wir dann Antwort auf viele Fragen.«

»Das erhoffe ich mir auch. Eines Tages möchte ich die Antwort auf die größte Frage finden. Zur Frage nämlich, wer wir sind.«

Atlans Gesicht war absolut ausdruckslos, als er warnte:

»Manchmal ist es besser, den Vorhang vor den letzten Dingen zu lassen.«

»Ich muß *zuviel* wissen wollen, Atlan, um schließlich *etwas* zu wissen. Willst du mir helfen?«

Atlan stand auf und legte Rhodan die Hand auf die Schulter.

»Ich werde dir immer helfen«, versprach er ernst.

»Hoffentlich wird uns das Wissen nicht eines Tages zu Tode erschrecken«, murmelte Rhodan, als Atlan gegangen war.

Er saß noch immer in seiner Kabine, als die INTERSOLAR auf dem Raumfeld von Terrania landete . . .

11.

Mitte Oktober 3433

Als Julian Tifflor das Büro Reginald Bulls betrat, wußte er, daß der Staatsmarschall ihm eine bestimmte Frage vorlegen würde. Und er wußte auch, was er zu antworten hatte.

Sein ganzes Konzept geriet durcheinander, als er feststellen mußte, daß Bully nicht allein in seinem Büro war. In einem der bequemen Kontursessel saß Galbraith Deighton. Tifflor nickte den beiden Männern zu und nahm Platz.

Bully kam hinter seinem mit Nachrichtengeräten überladenen Tisch hervor, marschierte ein paarmal in dem großen Raum auf und ab, um sich schließlich ebenfalls in einen der Sessel fallen zu lassen.

»Sie müßten eigentlich längst wieder zurück sein«, sagte er.

Tifflor hatte mit einem anderen Thema gerechnet, aber dieses hier war genauso ernst und lebenswichtig. Seit nahezu zehn Wochen waren Rhodan, Atlan, die restlichen Mutanten – insgesamt dreiundzwanzig Personen – mit einer Zeitmaschine in der Vergangenheit verschwunden. Wäre alles glattgegangen, hätten sie längst zurücksein müssen.

Der sogenannte Nullzeit-Deformator war als Prototyp bereits vor anderthalb Jahren und unter allerstrengster Geheimhaltung von dem Interessenbund der *Wissenschaftler* gebaut worden, einer Menschengruppe von absolut wissenschaftlich denkenden und handelnden Männern und Frauen. Ihre Hauptwelt war der Planet Kopernikus im Newton-System, rund 24.600 Lichtjahre von der Erde entfernt im äußeren Zentrumsring der Milchstraße.

Die Wissenschaftler von Kopernikus hatten die Zeitmaschine allerdings nicht wirklich selbst ersonnen und konstruiert. Das Konstruktionsprinzip des NZD stammte größtenteils von den ehemaligen Beherrschern der Nachbargalaxis Andromeda, den Meistern der Insel. Lange Zeit, nachdem die Despoten nicht mehr existierten, brachten die ehemals von ihnen regierten Tefroder das Geheimnis der Zeitreisemaschine mit in die von ihnen teilweise besiedelte galaktische Eastside, wo Mitglieder der Lapalisten-Bewegung es sich aneigneten. Die

Lapalisten waren nur eine von verschiedenen Strömungen innerhalb der Wissenschaftler und traten für eine Vergangenheitskorrektur ein, wie sie Perry Rhodan am Ende als letztes Mittel zur Eliminierung der Gefahr durch den cappinschen Todessatelliten erschien. Andere Gruppen, vor allem die sogenannten *Realisten*, lehnten derlei Experimente strikt ab und warnten vor den Gefahren, die damit für die Realzeit heraufbeschworen werden konnten.

Diese Gefahren hatte auch Perry Rhodan gesehen und deshalb lange darauf verzichtet, den Nullzeit-Deformator auch tatsächlich einzusetzen oder auch nur ins Gespräch zu bringen. Als der Accalaurie Accutron Mspoern den Todessatelliten in der Sonnenatmosphäre entdeckt hatte und es sich herausstellte, daß man dem Satelliten mit allen herkömmlichen Mitteln nicht beizukommen vermochte, hatte Rhodan den Wissenschaftlern über geheime Kanäle signalisiert, daß es möglicherweise doch dazu kommen würde, daß er die Zeitmaschine benutzen müßte, um soweit in die Vergangenheit zu reisen, daß er die Bedrohung der solaren Menschheit durch den Satelliten an der Wurzel beseitigen konnte – nämlich in eine Zeit 200.000 Jahre zurück, als der Satellit errichtet und programmiert wurde.

Nach den jüngsten Ereignissen im Zusammenhang mit dem Auftauchen der Cappins und deren Versuchen, sich gewaltsam aus der Zeitfalle zu befreien, in die sie selbst hereingeraten waren, war ihm nun keine Wahl mehr geblieben. Er mußte um 200.000 Jahre in die Vergangenheit reisen, um den Bau des Satelliten durch die Fremden zu verhindern. Die Tausende von Cappins, die in ihm gefangen waren, würden dadurch nicht umkommen – denn ohne einen Satelliten im Innern der Sonne hätte es nie eine Pedopeilstation gegeben, in der sie hätten materialisieren können. Es würde sie einfach nie im Solsystem gegeben haben.

Der Nullzeit-Deformator war äußerlich ein Halbovalkörper mit einem Grundflächendurchmesser von fünfzig und einer Höhe von siebzig Metern. Seine Hülle bestand aus einer speziellen Legierung aus Leichtmetallen mit dem erst unlängst entdeckten Element Ynkelonium, dem es zu verdanken war, daß es je zu einer gefahrlosen Kontaktaufnahme zwischen Menschen und den antimateriellen Accalauries hatte kommen können. Für das neuentdeckte Element gab es im Antimaterieuniversum der »Blätter« keine Entsprechung, so daß es auch zu keiner explosiven Reaktion kommen konnte.

Und wieder half das Ynkelonium nun den Menschen. Die Hülle des NZD diente bei der Errichtung des Deformator- oder Nullzeitfelds als einer der »Zeitlinienpole«. Im Innern der Maschine befanden sich acht leistungsstarke Fusionsmeiler, die nach dem Kugelfeldprinzip arbeiteten. Sie versorgten die Quintadim-Umformer sowie die Hypersexta-Beschleuniger und die Nullfeldprojektoren mit Energie. Im geometrischen Mittelpunkt der Kuppel befand sich die sogenannte Nullfeldzentrale, mechanisch aufgehängt und durch drei Laufbrücken mit den balkonartigen Galerien an der Innenwandung der Außenhülle verbunden.

Der Nullzeit-Deformator sollte zwar in andere Zeitebenen vorstoßen, doch war er nicht in der Lage, von sich aus Ortsveränderungen vorzunehmen. Er diente als Nullfelderzeuger und Gegenpol des angepeilten Vergangenheitspunktes auf der Zeitstromlinie. Bei der Rückkehr in die eigene Gegenwart (die »Relativ-Zukunft«) wurde der NZD entsprechend zum Pol des Vergangenheitspunktes, wodurch er abgestoßen und in die Relativ-Zukunft zurückgeschleudert wurde.

Man konnte, so hatten es die Wissenschaftler von Kopernikus versichert, mit dem Nullzeit-Deformator zu jedem bestimmbaren Punkt in der Vergangenheit reisen. Unmöglich war dagegen eine Reise auch nur um eine Sekunde in die Zukunft.

Das war auch nicht nötig, selbst wenn Bully sich manchmal wünschte, einen ganz kurzen Blick in die Zukunft werfen zu können, um zu sehen, ob es das Solsystem dann noch gab – oder ob es durch den Cappin-Satelliten und die Novabildung der Sonne tatsächlich vernichtet worden war.

Je länger das Warten auf die Rückkehr der Zeitexpedition dauerte, desto düsterer wurde die Stimmung unter den wenigen Menschen, die in das Unternehmen eingeweiht waren. Von den 25 Milliarden Menschen im Ghost-System ahnte außer diesen Wenigen kein einziger, weshalb man seit zweieinhalb Monaten nichts mehr von Perry Rhodan und anderen Prominenten gehört hatte – wo gerade jetzt jedes aufmunternde Wort so wichtig gewesen wäre.

»Vielleicht ein Fehler in der Funktion des Nullzeit-Deformators, der behoben werden muß.« Deightons Stimme verriet nur zu deutlich, wie wenig er selbst an eine derartige Möglichkeit glaubte. »Oder es ist sonst etwas dazwischengekommen.«

»Anzunehmen, Galbraith, anzunehmen«, stimmte ihm Bully besorgt zu. »Ich werde übrigens noch heute zur Fidschi-Insel Viti Levu fliegen, um mich davon zu überzeugen, daß dort alles in Ordnung ist. Die Schuttmassen sollten aus dem Tal auf dem Mount Lemur entfernt werden.«

Der Nullzeit-Deformator zur Reise in die tiefe Vergangenheit war nach den Unterlagen Gerinos des Lapals und unter Geoffrey Abel Waringers Anleitung im Enadatal, einem tiefen Einschnitt des Mount Lemur auf der Fidschi-Insel Viti Sevu, gebaut worden. Die 23 Personen umfassende Besatzung, darunter Perry Rhodan, Atlan, Waringer, Gucky, Alaska Saedelaere, Lord Zwiebus, Icho Tolot, die siganesische Besatzung des neuen Paladin III, der SolAb-Spezialist Joaquin Manuel Cascal und – als einzige Frau – die Ärztin Dr. Claudia Chabrol, war am 1. August 3433 aus der Realzeit verschwunden, um den Bau des Todessatelliten zu verhindern. Seither hatte es kein Lebenszeichen von ihnen mehr gegeben.

Nach dem Start des NZD hatte sich ein rätselhaftes kuppelförmiges Energiefeld gebildet. Auf Viti Levu war es zu Erdbeben und Vulkanausbrüchen gekommen. Die Zeitmaschine blieb verschwunden, und die Erde hatte sich wieder beruhigt.

»Wenn der Deformator zurückkehrt, muß alles so sein wie früher, sonst kann es eine Katastrophe geben. Wie sehen Ihre Berichte in dieser Hinsicht aus, Galbraith?«

»Die Meldung liegt bereits vor. Sie besagt, daß das Enadatal wieder so aussieht, wie es beim Start der Zeitexpedition ausgesehen hat. Sogar die Niveauhöhe des ursprünglichen Gerölls wurde eingehalten, und wo sie nicht mehr vorhanden war, künstlich wiederhergestellt. Wenn die Zeitmaschine zurückkehrt, wird sie keinen Zentimeter fallen können, es sei denn, das Ding materialisiert an anderer Stelle.«

»Das dürfte kaum möglich sein«, meinte Bully. »Wie gesagt, ich werde noch heute hinfliegen und mir die Geschichte ansehen. Wenn Sie Lust haben, können Sie mich begleiten.« Er seufzte und stand auf. An der Rückwand des Raumes gab es ein silbernes Quadrat mit einigen Knöpfen, unter denen Bezeichnungen standen. »Wünschen die Herren eine Erfrischung?«

Deighton und Tifflor äußerten ihre Wünsche. Sekunden später standen die Getränke auf dem Tisch. Bully setzte sich wieder.

»Was ist nun mit den Cappins?« fragte Tifflor. »Sie haben in den vergangenen Wochen mehrere Ausbruchsversuche unternommen. Zum Glück hält unsere Blockade. Ich frage mich nur: Wird sie ewig halten?«

»Das wird sie natürlich nicht, selbst wenn wir unsere ganzen Kräfte darauf konzentrierten, achttausend Lebewesen zu isolieren, damit sie nicht in unser planetares System eindringen können. Wir wissen, was geschehen kann, wenn auch nur *einer* dieser Cappins zu uns gelangt.

Unvorstellbar würde es, wenn es allen achttausend Cappins gelänge, die Blockade zu durchbrechen. Allein dieser Gedanke läßt mich nicht mehr schlafen.«

»Es muß also etwas geschehen!« meinte Deighton.

Bully sah ihn an, dann nickte er.

»Sie sagen es, Galbraith, Sie sagen es.«

»Und was?« wollte Tifflor wissen, der immer mehr einsah, daß das Gespräch zu nichts führte. Oder verfolgte Bully einen ganz bestimmten Zweck damit? »Haben Sie eine Idee?«

»Eine Idee habe ich nicht, aber ich kann Ihnen mitteilen, was die Observatorien in allen Teilen der Welt seit gestern nahezu übereinstimmend beobachten konnten. Die Aktivität der Sonne steigt wieder an. So wie damals, bevor wir den Todessatelliten entdeckten. Es sieht so aus, als wollten die Cappins erneut die Sonne anheizen, bis sie zur Nova wird.«

»Aber damit würden sie sich ja selbst vernichten!« Tifflor schüttelte erregt den Kopf. »Nein, das glaube ich nicht. So verrückt sind sie nicht. Das erneute Aufflammen der Sonne muß einen anderen Grund haben.«

»Welchen?« Bully starrte ratlos auf die Tischplatte. »Ich kann Ihnen nur mitteilen, was festgestellt wurde. Ob wir auch die Ursachen ergründen können, steht auf einem anderen Blatt. Jedenfalls ist die Erscheinung mit jener identisch, die uns schon damals beunruhigte und die zur Entdeckung des Todessatelliten führte. Nun beginnt er wieder zu arbeiten, obwohl die Cappins noch vorhanden sind. Frage: Ist es ein automatischer und von Robotern gesteuerter Vorgang, oder stecken die Cappins dahinter?«

Der Abwehrchef kniff die Augen zusammen.

»Die Cappins, wer sonst? Warum sollte der Satellit wohl auf einmal wieder mit seiner zerstörerischen Tätigkeit beginnen, wenn keine gewichtigen Gründe vorliegen? Das wäre unlogisch. Ich wette, wir werden auch bald den Grund erfahren. Wann fliegen Sie, Bull?«

»In wenigen Stunden, Galbraith. Sie kommen doch mit?«

»Wahrscheinlich. Allerdings verspreche ich mir nicht viel davon. Wir haben die Räumung des Tals angeordnet, und sicherlich ist alles dort so, wie wir es wünschen.«

Tifflor sagte:

»Ich gebe eigentlich nicht viel auf Vorahnungen, aber ich habe so das Gefühl, daß heute etwas passiert . . .«

Bully betrachtete ihn mitleidig.

»Sie mit Ihren Vorahnungen, Julian . . .! Ist da überhaupt schon mal was eingetroffen?«

»O ja, eine ganze Menge, und wenn ich mich recht entsinne . . .«

Auf dem Schreibtisch summte das Visiphon der Hauptleitung.

Bully sprang auf und lief zum Tisch. Er drückte einen Knopf ein, und dann leuchtete der Bildschirm auf. Das Gesicht eines Nachrichtenoffiziers erschien.

»Was ist?« erkundigte sich Bully.

»Sir, eine wichtige Meldung des Flottenoberkommandos. Man hat eine Sonde eingefangen, die aus Richtung Sonne zur Erde flog. Dabei gab sie Funksignale ab, die inzwischen ausgewertet wurden. Es steht einwandfrei fest, daß die Funksonde von den Cappins ausgeschickt wurde.«

»Woher will man das wissen?«

»Die Auswertung konnte mit Hilfe der Übersetzergeräte den Text der Funksendung identifizieren. Es handelt sich um eine Botschaft, Sir, eigentlich ein Ultimatum.«

»Ein was?«

»Ein Ultimatum, Sir. Sie werden den genauen Wortlaut in wenigen Minuten erhalten. Ein Kurier ist unterwegs. Das Flottenkommando hielt es für richtig, die Sache geheimzuhalten.«

Bully holte tief Luft.

»Gut so, Leutnant. Ich warte.«

»Verstanden, Sir.«

Der Bildschirm erlosch.

Bully kehrte zu den beiden Männern am runden Tisch zurück.

»Nun, meine Herren, was sagen Sie nun?«

Er setzte sich.

Tifflor meinte:

»Meine Vorahnung – sie hat sich mal wieder bewahrheitet.«

Und Galbraith Deighton sagte:

»Ich sagte, es müsse etwas geschehen. Wenn wir es nicht von uns aus tun, werden wir eben dazu gezwungen. Warten wir also ab, was uns die Cappins mitzuteilen haben . . .«

Drei Männer waren es, die sich in dem Beobachtungsraum aufhielten. Ohne besondere Hilfsmittel hätte man von hier aus allerdings auch nicht viel sehen können, denn die flammende Oberfläche der Sonne war viel zu nah und hätte alles andere Licht überstrahlt. Außerhalb des Energiefeldes jedoch gab es winzige Begleitsatelliten, die mit leistungstarken Kameras ausgerüstet waren, ebenfalls eingehüllt in polarisierte Kraftfelder.

Nur so war es möglich, daß halbwegs erkennbare Bilder von der Umgebung des Satelliten auf den Bildschirm der Beobachtungszentrale flimmerten.

Lecufe ging unruhig in dem Raum auf und ab. Sein Gesicht verriet Ungeduld und Unzufriedenheit mit sich selbst. Ab und zu warf er seinen beiden Gefährten einen Blick zu, sprach sie aber nicht an.

Dafür ergriff Marays, ein Dakkar-Techniker, das Wort:

»Kein Zweifel, Lecufe, die Verbindung ist endgültig abgebrochen. Über vier Monate haben wir auf einen Kontakt gewartet – vergeblich. Ich glaube nicht mehr an ein Wunder.«

»Die Experimentierstation, von der wir kamen, muß vernichtet worden sein«, sagte der Pedo-Techniker Carscin, der dritte Mann im Raum. »Oder sie ging endgültig in der Zukunft verloren.«

Lecufe war stehengeblieben. Er starrte auf einen der Bildschirme, dann kam er zu den beiden Männern und setzte sich. Die Rückenlehne paßte sich seinen Konturen an.

»Vielleicht konnten sie aus ihrer Zeitfalle ausbrechen und befinden sich nun in der Zukunft. Da auch wir in der Zeit pendeln, ist eine Verbindung ausgeschlossen. Wir wissen nicht, wie lange dieser Zustand anhält, aber wenn es uns schon vorher nicht möglich war, in die Experimentierstation zurückzutransferieren, wie sollte es da jetzt möglich sein? Ich glaube, wir müssen uns neue Gedanken über unsere Situation machen.«

»Ausbruch!« sagte Marays mit Betonung.

Lecufe sah ihn lange an, ehe er antwortete:

»Ziemlich aussichtslos, Marays. Wir haben es immer und immer wieder versucht. Sicher, es gibt genügend Raumschiffe und Waffen in der Station unserer Vorfahren, aber sie genügen nicht. Zwei unserer Schiffe haben wir bereits verloren, und auch die beiden Freunde, denen es gelungen war, Terraner zu übernehmen, kehrten nicht zurück. Über ihr Schicksal wissen wir nichts. Von hier aus ist es durch die starken Störungen im sechsdimensionalen Bereich nicht möglich,

Terraner direkt anzupeilen und zu übernehmen. Ich sehe also keinen Ausweg.«

»Vielleicht ist es aber auch so«, wandte Carscin ein, »daß sich unsere Experimentierstation in der Gegenwart befindet, nicht, wie wir vermuten, in der Zukunft. Selbst die Gegenwart wäre für uns unerreichbar, weil sich dieses Sonnensystem immer in der Zukunft aufhält. Ein Zeitfeld hält es darin fest, pendelnd und immer wechselnd, um jedes Auffinden zu vermeiden.«

»Das kann nichts an unserer Lage ändern«, stimmte Lecufe widerwillig zu. »Aber ich kann nicht zulassen, daß wir einfach abwarten, was weiter geschieht. Wir müssen die Initiative behalten, auch den Terranern gegenüber, wie sich die intelligenten Bewohner dieses Systems nennen. Eigentlich muß ich sie bedauern, denn sie trifft keine Schuld an den Geschehnissen. Unsere Vorfahren richteten diese Station vor langer Zeit ein. Den Grund kennen wir nicht genau, wenn sie sich in unserem speziellen Fall auch als Rettungsstation bewährte. Für die Terraner muß sie jedoch eine Todesstation sein. Sie kann ihre Sonne immer noch in eine Nova verwandeln.«

Er verstummte plötzlich. Auf seinem feingeschnittenen Gesicht erschien ein nachdenklicher Zug. Marays und Carscin sahen ihn gespannt und erwartungsvoll an. Sie wußten sofort, daß Lecufe, dem Unermüdlichen, etwas eingefallen war. Und so war es.

»Ich erwähnte vor wenigen Minuten, daß sich in dieser Station eine Menge kleiner Schiffe und sonstiger Ausrüstungsgegenstände befinden. Unsere Vorfahren haben an alles gedacht, sogar daran, daß jemand hier eingesperrt sein könnte. So hat man auch die Sonden nicht vergessen.«

»Sonden?« fragte Carscin und sah nicht gerade geistreich aus.

»Ja, Sonden. Nachrichtensonden, die mit Spezialsendern versehen sind. Marays, würden Sie so freundlich sein, mir drei Leute des technischen Personals zu holen. Es soll sich um Experten auf dem Gebiet des interstellaren Funkverkehrs handeln. Ja, gehen Sie schon. Wir reden dann weiter.«

Als Marays gegangen war, fragte Carscin:

»Was haben Sie vor, Lecufe? Wie könnte uns so eine Sonde nützen? Wir wissen nicht einmal, wo der nächste Cappin sich aufhält, wir wissen erst recht nicht, wann er sich aufhält. Wie sollte ihn da eine Nachrichtensonde erreichen? Sie würde Jahrtausende benötigen, selbst wenn sie mehrfache Lichtgeschwindigkeit erreichte, ehe man sie durch Zufall entdeckte.«

»Ich dachte nicht daran, die Sonde ins Ungewisse zu schicken«, belehrte ihn Lecufe, offensichtlich unwillig durch die Störung seiner Gedankengänge. »Ich schicke sie zu den Terranern.«

Carscin starrte ihn verständnislos an. Er begriff nicht, was der andere plante. Ehe er abermals eine Frage stellen konnte, betrat Marays mit drei anderen Cappins den Beobachtungsraum. Er kam näher, während die drei Techniker respektvoll neben der Tür stehenblieben.

Lecufe winkte sie näher.

»Sie haben die funktechnischen Geräte überprüft, die in den Räumen vor den Verbotenen Bezirken lagern, die wir inzwischen entdeckt haben?«

»Ja, das haben wir.«

»Gut, dann sagen Sie mir, ob Sie in der Lage sind, den Sender einer dieser Sonden so zu manipulieren, daß er auf der Frequenz der Terraner ausstrahlt.«

»Das dürfte keine Schwierigkeit bedeuten, Lecufe. Wir können die Sender praktisch auf jede Frequenz einstellen. Außerdem befindet sich in jeder Sonde genügend Raum, Datenträger und andere kleine Gegenstände zu lagern.«

»Ausgezeichnet«, lobte Lecufe, sichtlich erleichtert. »Das ist genau das, was wir brauchen. Bereiten Sie eine solche Sonde vor, und sorgen Sie dafür, daß sie in ständiger Folge auf terranischer Frequenz um Aufnahme ersucht. Ein kurzer Hinweis auf eine Botschaft genügt. Die Terraner werden, wenn sie die Sonde einfangen, einen Bild-Ton-Datenträger von uns erhalten. Den Text gebe ich Ihnen noch.«

Die drei Techniker gingen.

Marays setzte sich wieder.

Er und Carscin sahen Lecufe an und warteten.

Lecufe wußte, was sie von ihm wissen wollten, aber er lächelte nur.

»Eine Botschaft, Freunde, werden die Terraner von uns bekommen, richtiger gesagt: ein Ultimatum. Und um unsere Absichten zu unterstreichen, werden wir noch etwas unternehmen. Wir werden den Aufheizungsprozeß der Sonne wieder anlaufen lassen. Ich glaube, das wird genügen, die Terraner zu warnen. Sie müssen sich mit uns verständigen, oder sie müssen sterben. Alle.«

Carscin sagte:

»Wir auch, Lecufe. Wir werden mit ihnen sterben.«

»Ja, sicher werden wir das. Ist Ihnen das denn nicht lieber, als Jahre oder Jahrzehnte zu warten, bis die Terraner es leid sind, uns zu bewachen? Sie sind geduldig, diese Menschen, sehr geduldig. Wenn sie uns nicht angreifen können, werden sie uns eben isolieren. Wir sind zu gefährlich für sie, das sehe ich ein. Sie können uns nicht einfach freilassen. Was würde geschehen, wenn wir auch nur hundert ihrer besten Leute übernähmen? Es wäre das Chaos für sie, der Untergang. Sie handeln also völlig richtig, wenn sie uns kaltstellen. So muß man das sehen, wenn man gerecht sein will.«

»Und wie sollten es die Terraner sehen, wenn sie gerecht sind?« fragte Marays.

»Etwas anders, Marays. Aber auch nur etwas anders. Sie werden einsehen müssen, daß auch uns keine Schuld trifft. Wir haben mit dem Bau dieses Satelliten nichts zu tun. Nur ein Zufall verschlug uns hierher. Für unsere Fähigkeiten der Pedotransferierung können wir auch nichts. Somit sind wir unschuldig. Es kommt nur darauf an, ob uns die Terraner erlauben, dieses Sonnensystem in einem Schiff zu verlassen. Sie müssen uns vertrauen, und ich gebe zu, daß ihnen das schwerfallen muß. Aber ohne Vertrauen wird es keine andere Lösung als die Vernichtung geben.«

»Sie sollen uns also vertrauen?« erkundigte sich der skeptische Carscin. »Nun gut, können wir aber auch ihnen vertrauen?«

Lecufe sah an Carscin vorbei.

»Das ist die Frage, Carscin. Wenn sie zum Schein auf unser Ultimatum eingehen und uns eins ihrer Schiffe zur Verfügung stellen, in dem wir alle Platz finden, können sie uns mit Leichtigkeit vernichten, sobald wir den Schutz unseres Energieschirms verlassen haben. Auf der anderen Seite wissen die Terraner nicht, ob wir den Vorgang stoppen, der ihre Sonne zur Explosion bringt. Vertrauen gegen Vertrauen – ich gebe zu, ein völlig unkalkulierbarer Faktor in meinen Berechnungen. Aber wir müssen es schaffen, sonst sind wir verloren. Und nicht nur wir.«

»Und Sie glauben wirklich daran, Lecufe?«

»Ja, ich glaube daran. Die Terraner sind vernunftbegabte Wesen. Sie werden sich ausrechnen können, daß es keine andere Chance für sie gibt. Und auch nicht für uns. Sie werden uns glauben müssen, und wenn sie hinauf in den Himmel schauen, von ihrem Planeten aus, werden sie sehen, daß wir es ernst meinen.«

Einer der Techniker kehrte zurück und meldete, daß die Sonde entsprechend vorbereitet und fertig zum Start wäre. Es fehle nur noch das Nachrichtenmaterial im Lagerraum.

Lecufe erhob sich.

»Meine Freunde, begleiten Sie mich. Wir werden die Botschaft so gestalten, daß jeder Terraner sie ohne Schwierigkeiten verstehen kann. Es darf keine Mißverständnisse geben, darum bitte ich Sie um Ihre Unterstützung. Kommen Sie . . .«

Bald darauf war der Beobachtungsraum des Todessatelliten wieder leer und verlassen.

Auf den Bildschirmen flimmerten unscharfe Bilder von der glühenden Sonnenoberfläche, die sich bald wieder gefährlich verändern würde.

Das Ultimatum der Cappins erreichte die Terraner am 15. Oktober. Es lief am 16. Oktober ab.

Der Menschheit blieb nur ein Tag zur Entscheidung.

»Sollen wir den Flug nach Viti Levu verschieben?« fragte Galbraith Deighton, als Bully seinen kurzen Vortrag beendet hatte und das Ultimatum vorgelesen hatte. »Welchen Sinn hätte das?«

»Der Flug nimmt nur Minuten in Anspruch, wenn Sie das meinen, Galbraith. Aber ich muß mich davon überzeugen, daß dort alles in Ordnung ist. Wir kehren sofort zurück und überlegen, was zu tun ist. Die Cappins meinen es diesmal ernst, sehr ernst sogar. Wir werden uns entscheiden müssen, auch ohne Rhodan und Atlan. Die Verantwortung liegt in unseren Händen.«

»Wir haben zu wenig Zeit«, warf Julian Tifflor ein. »Und dann gibt es noch einen weiteren Punkt, den wir nicht außer acht lassen dürfen: Können wir den Cappins vertrauen? Wer sagt uns denn, daß sie sich nicht in aller Ruhe auf uns einpeilen, um uns zu übernehmen, während wir sie in die Freiheit entlassen? Achttausend übernommene Menschen – das wäre der Untergang.«

Bully nickte.

»Das wäre es, bestimmt. Aber es wäre auch unser Untergang, wenn die Sonne zur Nova würde.«

»Verdammte Erpresser!« fluchte Deighton.

»Auch das stimmt«, gab Bully zu und legte die flache Hand auf den Datenträger, der vor ihm auf dem Schreibtisch lag. »Aber wenn ich es objektiv sehe, bleibt ihnen keine andere Möglichkeit, wenn sie nicht weiter in dem Satelliten festgehalten werden wollen. So betrachtet, wird alles plötzlich sehr logisch und verständlich.« Er seufzte. »Nun, wir haben noch bis morgen Zeit, und ich würde vorschlagen, wir betrachten unseren Ausflug nach der Insel als kleine Erholungspause. Wir haben sie bitter nötig. Morgen entscheiden wir uns.«

»Wir fliegen heute nach Viti Levu?«

Bully sah auf die Uhr.

»Ja, in genau einer Stunde. Wir treffen uns im Zivilflughafen. Eine Maschine ist schon bereitgestellt. Bis dann.«

Er wartete, bis Deighton und Tifflor das Büro verlassen hatten, ehe er seine wichtigsten Mitarbeiter verständigte. Sie alle mußten wissen, wo sie ihn in den nächsten Stunden erreichen konnten, falls sich neue Zwischenfälle ereigneten. Dann nahm er in aller Ruhe eine reichliche Zwischenmahlzeit zu sich, auf die er in keiner Situation verzichtet hätte. So beruhigt und gestärkt sicherte er das Büro ab und begab sich zum Gleiterstand auf dem Dach des riesigen Verwaltungsgebäudes. Wenige Minuten später kam der Zivilflughafen in Sicht.

Die Maschine stand bereit, ein schlanker Stratoliner. Während Tifflor schon ungeduldig wartete, war von Deighton weit und breit noch nichts zu sehen.

Bully zog ein zusammengefaltetes Stück Papier aus der Tasche, zog es mehrmals zwischen Daumen und Zeigefinger hin und her und schob es schließlich wieder zurück.

»Das Ultimatum, Julian, das Ultimatum der Cappins. Ich habe mir den abgeschriebenen Text noch einmal durchgelesen. Wenn die Translatoren nicht übertreiben, ist der Tonfall recht selbstbewußt und siegessicher. Sie haben uns in der Hand, und das wissen sie genau. So leid es mir auch tut, aber ich würde an ihrer Stelle genauso handeln. Das ist der Grund, warum wir höchstwahrscheinlich das tun müssen, was sie von uns verlangen.«

»Ein verdammtes Risiko, wie Galbraith sagen würde.«

»Ist es auch, aber das bleibt sich wohl gleich – ah, da kommt er ja schon. Hallo, Galbraith. Alles erledigt, was so zu erledigen ist?«

Deighton kletterte aus dem Gleiter und kam zum Stratoliner.

»Ihr steht so herum, als hätten wir noch ein paar Wochen Zeit.«

Bully schüttelte verwundert den Kopf, nickte dem wartenden Piloten zu und stieg durch die Luke ins Innere der Maschine. Die beiden anderen Männer folgten ihm. Da sie allein flogen, hatten sie genügend Platz, sich in der großen Kabine nach Belieben zu verteilen. Sie setzten sich aber doch zusammen, um ihre Unterhaltung fortsetzen zu können.

Hoch über den Wolken jagte die Maschine nach Osten und bog dann nach Südosten ab. Ab und zu war der Blick nach unten für Sekunden frei. Aber die Männer hatten keinen Blick dafür.

Bully hielt es für an der Zeit, die letzte Neuigkeit endlich bekanntzugeben.

»Wir haben die Cappins angefunkt«, sagte er. »Wir haben ihnen mitgeteilt, daß wir die Sonde mit dem Ultimatum eingefangen haben. Da uns die Zeit zu knapp erscheint, baten wir um Verlängerung der Frist.«

»Und die Cappins haben geantwortet?« Deighton kam aus seinem Sessel hoch. »Haben sie?«

»Ja. Leider gehen sie nicht auf unsere Bitte ein. Die lakonische Antwort lautet: noch zwanzig Stunden, dann läuft die Frist ab. Sie werden dann den Sonnenmotor – so wenigstens übersetzte der Translator den fremden Begriff – auf höchste Touren schalten.«

»Das bedeutet?«

Bully zuckte die Schultern.

»Keine Ahnung, wie lange es dann noch dauert. Tage, vielleicht Wochen. Jedenfalls wird dadurch ein Prozeß eingeleitet, der sich später nicht mehr steuern läßt. Die Sonne wird zur Nova. Achttausend Cappins haben Milliarden Menschen besiegt.«

»Und wir verlieren wertvolle Zeit, indem wir zu den Fidschi-Inseln fliegen!« Julian Tifflor klopfte nervös mit den Knöcheln auf die Rükkenlehne von Deightons Sessel. »Rhodan kehrt ohne uns genauso wenig gerade heute zurück, wie mit uns.«

»Ich erwarte ihn nicht«, gab Bully zu. »Aber ich will wissen, ob der Nullzeit-Deformator nicht in ein Loch fällt, falls er materialisiert.«

Sie schwiegen eine Weile, und dann setzte die Maschine auch schon zur Landung an.

Das weite Hochtal sah annähernd so aus wie früher. Zwar fehlte die Vegetation, die es einmal gegeben hatte, aber die ursprüngliche Formation des Enadatals war wiederhergestellt worden.

Bully erinnerte sich gut daran, wie es vor knapp zehn Wochen beim Verschwinden des Nullzeit-Deformators durch die Entwicklung des merkwürdigen Energiefeldes gewaltige Zerstörungen gegeben hatte. Die Anlagen waren vernichtet worden, und ein nachfolgendes Beben hatte das ganze Tal in sich zusammenstürzen lassen. Die Aufräumungsarbeiten hatten lange gedauert, und Bully war sich nicht absolut sicher, ob die Rückkehr Rhodans gerade durch diese Katastrophe vielleicht verzögert oder gar völlig verhindert worden war.

Er hoffte es nicht.

Der Gleiter landete. Er hatte sie vom Flughafen der Insel hinauf zum Gipfel des Mount Lemur gebracht. Nun standen die drei Männer im gleißenden Sonnenlicht und sahen hinab in das Tal. Robotergruppen waren noch an der Arbeit, obwohl die Spuren der Katastrophe bereits beseitigt waren. Nichts erinnerte mehr an das Beben.

Ein Mann in weißer Uniform näherte sich ihnen. Bully kannte ihn nicht und sah ihm neugierig entgegen.

»Ihr Besuch wurde mir angekündigt«, sagte er, als er nahe genug herangekommen war. Dann stellte er sich vor: »Warendahl, Dr. Franz Warendahl, Bauingenieur. Ich war mit anderen Kollegen beauftragt, das Tal wieder in den alten Zustand zu versetzen.« Er zeigte in den weiten Kessel. »Sind Sie zufrieden, meine Herren?«

Bully stellte Tifflor und Deighton vor, dann meinte er:

»Sehr sogar, Dr. Warendahl. Hoffentlich ist die Arbeit nicht umsonst gewesen. Begleiten Sie uns auf einem kleinen Rundgang? Unsere Zeit ist knapp.«

»Gern, Staatsmarschall. Kommen Sie. Am besten nehmen wir den Raupenschlitten. Der rutscht über das Geröll wie über Glatteis.«

Sie nahmen in dem seltsam anzusehenden Gefährt Platz, und dann bediente Dr. Warendahl einige Kontrollen. Fast geräuschlos setzte sich der Schlitten in Bewegung und glitt über die unebene Fläche hinab ins Tal. Ein Luftkissen bügelte alle Hügel und Mulden aus, aber sonst berührten die Gummiraupen fast immer den Boden.

»Das ist der Platz, zu dem der Nullzeit-Deformator zurückkehren muß!« vergewisserte sich Tifflor und deutete zur Mitte des Talkessels. »Von dort ungefähr startete er.«

»Die genaue Position wurde neu vermessen. Sie stimmt«, versicherte der Ingenieur. »Aber bis jetzt ist nichts geschehen.«

»Niemand weiß, wie lange sie sich in der Vergangenheit aufhalten«, klärte Bully Dr. Warendahl auf. »Niemand hat eine Ahnung davon, ob die Zeitabläufe in Vergangenheit oder Gegenwart parallel verlaufen oder nicht. Niemand weiß, ob sich die Rückkehr automatisch im Zeitablauf einpendelt, falls es wirklich unterschiedliche Perioden im Ablauf gibt. Ich meine das so: Wenn für Rhodan und seine Gruppe in der Vergangenheit sechs Wochen vergehen, wird er dann auch in der Gegenwart erst sechs Wochen nach dem Start zurückkehren? Das ist doch die große Frage, auf die wir noch keine Antwort wissen.«

Dr. Warendahl schien sich fur dieses Thema außerordentlich zu interessieren.

»Es wäre also auch theoretisch möglich, daß Rhodan – sagen wir mal – zwei Jahre in der Vergangenheit zubringt, und trotzdem schon sechs Wochen nach dem Start hier in der Gegenwart auftaucht?«

Bully nickte und sah einem Steinbrocken nach, der seitwärts ins Tal rollte.

»Theoretisch ist es möglich, daß Rhodan zwanzig Jahre in der Vergangenheit zubringt – und eine Sekunde nach dem Start in die Gegenwart zurückkehrt. Aber wir wissen ja nun alle, daß solches nicht geschah. Hm, wenn Sie mich fragen, Dr. Warendahl, eine recht komplizierte Angelegenheit. Wir wissen noch immer zu wenig vom Wesen der Zeit, obwohl wir sie in einer Richtung bezwungen haben.«

»Bezwungen ist gut gesagt«, murmelte Deighton und sah in Richtung Talmitte. »Hoffen wir es zumindest.«

Sie näherten sich nun jenem Gelände, das beim Start des Nullzeit-Deformators abgesperrt gewesen war. Heute war von dieser Absperrung nichts zu bemerken. Lediglich genau an jener Stelle, an der die gewaltige Kuppel der Zeitmaschine damals gestanden hatte, war die Geröllhalde eingeebnet worden. Man hatte streng darauf geachtet, die genaue Höhe wiederherzustellen, denn wenn die Zeitmaschine in die Gegenwart zurückkehrte, würde sie an denselben Raum-Zeit-Koordinaten rematerialisieren, an denen sie die Reise begann. Das bedeutete, daß auch die Höhe über dem Meeresspiegel gleich sein würde. War also das Gelände nun zehn Meter tiefer als damals vor sechs Wochen, mußte die Maschine diese zehn Meter hinabstürzen, und das konnte die Katastrophe bedeuten.

»Stimmt auf den Zentimeter«, sagte Dr. Warendahl, der Bullys Gedanken zu erraten schien. »Wir haben das Gelände vermessen und keine Differenz gefunden. Wenn das Ding zurückkehrt, steht es bereits auf dem Boden.«

Bully nickte.

»Ja, *wenn* es zurückkehrt!«

Der Raupengleiter hielt an. Arbeitskommandos waren noch dabei, letzte Unebenheiten zu beseitigen. Es handelte sich ausschließlich um Roboter.

Tifflor fragte den Ingenieur:

»Warum Roboter? Hatten Sie nur Roboter eingesetzt?«

»Natürlich nicht, Sir, aber ich habe die Männer so schnell wie möglich abziehen lassen, um sie nicht zu gefährden. Sie wissen ja selbst am besten, was beim Verschwinden der Zeitmaschine geschah. Ich möchte das nicht wiederholt sehen. Wer weiß, was geschieht, wenn sie zurückkehrt. Vielleicht dasselbe . . .?«

»Wir wissen es nicht«, gab Bully zu und dachte an die wenigen Stunden, die ihm noch zur Verfügung standen. »Aber ich wäre froh, ich könnte es in den nächsten Minuten erfahren.«

Dr. Warendahl warf ihm einen forschenden Blick zu, dann kniff er die Augen zusammen.

»Gibt es etwa Hinweise, daß die Zeitmaschine bald zurückkehrt?«

»Natürlich nicht, Doktor, das wäre so gut wie unmöglich. Es gibt keine Nachrichtenverbindung zwischen Gegenwart und Vergangenheit. Aber es könnte doch sein, daß es passiert. Jeden Augenblick könnte es sein.«

»Ach, *so* meinen Sie das?« Dr. Warendahl schien enttäuscht und zugleich erleichtert. Ohne jeden Übergang sah er hinauf in den Himmel und bedeckte die Augen halb mit den Händen. »Verdammte Helligkeit!«

Bully fragte:

»Kommt es Ihnen heller als sonst vor, Doktor? Ich meine, ist es heißer geworden?«

»Heißer und heller, ohne Zweifel. So wie damals, als die Sonne verrückt spielte.«

Dr. Warendahl sah wieder hinüber zu den arbeitenden Robotern. Sie füllten herumliegende Gesteinsbrocken in Transportgleiter, die das Material in tiefer gelegene Gebiete brachten und dort ablagerten. Viel hatten sie nicht mehr zu tun.

»Ich werde sie nach Hause schicken«, entschloß sich Warendahl und holte das winzige Kommandogerät aus der Tasche. Er sprach einige Worte in das Mikrophon. Sofort stellten die Roboter ihre Tätigkeit ein, sammelten sich, stiegen in die Gleiter und entfernten sich in Richtung Küste. Das alles dauerte nur wenige Minuten.

Die vier Männer waren allein.

»Das wäre es dann wohl«, meinte Dr. Warendahl und blickte Bully erwartungsvoll an. »Mein Auftrag dürfte damit erledigt sein.«

»Zu meiner Zufriedenheit«, bestätigte Bully. »Wir werden uns hier noch ein wenig umsehen und dann nach Terrania zurückkehren. Ich nehme an, für Sie liegen auch neue Aufträge vor.«

»Kann mich kaum retten. Aber schließlich leben wir ja, um zu arbeiten.«

Bully schüttelte den Kopf und grinste.

»Nein, wir arbeiten, um leben zu können«, korrigierte er. »Wir wollen Sie nicht aufhalten, Doktor. Kehren Sie in Ihr Quartier zurück. Wir bleiben noch ein oder zwei Stunden.«

Dr. Warendahl kletterte aus dem Raupengleiter.

»Es war mir ein Vergnügen, Sie kennenzulernen, meine Herren. Ich sehe, da drüben ist ein Lastengleiter zurückgeblieben. Ich werde ihn nehmen und ins Küstengebiet fliegen. Sie können ja mit dem Ding da wohl umgehen?«

Mit dem »Ding« meinte er den Raupengleiter.

»Natürlich«, entgegnete Tifflor sarkastisch. »Das Ding läßt sich ebenso steuern, wie ein Schlachtschiff der Solarklasse. Keine Sorge, Dr. Warendahl, wir kommen schon damit zurecht.«

Warendahl kicherte belustigt und ging davon. Ein Mann, der seine Aufgabe erfüllt hatte. Ein Mann ohne weitere Probleme. Ein zufriedener Mann.

Was man von Bully nicht behaupten konnte. Ein Blick hinauf zur Sonne erinnerte ihn daran.

»Wir haben nur noch fünfzehn Stunden, um eine Entscheidung zu treffen. Geben wir nun nach oder nicht? Stellen wir den Cappins ein Schiff zur Verfügung, damit sie unser Sonnensystem verlassen können oder nicht? Verdammt, wenn ich nur wüßte, was richtig ist . . .!«

»Das weiß niemand vorher«, eröffnete ihm Galbraith Deighton und kletterte steifbeinig aus seinem Sitz. »Haben Sie etwas dagegen, wenn ich mir die Füße vertrete? Sieht einsam aus hier.«

»Laut Vorschrift darf auch niemand da sein.« Bully folgte ihm und sah zu der Talebene hinüber, die kaum zweihundert Meter entfernt war. »Weil es ja abermals zur Katastrophe kommen kann. Darum wünsche ich mir auch jetzt im Augenblick, daß der Deformator nicht kommt. Wenigstens nicht, solange wir hier stehen.«

»Ich glaube nicht an so blödsinnige Zufälle«, sagte Deighton und hob einen Stein auf. Er hielt ihn gegen die Sonne. »Wie alt mag er sein? Immerhin wissen wir, daß Mount Lemur schon vor zweihunderttausend Jahren existierte, wenn er auch heute nur noch die höchste Erhebung einer Insel ist. Damals gehörte er zum Festland, zu Lemuria.«

Bully betrachtete den dunklen Stein.

»Erkaltete Lava, würde ich sagen. Kann man das Alter schätzen? Er hat ja schon vorher als flüssige Lava existiert, also in anderer Form. Wird das mitgerechnet, Galbraith?«

Deighton warf den Stein fort.

»Knifflige Frage. Ich würde sagen: nein! Ich wollte nur wissen, wie alt so ein Stein werden kann.«

»Da hätten Sie Warendahl fragen sollen. Er ist nicht nur Ingenieur, sondern auch Geologe. Muß er ja sein, wenn er Gestein in der Gegend herumschleppen läßt. Warum wollten Sie das wissen?«

Deighton zuckte die Schultern und spazierte unschlüssig hin und her. »Nur so.«

Bully, der neben Tifflor ging, blieb plötzlich stehen. Er hatte nicht mehr auf Warendahl geachtet, der in seinen Frachtgleiter gestiegen und gestartet war. Der flache Flugkörper stieg langsam in die Höhe und wurde schneller. Es sah nach einer Abschiedsrunde aus, als er hoch über den Köpfen der Männer kreiste, aber dann verlor er wieder an Fahrt und kam schnell herunter. Warendahl lehnte sich hinaus, deutete immer wieder in die Mitte des Tals und schrie:

»Sehen Sie nur . . . Staatsmarschall, sehen Sie nur. Das Flimmern!«

Bully sah es jetzt auch. Über der eingeebneten Fläche in der Mitte des Tals war ein kaum merkliches Flimmern, so als stiege erhitzte Luft nach oben. Alle Gegenstände dahinter verzerrten sich, wurden scheinbar größer und undeutlicher. Das Flimmern wurde zusehends stärker.

Bully ahnte, was das war.

»In Deckung!« brüllte er und rannte davon. »Wir müssen in Dekkung! Sie kommen zurück – die Zeitexpedition!«

Deighton blieb stehen. In dieser Hinsicht war er stur.

»Nein!« sagte er laut und deutlich. »Es gibt keine solchen Zufälle! Es darf sie einfach nicht geben!«

»Gibt es aber!« brüllte nun auch Tifflor und packte seinen Arm. »Kommen Sie schon, Sie Narr! Bloß weil Sie nicht an Zufälle glauben, wollen Sie sterben?«

Das schien auch Deighton zu überzeugen. Er lief hinter Tifflor her, der sich hundert Meter weiter in eine flache Mulde warf. Bully lag bereits in einer anderen, zehn Meter entfernt. Nur Deighton suchte noch verzweifelt nach einer Deckungsmöglichkeit. Zum Glück stand da noch der Raupengleiter. Er kroch zwischen die Gummiraupen und atmete erleichtert auf, in erster Linie wohl, weil ihn in diesem Augenblick keiner seiner Offiziere sah. Es wäre zu peinlich gewesen. Dr. Warendahl hatte inzwischen seinen Gleiter wieder beschleunigt und war hinter den Talwänden verschwunden.

Das Flimmern hatte sich weiter verstärkt und war dichter geworden. Die Gegenstände dahinter waren nun nicht mehr erkennbar, denn das Flimmern nahm deutlichere Formen an.

Dann materialisierte der Nullzeit-Deformator.

Die schimmernde Kuppel entstand aus dem Flimmern. Bully konnte bemerken, daß sie genau auf dem Geröll materialisierte und keinen Zentimeter fiel.

Und erst dann wurde ihm klar, daß noch etwas anderes geschah – oder besser ausgedrückt: nicht geschah.

Es gab keine Komplikationen, kein Energiefeld mit Abpralleffekten, keine vernichtenden Hypersextaschwingungen, kein Beben, keine Katastrophe.

Der Nullzeit-Deformator kehrte zurück, das war alles.

Er stand vor ihm, fünfhundert Meter entfernt, mitten im Talkessel.

Rhodan und seine Begleiter hatten die Reise in die Vergangenheit beendet.

Sie waren in die Gegenwart zurückgekehrt.

12.

Atlan, der vor dem Bildschirm stand, atmete erleichtert auf.

»Es ist nicht zu fassen, aber da kommt Bully!« sagte er erstaunt. »Was macht der denn hier? Urlaub vielleicht?«

Rhodan zögerte, dann meinte er: »Wohl kaum. Aber wir werden es bald wissen. Bereite alles für das Verlassen des Deformators vor.« Er sah noch einmal auf den Bildschirm. »Ich finde, es ist verdammt hell da draußen. Mittagszeit, nehme ich an.«

»Du meinst, weil sonst niemand zu sehen ist?« Atlan nickte in Richtung eines anderen Schirms. »Das sind noch zwei Gestalten zu erkennen. Eine liegt unter einem kleinen Gleitfahrzeug, die andere hockt in der Mulde daneben. Öffnen wir den Ausstieg?«

»Ich sehe keinen Grund, die Heimkehr noch weiter hinauszuzögern. Die Vernichtung der Goldenen Spindel hat sich bezahlt gemacht. Wir werden bald die zweite Expedition vorbereiten können. Diesmal aber muß es klappen.«

»Wir werden dann in eine Zeit zurückkehren, in der die Spindel noch – oder wieder – existiert. Gibt das keine Widersprüche?«

Rhodan gab darauf keine Antwort. Er sah auf den Bildschirm.

»Wir wollen unsere Freunde nicht länger warten lassen.«

Bully war stehengeblieben.

Die Kuppel ragte vor ihm auf. Sie war noch fünfzig Meter von ihm entfernt. Es hatte keinen überraschenden Energiesturm und keine Schockwellen gegeben.

Alles war glatt verlaufen.

Als sich der Ausstieg öffnete, wußte er, daß auch weiterhin alles glatt verlaufen würde. Aber dann dachte er an die Sonne und an die Cappins. Das würde eine böse Überraschung für Rhodan sein, ein schlechter Empfang nach seiner Reise in die Vergangenheit. Und daß sie kein Erfolg gewesen war, verriet das Vorhandensein des Todessatelliten nur allzu deutlich. Wäre es Rhodan und seinen Leuten in der Vergangenheit gelungen, ihn zu vernichten oder sein Entstehen zu verhindern, würde es ihn nicht mehr in der Gegenwart geben.

Rhodan erschien neben Atlan im Ausstieg. Sie winkten Bully zu, der ihnen entgegenkam.

Noch bevor sie sich trafen und die Hände schüttelten, blieb Rhodan plötzlich stehen. Er sah hinauf in den Himmel und schloß geblendet die Augen. Dann erst folgte er Atlan, der Bully bereits begrüßt hatte.

»Mein Gott, Perry, bin ich froh! Ihr seid zurück!« rief der Staatsmarschall.

Rhodan drückte dem alten Freund die Hand.

»Ja, wir sind zurück, aber wir werden es noch einmal versuchen müssen. Eine lange Geschichte – doch das hat Zeit bis später. Du bist mit Deighton und Tiff allein hier?« In Rhodans Stimme war Befremden. »Was ist geschehen?«

Tifflor, der mit Deighton herbeigekommen war, zog einen Minikom aus der Tasche.

»Fast hätte ich vergessen, Warendahl zu verständigen. Er wird dafür sorgen, daß Transportmöglichkeiten herbeigebracht werden. Schließlich wollen wir ja nicht auf dem Berg übernachten.«

Rhodan hielt ihn durch eine Handbewegung zurück.

»Wir benötigen außerdem einen Hospitalgleiter mit ärztlichem Personal. Betonen Sie das extra, Julian.«

Bully starrte Rhodan erschrocken an.

»Jemand verletzt, Perry?«

»Dr. Claudia Chabrol, leider. Schädelbasisbruch, ein Unfall. Wenn Sie bald in ärztliche Pflege kommt, wird sie wieder gesund. Sonst alles in Ordnung bei uns.« Er sah Bully fragend an. »Und bei euch?«

Bully deutete hoch zum Himmel.

»Du hast es ja schon bemerkt, nicht wahr? Sie Sonne flammt wieder. Sie droht eine Nova zu werden – und das haben wir den Cappins zu verdanken. Sie haben uns ein Ultimatum gestellt.« Er zog das Papier aus der Tasche, auf dem der Text der Botschaft geschrieben stand. »Soll ich vorlesen?«

Rhodan nahm ihm das Blatt aus der Hand.

»Danke, nicht nötig. Seid bitte so gut, und kümmert euch um die anderen. Atlan, sage ihnen, sie sollen den Deformator verlassen. Julian, wie lange dauert es, bis Warendahl hier sein kann?«

»Höchstens zehn Minuten.«

»Gut, Bully, kommt mit. Lesen wir das hier einmal gemeinsam durch.«

»Wir haben noch zehn Stunden Zeit, uns zu entscheiden.«

»Es dauert nur zehn Minuten«, antwortete Rhodan kurz.

Sie gingen ein Stück auf den Talrand zu. Es gab hier keinen Schatten und es war wärmer, als es zu dieser Tageszeit hätte sein dürfen. Rhodan setzte sich auf einen Stein, den die Roboter übersehen hatten. Bully blieb stehen. Er stand so, daß Rhodan in seinem Schatten saß und lesen konnte.

Die Cappins forderten ihre sofortige Freilassung und zu diesem Zweck ein Raumschiff der terranischen Flotte. Es sollte groß genug sein, um alle achttausend Cappins aufzunehmen. Mit diesem terranischen Schiff wünschten sie in die Realzeit zurückgebracht zu werden. Und zwar zu einem Punkt der Galaxis, der noch bekanntgegeben würde, wenn es soweit war. Falls die Terraner auf das Ultimatum nicht eingehen sollten, so würden die Cappins es vorziehen, die endgültige Katastrophe einzuleiten. Die Sonne würde zur Nova, und das ganze Sonnensystem würde vernichtet. Lieber starben die Cappins, als daß sie Gefangene bleiben würden.

»Sie haben auch Bildmaterial geschickt«, sagte Bully, als Rhodan einen Moment pausierte. »Der Mann, der darauf zu erkennen ist, nennt sich Lecufe. Er scheint der Chef der Cappins zu sein. Er wiederholt praktisch nur das, was du jetzt liest. Aber sein Tonfall klingt entschlossen und bestimmt. Ich bin überzeugt, daß er es ernst meint, sehr ernst sogar.«

»Ich stimme dir bei«, gab Rhodan zu. Sein Gesicht war steinern. »Und ob sie es ernst meinen! Um uns das zu zeigen, haben sie die Sonnenmotoren bereits anlaufen lassen. Ein Beweis, daß sie die Technik des Sonnensatelliten beherrschen. Ich fürchte, wir werden ihnen den Gefallen tun müssen. Allerdings: eine Sicherheit haben wir nicht. Wir gehen ein Risiko ein. Es könnte ein Trick sein.«

»Lies mal weiter«, bat Bully.

Rhodan las weiter.

Lecufe erwähnte noch, daß die Experimentierstation, von der sie gekommen waren, wahrscheinlich endgültig verloren sei. Sie hätten somit keine Möglichkeit, nach dort zurückzukehren. Mit einem Schiff der Terraner jedoch bestünde die Möglichkeit zu dem eigenen Volk in der Realzeit zurückzukehren. Weiter bedauerte er das Vorhandensein des Todessatelliten, der eine ewige Gefahr für die Menschheit bedeute, aber er sei für dessen Bau nicht verantwortlich. Niemand, der in der Gegenwart lebe, sei das. Alle achttausend Cappins nicht, die nur durch einen Zufall hierher verschlagen worden seien. Und dann betonte er noch einmal, daß sie einen Freitod der Gefangenschaft und Ungewißheit vorziehen würden.

»Das klingt logisch«, murmelte Rhodan und hielt den Zettel mit dem Text des Ultimatums unschlüssig in der Hand. »Ich würde an ihrer Stelle nicht anders handeln.« Er stand auf. Drüben beim Nullzeitdeformator landeten erste Transportgleiter. Menschen stiegen aus und begrüßten die Zurückgekehrten. Die Bahre mit der verletzten Ärztin wurde herausgebracht und verladen. »Atlan wird sich um den Abtransport kümmern und uns dann folgen. Los, Bully, wir haben keine Zeit mehr zu verlieren. Wir fliegen nach Terrania. Die Entscheidung muß in drei oder vier Stunden gefallen sein. Deighton und Tifflor begleiten uns.«

Sie trafen Alaska Saedelaere und Lord Zwiebus, nachdem sie Atlan unterrichtet hatten. Der Transmittergeschädigte schüttelte den Kopf, als er die Botschaft gelesen hatte.

»Das entspricht haargenau ihrer Mentalität, kein Zweifel. Dieser Lecufe meint, was er sagt. Wir haben keine andere Wahl, als ihm das Schiff zur Verfügung zu stellen.«

»Das befürchte ich auch.« Rhodan deutete zu den Gleitern hinüber. »Wir fliegen voraus, Alaska. Folgt uns, sobald ihr hier fertig seid. Und verliert keine Zeit. Jede Sekunde ist kostbar.« Er zeigte hinauf zum Himmel. »Die Sonne – seht ihr sie? Nichts kann die Cappins daran hindern, sie in einen flammenden Stern zu verwandeln, der unser ganzes System verschlingt. Sie haben uns in der Hand und das Schlimmste ist: Sie handeln logisch, richtig und gerechtfertigt.«

Ohne weiteren Kommentar ging Rhodan zu dem von Bully bezeichneten Gleiter und stieg ein. Er würde ihn, Bully und Tifflor zu dem wartenden Stratoliner im Tal bringen.

Unterwegs berichtete Perry Rhodan über die Zeitexpedition . . .

Am 1. August 3433 waren Rhodan und seine 22 Begleiter unter den bekannten Umständen von Viti Levu aus in die Vergangenheit aufgebrochen, doch sie hatten ihr Ziel nie erreicht.

Der Nullzeit-Deformator war von unbekannten Kräften auf der Reise den Zeitstrom entlang abgefangen und zurückgeschleudert worden. Er hatte unkontrolliert in der Zeit zu pendeln begonnen und schließlich im Jahr 49.988 v. Chr. stabilisiert werden können. Nach kurzem Aufenthalt in dieser Zeit waren die Reisenden erneut aufgebrochen, um nach der Sperre zu suchen, die sie bei etwa sechzigtausend Jahren vor ihrer Realzeit vermuteten. Als sich der NZD abermals stabilisierte, zeigten die Bordchronometer den 5. August 3433 Realzeit an, während »draußen« das Jahr 51.988 v. Chr. war. Nicht nur der Weg tiefer in die Vergangenheit war jetzt blockiert, sondern auch der Weg zurück in die Gegenwart.

Die Lemurer, bekanntlich die erste menschliche Hochkultur der Erde und die Vorfahren der humanoiden Völker der Milchstraße, befanden sich zu dieser Zeit kulturell und zivilisatorisch etwa auf dem Stand des beginnenden 19. Jahrhunderts ihrer Nachfolger, der Terraner. Zu Rhodans Entsetzen wurde diese Kultur durch verschiedene Arten von zum Teil monströsen Lebensformen in ihrer Existenz bedroht, die man später als Fabelwesen in den Mythen der irdischen Völker wiederfinden konnte – Zentauren, Zyklopen, riesenhafte Pseudo-Neandertaler und wasserbewohnende Argazaten. Man prägte für sie den Sammelbegriff »Präbios«, während sie von den Lemurern als »Konos« bezeichnet wurden. Die Präbios verfügten über überlegene Waffen, und bis zur endgültigen Niederlage der Lemurer konnte es nur eine Frage der Zeit sein. Für Perry Rhodan war es selbstverständlich, in den ungleichen Kampf einzugreifen, um einen Untergang der lemurischen Zivilisation zu verhindern – der höchstwahrscheinlich gleichbedeutend mit der eigenen Nichtexistenz gewesen wäre.

In dieser Situation wurde von Atlan und dem SolAb-Spezialisten Joaquin Manuel Cascal bei einem Aufklärungsflug auf dem irdischen Mond ein leuchtendes Objekt entdeckt, das wie eine dreißig Meter lange Miniaturausgabe des cappinschen Sonnensatelliten aussah und sich als sogenannter Zeitläufer der Cappins herausstellte: Ihm war es zu verdanken, daß die Zeitexpedition ihr Ziel nicht hatte erreichen können und jetzt festsaß. Doch die Spindel verschwand, noch bevor Atlan und Cascal etwas gegen sie ausrichten konnten.

Nach der Rückkehr nach Lemuria wurde Atlans Space-Jet zerstört, und ein Feld legte alle auf fünf- und sechsdimensionaler Energiebasis arbeitenden Geräte lahm.

Eine Hilfsexpedition mit Shifts und Kampfrobotern mußte sich immer wieder der Präbios erwehren, bis sie unter Perry Rhodans Führung die lemurische Festungsstadt Olegaris erreichte. Dort erfuhr Rhodan, daß der Zeitläufer von den Lemurern auch auf der Erde beobachtet worden war. Sie bezeichneten ihn als »Goldene Spindel«.

Für die Zeitreisenden stand somit fest, daß nur eine Zerstörung des Zeitläufers den Weg in die weitere Vergangenheit für sie freimachen konnte. Mit einem lemurischen Scout brachen sie zum geheimnisvollen Land Thoronis auf, in dem die Spindel gesehen wurde und sich eine Robotstation der Cappins befinden sollte. Erst nach langen und harten Kämpfen gegen Präbios und eine wilde, heftige Natur gelang es dem Paladin III, in die Station einzudringen und ihren HÜ-Schirm zu beseitigen. In ihrem Innern wurde die Goldene Spindel entdeckt, die bald darauf abermals verschwand.

Die Robotstation wurde gesprengt, und im gleichen Moment begannen die Aggregate des Nullzeit-Deformators wieder zu arbeiten. Rhodan und seine Begleiter kehrten zu der Maschine zurück, nicht ohne den Lemurern vorher wertvolle technische Hilfsmittel und Informationen zu überlassen, mit denen sie ihre Existenz sichern sollten.

Ihr Ziel war jetzt zunächst einmal – der Bordkalender zeigte bereits den 8. Oktober 3433 an – die Rückkehr in ihre Realzeit. Doch bevor es zum Start des NZD kommen konnte, ereignete sich ein weiterer Zwischenfall, in dessen Folge die cappinsche Zuchtstation für die Präbios entdeckt wurde. Es handelte sich um zweihundert blaue Türme, jeder davon achthundert Meter hoch, die in einer Sextadimstrahlung einen biologischen Impuls emittierten. Dieser Impuls hob die Unfruchtbarkeit auf, die den Präbios ursprünglich angezüchtet worden war. Diese »Biopulsaktivierung« wurde durch die Sprengung der Türme beseitigt.

Und nun schien erstmals so etwas sie ein System in dem verwirrenden Bild zu erkennen zu sein, das die Zeitreisenden hier angetroffen hatten. Die Wissenschaftler entwickelten eine These, wonach die Präbios von den Cappins nur geschaffen worden waren, um als ständige Bedrohung die zivilisatorische Entwicklung der Lemurer voranzutreiben. Weshalb und was die Cappins damit wirklich verfolgten, das konnte noch niemand beantworten. Fest stand aber nun, daß eine Fehlschaltung der

Zuchtstation zu einer nicht gewollten und unkontrollierten Massenvermehrung der Präbios geführt hatte – und damit fast zur Auslöschung der Lemurer.

Durch die Vernichtung der gesamten Anlage war nun die Ära der Präbios auf der Erde abrupt beendet worden. Nur wenige Exemplare, die trotz des Ausfalls der Biopulsstrahlung fruchtbar blieben, überlebten und wurden von den Lemurern in speziellen Reservaten gehalten. Ihre Nachkommen retteten sich später nach der Zerstörung Lemurias durch die Haluter noch über Jahrtausende hinweg, und Zentauren und Zyklopen wurden zu den Sagengestalten der Zweiten Menschheit, während sich aus den überlebenden, in die Primitivität zurückgefallenen Lemurern die Cro-Magnon-Menschen entwickelten.

Und mit diesen Erfahrungen und Erkenntnissen kehrten die Zeitreisenden am 15. Oktober in ihre Realzeit zurück – fest entschlossen, nach ausreichender Vorbereitung einen neuen Vorstoß in die Vergangenheit zu unternehmen, wo es hoffentlich keine Goldene Spindel mehr gab, die sie aufhielt.

Unzählige Fragen warteten noch auf ihre Beantwortung. Es gab mehr Rätsel als vor der gescheiterten ersten Expedition. Was hatten die Cappins ursprünglich, also vor 200.000 Jahren, auf der Erde gewollt? Man hatte sozusagen ihr Erbe kennengelernt und verhindern können, daß ihre Zuchtgeschöpfe die lemurische Zivilisation auslöschten. Aber man war keinem Cappin begegnet, der Auskunft darüber hätte geben können, was die früheren Experimente mit Urmenschen der Erde und die andauernde Beeinflussung der Entwicklung der Lemurer bezweckt hatten. Es hatte nur noch ihre Anlagen gegeben, aber keinen derjenigen, die 150.000 Jahre zuvor auf die Erde gekommen waren, und auch keinen ihrer Nachkommen.

Und von Lecufe und seinen Freunden war bestimmt nichts zu diesem Thema zu erfahren.

13.

Am 16. Oktober fand in Terrania die dritte Konferenz statt. An ihr nahmen alle leitenden Persönlichkeiten des Solaren Imperiums teil, auch die mit der Zeitmaschine zurückgekehrten.

Rhodan erläuterte die ersten Maßnahmen, die getroffen wurden. »Die auf Merkur eintreffende Hitzestrahlung wurde inzwischen so stark, daß wir uns dazu entschließen mußten, den Paratronschirm wieder einzuschalten. Damit wäre die akuteste Gefahr beseitigt. Auf keinen Fall darf es geschehen, daß die Temporalschleuse gefährdet wird. Es wäre genauso schlimm, fielen die wichtigsten Aggregate wie Hauptgezeitenwandler und Hypertronzapfer aus. Um den Cappins ein Zeichen zu geben, ohne direkte Verbindung mit ihnen aufnehmen zu müssen, habe ich angeordnet, daß die Pendelbewegung des Systems sofort eingestellt wird. Das bedeutet, daß unser Sonnensystem ab sofort wieder fünf Minuten in der Zukunft steht. Damit ist ihnen zwar nicht gedient, aber sie sehen, daß wir reagieren. Sie werden auf eine Antwort warten, das ist verständlich, und ich bin bereit, sie ihnen zu geben. Wir werden auf ihre Wünsche eingehen.«

»Ich glaube den Cappins jedes Wort«, stellte Atlan fest, der das Ultimatum gründlich studiert hatte. »Sie bluffen nicht.«

»Nein, das tun sie nicht. In ihrem Satelliten wird sich die neuerliche Sonnenaktivität bereits auswirken. Sicher, er wird durch den Schutzschirm ausgezeichnet isoliert, aber ich nehme an, Schockwellen und Strahlungsschauer wirken mit der Zeit doch auf ihn ein. Ich bin brennend daran interessiert, direkten Kontakt mit den Cappins aufzunehmen, ehe ich ihnen das verlangte Schiff ausliefere. Wir werden uns nach Merkur begeben und von dort aus die Verhandlungen einleiten. Inzwischen sollte hier in Terrania das geeignete Transportschiff vorbereitet werden. Ich schlage einer Flottentender vom Typ DINOSAURIER vor.«

»Und die Absicherung?« erkundigte sich Galbraith Deighton.

»Über die sprechen wir noch auf dem Merkur. Ich werde veranlassen, daß wir dort mit unseren Mathelogikern und Wissenschaftlern zusammentreffen. Es ist selbstverständlich, daß wir entsprechende

Vorkehrungen treffen, bevor wir das Schiff aushändigen. Ich möchte von Ihnen jetzt und hier nur Ihre Zustimmung haben, daß wir den Cappins helfen wollen. Denn nur dann, wenn wir Ihnen helfen, helfen wir auch uns.«

»Sie dürfen nicht sterben, denn sie sind unschuldig!« sagte Gucky, der zwischen Ras Tschubai und Fellmer Lloyd saß.

Rhodan nickte ihm zu. »Du hast völlig recht, Kleiner, aber du darfst nicht vergessen, daß auch wir einige Garantien benötigen. Im Prinzip bin auch ich dafür, die Angelegenheit mit den Cappins zu bereinigen, bevor wir die zweite Expedition in die Vergangenheit starten. Die Gegenwart muß stimmen, ehe wir uns um die Vergangenheit kümmern. Noch Fragen?«

»Genug«, murmelte Atlan. »Aber es wird besser sein, wir erörtern sie auf dem Merkur, wenn die Wissenschaftler dabei sind.«

»Einverstanden.«

Das Spezialschiff SUN DRAGON war auf der Kugelzelle eines Imperium-Schlachtschiffes aufgebaut worden. Es besaß somit einen Durchmesser von anderthalb Kilometern. An Bord dieses Schiffes gab es nichts mehr, was an das ehemalige Schlachtschiff erinnert hätte. Eine Transformkanone war auf der oberen Polkugel geblieben; das war alles. Es gab keine Kalupkonverter mehr, denn die SUN DRAGON war zur Erforschung der Sonnenchromosphäre und zum Eindringen in dieselbe bestimmt. Ebenso fehlten die Mannschaftsquartiere und die riesigen Magazine für Fernflüge. Die so freigewordenen Hohlräume bildeten nun ein gigantisches Kraftwerk mit ungeheuren Leistungen. Sie konnten einen doppelt gestaffelten Hochenergie-Überladungsschirm aufbauen, dazu einen Paratronenschirm, mit dem man es durchaus wagen konnte, in die oberen Schichten der solaren Korona einzutauchen.

Der Terkonitstahlpanzer der Hülle war um fünfzig Prozent verstärkt worden. Im Grunde war die SUN DRAGON nichts anderes als eine fliegende Energiestation mit einer Einsatzbesatzung von dreihundert Technikern und Wissenschaftlern. Die erneute Besprechung fand an Bord dieses Schiffes statt.

Atlan überbrachte die letzten Neuigkeiten. »Die Sonne flammt stärker, damit scheint klar zu sein, daß die Cappins ihrem Ultimatum noch mehr Nachdruck verleihen wollen. Vom Empfangstransmitter auf der Gezeitenschwelle kommen beunruhigende Nachrichten. Die eintreffenden Container vom Handelsplaneten Olymp haben Schwierigkeiten, die Zeitschwelle zu passieren. Die Temporalschleuse schwankt. Wir dürfen annehmen, daß diese Schwankungen durch Spitzenstöße verursacht werden. Die Energieversorgung wird dadurch unregelmäßig, daher die Schwankungen. Damit wird der Nachschub und der gesamte Frachtverkehr mit außersolaren Welten gefährdet. Das muß verhindert werden.«

An Bord der SUN DRAGON war die Einsatzbesatzung inzwischen eingetroffen. Die wichtigsten Wissenschaftler waren zu der Besprechung hinzugezogen worden.

Rhodan sagte:

»Ein Zeichen dafür, daß der Sonnenprozeß diesmal schneller anläuft als das erstemal. Lecufe sieht sich in einer verzweifelten Lage. Er will uns zur Eile antreiben, das ist verständlich. Bis heute hat er keine positive Nachricht von uns erhalten, und er muß annehmen, wir ignorieren seine Forderungen. Das jedoch ist nicht der Fall. Ich bin entschlossen, den Cappins das Schiff nun endgültig zur Verfügung zu stellen, allerdings unter gewissen Vorsichtsmaßnahmen. Ich habe mit Experten gesprochen. Wir werden alles tun, um ein Einsickern der Cappins in die Menschheit zu verhindern. Dazu gehört in erster Linie, daß sich an Bord des Flottentenders kein menschliches Wesen aufhalten darf. Die Besatzung wird aus Robotern bestehen.«

»Ein ausgezeichneter Gedanke«, stimmte Atlan sofort zu. »Damit wäre eine große Gefahr gebannt.«

»Nicht ganz, Atlan. Es könnte den Cappins trotzdem noch möglich sein, vom Flottentender aus Menschen anzupeilen und zu transferieren. Aber es dürfte ihnen schwerer fallen, als wären sie mit ihnen an Bord desselben Schiffes. Ganz sicher können wir niemals sein, daß sie ihr Versprechen halten.«

»Wir müssen ihnen vertrauen«, warf Gucky ein.

Rhodan betrachtete ihn nachdenklich.

»Das sagst du so einfach, als wäre das kein Problem. Wie sollen wir jemand vertrauen, der uns ein solches Ultimatum stellt?«

»Sie haben keine andere Wahl. Würdest du ihnen ein Schiff geben, wenn sie uns nicht vor die Entscheidung gestellt hätten?«

»Wahrscheinlich nicht«, gab Rhodan zu.

Gucky nickte befriedigt. Galbraith Deighton meldete sich zu Wort.

»Ich bestehe darauf, daß die Cappins, sobald sie im Flottentender sind, im Ungewissen gelassenen werden, wo das Sonnensystem zu finden ist. Sie werden das Sonnensystem durch die Zeitschleuse verlassen, nehme ich an. Sobald das geschehen ist, muß der Tender Fahrt aufnehmen, und zwar sofort mit Überlicht. Soviel ich weiß, besitzt er ein Dimetranstriebwerk, ist also in der Lage, eine Entfernung von Galaxis zu Galaxis zurückzulegen. Es bestünde dann keine Gefahr mehr, daß sie das Sonnensystem wiederfinden.«

»Sie haben es schon einmal gefunden, wenn auch durch Zufall.«

»Sie sagen es, Perry, durch Zufall. Das wird nicht noch einmal geschehen, zumindest wäre es sehr unwahrscheinlich.«

»Also in eine andere Galaxis«, sagte Rhodan und nickte zustimmend. »Das wäre die einzige Möglichkeit. Der Flottentender ist damit verloren, aber das müssen wir wohl in Kauf nehmen. Ein billiger Preis für unser aller Leben.«

Ein Techniker meldete sich. »Sir, die Robotbesatzung wurde bereits zusammengestellt und programmiert. Es fehlen lediglich noch die Daten und Koordinaten für die Navigationsautomatik. Es wird sich kein Mensch an Bord des Tenders befinden, was auch nicht notwendig ist.«

»Ist dafür Sorge getragen worden, daß die Cappins die Roboter nicht umprogrammieren können?«

»Dafür wurde gesorgt, Sir. Es ist unmöglich.«

»Gut. Wo ist der Tender?«

»Unterwegs zur Hundertsonnenwelt der Posbis. Neue Plasmamassen wurden notwendig, um das biopositronische Steuergehirn auszurüsten. Er kann in wenigen Tagen zurück sein.«

»Wir haben nicht mehr viel Zeit«, warf Atlan besorgt ein.

»Dann nehmen wir eben schon vorher Verbindung zu den Cappins auf und unterrichten sie davon, daß wir ihren Vorschlag annehmen.« Rhodan wartete vergeblich auf einen Einwand. Es kam keiner. »Sie werden Verständnis dafür haben müssen, daß wir gewisse Vorbereitungen treffen müssen.«

»Hoffentlich«, meinte Atlan.

»Doch, das werden sie«, behauptete Rhodan zuversichtlich. »Ich rechne mit ihrer Vernunft und Logik. Es geht um ihr Leben. Es geht aber auch um das unsere. Eine verzwickte Situation für beide Teile. Das wissen sie so gut wie wir.«

Er sah seine Vertrauten und die Wissenschaftler an, aber niemand schien mehr eine Frage zu haben. »Gut, dann werde ich Ihnen sagen, was als nächstes geschieht. Ich werde mit der SUN DRAGON zu den Cappins fliegen und sie von unseren Absichten unterrichten. Gleichzeitig werde ich um eine Verlängerung des Ultimatums bitten, bis der präparierte Flottentender eintrifft.«

Deighton hatte Bedenken:
»Und wenn die Cappins die Gelegenheit benutzen, eine Pedopeilung vorzunehmen?«
Rhodan sagte einfach:
»Dann wissen wir, daß sie es nicht ehrlich meinen . . .«

»Bald ist die Frist verstrichen«, sagte Marays. Sie saßen wieder in der Beobachtungsstation. Die Bildschirme, die normalerweise die Sonnenoberfläche zeigten, waren abgeschaltet worden. Niemand wollte sehen, was dort geschah. Alle anderen Schirme jedoch waren in Betrieb. »Noch haben wir keine direkte Antwort erhalten.«
»Sie wird rechtzeitig eintreffen«, hoffte Lecufe. »Auf keinen Fall sind die Terraner so dumm, freiwillig ihr System und ihre Existenz zu opfern – für nichts.«
»Sie haben Optimismus«, meinte Carscin.
»Es ist nur logisches Denken, Carscin, glauben Sie mir das. Ich gebe zu, die Verhältnisse werden nahezu unerträglich. Selbst die starken Schirme halten den unaufhörlichen Strahlenschauern nicht mehr lange stand, dann brechen sie zusammen. Wir werden vor dem Sonnensystem sterben. Wir werden also nicht mehr erleben, wie wir gerächt werden.«
Marays beugte sich ein wenig vor.
»Und was ist, wenn die Terraner sich das ebenfalls ausgerechnet haben? Wenn sie nur darauf warten, bis wir erledigt sind, um dann Gegenmaßnahmen zu ergreifen?«
»Welche, Marays?«
Der Techniker zögerte.
»Das weiß ich auch nicht«, gab er schließlich zu.
Aus dem Innern des Todessatelliten kam eine Meldung. Sie besagte, daß sich die Einheiten der Terraner aus dem Bewachungsgebiet zurückzögen. Damit wurde klar, daß die Blockade geschwächt wurde. Lecufe vergewisserte sich mit Hilfe der Bildschirme davon, daß die Meldung den Tatsachen entsprach.
Die Blockade bekam Löcher.
»Es könnte eine Falle sein«, warnte Carscin mißtrauisch.
»Es könnte aber auch eine positive Antwort sein«, vermutete Lecufe optimistischer.
»Vielleicht werden wir es bald erfahren«, hoffte Marays.

Schweigsam geworden, beobachteten sie die Bildschirme. Da die Vergrößerung eingeschaltet war, konnte man mit ihnen größere Entfernungen überbrücken, denn die Beobachtungssatelliten umkreisten die Station in riesigen Abständen, alle eingehüllt in spezielle Energiefelder, damit sie von der Sonnenstrahlung nicht zerstört wurden.

Die terranischen Schiffe zogen sich einwandfrei zurück.

Und dann erschien die SUN DRAGON auf einem Bildschirm.

Sie stoppte die Fahrt und stand abwartend in einer Entfernung, eingehüllt in einen schützenden Paratronschirm.

Lecufe deutete darauf.

»Die Antwort«, sagte er nur. »Bald werden wir wissen, ob wir leben dürfen oder sterben müssen.«

Als der Todessatellit in Sicht kam, stoppte die SUN DRAGON ihre Fahrt.

In der Kommandozentrale studierte Rhodan auf dem großen Panoramaschirm den Eindruck, der von den Außenkameras übermittelt wurde.

Der spindelförmige Satellit umkreiste mit unveränderter Geschwindigkeit den Kern der Sonne. Die Energiefelder schützten ihn. Trotzdem mußte es Störungen in der mechanischen Funktion geben, denn selbst stärkste Energieschutzfelder konnten die gewaltigen Strahlenschauer nicht restlos absorbieren.

Rhodan wußte, daß er ein Risiko eingegangen war, als er den Blockadeeinheiten den Befehl gab, sich zurückzuziehen. Nun hatten die Cappins durchaus eine neue Gelegenheit, mit einem eigenen Schiff auszubrechen. Auf der anderen Seite mußten sie sein Erscheinen als den Beginn einer positiven Antwort werten. Auf ihre Reaktion kam es nun an, wie sie sich weiterhin verhalten würden und ob sie es ehrlich meinten.

Das war der Grund, warum Rhodan wartete.

Die Paratronschirme würden bald nicht mehr in der Lage sein, der ungeheuerlichen Beanspruchung standzuhalten.

Gucky und die beiden Mutanten waren nicht in der Kommandozentrale.

Rhodan vermutete, daß sie sich in der kleinen Techniker-Messe aufhielten und auf ihren Einsatz warteten, der mit großer Wahrscheinlichkeit notwendig sein würde. Gucky hatte sich von der Idee nicht besonders begeistert gezeigt, aber schließlich doch zugestimmt. Einzelheiten standen allerdings noch nicht fest. Es kam darauf an, wie die Cappins auf das Erscheinen der SUN DRAGON reagierten.

Atlan hingegen war anwesend, ebenso Galbraith Deighton und Julian Tifflor. Bully war nach Terrania zurückgekehrt, um sich der überall auf der Erde ausbreitenden Unruhen anzunehmen.

Diese Unruhen bereiteten auch Atlan Kummer.

»Es gibt eine Menge Leute«, sagte er zu Rhodan, als dieser sich in einen Sessel gesetzt hatte und die Bildschirme scheinbar vergaß, »die inzwischen die Initiative ergriffen haben. Ich habe mir da einige Meldungen durchgesehen, die vom Oberkommando der Flotte stammen. Julian war zum Glück so klug, keine Gegenmaßnahmen zu ergreifen. In Australien hat die Belegschaft einer Fabrik für Kunststoffe die Arbeit niedergelegt, weil ihrer Meinung nach die Öffentlichkeit zu wenig über die wahren Hintergründe der neu aktivierten Sonnentätigkeit unterrichtet wird. In einem anderen Kontinent startete eine Gruppe ehemaliger Prospektoren mit alten, kleinen Schiffen zum Pluto. Sie haben vor, dort den Zusammenbruch des Zeitfeldes abzuwarten, um dann zu einem anderen Sonnensystem zu fliegen. Julian gab Befehl, den Pulk passieren zu lassen. Er landete inzwischen auf Pluto.«

»Recht haben sie«, murmelte Rhodan unbeeindruckt.

»In Afrika kam es zu einer regelrechten Meuterei. Ganze Industrieanlagen wurden lahmgelegt. Sagst du da auch noch, daß sie recht haben?«

»Kommt darauf an, welche Argumente sie anführen, Atlan. Die Motive sind ganz wichtig, nicht das, was getan wird.«

Atlan zuckte mit den Schultern.

»Auch ein Standpunkt«, gab er zu.

Rhodan nickte.

»Der beste, meiner Meinung nach. Das Motiv umhüllt den Charakter des Menschen. Was er tut, entspricht lediglich seinen Möglichkeiten.«

»Nun gut, Perry, das ist ein Standpunkt. Es könnte mehrere geben.«

»Die gibt es immer.« Rhodan öffnete die Augen und warf einen Blick zum Panoramaschirm. Unverändert stand die Station der Cappins. »Wäre das nicht so, wären wir zur Stagnation verurteilt. Aber wir haben keine Zeit zu philosophieren. Überlegen wir lieber, was wir tun werden, wenn die Cappins nicht auf unser Erscheinen reagieren.«

»Dann reagieren wir auch nicht.«

Rhodan schüttelte den Kopf.

»Da bin ich nicht deiner Meinung, Atlan. Sie sind eindeutig im Vorteil. Sie haben alle Trümpfe in der Hand, denn sie setzen ihre Existenz ein. Gibt es einen größeren Trumpf?«

Atlan gab keine Antwort. Er blickte plötzlich gespannt auf den Panoramaschirm. Rhodan bemerkte den Blick und folgte ihm.

Vom Todessatelliten her kam ein winziger, blinkender Gegenstand, eine Sonde. In der Vergrößerung war sie deutlich zu erkennen. Sie war in ein winziges Sextadimfeld eingehüllt und sah genauso aus wie jene Sonde, die das Ultimatum überbracht hatte.

»Sie haben reagiert!« rief Atlan aus und erhob sich, um näher an den Panoramaschirm herangehen zu können. »Eine Sonde. Wir müssen die Funkstation verständigen.«

»Schon geschehen«, beruhigte ihn der Kommandant der SUN DRAGON. »Wir erhalten alle Meldungen von jetzt an direkt.«

Rhodan war sitzen geblieben.

»Funkimpulse?«

»Werden empfangen, Sir. Die Translatoren arbeiten bereits an der Übersetzung. Wir werden den Text der Botschaft in wenigen Sekunden erhalten.«

»Wenn das nur keine Falle ist!« sagte Galbraith Deighton.

Atlan warf ihm einen mißbilligenden Blick zu und setzte sich wieder neben Rhodan. Er enthielt sich jeder Äußerung.

Die Sekunden wurden zu Ewigkeiten.

Endlich kam die Stimme des leitenden Offiziers aus der Funkzentrale.

»Die Übersetzung der Botschaft an Kommandozentrale. Der Text der aufgefangenen Meldung lautet: Wir warten auf Ihre Antwort. Sprechen Sie den Originaltext auf normaler Terra-Frequenz. Wir holen die Sonde dann zurück und hören sie ab. Gedulden Sie sich dann ein wenig. Wir werden Ihnen dann unsere Entscheidung zurücksenden, und zwar auf dem gleichen Weg, Ende. Lecufe.«

»Kurz aber bündig«, kommentierte Rhodan verblüfft. »Aber gut. Wir werden ihnen unsere Bedingungen vorlegen und auf die Antwort warten.« Er wandte sich an den Kommandanten. »Stellen Sie über die Funkzentrale eine Direktverbindung zu der Sonde her. Ich werde meine Meldung direkt an sie geben. Über Translator, damit ersparen wir den Cappins die Arbeit der Übersetzung. Geben Sie Bescheid, wann es soweit ist.«

Während der Kommandant seine Anweisungen gab, machte Rhodan sich Notizen. Er wollte seine Bedingungen so knapp und klar wie möglich formulieren. Es dauerte keine zwei Minuten, da leuchtete das grüne Licht auf.

Der Sender war bereit.

Rhodan stand auf und setzte sich in den freien Sessel neben dem Kommandanten. Vor ihm war das Mikrophon.

Er wartete noch einige Sekunden, dann sagte er:

»Hier spricht Perry Rhodan, Großadministrator des Solaren Imperiums. Botschaft an Lecufe, Sprecher der Cappins. Wir haben Ihr Ultimatum erhalten und zur Kenntnis genommen. Grundsätzlich verstehen wir Ihren Standpunkt und sind mit Ihren Forderungen einverstanden. Wir werden Ihnen ein Transportschiff zur Verfügung stellen und Sie aus diesem Sonnensystem hinausbringen. Zu unserer eigenen Sicherheit wird die Besatzung des Transporters, der Platz für Sie alle bietet, aus programmierten Robotern bestehen, die Sie nicht beeinflussen können. Das Schiff wird Sie in eine andere Galaxis bringen, deren Bezeichnung wir Ihnen jedoch nicht bekanntgeben. Sie werden sich somit in einer unbekannten Umgebung wiederfinden und den Weg in unser eigenes System zurück niemals durch Rekonstruktion des Fluges finden. Das sind zwei Sicherheitsmaßnahmen, für die wir um Verständnis bitten. Selbstverständlich werden Sie damit auch in die reale Gegenwart zurückkehren und so Gelegenheit erhalten, Verbindung zu Ihrem Volk aufzunehmen. Auf der anderen Seite bestehen wir darauf, daß Sie Ihrerseits auf jeden Versuch verzichten, einen Menschen durch Pedotransferierung zu übernehmen. Sollten wir einen solchen Versuch registrieren, würde das die sofortige Vernichtung unseres Transporters zur Folge haben. Sie haben mein Wort, daß eine solche Vernichtung niemals erfolgen wird, wenn Sie sich an die Vereinbarungen halten. Das wäre alles. Ich bitte Sie, Lecufe, mir zu vertrauen, so wie ich Ihnen vertraue. Es tut mir leid, daß unsere erste Begegnung nicht angenehmer verlief, aber das ist weder Ihre noch meine Schuld. Es ist nur die Schuld Ihrer Vorfahren. Ich erwarte Ihre Antwort.«

Als Rhodan schwieg, erlosch nach zwei Sekunden das grüne Licht. Damit gab die Funkzentrale bekannt, daß die Meldung abgestrahlt und von der Sonde empfangen und gespeichert war.

Auf dem Panoramaschirm konnte beobachtet werden, wie sich die Sonde nach kurzer Zeit in rückläufiger Richtung in Bewegung setzte und zu der Station der Cappins zurückflog. Sie verschwand wenig später.

Atlan sagte:

»Bald werden wir wissen, ob alles einen Sinn hat.«
Rhodan nickte, ohne den Panoramaschirm aus den Augen zu lassen. »Ja, das werden wir . . .«

14.

Lecufe richtete sich auf, als er die zurückkehrende Sonde auf dem Bildschirm erkannte.

»Da kommt die Antwort! Bald werden wir wissen, ob wir eine Chance haben und ob die Terraner es aufrichtig meinen, so wie wir.«

»Das können sie nicht wissen«, schränkte Carscin ein.

Lecufe gab keine Antwort. Er sah zu, wie die Sonde durch die Fernsteuerung eingebracht und ausgewertet wurde. Geduldig wartete er auf die Botschaft der Terraner.

Sie erreichte ihn über den Interkom des Satelliten.

Das Ergebnis befriedigte ihn vollständig.

»Das kann eine Falle sein«, sagte Carscin. »Sie locken uns aus dem sicheren Schutz des Sextadimfeldes und vernichten uns. Dann sind sie alle Schwierigkeiten los. Die einfachste Lösung für sie.«

»Das glaube ich nicht«, warf Marays ein. »Was hätten sie davon? Sie haben keine Garantie, daß wir vorher die Maschine abstellen, die ihre Sonne vernichtet. Sie wissen, daß wir auch das können. Sie wissen aber auch, daß wir es vielleicht unterlassen können. Sie werden uns also nicht so schnell vernichten. In der Zwischenzeit hätten wir, wären wir wortbrüchig, die Gelegenheit einige von ihnen zu übernehmen.«

»Niemals!« entschied Lecufe. »Ich stehe zu meinem Wort, so wie dieser Rhodan hoffentlich zu seinem steht. Wir kennen ihn nicht. Ich schlage vor, daß er sich persönlich mit uns in Verbindung setzt.«

»Und wie?«

»Er kann an Bord der Station kommen, wenn wir den Sextadimschirm öffnen.«

»Die Gefahr für uns . . .«

»Es besteht keine Gefahr, wenn wir den Schirm nur nach einer Richtung öffnen, der Sonne entgegengesetzt. Kein Risiko. Sind Sie damit einverstanden, daß ich eine entsprechende Botschaft an die Terraner abstrahle, wieder durch den Satelliten?«

Die beiden Cappins hatten keine Einwände mehr.

Abermals erschien die Sonde und übermittelte eine Nachricht der Cappins.

Aufmerksam hörte Rhodan sich die Botschaft zweimal an, ehe er abschalten ließ.

Die Botschaft lautete:

»An Perry Rhodan, Großadministrator des Solaren Imperiums!

Wir sind mit Ihren Vorschlägen einverstanden, wünschen jedoch aus Sicherheitsgründen die persönliche Fühlungsnahme. Sie werden zugeben müssen, daß unser Abkommen nur auf gegenseitigem Vertrauen basiert. Dieses Vertrauen ist schwer, wenn man sich nicht kennt. Wir könnten Sie betrügen, indem wir die Sonnenmotoren nicht abschalten. Sie könnten uns vernichten, sobald wir den sicheren Schutz des Sextadimfeldes verlassen haben. Darum unser Vorschlag: Kommen Sie zu uns an Bord der Station. Wir werden bei weiterer Annäherung Ihres Schiffes den Schutzschirm in Ihrer Richtung öffnen, damit Sie ungehindert passieren können. Geben Sie bitte über die Sonde eine entsprechende Bestätigung Ihrer weiteren Absichten. Ende. Lecufe.«

Galbraith Deighton wollte etwas sagen, aber dann schwieg er. Mit Sicherheit hatte er schwerwiegende Einwände, aber er bemerkte Atlans warnenden Blick. Es hatte wenig Sinn, die Entscheidung noch weiter hinauszuzögern. Und eine Entscheidung mußte fallen, wenn man das endgültige Ende nicht beschleunigen wollte. »Du solltest nicht selbst gehen«, riet er dem Freund dennoch, und nach kurzer Diskussion war Rhodan überzeugt. Das Risiko, daß die Menschheit ihn in diesen kritischen Tagen verlor, war einfach zu groß.

Rhodan antwortete Lecufe über die Sonde: »Ich werde Ihnen einige meiner engsten Mitarbeiter schicken.«

Lecufe starrte unbefriedigt auf die Bildschirme.

»Vertreter, Mitarbeiter, Freunde! Er selbst hütet sich offenbar, ein Risiko einzugehen. Er will sich nicht bei uns sehenlassen. Ist er nun ein Feigling, oder kann man ihn nur als besonders vorsichtig bezeichnen?«

Marays machte eine unbestimmbare Geste.

»Jedenfalls ist er klug, Lecufe. Würden Sie an seiner Stelle nicht ebenso handeln?«

»Vielleicht würde ich das wirklich. Was also tun wir?«

Carscin sagte:

»Wir empfangen die Freunde Rhodans, das ist doch selbstverständlich. Sehen wir sie dann, dann wissen wir auch einiges über Rhodan selbst. Wir werden zumindest ahnen können, ob wir ihm vertrauen dürfen.«

»Einverstanden. Ich werde mit der Sonde eine entsprechende Nachricht übermitteln. Sie wird genauso kurz sein wie die Antwort der Terraner, sogar noch etwas kürzer. Sie lautet: Wir erwarten Sie.«

Kaum erhielt Rhodan die knappe Botschaft der Cappins, setzte sich die SUN DRAGON wieder in Bewegung. Die Entfernung zur Station betrug zwar nur wenige hunderttausend Kilometer, aber in der Außenhülle des flammenden Sterns bedeutete das ungeheuer viel.

Inzwischen waren auch die drei Mutanten in der Kommandozentrale eingetroffen. Ebenfalls anwesend waren noch außer Atlan und Galbraith Deighton, Icho Tolot, Lord Zwiebus und Alaska Saedelaere.

Rhodan deutete auf einen Kunststoffbehälter.

»Das Material, das mitgenommen werden sollte. Es handelt sich um Speicherkristalle. Ein Abspielgerät ist beigefügt. Ich würde vorschlagen, daß Gucky und Ras zuerst allein springen, um den Kontakt herzustellen. Später können noch Tolot und Alaska nachgeholt werden. Es kommt darauf an, was Gucky und Ras erreichen.«

Atlan stand unter dem Panoramaschirm.

»Wir nähern uns der Station. Der Sextadimschirm hat sich geöffnet, der Satellit ist deutlicher zu erkennen.«

Ein unheimliches Bild entstand auf dem Schirm. Unglaubliche Glutorkane und Energien tobten um die Spindel, die jetzt in einer Richtung nur noch durch herkömmliche Schirme geschützt war. Lange konnte Lecufe die Öffnung nicht aufrechterhalten.

»Nun könnten wir die Station vernichten – eine einzige Fusionsbombe würde genügen.« Galbraith Deighton starrte fasziniert auf den Panoramaschirm. »Ein verlockender Gedanke.«

»Ein schändlicher und gefährlicher dazu«, betonte Rhodan mit leichtem Vorwurf. »Ich beginne mich über Ihre Gedankengänge zu wundern, Galbraith.«

Der Chef der Solaren Abwehr nickte gelassen.

»Ich auch, Sir«, gab er ruhig zu, ohne verlegen zu sein.

Die SUN DRAGON stoppte die Fahrt ab, als sie nahe genug an die Station herangekommen war. Die Kühlaggregate arbeiteten auf vollen Touren. Die Schirme hielten stand.

»Es ist nun soweit«, sagte Rhodan und nickte den beiden Teleportern zu. »Ein Funkverkehr dürfte wohl in der üblichen Form hier nicht mehr möglich sein. Ich werde zehn Minuten auf eure Rückkehr warten.«

»Nur zehn Minuten?« protestierte Gucky. »Das ist viel zu wenig, um den Cappins . . .«

»Ich werde ebenfalls gehen«, erbot sich Atlan zu Rhodans Überraschung. »Vielleicht ist es gut, wenn ich mit ihnen spreche. Aber du mußt einsehen, Gucky, daß zehn Minuten genügen. Jederzeit kann einer von euch in die SUN DRAGON zurückteleportieren, wenn ihr nicht daran gehindert werdet. Das hat nichts mit den Verhandlungen zu tun. Aber wir wissen dann, daß alles in Ordnung ist. Also?«

»Nun gut, einverstanden«, knurrte Gucky.

Rhodan blieb am Kommandopult unter dem Panoramaschirm sitzen.

»Alles andere wißt ihr. Gucky, Ras – Sprung frei.«

Die beiden Teleporter peilten die Station der Cappins an. Sekunden später waren sie verschwunden.

Lecufe, Marays und Carscin zuckten erschrocken zusammen, als die beiden unterschiedlichen Wesen in der Beobachtungskuppel materialisierten.

Sie konnten nicht wissen, daß die Teleporter Sekunden vorher in einem anderen Raum eine kurze Orientierung vorgenommen hatten, um sie zu finden. Dabei waren zwei Minuten vergangen.

Es blieben noch acht.

Ras Tschubai übernahm die Begrüßung. Klar und deutlich kamen die Worte aus dem Translator, der vor seiner Brust hing.

»Wir kommen in Frieden und im Namen des Solaren Imperiums. Wir sind beauftragt, einen Mann mit Namen Lecufe von Perry Rhodan zu grüßen.«

Lecufe erhob sich.

»Wir wissen, daß Rhodan es vorzieht, nicht selbst zu erscheinen, aber wir sind mit seiner Maßnahme einverstanden. Wie konnten Sie in die Station eindringen, ohne ein Transportmittel zu benutzen – wenigstens haben wir niemand Ihr Schiff verlassen sehen.«

»Teleportation«, erklärte Ras kurz angebunden. »Wir werden Ihnen alles erklären. Wie Sie sehen, brachten wir Material mit. Sie brauchen nur Ihre Fragen zu stellen, wir geben Ihnen die Antwort. Rhodan glaubt, daß eine umfassende Aufklärung zum besseren Verständnis der Situation erforderlich ist. Außerdem unterstützt sie das, was sowohl Sie als auch wir dringend zum Überleben benötigen, nämlich Vertrauen in die Gegenseite. Und noch etwas: Wir haben noch wenige Minuten Zeit, einige Freunde von uns nachzuholen. Ich selbst werde das tun, während mein kleiner Freund Gucky, wahrscheinlich das letzte Exemplar des Volkes der Ilts, hier bei Ihnen zurückbleibt.«

Lecufe hob beide Hände und legte sie flach aufeinander. Eine Geste, die Bejahung und Einverständnis ausdrückte.

»Wir erwarten Sie und Ihre Freunde, dann stellen wir die Fragen.«

Ras Tschubai nickte Gucky zu, dann teleportierte er.

Der Mausbiber war allein mit den Cappins in der Station.

Der Translator verwandelte seine piepsige Stimme in einen wohlklingenden Tenor, als er zu Lecufe sagte:

»Sie haben recht, man könnte mich einen Mutanten nennen, aber die meisten meiner Eigenschaften habe ich von Geburt an – nicht als Mutation, sondern eben als natürliche Begabung. Ich bin ein Freund der Terraner, aber ich möchte auch Ihr Freund sein, Lecufe. Es ist meine Aufgabe, Sie vom ehrlichen Willen Perry Rhodans zu überzeugen.«

»Wir werden sehen«, antwortete Lecufe zögernd und sah auf den Behälter, den Gucky mitgebracht hatte. »Was haben Sie da?«

»Speicherkristalle und ein Abspielgerät. Keine Bombe, Lecufe!«

»Ich habe nicht an eine Bombe gedacht.«

Gucky schwieg.

Ras Tschubai kehrte mit Atlan und Lord Zwiebus zurück. Dann holte er Icho Tolot und schließlich Alaska Saedelaere. Das Fragment hinter der Maske blieb zum Glück relativ ruhig.

Atlan übernahm nun die Verhandlungsführung. Er begrüßte Lecufe mit freundlicher Zurückhaltung und stellte seine Begleiter der Reihe nach vor.

Während er sprach, konnte er auf den Bildschirmen feststellen, daß die Cappins noch darauf verzichteten, den geheimnisvollen Sextadimschutzschirm wieder einzuschalten. Die Öffnung zur SUN DRAGON blieb somit bestehen.

»Wir würden gern mehr über Ihren Perry Rhodan erfahren«, sagte Lecufe. »Sie wissen mehr über uns als wir über Sie. Können wir ihm vertrauen? Hat er jemals ein Versprechen gebrochen?«

Atlan konnte das mit gutem Gewissen verneinen.

»Er ist vertrauenswürdig, wenn Sie das meinen. Unser Interesse daran, daß Sie das Solsystem für immer verlassen, ist sicherlich so groß wie Ihr Interesse, nicht in der explodierenden Sonne zu sterben. Wir erkennen Ihre Schuldlosigkeit am Bau der Station an, warum sollten wir also zulassen, daß Sie dafür bestraft werden? Und welches Interesse könnten Sie daran haben, die Menschen und damit die Erde zu übernehmen? Der Weltraum ist groß. Sie werden überall eine neue Heimat finden, falls die alte verlorenging. Vielleicht werden wir uns niemals mehr begegnen, und wenn es doch geschehen sollte, so kann das in Frieden und Freundschaft sein.«

»Gute Worte, Atlan, denen ich gern glauben will. Würden Sie mir bitte einige Ihrer Aufzeichnungen vorführen, die uns ein wenig Ihre Geschichte verdeutlichen? Wir wären Ihnen sehr dankbar, gäben Sie uns doch einen Einblick in Ihre Mentalität.«

Lord Zwiebus packte das Lesegerät aus, das eine eigene Energieversorgung besaß. Atlan bat ihn, den ersten Kristall einzulegen. Als das Bild dreidimensional im Raum stand, erklärte eine Stimme aus dem Gerät die Geschehnisse. Sie zeigten die Mondlandung und die Begegnung mit den Arkoniden, die Entstehung des Solaren Imperiums, die Konflikte mit außerirdischen Intelligenzen, die ganze weitere Entwicklung und schließlich die Notwendigkeit, das schützende Zeitfeld zu errichten. Abgesehen von der Isolierung gegen äußere Feinde gewährte dieses Zeitfeld jedoch keinen Schutz gegen einen plötzlichen Ausbruch der Sonne, wie er von der Station der Cappins verursacht werden konnte.

Und damit war man beim Thema.

Lecufe überlegte einige Minuten, dann sagte er:

»Wie Sie richtig erkannt haben, sind wir nicht für den Bau der Station verantwortlich. Ich verstehe somit, daß Sie in die Vergangenheit reisen wollen, um die Geschehnisse zu revidieren; die Notwendigkeit ist gegeben. Auf der anderen Seite versichere ich Ihnen, daß wir in der Lage sind, die entsprechenden Maschinen abzuschalten und sogar völlig lahmzulegen. Allerdings muß ich zugeben, daß wir die Station noch nicht völlig erforschen konnten. Es gibt Sektionen, zu denen wir keinen Zutritt fanden. Sie könnten sehr gut geheime Schalteinrichtungen enthalten, auf die wir keinen Einfluß haben. Eine Abschaltung bedeutet also noch keine Garantie. Sie sehen, ich bin ehrlich zu Ihnen.«

»Das wissen wir zu schätzen. Wir wollen es auch zu Ihnen sein. Sie kennen die Sicherheitsmaßnahmen, die wir ergriffen haben. Wir nehmen es Ihnen nicht übel, wenn Sie ähnlich handeln. Was wir auch tun werden, es wird immer auf Gegenseitigkeit beruhen. Jedenfalls wünscht Rhodan, daß Sie Ihr Volk wiederfinden werden.«

»Das würde uns glücklich machen.«

»Ich muß Ihnen da noch etwas mitteilen«, fuhr Atlan fort. »Die Bereitstellung des Transportschiffes nimmt mehr Zeit in Anspruch, als wir ursprünglich erwarteten. Es muß den Anforderungen gerecht werden. Der Antrieb ist in der Lage, Sie in eine andere Galaxis zu bringen, aber das muß aus Vorsichtsmaßnahmen vollautomatisch geschehen und ohne, daß Sie in der Lage sind, Einfluß auf die Navigation auszuüben. Sobald der von uns vorprogrammierte Flug beendet ist, steht es Ihnen frei, den Flug nach Belieben fortzusetzen. Ich glaube, das ist eine Bedingung, die Sie annehmen können.«

»Wir haben keine andere Wahl, wenn wir nicht mit Ihnen untergehen wollen«, gab Lecufe freimütig zu. »Aber auch wir sind natürlich vorsichtig. Wir werden die Sonnenmaschinen erst abschalten, wenn wir den Satelliten verlassen. Keine Sorge, noch ist Zeit. Es dauert lange, bis der kritische Punkt erreicht ist, an dem es keine Rückkehr mehr gibt. Zeit gegen Zeit – oder Vertrauen gegen Vertrauen.«

»Haben Sie etwas dagegen, wenn ich mich mit Rhodan bespreche?« fragte Atlan.

»Nein, ganz und gar nicht. Jetzt?«

»Gucky wird mich zu ihm bringen. Sie lassen den Schirm auch weiterhin geöffnet?«

»Es besteht keine Begründung ihn sofort wieder einzuschalten. Gehen Sie. Wir erwarten Sie bald mit neuen Entscheidungen wieder zurück. Um Ihnen diese zu erleichtern, habe ich einen weiteren Vorschlag. Gestatten Sie uns, die Station mit einem unserer Schiffe zu verlassen, um eine Warteposition außerhalb der Sonne zu beziehen. Wir werden uns dort mit einem Sextadimschirm isolieren, und vor Verlassen der Station die Maschinen abschalten und lahmlegen. Wir haben nichts dagegen, wenn Sie dabei sind und die Aktion kontrollieren.«

Atlan nickte.

»Gut, ich werde es Rhodan mitteilen. Ich glaube, er kann mit Ihrem Vorschlag einverstanden sein. Bis dann . . .«

Er nahm Guckys Hand, und dann waren die beiden verschwunden.

Lecufe deutete auf das Lesegerät und die Speicherkristalle. »Vielleicht wären Sie so freundlich, mir weitere Filme vorzuführen, die der Verständigung zwischen unseren beiden Völkern dienen. Ich hoffe, es ist Ihnen erlaubt.«

Lord Zwiebus, der in der unmittelbaren Nähe der Cappins erstaunlich ruhig war, übernahm das, nachdem seine Begleiter damit einverstanden waren.

»Ich sehe keinen Grund, ihnen den Ausflug nicht zu gestatten. Immerhin erreichen wir damit, daß der Satellit lahmgelegt und der Sonnenprozeß gestoppt wird. Die Cappins sichern sich durch einen Sextadimschirm ab, den wir nicht durchdringen können, sie sind somit in ihrem Schiff genauso sicher wie in der Station.« Rhodan ging in der Kommandozentrale der SUN DRAGON auf und ab, dann blieb er wieder vor Atlan stehen.

»Du kannst ihnen also mein Einverständnis übermitteln. Aber ihr müßt dabei sein, wenn sie die Station abschalten, das ist meine Gegenbedingung. Und noch etwas, Atlan: Wenn du dich schon so gut mit diesen Leuten unterhältst, hätte ich gern, daß du ihm einige Fragen stellst. Wir wissen, daß die Cappins mit der Zeit experimentieren und sogar schon versucht haben, in die Zukunft vorzudringen. Sie wissen also mehr darüber als wir. Frage ihn, warum wir bei unserer Reise in die Vergangenheit aufgehalten wurden. Vielleicht erhalten wir wertvolle Hinweise, die uns beim zweiten Experiment von Nutzen sind. Berichte Lecufe von der Goldenen Spindel, die wir vernichten konnten. Frage ihn, was sie bedeutet und warum es sie gab. Vielleicht weiß er es.«

»Ich glaube kaum, Perry. Sie wissen nicht viel von ihren Vorfahren, die vor zweihunderttausend Jahren die Erde besuchten und mit den Menschen biologische Experimente anstellten. Immerhin – fragen kostet ja nichts.«

»Das wäre wohl alles, denke ich. Kehrt zu ihnen zurück.«

Das war in wenigen Augenblicken geschehen.

Lord Zwiebus ließ den Film auslaufen und nahm den Kristall aus dem Abspielgerät.

Lecufe, der geduldig gewartet hatte, wandte sich an Atlan:

»Sie bringen die Antwort Rhodans?«

Atlan nickte.

»Ja, ich bringe sie. Er ist mit Ihrem Wunsch, für den er volles Verständnis hat, einverstanden. Sie dürfen die Station in einem Ihrer Schiffe verlassen und im Solsystem Stellung beziehen. Es ist Ihnen auch erlaubt, einen Sextadimschirm aufzubauen, der Sie vor allen äußeren Einflüssen schützt.«

»Danke, Atlan. Keine Gegenbedingungen?«

»Doch. Bevor Sie die Station mit Ihrem Schiff verlassen, sind die Sonnenmaschinen abzuschalten und die Einrichtungen, soweit möglich, zu zerstören. Das ist eine Sicherheitsmaßnahme, auf der wir leider bestehen müssen. Wir müssen verhindern, daß die Station wieder zu arbeiten beginnt, nachdem Sie in Sicherheit sind. Es könnte immerhin automatische Alarmschaltungen geben, die unsere Absichten sofort registrieren und einen neuen Prozeß einleiten, den wir zu spät bemerken. Sie müssen zugeben, daß eine solche Möglichkeit besteht.«

»Das muß ich allerdings. Vergessen Sie aber nicht, daß wir die Station zu wenig kennen, um eine absolute Lahmlegung der automatisch gesteuerten Mechanismen garantieren zu können.«

»Wir werden Ihnen helfen, die Station von innen her zu zerstören. Nur so können wir sicher sein, daß unser System weiterexistiert. Außerdem macht eine solche Maßnahme weitere Vorstöße in die Vergangenheit für uns überflüssig. Wie Sie wissen, wollten wir ja in der Vergangenheit den Bau der Station verhindern. Wenn wir sie heute zerstören können, brauchen wir das nicht mehr.«

»Auch das verstehe ich, aber einen solchen Entschluß kann ich nicht allein fassen. Ich muß mich mit meinen Mitarbeitern besprechen. Geben Sie mir ein wenig Zeit. Ich habe nichts dagegen, wenn Sie hier im Beobachtungsraum bleiben. Marays wird Ihnen Gesellschaft leisten.«

Lecufe verließ mit Carscin den Raum. Lautlos schloß sich hinter ihnen die Tür. Während Alaska dem Cappin Fragen stellte, meinte Icho Tolot zu Atlan:

»Warum sollen die Cappins nicht einfach die Station verlassen – und wir vernichten sie dann endgültig mit einer Bombe? Wenn der Schirm abgeschaltet bleibt, dürfte das doch eine Kleinigkeit sein.«

»Wir haben keine Garantie, daß der Schirm ausgeschaltet bleibt, wenn die Cappins die Station verlassen haben. Ich nehme an, derartige Schutzmaßnahmen regulieren sich automatisch. Es ist ein zu großes Risiko, Icho Tolot.«

Lecufe kehrte nach knapp zehn Minuten zurück. Er blieb vor Atlan stehen und legte wieder die Hände flach gegeneinander.

»Meine Leute sind einverstanden, Atlan. Wir werden gemeinsam die technische Einrichtung der Station zerstören, soweit wir sie kennen.«

»Haben Sie angeordnet, daß eins der Schiffe im Hangar vorbereitet wird?«

»Das geschah schon lange vor unserer Kontaktaufnahme mit Ihnen, Atlan. Wir waren entschlossen, einen letzten Ausbruchsversuch zu wagen – allerdings ohne die Sonnenmotoren abzuschalten.«

Atlan lächelte.

»Sie sind überaus vorsichtig und entschlossen zugleich, Lecufe, ich muß Sie bewundern. Aber ich hätte noch eine zusätzliche Bitte an Sie.«

»Sprechen Sie.«

Atlan berichtete über ihre Reise in die Vergangenheit und das Herausschleudern aus dem Zeitstrom. Er erwähnte die Goldene Spindel, die nichts anderes als ein Kontrollgerät der alten Cappins gewesen sein mußte. Dann stellte er seine Fragen.

Lecufe dachte lange nach, ehe er antwortete: »Die Pendelbewegung im Zeitstrom ist uns bekannt. Sie hat nicht immer etwas mit einem Gerät zu tun, das Sie ›Goldene Spindel‹ nannten. Wir haben diese Pendelbewegung auch in der Zukunft feststellen können. Ich will ehrlich sein: Wir glauben, die Natur dieses Phänomens erkannt zu haben, aber verzeihen Sie uns bitte, wenn ich nicht weiter darüber spreche. Sie haben es ja auch nicht mehr nötig, sich damit zu befassen, denn Ihre Reise in die Vergangenheit wird unnötig geworden sein, sobald wir die Station unserer Vorfahren vernichtet haben.«

Atlan warf Gucky einen fragenden Blick zu, den dieser achselzukkend zurückgab.

»Also gut, dann lassen wir das. Beginnen wir lieber mit unserer Arbeit. Sie kennen die Schaltzentrale für die Nova-Aufheizung?«

»Wenigstens eine, Atlan. Es kann mehrere geben.«

Sie verließen den Beobachtungsraum. Carscin kam ihnen auf dem Korridor entgegen. Er trug mehrere kleine Energiehandwaffen, die er auf einen Tisch legte. Lecufe deutete darauf und sagte zu Atlan:

»Ich habe bemerkt, daß Sie unbewaffnet zu uns kamen. Da uns die Zeit fehlt, alle Schaltungen der Station ordnungsgemäß lahmzulegen oder außer Betrieb zu setzen, halte ich es für zeitsparender, wenn wir die wichtigsten Kontrollzentren durch einen direkten Strahlbeschuß vernichten. Gleichzeitig erhalten wir damit auch die Garantie, daß sie für immer abgeschaltet bleiben.«

Atlan spürte, wie sein Vertrauen zu Lecufe weiter stieg. Der Cappin meinte es ehrlich, daran konnte kein Zweifel bestehen. Er bedankte sich und gab seinen Leuten je einen Strahler. Lecufe erklärte ihre Handhabung, die sich nicht viel von jener terranischer Strahler unterschied.

Sie betraten den ersten Schaltraum . . .

15.

Die Sensoren der überlagernden Sextabezugsfrequenz-Ortung hatten zweihunderttausend Jahre geruht. Sie hatten keine Beziehung zum Vergehen der Zeit. Für sie war es, als seien sie erst gestern installiert und programmiert worden. Sie hatten gewartet, und nun war es soweit.

Sie erwachten zum Leben.

Die ersten Impulse waren gekommen, als die Cappins in der Station materialisierten, aber die Kontrollautomatik hatte sie positiv identifiziert. Als solche war ihnen das Betreten der Station erlaubt.

Doch nun sprang eine Schaltung an.

Kurz danach eine zweite.

Beide hatten verschiedene Bedeutungen, und gemeinsam lösten sie den Großalarm für die Station aus.

Die Cappins kannten die technischen Einrichtungen der Station, aber sie hatten zu wenig Zeit gehabt, sie zu erforschen. Es gab noch riesige Räume und ganze Abteilungen, die sie niemals betreten hatten und deren Betreten bereits früher den Alarm ausgelöst hätte. Sie konnten nicht wissen, daß es dort eine paraphysische Abwehr gegen sie gab. Von Cappins installiert, und gegen Cappins gerichtet.

Die überlagernde Sextabezugsfrequenz-Ortung erwachte.

Mit Lichtgeschwindigkeit liefen die Impulse durch die Leitungen und erreichten die Schaltrelais der Aktivmanipulatoren. Sie übersprangen die Sicherheitssperre und kamen zum Programmierungszentrum. Ein positronisches Gehirn besonderer Art, Cappins hatten einen anderen Ausdruck dafür, erinnerte sich. Als wäre es gestern gewesen, und nicht vor zweihunderttausend Jahren.

Es erinnerte sich an zwei Verbote:

Es war verboten, daß nicht positiv identifizierte Wesen jemals die Station betraten!

Es war weiter noch verboten, daß ein Cappin daran ging, einen Teil der vorprogrammierten Schaltungen zu verändern oder gar abzuschalten. Ganz zu schweigen von dem Gedanken an Zerstörung.

Beides jedoch geschah jetzt in diesem Augenblick.

Fremde Intelligenzen waren eingedrungen, und sie wollten die Schaltungen mit Hilfe der Cappins außer Betrieb setzen. Mit Gewalt.

Die Programmierung zur Vernichtung der Eindringlinge sprach an. Zwar hatte die Sicherheitsautomatik während der langen Anwesenheit der Cappins von jedem einzelnen Individuum längst die exakten Individualimpulse aufgenommen und gespeichert, aber die Verstärkung dieser Impulse und ihre Ausstrahlung auf den betreffenden Cappin nahm Zeit in Anspruch.

Die Sextabezugsfrequenz-Ortung war außerdem mit einer Pedonormpolung gekoppelt. Nur so war es möglich, jeden einzelnen Cappin zu einer Pedotransferierung zu zwingen, ohne daß er etwas dagegen unternehmen konnte.

Es war eine Transferierung ins absolute Nichts, in die völlige Leere des Hyperraums, in der auch ein Cappin ohne entsprechende Hilfsmittel nicht länger als Sekunden existieren konnte, wenn er einmal dort rematerialisierte.

Die Cappins an Bord der Station waren von einer Sekunde zur anderen als Verräter eingestuft worden.

Die Automatik verurteilte sie zum Tode, weil sie den Terranern halfen.

Die Vollstreckung nahm jedoch Zeit in Anspruch.

Lecufe deutete auf die gigantischen Schaltanlagen mit Tausenden von Instrumenten und automatischen Einrichtungen.

»Wir haben festgestellt, daß sich hier das Zentrum der Schaltungen für die Nova-Aufheizung befindet. Wenn wir es zerstören, wird der verhängnisvolle Prozeß gestoppt. Beginnen Sie dort drüben, wir werden hier links anfangen. Seien Sie vorsichtig, Atlan, die Strahler entwickeln eine beträchtliche Hitze, aber sie geben auch die Garantie, daß jeder Isolierungsstoff von ihnen durchdrungen wird.«

Das Vernichtungswerk begann.

Grelle Energiefinger griffen nach der technischen Einrichtung längst verschollener Intelligenzen und ließen sie in unfaßbarer Gluthitze vergehen. Schwer tropfte flüssiges Metall zu Boden und spritzte nach allen Seiten davon. Die Terraner und Cappins zogen sich zurück, denn die Hitze wurde unerträglich. Blitze zuckten von der einen Seite des Raums zur anderen – die Technik schien sich gegen den Gewaltakt wehren zu wollen.

Mit einer Explosion brach der letzte Widerstand.

Draußen auf dem Gang erst ließen sie die Strahler sinken.

»Das ist geschafft«, sagte Lecufe atemlos. »Es wäre wahrscheinlich einfacher gewesen, Sie hätten die ganze Station tatsächlich mit einer Bombe vernichtet, aber vielleicht hätte sich der Schirm zu früh wieder eingeschaltet. Außerdem können wir nicht wissen, welche nützlichen Einrichtungen die Station noch besitzt, von denen Sie später einmal Gebrauch machen können.«

»Wir sind entschlossen, die ganze Station zu vernichten«, sagte Atlan. »Niemand weiß, ob es nicht zwei oder gar drei Nova-Heizungen gibt. Wir müssen sichergehen. Führen Sie uns, Lecufe.«

Inzwischen hatten sich weitere Cappins zu ihnen gesellt, Techniker und Wissenschaftler, wie Lecufe versicherte. Sie hatten in den vergangenen Wochen das Innere der Station durchforscht, bis sie an den Energiebarrieren haltmachen mußten, die ein weiteres Eindringen verhinderten.

Niemand konnte auch nur ahnen, was hinter diesen Sperren verborgen lag.

»Das wäre vielleicht eine Aufgabe für mich«, flüsterte Gucky Atlan zu, als sie der nächsten Schaltzentrale zustrebten. »Mit Teleportation eine Kleinigkeit, bestimmt kein Risiko.«

»Du bleibst hier!« ermahnte ihn Atlan ernst. »Von wegen kein Risiko! Das hat Zeit bis später.«

»Aber . . .«

»Kein Aber! Hiergeblieben!«

Es gelang ihnen, eine Energiebarriere auszuschalten und auch die zweite Schaltzentrale außer Betrieb zu setzen, aber die Station war riesengroß. Es würde Tage dauern, bis sie es geschafft hatten. Wichtig war, daß der Sonnenprozeß abgestoppt worden war.

Als sie sich der dritten Zentrale näherten, begann die Automatik mit der Vollstreckung der Todesurteile . . .

Einer der Cappin-Techniker ging voran. Er hatte diesen Teil der Station besonders gut erforscht und kannte sich entsprechend aus.

Auch er war mit einem Handstrahler bewaffnet, um das Vernichtungswerk schnell und gründlich durchführen zu können. Verhängnisvoll für ihn war, daß er sich unbewußt mehrere Tage lang in unmittelbarer Nähe der Sextasensoren aufgehalten hatte, die ihn genau registrierten. Und nun kehrte er zurück mit dem Gedanken an Vernichtung.

Die Maschinerie griff zuerst nach ihm.

Wenige Meter vor den anderen blieb er plötzlich stehen. Eine grauenerregende Veränderung ging mit ihm vor, die die Terraner dazu veranlaßte, entsetzt zur Seite zu springen und in Deckung zu gehen. Die anderen Cappins hingegen blieben einfach stehen, als habe sie eine Starre befallen.

Der Techniker verwandelte sich. Der Körper verlor seine Formen und wurde zu einer undefinierbaren Masse, die sich auf dem Metallboden des Korridors langsam ausbreitete. Diese Masse schien zähflüssig zu sein, hielt aber noch zusammen. Sie zuckte und lebte, daran konnte kein Zweifel bestehen.

»Eine Zwangspedotransferierung!« stieß Lecufe entsetzt hervor.

Atemlos und schockiert beobachteten Atlan und seine Begleiter den Vorgang, den sie nicht begriffen. Atlans erster Gedanke, der Techniker habe einen der Terraner angepeilt und sei in diesen geschlüpft, konnte nicht richtig gewesen sein, sonst wäre Lecufe nicht derart erschrocken gewesen.

Zwangstransferierung!

Wer zwang den Cappin dazu? Die Station etwa?

Das Zucken der schwammigen, zähflüssigen Masse wurde schwächer, und dann hörte es plötzlich auf.

»Wir müssen hier weg!« rief Lecufe und ließ seine Waffe fallen. »Es muß die Sicherheitsschaltung der Station sein! Wir sind verloren, wenn wir nicht sofort fliehen! Wo ist der nächste Interkom?«

Carscin rannte an dem vergangenen Techniker vorbei und drückte auf einen Knopf unterhalb des Bildschirms, der an der Korridorwand angebracht war. Sekunden später erschien auf ihm ein Gesicht eines Cappins.

»Alarm!« brüllte Carscin voller Panik. »Das Schiff! Ist es startbereit?«

Lecufe kam hinzu.

»Rescal, das Schiff! Was ist damit?«

Das Gesicht auf dem Bildschirm verzerrte sich. Der Mund öffnete sich mehrmals, aber kein Ton drang über die Lautsprecher an die Ohren der gespannt Lauschenden. Vor den Augen Lecufes und der anderen starb der Cappin einen grauenvollen Tod. Sein Bewußtsein verließ den Körper und wurde in einer anderen Dimension endgültig getötet. Die Zwangspedotransferierung zwang den Cappin dazu, mit seiner Sextadimbezugsspur den Körper zu verlassen, dagegen konnte er nichts tun. Nur die vierdimensionale Masse des Körpers blieb zurück. Sie starb sichtbar, während der Tod des Pedobewußtseins sich in den Räumen abspielte, die für niemanden zugänglich waren.

»Rescal!« flüsterte Lecufe erschüttert, dann drehte er sich um und sah Atlan an. »Sie müssen uns helfen, schnell! Wir sind verloren, wenn wir nicht fliehen. Die Sicherheitsschaltung der Station – sie hat die zwangsweise Hypersexta-Modulparastrahlung eingeschaltet. Sie entfernt unser Bewußtsein aus dem Körper. Wir müssen sterben. Weil wir Ihnen helfen wollten.«

Atlan nahm seinen Arm.

»Kommen Sie mit mir, zurück in die Beobachtungskuppel. Von dort sehen wir die SUN DRAGON und können teleportieren. Beeilen Sie sich, Lecufe. Unser aller Leben hängt davon ab. Können Sie nichts, gar nichts gegen die Zwangstransferierung tun?«

»Nichts!« erwiderte Lecufe angsterfüllt. »Nichts!«

Sie rannten den Korridor zurück. Aber dann starb der zweite Techniker, der sie begleitete, vor ihren Augen. Sie wurden abermals einige Sekunden aufgehalten, ehe sie die Flucht fortsetzen konnten.

Überall leuchteten Bildschirme der Interkomanlage auf. In der ganzen Station griff der Tod nach den Cappins, und immer mehr leblose Plasmahaufen lagen herum, Körper der Cappins, von ihrem Pedobewußtsein verlassen.

Und dann begann der Kampf der Station gegen die Terraner, der mit normalen und natürlichen Mitteln geführt werden mußte.

Roboter griffen an.

Kurz vor der letzten Biegung, hinter der die Beobachtungskuppel lag, öffnete sich die Stahlwand. Schwer gepanzerte Kugelrobots schwebten in den Korridor und eröffneten ohne jede Warnung das Feuer auf die heranstürmende Gruppe von Terranern und Cappins.

»Deckung!« brüllte Atlan, der seinen Strahler noch immer entsichert in der Hand hielt. »Feuer!«

Icho Tolo rannte weiter, ohne einen Augenblick zu zögern. Mit seinem mächtigen Körper schleuderte er drei oder vier der Roboter beiseite und hatte die Sperre durchbrochen. Er griff von der anderen Seite an und fiel ihnen in den Rücken.

Atlan gelang es, zwei der Kampfmaschinen sofort außer Gefecht zu setzen. Lord Zwiebus und Alaska waren noch erfolgreicher. Aber es kamen immer mehr.

Gucky lag mitten auf dem Gang, alle vier von sich gestreckt und voll konzentriert. Er setzte seine telekinetischen Fähigkeiten ein und nahm keine Rücksicht auf die leblosen Maschinen, für die er niemals eine besondere Sympathie verspürt hatte. Die Kugelroboter waren leicht genug, relativ gesehen, ihm genügend Bewegungsfreiheit zu lassen. Es war ein unheimlicher Anblick, als die Kugeln plötzlich ihr Gewicht scheinbar verloren und sanft entschwebten. Dabei feuerten sie noch immer aus ihren Waffententakeln, was natürlich zur Folge hatte, daß sie sich wie rasend um ihre eigene Achse zu drehen begannen und gegenseitig nicht nur behinderten, sondern sogar vernichteten.

Ein Cappin wurde von den umherirrenden Energiestrahlen erfaßt und verbrannt.

Die Stahlwand schloß sich wieder. Die Automatik hatte erkannt, daß der Angriff durch die Kampfroboter fehlgeschlagen war. Die Programmierung sah weitere Maßnahmen vor, aber bis sie verwirklicht wurden, vergingen wertvolle Minuten.

Wertvoll für die Terraner und Cappins.

Die letzten beiden Techniker wurden zwangstransferiert, ehe sie den Beobachtungsraum erreichen konnten. Nur Atlan, Gucky, Ras, Icho Tolot, Zwiebus und Alaska, sowie die Cappins Lecufe, Marays und Carscin gelangten in seine relative Sicherheit. Sie verschlossen die Tür.

Lecufe starrte auf die Reihe der Bildschirme des Interkoms.

Was er dort erblickte, erfüllte ihn mit Entsetzen. Vor dem Schiff im Hangar lagen die leblosen Überreste von Tausenden von Cappins. Sie hatten es nicht mehr geschafft, das Schiff auszuschleusen und die Station zu verlassen. Die Sicherheitsautomatik war schneller gewesen als sie.

»Gucky, Ras, bringt die Cappins in Sicherheit. Dann kommt uns holen. Wir halten länger aus.«

Die beiden Teleporter zögerten keine Sekunde. Sie nahmen Lecufe, Carscin und Marays in ihre Mitte und teleportierten zur SUN DRAGON. Ehe sich die Cappins von ihrer Überraschung erholen konnten, entmaterialisierten sie und waren auf dem terranischen Spezialschiff.

Atlan nahm den Blick nicht von den Bildschirmen, während sie warteten.

»Es ist grauenhaft, unfaßbar! Die Vorfahren haben schon vor zwei Jahrhunderttausenden gegen den Verrat durch ihre Nachkommen

Vorkehrungen getroffen. Ich kann nur hoffen, daß der geheimnisvolle Mechanismus eine beschränkte Reichweite besitzt, sonst sind Lecufe und die beiden anderen auch verloren. Den restlichen Cappins in der Station ist nicht mehr zu helfen, falls überhaupt noch welche am Leben sind. Ein Glück, daß wir den Sonnenmotor abschalten konnten, aber wir wissen nicht, ob es nicht noch einen zweiten gibt. Wir müssen die Station vernichten. Und das können wir jetzt nur noch von der SUN DRAGON aus.«

»Ich könnte eine Zeitbombe holen«, erbot sich Alaska.

»Das kommt nicht in Frage!« Atlan schwieg einen Moment, dann fügte er hinzu: »Und bringen Sie mir nicht Gucky auf die Idee!«

Die beiden Teleporter tauchten wieder auf.

»In Sicherheit, nun die nächsten«, sagte Gucky und sah schon wieder ganz erholt aus. »Was ist mit den anderen Cappins?«

»Bringe uns in die SUN DRAGON«, erwiderte Atlan deprimiert.

Als sie in der Kommandozentrale des Spezialschiffes materialisierten, stand die spindelförmige Station noch immer unverändert auf dem Panoramaschirm. Die drei Cappins lagen in Kontursesseln, völlig erschüttert und halb besinnungslos. Sie hatten den Schock noch längst nicht überwunden.

»Da drüben geschieht etwas«, sagte der Kommandant der SUN DRAGON und deutete auf den Schirm. »Was ist das? Geschütze?«

»Schalten Sie die Schutzschirme wieder ein!« befahl Rhodan, der Atlan einen Wink gab, sich um die Cappins zu kümmern. »Und dann nehmen Sie Fahrt auf. Wir müssen uns in Sicherheit bringen. Was ist mit der Feuerleitzentrale für die Transformkanone? Fertig?«

»Schußbereit«, bestätigte der Kommandant.

»Dann werden wir . . .«

Der Satellit eröffnete das Feuer aus mehreren Geschützen. Wirkungslos prallten die Energiebündel an den Schutzschirmen der SUN DRAGON ab und glitten zur Seite. Sie richteten keinen Schaden mehr an. Aber fast gleichzeitig wurde die Station undeutlicher, als habe sich ein Schleier vor sie gelegt.

»Der Sextadimschirm!« stieß Atlan hervor. »Es ist zu spät!«

Rhodan nickte.

»Fast habe ich es geahnt, aber auf der anderen Seite war mir nicht wohl bei dem Gedanken, die Station zu vernichten, ohne sie näher kennengelernt zu haben. Ich hätte gern gewußt, wozu sie gebaut wurde und welchen Zweck sie erfüllen sollte. Nur, um die Sonne anzuheizen?« Er schüttelte den Kopf. »Das glaube ich nicht.«

»Wollen wir uns nicht endlich in Sicherheit bringen?« erkundigte sich Atlan besorgt. Er sah in Richtung der drei Cappins. »Wir wollen sie nicht unnötig gefährden.«

Rhodan nickte dem Kommandanten zu.

»Volle Fahrt!« sagte er ruhig.

Die SUN DRAGON kämpfte sich aus der Sonnenatmosphäre, nahm Kurs auf den nahen Merkur und durchbrach die flammenden Protuberanzen, die gierig nach ihr griffen. Hinter ihr fiel der Spindelsatellit zurück. Unbehindert umkreiste er weiter das Zentrum der Sonne, die er hatte vernichten wollen.

Die Sicherheitsautomatik war mit ihrer Arbeit noch nicht fertig.

Cappins waren geflohen, drei zum Tode verurteilte Verräter.

Die Sextabezugs-Ortung der Vernichtungsschaltung begann erneut mit ihrer Arbeit.

Die Opfer durften nicht entkommen.

Alle schwerwiegenden Überlegungen und Verhandlungen Rhodans mit den Spezialisten waren hinfällig geworden.

Von den achttausend Cappins hatten nur drei die Katastrophe überlebt. Alle anderen waren auf dem Todessatelliten, der seinen Namen nun zu recht trug, umgekommen. Nach zweihunderttausend Jahren hatte sich die Sicherheitsschaltung der unbekannten Erbauer der Station nur zu gut bewährt.

Rhodan konnte sich eines bitteren Gefühls nicht erwehren, als er daran dachte. Er hatte den Willen gehabt, die Cappins in die Gegenwart zurückkehren zu lassen. Nun waren alle Anstrengungen vergebens gewesen. Aber wenigstens war erreicht worden, daß die Gefahr der Sonnenexplosion im Augenblick beseitigt wurde.

Niemand konnte wissen, für wie lange.

An der Tatsache, daß man zurück in die Vergangenheit mußte, um das Übel an der Wurzel auszurotten, hatte sich nichts geändert.

Lecufe, Marays und Carscin verbrachten die Stunden nach der Flucht aus der Sonnenatmosphäre in höchster Todesangst. Als nichts geschah, begannen sie zu ahnen, daß selbst die Sicherheitsautomatik ihre Schwierigkeiten hatte, sie auf größere Entfernung aufzuspüren. Die Störungen, die von der aufgeheizten Sonne ausgingen, waren zu groß. Sie störten die Pedoanpeilung der Automatik, wenn diese auch ihre Individualimpulse kannte. Die technisch gesteuerte Normpolung versagte vorerst.

Aber keiner der Freunde lebte mehr. Die Vorfahren hatten sie indirekt getötet. Lecufe verspürte zum erstenmal in seinem Leben Haß auf diese Vorfahren und Sympathie für Rhodan und die Terraner.

Sie hatten schließlich alles getan, um sie zu retten.

Daß es mißlang, war nicht ihre Schuld.

Die SUN DRAGON erreichte den Merkur und landete. Tief unter der Oberfläche in einem Hangar wurde das Spezialschiff gesichert und für den nächsten Start vorbereitet. Rhodan verließ mit seinen Mitarbeitern und den drei Cappins das Schiff und begab sich in das Hauptquartier auf Merkur, das ebenfalls unter der Oberfläche lag. Von hier aus konnte er sich über die Zustände im Sonnensystem unterrichten, denn im *H.Q.* liefen alle Verbindungsfäden und Nachrichtenübermittlungen zusammen. Die Aktivität der Sonne hatte bereits nachgelassen. Damit stand fest, daß Lecufe die richtige Anlage zerstört hatte. Auf der Erde selbst war die Veränderung auch bemerkt worden. Die Unruhen in den einzelnen Kontinenten ließen nach, die Leute kehrten an ihre Arbeitsplätze zurück. Die Nervosität legte sich; Bully meldete, daß er eine offizielle Nachricht verbreiten lasse, die den Erfolg bestätigen sollte. Beruhigt schaltete Rhodan ab und kehrte in den Raum zurück, in dem sich die drei Cappins aufhielten. Sie hatten, wie erwartet, keinen Versuch unternommen, einen Menschen zu übernehmen.

»Ich werde Sie nun mit einigen unserer bedeutendsten Wissenschaftlern bekannt machen, Lecufe. Man wird Ihnen Fragen stellen, und ich möchte Sie bitten, zu antworten, soweit Sie dazu in der Lage sind. Sie sind die letzten drei Überlebenden Ihrer Experimentiergruppe. Wir taten alles, um Sie zu retten, leider erfolglos. Verzeihen Sie uns, wenn wir indirekt an dem Unglück die Schuld tragen.«

»Niemand hat Schuld«, antwortete Lecufe, immer noch mit Panik erfüllt. »Höchstens wir selbst, weil wir die Gefahr nicht rechtzeitig erkannten. Nun ist es zu spät, darüber nachzudenken. Schicken Sie uns Ihre Wissenschaftler. Wir werden ihnen helfen. Ich erinnere mich, daß mir Atlan eine gewisse Frage stellte. Sie wissen es vielleicht. Sie betrifft die Reise in die Vergangenheit und die seltsame Pendelbewegung. Ich verweigerte Atlan gegenüber jede Auskunft, aber nun sieht es so aus, als wäre diese zweite Expedition für Sie notwendig geworden. Wir wollen Ihnen helfen. Sie sollen nicht noch einmal stranden.«

»Ich danke Ihnen, Lecufe.« Die beiden Männer hatten sich inzwischen kennen und schätzen gelernt. Rhodan bedauerte, nicht eher von seinem Ausflug nach Lemuria zurückgekehrt zu sein. Wenn er Lecufe eher kennengelernt hätte, wäre es vielleicht ganz anders gekommen.

»Ich gebe Ihnen mein Wort, daß wir Sie sobald als möglich in die Gegenwart und damit in Sicherheit bringen werden. Sie erhalten ein Schiff und können fliegen, wohin Sie wollen. Wir vertrauen Ihnen.«

»Und wir vertrauen Ihnen«, versicherte Lecufe.

Inzwischen sorgte Julian Tifflor dafür, daß ein schneller Kreuzer für den Start vorbereitet wurde. Zusammen mit einer Robotbesatzung sollte das Schiff Lecufe und seinen beiden Begleitern als Geschenk übergeben werden. Damit konnten sie die Galaxis durchqueren, sich eine neue Welt suchen, wenn sie es nicht vorzogen, Verbindung zu ihrem Volk aufzunehmen, dessen Herkunftsort auch Rhodan unbekannt geblieben war.

»Sie vertrauen uns, das ist gut.« Rhodan überlegte, wie er Lecufe fragen konnte, ohne ihn zu verletzen. »Sie erwähnten eben die zweite Expedition in die Vergangenheit, die wir unternehmen müssen, um die gefährliche Station auszuschalten. Ich bin Ihnen dankbar, wenn Sie mir gewisse Auskünfte geben könnten, die Sie Atlan verweigerten. Die angeforderten Wissenschaftler werden bald eintreffen. Versuchen Sie, ihnen das Phänomen zu erklären. Vielleicht können Sie ihnen auch schriftliche Unterlagen geben, mit denen wir etwas anfangen können. Die sogenannte Goldene Spindel wurde Ihnen gegenüber schon erwähnt. Was ist sie? Warum wurde sie installiert, praktisch mitten im Zeitstrom – wie ein Riff?«

Professor Waringer und seine engsten Mitarbeiter, alles Spezialisten auf ihrem Gebiet, betraten den Raum. Sie wurden den Cappins vorgestellt. Waringer bereitete einige Papiere auf dem Tisch aus und legte einen Schreibstift dazu. Über den Translator kam er gleich zur Sache.

»Der Kreuzer ist gestartet und wartet außerhalb der Zeitschleuse auf seinen Einsatz. Er ist bereit, Sie aufzunehmen.« Er sah Lecufe an. »Aber ich hoffe, daß Sie mir vorher einige Erklärungen abgeben und Fragen beantworten. Dort liegt Papier. Ich weiß, daß ich Ihre Schrift nicht lesen kann, aber wenn Sie sprechen, während Sie Ihre Aufzeichnungen machen, kann ich die entsprechenden Notizen anfertigen. Vor allen Dingen interessiert mich der kontinuierliche Verlauf des Zeitstroms und die Pendelbewegung, hervorgerufen durch die Goldene Spindel. Wieso war es möglich, den Nullzeitdeformator, der stabil im rückläufigen Zeitstrom lag, aus dem Kurs zu werfen?«

Lecufe stand auf, obwohl er sich vor einem Moment wieder gesetzt hatte. Er schien nervös zu sein. Er nahm den Stift und begann mit ihm seltsame Kurven und Gebilde zu entwerfen. Dann erst begann er zu sprechen.

»Der Zeitstrom verläuft relativ gradlinig und in einer Richtung. Um einen Gegenstand aus diesem Zeitstrom zu fischen, bedarf es besonderer Vorrichtungen, die zwar kompliziert zu konstruieren, aber denkbar einfach zu begreifen sind. Ich will versuchen, es Ihnen zu erklären.«

Rhodan und Atlan saßen ein wenig abseits. Auf Anhieb verstanden sie nicht jede Einzelheit dessen, was der Cappin zu erklären versuchte. Sie wußten, daß Waringer in dieser Hinsicht verläßlich war. Wenn er keine Fragen stellte, hatte er begriffen, was Lecufe meinte.

Der Translator gab einige Ausdrücke wieder, die Rhodan zwar behielt, ihre Bedeutung jedoch nicht verstand.

Dakkar-Tastresonator.

Ein Zusatzgerät, so hörten Rhodan und Atlan, das in der Lage war, auftreffende Störschwankungen innerhalb der Sextadimspur zu absorbieren. Es war nicht ganz klar, ob dieses Gerät etwas mit der Goldenen Spindel zu tun hatte, aber das würde sich später anhand der Unterlagen feststellen lassen. Rhodan unterbrach die Diskussion zwischen den Cappins und den terranischen Wissenschaftlern deshalb nicht, um keine wertvolle Zeit zu verlieren.

Wenn die Station sie angepeilt hatte, war alles vorbei.

Aber es sah jetzt ganz so aus, als gelänge ihr das nicht.

Ein Offizier kam in den Raum. Er sah Rhodan fragend an.

Rhodan erhob sich und ging zu ihm. »Ja, was ist?« erkundigte er sich leise, um die Diskussion nicht zu stören.

»Der Kreuzer hat die Temporalschleuse passiert und wartet, Sir.«

»Das habe ich bereits erfahren. Es kann noch ein oder zwei Stunden dauern. Alles programmiert?«

»Wie angeordnet, Sir.«

»Danke.«

Der Offizier ging. Rhodan kehrte an seinen Platz zurück.

»Die bringen jede Neuigkeit eine halbe Stunde zu spät«, murmelte Atlan belustigt. »Waringer war schneller.«

»Glaubst du, daß Abel mit den Hinweisen etwas anfangen kann?«

»Möchte ich doch annehmen. Zumindest läßt sein zufriedener Gesichtsausdruck darauf schließen. Wir kennen ihn doch.«

»Allerdings. Ich wette, er wird uns in den nächsten Tagen mit den verrücktesten Theorien plagen. Aber die Erfahrung hat ergeben, daß immer etwas Vernünftiges dabei ist.«

Atlan lächelte und sah wieder zu Waringer und Lecufe, die eifrig miteinander diskutierten. Die anderen Wissenschaftler hörten sichtlich beeindruckt zu.

Rhodan sah auf die Uhr.
»Viel Zeit dürfen wir nicht verlieren.«
Waringer ließ sich unterbrechen.
»Ich glaube, es genügt jetzt. Noch einmal die Frage, Lecufe.« Er wandte sich an den Cappin: »Die Station, was ist damit? Sind Sie sicher, daß Sie die wichtigsten Schaltzentren zerstören konnten?«
»Nein, ich bin nicht sicher. Wir haben nur einen Teil dessen lahmgelegt, der uns bekannt ist. Niemand weiß, was sich noch in den abgesperrten Abteilungen verbirgt. Es kann geheime Zusatzschaltungen geben, von denen wir keine Ahnung haben. Sie können die von uns unterbrochene Tätigkeit jederzeit wieder aufnehmen. Es tut mir leid, Ihnen keine andere Auskunft geben zu können.«
»Sie halten also eine zweite Expedition in die Vergangenheit für unerläßlich?«
»Wenn Sie die Station in der Gegenwart nicht vernichten können, scheint mir das die einzige Möglichkeit zu sein«, sagte Lecufe.
Waringer nickte Rhodan zu und sagte zu dem Cappin:
»Ich danke Ihnen für Ihre Ehrlichkeit, Sie haben uns sehr geholfen. Ich wünsche Ihnen und Ihren beiden Freunden alles Gute für Ihre Zukunft. Auch im Namen Rhodans glaube ich Ihnen versichern zu dürfen, daß wir uns jederzeit über Ihren Besuch freuen, falls Sie jemals zu uns zurückkehren.«
»Vielleicht ist das möglich«, entgegnete Lecufe einfach.
»Der Kreuzer wartet«, mahnte Rhodan.

Spezialfahrzeuge brachten die Gruppe zur Temporalschleuse, dem einzigen Zugang zur Gegenwart. Noch immer lag das Sonnensystem im Zeitfeld eingebettet und befand sich exakt fünf Minuten in der Zukunft.
Lecufe, Marays und Carscin konnten sich an dem technischen Wunder nicht satt sehen und sparten nicht mit Anerkennung. Rhodan drängte zwar zur Durchfahrt, aber es waren die Cappins, die die schreckliche Bedrohung durch die Station vergessen zu haben schienen. Immer wieder stellten sie Waringer ihre Fragen und bewiesen damit ihr Interesse an technischen Einzelheiten.
Waringer hatte einen zustimmenden Blick Rhodans aufgefangen und erklärte den Cappins, was sie wissen wollten. Atlan meinte:
»Ich weiß nicht, Perry, wir halten uns zu lange auf. Wir wissen nicht,

ob die Sicherheitsschaltung der Station noch einmal zuschlägt und über welche Entfernungen hinweg sie wirksam ist. Solange sich die Cappins innerhalb des Zeitfeldes aufhalten, schweben sie in größter Gefahr. Kann man ihnen das nicht klarmachen?«

»Sie wissen es selbst am besten, Atlan. Wenn wir einfach weitergehen, halten sie das für Mißtrauen.«

Durch das Zeitfenster sahen sie hinaus in die Gegenwart. Beobachtungssatelliten standen im Raum verteilt, und endlich waren auch die Sterne wieder sichtbar geworden, allerdings nur auf den Bildschirmen des Zeitfensters. Etwas abseits lag der schnelle Kreuzer mit Spezialantrieb an einem Magnetanker. Der »Magnet« bestand aus dem Schnittpunkt drei verschiedener Gravitationsfelder, von denen das des Merkur überwog. So geschah es zwangsläufig, daß der Anker seinen Standort gegenüber der Oberfläche des Merkur niemals veränderte.

»Ein gutes Schiff«, lobte Lecufe und konnte sich von dem Anblick nicht losreißen. »Wir sind Ihnen sehr zu Dank verpflichtet.«

»Sie haben das Schiff allzu teuer bezahlen müssen«, sagte Rhodan ernst. »Wir wollen kein Wort mehr darüber verlieren. Wenn Sie alles erfragt haben, Lecufe, wollen wir gehen. Ich habe keine Ruhe, bis Sie in Sicherheit sind.«

Alaska Saedelaere, der hinter den Cappins stand, wich plötzlich zurück. Unter seiner Plastikmaske begann sein Gesicht zu zucken und zu flammen. Er, der einzige Terraner, der ohne es zu wollen, unmittelbar mit den Cappins in Verbindung stand, spürte als erster die Veränderung, die mit Lecufe vor sich ging. Er wußte, daß die Sicherheitsschaltung der Todesstation zupackte, endgültig und absolut.

Lecufe selbst spürte es natürlich auch, und er wußte, daß es nun zu spät für ihn war, sich in Sicherheit zu bringen. Er wußte, daß sich sein Bewußtsein zwangsweise von dem vierdimensionalen Körper trennen mußte, und daß es diesmal kein Ziel, keinen Gastkörper für sein Pedobewußtsein gab. Das alles geschah in Bruchteilen von Sekunden, aber auch das war immer noch Zeit genug für ihn, alles bewußt zu erleben.

Er *mußte* seinen Körper verlassen!

Was andere Lebewesen, keine Cappins, seit Jahrtausenden versucht hatten, um sich frei und ungebunden in Raum und Zeit bewegen zu können, wurde für ihn jetzt zum Zwang – ohne daß er eine individuelle Pedopeilung vorgenommen hatte. Sein Ziel war ungewiß – oder vielmehr fürchterlich: der sechsdimensionale Leerraum, vielleicht auch der Hyperraum, der Pararaum. Ein Raum jedenfalls, wie ihn sich drei-

oder vierdimensionale Lebewesen nicht vorstellen konnten. Ein Raum, der in ihrem Sinn nicht existierte.

Der nur mathematisch vorhanden sein konnte und mußte.

Lecufe wußte, daß er zu lange gewartet hatte. Selbst in dieser letzten Sekunde seines Lebens gab er weder Rhodan noch den Terranern die Schuld für seinen Tod. Schweigsam und gelassen starb er.

Als Alaska zurückwich und Lecufe sah, der sich verformte und zu einer konturlosen Masse wurde, packte er Carscin und Marays, um sie in Richtung des kleinen Transportschiffes zu schieben, das sie durch die Temporalschleuse bringen sollte. Er wollte wenigstens diese beiden Cappins noch retten, ehe es zu spät dazu wurde. Daß Lecufe nicht mehr zu helfen war, wußte er nur zu genau.

Auch die beiden Cappins begriffen das. Nur jenseits der Zeitschleuse waren sie sicher, fünf Minuten in der relativen Vergangenheit, in der Jetztzeit, der Gegenwart.

Doch ehe sie zum Sprung ansetzen konnten, geschah das Unfaßbare auch mit ihnen. Sie starben, ehe jemand es verhindern konnte. Die Sicherheitsschaltung des Todessatelliten funktionierte mit unheimlicher Präzision und ohne jedes Erbarmen. Die Terraner konnten sie nicht packen, wohl aber die entflohenen Cappins.

Die drei formlosen Plasmahaufen lagen im Vorraum der Temporalschleuse, leblos und ohne Bewegung.

Alaska stand da, die Arme herabhängend und mutlos. »Sie sind tot, die letzten drei Cappins sind tot. Es war alles umsonst.«

»Nichts war umsonst«, widersprach Rhodan mit tonloser Stimme, die seine wahren Gefühle widerspiegelte. »Wir haben wichtige Informationen erhalten. Und wir haben ehrlich versucht, die Cappins zu retten. Daß es nicht gelang, kann uns kaum angelastet werden.« Er wandte sich an Julian Tifflor. »Ich denke, der Kreuzer kann zurückgezogen werden.«

Waringer legte ihm die Hand auf die Schulter.

»Du spielst den Unbeteiligten, Perry, aber wir kennen dich besser. Das Schicksal der Cappins geht dir zu Herzen, gib es nur zu. Mir übrigens auch. Sicher, sie stellten uns in ihrer Verzweiflung ein Ultimatum, aber wer hätte das an ihrer Stelle nicht getan? Später erwiesen sie sich als faire Partner. Sie halfen uns sogar. Und nun sind sie alle tot.« Er seufzte. »Das mit den Informationen stimmt. Wir müssen sie noch auswerten, aber ich bin davon überzeugt, daß eine Menge dabei herauskommt. Die nächste Reise in die Vergangenheit wird besser verlaufen, und wenn wir hundert Zeitläufern begegnen.«

»Hoffen wir es«, sagte Rhodan und ging auf die Tür zu, die zum Hauptquartier Merkur zurückführte. »Wir haben das Glück in nächster Zeit sicherlich sehr nötig. Der Satellit muß verschwinden, koste es was es wolle. Wir können nicht in ewiger Bedrohung leben, das wäre unerträglich. Ich kehre zur Erde zurück. In zwei Tagen werden wir die SUN DRAGON erneut zur Sonne schicken. Vielleicht begeht die Sicherheitsschaltung der Station einen geringfügigen Fehler – und dann werde ich nicht zögern, den Befehl zu ihrer Vernichtung zu geben.«

Er verließ den Raum.

»Es hat ihn verdammt mitgenommen«, stellte Atlan fest und sah auf die Überreste der drei Cappins. »Er gibt es nur nicht zu.«

Julian Tifflor nickte.

»Wer kann das schon?« fragte er.

Zwei Tage lang gab es kein einziges Observatorium auf der Erde, das nicht ständig die Sonne im Visier gehabt hätte, sofern sie gerade am Himmel stand.

Die Berichte liefen in der Zentrale zusammen und wurden nach Terrania weitergeleitet. Sie besagten einstimmig, daß die Aktivität des Heimatsterns abflaute und sich normalisierte.

Es konnte kein Zweifel daran bestehen, daß die Einrichtung des Todessatelliten, die der Aufheizung der Sonne bis zur Nova diente, ausgefallen war.

Die Frage war nur, ob es eine zusätzliche Anlage gab oder ob die in der Station befindlichen Roboter den Schaden reparieren konnten. Rhodan war davon überzeugt, daß es entsprechende mechanische Arbeitskommandos gab. Und auch hier wiederum stellte sich eine Frage: Wie lange würden sie benötigen, den Sonnenmotor wieder herzustellen?

Man konnte die Sache nach allen Richtungen hin durchdenken, man kam immer wieder zu einem einzigen Schluß: Wenn die Menschheit in Ruhe und Frieden und ohne Sorgen leben wollte, mußte die Station verschwinden oder vernichtet werden.

Rhodan nahm an dem Flug der SUN DRAGON diesmal nicht teil, sondern übergab Bully und Atlan das Kommando. Außerdem beteiligte sich Gucky an der Expedition. Er war nicht davon abzubringen.

Das Spezialschiff startete vom Merkur und nahm direkten Kurs auf die Sonne. Es würde nicht schwierig sein, die Station wiederzufinden, nachdem alle ihre Flugdaten bekannt waren. Da Atlan dem Kommandanten empfohlen hatte, nichts zu übereilen und besonderen Wert auf Sicherheit zu legen, blieben ihnen gute zwei Stunden, bis sie die Chromosphäre erreichten.

Sie saßen in der Kabine, die sich Bully hatte reservieren lassen.

»Nur gut, daß die SUN DRAGON ein Transformgeschütz hat«, sagte Bully grimmig. Das Ende der Cappins hatte ihn arg mitgenommen. »Wir sollten keine Sekunde zögern, es diesmal einzusetzen.«

»Das hilft uns nicht weiter, wenn die Schutzschirme der Station eingeschaltet sind.«

»Vielleicht läßt sich die Automatik überlisten«, meinte Bully. »Wir müßten nur herausfinden, worauf sie positiv reagiert. Dürfte doch nicht allzu schwierig sein.«

»Ich fürchte, du siehst das zu einfach«, meinte Atlan, wesentlich skeptischer. Gucky sagte gar nichts. Er hockte abseits auf Bullys Bett. »Diese Automatik läßt sich nicht überlisten. Sie hat programmierte und uns unbekannte Aufgaben. Rhodan rechnet ebenfalls damit, daß unser jetziger Flug ergebnislos verlaufen wird. Wir werden nichts von Bedeutung feststellen können.«

»Für mich ist er eine Abwechslung«, stellte Bully lakonisch fest. »Schließlich bin ich es ja auch, der ständig hinter seinem Schreibtisch hocken und die Verwaltungsarbeit für euch erledigen muß, während ihr euch auf anderen Planeten oder in anderen Zeiträumen herumtreibt.«

»Na gut, dann hast du eben deine Abwechslung, aber ich bitte dich, dir keine übertriebenen Hoffnungen zu machen.«

Der Kommandant sprach:

»An alle! Wir nähern uns der errechneten Position der Station.«

Atlan nickte Bully zu.

»Es wird besser sein, wir warten in der Kommandozentrale. Kommst du mit, Kleiner?«

Das galt Gucky, der seine eindrucksvolle Pose auf dem Bett aufgab und von den Polstern rutschte.

»Natürlich komme ich mich. Darum bin ich ja hier.«

Das Schiff stieß in die Sonne vor. Die Station kam etwas später in Sicht, und Atlan sah schon beim ersten Blick, daß ihr Flug umsonst gewesen war. Nur undeutlich war die gigantische Spindel hinter dem Sextadimschirm zu erkennen, dessen Lichtdurchlässigkeit schwankte. Manchmal wurde er völlig transparent, dann drang wieder kein Lichtstrahl durch ihn hindurch. Ob so oder so, die Erfahrung hatte ergeben, daß er für jede Materie und für jede Strahlung undurchdringlich war.

»Nichts mit der Kanone«, meinte Gucky enttäuscht. »Und ich hätte dem Monstrum so gern eine Fusionsbombe ins stählerne Fell geschmuggelt.«

»Seit wann denn so kriegerisch?« erkundigte sich Atlan. »So kennen wir dich ja gar nicht.«

»Die achttausend Cappins«, gab Gucky zurück und wußte, daß die Erklärung genügte.

Sie folgten der Station in genügendem Sicherheitsabstand. Die Schirme hielten. Die Tätigkeit der immer noch unruhigen Sonnenatmosphäre hatte merklich nachgelassen.

Einmal glaubte Atlan hinter dem Sextadimschirm Bewegungen erkennen zu können. Er bat den Kommandanten der SUN DRAGON, die Vergrößerung einzuschalten. Auf dem Panoramaschirm rückte die Station näher.

Atlan hatte sich nicht getäuscht.

Verschiedenartig geformte Gestalten bewegten sich außerhalb der Station, aber noch innerhalb des Schutzschirms hin und her. Ihre Bewegungen verrieten, daß es sich um Roboter handelte. Die Station war also eindeutig dabei, sich selbst zu reparieren. Es konnte nur noch eine Frage der Zeit sein, bis sie wieder voll einsatzfähig war.

Die Bedrohung für die Erde wuchs, denn wenn es auch noch eine Sicherheitsautomatik für »Rache und Vergeltung« gab, war die Erde wirklich endgültig verloren.

Und möglich war schließlich alles, sonst wären die Cappins nicht gestorben.

»Ich habe es mir gedacht«, sagte Atlan erbittert. »Und wir können nichts tun als zusehen. Ich glaube nicht, daß der Schirm auch nur für eine Sekunde abgeschaltet wird.«

»Vielleicht will die Station mal auf uns schießen«, hoffte Gucky. Atlan schüttelte den Kopf.

»Dazu ist sie zu vorsichtig. Sie geht kein Risiko ein. Nein, es ist besser, wir kehren nach Terrania zurück. Wenn Waringer und seine Leute sich beeilen, schaffen wir es vielleicht noch vor der Station.«

Bully setzte sich, nachdem der die Station genügend lange betrachtet hatte.

»Ich stimme dir zu, Atlan. Hier ist nichts mehr für uns zu tun. Hier und jetzt nicht. Nur zweihunderttausend Jahre in der Vergangenheit. Gehen wir, um Perry zu berichten.«

Wenig später nahm die SUN DRAGON Kurs auf den Merkur.

Zurück blieb die Sonnenstation, das tödliche Erbe der alten Cappins, eine ewige Bedrohung der Menschheit im Schutz der Chromosphäre. Nur ihre einmalige Position hatte es bewirken können, daß man sie auch im Zeitalter modernster Technik so lange nicht entdeckt hatte.

Aber sie war da, und bald würde sie wieder einsatzbereit sein.

Noch aber wartete sie.

Rhodan nahm Atlans Bericht gelassen entgegen. Er verließ sich auf Waringer und seine Experten. Sie würden die Angaben der Cappins so schnell wie möglich auswerten und deuten. Auf dem Mont Lemur stand der Nullzeitdeformator, die Zeitmaschine. Startbereit und mit neuem Proviant versehen, wartete sie darauf, erneut in die Vergangenheit vorzudringen.

»Ich glaube nicht, daß die Schäden so schnell behoben sein werden. Atlan. Die Cappins und wir haben ganze Arbeit geleistet. Die Reparaturroboter werden genug zu tun haben, die gröbsten Fehlerquellen zu orten und zu beseitigen. Einige Wochen wird es dauern, schätze ich. Das bedeutet, daß die Erde und das ganze System bis dahin in relativer Sicherheit sind. Wir haben Zeit, unsere Vorbereitungen zu treffen. Noch ehe der Satellit wieder mit seiner zerstörerischen Arbeit beginnen kann, müssen wir in der Vergangenheit den Bau verhindert haben.«

»Vielleicht haben wir diesmal mehr Glück«, wünschte sich Atlan.

16.

November 3433

Oberst Elas Korom-Khan saß reglos wie eine Statue in dem geschwungenen Kommandantensessel. Die braune Haut seines Gesichtes schimmerte matt im gedämpften Licht der Zentrale. Obwohl frisch mit Antibartcreme behandelt, lagen blauschwarze Schatten über Hals, Kinn und Wangen.

Über dem Kommandanten der INTERSOLAR hing die silbrig glänzende SERT-Haube an ihren Zuführungsleitungen.

Die rote Kontollampe leuchtete wie das Auge eines Zyklopen und zeigte an, daß die Haube aktiviert war und nur darauf wartete, von dem Emotionauten benutzt zu werden.

Korom-Khan schien zu schlafen. In Wirklichkeit aber waren alle seine Sinne angespannt, lauschten auf das monotone Gemurmel der Offiziere vor den Schaltpulten, das schwache Summen des aktivierten Hyperkoms und das Wispern aus dem Positronikanschluß.

Die fugenlos ineinander übergehenden Bildschirmsegmente der Panoramagalerie zeigten ein Bild, wie es nur wenige Menschen gesehen hatten. Es war weder das Bild des Solsystems, mit dem diffusen rötlichen Glühen der Labilzone noch das Bild des freien Weltraums mit seinen zahllosen Sternen, Sternkonstellationen und Materiewolken, sondern ein weißes pulsierendes Leuchten.

Das Flaggschiff Perry Rhodans stand dicht hinter der Gegenwartsschwelle der Temporalschleuse, die zwischen dem fünf Minuten in der Zukunft ausharrenden Ghost-System und dem in die Normalzeit eingebetteten übrigen Universum eine Brücke aus Temporalenergie bildete, ein geheimnisvolles Etwas, daß sich mit normalen physikalischen Begriffen nicht erklären ließ und das doch nach den Berechnungen der Menschen funktionierte.

Schräg vor der INTERSOLAR »schwamm« ein Gebilde von gigantischen Ausmaßen, der stationär an der Zeitschwelle verankerte Riesentender und Transmitter DINOSAURIER.

Seine rotleuchtenden Energieschenkel waren vor einiger Zeit erloschen; die Containertransmitter-Verbindung zwischen dem Solsystem und dem Planeten Olymp arbeitete nicht mehr. Dafür herrschte »draußen« in der »Normalzeit« und doch von den unsichtbaren Ausstrahlungen der Gegenwartsschwelle überlappt, hektische Betriebsamkeit. Die Ortungsstationen, die vorgeschobenen Wächter der solaren Menschheit, tasteten den Raum vor der Gegenwartsschwelle ab. Zwar hatten in den mehr als drei Jahren, die das Ghost-System sich außerhalb des vierdimensionalen Raum-Zeit-Kontinuums befand, die Anflüge fremder Suchschiffe so gut wie aufgehört, aber die Vorsichtsmaßnahmen waren nicht eingeschränkt worden. Die verantwortlichen Männer, an ihrer Spitze der SolAb-Chef Galbraith Deighton, gingen kein Risiko ein.

Aus den Augenwinkeln nahm Korom-Khan eine Bewegung schräg hinter sich wahr. Lord Zwiebus durchquerte mit seinem typischen wiegenden Gang die Kommandozentrale und gesellte sich zu Perry Rhodan und Atlan, die vor den Kommandopulten des Kartentisches saßen und sich flüsternd mit Alaska Saedelaere unterhielten.

»Normalraum jenseits der Gegenwartsschwelle frei von verdächtigen Objekten«, meldete die Stimme nüchtern. »Koordinieren Sie auf Start bei X minus dreißig Sekunden. Achtung: X-Zeit läuft!«

Korom-Khan senkte seine Rechte auf eine Schaltplatte. Das dumpfe Rumoren im 2500 Meter durchmessenden Kugelleib der INTERSOLAR schwoll zu einem tiefen Dröhnen an. Über dem Schaltpult des Kommandanten begann der Synchronzähler mit seinem harten Tikken; bei X minus zehn Sekunden hallte ein dumpfer Gongschlag durch das gewaltige scheibenförmige Rund der Zentrale.

Die silbrig glänzende SERT-Haube (SERT stand für »Simultane Emotio- und Reflex-Transmission«) senkte sich über Korom-Khans Schädel; die Kontaktplatten preßten sich gegen die Kopfhaut. Der Kommandant verschmolz mit seinem Schiff zu einer Handlungseinheit.

Perry Rhodan unterbrach sich und blickte auf, als ein dumpfer Gongschlag den bevorstehenden Start der INTERSOLAR ankündigte. Er sah, wie sich die SERT-Haube über Korom-Khans Schädel senkte.

Unwillkürlich schlossen sich seine Hände fester um die gepolsterten Armlehnen seines Schalensessels. Der Sesselcomputer reagierte darauf mit einer Formveränderung: Rhodan wurde zu zwei Dritteln sanft von der schützenden Hülle des Sessels umschlossen.

Durch das Rumoren der Energieerzeuger vernahm Perry Rhodan das harte Geräusch eiliger Schritte. Eine hochgewachsene Gestalt hastete durch sein Blickfeld: Oberst Hubert S. Maurice, Chef des »Sicherheitskommandos Großadministrator« und in dieser Funktion rast- und ruheloser »Schutzengel« des wichtigsten Mannes der Menschheit. Feine Schweißperlen glänzten auf Maurices Stirn; die bevorstehende Mission der INTERSOLAR stellte den Chef des SGA wieder einmal vor eine nach menschlichem Ermessen unerfüllbare Aufgabe: nämlich den Großadministrator des Solaren Imperiums inmitten von Millionen Menschen und anderen intelligenten Lebewesen zu beschützen.

Rhodan lächelte. Hubert Selvin Maurice war unbestreitbar der beste

Mann für diese Aufgabe; er vergaß nur manchmal, daß es keinen perfekten Schutz gab und niemals geben würde. Erreichbar war lediglich ein Maximum an Sicherheitsvorkehrungen.

»Es ist ein großes Risiko«, sagte Lordadmiral Atlan, als hätte er die Gedanken seines Freundes erraten. »In Trade City leben ebenso viele Feinde wie Freunde.«

»Ich weiß«, erwiderte Perry gelassen. »Aber die Berichte der SolAb und die Studien unserer Kosmopsychologen beweisen, daß es wieder einmal höchste Zeit ist, den Völkern der Galaxis – und besonders unseren lieben Mitmenschen unter ihnen – einen gewissen Großadministrator vorzuzeigen . . .«

»Aus deinen Worten klingt Bitterkeit, Freund . . .«, murmelte der Arkonide.

Perry Rhodan lachte trocken.

»Soll ich mich vielleicht darüber freuen, daß die außersolare Menschheit immer noch nicht klüger geworden ist, als es die terranischen Völker zur Zeit Alexanders des Großen waren! Noch immer brauchen sie ihren Abgott, einen Fetisch, den sie lieben und hassen, fürchten und verehren können!«

»Was gut werden soll, braucht seine Zeit, Perry«, sagte Atlan wissend. »Du kannst die Masse nicht mit klugen Worten und erhobenem Zeigefinger ändern, sondern nur, indem du ihr gibst, was sie von dir erwartet. Außerdem beweist dir die solare Menschheit täglich, daß die Gattung Homo sapiens kein hoffnungsloser Fall ist.«

Rhodan antwortete nicht darauf. Außerdem brüllten in diesem Moment die mächtigen Triebwerksaggregate des Schiffes auf und degradierten alle anderen Lautäußerungen zu einem wesenlosen Nichts. Gewaltige Energien stießen die INTERSOLAR über die Gegenwartsschwelle ins Kontinuum der Normalzeit hinaus. Von einer Sekunde zur anderen verschwand das weiße Leuchten des Zeittunnels; nicht einmal mit den besten Ortungsgeräten hätte das, was die INTERSOLAR soeben verlassen hatte, mehr festgestellt werden können. Hinter dem Schiffsgiganten blieb nur ein mathematisch ermittelbarer Koordinatenschnittpunkt zurück, dessen wandernde Position automatisch von der großen Bordpositronik errechnet wurde.

Mit einer Beschleunigung von 720 Kilometern pro Sekundenquadrat jagte Rhodans Flaggschiff durch den Normalraum, in dem es effektiv kein Solsystem mehr gab. Nach kurzer Zeit schaltete die Automatik den ersten Waring-Konverter hoch. Über den Schaltbildwänden der Kontrollstände entstand ein hektisches Feuerwerk kalter Lichter. Die seelenlose Stimme eines Robotaggregats kündigte den Übergang in den Linearraum an.

Schlagartig verschwand das vertraute Universum von den Bildschirmen. Die undefinierbaren Schemen und Leuchteffekte der interkontinualen Zone wirbelten, huschten, jagten draußen vorbei. Mit millionenfacher Lichtgeschwindigkeit schoß die INTERSOLAR auf den ersten Orientierungspunkt zu.

Innerhalb des Schiffsgiganten herrschten die gewohnten Bedingungen des Einstein-Raumes. Die unsichtbare Energieblase, erzeugt vom Waringschen Linearkonverter, umgab das Schiff lückenlos, hielt die Einflüsse des Zwischenraums von ihm fern und ermöglichte durch seine artverwandte Struktur ein Verweilen in der Halbraumzone.

Unvermittelt riß Lord Zwiebus seinen Mund auf und gähnte herzhaft, wobei er sein scharfes Gebiß entblößte.

Der Neandertaler langweilte sich offensichtlich.

Alaska Saedelaere stand auf und räusperte sich.

»Ich leg mich jetzt ein wenig hin, Sir«, sagte er, zu Rhodan gewandt. Die starre Halbmaske mit der zur Zeit nur schwach leuchtenden Aura verlieh dem Transmittergeschädigten etwas Sphinxhaftes.

Rhodan nichte.

»Gehen Sie nur, Alaska. Wir haben noch vierzehn Flugstunden vor uns. Nehmen Sie einmal Ihre Maske ab; sie muß doch sehr unbequem zu tragen sein.«

»Das ist sie – in der Tat«, antwortete Saedelaere. »Ich danke Ihnen für Ihr Verständnis, Sir.«

»Danken Sie mir nicht für etwas Selbstverständliches, Alaska. Rügen Sie mich, falls ich es einmal nicht aufbringen sollte. – Übrigens, Zwiebus: Du solltest auch ein wenig schlafen, anstatt uns ständig dein Urmenschengebiß zu zeigen . . .!«

Der Neandertaler schrak auf und klappte den Mund zu, den er soeben wieder aufgerissen hatte.

»Oh, Verzeihung, Rhodan. Aber diese Linearflüge langweilen mich immer fürchterlich.« Er stemmte sich hoch.

Atlan lachte leise und schüttelte den Kopf, so daß seine langen silberweißen Haare in Bewegung gerieten.

»Das von einem Vertreter der Gattung Homo neanderthalensis zu hören, hätte ich mir früher nie träumen lassen!«

Lord Zwiebus grinste breit und wirbelte seine Keule (die nur noch äußerlich eine Keule war) um den Zeigefinger.

»Sie werden es demnächst früher geträumt haben, sobald wir erneut mit dem Deformator in die Vergangenheit starten – vor Ihrer Geburt sogar, Lordadmiral . . .«

Er kniff ein Auge zu, legte die mächtige Keule über seine Schulter und stapfte davon.

Der Arkonide sah ihm unter halbgesenkten Lidern nach. Als Saedelaere und Zwiebus die Kommandozentrale verlassen hatten, drehte er sich mit seinem Sessel zu Rhodan um und murmelte:

»Welche Überraschungen hält wohl die Geschichte dieses kleinen Planeten Erde noch für uns bereit, Perry? – Ich habe neuerdings die Ahnung, als hätten wir bisher nur einen winzigen Zipfel des Vorhangs angehoben, der über unserer gemeinsamen Vergangenheit liegt, und was ich bisher sehen konnte, scheint mir weitaus phantastischere Abenteuer zu versprechen – oder anzudrohen – als die Eroberung des Raumes.«

Perry Rhodan erschauerte.

»Das war mir aus der Seele gesprochen, Atlan. Manchmal wollte ich, wir wären niemals gezwungen worden, den Nullzeit-Deformator zu bauen. Ich glaube, ich fürchte mich davor, alles über die Vergangenheit des Menschengeschlechtes zu erfahren.«

»Eine ganz natürliche Sache, kleiner Barbar«, erwiderte der Arkonide lächelnd. »Eine Scheu, die ich mit dir teile. Aber was bleibt uns übrig! Hoffentlich gelingt Waringer die Konstruktion eines funktionstüchtigen Dakkar-Tastresonators.«

Rhodans Gesicht nahm einen verlorenen Ausdruck an. Er hatte den Schmerz über den Tod der drei Cappins noch immer nicht überwunden, die der Menschheit so wertvolle Hilfe geleistet hatten, und er hielt es für eine Tragödie, daß so viel wertvolle Zeit hatte verstreichen müssen, bis Menschheit und Cappins eine Verständigungsbasis fanden.

»Wenn es einem Menschen gelingt, dann Geoffrey«, murmelte er, mehr zu sich selbst als zu dem Freund. »Mich ärgert es nur, daß ich eine Show abziehen soll, während auf Last Hope . . .«

»Stopp!« unterbrach Atlan ihn fast brutal. »Nicht während auf Last Hope die Versuche mit dem Quintatron stattfinden, sondern damit sie unbehelligt von allen galaktischen Machtgruppen stattfinden können!« Er rieb sich lächelnd die Hände. »Und wie ich unseren gemeinsamen Freund Argyris kenne, wird er eine Show organisiert haben, wie die Galaxis sie noch nie erlebt hat. Das sollte dich eigentlich von ihrer Notwendigkeit überzeugen, denn die unbestechliche logische Denkweise eines biopositronischen Ultragehirns zieht nur dann emotional ansprechende Register, wenn sich das als unumgänglich notwendig erwiesen hat.«

Perry Rhodan hob lächelnd die Hand.

»Das genügt, mein Freund. Es ist wirklich nicht nötig, daß du mich psychologisch bearbeitest.«

Er erhob sich, und nun wirkte er mit einemmal nicht mehr bedrückt, sondern elastisch und energiegeladen. Sein Blick suchte das Gesicht von Oberst Hubert S. Maurice, der still, bescheiden und wachsam in der Nähe saß.

Als der Chef des SGA Rhodans Blick auf sich ruhen fühlte, sprang er auf und fragte dienstbeflissen:

»Sir . . .?«

»Ich lade Sie zu einem Essen ein, Oberst«, meinte er. »In meinen privaten Räumlichkeiten. Lordadmiral Atlan wird uns sicher gern Gesellschaft leisten, so daß wir während des Essens einige Programmpunkte durchsprechen können.«

»Ich stehe immer zu Ihrer Verfügung, Sir«, erwiderte Hubert Selvin Maurice so steif, als hätte er eine Einladung zu seiner persönlichen Hinrichtung erhalten.

Während er den beiden Männern folgte, erteilte er über seinen Armband-Telekom Befehle an seine Untergebenen auf der INTERSOLAR.

Es gab nichts, was Oberst Maurice von der Erfüllung seiner Pflicht abhalten konnte – nicht einmal die private Einladung des Großadministrators.

Das Hotel OLYMPOS im Zentrum von Trade City stand erst seit anderthalb Jahren. Nicht etwa ein geschichtsbewußter Terraner, wie man bei dem Namen hätte vermuten können, hatte es errichten lassen, sondern ein geschäftstüchtiger Springerpatriarch mit dem Namen Baldem Sceed Mussam.

Arthur Buchanan musterte verächtlich die dorischen Säulen vor dem Haupteingang, die ein Gesims mit reicher Friesverzierung trugen. Das Ganze wirkte auf einen geborenen Terraner geschmacklos, weil es aus billigem Glasfaserbeton gegossen war. Sir Arthur Buchanan hielt es zudem für Geldverschwendung. Er raffte seinen großkarierten Umhang zusammen und vertraute sich der Kraftfeldrampe an, die über einer täuschend echten Treppenprojektion zum Portal führte. Seine Robotdiener waren ihm bereits mit dem Gepäck vorausgeeilt.

Vor einer grünlich oxydierten Kupferplatte neben dem Portal trat Buchanan aus dem Kraftfeld. Mit gerunzelter Stirn las er die auf Hochglanz polierte Platininschrift.

»Zeus, dem ewigen Vater, ihm, durch welchen die Menschen berühmt und unberühmt werden, daß man von ihnen redet und schweigt – nach dem Schluß des Erhabenen. Leicht wohl leitet er Gewalt und drückt den Gewaltigen nieder, leicht läßt er Glanze erbleichen und Dunkles macht er erglänzen, leicht macht Krummes er gerade und krümmt Grades und Stolzes, Zeus, hochdonnernd im $C_2H_5OC_2H_5$, der droben wohnet in den Wolken.«

Arthur Buchanan vermochte ein breites Grinsen nicht zu unterdrükken. Nur einem phantasielosen galaktischen Händler konnte der Lapsus unterlaufen, die Zeilen Hesiods zu verstümmeln, indem er das Wort »Äther« aus der Originalfassung in die chemische Formel für Diäthyläther übersetzte. Hesiod würde schön die Nase rümpfen, könnte er riechen, wogegen ein profitgieriger Springer seine »Himmelsluft« vertauscht hatte.

Er stopfte sich seine kurze Pfeife, einen ausgebrannten, zerstoßenen Räucherkolben mit beachtlichem Fassungsvermögen. Dann schob er das Mundstück zwischen die Zähne und verlangte:

»Feuer!«

Ein blaues Flämmchen züngelte über dem großen Tabak auf, von einem verborgenen Thermal-Fokussator erzeugt. Die Falten in Buchanans Gesicht glätteten sich, als die Pfeife in Brand gesetzt war und blaue Rauchschwaden emporstiegen.

Eine junge Dame mit langem Leinenrock und hauchdünnem Peplos darüber huschte auf ihn zu, als er die Vorhalle betrat. Armbänder klirrten an den Handgelenken; das tiefschwarze Haar war kunstvoll aufgesteckt. So etwa mochte eine junge Dame des antiken Griechenland ausgesehen haben.

Das unterwürfige Benehmen einer Sklavin paßte jedoch keineswegs zu den edlen Zügen und der Kleidung der Oberschicht. Buchanan fühlte sich unangenehm berührt, als die Pseudogriechin sich vor ihm verneigte und gedämpft fragte:

»Sir Arthur Buchanan, darf ich Ihnen Ihre Gemächer zeigen?«

Er packte sie grob beim Oberarm und drehte sie so herum, daß sie ihm ins Gesicht sehen mußte.

»Das Zeitalter der Sklaverei ist vorbei, denke ich. Wie heißen Sie, Miß?«

»Ich bin Pandora«, antwortete die Schönheit zwinkernd, »die den

Bruder des Prometheus verführte und aus Neugier die Büchse öffnete, in der alles Unheil aufbewahrt wurde, so daß es in die Welt hinausströmte. Und nun, Sie schottischer Giftzwerg, lassen Sie meinen Arm los. Ich bin keine Hetäre.«

Arthur Buchanan gehorchte verblüfft und musterte die »Empfangsdame« genauer.

»Arlene Konstantin . . .!« hauchte er. »Sie hier – in dieser imitierten Lasterhöhle . . .?«

Die Sonderagentin des SGA lachte, lachte Tränen darüber, daß Major Buchanan sie erst durch ihr Erkennungswort von der Pandora erkannt hatte. In Wirklichkeit hieß sie allerdings so wenig Arlene Konstantin wie der Major Sir Arthur Buchanan hieß, wenn sie auch tatsächlich gebürtige Griechin und er gebürtiger Schotte war.

»In die Sie von einem unwiderstehlichen Drang getrieben wurden, lieber Arthur«, entgegnete sie schnippisch. »Sie haben das Etablissement mit der Nummer dreitausendachtzig. Falls Sie Wert auf meine Gesellschaft legen, erwarte ich Sie in der Mokkabar.«

Fasziniert sah Buchanan ihr nach, wie sie mit schwingenden Hüften davonschwebte. Er seufzte entsagungsvoll.

Wann würde er einmal privat mit einer Frau wie Arlene zusammenkommen statt immer nur dienstlich . . .?

Eine Viertelstunde später betrat er, in einen weißen Gesellschaftsanzug gekleidet, die Mokkabar.

Obwohl es früher Nachmittag war, waren gut zwei Drittel der Hokker bereits besetzt. Würdig aussehende Handelsagenten vom Volk der Mathvis hängten ihre langen dünnen Bärte über die Theke und schlürften ihren Mokka aus winzigen hauchdünnen Porzellantassen. Zwischendurch aßen sie kandierte Früchte und tranken aus hohen schmalen Gläsern klares Eiswasser.

Doch nicht nur Mokka wurde getrunken.

Vier rotbärtige hünenhafte Springer sprachen echt terranischem Sekt zu, der in Kristallkelchen serviert wurde. Sie unterhielten sich in dem harten kehligen Zentrumsdialekt und lachten ständig über Bemerkungen, die sie für witzig hielten, über die jedoch Angehörige anderer galaktischer Völker keine Miene verzogen hätten.

Arlene Konstantin hatte eine Silberschale mit harzig duftendem Wein vor sich stehen.

Der Major schwang sich auf den Hocker neben ihr und bestellte einen dreistöckigen Whisky pur.

»Schon etwas von Dan gehört?« fragte er, ohne die Pfeife aus dem

Mund zu nehmen. Dan war der Deckname für Perry Rhodan. Buchanan und Arlene Konstantin hatten – wie zahlreiche andere Sonderagenten des Sicherheitskommandos Großadministrator auch – die Aufgabe, sich unauffällig in Trade City umzusehen und verdächtige Personen ausfindig zu machen und zu beschatten. Auf diese Weise sollten potentielle Attentäter rechtzeitig gefunden und kaltgestellt werden, bis Rhodan den Planeten Olymp wieder verlassen hatte.

»Er wird zum geplanten Zeitpunkt eintreffen«, erwiderte Arlene lächelnd. »Soviel ich weiß, bringt er einige neue Handelsartikel mit!«

Arthur runzelte die Stirn. Gedankenverloren nahm er den Whisky entgegen und leerte das schwere Glas mit einem Zug. Seine Pfeife war unterdessen ausgegangen; er schob sie in einen Mundwinkel und ließ sie herabhängen.

»Alles spricht davon, daß Kaiser Anson Argyris ein Fest geben will«, sagte er im Plauderton eines interessierten und gleichzeitig über alle Maßen gelangweilten Sternenwanderers.

»Ja«, meinte Arlene sinnend. »Man spricht sogar davon, daß dieser sagenhafte Terraner Rhodan zu dem Fest kommen will. Wissen Sie etwas davon, Sir Arthur?«

»Hm . . .!« machte Buchanan.

Er hatte aus den Augenwinkeln einen hochgewachsenen Mann beobachtet, der sich ihnen näherte. Der Fremde war entweder ein gebürtiger Terraner oder ein Mensch von einer erdähnlichen Siedlungswelt, auf der die Umweltbedingungen keine genetischen Veränderungen hervorriefen.

Jetzt blieb er neben Buchanans Hocker stehen, verbeugte sich leicht und lächelte, wobei er zwei Reihen blendend weißer Zähne entblößte.

»Dr. Amund Lergisson, Planet Ofronoth, System Kasimir«, stellte er sich vor. »Ich hörte zufällig, daß Sie sich über die bevorstehenden Festlichkeiten unterhalten. Darf ich mich zu Ihnen setzen?«

»Bitte, Dr. Lergisson«, sagte Arlene Konstantin. »Ich hätte gewettet, daß Sie ein echter Terraner wären. Aber setzen Sie sich doch.«

»Ja, bitte, nehmen Sie Platz!« fiel Buchanan ein. Er stellte Arlene und sich vor, dann fragte er: »Planet Ofronoth . . .? Ist das nicht eine Welt, von der das Solsystem, als es noch existierte, die berühmten Ofron-Häute bezog?«

Amund Lergisson, mochte er nun wirklich von Ofronoth stammen oder nicht, fiel jedenfalls nicht auf die Fangfrage des Sonderagenten herein.

Er schüttelte den Kopf.

»Wir exportieren keine Häute, Sir Arthur. Ofronoths Exportartikel Nummer eins ist positronisches Spielzeug, und ich bin überzeugt davon, daß er noch immer ins Solsystem geliefert wird, wenn auch auf Umwegen.«

Er blickte Buchanan prüfend an.

»Aber von welcher Welt stammen Sie? Sie sehen auch wie ein Erdgeborener aus.«

»Ganz recht«, murmelte Arthur und zwang sich zu einem trübsinnigen Lächeln. »Mein Geburtsort war Lochnagar im schottischen Hochland.« Er seufzte. »Nun bin ich heimatlos. Hätte ich mein Vermögen nicht gewinnbringend auf Bannholder im Paluch-System investiert, wäre ich auch noch mittellos.«

»Ich wurde in Dombrona geboren, bin sozusagen eine Helenin«, erklärte Arlene Konstantin. »Aber seit meinem zwanzigsten Lebensjahr lebte ich mit meinen Eltern auf Pulpos.« Sie lächelte ironisch. »Meinem Vater gehört dort ein Unternehmen, das eine Menge sehr gewinnbringender Häuser besitzt.«

Dr. Lergisson grinste verstohlen.

»Nun, Geld stinkt jedenfalls nicht, Miß Konstantin.« Er wurde wieder ernst. »Doch Sie scheinen beide zu glauben, das Solsystem existiere nicht mehr . . .«

Buchanan wölbte die Brauen.

»Sie etwa nicht? Mein lieber Dr. Lergisson, mehr als drei Jahre lang haben immer wieder einzelne Raumschiffe und ganze Verbände die Umgebung der Koordinaten des Solsystems abgesucht, ohne die geringste Spur zu finden. Das kann doch nur bedeuten, daß es nicht mehr existiert!«

»Oder daß dieser galaktische Fuchs Rhodan die gesamte solare Menschheit evakuiert hat. Ich denke, er hat sie zu einem ähnlichen Sonnensystem geführt, einem zweiten Solsystem gewissermaßen.«

»Meinen Sie . . .?« fragte Arlene so atemlos, als hätte sie das in der Zukunft befindliche Sonnensystem nicht erst vor vier Tagen verlassen und sich über die Containerstraße nach Olymp begeben.

Amund Lergisson zuckte die Schultern und zog den Mokka zu sich heran, den er bei seiner Ankunft bestellt hatte.

»Vielleicht erfahren wir morgen mehr. Ich hörte gestern von einem meiner Geschäftspartner, daß Perry Rhodan persönlich zu Kaiser Argyris' Fest erscheinen soll. Möglicherweise eröffnet er bei dieser Gelegenheit den intelligenten Völkern der Galaxis, daß die solare Menschheit noch existiert.«

»Man müßte versuchen, eine Einladung zum großen Empfang zu bekommen . . .«, murmelte Buchanan nachdenklich.

Dr. Lergisson lachte trocken.

»Dazu müßten Sie schon einen Diplomaten bestechen. Aber wenn Sie ungefähr zweitausend Solar anlegen wollen – auf dem schwarzen Markt werden Eintrittskarten für die große Militärparade und Musikshow im Innenhof des Kaiserpalastes zu diesem Preis gehandelt.«

Er deutete verstohlen mit dem Kopf zu der Gruppe von Mathvis, die immer noch mit der Feierlichkeit eines Zeremoniells ihren Mokka schlürften.

»Diese Burschen haben ein Syndikat auf Olymp, das sich mit allen möglichen legalen und illegalen Geschäften befaßt. Wie ich hörte, hat das Syndikat den größten Teil aller Eintrittskarten zum normalen Preis zwischen fünf und fünfzig Solar aufgekauft und verkauft sie mit respektablem Gewinn weiter.«

»Und die Polizei unternimmt nichts dagegen?« fragte Arlene Konstantin empört und so laut, daß sich einige der am nächsten Sitzenden umdrehten.

»Pst . . .!« machte Lergisson. »Die Mathvis haben gute Ohren, auch wenn sie sich nichts anmerken lassen, und es ist nicht gut, daß Mißfallen des Syndikats zu wecken.« Er senkte seine Stimme zu einem kaum verständlichen Flüstern. »Ich schlage vor, wir wechseln das Lokal. Sind Sie bereit, sich meiner Führung anzuvertrauen?«

Arlene und Arthur waren bereit dazu. Dieser Lergisson mochte ein feindlicher Agent sein oder nicht, auf jeden Fall war er ungewöhnlich vertraut mit den Verhältnissen der Unterwelt auf Olymp. So ein Mann konnte für ihre Aufgabe unter Umständen sehr nützlich sein.

Sie bezahlten und verließen das Hotel OLYMPOS.

17.

Kaiser Anson Argyris verschränkte die Arme vor der Brust und verfolgte mit zufriedenem Lächeln die letzten Vorbereitungen zu Perry Rhodans Empfang.

Der neue Raumhafen südlich von Trade City war erst vor wenigen Tagen fertiggestellt worden. Er war kreisrund und durchmaß 980

Kilometer. Damit war er der größte Raumhafen in der bekannten Galaxis. Die mattierte Decke aus dem neuartigen YT-Stahl, einer Ynkelonium-Terkonit-Legierung, schimmerte in zartem Flamingorosa. Buchstaben- und Zahlengruppen kennzeichneten die von roten Kreislinien markierten Start- und Landefelder und die Hangardeckel. Die grauen Kuppeln von Transformstellungen und anderen Abwehrforts, die roten Blöcke der Hyperantennen und die mit der Schnittfläche nach innen gerichteten Halbkugeln verschiedenartigster Projektoren rahmten den Raumhafen ein. Was sich an der Oberfläche zeigte, waren jedoch nicht einmal 25 Prozent der gesamten technischen Anlage; unter der YT-Decke ragten die Bauten teilweise dreihundert Stockwerke tief in die Planetenkruste.

»Vierzigtausendsechshundert Milliarden Solar . . .«, jammerte der Kaiserliche Sekretär neben Argyris.

Der Kaiser der Freifahrer wandte sich um und musterte den kleinen blonden Mann zu seiner Linken lächelnd.

»Was ist schon Geld«, entgegnete er vorwurfsvoll, »wenn man es nicht nutzbringend anlegt!«

»Aber das hier ist kein Umschlaghafen, sondern dient der bloßen Repräsentation!« widersprach Phyl Amant mit schriller Stimme. »Majestät, es ist meine Pflicht, Sie auf Ihre Fehler hinzuweisen, und hier haben Sie zweifellos einen Fehler begangen. Dieser Raumhafen bringt uns keinen Soli ein, sondern ist ein Vampir, der beständig an unserer Staatskasse saugen wird.«

Anson Argyris lächelte nachsichtig und strich sich liebevoll über seinen kohlschwarzen Kräuselbart.

»Sie sind ein guter Kaufmann, Amant, aber von galaktischer Politik verstehen Sie nicht sehr viel. ›Ragnarök Space Port‹ wird zum Symbol werden, das die Gegner der Menschheit lähmt und ihre Freunde mit Hoffnung beflügelt.«

Phyl Amant verzog das Gesicht.

»Ragna . . . wie?«

Der Freifahrerkaiser lachte dröhnend, so daß die Instrumentengläser in der unbesetzten Überwachungskuppel klirrten.

»Ein Begriff aus dem Eddalied Voluspá, übrigens eine hervorragende Schöpfung der terranisch-indogermanischen Völker, ein Mythos von Weltentstehung und Weltuntergang. ›Ragnarök‹ bedeutet darin soviel wie ›Weltuntergang‹, ›Schicksal der Götter‹ oder ›Götterdämmerung‹: Die Sonne verlischt, die Erde verbrennt und sinkt ins Meer. Danach aber steigt die Erde ewig grünend erneut aus dem Wasser.

Meinen Sie nicht, daß dieser Symbolismus die Freunde der solaren Menschheit hoffen und die Feinde fürchten läßt?«

Der Kaiserliche Sekretär erschauerte.

»Wahrhaftig! In der gesamten Galaxis wird man sich die Köpfe darüber zerbrechen, was mit der symbolischen Benennung gemeint ist.«

»Und man wird es zumindest bald ahnen, Amant. Ich habe nämlich dafür gesorgt, daß schon vor einem halben Jahr eine sehr preiswerte Ausgabe über die alten Schriftkulturen Terras verbreitet wurde – in siebentausend Milliarden Exemplaren. Die Einweihung von Ragnarök Space Port durch die Landung der INTERSOLAR mit Perry Rhodan an Bord, wird die Bedeutung des Namens noch unterstreichen.«

Phyl Amant lächelte und rieb sich die Hände.

»Majestät, ich nehme alles zurück und behaupte das Gegenteil. Ihr Plan ist so genial, daß ein einziges Gehirn eigentlich nicht ausreicht, ihn zu entwerfen.«

Er wurde ja auch nicht von einem Gehirn entworfen! dachte Argyris bei sich. *Sondern von einer Kompakt-Positronik und posbischem Zellplasma-Komprimat, in meinem Brustkorb durch Bioponblöcke zu einer Funktionseinheit zusammengeschaltet. Wenn du wüßtest, daß unter meiner Schädeldecke nur Ortungsgeräte sitzen . . .!*

Das Summen des Hyperkoms unterbrach seine Gedankengänge. Anson Argyris eilte zu dem Gerät und aktivierte es durch einen Schalterdruck, obwohl ein Funkimpuls aus seinem Ortungskopf genügt hätte.

Das Gesicht des Funkchefs des neuen Raumhafens formte sich auf dem 3-D-Bildschirm.

»Majestät, Anruf von der INTERSOLAR. Sie ist soeben aus dem Linearraum gekommen und wird in einer halben Stunde über Olymp eintreffen.«

»Danke, Oberst Marsala«, erwiderte Argyris. »Informieren Sie den Chef des Protokolls, daß ich in wenigen Minuten bei den Titanen eintreffe.«

Er gab seinem Sekretär einen Wink und ging voraus zum Transmitter. Die beiden Männer, von denen nur Phyl Amant wirklich ein Mann war, materialisierten in der Hauptschaltstation des Kaiserlichen Palastes. Sie führten noch einige Hyperkom- und Telekomgespräche, erfuhren, daß die Zuschauermassen bereits zu den Tribünen strömten, und begaben sich anschließend – wiederum per Transmitter – in die Halle der Titanen.

Ungefähr dreißig Minuten danach – die Tribünen waren vollbesetzt – donnerten einige hundert Raumjäger vom Typ Lightning-Jet über den Raumhafen, ein Schwarm dahinhuschender Schemen, der sekundenlang die Sonne verdunkelte. Das infernalische Tosen ihrer Triebwerke übertönte die Annäherung von vierzig Patrouillenkreuzern der Freifahrerflotte. Wie hingezaubert, hingen sie plötzlich reglos in ihren Antigravfeldern über der Randzone des Hafens – und im nächsten Moment kreuzten sich die gleißenden Energiebündel ihrer Impulsgeschütze über dem flamingofarbenen Areal zu einem blendenden, ohrenbetäubenden Salut.

Als die grelle Lichtflut erlosch, senkte sich ein zweieinhalbtausend Meter durchmessender Raumriese lautlos auf den Mittelpunkt des Platzes herab. Projektoren erzeugten ein unsichtbares Landekraftfeld, das mühelos die Millionen Tonnen der INTERSOLAR trug und auf den Landeplatz geleitete. Ein Einsatz der Impulstriebwerke hätte entweder alle Gebäude im weiten Umkreis davongeblasen oder starke Abschirmfelder erforderlich gemacht.

Kaiser Anson Argyris, Phyl Amant und der Chef des Protokolls beobachteten die Reaktionen der Zuschauer von der Kopfzentrale eines Titanen aus über Elektronenteleskope. Sie stellten zufrieden fest, daß die Lautlosigkeit, mit der sich Rhodans Flaggschiff herabsenkte, die Menschen auf den Tribünen beeindruckte.

Als die Landeteller der INTERSOLAR den Boden berührten, hob Argyris eine Hand. Der Chef des Protokolls drückte eine Schaltplatte nieder und wischte sich den Schweiß von der Stirn.

Draußen auf den Tribünen hielten die Zuschauer, Vertreter von etwa siebzig raumfahrenden Völkern der Galaxis, Neugierige, Freihändler und Spione, den Atem an.

Aus hundert sich jäh öffnenden Schächten schwebten hundert Titanen hervor, jeder zweihundert Meter hoch, innerlich ein unkomplizierter Roboter, äußerlich bis hinab zum kleinsten Teil einem terranischen Raumlandesoldaten gleichend. Kleine Positroniken steuerten die Riesen, die nur für diesen Anlaß geschaffen worden waren und nach Rhodans Abflug eingeschmolzen werden würden.

Im Augenblick wirkten die hundert Titanen jedoch verblüffend realistisch. Einer von ihnen, mit den Rangabzeichen eines Majors des Raumlandungskorps Terras, brüllte Befehle, die mühelos kilometerweit zu hören waren. Die »Soldaten« formierten sich und präsentierten die Strahlgewehre, als die große Bodenschleuse der INTERSOLAR sich öffnete.

Dann hielt der »Major« die Hand vor den Mund. Anson Argyris und sein Gefolge marschierten auf die saalgroße Handfläche, wurden auf dem Bodenbelag des Hafens abgesetzt und erwiesen Perry Rhodan, der auf einer Antigravplattform sein Schiff verlassen hatte, die Ehrenbezeigung.

Diese Szene allerdings konnten die Zuschauer nicht direkt beobachten. Sie verfolgten das Geschehen vor der INTERSOLAR auf einer tausendfach vergrößerten Projektion, dreitausend Meter über dem Hafenareal.

»Willkommen!« dröhnte Anson Argyris' Stimme. »Willkommen auf Olymp. Mit der Landung Ihres Flaggschiffes haben Sie, Großadministrator, soeben den neuen Raumhafen Ragnarök Space Port eingeweiht!«

Er schritt auf Perry Rhodan zu, ohne die hochgezogenen Augenbrauen von Oberst Maurice zu beachten, schlang seine mächtigen Arme um den Großadministrator und küßte ihn dreimal auf die Wangen, daß es schallte. Zwei Militärkapellen stiegen auf Plattformen empor und spielten die Hymnen der Erde und Olymps – beide zur gleichen Zeit, wie es auf dem Planeten der Freifahrer üblich war.

Neun große, grell bemalte Gleiter erschienen und nahmen Gäste und Gastgeber auf. Während die Kapellen noch immer spielten, stiegen die Gleiter empor und flogen die Front der Ehrenformation ab. Danach steuerten sie nicht etwa auf den Ausgang des Raumhafens zu, sondern glitten in einen riesigen Transmitter-Torbogen, der sich hinter der INTERSOLAR gebildet hatte . . .

Die Gleiter rematerialisierten im Innenhof des Kaiserpalastes. Perry Rhodan stieg aus, nachdem Hubert Selvin Maurice die Umgebung mit dem Mentaltaster abgesucht und keine feindseligen Impulse festgestellt hatte.

Lord Zwiebus blickte sich staunend um. Er war zum erstenmal im Palast des Freifahrerkaisers und bewunderte die makellos weißen Marmorplatten, die Wandelgänge der in mauroterranischem Stil gehaltenen Gebäude und die Großzügigkeit der ganzen Anlage. Kein Laut drang von draußen auf den riesigen Hof, und hinter dem Hauptgebäude ragte der Verwaltungspalast des Kaisers mit seiner von zartem Wolkengespinst umgebenen Dachgartenterrasse empor.

»Gefällt es Ihnen hier, Lord Zwiebus?« fragte Anson Argyris schmunzelnd.

Der Neandertaler nickte und stieß mit der Keule gegen die Marmorplatten.

»Ausgezeichnet, Majestät. Aber das ist doch kein gewöhnlicher Marmor, oder . . .?«

»Natürlich nicht«, erwiderte Argyris mit bescheidener Selbstverständlichkeit. »Er ist schwingungsstabilisiert.« Er deutete zu Icho Tolot; der Haluter verließ soeben seinen Gleiter und betrat den Hof äußerst vorsichtig. Dennoch lief die Erschütterungswelle spürbar bis zu Argyris und Zwiebus. »Bei solchen Gästen sind besondere Maßnahmen erforderlich, wenn der Hof nicht eine ewige Baustelle sein soll.«

Er sah, daß Oberst Maurice und seine Techniker des SGA die Untersuchung der den Gästen zugeteilten Dienstroboter abgeschlossen hatten, eine Vorsichtsmaßnahme, die der Kaiser und Patriarch durchaus nicht als beleidigend empfand.

»Entschuldigen Sie mich nun, Lord«, sagte er und neigte leicht den Kopf in Zwiebus' Richtung. »Ich möchte den Großadministrator persönlich zu seinen Räumlichkeiten geleiten.«

»Ich schließe mich an«, erklärte Zwiebus und schritt neben Argyris her. Der Neandertaler überragte den Freifahrer an Höhe und Breite, dennoch wirkte Anson Argyris auf unerklärliche Weise wie ein strahlender unbesiegbarer Held – und der Roboter mit der organischen Gehirnkomponente und in der Kokonmaske war tatsächlich ein nahezu unbesiegbarer Kämpfer.

»Alle Mittel des Palastes und – darüber hinaus – des gesamten Planeten Olymp stehen zu Ihrer Verfügung, Großadministrator«, sagte Argyris. »Darf ich mir gestatten, Ihnen einen wohlgemeinten Rat zu erteilen?«

Perry Rhodan, der selbstverständlich über die wahre Natur des Kaisers informiert war – da er seine »Herstellung« selber angeordnet hatte –, lächelte leicht amüsiert.

»Ihr Rat ist mir stets willkommen, Majestät«, erwiderte er.

»Nehmen Sie ein leichtes Mahl zu sich, Sir«, sagte Argyris, »dann steigen Sie in die Schlafzelle, wobei Sie den Computer um fünf Stunden Tiefschlaf bitten sollten. Anschließend lassen Sie sich baden und massieren und legen Ihre Gala-Uniform an, denn heute abend um neun Uhr beginnt der große Empfang zu Ihren Ehren, Sir, zu dem ich mir erlaubt habe, alle Botschafter, die verschiedenen Attachés und natürlich deren Damen einzuladen.«

Rhodan lachte.

»Das, Majestät, ist die seltsamste Einladung zu einem Fest, die ich jemals erhalten habe. Warum sagen Sie nicht einfach: Heute abend um neun Uhr findet ein Empfang statt; ich lade Sie dazu ein . . .!?«

Anson Argyris blieb abrupt stehen. Seine Miene drückte Entrüstung aus. Er legte die Hand auf die Brust (unter der kein Herz schlug, wohl aber eine Gehirnkombination arbeitete).

»Sir, auf diese profane Art lade ich vielleicht meinen Milchmann zu einem billigen Schnaps ein – aber nicht den Großadministrator des Solaren Imperiums zu einem interstellaren Empfang!«

Perry Rhodan schüttelte den Kopf. Dann stutzte er. Hinter ihm erklangen merkwürdig würgende Laute. Er wandte sich um und sah Hubert S. Maurice, der mit hochrotem Kopf gegen einen Lachanfall ankämpfte und dabei bemüht war, mit seinem Mentaltaster die Wände nach verborgenen Kammern voller grimmiger Feinde abzusuchen.

Rhodan atmete auf, als der Kaiser auf ein Portal deutete, neben dem zwei überschwere Kampfroboter standen. Das Portal öffnete sich wie von Geisterhand bewegt. Sechs humanoid geformte Dienstroboter standen dahinter und verneigten sich.

»Ihre Suite, Großadministrator!« sagte Argyris pathetisch. »Die Roboter können übrigens nicht untersucht werden.«

»Aber das ist meine Pflicht!« rief Oberst Maurice, der seinen Heiterkeitsanfall überwunden hatte.

»Diese Roboter lassen niemanden an sich heran«, erklärte Anson Argyris. »Ausgenommen die Person mit dem Individualmuster des Großadministrators. Damit sind sowohl Manipulationen ausgeschlossen als auch Untersuchungen.«

»Das geht in Ordnung, Oberst«, sagte Rhodan. »Ich weiß, daß ich Kaiser Argyris vertrauen kann.«

Hubert Maurices Gesicht verschloß sich, aber er akzeptierte die Erklärung. Sein berufsbedingtes Mißtrauen galt auch nicht dem Freifahrerkaiser, sondern der Unvollkommenheit aller von Menschen veranlaßten Sicherheitsmaßnahmen. Die Dienstroboter allerdings entgingen der Untersuchung nicht. Auch die Räumlichkeiten wurden von Maurices Leuten unter seiner persönlichen Aufsicht gründlich durchsucht, bevor der Chef des SGA sie freigab.

Anson Argyris stand lächelnd dabei. Er wußte genau, daß Rhodan in seinem Palast nichts zustoßen konnte; er wußte aber auch, wie das Sicherheitskommando Großadministrator arbeitete: nämlich prinzipiell in eigener Regie. Wer, wie Oberst Hubert Selvin Maurice, für die Sicherheit Perry Rhodans verantwortlich war, mußte sich selbst Gewißheit verschaffen.

Endlich war auch das erledigt.

Erleichtert ließ Rhodan sich ein leichtverdauliches Mahl servieren, dann legte er sich in den Kraftfeldtank der luxuriösen Schlafzelle.

Der Schlafzellencomputer weckte den Terraner pünktlich. Perry Rhodan war sofort hellwach. Er ließ sich aus dem Kraftfeldtank heben und ging in die Badezelle. Das heiße Wasser und die belebende Essenz darin röteten seine Haut. Nach dem Bad ließ er sich von einem Massageroboter durchkneten und kleidete sich an.

Er fühlte sich frisch und unternehmungslustig, als er in die Wohnzelle zurückkehrte. Der eiförmige Zellaktivator auf seiner Brust pulsierte ruhig und gleichmäßig, ein Zeichen dafür, daß er sich auf reine Erhaltungsschwingungen beschränken konnte.

Während er den Kaffee, Exportware von der guten alten Erde, genoß, leuchtete die Bildscheibe des Visiphons auf. Rhodan aktivierte den Apparat durch einen Blick auf die Blickschaltung, und das lächelnde Gesicht von Argyris erschien als dreidimensionale Projektion.

»Darf ich mir die Frage erlauben, ob Sie gut geruht haben, Sir?« fragte Anson Argyris.

Rhodan bejahte. Der Freifahrerkaiser räusperte sich verhalten.

»In einer halben Stunde beginnt das Fest, Sir. Hoffentlich stört es Sie nicht, daß ich auch die Botschafter des Imperiums Dabrifa, des Carsualschen Bundes und der Zentralgalaktischen Union eingeladen habe . . .?«

Rhodan dachte an die Schwierigkeiten, die diese drei Imperien der Abtrünnigen der solaren Menschheit bereitet hatten, schüttelte jedoch den Kopf.

»Sie sind bei Ihnen akkreditiert, Anson. Also mußten Sie sie einladen. Außerdem kann es nichts schaden, wenn ich mich ausgerechnet ihnen zeige. Übrigens werden Regierungsvertreter dieser drei Staaten morgen an Bord der INTERSOLAR die Flottenmanöver verfolgen. Wozu also die Sorgen, mein Lieber!«

»Nun, Botschafter Glenkiss Moore von Dabrifa ist ein sehr arroganter Mensch, und Bessem Karkech vom Carsualschen Bund steht ihm in nichts nach.«

Perry Rhodan lächelte fein.

»Ich werde die beiden Herren Guckys spezieller Aufmerksamkeit empfehlen, Anson. Bis nachher also.«

Er betätigte erneut die Blickschaltung, und der kleine Servocomputer des Visiphons schaltete das Gerät ab.

Perry Rhodan hob erleichtert die Tasse an den Mund, da summte der Türmelder.

»Wer ist da?« fragte Rhodan in die Luft hinein.

»Oberst Maurice, Sir«, kam es zurück, ebenfalls scheinbar aus dem Nichts.

»Kann eintreten«, erklärte Rhodan.

Auf dem Innenschott der Portalschleuse blinkte ein grünes Licht. Dann öffnete sich das Portal.

Hubert S. Maurice betrat die Wohnzelle mit der für ihn typischen steifen Haltung. Er trug eine mitternachtsblaue Gala-Uniform, darunter ein blütenweißes Rüschenhemd. Seine roten Halbschuhe glänzten.

»Sind Sie bereit, Sir?« fragte er mit einem mißbilligenden Blick auf die erhobene Kaffeetasse.

»Ich trinke noch meinen Kaffee aus«, antwortete Perry Rhodan gleichmütig. »Sie müssen sich also etwas gedulden, Oberst. Nehmen Sie Platz.«

Hubert Selvin Maurice ließ sich auf die äußerste Kante eines Sessels nieder und musterte Rhodans Kleidung.

»Wollen Sie etwa in diesen Stiefeln zum Ball gehen, Sir . . .?« fragte er nach einer Weile mit unheilschwangerem Tonfall.

»Was haben Sie an ihnen auszusetzen?«

»Sie sind nicht elegant genug, Sir. Außerdem trägt man heutzutage keine Stiefel aus echtem Leder mehr. Man bevorzugt, wenn man schon Stiefel trägt, solche aus Pseudovitalon, einer irisierenden Substanz, die sich den Körperformen anpaßt. Was sollen die Damen sagen, wenn Sie sie zum Tanzen auffordern?«

»Sie werden überhaupt nichts sagen, denn ich habe keineswegs die Absicht, zu tanzen«, erklärte Rhodan unwirsch. »Außerdem bin ich kein Modegeck. Meine Lederstiefel sind solide Ware und nicht plump.«

Er trank die Tasse leer. In der Zwischenzeit schlich Hubert Maurice um ihn herum wie die Katze um den heißen Brei, musterte jedes Fältchen mit Argusaugen und kritisierte mit gedämpfter, leidenschaftsloser Stimme.

Dann materialisierte der Mausbiber.

»Da bin ich«, lispelte Gucky und entblößte seinen Nagezahn.

Perry Rhodan lächelte und strich dem Ilt liebevoll über den Kopf. Gucky trug eine Phantasie-Uniform mit viel Rosa und Weiß und Blau.

Der platte Schwanz steckte in einem aus Goldfäden gestrickten Futteral, und die Brust war mit Orden übersät, die bei jeder Bewegung leise klirrten.

»Nun, wie findest du mich? « fragte der Ilt und reckte sich.

»Man wird dich mit mir verwechseln«, murmelte Rhodan mit gutmütigem Spott.

»Sie sind bewaffnet . . .!« hauchte Maurice entsetzt. »Sonderoffizier Guck! Wie können Sie mit einem Strahler zum Empfang des Kaisers gehen?«

»Ich werde nicht gehen, sondern teleportieren«, korrigierte Gucky ihn, womit er den Chef des SGA verwirrte, zumal niemand außer Perry Rhodan selbst dem Ilt etwas zu befehlen hatte.

»Oberst Maurice hat recht, Gucky«, sagte Rhodan. »Die Damen würden sich unnötig erschrecken, Kleiner. Außerdem hast *du* keine Waffe nötig mit deinen überragenden Parafähigkeiten.«

Der Mausbiber schnallte seufzend das Halfter ab und reichte es Oberst Maurice, der es mit einem Laut der Erleichterung entgegennahm.

»Darf ich euch mitnehmen?« fragte Gucky.

Perry Rhodan nickte. »Aber nur bis zum Blauen Saal, wo unser ›Gefolge‹ . . .«, er lächelte über die dem Feudalismus entlehnte Bezeichnung, » . . . uns erwartet.«

Der Ilt ergriff je eine Hand von Maurice und Rhodan, und im nächsten Moment materialisierten sie im Blauen Saal.

Atlan, Alaska Saedelaere, Lord Zwiebus und fünfzehn Offiziere der INTERSOLAR warteten bereits dort. Auch Ras Tschubai und Fellmer Lloyd, außer Gucky die letzten Überlebenden des ehemaligen Mutantenkorps, waren anwesend.

Lordadmiral Atlan war von allen zweifellos die imponierendste Erscheinung. Seine Haltung zeugte von jenem Adel, wie er niemals durch Geburt, sondern nur durch Charakter und eiserne Selbstdisziplin verliehen wird.

Perry Rhodan begrüßte die Freunde mit einem Kopfnicken und winkte ab, als Oberst Korom-Khan Meldung erstatten wollte.

Er faßte den Arkoniden am Arm und verließ mit ihm zusammen als erster den Blauen Saal. Draußen im Flur wurden sie von zwei kaiserlichen Offizieren in prächtigen Uniformen empfangen und zur Großen Ahnenhalle geleitet.

Der Zeremonienmeister stampfte dreimal mit seinem vergoldeten Stab auf, als er Rhodans ansichtig wurde.

»Seine Erhabene Exzellenz, der Großadministrator des Solaren Imperiums!« schallte seine Stimme durch die Halle. »Sowie Seine Erhabenheit, Gonozal IV. vom großen Imperium, Lordadmiral Atlan!«

Alle Gesichter wandten sich den beiden Männern zu, dem Terraner und dem Arkoniden, die sich einst erbittert bekämpft hatten, obwohl sie von Anfang an geahnt hatten, daß sie zusammengehörten. Hände reckten sich Rhodan und Atlan entgegen. Damen tuschelten miteinander, wenn die beiden Männer vorbeigegangen waren, und Männer atmeten schneller, sahen ihnen mit glänzenden oder haßerfüllten Augen nach.

Gucky befaßte sich intensiv mit den Gedanken und Gefühlen der anderen Gäste. Und bald hatte er etwas entdeckt . . .!

Die mauroterranischen Fassaden der Gebäude sahen für den Bruchteil einer Sekunde so aus, als stünden sie hinter einer schwach bewegten Wasserwand.

Im nächsten Augenblick hatten sie sich in Tribünen verwandelt, auf denen mindestens viertausend Gäste Platz fanden.

»Das Ding ist immer noch nicht in Ordnung!« stieß Anson Argyris zwischen den Zähnen hervor. Ärgerlich verzog er das grobschlächtige Gesicht.

»Was meinen Sie, Majestät?« fragte Atlan, der neben dem Freifahrerkaiser stand.

»Ich spreche vom Fassadencomputer«, erklärte Argyris. »Bei jeder Veränderung tritt dieses eigenartige Flimmern auf. Meine Gäste müssen glauben, unsere Technik wäre mangelhaft.«

Der Arkonide lächelte ironisch.

»Auch unserer technischen Perfektion sind Grenzen gesetzt, Majestät. Eine noch schnellere Umwandlung ist wahrscheinlich niemals möglich. Es sei denn, man brächte die Eigenzeit der Beobachter für eine Sekunde zum Stillstand. Aber das wäre kein höherer Grad der Perfektion, sondern nur ein Trick, ganz davon abgesehen, daß wir ihn nicht beherrschen.«

Der Kaiser lachte schallend, unterbrach sich aber, als die in der Nähe befindlichen hohen Gäste sich verwundert nach ihm umdrehten.

»Gehen wir in die Ehrenloge, Lordadmiral«, flüsterte er und dirigierte Atlan in die betreffende Richtung.

Fünf Minuten später saßen sie auf ihren bequemen Plätzen. Gucky saß zwischen den Botschaftern von Dabrifa und dem Carsualschen Bund. Der Ilt schwatzte munter drauflos, duzte die Exzellenzen ungeniert und zeigte sich in allen Sätteln gerecht, wenn die beiden Männer versuchten, ihn mit wissenschaftlichen Fangfragen zu blamieren.

Nach und nach füllten sich auch die normalen Tribünenplätze. Intelligenzen der verschiedensten Arten waren anwesend: große quallenförmige Moofs in Spezialbehältern, rüsselnasige Unither, verformbare Matten-Willis, echsenähnliche Topsider und was der seltsamen Lebensformen mehr waren. Allerdings überwog der humanoide Typus, auch wenn es davon zahlreiche Spielarten gab.

Im Augenblick sahen die meisten Gäste zur Ehrentribüne hinüber, um Perry Rhodan zu beobachten. Der Großadministrator war schon während des Empfangs durch eine Art Fegefeuer gegangen. Immer und überall hatte man ihn und seine Begleiter umringt und mit Fragen bombardiert. Wie zu erwarten, zielten die meisten Fragen auf das Schicksal der solaren Menschheit. Darauf pflegte er allerdings nur mit einem vieldeutigen Lächeln zu antworten. Immerhin hatte er den Fragen und Bemerkungen entnehmen können, daß man in der bekannten Galaxis die solare Menschheit noch immer als *den* Machtfaktor ansah. Niemand schien mehr ernsthaft zu glauben, die solare Menschheit wäre vernichtet worden. Vielmehr schienen Gerüchte umzulaufen, nach denen es Rhodan gelungen sei, die solare Menschheit auf eine unvorstellbare, phantastische Art perfekt in Sicherheit zu bringen.

Rhodan lächelte nach außen hin darüber. In seinem Innern sah es anders aus. Er gestand sich ein, daß er sich vor der Nachricht fürchtete, der Todessatellit hätte seine Aktivität wieder aufgenommen.

Manchmal kam ihm diese politische Show sinnlos vor angesichts der Möglichkeit, daß der Amok laufende Automatsatellit die solare Menschheit jederzeit vernichten konnte.

Dennoch genoß er die von Kaiser Argyris inszenierten Darbietungen bis zum krönenden Höhepunkt.

Noch Stunden später kreisten die Gespräche der Gesellschaft um das Ereignis. Zu diesem Zeitpunkt aber schlief Perry Rhodan bereits. Zuvor hatte er noch einige Anordnungen zur morgigen Flottenparade getroffen.

Vor dem Einschlafen aber eilten seine Gedanken dem morgigen Tag weit voraus, zu dem Planeten Last Hope, auf dem Geoffy Abel Waringers Team zu einem gefährlichen Wettlauf mit der Zeit angetreten war.

Anderthalb Milliarden Menschen waren auf dem riesigen Areal von Ragnarök Space Port, als die kleine rote Sonne »Boscyks Stern«, über den westlichen Horizont stieg.

Sir Arthur Buchanan und Arlene Konstantin standen am Rand der Menschenmenge. Sie warteten auf Dr. Amund Lergisson, mit dem sie hier verabredet waren. Lergisson hatte ihnen die Karten besorgt, aber sie waren nicht nötig gewesen. Niemand kontrollierte. Offenbar hatte das Veranstaltungsbüro des Kaisers erfahren, daß ein mathvisisches Syndikat die Karten aufgekauft und zu überhöhten Preisen weiterveräußert hatte. Indem man diese Karten nun zu wertlosem Papier abstempelte, brachte man die öffentliche Meinung gegen das Syndikat auf. Eines Tages, so sinnierte Arthur, würde der Topf überkochen, und die Macht des Syndikats würde am Boykott der Massen zerbrechen.

»Da kommt Lergisson«, flüsterte Arlene.

Arthur reckte sich und sah die hochgewachsene Gestalt Amund Lergissons sich durch die Menge schieben.

Der Major mußte über die Unbekümmertheit des Mannes lächeln. Er schien nicht zu ahnen, daß seine Bekannten ihn besser kannten als er sie.

Jetzt hatte er sie gesehen und winkte lachend.

Arlene Konstantin ließ sich die Hand küssen. Dann schüttelten sich Lergisson und Buchanan die Hände.

»Ein schöner Tag«, sagte Lergisson strahlend.

»Was hatten Sie erwartet?« fragte Arlene ironisch. »Kaiser Argyris wird kaum einen Landregen bestellen, wenn der Großadministrator bei ihm zu Gast ist.«

Amund Lergisson lachte.

An diesem Lachen erkannte Major Buchanan, daß die gute Laune ihres Bekannten nur eine Fassade war. Er fragte sich, ob es ihm gelingen würde, diese Fassade zu durchbrechen.

Ein heftiger Knall lenkte die Aufmerksamkeit auf den Himmel über dem Raumhafen. Arthur Buchanan sah eine Formation Space-Jets, die soeben die »Schallmauer« durchbrochen hatte und sich nun zerstreute. Als die diskusförmigen Raumfahrzeuge verschwunden waren, tauchten im Norden die Kugelgebilde schwerer Einheiten auf. Nach Buchanans Schätzung flogen sie in nur tausend Metern Höhe.

»Schwere Kreuzer!« rief Arlene.

Lergisson wollte etwas erwidern, doch da war das Donnern der Impulstriebwerke heran und verschluckte jedes andere Geräusch.

Die Schweren Kreuzer, es mochten etwa viertausend sein, flogen mit Unterschallgeschwindigkeit und aktivierten Antigravprojektoren. Die Impulstriebwerke dienten nur der Fortbewegung und liefen mit Minimalwerten. Dennoch klang ihr Getöse wie ein halber Weltuntergang.

Zwischen den Kampfpulks der Kreuzer tauchten mit einem Mal Raumjäger vom Typ Lightning-Jet auf. Die schlanken Fahrzeuge schienen aus dem Nichts gekommen zu sein und schossen gleich Silberfischen zwischen den plump wirkenden Kugelschiffen dahin.

In der Mitte des Platzes angekommen, stieg die erste Welle der Schweren Kreuzer nach oben. Das Donnern der Triebwerke verstärkte sich. Die zweite Welle folgte, dann die dritte und vierte. Von der anderen Seite huschten plötzlich die kleineren Kugeln Leichter Kreuzer heran. Ihre Formation bäumte sich vor der Wand der Schweren Kreuzer auf, zerteilte sich und verschwand so schnell, wie sie gekommen waren.

Und als der Vorhang der Schweren Kreuzer sich endgültig hob, schwebten Tausende von Ultraschlachtschiffen der Galaxis-Klasse über dem Platz. Ihre Triebwerke arbeiteten nicht, und nur das Aufblitzen der Sonnenstrahlen, die sich zwischen den gewaltigen Kugeln hindurchzwängten, erhellte das Schauspiel.

Sekunden später schossen Schwärme von Raumjägern aus den Tubenschleusen der Giganten. Es sah aus, als wimmelten Milliarden von Ameisen zwischen grauen Fußbällen herum. Die Lightning-Jets bewegten sich in verschiedenen Richtungen und kamen sich oft bedenklich nahe. Wahrscheinlich hatte die Gefechtspositronik des Flaggschiffs sie in Simultansteuerung übernommen.

Erst, nachdem sie sich nach draußen zurückgezogen hatten, wurde den Zuschauern ihre eigentliche Aufgabe klar. Sie hatten nichts anderes getan, als die Ausschleusung von Landetruppen verschleiert und abgesichert.

Es regnete Flugpanzer, Roboter und Antigravplattformen vom Himmel. Für einige Minuten wurde es dunkel wie bei einer Sonnenfinsternis. In nur hundert Metern Höhe schalteten die Landetruppen ihre Triebwerke ein. Heulend stoben die Shifts und Plattformen auseinander. Die Roboter bildeten unablässig neue Formationen, und die Landesoldaten in ihren Energiesphären bewegten sich durch sie hindurch wie schillernde Seifenblasen durch einen gigantischen Vogelschwarm.

Ein heißer Windstoß fuhr über den Platz, als die Ultraschlachtschiffe vertikal beschleunigten. Majestätisch langsam stiegen sie empor, voll verhaltener Kraft. Erst als sie nur noch als tennisballgroße Gebilde zu sehen waren, erhöhten sie ihre Schubkraft. Tausende von kleinen künstlichen Sonnen erschienen am Himmel und rasten mit unvorstellbarer Geschwindigkeit davon.

Die Zuschauer schwiegen einige Sekunden. Dann hielten sie offenbar die Flottenparade für abgeschlossen, denn die Gespräche setzten ein.

Aber sie verstummten rasch, als plötzlich von allen vier Himmelsrichtungen Flottenverbände in Gefechtsformation auf den Platz zukamen.

Sir Arthur Buchanan hatte die erste Formation von Ultraschlachtschiffen auf zehntausend Einheiten geschätzt. Nun schienen noch einmal soviel zu kommen, und die ersten Schiffe konnten noch nicht wieder dabeisein . . .!

Begleitet von Leichten und Schweren Kreuzern, Schlachtschiffen der Imperiumsklasse, Space-Jets und Raumjägern donnerten die vier Verbände heran, durchdrangen sich in einem blendend ausgeführten Manöver und jagten wieder in alle vier Himmelsrichtungen davon.

Doch noch immer kein Ende!

Der erste starke Verband senkte sich lautlos mit Hilfe seiner Antigravaggregate herab, kam senkrecht in Säulenformation herunter, breitete sich wie eine aufgehende Blüte aus – und nahm die Landetruppen wieder in sich auf, die vom Rand des Raumhafens angeflogen kamen.

Arthur blickte sich nach seinem Bekannten um.

Dr. Amund Lergisson hatte die Lippen fest zusammengepreßt. Sein Gesicht wirkte eingefallen und grau.

Sir Arthur Buchanan empfand Mitleid mit ihm. Doch nur für den Bruchteil einer Sekunde, denn er hatte ein Scheusal vor sich.

»Falls Sie darauf warten, mit der Bombe in die Luft zu fliegen, muß ich Sie enttäuschen, Kastor Marein«, flüsterte er.

Der Angesprochene zuckte heftig zusammen. Seine Hand glitt in Richtung einer Jackettasche.

Arlene Konstantin packte das Handgelenk und drehte es um.

»Lassen Sie mich los!« protestierte Kastor Marein alias Dr. Lergisson. »Ich bin ein friedlicher Bürger.«

»Was Sie sind«, entgegnete Buchanan kalt, »wissen wir genau. Sie wollten anderthalb Milliarden Menschen mit einer Gigatonnenbombe in die Luft sprengen, sobald Perry Rhodans Flaggschiff erscheint.«

Er deutete nach oben, wo die INTERSOLAR dahinzog und ein prächtiges, aber harmloses Feuerwerk veranstaltete.

Arlene lachte, als Marein mit der freien Hand gegen seine runde Gürtelschnalle schlug.

»Die Bombe ist entfernt und entschärft.«

Kastor Marein lächelte verzerrt.

»Ich weiß nicht, wovon Sie reden. Ich bin Dr. Amund Lergisson und ein Gast dieses Planeten. Außerdem – wäre es anders, woher wollten Sie das wissen?«

»Von unserem Chef, Oberst Hubert Maurice – der Sie übrigens erwartet«, antwortete Buchanan. »Da wir Sie persönlich kannten, wurden wir mit Ihrer Verhaftung beauftragt. Im Namen der solaren Menschheit, ich verhafte Sie wegen versuchten Massenmordes und . . .«

Er schoß seinen Paralysator aus der Tasche ab, als er an Mareins Gesichtsausdruck erkannte, daß der Agent sich seelisch auf einen Selbstmord vorbereitete.

Kastor Mareins Körper versteifte sich. Geistesgegenwärtig griff Arlene ihm unter die Arme. Arthur eilte an die andere Seite.

Gemeinsam geleiteten sie Kastor Marein zu dem wartenden Gleiter des SGA und schoben ihn auf die hintere Sitzbank.

Während das Flugzeug anfuhr, fragte Arlene Konstantin:

»Wie kann ein Mensch nur kaltblütig einen Massenmord planen, Arthur?«

Sir Arthur Buchanan blickte auf die vorbeirasenden Gebäude und antwortete leise:

»Der Mensch, Arlene, ist zu allem fähig, zu Gutem und Bösem . . .«

18.

Perry Rhodan stand neben dem Kommandanten der INTERSOLAR, als sein Flaggschiff über die Menschenmenge auf Ragnarök Space Port flog. Es war gleichzeitig der Abschied vom Planeten Olymp.

Rhodan mußte unablässig an die Experimente auf Last Hope denken, die zum Ziel hatten, den Nullzeit-Deformator gegen die Rücksturzpolung abzusichern und endlich die nötigen zweihunderttausend

Jahre in die Vergangenheit vorzustoßen, um den Bau des Todessatelliten zu verhindern.

Vierzehn Tage nach dem Tod der drei Cappins waren die Auswertungen der überlassenen Daten beendet gewesen – eine ungeheuerlich lange Zeitspanne für NATHAN. Ohne Waringers geniale Intuition aber hätte nicht einmal NATHAN eine Lösung gefunden.

Die Konstruktion des sogenannten Dakkar-Tastresonators stellte höchste Anforderungen an die solare Technik, doch sie war nicht unmöglich. Im Grunde genommen funktionierte das Gerät nach Prinzipien, die der terranischen Wissenschaft bereits vom Dimetranstriebwerk und vom Nullzeit-Deformator her vertraut waren. Die notwendigen Quintadimschaltkreise, Parahalbleiter und Feldumsetzer waren von den technischen Labors in Einzelfertigung hergestellt worden.

Was man noch nicht hatte schaffen können, war die eigentliche Resonatorschaltung mit dem Schwingungskoordinator. Dieser Schaltkomplex war zu kompliziert, als daß er innerhalb nur weniger Wochen gebaut werden konnte, obwohl das Prinzip klar verstanden wurde.

Eine zusätzliche – und die größte – Schwierigkeit aber lag darin, eine Schwingungskonstante auf Sextadimbasis zu erzeugen, die haargenau mit der Sextadimkonstante des Rücksturzpolers übereinstimmte. Als »Rücksturzpoler« hatte Lecufe Geräte wie die Goldene Spindel bezeichnet.

Professor Waringer hatte in Zusammenarbeit mit einem Stab von Hyperenergetikern und NATHAN einen Weg gefunden, indem er sich die Quintadimschwingungen des altbekannten Minerals Howalgonium zunutze machte. Howalgonium konnte durch Beschuß mit Quintronen, Elementarteilchen des fünfdimensionalen Energiegefüges, überkritisch übersättigt werden. Der Übersättigungseffekt führte zu einem qualitativen Umschlagen in jene Sextadimstrahlung, die für den Dakkar-Tastresonator unumgänglich notwendig war.

Bei der überkritischen Aufladung traten allerdings sehr bedenkliche Effekte auf. Aus dem absolut stabilen Quintadimelement Howalgonium wurde dabei nämlich ein neues Element, das nur für den Zeitraum einer Millisekunde stabil blieb und dann unter Freigabe ungeheurer Mengen von Sextadimenergie in den Normalzustand zurückkehrte. Dabei verlor es seine fünfdimensionale Strahlungsfähigkeit und wurde unbrauchbar. Das allein hätte Perry Rhodan und Professor Waringer allerdings nicht gestört. Die solare Menschheit verfügte über große Howalgonium-Vorräte und konnte sich eine gewisse Verschwendung durchaus leisten.

Beunruhigend jedoch waren die n-dimensionalen Effekte, die beim Rücksturz des überkritischen Howalgoniums auftraten. Schon bei nur zehn Gramm Howalgonium konnte die Reaktion der Rücksturzenergie mit der vierdimensionalen Energiekonstante zu Wirkungen führen, deren Energiepotential dem einer Supernova entsprach.

Wegen dieser Gefahr durften die Versuche nicht im Ghost-System durchgeführt werden. Rhodan bestimmte dafür den unbewohnten Wüstenplaneten Last Hope, einen ehemaligen Forschungsplaneten des Obmanns von Plophos und jetzigen geheimen Forschungsplaneten des Solaren Imperiums, als Experimentierfeld. Aber nicht nur deswegen. Auf Last Hope stand das modernste Quintatron der Menschheit, ein Gerät von gewaltigen Ausmaßen, mit dem Elementarteilchen aller bekannten Kontinua durch Hochenergiebeschuß mit Quintronen bis zum überkritischen Punkt übersättigt werden konnten. Die maximale Energieleistung des auf Last Hope stehenden Geräts betrug 910 Milliarden Quintron-Wari, einer hyperphysikalischen Maßeinheit, die von Professor Waringer bestimmt worden war.

»Worüber grübelst du?« drang eine Stimme wie aus weiter Ferne an Rhodans Ohr. Er benötigte einige Sekunden, um sie auch geistig wahrzunehmen. Dann wandte er den Kopf und sah Atlan. Der Arkonide blickte ihn besorgt an.

»Worüber sollte ich schon grübeln«, gab Perry Rhodan leise zurück.

Atlan legte dem Freund die Hand auf die Schulter.

»Keine Sorge, Geoffry versteht sein Handwerk. Dein Schwiegersohn weiß genau, was er tut.«

Rhodan lächelte.

»Das ist es nicht, Atlan. Geoffry geht ein großes Risiko ein, aber wenn tatsächlich die Sonne Bolo bei den Experimenten explodieren sollte, hat zwar die Menschheit ihre besten Wissenschaftler verloren, aber sie existiert noch. Trotzdem müssen die Experimente stattfinden.«

Er dachte einige Sekunden lang nach und fügte dann hinzu:

»Oder vielmehr gerade deshalb. Die Sicherheit des einzelnen oder einer Gruppe bedeutet nichts gegenüber der Sicherheit des Solsystems. Und wir alle sind dazu da, um unser Leben dafür immer wieder aufs Spiel zu setzen.«

Das Rumoren der Triebwerksaggregate wurde lauter. Die INTERSOLAR ließ Olymp hinter sich zurück.

Atlan entfernte sich leise von Rhodans Seite, um Oberstleutnant Senco Ahrat einige Anweisungen zu geben.

Perry Rhodans Gedanken glitten wieder zu seinem Hauptproblem ab. Mit den Konstruktionsdaten des Dakkar-Tastresonators hatte die Menschheit wahrscheinlich das bislang wertvollste Geschenk erhalten.

Dieses Gerät diente den Cappins zum Antasten auftreffender Sextadimimpulse während einer Zeitreise in die Vergangenheit oder während einer Pedotransferierung auf der Sextadimhalbspur.

Dazu benötigte ihn die solare Menschheit allerdings nicht. Aber sie konnte eine andere Fähigkeit des Dakkar-Tastresonators ausnutzen. Die gefährliche Pendelbewegung des Nullzeit-Deformators während der ersten Zeitreise, eine Folge der geheimnisvollen Rücksturzpolung, war nämlich auf Sextadimenergien zurückzuführen, die das Nullzeitgerät im Zeitstrom trafen, es gegen seine Temporal-»Richtung« zurückschleuderten und dadurch zum Schlingern innerhalb der Zeit brachten.

Der Dakkar-Tastresonator nun hatte die Aufgabe, auftreffende Störimpulse ganzheitlich-analytisch zu erfassen und im gleichen Augenblick zu synthetisieren, wodurch der Nullzeit-Deformator zu Kompensatorschwingungen angeregt würde und sich so in den Störungsfluß einpendelte, daß die Rücksturzkonstante absorbiert würde und die Temporalbewegung störungsfrei vor sich ginge.

Perry war immer wieder davon beeindruckt, daß die Cappins diese Phänomene bereits vor vielen Jahrtausenden entdeckt und ausgewertet hatten. Wahrscheinlich lag es daran, daß sie immer wieder versucht hatten, in die Zukunft vorzudringen.

Die INTERSOLAR wechselte in den Linearraum, Kurs Last Hope.

Rhodan hoffte inständig, daß der Planet noch existierte . . .

24. November 3433 – Erdzeit

Die INTERSOLAR war kaum aus der Librationszone ins vierdimensionale Raum-Zeit-Gefüge zurückgefallen, als die Signalplatte des großen Hyperkoms in der Funkzentrale aufleuchtete.

Das rote Flackern bedeutete die Ankündigung eines Alarmrufs, und Major Donald Freyer aktivierte deshalb nicht nur den Empfänger der Funkzentrale, sondern auch die Übertragungsgeräte im Kommandoraum. So hörte Perry Rhodan die Warnung mit.

»Hier Wachkreuzer GRANO!« schallte es aus dem Empfänger am

Kartentisch. »Kommandant Major Kishes spricht. Anfliegendes Schiff als INTERSOLAR identifiziert. Kehren Sie sofort um. Auf Last Hope beginnt in diesem Moment ein neues Experiment.«

Rhodan schaltete sich sofort in die Verbindung ein.

»Hier Rhodan an Major Kishes. Spezifizieren Sie Ihre Warnung!«

Ein tiefer Atemzug war zu hören. Dann erlosch das Bild, das bisher einen relativ jungen Flottenoffizier gezeigt hatte.

»Zu spät!« kam die Stimme des Majors unter Störgeräuschen durch. »Die Sonne Bolo flammt soeben auf. Ihnen bleibt nur noch eine Katastrophenlandung auf Last Hope. Versuchen Sie bitte keinen Linearflug. Ich wiederhole: Versu . . .«

Mit hartem Krachen schlugen die Sicherungen des Hyperkoms durch. Die Wiederholung kam nicht mehr an.

Perry Rhodan hob den Kopf und sah, wie sich die rote Riesensonne Bolo aufblähte. Gigantische Protuberanzen schossen weit in den Raum. Die optische Übertragung erweckte den Eindruck, als spränge die flammende Sonne vor und zurück.

Oder tat sie es wirklich . . .?

Ein seltsames Klingen und Raunen hallte durch die Kommandozentrale, aber es waren keine menschlichen Stimmorgane, die es erzeugten. Diese Töne kamen aus den Geräten, die auf 5-D-Basis arbeiteten.

»Was soll ich tun, Sir?« fragte Oberst Korom-Khan über Interkom.

»Landen Sie auf Last Hope, Oberst«, befahl Rhodan mit der gleichen Gelassenheit. »Und halten Sie alle Geräte, die auf Quintadimbasis arbeiten, unter schärfster Kontrolle.«

Lord Zwiebus näherte sich dem Kartentisch. Der Neandertaler trug eine einfache Bordkombination und stützte sich auf seine Keule.

»Was geht dort draußen vor, Rhodan?« fragte er beklommen. »Sollten wir nicht doch versuchen, in den Linearraum zu fliehen?«

»Du hast Major Kishes' Warnung gehört, Zwiebus«, entgegnete Rhodan ernst. »Die GRANO gehört zur Wachflotte von Last Hope und hat Ähnliches wahrscheinlich schon mehrmals erlebt. Wir werden uns an den Rat ihres Kommandanten halten.«

Die INTERSOLAR vollführte einen Sprung und schwebte plötzlich nur noch wenige tausend Kilometer über dem Forschungsplaneten, der eben noch vierzehn Millionen Kilometer entfernt gewesen war.

»Ein Riß im Kontinuum«, vermutete Atlan.

»Irrtum, Sir«, meldete Cheforter Ataro Kusumi über Interkom. »Der Planet hat sich ausgedehnt. Wenn er so weitermacht, wird er die Oberfläche der Sonne berühren.«

»Vorher wird er uns verschlingen«, kommentierte Korom-Khan trocken und riß das Schiff mit einem harten Beschleunigungsmanöver aus dem Kurs. Praktisch floh die INTERSOLAR vor der sich aufblähenden Oberfläche des Planeten Last Hope.

»Eine Kollision mit der Sonne dürfte Last Hope kaum gefährden«, warf Atlan ironisch ein und deutete zum Backbordsektor der Panoramagalerie, auf der vor kurzem noch ein expandierender roter Gasball zu sehen gewesen war.

Perry Rhodan blickte hin und erstarrte. Die Tasterprojektion Bolos hatte nur noch die Größe einer Kirsche! Eine lautstarke Verwünschung krachte aus dem Interkom. Verwundert wölbte Rhodan die Brauen. Elas Korom-Khan verlor nicht so leicht die Nerven.

»Wir werden genau auf die Sonne zugetrieben, Sir«, meldete der Kommandant mit bebender Stimme.

»Das ist unmöglich«, murmelte Rhodan und musterte den nur noch kirschkerngroßen Glutball. »Ortung: Distanz zu Bolo?«

»Da laust mich doch der Affe!« explodierte Major Kusumi. »Entschuldigung, Sir, aber die Instrumente zeigen eine Entfernung zu Bolo mit dreihundertelf Kilometern an.«

»Warum fliegt Elas nicht um diesen winzigen Kirschkern herum?« fragte Gucky erregt.

»Die veränderte Raumstruktur läßt es nicht zu«, antwortete Korom-Khan, der sich wieder beruhigt hatte. »Der Raum hat sich sozusagen um Bolo, Last Hope und uns geschlossen. Wir bilden ein separates Universum. Oder hat jemand eine bessere Erklärung dafür, daß die anderen Sterne der Galaxis für uns verschwunden sind?«

Niemand antwortete.

Plötzlich meldete sich Major Pecho Cuasa, Erster Feuerleitoffizier der INTERSOLAR.

»Ich schlage Punktbeschuß mit Transformkanonen vor. Vielleicht können wir die Raumkrümmung damit aufbrechen.«

»Und wenn nicht . . .?« fragte Korom-Khan ironisch.

»Dann schmoren wir im eigenen Saft«, erklärte Gucky in seiner blumigen Ausdrucksweise.

»Noch hundertvierzig Kilometer bis Bolo«, meldete Kusumi. »Der Kirschkern wird kleiner. Instrumente zeigen einen Durchmesser von . . .«

Er verstummte und brach plötzlich in homerisches Gelächter aus.

»Major . . .!« rief Perry Rhodan streng.

»Fünf Zentimeter, Sir«, sagte Kusumi. »Die Sonne Bolo durchmißt nur noch fünf . . . nein, inzwischen nur noch drei Zentimeter.« Er lachte wieder; es klang hysterisch. »Kommandant, wenn Sie eine kleine Schleuse öffnen, können wir das Ding aufnehmen.«

»Captain Kasoweit, lösen Sie Major Kusumi ab!« befahl der Kommandant eisig.

Im nächsten Augenblick fuhr ein heftiger Ruck durch die INTERSOLAR. Die Bildschirme flackerten, erloschen und leuchteten in grellem Rot auf. Verschiedene Überwachungsgeräte gaben Alarm. Rhodan hatte das Gefühl, mit rasender Geschwindigkeit und völlig gewichtslos durch das Universum zu steigen.

Und mit einem Mal war alles vorbei.

Die Riesensonne Bolo stand wieder groß im Backbordschirm, und der Planet Last Hope besaß ebenfalls wieder seine normale Größe. Nur die Entfernung zwischen der INTERSOLAR und dem Planeten hatte sich nicht wieder normalisiert.

Ganz im Gegenteil.

Das Ultraschlachtschiff befand sich nur fünfhundert Kilometer über dem Forschungsplaneten und raste auf ihn zu.

»Nun bleibt mir tatsächlich nur eine Notlandung übrig«, bemerkte Elas Korom-Khan lakonisch.

Die nächsten Minuten waren die Hölle. Die INTERSOLAR ließ sich bei ihrer hohen Geschwindigkeit nicht mehr aus dem Kollisionskurs reißen. Deshalb überlastete Korom-Khan bewußt alle Impulstriebwerke, um die Fahrt abzubremsen. Mehrmals kamen trotz der vorzüglichen Andruck-Absorber einige Gravos durch. Einige schwächere Wände der Innenzelle brachen.

In hundert Metern Höhe kam der INTERSOLAR die Oberfläche von Last Hope ohne Zutun des Kommandanten entgegen und prallte gegen die ausgefahrenen Landestützen, wodurch wertvolles Gerät zu Bruch ging. Das Material der Landestützenhydraulik wurde weit über den kritischen Wert hinaus belastet, und daß es dennoch hielt, war wohl das beste Zeugnis, das der terranischen Raumfahrtindustrie ausgestellt werden konnte.

Doch mit der Landung waren die Gefahren noch nicht überstanden. Perry Rhodan erkannte es, als er die Rundum-Beobachtung kontrollierte und die auf und nieder tanzende Planetenoberfläche sah.

Last Hope pulsierte.

Und alle Gesetzmäßigkeiten des Einstein-Kontinuums wurden über den Haufen geworfen.

Cecil Ryebread verfolgte die Vorgänge innerhalb der INTERSOLAR mit einem blöden Grinsen. Es war sein erster Flug mit Rhodans Flaggschiff und sein erster größerer Raumflug überhaupt. Der vierundzwanzigjährige Kadett war der Funkzentrale zugeteilt, was einer Richtung seiner Ausbildung entsprach.

Aber niemals während seiner Ausbildung in Terrania hatte ihm jemand gesagt, daß normale Menschen durch Wände gehen können – und bisher hatte er seinen Vorgesetzten, Major Donald Freyer, für einen ganz normalen Menschen gehalten.

Major Freyer blieb stehen, nachdem er die Trennwand von der Ortungszentrale her durchschritten hatte. In seinem Gesicht war eine Frage festgefroren.

Kadett Ryebread bekam einen Schluckauf, kämpfte ihn tapfer nieder und fragte:

»Wie macht man das, Sir?«

Donald Freyer starrte in Ryebreads Richtung, vermochte jedoch den Kadett nicht zu sehen.

»Wer hat da gefragt?« flüsterte er.

Cecil rieb sich die Augen. Plötzlich war sein Vorgesetzter nicht mehr da. Statt dessen sah er einen abstoßend häßlichen Zwerg mit gewaltigem Wasserkopf vor sich, aus dem ihn zwei feurige Räder anstarrten. Der Wasserkopf stieg höher und höher, als wäre er ein gasgefüllter Ballon – dann verschwand er.

Seltsame Dinge schwebten an Cecil Ryebread vorüber: summende Feldleiter, ein Klosettbecken, eine riesengroße Zahnbürste, pulsierende Aggregate und dazwischen die Gesichter von Zwergen und Riesen.

Kadett Ryebread kicherte belustigt.

Einen so komischen Traum hatte er lange nicht gehabt.

Er geriet in den rotglühenden Schlund eines Riesen und wurde bei einem Hustenanfall hinausgeschleudert – nur daß der Schlund in Wirklichkeit die Feldmündung eines Impulstriebwerkes war und das »Husten« ein »kleiner« Korrekturstoß.

Cecil schwebte durch rosa angehauchte Wolkenschleier. Tief unter sich sah er eine fußballgroße Kugel, daneben eine schwankende Gestalt mit vier Armen und Beinen, die auf die Kugel hinabstarrte.

Mit einem Ruck, der ihm durch das Rückgrat bis ins Gehirn fuhr, prallte Kadett Ryebread auf einen bläulich schillernden Höcker, der sofort ein Pseudomaul öffnete und mit unverständlichen Worten zu schimpfen begann.

»Beruhige dich«, murmelte Cecil und merkte erst jetzt, daß sein Druckhelm sich selbsttätig geschlossen hatte.

Augenblicklich kehrte das klare Denkvermögen zurück.

Er träumte nicht.

Nein, er war – wie auch immer – aus der INTERSOLAR gefallen, geschwebt oder geflogen, und der Druckhelm seines Raumanzuges hatte sich automatisch geschlossen, weil in dieser Zone des Planeten Last Hope eine mörderische Hitze herrschte und die Atmosphäre außerdem viel zu dünn und sauerstoffarm zum Atmen war.

Es mußte mit den Experimenten zusammenhängen, die der verrückte Waringer auf dem Höllenplaneten veranstaltete.

Cecil entfernte sich schleunigst von dem brüllenden Maul, stieß gegen eine Felsbarriere, die eben noch nicht dagewesen war und flüchtete vor einem Steinschlag.

Da erblickte er den Käfer.

Es war ein daumenlanges, grünlich schillerndes Tier mit zinnoberrotem, aufgerecktem Stachelschwanz, zahllosen Beinen und einem rhombischen Körper.

Kadett Rybread zögerte einen Moment, dann hob er das arme Tierchen auf, bevor es von den herabstürzenden Felsbrocken erschlagen wurde. Er schob es in eine Außentasche seines Raumanzuges und rannte weiter.

Nach einiger Zeit hielt er erschöpft an. Die Klimaanlage konnte kaum noch gegen die von außen einwirkende Hitze ankämpfen. Aus einem violetten Himmel strahlte eine würfelförmige rote Sonne unbarmherzig herab.

Cecil Ryebread sah sich nach einem schattigen Zufluchtsort um. Er entdeckte eine Schlucht, deren Grund von den Sonnenstrahlen nicht erreicht wurde.

Aber bevor er die Schlucht erreichte, hatte sie sich in einen glatten Bergrücken verwandelt, von dem flüssiges Metall zischend und brodelnd herabschoß.

Der Kadett schaltete sein Flugaggregat ein und mußte feststellen, daß es nicht mehr funktionierte. Erneut rannte er um sein Leben, wich glühenden Bächen aus, rutschte von buckligen Erhebungen, die sich jäh bildeten und stürzte, wenn sich der Boden unter seinen Füßen plötzlich auflöste.

Die Form der Sonne hatte sich unterdessen erneut verändert. Sie war jetzt nur noch ein flacher Faden. Aber auch der Planet veränderte sich.

Anfangs glaubte Cecil Ryebread an einen Sturm, als die dünne Luft an ihm vorbeifachte. Doch dann sah er, daß die eigentliche Planetenoberfläche immer mehr hinter ihm zurückblieb – und hinter dem pulsierenden »Finger«, den Last Hope seiner Sonne entgegenstreckte.

Und er, Cecil Ryebread, saß auf der Kuppe dieses Fingers!

Er klammerte sich fest und schloß die Augen. Der Käfer krabbelte in seiner Tasche herum. Wahrscheinlich spürte er auch den nahenden Tod.

»Mist, verfluchter!« schimpfte Cecil.

Im nächsten Augenblick hatte er das Gefühl, in einem Schacht nach unten zu fallen. Zaghaft öffnete er ein Auge und sah, daß der »Finger« wieder zusammenschrumpfte und die Reise in umgekehrter Richtung verlief. Die rote Riesensonne Bolo hatte wieder ihre normale Gestalt angenommen.

Sekunden später saß Cecil Ryebread in einer Felsmulde und stöhnte erleichtert. Er schloß die Augen und versuchte, sich zu entspannen.

Ein Geräusch wie von reißendem Stoff ließ ihn aufschrecken. Er stürzte von einer Felszacke, die seine Außentasche aufgerissen hatte, und landete zwischen bunten hornartigen Erhebungen. Bevor er sich von diesem Schrecken erholt hatte, übertrugen die Außenmikrophone einen wahnwitzigen Trommelwirbel stampfender Geräusche. Es hörte sich an, als hielte ein Millionenheer von Riesen eine Parade ab. Der Boden bebte und zitterte, so daß sich Cecil kaum halten konnte.

Seltsamerweise galt seine erste Sorge dem Käfer, der in der nun zerrissenen Außentasche seines Raumanzugs gesteckt hatte. Das arme Tierchen war nirgends zu finden. Trotz der starken Bodenvibrationen kroch Kadett Ryebread einige Zeitlang auf Händen und Knien umher.

Zufällig fiel dabei sein Blick auf einen gigantischen, von Blitzen umwitterten Stachel, der über der zerklüfteten Landschaft hin und her schwang und in düsterem Rot und grellem Weiß glühte. Das Donnern und Krachen von heftigen Entladungen übertönte zeitweise die Marschiergeräusche.

Marschiergeräusche . . .?

Kadett Ryebread erstarrte. Seine Nackenhaare sträubten sich in hellem Entsetzen. Er wußte nicht sehr viel von Last Hope, nur das, was der Besatzung an allgemeinen Informationen bekanntgegeben worden war. Doch an eines erinnerte er sich noch genau.

An die Beschreibung des einzigen großen Tieres des Höllenplaneten, des mehrere Quadratkilometer großen Marschiere-Viel.

Die rhombische Form, der glühende Stachelschwanz, die zerklüftete

Oberfläche, das Trommeln unzähliger gigantischer Füße – das alles stimmte genau.

Er saß auf dem Rücken eines Marschiere-Viel.

Und er konnte nur auf eine Art und Weise dahingelangt sein: Indem er in einer bestimmten Phase des planetaren Pulsationszustandes das zu einem daumengroßen Käfer geschrumpfte Marschiere-Viel in seine Tasche gesteckt hatte.

Beim Umschlag in die nächste Zustandsform hatte er sich dann die Tasche an einer Rückenpanzererhebung des Ungeheuers aufgerissen.

Kadett Ryebread riß den Mund auf und schrie gellend um Hilfe.

»Wo ist die INTERSOLAR?« fragte Captain Drof Retekin verblüfft über die Interkomanlage des Paladins.

Spezialist-General Harl Dephin starrte fassungslos auf die Panoramaschirme der Steuerzentrale. Eben noch hatte der 2500 Meter durchmessende Kugelraumer gleich einem Gebirge aus Stahl vor dem Paladin aufgeragt – und nun war er spurlos verschwunden!

»Ich schlage vor, wir schießen ein paar Transformsalven als Signal ab«, meldete sich Captain Dart Hulos.

»Ich möchte bloß wissen«, sagte Major Tyn, »woher er diesen Schießkomplex hat. Vielleicht versuchen wir es erst einmal mit dem Hyperkom.«

»Gut«, entschied Dephin. »Funken Sie die INTERSOLAR an und bitten Sie um Positionsangabe!«

Für einige Zeit herrschte Ruhe im Paladin. Harl Dephin fand Zeit, sich zu überlegen, was auf Last Hope vorging. Es hatte zweifellos mit Sextadim-Energie zu tun. Die Quintatron-Experimente von Professor Waringer mußten daran schuld sein.

»Keine Antwort von der INTERSOLAR, Kommandant«, meldete Major Tyn.

Ein heftiger Ruck durchlief den Boden. Auf dem Backbordschirm sah Harl Dephin, wie in der Ferne ein Felsturm emporwuchs und in den Raum hinausschoß, genau auf die Sonne Bolo zu, die sich zu einem häßlichen Fladen verformt hatte.

»Verflixt!« schimpfte Cool Aracan. »Es sieht ganz so aus, als sollte unsere nagelneue Außenhaut bei diesen Höllentemperaturen zum Teufel gehen.«

»Das Leben ist wie ein Kinderhemd«, spöttelte Amos Rigeler. »Vorne zu kurz und hinten . . .«

»Mäßigen Sie sich, Major Rigeler!« brüllte Dephin zornig. »Ein Spezialist der USO hat in allen Situationen Haltung zu bewahren.«

Er räusperte sich.

»Ich werde einen Erkundungsgang unternehmen. Halten Sie die Augen offen, Thunderbolts!«

Er betätigte eine Schaltung, und die fingerhutgroße SERT-Haube senkte sich auf seinen Schädel herab. Von nun an waren er und der Paladin-Roboter wieder eine Handlungseinheit. Er brauchte nur zu denken, und schon führte die wandelnde Festung mit dem Aussehen eines extrem großen Haluters alles aus.

»Da ist etwas«, murmelte Drof Retekin nach einigen Minuten.

General Dephin schnaufte empört, und da seine Gedanken- und Gefühlsimpulse von der Übertragungseinheit des Paladins exakt in Realitäten umgesetzt wurden, stemmte der Riesenroboter die Fäuste der Handlungsarme in die Hüften.

Harl Dephin blockierte seine Emotionen.

»Ich bitte um eine exakte Meldung, Captain Retekin!«

»Jawohl, Sir«, antwortete Retekin. »Kugelförmiges Objekt in anderthalb Kilometer Entfernung. Durchmesser fünfzig Zentimeter. Sieht beinahe aus wie ein Beiboot der INTERSOLAR.«

»Was heißt hier beinahe?«

»Nun, es hat zwei Triebwerksringwülste statt einem, Sir.«

»Das Modell eines Ultraschlachtschiffs . . .?« vermutete Captain Aracan.

Spezialist-General Dephin ließ geistesgegenwärtig seine SERT-Haube zurückfahren, bevor seine Verwirrung sich auf den Paladin übertrug. Tausende Gedanken schossen ihm gleichzeitig durch den Kopf. Retekins Entdeckung konnte nur eines bedeuten: Die INTERSOLAR war zu einem fünfzig Zentimeter durchmessenden Ball zusammengeschrumpft. Kein Wunder, daß sie so plötzlich »verschwunden« gewesen war; ihre Außenhülle hatte sich einfach vom Paladin zurückgezogen.

»Warum klopfen wir nicht mal an?« fragte Amos Rigeler.

»Ganz ruhig«, murmelte Harl Dephin. »Ganz ruhig, mir kommt soeben einer meiner genialen Gedanken. Wir sind weitab von der Nordpolstation notgelandet, und wer weiß, wann die INTERSOLAR eine Gelegenheit erhält, wieder zu starten und aus eigener Kraft zur Nordpolstation zu fliegen . . .«

»Warum tragen wir sie nicht einfach hin?« fragte Myrus Tyn.

»Das war meine Idee«, erklärte Dephin. »Die Frage ist nur, ob die

Masse der INTERSOLAR gleich geblieben ist oder mit dem Volumen abgenommen hat. Ich werde es ausprobieren.«

Er aktivierte erneut die Emotiolenkung und steuerte den Paladin auf die kleine Metallkugel zu. Das war gar nicht so einfach, denn immer wieder veränderte sich die Oberfläche auf groteske Weise. Felsen hoben sich und entfalteten sich gleich gigantischen Blütenkelchen, aus dem Himmel stürzten Gesteinslawinen, und der Untergrund erwies sich oft als eine hauchdünne Schicht über Hohlräumen, in die der Paladin einbrach.

Endlich erreichte der Roboter die geschrumpfte INTERSOLAR. Der Schweiß lief General Dephin übers Gesicht. Mit einem Handlungsarm wischte er einen See aus geschmolzenem Blei hinweg, der sich in drei Metern Höhe über dem Schiff gebildet hatte.

Dann kam der Augenblick, der über Erfolg oder Mißerfolg des Versuchs entschied.

Der Paladin bückte sich. Die riesigen Hände seiner beiden Handlungsarme umklammerten die INTERSOLAR so behutsam, als wäre das Ultraschlachtschiff ein rohes Ei. Im Maschinenleitstand schaltete Amos Rigeler die Kraftwerke höher.

Langsam hoben die beiden Hände die INTERSOLAR an.

Die Thunderbolts – mit Ausnahme des Kommandanten – stimmten ein Triumphgeheul an, als das Flaggschiff höher und höher stieg und schließlich unter dem rechten Handlungsarm verstaut wurde.

»Hier Aracan«, meldete sich der Mathelogiker des Teams. »Kommandant, wir sollten uns beeilen. Wenn der Planet sich normalisiert, werden wir von der INTERSOLAR erschlagen.«

Harl Dephin antwortete nicht. Er balancierte das Gewicht des Ultraschlachtschiffes aus, peilte den Nordpol von Last Hope an und ließ den Paladin auf die Laufarme sinken.

Dann raste er mit Höchstgeschwindigkeit davon.

Lord Zwiebus starrte seine Keule an, die von einer Sekunde zur anderen zur Größe eines Streichholzes zusammengeschrumpft war. Die Hand, in der er sie hielt, begann zu zittern.

»Wir hätten niemals auf Last Hope landen sollen«, schimpfte jemand.

Der Neandertaler erkannte Alaska Saedelaeres Stimme, konnte den Transmittergeschädigten aber nicht sehen. Vorsichtig legte er die Miniaturkeule auf den Kartentisch.

Dabei erblickte er Saedelaeres Plastikmaske.

Als sein Gehirn erfaßt hatte, welche Gefahr den Menschen an Bord von einem demaskierten Alaska Saedelaere drohte, schaltete er die Rundrufanlage ein und schrie:

»Achtung! Alaska Saedelaere läuft ohne seine Maske herum. Größte Vorsicht ist geboten. Ich werde ihn suchen, da ich den Anblick des Cappins in seinem Gesicht ertrage.«

»Du Idiot!« zischte Alaskas Stimme. »Hier bin ich doch!«

Zwiebus machte vor Schreck einen Satz nach rückwärts.

Saedelaeres Stimme war hinter der Maske hervorgekommen . . .!

Lord Zwiebus zitterte am ganzen Leibe.

»Was ist mit dir los?« fragte Gucky und ging auf den Neandertaler zu – mitten durch den Kartentisch hindurch.

Lord Zwiebus hob abwehrend die Hände.

»Halt! Bleib stehen, du Mausevieh! Du stößt Alaska um!«

Der Mausbiber erschrak und teleportierte instinktiv. Infolge einer Verschiebung der Zeitbezugsebene rematerialisierte er einige Sekunden in der Vergangenheit.

Lord Zwiebus riß sich vor Verzweiflung ein Büschel Haare aus der Kopfhaut. Sein geschulter Verstand erahnte jedoch die Ursache des Phänomens innerhalb kurzer Zeit – und die Ahnung wurde zur Gewißheit, als Gucky erneut teleportierte und erneut fragte:

»Was ist mit dir los?«

»Was ist denn mit Gucky los?« fragte Atlans Stimme. Sie klang so, als würde sie durch eine Batterie Lautsprecher verstärkt.

Lord Zwiebus wandte sich um und sah ein paar glänzende schwarze Baumstämme vor sich aufragen.

Baumstämme . . .?

Zwiebus' Blick glitt nach oben, über die Stiefel hinaus, über die Raumkombination und zu Atlans von weißem Haar umrahmten Gesicht, das dicht unter der Decke der Kommandozentrale hing.

Jemand schwebte an dem Arkoniden vorbei nach unten, durch den Boden hindurch: Major Pecho Cuasa, der Erste Feuerleitoffizier. Ein scheinbar leerer Raumanzug folgte ihm; durch die Sichtscheibe hindurch sah der Neandertaler eine Miniaturausgabe von Oberst Korom-Khan im Helm herumhüpfen. Das knapp handspannenlange Wesen gestikulierte heftig mit Armen und Beinen.

»Verrückt!« murmelte Zwiebus und wischte sich mit dem behaarten Handrücken den kalten Schweiß von der Stirn.

Alaska Saedelaeres Schrei lenkte seine Aufmerksamkeit wieder zu der Plastikmaske auf dem Kartentisch. Den unablässig rematerialisierenden, halb durch den Kartentisch marschierenden und sich wieder auflösenden Mausbiber ignorierte er, um den Verstand nicht zu verlieren.

»Hilf mir!« schrie Alaska und streckte einen streichholzdünnen Arm durch einen Augenschlitz der Maske. »Mein Cappin tobt vor Angst.« Ein bläulicher Blitz schoß durch den zweiten Augenschlitz.

»Ich kann dir nicht helfen, Alaska«, murmelte Zwiebus resignierend. »Du mußt warten, bis sich alles wieder normalisiert.«

»Halte deine Hände über die Maske!« schrie der Transmittergeschädigte.

»Was ist mit dir los?« wiederholte Gucky und verschwand kurz darauf.

Der Neandertaler hielt die bebenden Hände über die Maske, hinter der jetzt ein intensives violettes Glühen hervorkam. Er hatte begriffen, daß Saedelaere für den Verstand der Besatzung fürchtete.

Ein furchtbarer Ruck schleuderte Zwiebus zurück. Er prallte mit dem Hinterkopf gegen etwas Hartes und war einige Sekunden lang zu benommen, um seine Umgebung klar erkennen zu können.

Als er wieder sehen konnte, flüchtete er vor zwei Raumfahrerstiefeln, die ihn zu zermalmen drohten. Er stolperte. Ein Reinigungsroboter surrte groß wie ein Hochhaus auf ihn zu und saugte ihn auf. Lord Zwiebus fand sich plötzlich in einem Meer aus Staub wieder. Hustend und spuckend ruderte er zu einer Falzkante und klammerte sich daran fest.

Alaska Saedelaere hatte unterdessen seine normale Größe wiedergewonnen. Obwohl er noch unter Schockwirkung stand, sah er doch, wie Lord Zwiebus sich nach seinem Sturz plötzlich verkleinerte. Und Perry Rhodan lief genau auf den daumengroßen Neandertaler zu!

Der Transmittergeschädigte rannte los und hielt Rhodan auf. Zwiebus entkam gerade noch den schweren Stiefeln. Alaska wollte ihn aufheben, doch da stolperte der Neandertaler – und dann surrte der Reinigungsroboter heran.

Mit vor Entsetzen geweiteten Augen mußte Saedelaere mit ansehen, wie Lord Zwiebus von dem nur schachtischgroßen Schweberoboter angesaugt und verschluckt wurde.

Er hastete hinter dem Roboter her und versuchte ihn aufzuhalten. Aufgrund ihrer Programmierung wich ihm die Reinigungsmaschine beflissen und vor allem sehr geschickt aus; schließlich durfte sie keinen Menschen behindern.

Alaska Saedelaere wollte Rhodan und den anderen Männern erklären, daß Zwiebus in dem Robot gefangen war und wahrscheinlich im Unrat erstickte, wenn sie die Maschine nicht bald aufhielten.

Aber das Heulen der Alarmsirenen übertönte seine Rufe.

Dennoch hielt der Roboter jählings an. Sein Surren steigerte sich zu einem schrillen Jaulen, dann spie er den gesammelten Inhalt wieder aus. Lord Zwiebus stieg aus dem Dreck empor und schwebte an dem Transmittergeschädigten vorbei.

Als Saedelaere sich umdrehte, sah er den Neandertaler auf Guckys Handfläche knien. Nun war auch ihm klar, wem Zwiebus seine Rettung zu verdanken hatte.

Und dem Transmittergeschädigten fiel ein Stein vom Herzen, daß der Ilt dem Zeitkreislauf entronnen war.

Das Heulen der Sirenen erstarb. Alaska hatte den flüchtigen Eindruck, daß die Umgebung auf den Panoramaschirmen einen Satz vom Schiff weg machte, doch das führte er auf seine überreizten Nerven zurück.

Gucky blies mit gespitzten Lippen den Staub von Lord Zwiebus.

»Danke!« schrie der Neandertaler mit dünner Stimme, die kaum zu hören war.

»Nichts zu danken«, erklärte der Mausbiber großzügig. »Gucky hilft immer. Du weißt gar nicht, wie herrlich es ist, daß du einmal deine Größe nicht mir gegenüber ausspielen kannst.«

Lord Zwiebus lachte kläglich.

»Wo ist meine Keule?« fragte er dann.

Der Ilt deutete zum Kartentisch, wo die mächtige Keule wieder in ihrer vollen Größe lag.

»Soll ich sie dir in die Hand geben?« fragte er scheinheilig.

Lord Zwiebus blickte weg und schwieg.

»Achtung!« ertönte Rhodans Stimme aus den Lautsprechern der Rundrufanlage. »An alle! Der Paladin ist spurlos verschwunden. Vor zwei Minuten wurde er zwanzig Meter südlich der Backbordschleuse A-9 gesehen. Seitdem fehlt jede Spur von ihm. Versuche, ihn über Funk zu erreichen, blieben erfolglos. Ich bitte jedes Besatzungsmitglied, nach dem Paladin Ausschau zu halten und sein Auftauchen sofort an mich oder Lordadmiral Atlan zu melden.«

»Er wird geschrumpft sein«, vermutete Gucky. »Hoffentlich ist er nicht auch von einem Reinigungsroboter erwischt worden.«

Alaska Saedelaere ging zu Perry Rhodan, der vor dem Rundrufgerät am Kartentisch wartete. Rhodans Gesicht wirkte eingefallen und grau. Dunkle Schatten lagen unter seinen Augen.

Alaska ließ sich neben ihn in einen Sessel fallen.

»Vielleicht sollten wir ein paar Shifts rausschicken, Sir«, sagte er.

Rhodan hob den Kopf und sah ihn an. Ein dankbares Lächeln glomm in seinen Augen auf und verlosch wieder.

»Nein, Alaska«, antwortete er schleppend. »Solange sich die Zustandsform des Planeten nicht stabilisiert hat, wäre es Selbstmord, hinauszugehen. Ich weiß auch nicht, wie der Paladin nach draußen geraten ist. Niemand hatte die Erlaubnis, das Schiff zu verlassen.«

»Es sind in den letzten Minuten so viele seltsame Dinge geschehen, Sir . . .« murmelte der Transmittergeschädigte.

»Die Konstantenpulsation wird nicht ewig anhalten, Alaska. Sobald sich Last Hope beruhigt hat, werden wir den Paladin finden und zur Nordpolstation fliegen.«

Saedelaere nickte. Insgeheim fragte er sich, wie Rhodan in allen seinen Sorgen noch fähig war, Optimismus zu verbreiten, und er rechnete ihm vor allem hoch an, daß er Professor Waringer und seinem Team keinerlei Vorwürfe machte.

Ein anhaltendes Donnern ertönte. Es klang wie dumpfer Trommelwirbel. Alaska blickte auf die Panoramaschirme, doch außer einigen gelegentlichen Entladungen im Nordwesten sah er nichts, was auf die Ursache des unheimlichen Geräuschs hindeuten konnte.

»Ein Marschiere-Viel«, erklärte Perry Rhodan. »Es wundert mich, daß diese monströse Lebensform sich trotz der Pulsationen hält. Die Entladungen, die wir sehen, stammen von seinem Schwanz, mit dem er die Sonnenenergie mittelbar anzapft. Ein Marschiere-Viel rennt ständig hinter der Sonne her, bis er schließlich doch zurückbleibt und in der Nacht erstarrt. Die aufgehende Sonne weckt ihn dann wieder, und er beginnt den hoffnungslosen Wettlauf erneut.«

Eine Wolke von Quecksilberdampf schob sich zwischen die Entladungen und die INTERSOLAR. Ruckartig kippte das Schiff zur Seite, doch die Stabilisatoren fingen die Wirkung rasch auf. Niemand erregte sich darüber. Ein Glutgeiser stieg im Zeitlupentempo durch den Quecksilberdampf, bildete in einigen tausend Metern eine kompakte Wolke und regnete als Geröll ab.

Die Außenmikrophone übertrugen plötzlich das Prasseln von Steinen auf Metall, obwohl die INTERSOLAR überhaupt nicht von dem Steinhagel betroffen war.

»Der Paladin!« schrie jemand.

»Ortung einjustieren!« befahl Perry Rhodan gelassen.

Kurz darauf zeigte die Sektorvergrößerung der Tasterortung die Gestalt eines Haluters, der relativ zu den Ausmaßen der INTERSOLAR mindestens hundertfünfundzwanzig Kilometer hoch sein mußte.

Das erschien den Männern an Bord so unmöglich, daß sie instinktiv den richtigen Schluß daraus zogen. Aber Professor Dr. Eric Bichinger, dem Chefmathelogiker, blieb es überlassen, ihn zahlenmäßig auszudrücken.

»Fünfzig Zentimeter, Sir«, meldete er über Interkom nach einem verlegenen Hüsteln. »So groß ist die INTERSOLAR, falls der Paladin nicht bis in den Weltraum ragt.«

Der Roboter in der Gestalt eines Haluters stampfte näher. Bei jedem Schritt wurde das Schiff erschüttert. Das Knirschen und Krachen zertretener Steinbrocken gellte aus den Außenbordempfängern.

Plötzlich heulten die Alarmsirenen erneut.

Über der INTERSOLAR hatte sich ein riesiger See aus flüssigem Blei gebildet. Wenn er herabstürzte, würde er die Luft im Schiffsinneren zum Kochen bringen. Die winzigen Klimaanlagen konnten niemals mit dieser Masse fertig werden.

»Raumanzüge und Helme schließen!« befahl Perry Rhodan.

Da war der Paladin-Roboter heran. Mit einer lässigen Handbewegung fegte er den Bleisee davon, der in Wirklichkeit höchstens zwei Meter Durchmesser haben konnte.

Dann senkten sich zwei Gigantenhände auf die INTERSOLAR herab. Die Schiffszelle knirschte unheilverkündend, als sich die Handflächen des Paladins an die Außenhaut legten.

Alle Männer in der Kommandozentrale hielten den Atem an, als ihr stolzes Schiff aufgehoben und unter einen Handlungsarm des Roboters geklemmt wurde.

»Das widerspricht allen Naturgesetzen«, war Atlans Stimme zu vernehmen. »Wo ist die Masse der INTERSOLAR geblieben? Sie kann doch nicht zum größten Teil ›verdunstet‹ sein!«

»Was widerspricht auf Last Hope schon nicht allen bekannten Naturgesetzen«, antwortete Rhodan.

Er verstummte, als der Paladin sich auf die Laufarme niederließ und in gestrecktem Galopp davonraste. Das Schiff wurde unablässig erschüttert; es war zur Zeit nichts anderes als eine Spielzeugschachtel in den Händen eines Riesen.

Perry Rhodan wurde abwechselnd blaß und rot. Mit zusammengepreßten Lippen starrte er auf die Panoramaschirme, die ein ständiges Auf und Ab der Umgebung zeigten. Gigantische Staubwolken – gigantisch nur für die Besatzung der INTERSOLAR – wirbelten auf.

Nach einiger Zeit ebbten die Erschütterungen ab. Die in Laufrichtung weisenden Panoramaschirme zeigten die verwaschenen Konturen einer in blaßgrauem Zwielicht liegenden Gebirgskette.

Rhodan beugte sich vor und musterte die Konturen mit zusammengekniffenen Augen. Als er ein Felsmassiv erblickte, das ungefähr die Form eines zusammengekauerten Dinosauriers hatte, atmete er auf.

Das war das Gebirge, in dem einst Iratio Hondro, der Obmann von Plophos, seine geheime Forschungsstation untergebracht hatte. In unmittelbarer Nähe befand sich auch die Station des Solaren Forschungskommandos.

In der Nähe einiger scheinbar riesenhafter Gebäude hielt der Paladin an. Seine Pranken nahmen erneut die INTERSOLAR auf und ließen sie langsam auf den Boden nieder.

Doch bevor die Landeteller den Boden berührten, verschwand der Paladin-Roboter. Krachend stürzte das Schiff auf den Fels, eine Landestütze zersprang mit lautem Knall, und ihre Splitter fuhren mit häßlichem Jaulen davon.

Rhodan sprang auf.

»Da soll doch . . . zum Donnerwetter noch einmal! Dieser Kerl! Wenn ich den erwische, dann . . .«

Er sah Atlans grinsendes Gesicht und unterbrach sich.

Der Arkonide hielt nur mit Mühe einen Heiterkeitsausbruch zurück. Er legte dem Freund die Hand auf die Schulter und sagte:

»Dein Schimpfen beweist mir zumindest, daß du gesund bist, Perry. Aber du solltest Geoffry nicht Unrecht tun. Dein Schwiegersohn ist ein Prachtmensch; er versteht es wenigstens, eine totale Vernichtung gerade noch so zu verhindern.«

Rhodan blickte ihn mißtrauisch von der Seite an.

»Und Paladin . . .?« fragte er gedehnt. »Kannst du mir verraten, wo der Paladin geblieben ist?«

»Anruf von General Dephin, Sir«, meldete der Cheffunker über Interkom. »Wir möchten ihn von der oberen Polkuppel des Schiffes herunterholen; er könnte sich nicht mehr lange dort halten.«

Um Perry Rhodans Mundwinkel zuckte es, als er den Kommandanten anwies, Paladin aus seiner ungemütlichen Lage zu befreien.

Die n-dimensionalen Pulsationen waren endgültig abgeklungen, Schiff und Besatzung hatten ausnahmslos wieder zu normaler Größe und Form zurückgefunden.

Perry Rhodans Gesicht war völlig ausdruckslos, als sich nördlich des Gebirges mit dem Namen »Sitzender Drache« ein Tor in der Felswand zeigte und vier Shifts entließ. Die nahezu unverwüstlichen Allzweckpanzer schwebten auf Kraftfeldern heran.

Lord Zwiebus reckte sich, daß die Gelenke knackten. Erleichtert darüber, daß er seine normale Größe wiedergewonnen hatte, warf er seine Keule in die Luft und fing sie wieder auf.

»Das Empfangskomitee will seine Opfer besichtigen«, grollte er mit einem stechenden Blick auf die vier Shifts.

Gucky watschelte zu einem Sessel und ließ sich ächzend hineinfallen.

»Eigentlich sollte ich Geoffry einen telekinetischen Walzer tanzen lassen«, murmelte er nachdenklich und raspelte mit seinem Nagezahn an einer Tiefkühlmohrrübe herum.

»Untersteh dich!« warnte Rhodan.

Atlan grinste noch immer.

Die Männer und Gucky sahen auf, als Oberst Korom-Khan sich ihnen näherte. Der Kommandant schien über irgend etwas betroffen zu sein. Vor Rhodan blieb er stehen.

»Wir haben einen Mann verloren«, meldete er. »Kadett Cecil Ryebread fehlt. Ich bitte um die Genehmigung, zwei oder drei Space-Jets auszuschleusen und nach Ryebread suchen zu lassen.«

Perry Rhodan wölbte die Brauen.

»Gibt es denn einen Anhaltspunkt, wo er vorlorengegangen sein könnte, Oberst?«

»Nein, Sir. Nur eine Wahrscheinlichkeitsanalyse. Demnach muß Kadett Ryebread verlorengegangen sein, bevor der Paladin uns – äh – auf den Arm nahm.«

»Wo wurde der Kadett zuletzt gesehen?« fragte Atlan.

»In der Ortungszentrale. Er verschwand plötzlich durch den Fußboden.« Elas Korom-Khan errötete. »Wie viele andere Leute auch, Sir.«

Gucky kicherte. Er dachte daran, wie der Kommandant zusammengeschrumpft im Helm seines Raumanzuges getobt hatte und durch Decken und Böden geschwebt war.

»In senkrechter Linie von der Ortungszentrale aus trifft man drei Decks tiefer auf einen Energiekanal für ein Impulstriebwerk«, überlegte Rhodan laut.

»Die Triebwerke waren außer Betrieb«, erklärte Korom-Khan. »Bis auf einen kurzen Impulsstoß unmittelbar nach der Landung.«

Die Männer sahen sich betreten an. Atlan schüttelte den Kopf.

»Selbst wenn der Kadett in einen Impulsstrom geraten ist, muß das bei der teilweisen Umkehrung aller Naturgesetze nicht unbedingt seinen Tod zur Folge gehabt haben. Über Funk haben Sie es sicher schon versucht, Oberst?«

»Selbstverständlich«, erwiderte Korom-Khan.

Der Arkonide blickte den Ilt an.

»Dann sollte Gucky es mit Telepathie versuchen.«

Der Mausbiber steckte hastig seine Mohrrrübe in eine Außentasche seines Raumanzuges, leckte seinen Nagezahn sauber und schloß die Augen, um sich besser konzentrieren zu können. Plötzlich prustete er so heftig, daß Mohrrübenstückchen über den Kartentisch flogen.

»Was ist los?« fragte Rhodan indigniert.

Gucky prustete erneut.

»Dieser Blödian!« Er kicherte. »Wißt ihr, was er sich geleistet hat! Er hat . . .« ein Lachanfall schüttelte den Ilt, »er hat ein Marschiere-Viel mit einem Käfer verwechselt und es sich in eine Tasche gesteckt.«

Er wischte sich die Lachtränen aus den Augen.

»Und nun sitzt er auf dem lieben Tierchen und brüllt um Hilfe, ohne seinen Helmfunk einzuschalten. Auf sein Gesicht bin ich gespannt, Leute!«

Er schloß seinen Druckhelm und entmaterialisierte.

»Dieser Gucky!« entfuhr es Korom-Khan. »Ob er wirklich meint, uns zum Narren halten zu können? Ein Marschiere-Viel und in die Tasche stecken!«

»Wenn er entsprechend geschrumpft ist . . .«, sagte Atlan. Er schüttelte sich. »Ich muß sagen, dieser Kadett hat unverschämtes Glück gehabt. Er konnte die Vergrößerung des Marschiere-Viel logischerweise nur dann überleben, wenn das Tier in seiner Tasche eine ganz bestimmte Lage zu ihm eingenommen hatte.«

Mit einem Luftwirbel rematerialisierte der Ilt zusammen mit einem vor Angst schlotternden jungen Mann im Raumanzug. Kadett Ryebread öffnete seinen Druckhelm mit bebenden Fingern und wollte Meldung erstatten. Doch alles, was er hervorbrachte, war das Klappern seiner Zähne – und ein verräterischer Geruch.

»Tu mir einen Gefallen, Gucky«, sagte der Kommandant, »und bringe Kadett Ryebread in einen Waschraum der Bordklinik. Die Roboter sollen ihn – äh – reinigen und neu einkleiden.«

Gucky nickte und griff erneut nach Cecils Hand.

»Komm, mein Kleiner« murmelte er, »Mama legt dich trocken, und dann gibt es ein feines Fläschchen . . .«

Nachdem er mit dem Kadetten verschwunden war, nickte Perry Rhodan Atlan zu.

»Wir werden unser Genie aufsuchen«, erklärte er sarkastisch. »Oberst Korom-Khan, ich lasse die INTERSOLAR in einen Hangar einschleusen. Gedulden Sie sich bitte noch eine halbe Stunde. Zuerst will ich mit Professor Waringer sprechen.«

Zusammen mit seiner Begleitung verließ er das Schiff.

Vor dem Schleusenschott der Mittelstütze warteten bereits die vier Shifts. Ein junger Mann in gelber Kombination begrüßte Rhodan und stellte sich als Dr. Hamm vor.

»Der Professor ist noch mit der Auswertung des letzten Tests beschäftigt«, erklärte er. »Er läßt sich deshalb entschuldigen.«

»Bringen Sie uns zu ihm!« befahl Rhodan.

Zehn Minuten später setzten die Allzweckpanzer vor dem Schleusentor im Gebirge auf und rollten auf ihren Gleisketten in einen breiten, hell erleuchteten Stollen.

»Das ist ein Nebeneingang«, erklärte Dr. Hamm. »Wir benutzen ihn nur deshalb, weil er dem Landeplatz Ihres Schiffes am nächsten liegt.«

Dreimal passierten die Shifts Panzerschleusen. Kampfroboter standen reglos vor und hinter den Schotten, und Rhodans Kombi-Armband registrierte unablässig einfallende Impulse von Individualtastern. Geoffry Abel Waringer ließ den Forschungsstützpunkt gut bewachen.

Hinter der dritten Schleuse hielten die Flugpanzer an. Die Passagiere stiegen aus und wurden von Dr. Hamm zu einem Kabinenlift geführt.

»Die Kabine schwebt auf einer Kraftfeldsäule«, erläuterte Dr. Hamm den technischen Aspekt. »Sollte die Energiezufuhr aber einmal ausfallen, kann sie sowohl mit Hilfe der eigenen Antigravprojektoren schweben als auch in Gleitschienen verankert werden.«

Er deutete lächelnd auf eine Verkleidung, die ein Drittel der Kabine abschirmte.

»Dahinter befindet sich ein Transmitter – mit autarker Energieversorgung selbstverständlich. Sobald das Warnsignal einen neuen Probelauf des Quintatrons ankündigt, bringen sich eventuelle Fahrgäste per Transmitter in Sicherheit. Der Empfänger steht in einem Tiefbunker.«

Nach einer Fahrt von fünfzehn Minuten hielt die Liftkabine weich an. Vor der Tür wartete bereits ein kastenförmiger Schweber mit transparentem Oberteil. Eine Eskorte von zwölf überschweren Kampfrobotern schwebte auf summenden Kraftfeldkissen daneben.

»Unser Besucherfahrzeug«, erklärte Dr. Hamm. »Es besteht aus dem neuen YT-Stahl und kann in einen Paratronschirm gehüllt werden. Bei einer Katastrophe, so unwahrscheinlich sie ist . . .«, er lächelte Rhodan unschuldig an, »können die Insassen ein Jahr lang mit den Luft-, Wasser- und Nahrungsmittelvorräten auskommen.«

»So lange möchten wir aber nicht bleiben«, erklärte Alaska Saedelaere. Perry Rhodan verzog keine Miene.

Nachdem sie das Fahrzeug bestiegen hatten, hob es sich einige Zentimeter hoch und schwebte schnell und geräuschlos davon. Die kegelförmigen Roboter begleiteten es in etwas größerer Höhe; ihre Waffenarme waren nach außen gerichtet.

Oberst Hubert Selvin Maurice nickte zufrieden, als er sah, welche Sicherheitsmaßnahmen für den Besuch des Großadministrators getroffen worden waren. Kein feindlicher Agent besaß die Möglichkeit, ein Attentat überhaupt zu versuchen.

Es sei denn, er befände sich im Innern des Schwebers.

Unauffällig rückte Oberst Maurice dichter an ihren Führer heran.

Während der Fahrt sahen Rhodan und seine Begleiter einiges von der Einrichtung der Forschungsstation. Wahrscheinlich hatte das in der Absicht Waringers gelegen, denn der Schweber fuhr an transparenten Wänden vorbei, hinter denen gigantische Energieanlagen zu sehen waren, er passierte ausgedehnte Materieverteiler, hielt vor einigen vollautomatisch arbeitenden Labors von der Größenordnung terranischer Raumschiffswerften und begegnete immer wieder patrouillierenden Kampfrobotern oder Soldaten in gepanzerten Gleitern.

In einer großen Schleusenhalle war schließlich Endstation. Dr. Hamm führte seine Gäste in die Kommunikationszentrale einer riesigen Positronik.

Beim Eintritt der Besucher erhob sich Waringer hinter einem Auswertungstisch und kam seinem Schwiegervater mit schüchternem Lächeln entgegen.

»Willkommen auf Last Hope, Perry«, sagte er und ergriff Rhodans Hand. »Ich hörte, ihr wäret kurz nach Anlaufen des letzten Tests gelandet. Hoffentlich hat es euch nicht zu sehr verwirrt.«

Perry Rhodan wußte nicht, ob er lachen oder weinen sollte. Er entschied sich für Ironie.

»Oh, es war nur ein wenig ungewohnt, Geoffry. Hauptsache ist, daß du dich durch unsere Ankunft nicht hast stören lassen.«

»Aber ich bitte dich«, erwiderte Waringer. »Wenn ich bei einem Versuch bin, lasse ich mich grundsätzlich durch nichts stören.«

»Das freut uns, Geoff!« rief der Mausbiber schrill. »Besonders Lord Zwiebus hat dir *das* Abenteuer seines Lebens zu verdanken – und dann natürlich noch Kadett Ryebread . . .«

Der Wissenschaftler sah den Ilt fragend an.

»Abenteuer . . .?« Er verzog das Gesicht zu einem Lächeln. »Mein lieber Gucky, wir fabrizieren hier keine Abenteuer, sondern befassen uns mit ganz nüchterner, trockener Wissenschaft.«

Gucky öffnete den Mund, entschloß sich aber doch, lieber zu schweigen, als er Atlans verweisenden Blick sah.

»Wie weit seid ihr gekommen, Geoffry?« fragte Rhodan.

Geoffry Abel Waringer zuckte die Schultern.

»Ich würde sagen, es funktioniert alles bestens – bis auf dieses verflixte Howalgonium. Bisher konnten wir es niemals länger als eine Millisekunde auf der Sextadimebene halten. Was uns fehlt, ist ein Stabilisator. Leider habe ich keine Ahnung, wie ein solcher Stabilisator beschaffen sein müßte.«

»Was sagt die Auswertung der . . .« begann Rhodan.

Das Heulen von Alarmsirenen unterbrach ihn. Sofort zog Oberst Maurice seinen Strahler und stellte sich neben Perry Rhodan auf. Lord Zwiebus sprang mit erhobener Keule auf die andere Seite. Atlan dagegen machte ein sehr nachdenkliches Gesicht. Waringer schaltete den Interkom ein, nachdem das Sirenengeheul verstummt war.

Auf dem Bildschirm erschien das Gesicht eines Offiziers der SolAb.

»Major Scrider spricht«, meldete er mit ruhiger Stimme. »Raumortung. Drei kugelförmige kleine Raumschiffe fliegen den ›Sitzenden Drachen‹ an. Durchmesser je Einheit nur hundert Meter. Ich kann mir nicht vorstellen . . .«

»Aber ich!« unterbrach Rhodan ihn. »Alarmstufe eins. Volle Gefechtsbereitschaft herstellen. Ich glaube zu wissen, wer uns da einen Besuch abstattet.«

19.

Zwei Tage davor . . .

Fast neun Monate lang war sein neues Schiff ziellos durch die Galaxis getrieben, an leuchtenden Gasnebeln und Ballungen von dunkler Materie vorbei, durch sternerfüllte Spiralarme hindurch, im Linearflug allen anderen Raumschiffen ausweichend. Die beiden Begleitschiffe folgten Corellos Schiff wie kugelförmige Schatten.

Ribald Corello, der »Tapur«, hatte seit der schrecklichen Begegnung mit dem Cappin-Fragment in Alaska Saedelares Gesicht vergessen, daß er sich alle Völker der Galaxis unterwerfen wollte. Mit seinem Geist ging noch immer eine eigentümliche Wandlung vor sich.

Auf geistigem Wege aktivierte Corello den Interkom. Das bleiche ausdruckslose Gesicht des Schiffsführers blickte auf ihn herab.

»Erhabener Tapur, die Psimat-Entladungsspürer haben angeschlagen. Irgendwo in der Galaxis experimentiert jemand mit Psimaterie und läßt Sextadimenergie freiwerden.«

Ribald Corello überlegte nur einen Augenblick lang. Jemand experimentierte mit seiner stärksten psionischen Waffe, die, voll eingesetzt, eine ganze Galaxis vernichten konnte.

Ohne einen Anhaltspunkt dafür zu haben, verdächtigte der Supermutant sofort den Terraner Perry Rhodan.

»Alle Energieerzeuger auf Quintadim- und Sextadimbasis abschalten!« befahl er – akustisch und geistig zugleich, so daß niemand sich diesem Befehl widersetzen konnte. »Abwarten!«

Corello konzentrierte sich.

Der Zwerg mit dem Gigantenschädel entfaltete ungeheure psionische Kräfte, schickte sie durch die gesamte Galaxis – und traf auf eine verebbende Pulsationswelle n-dimensionaler Art.

Noch während der Mutant den Ursprungsort zu lokalisieren versuchte, was einen ganzen Tag in Anspruch nahm, blitzte ein mächtiger Entladungsimpuls auf Sextadimebene auf.

Corellos psionische Fühler schnellten zum Entstehungsort des Impulses, bestimmten die Koordinaten auf dimensional übergeordneter Ebene, und ein anderer Teil von Corellos Geist setzte diese Daten in Koordinaten des vierdimensionalen Raum-Zeit-Kontinuums um.

Das Gesicht des Supermutanten verzog sich zu einer zornigen Grimasse. Die schmalen Schultern bebten.

Jemand versuchte, ihm ebenbürtig zu werden.

Er würde es ihm schon zeigen, wer der Herr über die Galaxis war!

Unterdessen hatte sein Schiffsführer die Koordinaten überprüft und meldete nun, daß die Sextadimimpulse von dem zweiten Planeten eines roten Riesensterns kamen.

»Volle Gefechtsbereitschaft herstellen!« befahl Corello. »Ermitteltes Ziel anfliegen. Halten Sie sich bis zuletzt im Linearraum, Kommandant!«

Zufrieden faltete Ribald Corello die Hände und schloß die Augen. Die Zeit der Passivität war endlich vorbei.

»Corello . . .?« fragte Alaska Saedelaere.

»Jawohl!« antwortete Rhodan hart. »Ribald Corello, der Menschenfeind Nummer eins. Er muß die Sextadimstrahlung oder die Pulsationen der Raum- und Zeitebenen geortet haben.«

»Aber die Wachkreuzer . . .«, begann Waringer.

Atlan winkte ab. »Haben entweder nichts bemerkt oder existieren nicht mehr. Corello kann sich gegen technische Ortung abschirmen. Er wäre zweifellos auch von Ihrer Ortung nicht erfaßt worden, wenn er es nicht beabsichtigt hätte.«

Eine schwere Explosion erschütterte den Stützpunkt. Drei weitere Explosionen erfolgten.

Perry Rhodan aktivierte sein Armbandgerät.

»Rhodan an Oberst Korom-Khan! Wo steht die INTERSOLAR?« Er war sich klar darüber, daß der Supermutant jeden Funkspruch verfolgen konnte und erhoffte sich von der Preisgabe seiner Identität eine wertvolle Kampfpause, in der der Paratronschirm über dem Stützpunkt aufgebaut werden konnte.

»Hier Korom-Khan«, kam es zurück. »Schiff in Sicherheit. Soll ich starten und den Kampf aufnehmen?«

»Die Energiestationen für den Paratronschirm sind zerstört!« rief Waringer dazwischen.

Perry Rhodan schaltete sofort.

»Oberst, evakuieren Sie die Besatzung so schnell wie möglich. Lassen Sie die Kommandogewalt von der Hauptpositronik übernehmen!«

Er schaltete ab und wandte sich um.

Waringer und Atlan waren blaß geworden.

»Schnell!« sagte Rhodan. »Schaltet die Verteidigungsanlagen auf Computerkontrolle!«

Waringer drehte sich um und rannte zu seinem Schaltpult. Auf den Kontrollwänden der Kommunikationszentrale flackerten Lichter auf, ein Summen ertönte, und dann sagte eine gefühllose Stimme:

»Abwehrforts A-1 bis A-12 und C-5 bis C-9 zerstört. Gegner läßt Sprengkörper innerhalb des Stützpunktes detonieren. Ich empfehle den massierten Einsatz von Transformwaffen, solange noch die Möglichkeit dazu besteht.«

Eine neue Serie schwerer Explosionen erschütterte die Station. Glassitscheiben zersprangen klirrend. Alarmsirenen begannen zu heulen. Aus mehreren Interkomgeräten erschallten Hilferufe.

Perry Rhodan blickte Atlan fragend an.

Der Arkonide schüttelte den Kopf.

»Transformwaffen würden auch die Station vernichten. Corello ist schlau; er wird mit seinen Schiffen dicht über der Oberfläche stehen.«

Ein Paralysator fauchte dicht neben Rhodan. Neben der Tür brach ein Wissenschaftler zusammen; sein Strahler polterte auf den Boden.

Oberst Maurice senkte den Paralysator und erklärte:

»Er hatte auf Sie angelegt, Sir.«

Mit fürchterlichem Krachen barst die Decke. Glühende Splitter und schwere Trümmerbrocken polterten herunter. Lord Zwiebus riß Perry Rhodan aus der Gefahrenzone. Er selber wurde von einem kopfgroßen Felsbrocken an der linken Schulter getroffen, doch nur ein zorniges Grunzen verriet den Schmerz, den er empfand.

Atlan und Hubert Maurice hatten Waringer aus dem Chaos gerettet. Gucky hob einen blutenden Wissenschaftler telekinetisch an und legte ihn behutsam in einer Ecke nieder. Andere Verwundete krochen auf Händen und Knien zwischen den Trümmern herum. Drei Männer und eine Frau regten sich nicht mehr.

Alaska Saedelaere stand reglos da, die geballten Fäuste gegen die Schläfen gepreßt. Ein glühender Splitter hatte seinen rechten Arm getroffen, und ihm eine tiefe Fleischwunde zugefügt. Er schien es überhaupt nicht zu merken.

»Wie kommen wir zur INTERSOLAR, Geoffry?« fragte Perry Rhodan und befreite sich aus Zwiebus' schützender Umarmung.

Verwundert wölbte er die Brauen, als er seinen Schwiegersohn nicht mehr sah. Er fragte die Gefährten, doch keiner hatte gesehen, wohin

Geoffry Abel Waringer gegangen war. Er hatte auch niemand Bescheid gesagt.

Drei Einsatzsoldaten der SolAb stürzten durch die offene Tür und eröffneten das Feuer auf die Besatzung der Kommunikationszentrale.

Oberst Maurice streckte die Soldaten mit seinem Paralysator nieder.

»Es wird nicht lange dauern«, flüsterte Atlan, »dann hat Corello die gesamte Stützpunktbesatzung unter hypnosuggestiver Kontrolle. Er wird ihnen befehlen, dich zu töten, Perry.«

Rhodan nickte und wandte sich an Gucky.

»Kannst du Icho Tolot telepathisch anpeilen, Kleiner? Er muß noch im Schiff sein. Wenn du seine Position hast, teleportierst du mit uns zu ihm.«

Der Ilt schüttelte traurig den Kopf.

»Ich versuche es die ganze Zeit über. Aber Corellos Paraimpulse überlagern und verwirren alle Gehirnaustrahlungen. – Halt, da ist Fellmer!«

Während Lord Zwiebus und Maurice einen weiteren Angriff beeinflußter Soldaten abwehrten, stellte Gucky eine telepathische Verbindung zu Fellmer Lloyd her. Als er den Kontakt beendet hatte, wirkte er niedergeschlagen.

»Tolot versucht, den Paladin-Roboter davon abzuhalten, im Stützpunkt nach dir zu suchen, Perry. Die Thunderbolts wollen dich umbringen – und uns alle mit. Sie haben den Haluter bereits verwundet.«

»Können wir zu Lloyd springen?« fragte Rhodan leise.

»Ja. Er hält sich in der Feuerleitzentrale der INTERSOLAR auf. Korom-Khan hat wenigstens die wichtigsten Sektionen des Schiffes noch räumen lassen können, bevor Corello die Besatzung beeinflußte.«

»Dann los! – Alaska, was ist mit Ihnen?«

Der Transmittergeschädigte erwachte aus seiner Starre. Verwundert sah er sich um. Dann verzog sich sein Gesicht, und er griff nach dem verletzten Arm.

Der Ilt packte ihn kurz entschlossen am Handgelenk. Mit der anderen Hand nahm er Perry Rhodan, dann teleportierte er.

Alaska und Perry stolperten, als Gucky sie in der Feuerleitzentrale losließ und sofort wieder entmaterialisierte.

Fellmer Lloyd kam mit seinem Paralysator in der Hand hinter einem Schaltpult hervor. Der Orter und Telepath war sehr blaß.

»Soeben hat die Hauptpositronik alle übrigen Sektoren mit Narkosegas geflutet«, meldete er. »Einigen hundert Leuten war es gelungen, die Kommandozentrale und den Maschinenleitstand aufzubrechen.«

Er lächelte schief.

»Wir bringen ihnen zu viele technische Tricks bei.«

Hinter ihnen materialisierten Lord Zwiebus, Atlan und Maurice mit dem Mausbiber zusammen. Der Chef des SGA umklammerte mit der Linken seinen rechten Armstumpf. Ein Desintegratorstrahl hatte ihm den rechten Arm über dem Ellenbogen abgetrennt.

Atlan bemühte sich um den Schwerverletzten trotz dessen Protest, Hubert S. Maurice forderte den Arkoniden auf, sich um Rhodans Sicherheit zu kümmern. Er verspüre keinen Schmerz, behauptete er, und außerdem würden die Mediziner ihm das fehlende Stück des Armes wieder nachwachsen lassen.

Aus dem Nebenraum kam das Krachen einer Explosion. Sofort griffen die Männer zu den Strahlern. Lloyd zuckte die Schultern, als ein fragender Blick Rhodans in traf.

Dann bildete sich auf dem Panzerschott der Feuerleitzentrale ein blutroter kreisrunder Fleck. Wabernde Hitze ging von ihm aus, und er vergrößerte sich rasch, wobei seine Farbe heller wurde.

»Bei geschlossenem Raumanzug wirkt kein Narkosegas«, stellte Alaska Saedelaere fest. »Sie sollten ebenfalls die Helme schließen – bei mir und Maurcie wäre das allerdings zwecklos.« Er blickte an seinem zerfetzten Ärmel herab.

»Ich teleportiere mit euch in einen anderen Raum!« rief Gucky.

Rhodan schüttelte den Kopf. Mit Handbewegungen teilte er seine Begleiter für den bevorstehenden Kampf ein. Oberst Maurice sollte sich in einem Reparaturschacht verstecken, aber er lehnte es ab und kniete sich hinter das runde Kalkulationspult, den Strahler in der linken Hand.

Perry Rhodan kniete hinter einem fahrbaren Eingabepult. Sein ebenfalls auf Paralysieren geschalteter Kombistrahler zielte auf das Schott, das inzwischen eine ultrahelle Glut verbreitete. Sekunden später schmolz es in sich zusammen.

Die ersten beiden Angreifer brachen paralysiert zusammen. Dann fauchten sonnenheiße Impulsstrahler durch die Feuerleitzentrale – und erloschen wieder. Es wurde plötzlich still.

Ein Mann im schweren Raumanzug taumelte herein, die waffenlosen Hände erhoben.

Oberst Elas Korom-Khan.

Gucky hob ihn telekinetisch um einen Meter an.

Da klappte der Oberst seinen Druckhelm zurück und sagte mit tonloser Stimme:

»Ich bitte um Verzeihung, Sir, leben Sie noch?«

»Wenn das eine Falle ist, sterben Sie!« erscholl Hubert Maurices Stimme.

»Es ist keine!« rief Fellmer Lloyd. »Ich empfange keine hypnosuggestiven Impulse mehr.«

»Stimmt!« lispelte der Mausbiber und watschelte aus seiner Dekkung hervor.

Als Perry Rhodan ihn sah, wußte er, warum Ribald Corello seinen geistigen Angriff eingestellt hatte.

Guckys Rumpf glich einer verschrumpelten Melone und war auch nicht viel größer. Sein Kopf dagegen war mindestens einen Meter hoch und hatte die Form einer in die Länge gezogenen Blase angenommen. Der Nagezahn reichte bis zum Fußboden und erzeugte bei jedem Schritt ein scharrendes Geräusch.

Waringer hatte mit dem nächsten Quintronenbeschuß begonnen . . .

Ein kurzer Überblick zeigte Rhodan, daß die INTERSOLAR nicht gestartet werden konnte. Erstens befanden sich die meisten Besatzungsmitglieder, eben erst von Corellos Einfluß befreit, noch außerhalb des Schiffes im Hangarschacht, und zweitens war der Schacht selber durch die Pulsation des Planeten derart verformt worden, daß die INTERSOLAR ihn nicht mehr passieren konnte.

Andererseits war es Perry vollkommen klar, daß Ribald Corello nur während der Pulsationsphase mit Aussicht auf Erfolg bekämpft werden konnte.

Über Armbandtelekom rief er das Thunderbolt-Team, Tolot und Ras Tschubai in die Kommandozentrale. Alaska Saedelaere war inzwischen mit Wundplasma versorgt worden und bestand darauf, an dem Einsatz teilzunehmen. Für Lord Zwiebus, Gucky und Lloyd war das ohnehin selbstverständlich, und Atlan gesellte sich ebenfalls zu der kleinen Truppe.

»Wir haben nur eine Möglichkeit, durch den verengten Startschacht zu kommen«, erläuterte Perry Rhodan seinen Plan. »Der Paladin kann direkt nach oben fliegen – und Tolotos, würden Sie sich den Thunderbolts anschließen . . .?«

»Das bedarf keiner Frage, Rhodanos!« grollte der Haluter.

»Gut! Wir anderen besetzen zwei der neuen Kampfgleiter, stoßen an die Oberfläche vor und greifen Corellos Schiffe an. Der Mutant wird kaum in der Lage sein, jemanden zu übernehmen, solange die Pulsation anhält; dennoch halte ich es für besser, wenn außer den Siganesen nur Lebewesen mitkommen, die nicht beeinflußt werden können.«

»Ich werde versuchen, die psionische Abschirmung der Thunderbolts zu übernehmen«, sagte Gucky.

Rhodan schüttelte den Kopf.

»Nein, Kleiner, dich werden wir dringend brauchen, um in Corellos Flaggschiff einzudringen.«

Er winkte zu Oberst Korom-Khan hinüber.

»Die INTERSOLAR bleibt im Hangarschacht, was immer auch geschieht, Oberst!« befahl er.

Elas Korom-Khan bestätigte. Der Kommandant wirkte niedergeschlagen, weil er unter Corellos Einfluß beinahe den Großadministrator getötet hätte.

Die kleine Kampfgruppe stieg im axialen Antigravlift zu den Gleiterhangars dicht unter der oberen Polkuppel. Während Tolot und der Paladin sich sofort ausschleusten und mit Hilfe ihrer Pulsationstriebwerke durch den seltsam verdrehten Schacht aufstiegen, kletterten die anderen Lebewesen in zwei Kampfgleiter der neuen THOR-Klasse.

Die Gleiter glichen äußerlich den diskusförmigen Space-Jets. Da sie jedoch nur für Einsätze innerhalb von Planetenatmosphären und im nahen Raum konstruiert waren, brauchten sie nur schwache Impulstriebwerke und keine Waring-Konverter für den Linearflug. Dafür waren sie mit je zwei Batterien Kleinst-Transformgeschützen ausgestattet, die Geschosse bis zu einer halben Gigatonne TNT Energieentwicklung abstrahlen konnten. Je zwei Impuls- und Desintegratorgeschütze vervollständigten die Armierung. Als Defensivwaffen waren Projektoren für je einen Prallschirm, einen Hochenergie-Überladungsschirm und einen Paratron-Schutzschirm vorhanden.

Perry, Lord Zwiebus und Fellmer Lloyd besetzten den einen Kampfgleiter, Gucky, Tschubai und Alaska Saedelaere den anderen. Rhodan verfolgte eine bestimmte Absicht damit.

Dann starteten die Gleiter.

Rhodan steuerte die THOR-1 selbst. Er fühlte Übelkeit in sich aufsteigen, als er den korkenzieherartig verdrehten Startschacht hinaufschoß. Die Pulsation wirkte sich immer stärker aus; sie hatte ihren Höhepunkt noch nicht erreicht.

Lord Zwiebus hockte verkrümmt vor den Feuerkontrollen. Der

Neandertaler pulsierte im Rhythmus des Planeten Last Hope mit. Einmal war er sechs Meter groß, dann wieder nur anderthalb Meter.

Fellmer Lloyd dagegen schien überhaupt nicht betroffen zu sein. Der Mutant unterhielt sich über Telekom mit Alaska, der in der THOR-2 Funk und Ortung übernommen hatte.

Als die THOR-1 aus dem Schacht ins Freie schoß, sah Perry Rhodan weit über sich den Haluter und den Paladin-Roboter, die im Zickzack zwischen einigen Energiestrahlen dahinflogen.

»Sie lenken die Aufmerksamkeit der Corello-Schiffe auf sich«, rügte Lloyd.

Rhodan preßte die Lippen zusammen und steuerte seinen Kampfgleiter im Tiefflug auf den Ausgangsort der Energiestrahlen zu. Tolot und die Thunderbolts hatten schon ganz richtig gehandelt, auch wenn es sie das Leben kosten konnte. Sie lenkten nicht nur die Aufmerksamkeit des Gegners ab, sondern zeigten den Gleitern auch gleichzeitig, wohin sie sich wenden mußten. Nur deshalb war ein zielsicherer Tiefangriff ohne vorhergehende Ortung möglich.

Er beschleunigte stärker.

Was für den Haluter und den Paladin gegolten hatte, galt nun für ihn. Er mußte die Abwehr des Gegners auf sich lenken, um den Mutanten eine Chance zu geben.

Er schaltete den Paratronschirm ein. Doch die dimensional übergeordneten Energieeinheiten dieser Defensivwaffe wurden von der freien Sextadimenergie in und über Last Hope kompensiert. Auch der HÜ-Schirm ließ sich nicht aufbauen.

Blieb nur noch der normalenergetische Prallschirm.

»Feuer auf ein Schiff konzentrieren, Zwiebus!« befahl Rhodan, ohne sich umzudrehen.

Der Neandertaler gab ein zorniges Grunzen von sich. »Wenn meine Finger wenigstens ihren Durchmesser halten würden!«

»Der Corello-Bande wird es nicht bessergehen«, beruhigte Lloyd ihn.

Vor der THOR-1 bildete sich plötzlich ein gigantischer Bleisee in der Luft. Rhodan drückte den Gleiter und jagte ihn dicht über dem Boden unter dem flüssigen Blei hindurch. Der Schweiß trat ihm auf die Stirn. Wenn einige tausend Tonnen flüssigen Bleies auf den Gleiter herabstürzten, würde der Prallschirm nicht viel nützen.

Doch es ging noch einmal gut.

Er zog den Gleiter wieder etwas hoch – und dann sah er die drei schwarzen Raumschiffe des Supermutanten.

Sie standen dort, wo zuvor die INTERSOLAR notgelandet war. Eines der hundert Meter durchmessenden Kugelschiffe lag auf der Seite; einige Landestützen waren zerbrochen. Aber es feuerte wie die anderen beiden Schiffe auf Tolot und den Paladin.

»Feuer!« befahl Rhodan.

Lord Zwiebus drückte den Sammelschalter der Feuerkontrollen nieder. Sechs Transformgeschosse von je fünfhunderttausend Megatonnen TNT Sprengwirkung wurden abgestrahlt. Sie erreichten ihr Ziel niemals, und es wurde auch nie herausgefunden, was aus ihnen geworden war.

Dafür fraßen sich die Strahlen der Impuls- und Desintegratorgeschütze durch die von keinem Schirm geschützte Hülle eines Raumschiffes. Mit einem Schlag stand die gesamte Schiffshülle in greller Weißglut.

Perry riß den Gleiter nach Steuerbord weg, wich einem emporwachsenden Berg aus und lenkte das Fahrzeug über einen Strom träge dahinfließenden Magmas.

Zur Linken kletterte ein Rauchpilz in die Höhe. Brüllend stürzte sich die Druckwelle der Explosion über die beiden Gleiter und schüttelte sie durch.

Die beiden anderen Corello-Schiffe ließen von Tolot und dem Paladin ab und schickten ihre Energiestrahlen hinter den beiden Kampfgleitern her. Doch die Geländeerhebungen schützten Rhodans Leute besser, als die Prallschirme es gekonnt hätten.

Außerdem war es ein Fehler gewesen, den Haluter und das Thunderbolt-Team unbehelligt zu lassen. Die beiden kamen im Sturzflug herunter und hatten das zweite Schiff zu einem glühenden Schrotthaufen geschossen, bevor Corellos Leute die Gefahr erkannten. Nun flogen die beiden Gleiter einen Angriff auf das letzte Raumschiff.

Doch hier wurden ihre Energiestrahlen noch vor der Außenhülle abgelenkt. Ein Desintegratorstrahl streifte die THOR-1 und löste die Backbord-Korrekturtriebwerke in leuchtende Gasnebel auf.

Rhodan fing den bockenden Gleiter auf und kompensierte den Ausfall durch entsprechende Schaltungen. Unterdessen stürzten sich Paladin und Tolot auf das dritte Raumschiff. Doch auch ihr Angriff wurde abgeschlagen.

»Das ist Corello!« schrie Lord Zwiebus. »Er verstärkt den normalenergetischen Schutzschirm seines Flaggschiffs durch seine Parakräfte.«

»Offenbar ist seine psionische Fähigkeit doch nicht ganz ausgeschaltet«, meldete Harl Dephin über Telekom.

»Ich überfliege das Schiff und werfe ein Transformgeschoß ab«, meldete Ras Tschubai von der THOR-2.

»Einverstanden«, antwortete Perry Rhodan. »Wir geben Ihnen Feuerschutz, Ras.«

Ohne sich um das heftige Abwehrfeuer aus dem letzten Kugelschiff zu kümmern, zogen die THOR-1, Paladin und der Haluter weite Kreise darum und feuerten aus allen Energiewaffen. Die THOR-2 zog steil nach oben, kippte ab und jagte im Sturzflug auf das Schiff zu. Fünfhundert Meter darüber fing es sich ab und raste davon. Auch die anderen zogen sich schleunigst zurück.

Neben Corellos Schiff blähte sich ein Glutball auf. Der charakteristische Pilz einer Atomexplosion kletterte in den Himmel. Das Kugelschiff wurde einige hundert Meter weit weggeschleudert, rollte einen Hang hinab und blieb auf der Seite liegen.

Zu Rhodans Überraschung sprach der Hyperkom von der THOR-1 an. Waringers Stimme kam verzerrt aus dem Empfänger.

»Beeilt euch! Die Pulsationsphase geht zu Ende!«

Deshalb also hatte der Hyperkom überhaupt funktioniert!

Perry Rhodan wußte, daß sie nun schnell handeln mußten, wollten sie den Kampf nicht noch im letzten Moment verlieren.

»Gucky, Ras!« rief er. »Teleportiert mit Alaska in Corellos Schiff! «

»Schon geschehen«, meldete der Ilt. »Wir stehen in Corellos Kabine – Alaska, nimm die Maske ab!« schrie er plötzlich angsterfüllt. »Das Ungeheuer wird aktiv. Ah . . .!«

Rhodan umklammerte die Steuerschaltungen und starrte auf die bewegungslos am Hang liegende schwarze Kugel.

Er konnte nichts weiter tun als warten – und hoffen . . .

20.

Ribald Corello hatte geschrien und getobt, als sein Einfluß über die Besatzung der INTERSOLAR und die Männer des Stützpunktes plötzlich erloschen war.

Er spürte das Freiwerden der sechsdimensionalen Energie wie einen elektrischen Schlag. Mit jeder Nervenfaser spürte er, wie das Bolo-System in die Pulsationsphase hineinglitt, wie sich die Konstanten von

Raum und Zeit veränderten, gegeneinander verschoben und einen Teil der bekannten Naturgesetze umwarfen.

Doch mit Hilfe seiner ungeheuren geistigen Kraft kämpfte er die gegnerischen Einflüsse nieder. Zwar gelang es ihm nicht, irgendein anderes Lebewesen unter Kontrolle zu bekommen, aber bei der Besatzung seiner drei Raumschiffe war das auch nicht notwendig. Diese Männer und Frauen hatten durch jahrelange konstante Beeinflussung ihre eigenen Persönlichkeiten fast vollkommen verloren. Sie vermochten nur noch beschränkt aus freiem Entschluß zu handeln. Deshalb nahmen sie Corellos über Telekom ankommenden Befehle mit Erleichterung zur Kenntnis.

Die Schiffe zogen sich vom terranischen Stützpunkt zurück und landeten in einer weiten Ebene, außerhalb der Zwielichtzone von Last Hope. Einem der Schiffe kam kurz vor dem Aufsetzen der Boden ruckartig entgegengeschnellt. Die Landestützen zersplitterten, und das Kugelschiff legte sich auf die Seite.

Die Besatzung versuchte, es mit Hilfe der Antigravaggregate wieder aufzurichten. Aber die auf Quintadimbasis arbeitenden Maschinen gaben keine Leistung ab.

Ribald Corello fühlte sich dadurch nicht beunruhigt. Während der Pulsationsphase würden sich nur Selbstmörder aus dem Stützpunkt wagen, und aus dem Bereich der wenigen unbeschädigten Geschützstellungen hatten die drei Schiffe sich rechtzeitig entfernt. Nach dem Abklingen der Pulsation aber würden die Antigravtriebwerke wieder arbeiten, und auch die geistige Übernahme der Terraner würde wieder möglich sein.

Der Supermutant war völlig überrascht, als die Ortung zwei Lebewesen mit dem Aussehen von Halutern meldete, die vom Stützpunkt her mit hoher Fahrt herangeschossen kamen. Die Plasmaströme der Pulsationstriebwerke waren deutlich auch mit bloßem Auge zu erkennen.

»Schön!« erklärte Corello verächtlich mit seiner hellen Kinderstimme. »Halutern macht die Pulsation offenbar nichts aus. Schießt sie ab, Leute!«

Die Energiegeschütze eröffneten das Feuer. Gleißende Strahlfinger zuckten lichtschnell in den Himmel, griffen nach den Halutern. Doch die beiden Gestalten entkamen der ersten Salve.

»Warum schießt ihr nicht besser?« fragte Corello erzürnt.

»Die Feuerleitpositroniken berechnen die Flugbahnen der Ziele falsch, Tapur«, meldeten die Schiffskommandanten.

»Dann bedienen Sie die Geschütze manuell!« ordnete der Supermutant an. Er griff zum Rückenteil seiner Kombination, und die Kopfstütze fuhr aus. Sie umschloß mit zehn fingerartigen Klammern den ausladenden Hinterkopf Corellos. Nur so konnte der Mutant aufstehen, denn die schwache Halsmuskulatur vermochte den mächtigen Schädel nicht allein zu tragen.

Ächzend erhob er sich, wobei er sich mit einer Hand an die geneigte Panzertroplonwand seines Schreins stützte.

Er mußte selbst in der Zentrale nach dem Rechten sehen. Diese Sklaven hatten das selbständige Denken verlernt und konnten nicht einmal zwei Haluter abschießen.

Ein vielstimmiger Schrei aus dem Telekom-Empfänger ließ ihn zögern. Er wandte sich mühsam nach den Übertragungsschirmen der Ortung um – und erstarrte.

Unter einem in der Luft hängenden Bleisee hervor schoß ein diskusförmiger Gleiter mit drohenden Geschütztürmen. Bevor Corello sich zu seinem Lager zurückgearbeitet hatte, eröffnete der Gleiter das Feuer aus mehreren Strahlgeschützen und war vorbei.

Eine heftige Erschütterung schleuderte Ribald Corello gegen sein Schaltpult. Mit häßlichem Knirschen brach eine Rippe. Corellos Augen füllten sich mit Tränen des Schmerzes. Dennoch sah er, daß eines seiner Schiffe explodiert war. Wo es gestanden hatte, war nur noch ein von brodelndem Magma gefüllter Krater.

Der Mutant verbiß seinen Schmerz. Seine riesigen Augen glühten in irrlichterndem Feuer. Corello war kein Feigling, und er war – trotz seines mißgebildeten Körpers und seines krankhaften Geistes – ein Mensch. Und er reagierte wie ein Terraner.

Mit einem Höchstmaß an Willenskraft und Konzentration erzeugte er genügend psionische Energien, um den normalenergetischen Schutzschirm um sein Flaggschiff zu verstärken. Sein häßlicher Schädel bedeckte sich mit Schweiß. Corello durfte keine Sekunde in seiner Konzentration nachlassen, sonst hätte die Pulsation seine Bemühungen schlagartig zunichte gemacht.

Ein zweiter Gleiter war unterdessen aufgetaucht. Die Geschützbedienungen ließen von den beiden Halutern ab und konzentrierten sich auf die terranischen Kampfgleiter, die sie für die gefährlicheren Gegner hielten. Der Supermutant wußte, daß seine Leute einem Trugschluß zum Opfer fielen, doch er konnte sie nicht warnen, ohne zugleich seine Schirmverstärkung zu gefährden.

Resignierend verfolgte er, wie die Haluter das zweite Schiff zusammenschossen. Eines der beiden Lebewesen schien kein echter Haluter zu sein; es bewegte sich eher wie ein von Emotionauten gesteuertes Raumschiff oder ein Roboter.

»Nun . . .« er lächelte verzerrt, » . . . an meinem Flaggschiff werdet ihr euch alle die Zähne ausbeißen.«

Er lächelte noch immer, als einer der Gleiter zum Sturzflug ansetzte. Dann erstarrte sein Gesicht zu einer Fratze des Grauens. Corello sah den walzenförmigen Gegenstand, wie er sich von dem Gleiter löste und auf sein Schiff zufiel.

Eine Bombe!

Seine umfassende Kenntnis aller terranischen Waffentypen sagte ihm sofort, daß es sich um ein Transformgeschoß handelte, das nur deshalb abgeworfen wurde, weil während der Pulsationsphase kein Transformgeschütz arbeitete.

Die Sprengwirkung der thermonuklearen Explosion aber würde die gleiche sein, als wäre das Geschoß abgestrahlt worden.

In einer wahnwitzigen Anstrengung verstärkte der Mutant den Schutzschirm um das Fünftausendfache. Diese Leistung konnte er zwar nur für wenige Sekunden aufrecht erhalten, aber sie reichte aus, um ihn und sein Schiff zu retten.

Die kinetische Energie der Druckwelle schleuderte das Schiff dennoch einige hundert Meter weit, was allerdings im Innern von den Andruckabsorbern kompensiert wurde.

Ribald Corello sank nach dieser Gewaltanstrengung in sich zusammen. Er wollte den Start befehlen, doch da fing er einen Hyperkomspruch auf – den gleichen Hyperkomspruch, mit dem Professor Waringer Perry Rhodan unterrichtete, daß die Pulsationsphase abklinge.

Corello zögerte mit dem Startbefehl. Er wußte, daß er bald wieder die Terraner unter Kontrolle bekommen würde. Waringers Antreiben zur Eile ließ ihn jedoch argwöhnen, daß die Terraner in Kürze etwas gegen ihn unternehmen würden.

Bevor er zu einem Entschluß kam, materialisierten drei Gestalten vor seinem transparenten Schrein. Er kannte sie alle drei, den Mausbiber Gucky, den afroterranischen Teleporter Ras Tschubai und den Transmittergeschädigten Alaska Saedelaere.

Der Supermutant spürte, wie seine psionische Energie in ihn zurückströmte und der Pulsationseinfluß rasch nachließ.

Er konzentrierte sich auf die Errichtung eines kugelförmigen Quintadimfeldes, in das er seine drei gefährlichen Gegner einschließen und mit dem er sie in den Hyperraum abstrahlen konnte.

»Alaska, nimm die Maske ab!« schrie der Mausbiber plötzlich. »Das Ungeheuer wird aktiv. Ah . . .!«

Corello grinste höhnisch.

Das war sein entscheidender Fehler, denn er verschenkte damit wertvolle Sekunden, die er besser für die Stabilisierung der QD-Feld-Energie verwendet hätte.

Der Transmittergeschädigte riß sich die Maske vom Gesicht, während Gucky und Tschubai sich abwandten.

Ribald Corello starrte in das flammende und zuckende Gesicht Alaska Saedelaeres, und die von dem Cappin-Fragment ausgehende Flut von Sextadimenergie traf ihn mit der Wucht einer Explosion.

Wimmernd brach der Supermutant zusammen. Sein Gehirn schien aus einer Kugel glühenden Magmas zu bestehen, und er hatte das Gefühl, als dehnte es sich explosionsartig aus.

Und dann bildete sich vor seinem inneren Auge die Gestalt seiner Mutter ab. Gevoreny Tatstun sah ihn stumm an; die Tränen rollten über ihre Wangen . . .

»Mutter . . .!« schrie das Monstrum in seinem bizarren Schrein. »Mutter, nicht weinen. Du darfst . . . nicht . . . weinen, Mutter . . .!«

»Schrei nur, du Scheusal!« flüsterte Alaska Saedelaere. »Deine Mutter kann dir nicht mehr helfen.«

Ribald Corello nahm ihn überhaupt nicht mehr wahr. Dem Transmittergeschädigten kam es vor, als spräche das Monstrum tatsächlich mit seiner Mutter.

Für den Bruchteil einer Sekunde glaubte er, das leise Weinen einer Frau zu hören.

Unwillig schüttelte er den Kopf.

Das gab es doch nicht! Tote pflegten nicht zu spuken; davon war Alaska überzeugt. Und sie vermieden es sicher nicht aus Taktgefühl, sondern weil sie es nicht konnten.

Alaska Saedelaere hob seinen Strahler, auf Desintegrationsmodus eingestellt. Der grünlich flimmernde Strahl traf das Material des Schreins. Dünne Nebelschwaden kräuselten sich über dem Panzertroplon. Aber nach einer halben Minute hielt das Material immer noch stand.

Im Innern des Schreins krümmte Corello sich zur typischen Haltung des Embryos zusammen. Sein Wimmern war verstummt.

Doch Alaska wurde schnell darüber belehrt, daß die Schiffsbesatzung auch ohne ihren Herrn und Meister handlungsfähig war. Die Triebwerksaggregate brüllten auf, und mit Hilfe der wieder funktionierenden Antigrav-Projektoren stand das Schiff bald wieder auf den Landetellern, während die Energieerzeuger im Schiff hochgeschaltet wurden.

»Sie wollen starten, Alaska!« rief Gucky, ohne sich umzudrehen.

Der Transmittergeschädigte stieß einen Triumphschrei aus, als der Desintegratorstrahl endlich ein Loch in das Panzertroplon gefressen hatte.

»Jetzt stirb, du Ungeheuer!«

Er schob den Lauf des Strahlers durch das Loch und zielte auf Corellos monströsen Schädel.

»Halt!« ertönte plötzlich Rhodans Stimme aus dem Helmtelekom.

Saedelaere zögerte.

»Sir . . .?« fragte er.

»Töten Sie ihn nicht, Alaska! Verlassen Sie sofort das Schiff und lassen Sie Corello entkommen!«

Alaska Saedelaere stand starr. Sein Gesicht flammte stärker.

»Tut mir leid, Sir«, entgegnete er schließlich schleppend. »Aber Sie scheinen unter Corellos hypnosuggestivem Einfluß zu stehen. Ich werde den Menschheitsfeind Nummer eins töten.«

»Sie werden ihn nicht töten, Alaska!« Rhodans Stimme klang hart und schneidend. »Das ist ein Befehl. Ich weiß, was ich tue. Wenn Sie Corello töten, haben Sie unter Umständen die solare Menschheit auf dem Gewissen.«

»Er ist nicht beeinflußt«, warf Gucky ein.

Saedelaere holte tief Luft, zog die Waffe aus dem Loch im Schrein und schob sie mit einem Ruck ins Gürtelhalfter zurück. Dann setzte er seine Maske wieder auf und drehte sich um.

»Bringt mich zurück«, bat er tonlos.

Seine Worte wurden vom Geräusch des startenden Schiffes übertönt, aber Tschubai und Gucky wußten auch so, was Alaska wollte. Sie ergriffen ihn bei den Händen und teleportierten.

Außerhalb des Bolo-Systems fing die Funkzentrale des Wachkreuzers GRANO einen Hyperkomspruch Perry Rhodans auf. Darin befahl Rhodan, das Raumschiff Ribald Corellos aus dem System entkommen zu lassen, aber mit Hilfe des Halbraumspürers im Linearraum zu verfolgen.

Major Tem Kishes wunderte sich über den Befehl. Er wußte zwar, wer Ribald Corello war, aber keiner der Wachkreuzer hatte ein fremdes Raumschiff beim Einflug ins Bolo-System geortet.

Schon wollte der Kommandant dem Chef seiner Ortungszentrale einen Verweis erteilen, als der Nachsatz kam, daß zwei Faktoren eine Ortung durch die Wachschiffe verhindert hatten: erstens die abklingende vorletzte Pulsation und zweitens der hypnosuggestive Einfluß des Supermutanten, der sehr wohl bewirken konnte, daß eindeutige Ortungsergebnisse nicht wahrgenommen wurden.

Tem Kishes ordnete also die Ermittlung des Kurses von Corellos Schiff an – und diesmal gelang es einwandfrei. Die GRANO beschleunigte in der gleichen Richtung, und die Waring-Konverter liefen an.

Die GRANO befand sich bereits im relativistischen Geschwindigkeitsbereich, als das schwarze Kugelschiff Corellos in anderthalb Millionen Kilometer Abstand vorüberzog. Fünf Minuten später – für die Uhren an Bord des Wachkreuzers (auf Last Hope und den nahezu bewegungslosen anderen Wachkreuzern vergingen in der gleichen Spanne vierunddreißig Minuten) – verschwand Corellos Schiff im Linearraum.

Wenige Sekunden danach folgte ihm die GRANO. Der Halbraumspürer erfaßte das inzwischen mit sechzigfacher LG dahinrasende Schiff sofort und hielt es fest.

Die Geschwindigkeit beider Schiffe erhöhte sich ständig. Bald jagten sie mit anderthalbmillionenfacher Lichtgeschwindigkeit – bezogen auf den Normalraum – durch das seltsame Interkontinuum. Im Reliefschirm stand für neunzig Minuten ein blauer Riesenstern. Major Tem Kishes nahm allerdings nicht an, daß Ribald Corello seinen Zielstern direkt anfliegen würde. Er mußte gemerkt haben, daß er verfolgt wurde. Überhaupt war es seltsam, daß der Supermutant die Arbeit des Halbraumspürers nicht mit seinen Parakräften störte, wie er es sonst stets erfolgreich getan hatte, wenn man ihn im Linearraum zu verfolgen versuchte.

In der einundneunzigsten Minute nach dem L-Eintritt schoß Corellos Raumschiff in den Normalraum zurück. Die GRANO folgte ihr wenige Sekunden später – und die Ortung konnte das gegnerische Schiff gerade noch erfassen, bevor es wieder im Zwischenraum verschwand.

»Sie versuchen uns abzuschütteln«, meinte der Erste Offizier zu Tem Kishes.

»Was ihnen nicht gelungen ist«, antwortete der Kommandant und deutete auf den Anzeigeschirm des Halbraumspürers, der Corellos Schiff sofort wieder erfaßt hatte, nachdem auch die GRANO wieder zum Linearflug übergegangen war.

Diesmal stand im Reliefschirm eine riesige Ballung interstellaren Staubes – aber nur für wenige Sekunden, dann nahm Corellos Schiff einen neuen Wechsel in den Normalraum vor und stieß gleich darauf wieder in den Zwischenraum zurück.

Die Männer in der Kommandozentrale der GRANO hatten alle Hände voll zu tun, um das Schiff des Supermutanten nicht aus der Ortung zu verlieren. Als der Kurs mit Hilfe des Halbraumspürers endlich wieder eingerichtet war, zeigte der Reliefschirm eine kleine gelbe Sonne.

Major Kishes runzelte die Stirn.

»Ich wette«, sagte er zu seinem Ersten Offizier, »wir haben nach Corellos Versuch, uns abzuhängen, für Sekunden sein wirkliches Zielgebiet gesehen. Leider hat er zu schnell reagiert, als er merkte, daß wir ihm folgten. Sonst wüßten wir jetzt wahrscheinlich, wo Corellos zentraler Stützpunkt liegt.«

Der Erste schüttelte den Kopf.

»Ich wundere mich nur, weshalb Corello überhaupt derartige Manöver unternimmt. Er brauchte doch nur unseren Halbraumspürer funktionsunfähig zu machen – oder uns eine Bombe an Bord zu telepsimieren.«

»Maschinenleitstand an Kommandant«, meldete sich in diesem Moment der Interkom. »Die Leistung der Waring-Konverter sinkt ab. Wir werden uns nicht mehr lange im Linearraum halten können.«

»Hölle und Teufel!« entfuhr es Kishes. »Wir müssen Corello verfolgen. Finden Sie die Ursache und beheben Sie sie!«

»Schon gefunden«, kam es zurück. »Umschaltkreise haben beim letzten Manöver zurückgepolt und dadurch wahrscheinlich den Quintadimübersetzer beschädigt. Eine Reparatur ist nur im Normalflug möglich.«

»Verdammt!« fluchte Tem Kishes. Enttäuscht blickte er auf den Schirm des Halbraumspürers. »Dann versuchen wir uns so lange wie möglich im Linearraum zu halten.«

»Wir bekommen Gesellschaft«, meldete die Ortung. »Ein Großraumschiff begleitet uns auf Parallelkurs.«

Zuerst fürchtete Major Kishes, es handelte sich um ein Schiff des Supermutanten, das den Befehl erhalten hatte, die vorwitzige GRANO zu vernichten. Doch das fremde Schiff hielt stur seinen Kurs, was eigentlich nur bedeuten konnte, daß es ebenfalls Corellos Schiff verfolgte. Dieser Schiffstyp wurde allerdings von zu vielen galaktischen Völkern benutzt, als daß er irgendeinen Hinweis auf Herkunft und Besatzung geboten hätte.

Und zehn Minuten später mußte die GRANO den Zwischenraum verlassen. Niemand an Bord glaubte daran, daß man jemals erfahren würde, wer außer dem Wachkreuzer sich an Corellos Fersen geheftet hatte – und offensichtlich erfolgreicher sein würde.

In drei Stunden war die Reparatur beendet, und die GRANO kehrte im Linearflug wieder ins Bolo-System zurück.

Nachdem Major Tem Kishes Bericht erstattet hatte, zog sich Perry Rhodan mit wenigen Begleitern in die Kleine Messe der INTERSOLAR zurück.

Lord Zwiebus entnahm dem Getränkeautomaten einen Becher Kaffee und schlürfte das heiße und starke Getränk schweigend. Icho Tolot starrte auf einen Bildschirm. Die drei Mutanten flüsterten miteinander.

Atlan lehnte mit verschränkten Armen an der Wand und beobachtete die Szene unter halbgesenkten Lidern.

Alaska Saedelaere schritt unruhig auf und ab, murmelte vor sich hin und schlug immer wieder die rechte Faust in die linke Handfläche. Nachdem Rhodan sich mit einem Becher Vitamin-Heißgetränk am Tisch niedergelassen hatte, blieb Alaska auf der gegenüberliegenden Seite stehen.

»Sir!« sagte er mit rauher Stimme.

Rhodan nahm einen kräftigen Schluck, stellte den Becher ab und lehnte sich zurück.

»Alaska . . .?«

Der Transmittergeschädigte schob seinen Stuhl beiseite und beugte sich über die Tischplatte. Mit vor Erregung bebender Stimme stieß er hervor:

»Sir, warum haben Sie mich dieses Scheusal nicht erschießen lassen? Wissen Sie nicht, was er der Menschheit – und nicht nur ihr – für Schaden zugefügt hat? Sie selber haben ihn doch vor knapp zehn Monaten zum Menschenfeind Nummer eins erklärt!«

Perry Rhodan nickte. Aus den Augenwinkeln nahm er Atlans undefinierbares Lächeln wahr.

»Lassen Sie mich erklären . . .«

Der Transmittergeschädigte ließ sich erschöpft in einen Sessel fallen. Seine Hände zitterten noch immer vor Empörung.

»Ich höre«, sagte er mit rauher Stimme.

Rhodan faltete die Hände auf dem Tisch.

»Die solare Menschheit ist durch den Todessatelliten bedroht, der zu jeder Stunde seine verderbliche Tätigkeit wiederaufnehmen kann. Wir können diese Bedrohung nur beseitigen, indem wir um mindestens zweihunderttausend Jahre in die Vergangenheit reisen und die Installation des Satelliten verhindern.«

Bisher hatte er ruhig, fast leise gesprochen. Nun hob er die Stimme.

»Aber die Rücksturzpolung hindert uns daran, und die Versuche mit dem Quintatron beweisen, daß es Jahre dauern kann, bis es uns gelingt, das beschossene Howalgonium auf der Sextadimebene zu stabilisieren.«

Er beugte sich vor und sah Alaska ins Gesicht.

»Es gibt aber ein Lebewesen, das die notwendige *stabile* Psi-Materie zur Erzeugung der Dakkar-Tastresonatorstrahlung kraft seines mutierten Geistes erzeugen kann: Ribald Corello . . .!«

Alaska Saedelaere zuckte zusammen.

»Corello . . .?« murmelte er verstört. »Mein Gott! Sir, wie können Sie glauben, dieses Ungeheuer würde seine furchtbaren Fähigkeiten zum Wohle der Menschheit einsetzen?«

Perry Rhodan lächelte kalt. Er wirkte entschlossen.

»Wir werden Corello in unsere Gewalt bringen und ihn dazu zwingen, als ›Teil‹ des Dakkar-Tastresonators zu arbeiten und das angereicherte Howalgonium soweit zu stabilisieren, daß wir die Rücksturzpolung kompensieren können.«

»Vielleicht tut er es sogar freiwillig«, warf Ichot Tolot mit dröhnender Stimme ein. »Er ist ein Mensch, und Menschen ändern sich manchmal.« Die letzte Bemerkung klang zynisch.

»Corello wohl nicht«, sagte Ras Tschubai. »Aber es gibt einige Anzeichen, daß seine Psyche neuerdings starken Schwankungen unterliegt. Er ist nicht mehr der ›unfehlbare‹ Supermutant, den einst die ganze Galaxis fürchtete. Der letzte Beweis dürfte wohl sein, daß Corello nicht zu verhindern vermochte, daß sein Schiff mit Hilfe eines Halbraumspürers verfolgt wurde!«

»Was eine sehr wichtige Frage aufwirft«, meinte Lord Zwiebus. »Wem gehörte das Raumschiff, das außer der GRANO dem Supermutanten durch den Linearraum folgte?«

Perry Rhodan und Atlan blickten sich nachdenklich an.

Der Arkonide stieß sich von der Wand ab, ging zum Getränkeautomaten und wählte ein Glas Whisky-Soda. Er nahm einen langen Schluck, setzte das Glas ab und sagte bedächtig:

»Jemand versucht, uns Konkurrenz zu machen, fürchte ich.«

Rhodan runzelte nachdenklich die Stirn.

»Konkurrenz . . .? Hm, vielleicht ist jemand aus dem gleichen Grund wie wir hinter Ribald Corello her . . .«

Seine Augen richteten sich auf die Blickschaltung des Interkoms und bewegten sich von rechts nach links. Der Servocomputer des Geräts reagierte prompt. Eine Gitterplatte leuchtete grün auf.

»Waringer!« sagte Rhodan.

Sekunden später erhellte sich der Schirm, und Waringers zerknittertes Gesicht erschien darauf.

Der Hyperphysiker erkannte seinen Schwiegervater und fragte gereizt:

»Was willst du? Ich habe zu arbeiten.«

Perry lächelte.

»Wann kann der nächste Versuch mit dem Quintatron starten, Geoffry?«

Geoffry Abel Waringer wölbte die Brauen.

»Nun, ich wollte eigentlich erst einmal damit aussetzen, Perry . . .«

»Das solltest du nicht tun. Bereite bitte den nächsten Versuch so schnell wie möglich vor. Ich habe meine Gründe dafür.«

Waringer lächelte dünn.

»Wie du willst, Perry.«

Der Bildschirm erlosch.

»Warum wollen Sie den Versuch so bald wiederholen lassen, Sir?« fragte Ras Tschubai.

»Er möchte Corello erneut auf Last Hope aufmerksam machen«, warf Atlan ein.

»Ihn oder unseren unbekannten Konkurrenten«, erklärte Rhodan.

Gucky watschelte hastig zur Tür.

»Wohin willst du?« fragte Perry.

Der Mausbiber drehte sich um.

»In die Bordklinik – mich in Tiefschlaf versetzen lassen. Noch einmal mache ich das Affentheater nicht mit.«

21.

Dezember 3433

Bericht Atlan

Nachdem sie LEVEL NINE, das größte Labor auf Last Hope, gesperrt hatten, begann ich mir wegen der vier halutischen Forscher Sorgen zu machen. Rankos Ohm und sein Team waren am 30. November auf Last Hope eingetroffen und hatten sofort eine für Angehörige dieses Volkes ungewöhnliche Eigenschaft entwickelt: Ehrgeiz.

Weder Rankos Ohm noch einer seiner Begleiter schienen einsehen zu wollen, daß die Menschheit inzwischen den technischen Entwicklungsstand Haluts erreicht hatte; sie konnten sie bestenfalls unterstützen, nicht aber belehren, wie sie es früher oft mit väterlichem Gebaren getan hatten.

Als das halutische Team eingetroffen war, hatten sich seine Mitglieder aufgeführt, als sei es eine Kleinigkeit für sie, Howalgonium so zu stabilisieren, daß daraus Sextagonium entstand. Rankos Ohm und seine Begleiter traten wie Zauberer auf, so daß man unwillkürlich erwartete, sie würden ein bißchen Goldstaub auf das Quintatron streuen – und alles sei hinfort in Ordnung.

Die Zauberei der Haluter funktionierte jedoch ebensowenig wie zuvor die Bemühungen Waringers und seiner Mitarbeiter, so daß wir schließlich zu fürchten begannen, bei irgendeinem der Experimente könnte der gefährliche Pulsationseffekt erneut auftreten.

Rankos Ohm hatte uns versichert, daß sie aufpassen würden. Ihnen, so erklärte der halutische Wissenschaftler mit der ihm eigenen Überlegenheit, würden solche Fehler nicht unterlaufen, wie sie Waringer passiert waren.

Drei Tage später sperrten sie LEVEL NINE. Es ist übertrieben, wenn ich jetzt behaupte, daß diese Maßnahme fast eine Panik ausgelöst hätte, aber sie genügte, um große Unruhe entstehen zu lassen. Weder Perry Rhodan noch mir gelang es, von den Halutern zu erfahren, warum sie LEVEL NINE sperrten. Rankos Ohm besaß die Stirn,

Waringer gegenüber zu behaupten, alles sei Teil eines nun erfolgversprechenden Experimentes.

Waringer war ein viel zu höflicher Mensch, um solche Äußerungen mit ungläubigem Lächeln zu erwidern. Er kam zu Rhodan und beschwor ihn, endlich die Betriebsamkeit der Haluter zu stoppen.

Aber Rhodan dachte nicht daran, dem halutischen Team irgendwelche Hindernisse in den Weg zu legen. Das war typisch für Perry!

Wahrscheinlich hoffte er bis zum letzten Augenblick, daß die Haluter doch eine Art Zauberstab besaßen, mit dessen Hilfe sie unsere Schwierigkeiten meistern konnten.

Am 14. Dezember schien sich Perrys Hoffnung zunächst zu bestätigen.

Perry, Alaska Saedelaere und ich befanden uns in einem der zahlreichen Kontrollräume von LEVEL SIX, als Rankos Ohm eintrat.

In einem für Menschen geschaffenen Raum wirkte die Ankunft eines Haluters immer wie ein Naturereignis.

Der ernst und verschlossen wirkende Perry gab sich gelöst und froh, als Ohm eintraf. Die lange Freundschaft mit Icho Tolot hatte in Rhodans Unterbewußtsein die Überzeugung verankert, daß es für einen Haluter kein unlösbares Problem gab.

Ohm blieb mitten im Raum stehen. Es fiel mir immer schwer, die Haluter voneinander zu unterscheiden, aber dieser Ohm war selbst unter Halutern eine auffällige Gestalt. Seine basaltfarbenen Augen waren groß und an den oberen Rändern von warzenförmigen Erhebungen umgeben. Ohms Laufarme waren besonders stark entwickelt, so daß er, sobald er aufrecht ging, ruckartige Bewegungen machte.

»Hallo, Ohm!« begrüßte ihn Rhodan erfreut.

Ich blieb auf meinem Platz und wartete mißtrauisch auf das, was uns Ohm zu berichten hatte. Alaska Saedelaere bewegte sich überhaupt nicht, seine Ruhe war manchmal nervtötend. Ich weiß nicht warum, aber von einem so unglaublich dürren Menschen wie Saedelaere erwarte ich immer, daß er nervös ist.

»Nennen Sie mich Ohmos!« forderte Ohm Perry auf.

Diese Freundschaftsbeweise erhöhten noch mein Mißtrauen, denn für mich stand es jetzt fest, daß Ohm irgendwelche verrückten Wünsche vorbringen würde.

Wahrscheinlich wollte er ganz Last Hope sperren lassen.

»Ich danke Ihnen, Ohmos«, erwiderte Rhodan.

»Wir können anfangen«, begann der Haluter, und seine Stimme klang dabei so laut, daß mir die Ohren schmerzten.

Jetzt war Perry Rhodan verblüfft. Ich schöpfte neue Hoffnung. Er würde sich von diesem ehrgeizigen Haluter nicht überrumpeln lassen.

»Womit?« erkundigte sich Perry.

Rankos Ohm wedelte mit seinen starken Armen.

»Wir wollen mit Hilfe von Hochenergie-Überladungsfeldern versuchen, eine kontinuumstützende Modulationsschaltung herzustellen. Die HÜ-Felder sollen verhindern, daß sich das Howalgonium während des Beschusses aus dem Quintatron zu verflüchtigen beginnt, was eine erneute Pulsation des gesamten Planeten nach sich ziehen würde.«

Nach diesen Worten wurde Ohm noch ein bißchen größer, ganz im Bewußtsein seiner wissenschaftlichen Überlegenheit und der väterlichen Gefühle, die er für uns hegte.

Ich gestehe, daß wir Ohm fast eine Minute lang wie ein Wunderwesen betrachteten. Er genoß diesen Augenblick, dessen war ich sicher.

»Wir haben bisher nicht daran gedacht, das von Sextadimenergie gesättigte Howalgonium mit HÜ-Kraftfeldern abzuschirmen«, sagte Rhodan schließlich. Er blickte mich an. »Oder hat Waringer mit dir darüber gesprochen, Atlan?«

Ich schüttelte den Kopf.

»Waringer hat aber an eine solche Möglichkeit gedacht«, entgegnete Ohm triumphierend. »Er war sich nur nicht darüber im klaren, *wo* er die HÜ-Kraftfelder aufbauen soll. Wir haben eine Möglichkeit gefunden, den gesamten Beschußsektor damit abzuschirmen.«

»Haben Sie schon mit Waringer über Ihre Idee gesprochen?« erkundigte sich Rhodan.

Ohm verneinte. Er hielt es offenbar für überflüssig, einen von halutischen Wissenschaftlern gefaßten Entschluß mit terranischen Kollegen zu besprechen.

»Wann soll der Versuch stattfinden?« warf Saedelaere ein.

»In einer Stunde«, antwortete Ohm mit nervtötender Ruhe. »In LEVEL NINE.«

»Ich dachte, LEVEL NINE sei gesperrt?« Rhodan war höchst verwundert. »Haben Sie die Sperrung des Großlabors etwa nur beantragt, um dort ungestört an der Vorbereitung dieses Versuchs arbeiten zu können?«

»Deshalb sind wir schließlich hier. Tolot hat uns gerufen, damit wir für Sie dieses Problem lösen.«

Rhodan und ich blickten uns an. Ohm war wirklich auf eine gelassene Art unbescheiden. Man konnte ihm nicht einmal böse sein.

»Was geschieht, wenn die HÜ-Kraftfelder nicht genügen, um die Sextadimenergie abzuschirmen?« fragte ich. Es war ein verzweifelter Versuch, Ohms Plan zu gefährden, obwohl ich davon überzeugt war, daß er jedes Gegenargument entkräften konnte.

»Die von uns durchgeführten Berechnungen lassen diese Möglichkeit mehr als unwahrscheinlich erscheinen«, lautete Ohms Antwort.

»Wir müssen es riskieren«, sagte Rhodan. »Wir brauchen den Dakkar-Tastresonator.«

Ich seufzte.

»Du sprichst schon fast wie Ohm.«

»Wie soll ich das verstehen, Arkonide?«

Ich winkte ab. Der Versuch würde stattfinden, dessen war ich sicher. Weder Ohm noch Rhodan würden sich mit irgendwelchen Einwänden aufhalten lassen.

»Ich muß jetzt zurück nach LEVEL NINE«, erklärte Ohm.

»Ich begleite Sie«, sagte Rhodan und schaute mich fragend an.

»Ich bleibe lieber hier«, sagte ich. »LEVEL NINE ist mir zu gefährlich.«

Das war natürlich Unsinn!

Wenn es zu einer Katastrophe kam, war es völlig gleichgültig, wo auf Last Hope man sich gerade befand.

Ich war einfach zornig darüber, daß Rankos Ohm ohne Schwierigkeiten mit seinen Vorschlägen durchdrang. Ich verstand Rhodan, der unter Zeitdruck stand und gewisse Risiken eingehen mußte. An seiner Stelle jedoch hätte ich das Experiment hinausgezögert und nach anderen Möglichkeiten gesucht.

»Wie du willst!« Rhodan begleitete Ohm hinaus.

»Die ganze Sache gefällt mir nicht«, sagte ich zu Alaska Saedelaere, nachdem Rhodan und Ohm draußen im Gang verschwunden waren.

»Ja, Sir.«

»Es wird zu einer Katastrophe kommen.«

»Nein, Sir.«

»Ja, Sir! Nein, Sir!« Ich war wütend. »Fällt Ihnen keine gescheitere Antwort ein?«

»Nein, Sir!« Saedelaere erhob sich in seiner unnachahmlich lässigen Art und ging auf den Eingang zu. »Wenn Sie gestatten, werde ich mich jetzt nach LEVEL NINE begeben, um das Experiment zu beobachten.«

Ich sprang auf und beeilte mich, an Saedelaeres Seite zu kommen. Gelassen, und ohne ein Wort zu äußern, nahm er das zur Kenntnis.

»Ich begleite Sie!« rief ich. »Schließlich ist es gleichgültig, in welchem Raum ich mein Leben beende.«

Innerhalb LEVEL NINE herrschte ein Betrieb, als hätte sich die gesamte Besatzung von Last Hope in diesem Großlabor versammelt. Diese große Zahl von Menschen und Angehörigen anderer Völker wirkte sofort beruhigend auf mich – vielleicht, weil sie das Ende allen Lebens auf Last Hope unwahrscheinlich erscheinen ließ.

In der Mitte des kreisförmigen Quintatrons wimmelte es von Wissenschaftlern aus Waringers Team. Dazwischen bewegten sich die vier Haluter.

Ab und zu gab Rankos Ohm eine Anordnung, mit seinem Gebrüll übertönte er das allgemeine Stimmengewirr mühelos.

Außerhalb des Quintatrons hatten sich jene Männer versammelt, die nicht mit dieser Anlage zu tun hatten, aber verständlicherweise an ihrem Funktionieren interessiert waren. Es waren Wissenschaftler anderer Forschungsgebiete und Offiziere der Flotte. Die Offiziere bedauerte ich am meisten, denn sie befanden sich in der gleichen Situation wie ich, das hieß, sie konnten nur hilflos abwarten, was geschehen würde.

»Das Quintatron sieht aus wie eine Manege«, bemerkte Saedelaere.

»Sehr treffend«, gab ich sarkastisch zurück. »Entsprechend stufen Sie wohl auch die Wesen ein, die sich innerhalb der Manege aufhalten?«

Saedelaere tastete mit den Fingern über seine Maske. Es war eine Bewegung, die er oft wiederholte. Er tat es zu unserer Sicherheit, aber manchmal wirkte es peinlich.

»Ich stufe überhaupt niemanden ein, Sir«, verteidigte er sich. »Es war lediglich ein Vergleich zur Sache.«

Augen- und Mundschlitz seiner Maske leuchteten mit verhaltenem Feuer. Solange das Cappin-Fragment nicht aktiviert war, sah das fast schön aus.

Ich ging ohne Saedelaere weiter, weil er einen Wissenschaftler traf, den er von der Erde her kannte und der sich schon mit seinem Gesicht beschäftigt hatte. Ich hörte gerade noch, wie der Forscher sich nach Saedelaeres Befinden erkundigte. Für diese Frage hätte ich ihn ohrfeigen können, aber *was*, so überlegte ich, konnte man einem Mann wie Saedelaere sagen, wenn man ihn nach einiger Zeit wiedersah? Saedelaeres Antwort hörte ich nicht, aber ich konnte mir vorstellen, daß sie entsprechend ausfiel.

Ein paar Techniker, die den Halutern geholfen hatten, die Feldprojektoren zur Erzeugung der HÜ-Kraftfelder aufzustellen, eilten geschäftig hin und her, als hinge das Gelingen ihres Experimentes allein von ihnen ab. Einer fiel mir besonders auf: ein großer, dicker Mann mit Tränensäcken unter den Augen und einem fanatischen Ausdruck im Gesicht.

Ich werde mir wohl niemals ganz abgewöhnen können, die Menschen, denen ich begegne, intensiv zu betrachten. Der Techniker jedenfalls bemerkte meinen Blick, hob verwundert die Augenbrauen und sah dann weg.

»Ich freue mich, daß du doch noch gekommen bist«, sagte Rhodan, als ich schließlich neben ihm stand.

Ich blickte mich um. Waringer und einige bekannte Wissenschaftler waren in der Nähe. Auf der anderen Seite der Halle sah ich Fellmer Lloyd, der sich mit einem schwarzgekleideten alten Mann unterhielt.

»Ich sterbe nicht gern allein«, sagte ich zu Perry.

Er lachte nicht über meinen makabren Witz. Er reagierte überhaupt nicht auf meine Bemerkung.

Nach einer Weile kam Rankos Ohm zu uns herüber. Er benutzte nicht den Durchgang unter dem Quintatron, sondern stieg einfach darüber hinweg. Allein durch diese Bewegung des Haluters wirkte das Quintatron weniger phantastisch. Eine Anlage, über die man hinwegklettern konnte, war weder unheimlich noch gefährlich.

Waringer eilte mit einem Stapel abgegriffen aussehender Papiere herbei.

»Ich habe alles verglichen«, sagte er aufgeregt zu Ohm. »Der Sicherheitsfaktor ist nicht so hoch, wie Sie angegeben haben. Die HÜ-Felder können die Sextadimenergie nicht länger als eine hundertstel Sekunde halten.«

Ohm sah von oben auf ihn herab. Für einen Augenblick dachte ich, der Haluter wollte Waringer ob seines Einwandes einfach mit zwei Händen zerdrücken, aber Ohm sagte völlig ruhig: »Wie Sie wissen, wird der Beschuß nur den milliardsten Teil einer Sekunde dauern. Die Differenz zur Sicherheitsgrenze ist also so groß wie zwischen einer Minute und einem Jahr.«

Ich wollte nicht einsehen, daß eine milliardstel und eine hundertstel Sekunde einerseits dasselbe waren wie eine Minute und ein Jahr andererseits und machte eine entsprechende Bemerkung zu Ohm.

Er ließ mich unbeachtet. Mehr an Waringer gewandt, sagte er. »Sie denken in völlig falschen Dimensionen.«

Rhodan beteiligte sich an der Diskussion. »Was bedeutet die Sache mit dem Sicherheitsfaktor? Erklär mir das, Geoffry.«

Waringer wühlte in seinen Unterlagen und leierte dabei unablässig Formeln herunter. Schließlich fischte er ein vollgeschriebenes Blatt heraus und überreichte es Rhodan.

Ich blickte Perry über die Schulter und versuchte, aus Waringers Gekritzel irgendwelche Schlüsse zu ziehen.

»Ist der Sicherheitsfaktor nicht groß genug?« fragte Rhodan nach einer Weile.

»Zweifellos«, erwiderte Waringer. »Er ist jedoch nicht so groß, wie Ohm und seine Mitarbeiter angeben. Das kann bedeuten, daß ein Fehler in den Berechnungen vorliegt.«

»Aber *du* täuschst dich doch nicht?« meinte Rhodan.

Waringer sah unglücklich aus. Unverhofft sah er sich vor die wenig beneidenswerte Situation gestellt, die Verantwortung für das Experiment zu übernehmen.

»Man kann sich bei solchen Sachen nie richtig festlegen. Wir müssen es eben versuchen.«

»Das Experiment läuft bereits«, mischte sich Ohm wieder ein. »Wir können das Quintatron zum festgesetzten Zeitpunkt benutzen.«

Er ging mit Waringer davon.

»Die Sache ist also höchst unsicher«, sagte ich zu Perry. »Noch haben wir Zeit, davon Abstand zu nehmen.«

Rhodan antwortete nicht. Es war aber klar, daß er die sich bietende Chance ergreifen wollte, wenn das auch mit einem großen Risiko verbunden war.

Inzwischen hatten Waringer und Ohm wieder den Innenraum des Quintatrons erreicht. Ihr gleichzeitiges Auftauchen an der großen Schalttafel wirkte auf alle in LEVEL NINE Anwesenden wie ein Signal. Das Stimmengewirr schwoll an, und jedermann hielt den Zeitpunkt für gekommen, seinem Gesprächspartner die eigenen Ansichten über dieses Experiment mitzuteilen.

Rhodan packte mich am Arm. »Komm!« sagte er kurz.

Er zog mich auf die andere Seite des Raumes hinüber, wo inzwischen auch Ras Tschubai und Gucky an Fellmer Lloyds Seite aufgetaucht waren.

»Warum müssen wir eigentlich dabeisein, wenn die Haluter dieses Experiment beenden?« unternahm ich einen letzten Versuch, ihn aus der Gefahrenzone zu bringen. »Wir könnten jetzt an Bord der INTERSOLAR gehen und das Bolo-System verlassen.«

Diesmal wurde er fast ärgerlich, das sah ich an seinem Gesichtsausdruck. Er enthielt sich jedoch einer Antwort.

»Wir werden Perry aus der Gefahrenzone teleportieren, wenn es hier losgeht«, sagte Gucky, der meine letzten Worte gehört hatte.

»So schnell bist selbst du nicht, Kleiner«, antwortete ich gereizt.

Jetzt, da feststand, daß Perry das Experiment nicht abbrechen lassen würde, hoffte ich, daß alles schnell vorübergehen würde.

In den nächsten Minuten geschah nichts Aufregendes. Ab und zu wurde einer der anwesenden Wissenschaftler über Interkom in seine Abteilung gerufen, und ich sah dann jedesmal einen Mann mit enttäuschtem Gesichtsausdruck durch den Ausgang verschwinden.

Ich weiß nicht, warum die Menschen so versessen darauf sind, gefährliche Ereignisse aus der Nähe mitzuerleben. Bei manchen erscheint mir das wie eine Sucht. Vielleicht hatte ich doch noch nicht lange genug unter Terranern gelebt, um sie völlig verstehen zu können.

Vor uns standen so viele Menschen, daß wir das Quintatron kaum sehen konnten. Nur die Oberkörper der alles überragenden Haluter waren sichtbar, aber aus den Bewegungen der vier fremden Wissenschaftler konnte man natürlich keine Rückschlüsse ziehen.

Schließlich gab Rankos Ohm mit seiner Trompetenstimme bekannt, daß die HÜ-Kraftfelder aufgebaut waren und den Beschußsektor völlig einhüllten. Innerhalb dieses Sektors lag ein kleiner Brocken Howalgonium, nach wie vor auf fünfdimensionaler Basis strahlend. Das sollte sich in dem Augenblick ändern, wenn neunhundertzehn Milliarden Quintron-Wari darauf einwirkten. Nach Vorstellung der Haluter sollte durch diesen Vorgang Sextagonium aus dieser Materie werden, ein Material also, das durch die Übersättigung seiner Bezugskonstante zu einer speicherfähigen Sextadimenergieeinheit werden sollte.

Wahrscheinlich war es nur Waringer, Kase, Paczek, Rankos Ohm und noch ein paar anderen Wissenschaftlern möglich, diese Dinge zu begreifen. Ich dagegen mußte mich wie so viele andere vollkommen auf die Erklärungen der Wissenschaftler verlassen.

Während ich darüber nachdachte, ob das Wissen dieser Männer genügte, um jedes Risiko bei dem neuen Experiment auszuschließen, hatten Rankos Ohm und Waringer das Quintatron eingeschaltet. Es dauerte einige Zeit, bis genügend Energie vorhanden war, um mit dem Beschuß zu beginnen.

Innerhalb des großen Labors war es still geworden. Man wartete gespannt auf den Ausgang des Versuchs.

Als Waringer die entscheidende Schaltung vornahm, waren aller Augen auf ihn gerichtet.

Im selben Augenblick, als Waringer das Howalgonium mit dem Quintatron unter Beschuß nahm, verschwand die Umgebung vor meinen Augen, und ich spürte einen Entzerrungsschmerz, wie er bei Transmittersprüngen charakteristisch ist.

Die Raumfahrer an Bord der außerhalb des Bolo-Systems stationierten Wachkreuzer berichteten später, der Planet Last Hope sei plötzlich verschwunden, um wenige Augenblicke später als irisierender Gasball, dessen Peripherie fast die Sonne Bolo erreichte, wieder sichtbar zu werden.

Nach so vielen Jahren ist es schwer, sich über Gefühle klar zu werden, die man bei einer Katastrophe empfindet, wie sie sich damals ereignete. Im ersten Augenblick war ich überrascht, aber das dauerte nur wenige Sekunden. Bei einem Transmittersprung ist das Bewußtsein für die Dauer des Sprunges ausgeschaltet, bei den Vorgängen auf Last Hope war dies jedoch nicht der Fall. Meine Umgebung und ich waren für eine nicht meßbare Zeit entstofflicht, aber mein Verstand arbeitete weiter. Übereinstimmend berichteten später die anderen Betroffenen, daß die gleichen Symptome auch von ihnen registriert worden waren. Eine Erklärung gab es nie, bestenfalls die, daß Last Hope durch den ungeheuren Energieausbruch nicht völlig in den Hyperraum vorgestoßen war, sondern in der Librationszone zwischen Einstein-Universum und einem anderen Kontinuum zu stabilisieren versuchte. Ein Teil meines Ichs, vielleicht das, was gemeinhin als Seele bezeichnet wird, blieb bei diesem Prozeß unberührt.

Ich konnte denken! Ich konnte fühlen!

Meine Überraschung wurde von einem Gefühl abgelöst, das in panische Furcht ausartete. Denn ich erkannte, daß die atomare Zellstruktur meines Körpers sich aufgelöst hatte und in wilden Wirbeln mit anderen atomaren Gebilden durch irgendeinen Raum trieb, der nichts mit dem Raum-Zeit-Kontinuum zu tun hatte, aus dem ich kam.

Die Konsequenzen, die sich daraus ergaben, waren sinnverwirrend.

Nichts würde dafür sorgen, daß sich die in Unordnung geratenen Atomgruppen wieder so zusammenfügten, wie es im Einstein-Universum normal war.

Meine Überlegungen wurden immer abstrakter. Ich begriff, daß ich allmählich wahnsinnig zu werden drohte.

Mein Verstand war sicher nicht der einzige, der in diesem Chaos noch arbeitete, aber wenn jemand in meiner »Nähe« war, der ähnliche Gefühle hatte wie ich, konnte ich keinen Kontakt zu ihm aufnehmen. Ich konnte ihn weder sehen noch fühlen.

Allmählich fanden sich Atomgruppen zu Molekülen zusammen.

Ich sah *etwas!*

Seltsamerweise hatte sich mein Blickwinkel erstaunlich verändert. Der Sichtwinkel hatte sich vergrößert. Ich glaubte durch die Linsen einer leistungsfähigen Kamera zu blicken.

Etwas zuckte! Eine Bewegung über eine riesige Fläche hinweg, als wäre ich ein Teil eines monströsen Gebildes, das sich durch dunkle Bodenlosigkeit bewegte.

Vor meinen »Augen« entstanden bizarre Formen. Eine Wolke, die wie ein riesiger Felsen aussah und aus der sternförmige Tropfen einer glühenden Flüssigkeit fielen, hüpfte über kreisförmige Rauchschleier hinweg.

Die Umgebung stabilisierte sich weiter, wobei sie immer mehr einem Alptraum glich. Nichts kam mir vertraut vor.

Ich fühlte, daß ich über einen gigantischen Körper verteilt war. Dieses Ding schien ebenso verwirrt zu sein wie ich, denn es zuckte immer häufiger zusammen, offenbar unentschlossen, wohin es sich wenden sollte.

Plötzlich erschien ein ganzer Schwarm der vorher beschriebenen Wolken und tauchte das »Land« in gelbes Licht. Im Boden entstanden kelchförmige Krater, aus denen ovale Leuchtkörper hervorschossen, die einen Meter über dem Krater zerplatzten und kaleidoskopartige Muster aus sich schnell auflösendem Qualm bildeten.

Das Ding, zu dem ich gehörte, bewegte sich.

Ich sah einen Teil davon, einen zerklüfteten Hügel mit Rissen und Spalten.

Das Ding war ein Marschiere-Viel.

Vermutlich hatte ich noch Glück. Ebensogut hätte ich zum Teil eines Felsens oder Bestandteil irgendwelcher Gase werden können. Der Zufall, der bei diesem Vorgang die Regeln bestimmte, hatte einen Teil meiner Zellmoleküle in dieses Monstrum verpflanzt. Mein Verstand hatte sich ebenso hier angesiedelt, obwohl nicht zu bestimmen war, *wo* er Platz gefunden hatte.

Wieder zuckte das Marschiere-Viel. Es wagte offenbar nicht, einen Schritt nach vorn zu machen. Es war völlig verwirrt.

Ich versuchte, Einfluß auf das Tier zu gewinnen, aber das erwies sich als völliger Fehlschlag. Ein Teil meines Körpers war zwar in den des Giganten eingebettet, aber ich konnte keine Reaktion hervorrufen.

Es dauerte zwei Jahre, bis sich das Marschiere-Viel erneut bewegte. Doch bis zu diesem Zeitpunkt hatte sich mein Verstand völlig verändert. Vielleicht war ich wahnsinnig geworden, vielleicht auch nur völlig apathisch.

Nach zweitausend oder mehr Jahren bewegte sich das Marschiere-Viel auf die kelchförmigen Krater zu, die vor ihm aus dem Boden wuchsen. Es wurde von ein paar zerplatzten Körpern getroffen. Das machte es wild. Es bäumte sich auf, so daß es an die seltsamen Wolken stieß, die den gesamten Himmel bedeckten.

Blitze zuckten auf uns herab. Das Marschiere-Viel raste davon. Ich erlebte eine Apokalypse unvorstellbaren Ausmaßes. Das Marschiere-Viel rannte ein paar Jahrtausende durch dieses Land des Irrsinns. Ich habe längst vergessen, was ich in dieser Relativzeit alles erlebte. Auch die exaktesten Beschreibungen vermögen nicht wiederzugeben, wie Last Hope sich verändert hatte.

Als der Planet wieder in das normale Raum-Zeit-Kontinuum zurückfiel, waren meinem Gefühl nach eine Million Jahre vergangen.

In Wirklichkeit hatte die ganze Sache nur eineinhalb Stunden gedauert.

Die Uhren, die wir vor allen anderen Kontrollen überprüften, bestätigten das.

Niemals werde ich jedoch *glauben,* daß wir wirklich nur eineinhalb Stunden Bestandteil eines anderen Raumes waren.

Ich lag am Boden von LEVEL NINE und kämpfte gegen die fürchterlichen Schmerzen an, die meinen Körper durchfluteten. Alles hatte sich wieder normalisiert. Ich hörte die aufgeregten Stimmen der Raumschiffkommandanten über die Empfänger der Funkanlage. Sie warteten auf eine Erklärung. Um mich herum sah ich Männer, die ebenso wie ich unter starken Schmerzen litten.

Perry Rhodan bewegte sich langsam und nach vorn gekrümmt auf das Quintatron zu.

Die Schmerzen ließen allmählich nach. Ich hörte jemand laut um Hilfe rufen.

»Es war schrecklich«, erklärte Fellmer Lloyd, der neben mir stand.

Ich gab mir Mühe, ihn anzulächeln.

»Was waren Sie denn?«

Er verstand, was ich meinte.

»Ich lag in einem flüssigen Zinnsee. Es war nicht sehr amüsant.«

Ich konnte mitempfinden.

»Hatten Sie ein Zeitgefühl? Ich meine, wußten Sie, wieviel Zeit verstrich, während Sie Teil des Sees waren?«

Er war blaß. Seine Stimme klang unsicher, als er mir antwortete.

»Eine halbe Unendlichkeit. Es war entsetzlich.«

Ich hob meinen Arm und klopfte auf die Uhr.

»Eineinhalb Stunden sind verstrichen. Wir werden uns damit abfinden müssen.«

Lloyd schwieg verbissen. Ein hypersensibler Mensch, wie er es war, mußte durch diese Ereignisse noch mehr gelitten haben. Ich fühlte, daß er Einsamkeit und Ruhe brauchte, um wieder zu sich selbst zu finden, und folgte Perry Rhodan in den Innenraum des Quintatrons.

»Alle weiteren Versuche sofort abbrechen!« vernahm ich Perrys Befehl. »So geht es nicht.«

Rankos Ohm stammelte Entschuldigungen. Ich hatte ihn noch nie so niedergeschlagen gesehen. Er konnte es nicht fassen, daß das Experiment fehlgeschlagen war.

Waringer hockte blaß und nach vorn gebeugt auf dem Sessel vor den Kontrollen. Er umklammerte so fest die Lehnen, daß seine Knöchel weiß hervortraten. Ab und zu stöhnte er vor Schmerzen.

»Wie konnte das passieren?« fragte Rhodan.

»Das Howalgonium nahm zuviel Sextadimenergie in sich auf«, erklärte Rankos Ohm. »Wegen der Kraftfelder konnte es diese Energie nicht schnell genug abgeben. Zwischen HÜ-Feldern und Howalgonium entstand ein starkes Spannungsfeld, das den gesamten Planeten fast für alle Zeiten in den Hyperraum geschleudert hätte.«

»War das nicht vorhersehbar?«

»Nein«, erwiderte Ohm deprimiert. »Wir rechneten damit, daß die HÜ-Felder zusammenbrechen würden, sobald das Howalgonium genügend Sextadimenergie gespeichert hatte. Sie hielten jedoch länger als vorgesehen.«

»Und das Howalgonium?« erkundigte ich mich.

»Ist wieder Howalgonium«, erklärte Rankos Ohm.

»Wir sind also keinen Schritt weitergekommen«, stellte Rhodan fest. »Diese Versuchsreihe wird abgebrochen. Wir müssen jetzt völlig andere Wege gehen, wenn wir den Dakkar-Tastresonator fertigstellen wollen.«

Ich wandte mich ab.

Andere Wege.

Welche Möglichkeiten hatten wir denn schon?

Wenn sogar die Haluter versagten und Wissenschaftler wie Waringer kapitulierten.

Inzwischen waren einige Medo-Roboter hereingekommen und behandelten die am stärksten von der Katastrophe betroffenen Wissenschaftler. Einige waren bewußtlos und wurden auf Antigravbahren zur Krankenstation auf LEVEL TWO gebracht.

Ich scheuchte den Medo-Roboter, der mich untersuchen wollte, mit einer Handbewegung weg. Zwar hatte ich noch immer Schmerzen, aber ich war viel zu nervös, um mich jetzt einer Untersuchung unterziehen zu lassen.

Das Quintatron wurde abgeschaltet und versiegelt.

Rankos Ohm verkündete, daß er sich mit seinen Assistenten an Bord des halutischen Raumschiffs zurückziehen und neue Berechnungen anstellen wollte. In Wirklichkeit war diese Erklärung ein Rückzug.

Der Haluter hatte indirekt zugegeben, daß er keine Möglichkeit mehr sah, den Dakkar-Tastresonator mit Sextagonium auszurüsten.

»Deine Bedenken waren berechtigt«, sagte Rhodan zu mir, als wir zusammen mit Saedelaere und Ras Tschubai LEVEL NINE verließen. »Die Zeit für die Vorbereitung war einfach zu kurz. Außerdem erkannte Rankos Ohm nicht die Grenzen, die auch Wissenschaftlern wie ihm gesetzt sind.«

Ich hütete mich, Rhodan daran zu erinnern, daß er mitgeholfen hatte, dieses Experiment zu verwirklichen. Er wußte es selbst gut genug und machte sich bestimmt entsprechend große Vorwürfe.

»Was hast du jetzt vor?« erkundigte ich mich.

Er schaute mich verlegen an.

»Natürlich sind wir in einer Sackgasse«, gab er zu.

»Und Corello? Kann er nicht helfen?«

Rhodan lachte bitter.

»Er ist unser größter Feind. Außerdem wissen wir nicht, wo er zu finden ist.«

»Aber du hast selbst gesagt, daß Ribald Corello das einzige Wesen innerhalb der Galaxis ist, das uns helfen kann«, erinnerte ich ihn.

»Natürlich! Er kann Psi-Materie herstellen und damit das Howalgonium stabilisieren, wenn es mit Sextadimenergie aufgeladen wird. Aber wie wollen wir ihn dazu veranlassen, wenn wir nicht einmal wissen, wo wir nach ihm suchen sollen.«

Ich fühlte, daß er noch unter dem Fehlschlag des letzten Versuchs litt. Darüber machte ich mir jedoch keine Sorgen. Ich kannte Perry gut genug, um zu wissen, daß dieses Stadium nur kurze Zeit anhalten würde. Der bewegliche Geist des Terraners würde nach neuen Wegen suchen, um die Reise in die Vergangenheit doch noch zu realisieren.

»Ich gestehe, daß ich oft an Corello denke«, sagte Rhodan, als wir das Gleitband betraten, das uns zum nächsten Antigravschacht führte. »Vielleicht ist er wirklich der Schlüssel zum Erfolg.«

Noch immer hatte er gehofft, durch die Weiterführung der Versuche entweder Corello erneut auf den Plan zu rufen – oder die geheimnisvollen Verfolger, den die GRANO im Linearraum beobachtet hatte.

»Wir sollten die gesamte Flotte zu seiner Suche einsetzen«, schlug ich vor. »Dann werden wir ihn früher oder später finden.«

Bevor er antworten konnte, ertönte die Stimme von General Spoonox aus den Lautsprechern des Interkoms.

»Zentrale ruft Rhodan! Zentrale ruft Rhodan!«

Ich sprang vom Gleitband. Rhodan folgte mir zur nächsten Sprechstelle und meldete sich. Auf dem Bildschirm leuchtete Spoonox' kahler Schädel. Ich erkannte, daß der General zornig war und vermutete, daß einer der Wachkreuzerkommandanten zu nahe an Last Hope herangekommen war. Rhodan hatte den Befehl gegeben, daß sich während gefährlicher Experimente alle Raumschiffe weit aus dem Bolo-System zurückziehen sollten.

»Was ist passiert, General?«

»Sir!« rief Spoonox erregt. »Ein Raumschiff versucht die Landung zu erzwingen.«

Rhodan meinte ungläubig:

»Soll das ein Scherz sein, General? Abgesehen davon, daß es einem Schiff schwerfallen dürfte, den Ring der Wachkreuzer zu durchbrechen, steht uns immer noch das Abwehrsystem von Last Hope zur Verfügung.«

Spoonox faßte Rhodans Antwort als persönliche Kritik auf und schwieg beleidigt.

»Welches Schiff ist es denn?« erkundigte sich Rhodan.

»Die DREADFUL!« meldete Spoonox.

Ich merkte, wie sich bei der Erwähnung dieses Namens ein Kloß in meinem Hals bildete. Augenblicklich fühlte ich mich mit Spoonox eng verbunden.

»Lassen Sie das Feuer auf diese Schiff eröffnen!« forderte ich erregt. »Wir werden diesen frechen Piraten eine Lektion erteilen.«

»Augenblick!« Rhodan schob mich sanft aber nachdrücklich vom

Bildschirm weg. »Die Reaktion des Lordadmirals kam etwas voreilig. Selbstverständlich wird ein Schiff eines Verbündeten nicht beschossen.«

Ich wurde immer wütender.

»Tipa Riordan hat sämtliche Bündnisverträge erpreßt! Das hast du wohl vergessen. Warum sollen wir immer auf diese Hexe Rücksicht nehmen und ihr Sondervollmachten erteilen?« Ich deutete mit dem Daumen nach oben, wo sich die Oberfläche befand. »Außerdem frage ich mich, woher Tipa die Position von Last Hope kennt. Ich dachte immer, der Planet sei eines der größten Geheimnisse des Solaren Imperiums.«

»Deine Einstellung zu Tipa Riordan ist subjektiv gefärbt«, warf mir Rhodan vor. »Darauf kann ich aber keine Rücksicht nehmen. Nun gut, Tipa *kennt* offenbar Last Hope. Sie würde ihr Wissen jedoch niemals an Feinde des Imperiums verraten.«

Ich schaute ihn wütend an.

»Dessen bin ich nicht so sicher.«

»Sir!« rief Spoonox. »Treffen Sie doch bitte eine Entscheidung. Das Schiff kann jeden Augenblick auf dem Nordpol landen.«

»Erteilen Sie Landeerlaubnis«, befahl Rhodan.

Spoonox fragte hilflos: »Wie kann ich Landeerlaubnis erteilen, wenn wir nicht darum gebeten wurden, Sir?«

»Da siehst du es!« rief ich triumphierend. »Tipa setzt sich über alle Bestimmungen hinweg. Sie kann tun und lassen, was sie will . . . Es wird Zeit, daß wir . . .«

» . . . ihr eine Lektion erteilen!« unterbrach mich Rhodan. »Das kenne ich inzwischen auswendig.«

Spoonox machte einen letzten Versuch.

»Wir sollten ihr zumindest einige Kampfroboter entgegenschicken, Sir.«

»Nein«, entschied Rhodan. »Tipa Riordan wird als Verbündete des Solaren Imperiums empfangen.«

Ich wußte, daß ich ihn nicht umstimmen konnte. Er hatte eine Schwäche für diese alte Hexe und tat ihr jeden Gefallen. Eines Tages würde sie ihm jedoch einen Streich spielen, dann konnte er an meine Warnungen denken.

»Ordnen Sie an, daß Tipa Riordan als Verbündete empfangen wird«, befahl Rhodan dem militärischen Befehlshaber von Last Hope. »Schicken Sie ihr eine Abordnung hoher Offiziere entgegen, die sie nach unten bringen sollen.«

»Ja, Sir!« sagte Spoonox mißmutig. Seine Augen funkelten. Auch er schien offenbar wenig Sympathie für die alte Hexe aufzubringen.

Der Schirm wurde dunkel.

Rhodan gab mir einen aufmunternden Stoß.

»Reiß dich zusammen!« bat er mich. »Ich möchte nicht, daß du stundenlang mit ihr streitest.«

Ich sah an ihm vorbei.

»Das kommt auf sie an«, erwiderte ich. »Auf jeden Fall werde ich mir nichts von ihr gefallen lassen.«

Wir begaben uns zum nächsten Antigravschacht und schwebten nach LEVEL ONE hinauf. Dort befanden sich alle Konferenz- und Aufenthaltsräume. Sie beanspruchten ein Gebiet von achtzig Quadratmeilen.

Rhodan ließ den großen Konferenzraum für Tipas Ankunft vorbereiten. Dann setzte er sich über Interkom mit Alaska Saedelaere in Verbindung.

»Ich möchte, daß Sie dabei sind, wenn Tipa ankommt.«

Saedelaere stimmte begeistert zu. Ebenso wie Rhodan hatte er einen Narren an ihr gefressen. Ich muß allerdings gestehen, daß Saedelaere der einzige war, vor dem die alte Tante Respekt hatte. Vielleicht war es die Mischung des Intellektuellen und des Abenteurers, die Tipa an Alaska faszinierte.

Rhodan lud auch Oberst Korom-Khan ein, aber der bat darum, an Bord der INTERSOLAR bleiben zu dürfen. Rhodan entsprach dem Wunsch des Emotionauten.

22.

Innerhalb einer halben Stunde versammelten sich etwa achtzig Menschen und zwanzig Angehörige anderer Völker im großen Konferenzraum. Nur die Hälfte davon war von Rhodan eingeladen worden, die anderen kamen aus Neugier. Tipa Riordan versprach immer eine Sensation zu liefern. Allein die Tatsache, daß sie so unvermittelt in einem Geheimsystem des Solaren Imperiums aufgetaucht und ohne besondere Umstände auf Last Hope gelandet war, machte die Hexe zu einer Persönlichkeit, die jeder kennenlernen wollte.

Bis zum Eintreffen der Piraten hatte sich mein Zorn so weit gelegt, daß ich hoffte, nicht mit Tipa zusammenzustoßen. Sicher kam sie, um in ihrer unverfrorenen Art eine Reihe gewagter Forderungen durchzusetzen.

Leutnant Drewell, der sie an der Oberfläche abgeholt und nach LEVEL ONE gebracht hatte, riß die Tür zum Konferenzraum auf. Er war groß und hager und außerdem so jung, daß er Menschen wie Tipa Riordan glühende Verehrung entgegenbrachte.

»Madam Tipa Riordan!« verkündete er mit lauter Stimme.

Bevor die Piratin jedoch hereinkam, erschien der Erste Wesir Kawa Dantroff im Eingang. Er blieb stehen und blickte sich um.

»Ich kann mir denken, daß einige von Ihnen noch nicht wissen, in welcher Weise man einen Piraten begrüßt«, sagte er. »Deshalb will ich Sie damit vertraut machen.«

Er ballte eine Faust und schlug sich dreimal heftig gegen das Kinn. Ich wunderte mich, daß er von der Wucht seiner eigenen Schläge nicht umgeworfen wurde. Wahrscheinlich hatte er sich im Laufe der Jahre daran gewöhnt.

»Je heftiger Sie schlagen, desto tiefer ist Ihre Verehrung für die zu begrüßende Persönlichkeit« erläuterte Kawa Dantroff. »Ich würde es als gutes Vorzeichen für die beginnenden Verhandlungen ansehen, wenn sich ein paar von Ihnen bewußtlos grüßen würden.«

Da ich befürchtete, daß einige unerfahrene Raumfahrer Dantroffs Vorschlag befolgen würden, trat ich vor und hob den Arm.

»Es ist durchaus nicht nötig, die Piratin so zu begrüßen, wie Kawa Dantroff es soeben verlangt hat!« rief ich ärgerlich. »Wer diese unsinnige Sitte nicht beachten will, braucht es nicht zu tun.«

Draußen auf dem Gang ertönte eine keifende Stimme.

»Halte mir diesen Beuteterraner vom Hals, Dantroff.«

Dantroff verbeugte sich in Richtung Tür.

»Natürlich, Mylady.«

Gleich darauf richteten sich seine Blicke auf mich.

»Ich muß Sie bitten, diesen Raum zu verlassen, Lordadmiral Atlan.«

»Aber Tante!« rief ich. »Seit wann bist du so empfindlich?«

Tipa Riordan stieß eine Serie von Verwünschungen aus, die ausnahmslos mir galten, dann sprang sie mit ihrem Stock mitten in den Saal. Die Männer, in deren Nähe sie gelandet war, wichen hastig zurück und klopften sich dreimal gegen das Kinn.

Tipa trug ein buntes Wickelkleid, ausgetretene Sandalen und ein tellergroßes Amulett aus einem seltenen Metall. Ihre Haare waren zu einem kunstvollen Turm hochgesteckt. Ich wußte, daß sie in diesem Haarberg ein Arsenal gefährlicher Mini-Waffen verbarg.

Perry ging auf sie zu. »Ich freue mich, dich zu sehen, Tipa«, begrüßte er sie und streckte die Hand aus.

Die Piratin übersah die ausgestreckte Hand. Ihre kleinen Augen hatten den größten und bequemsten Sitz im Raum erspäht. Sie steuerte darauf zu und veranlaßte den dort sitzenden Offizier, seinen Platz zu räumen. Nachdem sie sich darin niedergelassen hatte, nahm Kawa Dantroff neben ihr Aufstellung und blickte wild um sich.

»Natürlich kann ich die allgemeine Aufregung verstehen«, sagte sie. »Es geht an die Nerven, wenn ein Geheimplanet plötzlich von einem fremden Schiff angeflogen wird.« Sie zog einen Speicherkristall aus der Tasche. »Das ist eine Dokumentation, die beweist, daß uns Last Hope schon seit Jahrhunderten bekannt ist.«

Sie winkte einen Offizier herbei und übergab ihm den Kristall.

»Geben Sie das dem Großadministrator.«

»Du hast gehört, wie lange sie schon diesen Stützpunkt kennt«, sagte ich zu Perry. »Wir müssen befürchten, daß sie ihr Wissen nicht für sich behalten, sondern an andere Interessengruppen weitergegeben hat.«

»Was flüstert ihr da?« rief Tipa. »Kommt näher, damit ich euch verstehen kann.«

Ich hielt Rhodan am Arm fest.

»Ich bin sicher, daß sie uns erpressen will«, warnte ich ihn. »Sie wird drohen, ihr Wissen um Last Hope überall in der Galaxis zu verbreiten, wenn wir nicht bestimmte Zugeständnisse an sie machen.«

Rhodan machte sich los und ging zu Tipa. Ich folgte ihm. Ich verstand nicht, warum er dieser gefährlichen Frau nicht entschiedener entgegentrat. Tipa Riordan war in meinen Augen eine Kriminelle, auch wenn Perry sie manchmal wie eine Aristokratin behandelte.

»Ihr könnt euch setzen«, sagte sie gnädig, nachdem wir vor ihr standen. Im gleichen Augenblick sah sie Alaska Saedelaere, der sich mit ein paar Offizieren unterhalten hatte. Mit strahlendem Lächeln rief sie: »Kommen Sie zu mir herüber, Alaska!«

Saedelaere winkte ihr zu und setzte sich langsam in Bewegung. Sie interessierte sich wirklich sehr für das Schicksal des Transmittergeschädigten und hatte schon vorgeschlagen, Saedelaere von ihren Wissenschaftlern untersuchen zu lassen. Bisher hatte Saedelaere solche Hilfeleistungen jedoch abgelehnt, vielleicht weil er fürchtete, in ein zu großes Abhängigkeitsverhältnis zu kommen.

Tipa ließ sich sogar soweit herab, Saedelaere die Hand zu schütteln.

Ich wurde immer ungeduldiger. Die Ausdehnung der Begrüßungszeremonie durch die Piratin diente meiner Ansicht nach nur dazu, uns nervös zu machen. Früher oder später würde sie dann unverschämte Forderungen stellen. Für ein paar Informationen erhoffte sie sich wahrscheinlich große materielle Gewinne. Leider war Perry oft genug bereit, auf die Forderungen Tipa Riordans einzugehen.

»Ich wünsche, daß Sie bei unserem Gespräch zugegen sind«, sagte Tipa zu Saedelaere.

Alaska warf Perry einen fragenden Blick zu. Perry nickte. Es hätte mich auch gewundert, wenn er dem Wunsch der Alten nicht entsprochen hätte. Tipa fuchtelte mit ihrem Stock herum.

»Ich bringe Nachrichten, die Ribald Corello betreffen.«

Es entsprach ihrer Art, einem Gespräch unvermittelt eine Wendung zu geben. Ich sah, wie Perry sich gespannt vorbeugte. Bei ihm hatte sie schon erreicht, was sie wollte.

»Was weißt du über ihn?« erkundigte sich Rhodan, nachdem Tipa die von ihr beabsichtigte Kunstpause immer länger ausdehnte.

Dantroff, der hinter Tipas Sessel stand, grinste dümmlich. Er genoß es offenbar, daß Tipa und er auf diese Weise auftreten konnten. Mein wütender Blick ließ ihn kalt.

»Ich kenne Corellos Geheimplaneten«, berichtete Tipa weiter. »Ich weiß, wo er sich aufhält.«

Sie sagte noch etwas, aber ihre letzten Worte gingen in erregten Zwischenrufen der Versammelten unter. Tipas Behauptung hatte wie eine Bombe eingeschlagen. Sie saß verkrümmt auf dem Rand ihres Sessels und blickte triumphierend von Rhodan zu mir.

»Vorsicht, Perry!« sagte ich zu Rhodan. »Ich glaube ihr nicht. Sie muß erst beweisen, was sie sagt.«

Ihre Stockspitze deutete in meine Richtung.

»Es war mir möglich, Last Hope zu finden, Beuteterraner«, antwortete sie. »Warum sollte ich nicht auch Gevonia entdecken?«

Gevonia war offenbar der Name jener Welt, auf der Ribald Corello sich aufhielt. Ich war überzeugt, daß Tipa uns eine großartige Geschichte präsentieren würde. Aber nur konkrete Beweise konnten mich von meiner Skepsis abbringen.

»Ich muß dich daran erinnern, wie lange schon die Solare Flotte und Spezialisten der USO vergeblich nach dieser Geheimwelt des Supermutanten suchen«, sagte ich zu Rhodan. »Und ausgerechnet der Piratin soll es gelungen sein, diesen Planeten zu finden?«

Zufrieden registrierte ich, daß es mir gelungen war, Zweifel in Rhodan zu erwecken.

»Atlan hat recht«, wandte er sich an Tipa. »Ich möchte wissen, wie es dir gelungen ist, jene Welt zu finden, die du Gevonia nennst.«

Tipa ließ sich nicht beirren. »Am achtundzwanzigsten November floh Corello aus dem Bolo-System«, erinnerte sie uns. »Er wurde von einem Wachkreuzer der Solaren Flotte verfolgt.«

Rhodan nickte bestätigend.

»Das ist richtig, Tipa. Es handelte sich um den Kreuzer GRANO. Kommandant dieses Schiffes ist Major Tem Kishes. Major Kishes berichtete uns, daß er die Verfolgung wegen Maschinenschadens aufgeben mußte, obwohl er Corellos Schiff mit Hilfe des Halbraumspürers gut hätte verfolgen können.« Rhodan stutzte plötzlich. »Aber Major Kishes berichtete uns von einem anderen Schiff, das er für wenige Augenblicke in diesem Sektor ortete.«

»Wie gut, daß dieser Major aufgepaßt hat«, sagte Tipa lächelnd. »Das von ihm geortete Schiff war die DREADFUL.«

»Dein Schiff befand sich also schon damals in der Nähe des Bolo-Systems?«

»Wir orteten die Pulsation«, berichtete Tipa. »Als wir hier eintrafen, um nachzusehen, was passiert war, erlebten wir gerade noch den Abschluß der Verfolgungsjagd, die Major Kishes' eingeleitet hatte. Als ich merkte, daß die GRANO ihren Auftrag nicht durchführen konnte, folgte ich Corellos Schiff mit der DREADFUL.«

Ich mußte zugeben, daß dies alles logisch klang. Tipas Geschichte wurde durch die Aussage Major Kishes gestützt, der von Bord der GRANO aus die DREADFUL geortet hatte. Damals hatten wir natürlich nicht gewußt, daß es sich um die DREADFUL gehandelt hatte.

»Es war verhältnismäßig einfach, Corellos Schiff zu verfolgen«, fuhr die Piratin fort. »Ich glaube, der Mutant befand sich in schlimmer psychischer Verfassung. Seine Marionetten-Raumfahrer orteten die DREADFUL. Danach erreichten uns einige Male Psi-Befehle, mit denen uns Corello zwingen wollte, die DREADFUL in eine Sonne zu stürzen. Nach solchen hypno-suggestiven Wellen empfingen wir wieder Impulse, mit denen Corello um Verzeihung bat. Er schien sich über seine eigenen Entscheidungen völlig im unklaren zu sein.«

Sie gab Kawa Dantroff einen Wink.

»Das viele Sprechen strengt mich zu sehr an«, sagte sie. »Dantroff wird Ihnen berichten, wie es weiterging.«

Das war natürlich ein Trick!

Während Dantroff sprach, hatte Tipa Gelegenheit, aufmerksam unsere Reaktionen zu beobachten. Ich war jedoch so gespannt darauf, weitere Einzelheiten über die geheimnisvolle Heimatwelt Corellos zu hören, daß ich gegen Tipas Schachzug nicht protestierte.

Dantroff verbeugte sich vor Tipa und schlug sich dreimal gegen das Kinn, als hätte sie ihm eine große Gunst erwiesen. Auch diese Albernheiten gehörten zum Schauspiel, das die Piraten uns vorführten. Sie ließen keine Gelegenheit verstreichen, sich über uns lustig zu machen. Ich hatte Tipa sogar im Verdacht, daß sie dies alles nur meinetwegen veranstaltete. Die gegenseitige Abneigung war zu intensiv.

»Wir stellten fest, daß Corellos Schiff Kurs auf die Eastside der Galaxis nahm«, setzte der Erste Wesir Tipas Bericht fort. »Bis auf ab und zu durchdringende Psi-Befehle machte uns Corello keine Schwierigkeiten. Die Besatzung des Schiffes verhielt sich passiv. Ich nehme an, daß sie nicht wußte, was sie tun sollte, denn Corello gab ihr sicherlich widersprechende Befehle. Als wir das Einflußgebiet der Blues erreichten, ließ Corello einige Manöver durchführen, mit denen er uns abschütteln wollte. Wir gaben nicht auf. Bald stand es für uns fest, daß Corellos Ziel nur in der Lasztman-Ballung liegen konnte.«

Während Dantroff eine kurze Pause machte, erinnerte ich mich daran, daß die Lasztman-Ballung ein einhundertzwanzig Lichtjahre durchmessender Kugelsternhaufen von sehr unregelmäßiger Form war. Etwa vierzig Sterne gehörten zu dieser Konstellation, die in eine dichte Wolke kosmischen Staubes eingebettet war und aus diesem Grund von Raumschiffen gemieden wurde.

»Weiter, Dantroff!« mahnte Tipa ungeduldig.

»Wir mußten jetzt den Abstand zu Corellos Schiff verringern, denn es bestand die Gefahr, daß wir es in dieser kosmischen Staubwolke verlieren würden.« Dantroffs Augen waren halb geschlossen, er schien noch einmal alles mitzuerleben, was sich damals ereignet hatte.

»Wir stellten fest, daß innerhalb der Lasztman-Ballung ein fast staubfreier Schlauch existiert, der bis zum Mittelpunkt des Kugelsternhaufens reicht. Dieser Kurs ist schwer zu erkunden, aber gefahrlos zu fliegen. Wir folgten Corello bis zum Targo-System, das aus einer gelben Sonne und drei Planeten besteht. Der zweite Planet ist Gevonia. Dort lebt Corello, wenn er sich nicht auf einem seiner Raubzüge befindet. Wir sind sicher, daß innerhalb der Lasztman-Ballung noch weitere Stützpunkte des Mutanten existieren, die von ihm als Wach- und Lagerplaneten benutzt werden.«

Dantroff berichtete nun Einzelheiten über die Lasztman-Ballung und das Targo-System. Seinen Schilderungen entnahmen wir, daß Gevonia eine paradiesische Welt war, auf der es durch eine fast vertikale Neigung der Planetenachse keine klimatischen Störungen gab.

»Wir steuerten die DREADFUL in den Ortungsschutz der Sonne Targo«, fuhr Dantroff in seiner Berichterstattung fort. »Corello landete auf Gevonia. Ein junges Besatzungsmitglied der DREADFUL, Anker Servon, riskierte es, Gevonia mit einem winzigen Beiboot anzufliegen. Servons Kleinstraumschiff wurde sofort geortet und von der Oberfläche des Planeten aus beschossen. Als Servon schon glaubte, daß er sterben würde, hörte er plötzlich eine klare Stimme, die zu ihm sagte: ›Fliege heim, du Narr, ich habe genug getötet.‹ Tipa und ich sind sicher, daß es nur Corello gewesen sein kann, der Anker Servon die Chance zum Entkommen gab. Servon nutzte die Gelegenheit, um zur DREADFUL zurückzukehren. Nach diesem Ereignis nahmen wir sofort Kurs aufs Bolo-System.«

Wie zur Bekräftigung von Dantroffs Worten klopfte Tipa Riordan mit ihrer Stockspitze auf den Boden.

»Nun sind wir hier!« meinte sie.

»Wir dachten uns, daß dich diese Geschichte interessieren würde, Perry.« Perry erhob sich.

»Das hast du großartig gemacht, Tipa«, lobte er die Piratin.

Tipa, die aufmerksam mein Mienenspiel verfolgt hatte, deutete auf mich.

»Prinz Atlan scheint anderer Ansicht zu sein, Perry.«

In Tipas Mund klang das Wort »Prinz« wie ein Schimpfwort.

»Ich kann es nicht glauben, daß Corello jemand entkommen läßt, der seine Heimatwelt entdeckt hat«, sagte ich. »Durch ein solches Verhalten würde er alles gefährden, was er sich bisher aufgebaut hat.«

»Corello hat während seines Aufenthaltes im Bolo-System einen schweren parapsychischen Schock erlitten«, erinnerte Alaska Saedelaere. »Dadurch läßt sich sein Verhalten erklären.«

Ich merkte, daß er für Tipa Partei ergriff.

»Corello ist nicht das einzige intelligente Lebewesen im Targo-System«, argumentierte ich. »Zumindest eine seiner Marionetten hätte den Angriff auf die DREADFUL befohlen, wenn Corello nicht dazu in der Lage war.«

»Er kann seine Sklaven zurückgehalten haben«, gab Perry zu bedenken.

»Das klingt sehr widersprüchlich«, antwortete ich. »Einerseits soll er nicht in der Lage gewesen sein, das Besatzungsmitglied eines kleinen Schiffes auszuschalten, aber andererseits war er dazu fähig, einige hunderttausend Intelligenzen von feindlichen Aktionen abzuhalten.«

»Atlans Einwand ist berechtigt«, gab Perry zu. »Trotzdem bin ich überzeugt davon, daß Tipa die Wahrheit spricht. Corello befindet sich im Zustand einer schweren seelischen Krise. Entsprechend ist sein Verhalten!«

»Das ist Wunschdenken!« Ich merkte, wie mir das Blut in den Kopf stieg. »Wir brauchen den Supermutanten, also soll er sich plötzlich verändert haben. Ich befürchte, daß es nicht lange dauern wird, bis wir in die Lasztman-Ballung fliegen.«

»Das werden wir mit Sicherheit tun!« bekräftigte Perry grimmig.

»Es ist doch offensichtlich, daß Corello nur auf einen solchen Schritt von unserer Seite wartet!« Meine Stimme wurde immer lauter. »Er hat die DREADFUL entkommen lassen, damit Tipa uns in die Lasztman-Ballung lockt. Dort wird die Falle zuschnappen.«

Tipas blutleere Lippen wurden noch schmaler.

»Dieses Argument ist natürlich nicht zu widerlegen«, gab sie widerstrebend zu. »Aber ich bin sicher, daß Corello nicht daran gedacht hat, uns als Köder zu benutzen.«

Nun entbrannte eine heftige Diskussion. Grundsätzlich glaubte ich an Tipas Bericht. Daß aber Corello auf einmal das haben sollte, was man als Gewissen bezeichnete, war einfach zu unglaubwürdig. Dazu hatte er sich schon zu oft als kaltblütiger Verbrecher erwiesen. Corello war ein Mörder und ein Tyrann. Wir konnten keine Einigung erzielen. Jeder beharrte auf seinem Standpunkt.

Perry Rhodan machte der Diskussion ein Ende.

»Es gibt nur eine Möglichkeit, Corellos Absichten zu erkunden. Wir müssen in die Eastside der Galaxis aufbrechen und versuchen, das Targo-System zu erreichen.«

Ich sah ihn schweigend an.

Seine Worte erschienen mir wie ein Todesurteil. Nicht nur für ihn, sondern auch für mich. Denn ich würde diesen Menschen, der mein bester Freund war, natürlich niemals allein in das Herrschaftsgebiet unseres größten Gegners fliegen lassen.

Rhodans wichtigster Beweggrund, den Flug in die Lasztman-Ballung trotz aller Bedenken zu wagen, war natürlich der Zeitdruck, unter dem wir standen. Corello mit seinen überragenden Psi-Kräften konnte Howalgonium in Sextagonium verwandeln. Wir brauchten dieses sechsdimensional strahlende Mineral unter allen Umständen, wenn wir den Dakkar-Tastresonator fertigstellen wollten. Waringer erklärte, daß er und sein Team mindestens drei Jahre benötigen würden, um das Quintatron so weit zu entwickeln, daß sich mit seiner Hilfe Sextagonium herstellen ließ.

Drei Jahre konnten wir nicht warten, denn bis dahin würde eine Reparatur des um die Sonne kreisenden Todessatelliten längst abgeschlossen sein. Die Sonne würde sich dann endgültig in eine Nova verwandeln.

Ein Problem hatten wir bis zu diesem Zeitpunkt nicht besprochen. Vielleicht gelang es uns, das Targo-System zu erreichen. Es war auch denkbar, daß uns eine Landung auf Gevonia gelang.

Aber wie, so fragte ich mich immer wieder, wollten wir einen Psychopathen wie Ribald Corello dazu bringen, das zu tun, was wir von ihm erwarteten?

23.

Zunächst sah die Lasztman-Ballung wie ein schwach leuchtender Tintenklecks aus. Mit jedem Lichtjahr, das sich die INTERSOLAR dem in eine kosmische Staubwolke eingebetteten Kugelsternhaufen näherte, änderte sich jedoch das Bild. Was zuvor wie kompakte Seitenarme ausgesehen hatte, wurde zu Verästelungen, die dem Gerippe eines dürren Baumes glichen.

Oberst Elas Korom-Khan, der die SERT-Haube an Senco Ahrat weitergegeben hatte, deutete auf die Bildschirme.

»Wenn man das sieht, kann man verstehen, warum Handelsschiffe dieses Gebiet meiden.«

Ich fühlte mich angesprochen, da ich unmittelbar hinter Korom-Khan saß, aber es war Tipa Riordan, die dem Kommandanten der INTERSOLAR antwortete.

»Nicht nur die Handelsschiffe, sondern auch die Schiffe der Blues halten sich von der Lasztman-Ballung fern. Sogar Piratenschiffe der Gataser fliegen nicht in diesen Kugelsternhaufen, wenn sie verfolgt werden.«

Tipa Riordan war zusammen mit ihrem Ersten Wesir Kawa Dantroff an Bord gegangen, um uns durch den staubfreien Tunnel in den Mittelpunkt des Kugelsternhaufens zu lotsen. Sie gebärdete sich manchmal so, als sei sie der Kommandant des Flaggschiffes. Es verging keine Stunde, in der sie nicht aus irgendwelchen Gründen Streit mit mir anfing.

»Jetzt ist mir klar, warum drei von vier Explorerschiffen, die die Lasztman-Ballung erkunden sollten, nicht zurückgekehrt sind«, sagte Perry. »Die Besatzung des vierten wußte nicht viel zu berichten, denn ihr Kommandant kehrte frühzeitig um.«

»Wer die Durststrecke nicht kennt, sollte sich der Lasztman-Ballung besser fernhalten«, erwiderte Tipa Riordan.

»Durststrecke?« wiederholte Alaska Saedelaere fragend.

»Das ist der Name, den wir dem Tunnel gegeben haben«, erklärte Kawa Dantroff.

Unsere Unterhaltung wurde unterbrochen, als Gucky zusammen mit Lord Zwiebus innerhalb der Zentrale materialisierte. Gucky hatte den Neandertaler mit einem Teleportersprung aus der Kabine geholt, damit sich Lord Zwiebus die Lasztman-Ballung auf den Bildschirmen ansehen konnte.

»So, Sportsfreund!« piepste Gucky. »Jetzt lernst du wieder einen Teil der Galaxis kennen.«

Zwiebus blickte sich vergeblich nach einem freien Sessel um, der ihm stabil genug erschien. So blieb er hinter meinem Sitz stehen.

»Na, wie gefällt dir das?« erkundigte sich Gucky.

Der Neandertaler antwortete nicht. Saedelaere übernahm es, ihm in allen Einzelheiten zu erklären, was über diesen Kugelsternhaufen bekannt war.

»Er sieht unheimlich aus«, meinte Lord Zwiebus beeindruckt. »Die Sterne sehen aus, als befänden sie sich am Grund eines Sees.«

»Ein guter Vergleich«, stimmte ich zu.

»Ich kann mir vorstellen, daß Corello sich in einem solchen Gebiet angesiedelt hat«, sagte Rhodan. »Diese Umgebung paßt irgendwie zu ihm.«

Ich dachte intensiv über Perrys Worte nach. Bestimmt hatte Ribald Corello die Lasztman-Ballung nicht allein aus Sicherheitsgründen zu seinem Stützpunkt gemacht. Er war inzwischen mächtig genug, um sich mit jedem Gegner im offenen Kampf messen zu können. Wie die Zauberer alter Märchen stets in verfallenen Burgen und Schlössern gelebt hatten, so erwartete man von Corello, daß er sich in einem Lebensraum ähnlicher Ausstrahlungskraft aufhielt. Und das traf auf diesen Kugelsternhaufen zu.

Die Lasztman-Ballung war 32.613 Lichtjahre von der Erde entfernt. Nachdem ich sie gesehen hatte, wunderte es mich nicht mehr, daß sie im Krieg zwischen Terranern und Blues keine Rolle gespielt hatte. Keine der beiden Parteien hatte damals in diesem Sektor operiert.

»Wissen Sie, ob der von Ihnen als Durststrecke bezeichnete staubfreie Tunnel schon immer existiert hat?« fragte Korom-Khan. Ich schreckte aus meinen Überlegungen auf.

Tipa Riordan zögerte mit einer Antwort.

»Ich weiß, worauf Sie hinauswollen«, sagte sie schließlich. »Sie vermuten, daß Corello diesen Tunnel geschaffen haben könnte.«

Der Emotionaut nickte. »Nicht nur das: Ich befürchte, daß Corello den Durchgang nach Belieben schließen kann. Das würde bedeuten, daß er die INTERSOLAR kampfunfähig machen könnte.«

»Die INTERSOLAR wird von drei kleinen Kreuzern begleitet«, sagte Perry Rhodan. »Sie könnten in einem solchen Fall entkommen und Hilfe holen.«

Seine Bemerkung erinnerte mich wieder daran, daß ich verlangt hatte, mit einer großen Flotte in die Lasztman-Ballung einzufliegen. Sicher war es sinnlos, wenn ich jetzt noch einmal darauf zu sprechen kam. Rhodan hatte meinen Vorschlag mit dem Hinweis abgelehnt, daß Ribald Corello auf das Erscheinen einer Flotte viel heftiger reagieren würde als auf die Annäherung einzelner Schiffe.

Wir hatten uns inzwischen der Lasztman-Ballung weiter genähert. Die ungefähr vierzig Sonnen, die in die Staubwolke eingebettet waren, wirkten wesentlich größer, als sie in Wirklichkeit waren. Von der Durststrecke, die Tipa erwähnt hatte, war nichts zu sehen. Wahrscheinlich war der Tunnel so eng, daß es gefährlicher Manöver bedurfte, um ihn zu durchfliegen. Ich hoffte, daß Tipa und Dantroff exakte Koordinaten besaßen, nach denen Korom-Khan und Senco Ahrat fliegen konnten.

Perry hatte noch keine Angaben darüber gemacht, wie wir vorgehen wollten, wenn wir das Zentrum der Lasztman-Ballung tatsächlich erreichen sollten. Aber in einem solchen Fall blieben uns nicht viele Möglichkeiten. Zunächst würde es darauf ankommen, das Targo-System mit Beibooten zu durchforschen.

Wenn Corello sich überhaupt in einer seelischen Krise befunden hatte, würde er sich inzwischen davon erholt haben und auf unsere Ankunft mit aller Härte reagieren. Ich schien jedoch das einzige Wesen an Bord zu sein, das solche Befürchtungen hegte. Selbst der so bedächtige Icho Tolot war voller Optimismus.

»Bleiben Sie weiter auf dem festgelegten Kurs«, sagte Tipa zu Senco Ahrat. »Ich sage Ihnen rechtzeitig, wenn Korrekturen notwendig sind.«

Ein Teil der Besatzung wurde abgelöst. Die Zellaktivatorträger konnten weiter in der Zentrale bleiben, denn sie brauchten nur wenig Schlaf. Saedelaere, Icho Tolot und Lord Zwiebus verzichteten ebenfalls auf eine Ruhepause. Kawa Dantroff weigerte sich, eine Kabine des Schiffes zu benutzen und schlief auf seinem Sessel ein. Tipa gönnte ihm jedoch wenig Ruhe und stieß ihn bereits nach einer Stunde mit ihrem Stock an. Der leicht elektrische Schlag, den Dantroff erhalten hatte, ließ ihn aufschrecken. Er blinzelte verwirrt.

»Wir nähern uns der Peripherie der Lasztman-Ballung!« rief Tipa. »Die Emotionauten brauchen jetzt bald unsere Hilfe.«

»Ich glaube, ich kann den Tunnel sehen!« rief Lord Zwiebus plötzlich. Er deutete auf eine dunkle Stelle inmitten der Lasztman-Ballung.

Tipa schüttelte den Kopf. »Das ist nicht der Tunnel, sondern ein Sektor, in dem der Staub besonders dicht ist«, erklärte sie.

Dantroff wurde sichtlich unruhig. Vielleicht dachte er gerade daran, daß die INTERSOLAR wesentlich größer war als die DREADFUL und aus diesem Grund auch schwerer durch die Durststrecke zu manövrieren sein würde.

Um jede der innerhalb der Lasztman-Ballung sichtbaren Sonnen lag eine Korona leuchtenden Staubes. Das war ein Phänomen, wie ich es zum erstenmal beobachten konnte. Das Licht war so stark, daß es sich nicht allein um die Reflexion der Sonnenstrahlung handeln konnte. Vielmehr erschien es mir, daß der Staub von Energie aufgeladen war.

»Glauben Sie, daß Corello Wachkreuzer in diesem Gebiet stationiert hat?« erkundigte sich Korom-Khan bei Tipa Riordan.

Die Piratin verneinte. »Corellos Flotte ist nicht besonders groß. Außerdem vertraute er bisher auf seine parapsychischen Fähigkeiten. Er hält das Targo-System für unangreifbar.«

»Auch jetzt noch?« wandte ich ein. »Schließlich bist du ihm mit der DREADFUL ins Targo-System gefolgt. Er wird also die Sicherheit seines Heimatsystems jetzt anders beurteilen und entsprechende Sicherheitsmaßnahmen getroffen haben.«

Tipa ignorierte meinen Einwand und schwieg. Sie wollte mich provozieren.

Perry, der spürte, daß die Spannung zwischen Tipa und mir einem neuen Streit entgegentrieb, versuchte zu vermitteln.

»Niemand kann genau wissen, was Ribald Corello jetzt vorhat«, meinte er. »Vielleicht ändert sich seine Psyche tatsächlich, dann können wir hoffen, mit ihm in Verbindung zu treten.«

»Ich habe mit Eysbert, dem Kosmopsychologen, über Corello gesprochen«, sagte ich zu Perry. »Du solltest dir einmal seine Meinung über Corello anhören.«

»Das habe ich bereits getan«, antwortete Rhodan. »Eysbert hält es für unmöglich, daß Corello sich ändern könnte. Er sieht in den jüngsten Ereignissen einen Trick des Mutanten.«

»Und warum glaubst du einem erfahrenen Mann wie Eysbert nicht?«

»Ich glaube, daß Eysbert von seiner Meinung überzeugt ist. Das bedeutet noch lange nicht, daß er recht hat. Was wissen wir schon von Ribald Corello? Wir kennen seine Fähigkeiten und wissen, daß er der Sohn Kitai Ishibashis und Gevoreny Tatstuns ist. Aber Corello war lange Zeit völlig unbekannt. Wo war er während dieses Zeitraums? Welche Geschehnisse beeinflussen ihn?«

»Mich interessiert nur, was aus ihm geworden ist«, machte ich geltend. »Du hast ihn oft den größten Feind der Menschheit und einen skrupellosen Verbrecher genannt.«

Im Grunde genommen waren weder Perry noch ich sicher, wie wir Ribald Corello beurteilen sollten. Das konnte niemand. Im Gegensatz zu Perry erschien es mir jedoch unwahrscheinlich, daß Corello sich plötzlich geändert haben sollte.

Als wir die Peripherie der Lasztman-Ballung erreichten, übernahm wieder Korom-Khan das Kommando über die INTERSOLAR. Er setzte die SERT-Haube auf, die in den letzten Stunden Senco Ahrat getragen hatte.

Tipa Riordan und Kawa Dantroff nahmen an den Kontrollen Platz, um alle Koordinaten über die Durststrecke in die Positronik zu geben. Emotionaut Korom-Khan konnte über die SERT-Haube in Bruchteilen von Sekunden alle Daten aus der Positronik abrufen, die er zur Steuerung des Schiffes benötigte.

Die Sonnen des seltsamen Kugelsternhaufens waren jetzt deutlicher zu erkennen, aber noch immer leuchteten sie wie durch einen dichten Schleier.

Aus der Ortungszentrale meldete sich Major Kusumi und warnte uns vor der Nähe des kosmischen Staubes. Bei der augenblicklichen Geschwindigkeit konnte er gefährlich werden, denn er entwickelte unter diesen Umständen Eigenschaften fester Materie.

Ich beobachtete, daß einige der Kosmonauten zu schwitzen begannen. Auch die Schutzschirme konnten die INTERSOLAR nicht retten, wenn sie mit ihrer derzeitigen Geschwindigkeit in die kosmische Staubwolke eintauchte. Die Geschwindigkeit zu verringern hätte einen monatelangen Flug zum Zentrum des Kugelsternhaufens bedeutet – und soviel Zeit hatten wir nicht.

Nur Tipa Riordan blieb die Ruhe selbst. Sie schien überzeugt zu sein, daß die von ihr ermittelten Daten über den Tunnel stimmten. Die INTERSOLAR raste weiter, obwohl die Massetaster ausschlugen und das mit der Ortungsanlage gekoppelte Alarmsystem zu schrillen begann.

Ich betrachtete Oberst Korom-Khan. Was mochte dieser Mann denken? Als erfahrener Kosmonaut wußte er, daß es jetzt kein Zurück mehr gab, denn eine Umkehr in diesem Gebiet hätte uns auf jeden Fall in dichtere Staubzonen geführt. Plötzlich hob Perry einen Arm und deutete auf den Panoramaschirm.

»Das ist der Tunnel!« rief er.

Inmitten der Lasztman-Ballung gab es einen staubfreien Schlauch von ovaler Form, der tief in den Sternenhaufen hineinreichte. Die INTERSOLAR raste direkt auf ihn zu.

Ich fühlte, wie meine Anspannung nachließ. Meine Blicke begegneten denen Tipa Riordans. Sie blinzelte mir vertraulich zu, als wollte sie mich an meine Bedenken erinnern, die sich nun zum Teil als grundlos erwiesen hatten.

Im Zentrum der Lasztman-Ballung standen die Sterne am dichtesten. Korom-Khan steuerte die INTERSOLAR in den Ortungsschutz einer planetenlosen grünen Sonne, die nicht mehr als ein Lichtjahr von Targo entfernt war.

Der Flug durch den Tunnel hatte sich nicht als so schwierig erwiesen, wie wir zunächst angenommen hatten. Die Astronomen, die Perry befragt hatte, behaupteten, daß das staubfreie Gebiet auf natürliche Weise entstanden war. Wir brauchten also nicht zu befürchten, daß Corello die Durststrecke irgendwie verändern konnte. Der Rückweg war, falls Corello keine Wachschiffe schickte, frei.

Unmittelbar nach unserer Ankunft im Zentrum der Lasztman-Ballung wurden drei Zweimannjäger ausgeschleust. Leutnant Shenko Trestow, der das Unternehmen leitete, erhielt von Perry Rhodan den Befehl, das Targo-System vorsichtig zu erkunden. Dabei sollte eine Ortung vermieden werden. Ich amüsierte mich über Rhodans Anordnung. Glaubte der Terraner wirklich, daß es Corello entgehen würde, wenn drei Schiffe, auch wenn es sich um kleine Beiboote handelte, in sein Stützpunktsystem eindrangen?

Die eigentliche Frage war – und das wußte auch Perry Rhodan –, ob Ribald Corello die Lightnings angreifen würde. Trestow wählte fünf erfahrene Raumfahrer aus, die ihn begleiten sollten. Als die drei Lightnings ausgeschleust waren, befürchteten viele von uns, daß wir die Maschinen und ihre Besatzungen niemals wiedersehen würden.

Natürlich hatte Trestow den Befehl, keinerlei Risiken einzugehen. Wenn aber Corello seine starken Psi-Kräfte einsetzte, würde den Piloten der Zweimannjäger auch eine rasche Flucht nicht mehr helfen.

Als die Lightnings nur noch drei Leuchtpunkte auf den Bildschirmen der Ortungsanlage waren, wuchs die Spannung an Bord der INTERSOLAR. Rhodan hatte den Funkverkehr untersagt, so daß wir auf Nachrichten warten mußten, bis Trestow und die anderen zurückkehrten.

Gucky und Fellmer Lloyd saßen konzentriert auf ihren Plätzen. Mit ihren telepathischen Sinnen lauschten sie pausenlos auf irgendwelche Psi-Impulse. Bisher hatten sie jedoch keinen Kontakt mit Corello bekommen. Wir wußten von früheren Zusammenstößen mit Corello, daß er über mehrere Lichtjahre hinweg psionische Energie einsetzen konnte. Das würden Gucky und Fellmer auf jeden Fall spüren.

Als die Lightnings fast zwei Stunden unterwegs waren, stellte Alaska Saedelaere fest, daß sich das Cappin-Fragment in seinem Gesicht heftiger zu bewegen begann. Aus Mund- und Augenschlitzen der Maske leuchtete es stärker.

»Das Cappin-Fragment reagiert auf fremdartige Energie«, sagte Saedelaere, dessen Gelassenheit bei solchen Zwischenfällen ich immer wieder bewundern mußte.

»Corello?« fragte Tipa aufgeregt.

Alaska meinte ausweichend:

»Schon möglich. Es kann aber auch sein, daß es eine Folge der mit Energie aufgeladenen Staubteilchen in diesem Raumsektor ist.«

»Beobachten Sie es, Alaska!« forderte Perry.

»Darauf können Sie sich verlassen«, versicherte der Transmittergeschädigte grimmig. »Ich weiß, was mir bevorsteht, wenn das Cappin-Fragment wieder zu toben beginnt.«

Ich war überzeugt davon, daß die Aktivität von Saedelaeres Gesicht mit Corello zusammenhing. Das Cappin-Fragment hatte sich oft viel sensibler als die parapsychischen Sinne Guckys und Fellmer Lloyds gezeigt.

»Ich bin sicher, daß Ribald Corello über unsere Anwesenheit informiert ist«, sprach Icho Tolot das aus, was die meisten von uns dachten. »Alles hängt davon ab, wie er reagieren wird.«

Wir alle waren erleichtert, als die Zeit um war, während der Trestow und seine Begleiter das Targo-System mit den drei Lightnings hatten erforschen sollen. Ungehindert kehrten die Zweimannjäger zur INTERSOLAR zurück.

Trestow brachte alle Unterlagen zur Auswertung in die Zentrale. Er war ein mittelgroßer breitschultriger Mann, dem man mangelnde Bildung nachsagte. Als Einsatzleiter war er jedoch unübertrefflich.

»Hatten Sie Schwierigkeiten, Leutnant?« fragte ihn Rhodan.

Trestow fuhr mit der Hand über seine blonde Haarpracht und grinste mit entwaffnender Freundlichkeit.

»Keineswegs, Sir! Der Flug war ein Spaziergang. Wir durchflogen das Targo-System, ohne von jemand aufgehalten zu werden.«

Rhodan wurde nachdenklich.

»Hat man Sie geortet?«

»Wenn es auf Gevonia nur eine halbwegs funktionstüchtige Anlage gibt, hat man uns geortet.« Trestow schnippte mit den Fingern. »Ein wunderbarer Planet, Sir. Selbst aus der großen Entfernung war das mit Hilfe der Fernortung zu erkennen.«

Tipa Riordan nutzte diese Gelegenheit, um sich einzumischen.

»Ich sagte dir ja bereits, daß Gevonia eine paradiesische Welt ist, Perry.«

Perry winkte ab.

»Schon gut, Tipa. Wir wollen Trestow jetzt nicht unterbrechen. Leutnant, berichten Sie alles, was Sie herausgefunden haben.«

Der Einsatzleiter übergab eine Reihe von Aufzeichnungen an Oberstleutnant Cavaldi, den Leitenden Ingenieur der INTERSOLAR. Dann fuhr er in seinem Bericht fort.

»Gevonia besitzt vier Kontinente. Der größte davon überschneidet die Äquatorlinie. Auf allen Kontinenten gibt es riesige Parklandschaften, Dschungel, Savannen und Gebirge mit vereisten Gipfeln. Man merkt sofort, daß die Natur auf dieser Welt verändert wurde. Jemand hat sich eine Umgebung geschaffen, die er für schön hält. Das wird auch durch die zahlreichen Meere sichtbar.«

Ich stellte eine Zwischenfrage.

»Was ist mit den beiden anderen Planeten, Leutnant?«

Ein Blick aus Trestows hellen Augen traf mich.

»Der innere der drei Planeten ist eine kleine Gluthölle, der äußere eine große Eiswelt. Dort konnten wir keine Anzeichen von Stationen entdecken!«

»Und auf Gevonia?« erkundigte sich Perry.

Trestow wurde unsicher.

»Die Ortungsgeräte der Lightnings spielten verrückt, sobald wir damit die Oberfläche Gevonias absuchten. Sie wurden durch fremde Energien gestört. Trotzdem konnten wir durch Fernbeobachtung feststellen, daß es auf Gevonia zahlreiche Gebäude gibt. Die Massetaster zeigten oft klare Werte.« Er deutete in Richtung der Positronik. »Die Auswertung wird uns sicher weiterhelfen.«

Trestow wurde aus der Zentrale entlassen, erhielt aber den Auftrag, sich nach Beendigung der Auswertung wieder einzufinden.

Es erwies sich jedoch als unnötig, den Leutnant noch einmal in die Zentrale zu bestellen, denn die positronische Auswertung der von Trestow ermittelten Daten brachte nur spärliche Ergebnisse.

Wir erfuhren, daß Gevonia sich in 23,7 Stunden einmal um die eigene Achse drehte und eine Schwerkraft von 0,98 Gravos besaß. Das entsprach fast irdischen Verhältnissen. Die mittleren Temperaturen im Gebiet des nördlichen und südlichen Wendekreises betrugen 28 Grad Celsius.

Auch diese Angaben sprachen dafür, daß der Supermutant sich eine paradiesische Welt zum Aufenthaltsort ausgewählt hatte. Über die technischen Einrichtungen seines Stützpunktes erfuhren wir dadurch jedoch nichts.

Das Unternehmen der Lightning-Jäger war enttäuschend verlaufen. Niemand konnte Leutnant Trestow deshalb einen Vorwurf machen, denn es wäre jedem von uns genauso ergangen.

Ribald Corello ließ sich nicht in die Karten sehen. Er wartete offenbar ab. Oder war er gar handlungsunfähig?

Tipa Riordan war überzeugt davon.

»Ich glaube, daß eine Veränderung mit ihm vorgeht«, sagte sie. »Er wird von zwei Kräften beherrscht, die gegeneinander kämpfen.«

Rhodan überlegte.

»Wir müssen irgendwie an ihn herankommen.«

»Aber wie, Sir?« fragte Korom-Khan. »Wenn wir landen, gibt es bestimmt Schwierigkeiten.«

»Eine Landung zum jetzigen Zeitpunkt kommt nicht in Frage«, erklärte Perry. »Sie könnte dazu führen, daß Corello wieder in den ursprünglichen Geisteszustand zurückfällt und rücksichtslos angreift.«

»Ruhe!« mahnte Gucky plötzlich. »Ich empfange Impulse.«

Augenblicklich wurde es innerhalb der Zentrale still. Ich blickte zu Lloyd hinüber, der die Augen halb geschlossen hatte und beide Handflächen gegen die Schläfen preßte. Er bot ein Bild äußerster Konzentration. Es wäre falsch gewesen, die Mutanten jetzt schon nach Informationen zu fragen. Wir mußten abwarten, bis die parapsychischen Wellen wieder abklangen.

Perry beugte sich zu mir herüber.

»Ob Corello Kontakt mit uns aufnehmen will?«

»Das glaube ich kaum«, antwortete ich. »Ich rechne eher mit einem Angriff des Supermutanten.«

Tipa beobachtete uns mißtrauisch. Sie befürchtete sicher, daß ich Perry von meinen Bedenken überzeugen und ihn zur Umkehr veranlassen könnte. Daran dachte ich jedoch keineswegs. Ich war selbst daran interessiert, mehr über Corellos Verhalten zu erfahren.

Endlich erwachte Gucky aus seiner Starre und sprang vom Sitz. Er watschelte auf Perry und mich zu. Fellmer Lloyd verharrte nach wie vor in gespannter Haltung. Er wartete offenbar, daß weitere Impulse ankamen.

»Es war Corello«, eröffnete der Mausbiber. »Wenn nicht alles täuscht, befindet er sich in einem schlimmen Zustand.«

»Was heißt das?« erkundigte ich mich höchst interessiert.

»Er gibt widersprüchliche Befehle«, erklärte Gucky. »Zweifellos ist er über unsere Anwesenheit informiert.«

»Das dachte ich mir!« rief ich triumphierend. »Es wird also doch . . .«

Rhodan drückte meinen Arm.

»Warte!« unterbrach er mich. »Laß den Kleinen ausreden.«

»Es kann tatsächlich passieren, daß Corello uns angreift«, fuhr Gucky fort. »Er ist unentschlossen. Ab und zu gibt er einen Befehl an seine Stützpunkte, daß wir vernichtet werden sollen. Fast gleichzeitig widerruft er diesen Befehl und ordnet an, daß wir auf jeden Fall in Ruhe gelassen werden sollen. Stimmt's, Fellmer?«

»Ja«, sagte Lloyd ruhig.

Gucky verschränkte die Ärmchen über der Brust.

»Es ist eine verdammt unsichere Sache. Wir müssen damit rechnen, daß Corello einen Vernichtungsbefehl gibt und ihn nicht widerruft. Dann sind wir verloren.«

»Konntest du feststellen, woraus diese Unsicherheit des Supermutanten resultiert?« fragte Waringer.

Gucky schüttelte den Kopf.

»Fellmer und ich empfangen nur verschiedene Psi-Befehle. Gedankengänge des Mutanten konnten wir nicht registrieren. Natürlich geht schon aus den widersprüchlichen Befehlen hervor, daß Corello einen Widerstreit der Gefühle erlebt. Ich vermute, daß ein Bestandteil seines Unterbewußtseins an die Oberfläche seines Verstandes vorgestoßen ist und diese Krise ausgelöst hat. Eine Krise bedeutet es allerdings nur für Corello. Für uns ist eine derartige Veränderung willkommen.«

Rhodan meinte unzufrieden:

»Die Lightnings haben uns nichts geholfen, und von Gucky und Fellmer werden wir auch nicht mehr erfahren.«

»Irgendwie müssen wir an Corello heran«, sagte Tipa. Sie identifizierte sich schon vollkommen mit den Zielen unseres Unternehmens.

»Du bist nur der Lotse«, erinnerte ich sie spöttisch. »Deine Aufgabe ist erledigt. Jetzt brauchst du dich um nichts mehr zu kümmern.«

Tipa blickte sich wild um, als suche sie bei den anderen nach Zeichen der Empörung wegen meines schlechten Benehmens.

»Hört euch diesen Beuteterraner an!« rief sie empört. »Ich bin für dieses Schiff mehr wert als zehn Kerle von seiner Sorte, das dürfte doch wohl feststehen.«

Ich antwortete ihr nicht, denn das hätte einen heftigen Wortwechsel nach sich gezogen. Im Augenblick war ich aber an wichtigeren Dingen interessiert. Vor allem wollte ich erfahren, was Perry nun vorhatte. Wie ich ihn kannte, begann er bereits einen Plan auszudenken.

»Vielleicht läßt Corello die Landung eines kleineren Schiffes auf Gevonia zu«, meinte Alaska Saedelaere.

»Das käme auf einen Versuch an«, antwortete Icho Tolot.

Ein solches Risikounternehmen erschien jedoch auch Perry undurchführbar, denn er mußte damit rechnen, daß er die Besatzungsmitglieder eines Beibootes, das auf Gevonia zu landen versuchte, niemals wiedersah.

»Könnten wir nicht die Teleporter einsetzen?« fragte Lord Zwiebus. »Wenn wir mit einem Beiboot nahe an Gevonia herangehen, müßten Ras Tschubai und Gucky auf die Oberfläche springen können.«

»Sie wären dann genauso gefährdet wie ein Landungskommando«, lehnte Perry ab. »Corello würde gegen einen Psi-Angriff heftig reagieren. Ich bin überzeugt davon, daß es auf Gevonia Psi-Fallen gibt, in denen Gucky und Ras gefangen würden.«

Je länger wir diskutierten, desto überzeugter wurde ich, daß eine Landung auf Gevonia so oder so unmöglich war. Wenn Corello seine Machtmittel einsetzte, konnte er jeden Gegner vernichten.

Als Rhodan immer mehr Bereitschaft zeigte, seine Zustimmung für ein lebensgefährliches Unternehmen zu geben, an dem er natürlich selbst teilnehmen wollte, kam uns der Zufall zu Hilfe.

Er kam in Gestalt eines riesigen Frachtschiffes von Kugelform, das durch den Tunnel ins Zentrum der Lasztman-Ballung flog.

Ortungschef Kusumi meldete die Ankunft des fremden Schiffes in die Zentrale. Fast im gleichen Augenblick sahen wir die Umrisse eines Raumers auf den Bildschirmen. Wir wußten sofort, daß es sich um ein Transportschiff handelte, denn das Schiff besaß keine Geschütztürme. Dafür konnten wir die Markierungen großer Schleusen erkennen.

»Ein Frachter!« rief Major Freyer erregt. »Er hält Kurs auf das Targo-System.«

»Er fliegt nicht einmal halbe Lichtgeschwindigkeit«, gab Major Kusumi bekannt. »Vermutlich wartet die Besatzung noch auf Einfluglaubnis, bevor sie wieder beschleunigt.«

Ich sah zu Perry hinüber. Er saß leicht nach vorn gebeugt im Sessel und beobachtete den Bildschirm. Ich glaubte förmlich zu hören, wie sein Gehirn arbeitete. »Das ist unsere Chance«, sagte er.

Die Worte hingen im Raum.

Obwohl Perry sich nicht übertrieben deutlich ausgedrückt hatte, wußte jeder von uns, was gemeint war.

Der Frachter flog jetzt noch langsamer. Er bildete gleichsam eine Herausforderung. Die Diskussion darüber, wie viele von Corello beeinflußte Besatzungsmitglieder sich an Bord befinden mochten, war verstummt, weil sich diese Frage nicht lösen ließ. Nur eines war sicher: Die Männer an Bord des Frachters litten wahrscheinlich unter den sich widersprechenden Befehlen des Supermutanten. Die seelische Krankheit Corellos war der Grund, warum sie mit der Landung auf Gevonia warten mußten.

»Irgendwann wird Corello Landeerlaubnis erteilen«, mutmaßte Perry. »Dann müssen sich ein paar von uns an Bord des Frachters aufhalten.«

Major Makol Subate, Chef der 1. Korvetten-Flottille, wurde in die Zentrale gerufen. Er erhielt den Auftrag, eine Korvette startklar zu machen. Mit diesem sechzig Meter durchmessenden Beiboot sollte der Frachter angeflogen werden. In einem bestimmten Abstand würden Ras Tschubai und Gucky mit je zwei Besatzungsmitgliedern der INTERSOLAR an Bord des Frachters teleportieren.

Unmittelbar nachdem Perry seinen Plan verkündet hatte, stand für mich fest, daß ich mit von der Partie sein würde.

24.

Wir standen in der Zentrale der Korvette und beobachteten die Bildschirme, auf denen der Frachter ständig größer wurde. Außer der üblichen Besatzung waren Perry, Tolot, Alaska, Lord Zwiebus und die Mutanten an Bord gekommen.

An Bord des Frachters war man auf die Korvette aufmerksam geworden. Wir hatten einen Funkspruch aufgefangen, der jedoch auf Perrys Befehl nicht beantwortet worden war.

Sicher wußte auch Corello inzwischen von unserem Manöver. Lloyd und Gucky empfingen ab und zu Psi-Befehle, die sich noch immer widersprachen. Einmal befahl der Mutant der Besatzung des Frachters, das Feuer auf uns zu eröffnen, um diesen Befehl wenige Sekunden später zu widerrufen. Seine zweite Anordnung lautete, daß man uns zunächst beobachten sollte.

Die Verwirrung, die er damit unter den fremden Raumfahrern stiftete, war beachtlich. Der Frachter verließ seinen Kurs und stoppte seine Fahrt. Der Kommandant des großen Kugelschiffs war zu bedauern. Eine Marionette, die geistig vollkommen von Corello beherrscht wurde. Daran gewöhnt, klare Befehle zu erhalten, verlor der Kommandant nun völlig die Übersicht.

Eine günstigere Situation hätten wir uns nicht wünschen können.

»Stoppen Sie die Fahrt!« befahl Perry. »Wir sind nahe genug.«

Gleich darauf bewegte sich die Korvette im freien Fall parallel zum Frachter. Die Entfernung betrug etwa dreitausend Meilen.

»Zunächst springt Ras mit Tolot und Lord Zwiebus«, ordnete Perry an. »Dann folgt Gucky mit Alaska und mir.«

»Augenblick!« protestierte ich sofort. »Ich möchte auf jeden Fall bei diesem Unternehmen mitmachen.«

Rhodan sah mich nachdenklich an.

»Einer von uns beiden muß zurückbleiben, weil nicht sicher ist, ob wir je zurückkehren werden.«

»Das ist vollkommen richtig!« stimmte ich ihm zu. »Deshalb wirst *du* an Bord der Korvette zur INTERSOLAR zurückkehren und abwarten, was wir auf Gevonia erreichen. Für die Menschheit bist du der wichtigere Mann.«

Ich sah, wie es in seinem Gesicht arbeitete. Natürlich war er nicht einverstanden. Er wollte an dieser gefährlichen Mission unbedingt teilnehmen.

»Die Mannschaften werden nicht neu eingeteilt«, entschied er.

Ich blieb äußerlich vollkommen ruhig, obwohl ich meine Erregung kaum zurückhalten konnte. Ein paar verrückte Gedanken schossen mir durch den Kopf. Unter anderem überlegte ich, ob ich Perry mit einem Paralyseschuß ausschalten und ohne seine Zustimmung an Bord des Frachters springen sollte. Doch Ras und Gucky hätten dann wahrscheinlich nicht mitgemacht.

Ich hielt Perry am Arm fest. »Warte noch, Terraner!«

Er wehrte ungeduldig ab.

»Was ist jetzt noch?«

»Laß uns darum spielen, wer an dem Unternehmen teilnimmt.«

»Das ist kindisch!« entrüstete er sich. »Ich lehne es ab.«

Ich blinzelte ihm zu.

»Bist du so sicher, daß du verlierst?«

»Unsinn! Ich werde . . .« Er unterbrach sich und seufzte. »Also gut, meinetwegen.«

Ich wußte, daß ich schon halb gewonnen hatte. Ich zog eine uralte, abgegriffene Münze aus der Tasche, die mir bei solchen Anlässen schon gute Dienste erwiesen hatte.

Perry streckte die Hand aus.

»Ich möchte sie werfen.«

Er muß meinen enttäuschten Gesichtsausdruck richtig gedeutet haben, denn er lächelte, als er die Münze hochwarf. Sie blitzte im Licht auf und rollte noch ein paar Meter über den Boden, bevor sie zum Liegen kam.

»Zahl!« sagte Perry.

Lloyd bückte sich nach der Münze und betrachtete sie. Er deutete auf mich.

»Gewonnen!«
»Was heißt das?« fragte Rhodan scharf. »Wer fliegt nach Gevonia?«
»Lordadmiral Atlan, Sir«, erwiderte er in seiner ruhigen Art.
Er kam auf mich zu und gab mir die Münze zurück, ohne ein Wort zu sagen. Nur in seinen Augen flimmerte es. Da wußte ich alles.
Im ersten Augenblick freute ich mich über Lloyds Eingreifen. Später begriff ich, was er damit bezweckt hatte. Der Mutant wollte den besseren Mann für die Menschheit retten. Er hielt Rhodan für den besseren Mann, deshalb flog ich nach Gevonia.

Als Ras Tschubai mit Icho Tolot und Lord Zwiebus entmaterialisierte, kam mir plötzlich zum Bewußtsein, daß in wenigen Augenblicken mein Leben von Sekunde zu Sekunde zählen würde. Einmal an Bord des Frachters, mußte ich ständig mit einem tödlichen Angriff rechnen.
Gucky griff nach meinem Arm. Er spürte, daß ich unruhig war.
»Nerven?« fragte er.
»Nicht mehr als sonst, Kleiner.«
»Nun gut.« Er tat sehr überlegen, aber das war nur einer der Tricks, mit deren Hilfe er seine eigene Unsicherheit überspielte. »Alaska, nimm meinen freien Arm.«
Die Aktivität von Saedelaeres Cappin-Fragment hatte sich nicht erhöht, aber sie hatte auch nicht nachgelassen.
War es überhaupt richtig, den Transmittergeschädigten mit an Bord des Frachters zu nehmen? Diese Frage beschäftigte mich fast noch mehr als alle anderen Probleme. Ich sagte mir, daß Saedelaere als einziger bestehen konnte, wenn es zu einem direkten Zusammentreffen mit Corello kommen würde.
»Wir springen!« rief Gucky.
Ich hatte keine Zeit mehr, mit Perry zu sprechen, aber das war auch nicht nötig. Wir hatten schon ein paarmal durchgesprochen, wie wir nach unserer Ankunft im Frachter vorgehen wollten. Dabei waren wir allerdings immer von der Voraussetzung ausgegangen, daß Perry sich an dem Unternehmen beteiligen würde.
Meine Gedanken wurden abrupt unterbrochen, als der Mausbiber entmaterialisierte. Ich spürte den typischen Entzerrungsschmerz.
Wir materialisierten in einem mit verschiedenartigen Maschinen vollgestellten Laderaum. Tolot, Ras Tschubai und der Neandertaler hatten sich zwischen den Maschinen versteckt, obwohl niemand von der Besatzung zu sehen war.

Der Laderaum war etwa hundert Quadratmeter groß und zehn Meter hoch. Es gab ein großes Schott, das jetzt verschlossen war. Alle Maschinen, die ich sehen konnte, waren für die automatische Produktion von Gebrauchsgegenständen bestimmt. Wahrscheinlich wurden sie auf Gevonia schon sehnsüchtig erwartet.

»Ich glaube, hier sind wir vorläufig sicher«, sagte Ras Tschubai. »Niemand von der Frachterbesatzung wird auf den Gedanken kommen, nach uns zu suchen. Der Laderaum wird erst nach der Landung des Schiffes geöffnet.«

Ras und Gucky teleportierten noch einmal zur Korvette zurück, um unsere Ausrüstung zu holen. Dazu gehörten flugfähige Kampfanzüge und Waffen. Außerdem Vorräte, die uns ein Überleben im Vakuum oder in anderen lebensfeindlichen Gebieten wenigstens für einige Zeit garantieren würden. Wichtigster Bestandteil unserer Ausrüstung war jedoch ein Zweimanntransmitter. Wegen des Kleintransmitters hatte es zunächst Streitigkeiten gegeben, denn er stellte trotz seiner geringen Größe eine Belastung dar. Die Teleporter mußten ihn mitschleppen, bis wir ihn irgendwo aufstellen konnten.

Natürlich bedeutete der Transmitter zusätzliche Sicherheit, denn wir konnten damit im Notfall an Bord der INTERSOLAR zurückkehren, wenn die Mutanten ausfielen.

Nach einer halben Stunde hatten wir unsere Ausrüstung vervollständigt. Mit uns zusammen füllte sie den Raum zwischen den vier großen Maschinen vollkommen aus.

»Das wäre geschafft«, sagte Gucky befriedigt und setzte sich auf den Sockel einer Maschine.

Es war klar, daß ich der Anführer der kleinen Gruppe sein würde. Allein Icho Tolot unterstand nicht meiner Befehlsgewalt. Der Haluter konnte tun und lassen, was er wollte. Bisher waren uns aus der Eigenständigkeit der Haluter keine Nachteile entstanden, denn Tolot und seine Freunde waren klug genug zu wissen, daß eine Gruppe bei einem gefährlichen Unternehmen nur geschlossen handeln konnte.

Nachdem wir alle Vorbereitungen getroffen hatten, begann das quälende Warten. Ich fragte mich, wann der Frachterkommandant Landeerlaubnis erhalten würde. Die Korvette unter dem Kommando von Major Subate war wieder in den Hangar an Bord der INTERSOLAR zurückgekehrt. Corello würde sich danach wieder beruhigt haben und dem Frachter den Einflug ins Targo-System gestatten.

Was aber, wenn diese Einflugerlaubnis ausblieb?

Mit jeder Stunde, die wir wartend im Laderaum des großen Schiffes verbrachten, schien mir diese Möglichkeit wahrscheinlicher. Ich war so ungeduldig, daß ich zwischen den Maschinen auf und ab zu gehen begann.

Gucky, der die von Gevonia ausgehenden Impulse registrierte, wußte nichts Neues zu berichten. Corellos Zustand blieb unverändert. Ich ertappte mich dabei, daß ich immer wieder auf die Uhr blickte. Ich gab ein paar unsinnige Befehle, die nur dazu dienten, das Warten erträglicher zu machen.

Plötzlich hörten wir die Maschinen des Frachters anlaufen.

Ich blieb stehen.

»Hört ihr?« fragte ich.

Ras Tschubai nickte bedächtig. Die Augen leuchteten in seinem dunklen Gesicht.

Der Frachter ging in den Linearflug über.

Sein Ziel konnte nur Gevonia sein.

Erfahrene Raumfahrer können anhand kaum wahrnehmbarer Geräusche feststellen, welche Triebwerke eines Schiffes laufen. So wußten wir genau, zu welchem Zeitpunkt der Frachter eine Kreisbahn um Gevonia einschlug und das Landemanöver vorbereitet wurde.

Gucky schlug vor, in die Zentrale zu springen und von dort aus die Landung zu beobachten. Ich hielt ihn jedoch zurück. Auch wenn er seinen Mikrodeflektor einschaltete, bestand die Gefahr, daß man ihn entdeckte. Ich wollte unter allen Umständen vermeiden, daß die eingeleitete Landung im letzten Augenblick unterbrochen wurde. Jedes Ereignis, das Corello als persönliche Gefahr betrachtete, konnte den bei ihm begonnenen Prozeß psychischer Veränderung aufhalten.

»Unmittelbar nach der Landung verlassen wir dieses Schiff«, ordnete ich an. »Ras und Gucky warten mit jedem Teleportersprung, bis der Supermutant einen Anfall hat. Dann ist er wahrscheinlich unfähig, die Teleportersprünge anzupeilen.«

»Was geschieht, wenn wir gezwungen sind, diesen Raum früher zu verlassen?« fragte Saedelaere.

»Ein berechtigter Einwand, Alaska«, bestätigte ich. »Wir wissen jedoch aus Erfahrung, daß es immer einige Zeit dauert, bis mit der Entladung eines Frachters begonnen wird. In diesem Fall kommt noch die geistige Verwirrung von Corellos Sklaven hinzu. Ich glaube, daß wir nach der Landung noch ein paar Stunden Zeit haben, um uns in dem Dschungel des Hauptkontinents ein Versteck zu suchen.«

Daß Corello seinen Wohnsitz auf dem größten Kontinent Gevonias eingerichtet hatte, wußten wir von Gucky und Fellmer Lloyd. Sie hatten festgestellt, daß die Psi-Impulse aus diesem Gebiet kamen.

Ich hoffte, daß der Frachter ebenfalls auf diesem Kontinent landen würde. Die Aufnahmen, die der Pirat Anker Servon und Leutnant Trestow gemacht hatten, zeigten uns Landefelder auf allen Kontinenten. Es war also nicht sicher, daß der Frachter dort niedergehen würde, wo wir es uns erhofften.

Gucky hatte festgestellt, daß die Anfälle des Mutanten in Abständen von zehn Minuten erfolgten und immer zwei bis drei Minuten dauerten. Seit unserem Eintreffen im Targo-System hatten sich diese Zeitspannen nur geringfügig verändert. Trotzdem war zu registrieren, daß die Anfälle Corellos immer länger dauerten.

»Hört ihr?« fragte Tolot plötzlich. »Das Schiff dringt in die Atmosphäre ein.«

Lord Zwiebus sah ihn bewundernd an.

»Ich frage mich, wie ihr das so exakt aus dem Lärm der Triebwerke und Maschinen heraushören könnt.«

Ich lachte und klopfte dem Neandertaler auf den Rücken. Lord Zwiebus trug jetzt ebenso wie wir einen Kampfanzug. Er sah darin unbeholfen aus. Seine geliebte Keule hatte er an Bord der INTERSOLAR zurücklassen müssen.

»Wenn du so oft durch den Raum geflogen bist wie wir, wirst du den Unterschied der einzelnen Geräusche ebenfalls feststellen können«, tröstete ich ihn. »Bis es soweit ist, wird dich immer jemand begleiten.«

Seine wulstartigen Augenbrauen schoben sich bis zum Haaransatz.

»Sie machen sich über mich lustig«, beschuldigte er mich, aber seine Stimme klang nicht überzeugt. Manchmal fiel es mir immer noch schwer, in Lord Zwiebus keinen primitiven Wilden zu sehen.

»Corello!« rief Gucky. »Er erlebt gerade einen starken Anfall. Vor wenigen Sekunden gab er den Befehl, die INTERSOLAR mit allen in der Lasztman-Ballung stationierten Schiffen anzugreifen. Jetzt widerruft er ihn.« Der Ilt kratzte sich am Ohr. »Ich möchte nicht in der Haut der armen Kommandanten stecken. *Angreifen – nicht angreifen!* So geht das ununterbrochen.«

»Hoffentlich führt das früher oder später nicht zu einer Kurzschlußreaktion von Corellos Marionetten«, sagte Alaska Saedelaere. »Ich wage nicht daran zu denken, was geschieht, wenn die Millionen geistiger Sklaven, die in der Lasztman-Ballung leben, Amok zu laufen beginnen.«

»Das ist nicht unser Problem«, meinte Ras Tschubai. »Damit muß Corello fertig werden.«

Aus den Worten des Teleporters war deutlich Haß herauszuhören, den er für den Supermutanten empfand. Alle, die die Spuren von Corellos unheilvollem Wirken gesehen hatten, haßten ihn. Ich erkannte, daß Perry ein großes psychologisches Problem zu lösen hatte, wenn Corello sich bereitfinden sollte, mit uns zusammenzuarbeiten.

»Corellos Probleme sind jetzt auch die unseren«, sagte ich zu Tschubai.

Er sah mich nur an. Er war nicht bereit, Corello in irgendeiner Form anzuerkennen. Ich war froh, daß in diesem Augenblick das Schiff aufsetzte und die Triebwerke des Frachters verstummten. Ich hätte nicht gewußt, was ich Tschubai sagen sollte.

»Es ist soweit!« rief ich. »Wir sind auf Gevonia gelandet.«

Es war geplant, daß die beiden Teleporter zunächst unsere Ausrüstung hinausbringen und sich nach einem sicheren Versteck umsehen sollten. Wir wußten nicht, wie es im Dschungel von Gevonia aussah. Auch ein künstlich angelegter Dschungel konnte Gefahren bergen.

»Ich entnehme den Gedanken der Besatzungsmitglieder, daß wir auf dem Hauptkontinent gelandet sind«, berichtete Gucky, der mit seinen telepathischen Sinnen in die Zentrale des Frachters lauschte. »Ras und ich werden mit der Ausrüstung ins Äquatorgebiet teleportieren, sobald Corello wieder einen Anfall hat.«

Wir mußten ein paar Minuten warten, dann war es soweit. Gucky gab dem dunkelhäutigen Mutanten ein Zeichen. Sie entmaterialisierten mit dem Zweimanntransmitter und unserer übrigen Ausrüstung.

»Was sollen wir tun, wenn sie nicht zurückkommen?« fragte Lord Zwiebus.

»Sie werden zurückkommen!« antwortete ich überzeugt.

Ras und Gucky waren erfahren. Auch unerwartete Hindernisse würden sie nicht aufhalten können.

Ich blickte auf die Uhr. Wenn nichts dazwischen kam, mußten die beiden in ungefähr zehn Minuten zurück sein.

Ein polterndes Geräusch drang an mein Gehör.

»Achtung!« rief Saedelaere. »Das Schott öffnet sich.«

Ich duckte mich hinter die Maschinen und stieß eine lautlose Verwünschung aus. Viel früher als erwartet öffneten sich die Türen der Laderäume. Bedeutete das, daß die Besatzung des Frachters Verdacht geschöpft hatte?

Ich spähte durch einen Spalt zwischen den Maschinen in Richtung des offenen Schotts.

Niemand war zu sehen. Ich hörte mich aufatmen. Vielleicht waren von der Zentrale aus vorsorglich alle Schotte geöffnet worden.

Gucky fehlte uns. Mit Hilfe seiner telepathischen Fähigkeiten hätte der Mausbiber schnell herausgefunden, was dieser Vorgang zu bedeuten hatte.

Irgendwo im Schiff ertönte eine Stimme.

Icho Tolot legte mir beruhigend eine Hand auf die Schulter. Ihr Gewicht brachte mich fast aus der Balance.

»Interkom!« sagte Tolot leise.

Ich nickte zum Zeichen, daß ich verstanden hatte.

Saedelaere schaltete seinen Mikrodeflektor ein und ging bis zum Schott. Dort blickte er in den Gang hinaus. Als er zurückkam, wurde er wieder sichtbar.

»Alles in Ordnung!« sagte er. »Der Gang zur Hauptschleuse ist verlassen.«

Die Zeit verging mit quälender Langsamkeit. Ab und zu hörten wir den Lärm auf- und zugleitender Schotte. Dann wieder klangen Stimmen auf. Eine Gruppe von Arbeitsrobotern kam draußen auf dem Gang vorbei.

Sonst blieb alles still.

Als Gucky zurückkam, waren elf Minuten seit dem Aufbruch der beiden Teleporter verstrichen.

»Wo ist Ras?« fragte ich sofort.

»Er bleibt bei der Ausrüstung«, informierte uns der Mausbiber atemlos. »Im Dschungel ist die Hölle los. Es wimmelt von wilden Tieren und fleischfressenden Pflanzen. Das reinste Chaos. Corello hat dort draußen einen Irrgarten angelegt.«

»Werden wir überhaupt einen sicheren Platz finden, von dem aus wir operieren können?« erkundigte ich mich.

Der Ilt nickte bestätigend.

»Wir haben eine Bodenhöhle entdeckt. Ras schafft die Ausrüstung hinein. Wenn wir sie ein bißchen vergrößern, haben wir alle Platz darin.«

»Wie weit werden wir von Corellos Wohnsitz entfernt sein?« erkundigte sich Lord Zwiebus.

»Etwa achtzig Meilen, wenn man den Gedankenimpulsen trauen kann«, antwortete Gucky.

Ich stieß einen Pfiff aus.

»Das ist weniger, als wir erwarten konnten.«

Gucky ballte ein Händchen zur Faust und klopfte sich stolz gegen die Brust.

»Wen soll ich zuerst hinausbringen?« fragte er.

»Alaska und mich«, entschied ich, denn ich brannte darauf, den Dschungel Gevonias aus der Nähe zu sehen. Guckys kurzer Bericht hatte mich neugierig gemacht. Corello hatte offenbar mit der Natur dieses Planeten gespielt. Ich vermutete, daß er Tiere und Pflanzen von anderen Welten hierher gebracht hatte.

Ein ganzer Planet für einen einzelnen Mann! Irgendwie schockierte mich der Gedanke, daß der Supermutant nicht nur die auf Gevonia lebenden Menschen, sondern auch alle Tiere und Pflanzen beherrschte und nach seinem Willen steuerte.

War es überhaupt möglich, daß ein so krankes Hirn sich ändern konnte?

Gucky ergriff Alaska und mich an der Hand und wartete auf einen erneuten Anfall Corellos. Diesmal schien es länger zu dauern, denn ich spürte, daß der Mausbiber ungeduldig wurde.

»Stimmt etwas nicht?« erkundigte ich mich.

»Schwer zu sagen«, erwiderte der Ilt. »Corello durchlebt gerade eine normale Phase von längerer Dauer. Er spricht soeben mit einem Stützpunktkommandanten. Der Mann fragt im Hauptquartier wegen der sich widersprechenden Befehle an.«

»Mich wundert, daß eine Marionette Corellos noch soviel Eigeninitiative besitzt.«

Gucky hob den Kopf.

»Ah!« machte er. »Jetzt widerruft Corello einen Befehl. Wir können teleportieren.«

Bevor ich mich auf den Sprung konzentrieren konnte, entmaterialisierten wir bereits. Als letzten Eindruck sah ich Icho Tolots Gestalt vor mir, die jedoch schnell verblaßte.

Die neue Umgebung, in der wir wieder stofflich wurden, entfaltete eine atemberaubende Farbenpracht. Die großen Blumen des Dschungels schienen miteinander zu wetteifern. Sie strömten einen betäubenden Duft aus. Insekten flogen von Kelch zu Kelch. Oft genug wurden sie von fleischfressenden Pflanzen festgehalten. Die Blüten waren so zahlreich, daß ich ein paar Sekunden brauchte, um auch andere Dinge zu erkennen. Der Dschungel war an dieser Stelle ziemlich dicht. Wir waren neben einem entwurzelten Baumriesen materialisiert. Die dadurch entstandene Erdhöhle war von irgendwelchen Tieren vergrößert worden. Die Bewohner dieser Höhle schienen jedoch längst ausgezogen zu sein. Ras Tschubai ragte mit dem Oberkörper aus dem Höhleneingang und winkte uns zu.

»Ich habe unsere Ausrüstung schon weggeschafft!« rief er uns zu.

Bevor ich antworten konnte, gab es ein klatschendes Geräusch, und etwas fiel auf meinen Rücken. Ich fuhr herum, aber Alaska war noch schneller als ich. Bevor mich der Greifarm einer Pflanze wegziehen konnte, hatte Saedelaere ihn mit seinem Vibratormesser abgetrennt. Zuckend wie eine überdimensionale Schlange lag der abgetrennte Pflanzenarm auf dem von Moosen und Pilzen bewachsenen Boden.

»Aufpassen!« warnte mich Tschubai. »Kommen Sie in die Höhle!«

Saedelaere kroch zu ihm hinab. Gucky war wieder teleportiert, um Tolot und Lord Zwiebus zu holen.

Da sah ich den Mann!

Er lehnte mit dem Rücken gegen den umgestürzten Baumstamm. Zunächst dachte ich, eine Plastikhaube würde seinen Körper umgeben. Als ich mich ihm näherte, erkannte ich, daß es sich um eine Art feinen Kokon handelte, der den Körper wie eine dünne Haut umspannte. Bis auf dieses Gespinst war der Mann nackt. Er bewegte sich nicht.

Er war tot.

»Lordadmiral!« rief Tschubai vom Höhleneingang her. »Unternehmen Sie allein keine Spaziergänge.«

Ich hörte kaum zu. Das seltsame Wesen interessierte mich mehr als alles andere.

Als ich ganz dicht vor dem Mann stand, stellte ich mit Entsetzen fest, daß er keine Augen mehr besaß. Unter dem Kokon waren die großen Höhlen im Gesicht zu sehen. Es sah gespenstisch aus.

Hinter mir raschelte es. Blitzschnell drehte ich mich um und riß den Strahler heraus. Es war jedoch nur Saedelaere, der die Höhle wieder verlassen hatte, um nach mir zu sehen.

Ich deutete mit dem Lauf des Strahlers auf den Mann im Kokon.

»Sehen Sie sich das an!« forderte ich den Transmittergeschädigten auf. »Was halten Sie davon?«

Saedelaere griff schweigend nach seinem Vibratormesser und trat dicht an den Toten heran.

Dann stach er zu.

Die Haut des Fremden zerplatzte wie trockenes Papier. Es hörte sich an, als würde jemand Pergament falten.

Der Mann war innen vollkommen hohl.

Fasziniert blickte ich auf das Wesen, das wahrscheinlich seit langer Zeit tot war.

Saedelaere schob das Messer ins Futteral zurück. Das knirschende Geräusch brachte mich in die Gegenwart zurück.

»Es war nur noch eine Hülle«, sagte Saedelaere leise. »Eine Pflanze oder ein Tier hat ihn vollkommen ausgesaugt. Nur Haut und Knochen blieben erhalten. Sie wurden von diesem kokonartigen Gespinst zusammengehalten.«

Ich blickte mich scheu um. Was immer diesen Fremden getötet hatte, mußte noch in der Nähe sein. Es lief mir kalt den Rücken hinunter. Wir gingen zum Ende des Baumes zurück. Die Wurzeln ragten wie drohend erhobene Arme in die Luft.

Tschubai sah zu uns herauf. »Ich habe den Burschen schon gesehen«, sagte er. »Kein angenehmer Anblick.«

Über mir in den Ästen rauschte es. Ohne zu überlegen, sprang ich in die Erdhöhle. Alaska folgte mir. Tschubai führte uns durch einen Gang in eine geräumige Höhle. Der Gang war so flach, daß wir uns bücken mußten. Wenn Lord Zwiebus oder Tolot in die Höhle wollten, mußten wir diesen Gang vergrößern.

In einer Nische hatte Tschubai den Zweimanntransmitter und unsere übrige Ausrüstung abgestellt. Ein Scheinwerfer spendete genügend Licht, um den Raum zu erhellen. In einer Ecke sah ich die Überreste eines Tierlagers. Tschubai bemerkte meinen Blick.

»Die Höhle ist verlassen«, erklärte er. »Ich habe sie gründlich untersucht.«

Ich deutete mit dem Daumen nach oben.

»Ich frage mich, wie dieser Mann hierherkam.«

»Wahrscheinlich handelte es sich um jemand, der Corello gegenüber ungehorsam war und als Strafe in diesen Dschungel gejagt wurde«, meinte Tschubai. »Vielleicht hat Corello den Dschungel nur für solche Zwecke anlegen lassen.« Er ballte seine Hände zu Fäusten. »Für Corello sind Menschen nur Spielzeuge.«

Ich beeilte mich, das Thema zu wechseln.

»Wir können diese Höhle als Stützpunkt benutzen«, schlug ich vor. »Von hier aus können wir alle Operationen starten.«

Draußen erhob sich ein fürchterliches Gebrüll.

Unruhig rief Saedelaere: »Was ist das nun wieder?«

»Irgendein Raubtier vermutlich«, gab ich zurück. »Sehen wir nach. Gucky und die beiden anderen können jeden Augenblick hier eintreffen. Wir müssen darauf achten, daß sie nicht in eine Falle geraten.«

Ich rannte durch den Gang in die Vorhöhle. Alaska und Ras folgten mir. Das Brüllen wiederholte sich. Es kam aus unmittelbarer Nähe. Vorsichtig spähte ich über den Rand der Höhle hinaus.

Ein überdimensionaler Tausendfüßler von mindestens zwanzig Metern Länge hing halb über dem umgestürzten Baum. Die andere Hälfte des Körpers war in Fanglianen verstrickt und bäumte sich immer wieder auf. Der »Tausendfüßler« besaß einen dunkelbraunen gepanzerten Körper. Der Kopf war etwas dicker als der Rumpf und trug einen Sehring. Vier stachelartige Fühler ragten daraus hervor. Mit seinen kurzen krummen Beinen wühlte das Tier den Boden auf und zerfetzte die immer größer werdende Zahl von Lianen.

In diesem Augenblick materialisierte Gucky mit Zwiebus und Tolot vor der Höhle.

»Vorsicht!« schrie ich.

Im verzweifelten Bemühen, sich aus der Umklammerung der Pflanzen zu befreien, bäumte sich der »Tausendfüßler« abermals auf. Wie eine Feder schnellte der hintere Teil seines Körpers in die Luft und verdrehte sich dort. Als er auf den Boden schmetterte, streifte er Lord Zwiebus. Der Neandertaler wurde durch den heftigen Stoß in ein nahes Gebüsch geschleudert und entschwand meinen Blicken.

»Holt ihn heraus!« rief ich Tolot und Gucky zu.

Schmatzende Geräusche ertönten. Der Lärm, der in der Nähe der Höhle entstanden war, lockte die gesamte beutesuchende Tier- und Pflanzenwelt aus der unmittelbaren Umgebung an.

Ein Baum, der einer dürren Fichte nicht unähnlich sah, preßte seine gesamten Äste dicht an den Stamm, um sie dann katapultartig wegzustoßen. Ein Regen scharfer Dornen ergoß sich über den Platz neben dem umgestürzten Baum. Sie bohrten sich in den Körper des »Tausendfüßlers«. Sie trafen auch Tolot und Gucky. Der Haluter war jedoch durch seine fast undurchdringliche Haut geschützt. Guckys Schutzanzug bot ebenfalls Sicherheit.

Tolot erwachte zuerst aus der Starre und ließ sich auf alle viere sinken.

Ohne Bedenken, nur von dem Gedanken beseelt, Lord Zwiebus zu retten, stürzte er sich ins Unterholz. Ich hörte die Äste brechen und Stämme splittern. Tolot verschwand in einem Gewühl sich ringelnder Fangarme. Er zerfetzte sie mühelos mit seinem Körper.

Gucky sprang zu uns in die Erdhöhle.

»Ich kann meine telekinetischen Kräfte nicht einsetzen«, sagte er bedauernd. »Corello befindet sich im Augenblick in einem normalen

Stadium. Er würde uns sofort orten und dann wahrscheinlich den gesamten Dschungel auf uns hetzen.«

Durch ein wildes Aufbäumen war es dem »Tausendfüßler« gelungen, sich aus der Gewalt der Schlingpflanzen zu befreien. Sein Sehring leuchtete auf. Die Fühler bewegten sich wie Antennen auf seinem Kopf.

Dann kroch er geradewegs auf uns zu.

»Er kommt hierher!« rief Tschubai.

»Er will in die Höhle flüchten.«

Das riesige Tier hastete auf den Höhleneingang zu. Tschubai riß die Waffe heraus und schoß. Der vielbeinige Wurm wurde getroffen und gab ein durchdringendes Stöhnen von sich. Er hatte die Orientierung verloren und krümmte sich zusammen. Er bildete jetzt fast einen Kreis und drehte sich wie wild um seine eigene Achse.

Die seltsame »Fichte« beschoß ihn erneut mit einer Salve spitzer Dornen. Dann geschah etwas, was ich noch nie gesehen hatte. Einen Meter über dem Boden öffnete sich der Stamm der »Fichte« zu einem Spalt. Ein Schwarm handgroßer Tiere, die wie Ameisen aussahen, stürzte heraus und sammelte die Dornen wieder ein.

Atemlos sah ich zu, wie die fleißigen Insekten diese Arbeit innerhalb weniger Sekunden erledigten. Sie schleppten die Dornen auf die »Fichte« zu und verschwanden damit wieder im Innern.

»Bei allen Planeten!« meinte Tschubai, der den Vorgang ebenfalls beobachtet hatte. »Diese kleinen Dinger laden den Baum. Es ist unfaßbar.«

»Eine perfekte Symbiose«, antwortete ich. Meine Stimme klang unsicher.

Inzwischen war der »Tausendfüßler« still geworden. Tschubais Schuß war tödlich gewesen. Von allen Seiten klatschten Fangarme auf den Körper des Tieres. Ein heftiger Kampf verschiedener Pflanzen um das Opfer begann.

Da hörte ich Icho Tolot schreien. Es war ein Triumphschrei, der mir bewies, daß der Haluter Lord Zwiebus gefunden hatte.

Gleich darauf sah ich Tolot mit dem Neandertaler auf den Armen zwischen den Büschen hervorkommen.

Lord Zwiebus war nackt. Sein Schutzanzug war verschwunden, und sein Fell wies helle Flecke auf.

»Eine dieser Mordpflanzen hat ihn mit Säure besprüht«, erklärte Tolot, als er Lord Zwiebus in die Vorhöhle half. »Ich konnte ihn gerade noch aus ihren Fängen befreien.«

»Es war schrecklich!« berichtete Zwiebus. Er betastete die wunden Stellen seines Körpers. »Es brennt höllisch.«

Ich gab Saedelaere einen Wink.

»Verbreitern Sie bitte den Gang, Alaska, damit wir Lord Zwiebus nach hinten bringen können.«

Der Neandertaler stemmte die Arme in die Hüften. »Ich bin in Ordnung«, sagte er abwehrend. »Sie brauchen mich nicht abzuschieben.«

Ich sah zu Tolot hinauf, der sich achtlos ein paar Fanglianen vom Körper wischte.

»Machen Sie den Gang noch ein bißchen breiter«, sagte ich zu Saedelaere. »Tolot braucht ebenfalls Platz.«

Niemand von uns, ausgenommen Icho Tolot, der aufgrund seines unvergleichlichen Körpers ungefährdet war, wollte die sichere Höhle besonders gern verlassen. Lord Zwiebus war der beste Beweis, daß sogar die Schutzanzüge nutzlos waren, wenn bestimmte Pflanzenarten angriffen. Unsere Individualschutzschirme einzuschalten, hätte zu einer Anpeilung unseres Standortes führen können, deshalb gab ich den Befehl, es zu unterlassen.

Lord Zwiebus hatte sich schnell von dem aufregenden Zwischenfall erholt. Mit Saedelaeres Hilfe rieb er die von Säure angegriffenen Hautteile mit Gräsern ab.

»Das Brennen läßt nach«, sagte er. »Ich hoffe nur, daß die Berührung der Flüssigkeit ohne Folgen bleiben wird.«

»Trotzdem wirst du vorerst die Höhle nicht verlassen. Du kannst die Bewachung unserer Ausrüstung übernehmen.«

Er verzog das Gesicht, protestierte aber nicht.

»Wir müssen überlegen, was wir als nächstes unternehmen werden«, sagte ich schnell, bevor Lord Zwiebus doch noch Einwände erheben konnte. »Ich halte es für sinnlos, wenn wir aufs Geratewohl losmarschieren und Corellos Wohnsitz zu erreichen versuchen. Zwischen uns und dem Supermutanten gibt es bestimmt eine Anzahl von Fallen und Sperren.«

»Sollen Ras und ich vorausteleportieren und uns die Umgebung ansehen?« erkundigte sich Gucky.

»Ihr werdet nur noch in Notfällen teleportieren«, sagte ich ablehnend. »Wir können froh sein, daß wir unentdeckt auf Gevonia angekommen sind. Dieses Glück sollten wir nicht zu sehr strapazieren.«

»Sie haben einen Plan?« fragte Saedelaere. Er hatte sich in eine Nische der Höhle zurückgezogen. Sie lag im Halbdunkel, so daß Mund- und Augenschlitze der Maske stark leuchteten.

»Ich denke an den Mann, den wir oben fanden«, erklärte ich. »Wenn Corello ihm ungeeignet erscheinende Sklaven immer so bestraft, finden wir vielleicht einen Ausgestoßenen, der noch am Leben ist.«

Ras Tschubai lachte auf.

»Wer ohne Waffen in diesen Dschungel geht, ist verloren.«

»Ras hat recht!« pflichtete Gucky dem Afroterraner bei.

Ich ließ diese Einwände nicht gelten.

»Trotzdem müssen wir versuchen, an einen lebenden Sklaven Corellos heranzukommen. Nur dann können wir etwas über Corellos Wohnsitz erfahren. Wenn wir wissen, welche Gefahren uns drohen, kommen wir leichter an Corello heran.«

»Überall im Dschungel befinden sich kleine Ansiedlungen«, erinnerte sich Ras Tschubai. »Dort leben vermutlich Aufseher, die für Pflanzen und Tiere verantwortlich sind. Vielleicht kommen wir an diese Männer heran.«

Ich wandte mich an Gucky. »Kannst du Gedankenimpulse eines solchen Aufsehers in unmittelbarer Nähe feststellen?«

»Nein!« antwortete er sofort. »Das wäre auch nicht möglich, wenn ein solcher Mann nur ein paar hundert Meter von uns entfernt im Dschungel stände, denn Corellos psionische Ausstrahlungskraft überlagert alle anderen mentalen Impulse.«

Saedelaere seufzte. Immer, wenn er den Kopf bewegte, stachen die Lichtstrahlen unter seiner Maske hervor.

»Wir werden also suchen müssen. Das bedeutet, daß wir dem Zufall ausgeliefert sind.«

Ich deutete auf unser tragbares Kombigerät, das einen Ortungsteil mit Massetaster besaß.

»Vielleicht hilft uns das.«

»Wir reden zuviel«, mischte sich Icho Tolot ungeduldig ein. Er kauerte auf allen vieren am Boden. »Brechen wir endlich auf und suchen einen Mann, den wir verhören können.«

Wir überprüften Waffen und Schutzanzüge, dann verließen wir die Höhle. Lord Zwiebus blieb zurück. Zu seiner Verteidigung hatte er einen kleinen Raketenwerfer und einen Kombi-Lader.

Icho Tolot ging voraus. Mit seinem mächtigen Körper bahnte er uns einen Weg durch das Unterholz.

Saedelaere hielt sich dicht hinter Tolot, dann folgten Tschubai und ich. Gucky saß im Nacken des Haluters, denn er hätte unser eingeschlagenes Tempo nicht mithalten können.

Ich hieb mit dem Vibratormesser um mich, denn die Gasse, die Tolot geschaffen hatte, drohte sich vor mir schon wieder zu schließen. Ein paarmal mußte ich meinen Strahler einsetzen, um mich aus der Umklammerung besonders starker Lianen zu befreien.

Der Marsch durch den Dschungel wurde zu einem Alptraum. Rings um uns schien alles in Bewegung geraten zu sein. Der gesamte Dschungel kannte offenbar nur das Ziel, uns zu töten und zu verschlingen.

Endlich erreichten wir eine große Lichtung. Icho Tolot blieb stehen.

Nach Atem ringend sah ich mich um. Der Boden der Lichtung war schwarzgebrannt. Auf ihm wuchs keine einzige Pflanze.

»Hier haben Roboter oder Arbeiter alle Gewächse vernichtet«, stellte Saedelaere fest. Er klopfte mit dem Vibratormesser gegen den Boden. »Alles ist glashart. Die Pflanzen können hier keine Wurzeln mehr schlagen.«

»Ich möchte wissen, was dieser freie Platz zu bedeuten hat«, stellte Ras Tschubai laute Überlegungen an.

»Vielleicht soll hier später einmal das Haus eines Aufsehers stehen«, meinte Gucky.

»Schon möglich«, erwiderte ich. »Ich glaube jedoch eher, daß es sich um einen Landeplatz für den Schrein Corellos handelt. Er kann hierher fliegen und landen, um sich in aller Ruhe umzusehen.«

»So könnte es sein«, sagte Saedelaere. »Leider haben wir nicht genügend Zeit, um hier zu warten, bis sich die Richtigkeit Ihrer Vermutung bestätigt.«

Gucky kicherte laut auf.

»Corello ist jetzt nicht in der Stimmung, Reisen zu unternehmen.«

Seltsamerweise wurden wir nicht angegriffen, solange wir uns auf der Lichtung aufhielten. Pflanzen und Tiere schienen eine Scheu vor diesem Platz zu haben. Dabei wäre es für die großen fleischfressenden Pflanzen leicht gewesen, ihre Fangarme bis zu uns auszustrecken.

»Was nun, Sir«, fragte Saedelaere. »Ich bin sicher, daß in der Nähe dieses Platzes das Haus eines Aufsehers steht.«

»Wie sollen wir es finden?« fragte Tolot. »Wir können ein paar Meter daran vorbeilaufen, ohne daß wir es sehen. Und Gucky hat selbst gesagt, daß wir uns hier auf seine telepathischen Fähigkeiten nicht verlassen können.«

Ich blickte auf die Anzeigetafel des kombinierten Ortungs- und Meßgerätes. In unserer Umgebung existierten zahlreiche Energiequellen. Auch der Massetaster schlug aus.

»Wir gehen in Richtung von Corellos Wohnsitz weiter«, entschied ich. »Vielleicht haben wir Glück und stoßen durch Zufall auf eine Wachstation.«

»Sollen wir die achtzig Meilen durch den Dschungel laufen?« protestierte Gucky. »Wir würden ein paar Tage brauchen, um unser Ziel zu erreichen. Der Dschungel hindert uns am schnellen Vorwärtskommen.«

»Sobald wir wissen, was uns in Corellos Nähe erwartet, können wir teleportieren, oder unsere Flugprojektoren benutzen«, sagte ich.

Wir gingen weiter. Ohne Icho Tolot wären wir trotz unserer hochwertigen Ausrüstung im Dschungel steckengeblieben. Mit seinen Körperkräften arbeitete sich der Haluter durch das Unterholz. Gucky klammerte sich fest, um nicht abgeworfen zu werden.

Hier, im dichtesten Teil des Dschungels, gab es keine größeren Tiere, aber Myriaden von Insekten, die sich in dichten Schwärmen auf uns stürzten. Unsere Schutzanzüge waren mit einer klebrigen Schicht aus getöteten Fliegen bedeckt. Wir hatten die Helme verschlossen, um den Stichen zu entgehen. Wir atmeten die Luft, die unsere Sauerstoffaggregate lieferten.

Ich lernte meine Kräfte einzuteilen. Kleinere Lianen, die ich anfangs mit dem Vibratormesser abgeschlagen hatte, ignorierte ich jetzt. Sie fielen beim Weitergehen von selbst ab. Besonders tückisch waren jene Pflanzen, die mit ihren Wurzeln Fußangeln am Boden bildeten. Es gab knarrende Geräusche, wenn sich die armdicken Wurzeln zusammenzogen. Tiere hätten sich aus solchen Fallen nicht befreien können. Wir trennten die gefährlichen Wurzeln mit Messern oder Strahlern ab, so daß wir unsere Füße immer schnell in Sicherheit bringen konnten. Die Gefahr, daß Tschubai, Saedelaere oder ich ein Bein brachen, war jedoch groß.

Eine weitere Gefahr waren Pflanzen, die von den Bäumen aus angriffen. Im dichten Gestrüpp konnten wir die Angreifer nie sehen. Erst wenn sie Säure auf uns sprühten oder riesige Kelche über uns zu stülpen versuchten, entdeckten wir sie. Saedelaere wäre fast das Opfer einer großen Blüte geworden, die unmittelbar vor ihm umkippte und dabei eine stinkende Brühe über den Boden goß. Pflanzen, die von dieser Säure getroffen wurden, verwelkten sofort.

Kleine Bäume mit ausladenden Wipfeln hatten mit ihren schaufelförmigen Luftwurzeln tiefe Gruben ausgehoben und sich um diese Fallen gruppiert. Tolots scharfen Augen entging diese Gefahr jedoch nicht und er schlug eine andere Richtung ein.

Ich schätze, daß wir in einer Stunde zwei Meilen zurücklegten. Natürlich wäre Tolot ohne uns schneller vorangekommen, aber er mußte auf uns Rücksicht nehmen.

Gucky, der lange Zeit schweigend in Tolots Nacken gesessen hatte, rief dem Haluter zu, er sollte sich weiter links halten.

»Hast du etwas entdeckt?« fragte ich hoffnungsvoll, ohne meine Aufmerksamkeit von der näheren Umgebung abzuwenden.

»Ich glaube, ja«, antwortete der Ilt. »Seit ein paar Minuten spüre ich die verschwommenen Impulse eines Mannes. Eines Mannes, der große Angst hat. Er ist ein Sklave Corellos und leidet unter dessen sich widersprechenden Befehlen.«

»Versuche, uns dorthin zu führen!«

Tolot änderte jetzt auf Guckys Verlangen mehrfach die Richtung. Als eine Stunde verstrichen war, hatte ich den Eindruck, daß wir uns im Kreis bewegten. Ich sagte es Gucky.

»Hältst du mich für einen Narren?« fragte er beleidigt. »Vergiß nicht, daß die Gedankenimpulse des Fremden ständig von Corellos wilden Ausbrüchen überlagert werden.«

»Schon gut«, lenkte ich ein. »Laß dich nicht entmutigen.«

Tolot schien das Umherirren nicht anzustrengen. Auch Tschubai und ich brauchten uns keine Sorgen zu machen, daß unsere Körperkraft nachlassen würde, denn wir trugen beide Zellaktivatoren. Anders stand es mit Saedelaere. Der Transmittergeschädigte hatte jedoch schon oft Beweise seiner Zähigkeit geliefert. Auch diesmal zeigte er keine Anzeichen von Müdigkeit.

Als ich schon bezweifelte, daß wir den von Gucky georteten Mann jemals finden würden, war der Dschungel unverhofft zu Ende.

Wir standen vor einer Lichtung, deren Mittelpunkt ein quadratisches Gebäude bildete. Der Boden ringsum war schwarzgebrannt und hart. Das Haus war fünf Meter hoch. Türen und Fenster waren nicht zu sehen. Die Außenwände leuchteten in einem hellen Grau. Das Dach wurde von einem Metallgeländer begrenzt. In seiner Gesamtheit war das Gebäude ausgesprochen häßlich.

Wir betraten den freien Platz vor dem Haus. Der Dschungel blieb hinter uns zurück und lauerte darauf, daß wir die Sicherheit des schwarzgebrannten Bodens wieder verlassen würden.

»Das ist es!« rief Gucky aufgeregt. »Einer von Corellos Helfern hält sich in diesem Gebiet auf.«

Ich betrachtete die vor uns liegende Hauswand, von der ich nicht feststellen konnte, aus welchem Material sie bestand.

»Weiß er von unserer Ankunft?« erkundigte sich Saedelaere.

»Ja«, sagte Gucky. »Er versucht gerade, Corello davon zu unterrichten, aber er bekommt keine Verbindung zum Hauptquartier des Supermutanten. Corello hat wieder einen Anfall.«

»Wir müssen den Burschen schleunigst herausholen, bevor es ihm doch noch gelingt, Corello zu warnen«, sagte Ras Tschubai.

Ich gab Gucky ein Zeichen. Wenn Corello im Augenblick aktionsunfähig war, konnte er einen kurzen Teleportersprung nicht orten.

Ich sah, wie Gucky entmaterialisierte. Wenige Augenblicke später erschien er auf dem Dach des Hauses und winkte zu uns herab. Er hatte seinen Helm aufgeklappt.

»Ich habe den Burschen außer Gefecht gesetzt!« rief er uns zu. »Kommt herein, damit wir uns mit ihm unterhalten können.«

»Wo ist der Eingang?«

»Auf der anderen Seite, großer Lordadmiral!«

Der Ilt war wieder obenauf. Sein Erfolg ließ ihn alle drohenden Gefahren vergessen.

Wir gingen um das Haus herum. In einer der vier Außenwände war eine Öffnung entstanden, gerade groß genug, um einen Menschen durchzulassen.

»Da komme ich nicht durch!« stellte Tolot enttäuscht fest. »Ich werde die Tür vergrößern müssen.«

»Ich bitte Sie, hier draußen Wache zu halten«, sagte ich hastig, denn ich konnte mir vorstellen, auf welche Weise der Haluter in das Gebäude eindringen würde. Es lag mir nichts daran, überall Spuren unserer Anwesenheit zu hinterlassen.

Zu meiner Erleichterung stimmte Icho Tolot zu.

Zusammen mit Ras Tschubai und Saedelaere betrat ich das Haus. Wir gelangten in einen kurzen Korridor, der in einen großen, mit Maschinen gefüllten Raum mündete.

Von Gucky und dem Fremden war nichts zu sehen.

»Gucky!« rief Tschubai. »Wo steckst du?«

Der Mausbiber meldete sich von der gegenüberliegenden Seite der Halle.

»Hierher, Freunde! Hinter den Maschinen.«

Wir bewegten uns durch einen Gang auf die andere Seite. Gleich darauf konnte ich Gucky sehen. Er stand vor dem Eingang eines kleineren Raumes.

»Dort drinnen ist er!« meldete der Ilt triumphierend. »Er weiß jetzt überhaupt nicht mehr, was los ist.«

Ich schob Gucky zur Seite und betrat den Aufenthaltsraum. Er war einfach eingerichtet. Das Mobiliar bestand aus einer Liege, einem Konturensessel und einem verstellbaren Tisch. Der Boden war mit seltsamen Zahlenmustern bedeckt.

Auf der Liege hockte ein großer rotblonder Mann, dessen Gesicht von einer gewaltigen Hakennase und einem Oberlippenbart beherrscht wurde. Der unstete Blick und ein gekrümmter Rücken verrieten den Seelenzustand dieses Sklaven.

Ich hörte, wie meine Begleiter hinter mir hereinkamen, aber der Fremde reagierte nicht.

»Hast du ihn paralysiert?« fragte ich Gucky.

»Natürlich nicht!« Gucky war verärgert, daß ich ihm einen solchen Fehler zutraute. »Der Kerl spinnt ein bißchen. Sprich mit ihm, dann wirst du es merken.«

»Guten Tag!« rief ich dem Fremden in Interkosmo zu. »Verstehen Sie mich?«

Er sprang auf und lief auf mich zu. Im ersten Augenblick dachte ich, er würde mich angreifen, doch dann erkannte ich den verzweifelten Ausdruck in seinem Gesicht. Er fiel vor mir nieder und umklammerte meine Beine.

»Großer Bote des Tapur!« sagte er stammelnd. »Ich bin glücklich, daß Sie gekommen sind.«

Es war mir zuwider, wie er da vor mir lag, ein Mensch, dem man jede Würde genommen hatte.

»Stehen Sie auf!« befahl ich rauh.

Er zog das Gesicht zwischen die Schultern und schluchzte.

Ich beugte mich hinab und machte ihn von meinen Beinen los. Tschubai half mir, ihn aufzurichten. Er vermied es, mir in die Augen zu sehen.

»Wie heißen Sie?« fragte ich.

»Blanckon, Bote des Tapur.«

»Ich habe mit dem Tapur nichts zu tun!« Ich schüttelte ihn heftig. »Kommen Sie zu sich, Mann. Wir sind gekommen, um Corellos Schreckensherrschaft zu beenden. Sie werden bald ein freier Mann sein.«

Er starrte mich an. Er verstand mich nicht. Für ihn würde es nie mehr ein Leben in Freiheit geben. Er war nur noch ein Wrack.

»Was hat Corello aus euch gemacht?« fragte ich entsetzt.

Er taumelte zurück und sank wieder auf die Liege. Müde stützte er den Kopf in beide Hände.

Tschubai trat neben mich und deutete auf Blanckon. Das Gesicht des Mutanten war verzerrt.

»Davon gibt es Hunderttausende, Sir!« Seine Stimme klang schrill. »Sie sind nur noch Hüllen. Es wäre besser für sie, wenn sie stürben.«

»Seien Sie still, Ras!«

»Nein, Sir! Hier wird erneut offensichtlich, welch ein Verbrecher Ribald Corello ist. Und wir sind hier, um ein Bündnis mit ihm zu schließen.«

»Schweigen Sie endlich!« rief ich unbeherrscht.

Er merkte, daß er zu weit gegangen war. Ohne mir zu antworten, stürmte er aus dem Raum.

»Vergessen Sie seinen Gefühlsausbruch, Sir«, sagte Saedelaere ruhig. »Denken Sie daran, daß er ebenfalls ein Mutant ist. Er wird durch den Anblick dieser Marionetten stark betroffen, denn er fühlt sich unbewußt mitschuldig.«

»Sparen Sie sich Ihre psychologischen Belehrungen, Major!«

»Wenn es Ihnen recht ist, verlasse ich ebenfalls diesen Raum«, antwortete Alaska seelenruhig und sah mich offen an.

»In Ordnung. Sie haben gewonnen. Natürlich trage ich Tschubai nichts nach. Das weiß er auch.«

Saedelaere ging zur Liege und nahm neben Blanckon Platz.

»Ich bin der Bote des Tapur«, eröffnete er das Gespräch. »Sehen Sie meine Maske. Ich muß sie tragen, weil das Licht des Mächtigen mich getroffen hat.«

Blanckon wimmerte. Seine Hände zuckten hin und her, als wollten sie nach etwas greifen.

»Der Tapur prüft seine Untergebenen, weil die Zeit dazu gekommen ist. Nur die besten sollen noch bei ihm leben.« Saedelaeres Stimme klang beschwörend. »Wollen Sie zu den besten gehören, Blanckon?«

Der Mann konnte nur nicken.

Saedelaere drückte nun beruhigend auf Blanckons Hände. Ich fand das ganze Schauspiel abstoßend, aber ich wußte, daß Saedelaere auf dem richtigen Weg war. Der Transmittergeschädigte tat, was getan werden mußte.

»Der Tapur hat mich geschickt, damit ich Sie überprüfen soll, Blanckon. Sie müssen alle Fragen beantworten.«

»Ja«, sagte Blanckon demütig. Er schien nicht auf den Gedanken zu kommen, daß sich im Dschungel von Gevonia Fremde aufhalten könnten.

Saedelaere wurde unterbrochen, als es draußen in der Halle summte.

»Was ist das?« fragte ich Blanckon.

»Das Funkgerät«, antwortete Corellos Sklave bereitwillig. »Ich muß in regelmäßigen Abständen mit Tapura sprechen.«

Tschubai kam herein.

»Draußen summt die Funkanlage. Offenbar versucht jemand, mit Blanckon Verbindung aufzunehmen.«

»Was geschieht, wenn Sie nicht antworten?« wandte sich Saedelaere an den Aufseher.

»Dann wird diese Station vernichtet«, erklärte der Mann mechanisch.

Saedelaere riß Blanckon vom Lager hoch und stieß ihn in Richtung des Eingangs.

»Los! Tun Sie Ihre Pflicht!«

Blanckon rannte in die Halle hinaus. Ich sah ihm nach.

»Hoffentlich ist es nicht schon zu spät.« Ich hatte das Gefühl, auf einer Bombe zu sitzen, die jede Sekunde explodieren konnte. »Folgen Sie ihm, Ras, damit er keinen Unsinn redet, wenn er mit der Verbindungsstelle spricht.«

Es dauerte nur eine Minute, dann kam Tschubai mit Blanckon wieder herein.

»Er hat nicht gesprochen«, informierte mich der Mutant. »Es genügt offenbar, wenn er einen kurzen Impuls abstrahlt. Das hat er getan.«

Saedelaere ergriff Blanckon am Arm und führte ihn zur Liege zurück.

»Wir sollen jetzt die Routine vergessen und mit der Prüfung beginnen«, sagte er sanft.

Ich sah Mißtrauen in Blanckons Augen aufflackern, das jedoch sofort verschwand.

»Was ist Tapura?« erkundigte sich Saedelaere. »Eine Ansiedlung? Oder eine Wachstation?«

»Die Hauptstadt von Gevonia«, sprudelte Blanckon heraus. »Sie liegt zwanzig Grad nördlicher Breite und zehn Grad westlicher Länge auf dem Hauptkontinent. Sie besteht in erster Linie aus Prachtbauten verschiedener architektonischer Richtungen. Namhafte Künstler haben sie gestaltet. Obwohl sie äußerlich einer Märchenstadt gleicht, ist sie doch eine uneinnehmbare Festung mit . . .« Er unterbrach sich und starrte Saedelaere aus aufgerissenen Augen an. »Warum fragen Sie mich Dinge, die jeder weiß?«

Ich konnte förmlich spüren, wie das Mißtrauen in ihm immer größer wurde.

»Wollen Sie, daß ich Ihnen Erklärungen abgebe?« fragte Saedelaere drohend. »Verlangen Sie das von einem Beauftragten des Tapur?«

Blanckon wich erschrocken zurück. Das Licht, das aus den Schlitzen von Saedelaeres Maske fiel, ängstigte ihn offenbar sehr.

»Wo lebt der Tapur?« lautete Saedelaere nächste Frage. »In Tapura?«

»Ja und nein«, gab Blanckon zurück. »Im Zentrum von Tapura gibt es einen zwanzig Kilometer durchmessenden Park, der unter einem Schutzschirm liegt. Innerhalb dieses Parkes liegt das Tapurium. Das ist der Tempel des Tapur. Er wurde noch nie von einem Menschen betreten. Nur der Tapur lebt dort.«

Ich gab Saedelaere ein Zeichen, das Verhör abzubrechen, denn Blanckons Stimme wurde immer unsicherer.

»Verharren Sie jetzt in Schweigen!« sagte Saedelaere. »Wir werden jetzt draußen beraten, was mit Ihnen geschehen soll.«

Blanckon ließ sich auf die Liege zurücksinken und verbarg sein Gesicht in der Decke. Wir gingen hinaus, aber Saedelaere blieb am Eingang stehen, um Blanckon nicht aus den Augen zu verlieren.

»Was hast du herausgefunden?« wandte ich mich an Gucky. »Du hattest genügend Zeit, Blanckons Gedanken zu überprüfen, während Saedelaere mit ihm sprach.«

Gucky deutete auf den Eingang zum Nebenraum und sagte bedauernd: »Der arme Bursche ist fast verrückt vor Angst. Jetzt, da er selbständige Entscheidungen treffen müßte, ist er dazu nicht in der Lage. Er glaubt, daß Saedelaere ein Abgesandter Corellos ist, aber uns hält er für Ausgestoßene. Der Widerspruch unseres gemeinsamen Auftretens kommt ihm dabei gar nicht zu Bewußtsein.«

»Das scheint alles nicht so wichtig. Entscheidend ist, ob seine Informationen der Wahrheit entsprechen.«

»Bestimmt!«

»Hast du zusätzliche Daten über das Tapurium aus seinen Gedanken entnehmen können?«

Der Ilt dachte ein paar Minuten nach.

»Der Park, in dessen Zentrum das Tapurium liegt, scheint in verschiedene Landschaften unterteilt zu sein. Wenn Blanckons Bewußtseinsinhalt nicht die Folge von phantastischen Vorstellungen ist, gibt es rings um Corellos Tempel Wüsten ebenso wie Dschungel, Seen lösen Savannen ab. Tiere von verschiedenen Planeten der Galaxis leben in diesem Gebiet. Niemand hat es bisher durchqueren können. Ich bezweifle übrigens, daß es schon einmal versucht worden ist.«

Die Beschreibung des Parks, die Gucky dem Gedächtnis Blanckons entnommen hatte, klang phantastisch. Der Dschungel um das Haus des Aufsehers bewies, daß Corello die Natur dieses Planeten verändert hatte. Er hatte eine Welt nach seinen Vorstellungen geschaffen. In einer solchen Umgebung konnte sich nur ein Irrer wohl fühlen.

»Wir werden Schwierigkeiten haben, bis zu Corello vorzudringen«, sagte ich zu meinen Begleitern. »Um an das Tapurium heranzukommen, müssen wir die Stadt Tapura durchqueren. Sie ist nicht groß, aber sicher gibt es dort Fallen, die Gegnern des Supermutanten zum Verhängnis werden sollen. Nach der Stadt kommt der Schutzschirm, der um das Tapurium liegt. Wenn wir ihn durchbrechen können, liegt das seltsame Land vor uns, das Corello um seinen Tempel herum geschaffen hat. Der Tempel selbst ist bestimmt ebenfalls wie eine Festung gesichert.«

Tschubai holte tief Atem.

»Das sind viele Hindernisse – zu viele, wie mir scheint.«

»Abwarten!« Ich lächelte. »Vielleicht hilft uns jemand bei ihrer Überwindung, der bisher unser Feind war.«

»Sie meinen Corello?« fragte der Afroterraner.

Ich nickte nur, weil ich Tschubais Standpunkt kannte.

»Corello!« Eine ungeheure Verachtung lag in dem Ton, mit dem er diesen Namen aussprach.

25.

Wir untersuchten das Gebäude, in dem Blanckon lebte, entdeckten aber nichts, was uns wertvolle Hinweise auf Ribald Corello hätte geben können. Das Haus besaß eine autarke Energieversorgung. Es war beweglich und konnte auf ausfahrbaren Panzerketten durch den Dschungel rollen. Außerdem besaß es Antigravprojektoren. Im Grunde genommen war es eine riesige Maschine, mit deren Hilfe Blanckon in Corellos Auftrag den Dschungel und seine Bewohner kontrollierte. Ich schätzte, daß es auf diesem Kontinent ein paar Dutzend solcher Gebäude gab, die alle von Sklaven Corellos bewohnt waren.

Nachdem wir die Untersuchung abgeschlossen hatten, überlegte ich, was wir mit Blanckon machen sollten. Wenn wir ihn zurückließen, bestand die Gefahr, daß er seine Verbindungsstelle informierte.

Blanckon wurde zu einem Problem.

»Warum zerstören wir nicht die Funkanlage?« fragte Ras Tschubai. »Dann kann man Blanckon von Tapura aus nicht anrufen.«

»Sie vergessen, daß Blanckon sich in regelmäßigen Abständen melden muß, Ras. Tut er das nicht, wird diese Station durch Fernzündung zerstört. Das würde den Tod des Aufsehers bedeuten.«

»Aber wir können ihn nicht mitnehmen!« wandte Saedelaere ein. »Er würde eine ständige Gefahr für uns bedeuten.«

Ich konnte mich nicht dazu entschließen, Blanckon indirekt zum Tod zu verurteilen. Es mußte eine Möglichkeit geben, ihn zu retten, ohne unsere Gruppe zu gefährden.

Schließlich hatte Gucky die rettende Idee.

»Sobald Corello wieder einen Anfall bekommt, teleportiere ich mit Blanckon in unsere Höhle. Lord Zwiebus kann den Aufseher bewachen.«

»Das ist eine Möglichkeit«, stimmte Saedelaere zu. »Blanckon ist dann in Sicherheit, wenn die Station zerstört wird.«

»Aber in Tapura würde man auf die Station aufmerksam«, wandte Tschubai ein. »Man wird sich fragen, was sich hier abgespielt hat.«

Ich machte der Diskussion ein Ende.

»Ich halte Guckys Vorschlag für die beste Lösung. Wenn man sich in Tapura Gedanken über das Ausbleiben des regelmäßigen Funkimpulses macht und diese Station zerstört, wird man trotzdem kaum weitere Nachforschungen anstellen, denn durch Corellos Verhalten ist das gesamte Verwaltungssystem auf Gevonia in Unordnung geraten. Man wird einer solchen Dschungelstation nicht viel Bedeutung beimessen, sondern sich nach wie vor mit dem Problem Corello beschäftigen.«

»Du bist der Chef!« sagte Gucky kategorisch.

Ich mußte lachen. Im allgemeinen erkannte der Ilt niemanden als Vorgesetzten an. Da es sich jedoch diesmal um seine eigene Idee handelte, hatte er nichts dagegen, wenn ich sie durch einen Befehl verwirklichen ließ.

»Du kannst Blanckon zu unserem Stützpunkt bringen«, sagte ich. »Lord Zwiebus wird froh sein, wenn er ein bißchen Unterhaltung hat.«

Der Mausbiber wartete, bis ein günstiger Zeitpunkt kam, dann ergriff er Blanckon am Arm und teleportierte. Ich empfand Mitleid mit dem armen Kerl, er würde einen schweren Schock erleiden. Hoffentlich gelang es Lord Zwiebus, dem Aufseher über die größten Schwierigkeiten hinwegzuhelfen.

Zehn Minuten später kam Gucky allein zurück.

»In der Nähe der Höhle ist die Hölle los!« berichtete er erregt. »Lord Zwiebus wird keine Zeit haben, sich um Blanckon zu kümmern. Der Dschungel hat zum Generalangriff auf unseren Stützpunkt angesetzt.«

»Wird Zwiebus die Stellung allein halten können?« fragte ich besorgt.

»Er kämpft wie ein Teufel. Und er wird es auch schaffen.« Guckys Augen leuchteten. Ich war sicher, daß er wieder maßlos übertrieb. Der Neandertaler war einer seiner besten Freunde. Der Ilt hatte die Angewohnheit, seine Lieblinge bei jeder sich bietenden Gelegenheit zu glorifizieren. Wäre Lord Zwiebus ernsthaft in Schwierigkeiten gewesen, hätte uns Gucky sofort alarmiert und uns aufgefordert, dem bedrängten Neandertaler zu Hilfe zu kommen.

Wir verließen die Dschungelstation. Draußen wartete bereits Icho Tolot. »Alles ruhig!« informierte er uns. »Der Dschungel dringt nicht über die äußeren Grenzen des freien Platzes vor.«

Ich starrte zu der Wand aus Büschen, Gräsern, Blüten und Bäumen hinüber, die von unserem Platz aus undurchdringlich erschien.

»Glaubst du, daß wir bis an die Grenzen der Stadt teleportieren können?« fragte ich Gucky.

Der Mausbiber dachte nach. Wir hatten von Blanckon keine Einzelheiten über die Sperranlagen rund um Tapura erfahren. Der Aufseher wußte nichts darüber. Corello ließ seine Marionetten über wichtige Anlagen im unklaren. Es war anzunehmen, daß er alle Verteidigungsstellungen von seinem Tempel aus steuerte.

»Der Weitermarsch durch den Dschungel ist ebenso ein Risiko wie ein solcher Sprung«, meinte der Ilt. »Ich schlage vor, daß Ras und ich euch in die Nähe der Stadt bringen. Sollten wir entdeckt werden, können wir immer noch Gegenmaßnahmen ergreifen.«

Alle bis auf Tolot stimmten Gucky zu. Dem Haluter hätte es offenbar Spaß gemacht, weiter durch den Dschungel zu marschieren. Er respektierte aber auch diesmal unsere Wünsche.

»Ich springe mit Tolot voraus, dann kann Ras mit euch nachkommen.« Gucky watschelte auf den riesigen Haluter zu. »Wir teleportieren, sobald Corello wieder aktionsunfähig ist.«

Unser Unternehmen trat in eine entscheidende Phase. Wenn wir in der Nähe von Tapura auftauchten, würde uns Corello früher oder später entdecken. Es war undenkbar, daß wir in seinen Tempel vordringen konnten, ohne von ihm aufgespürt zu werden. Alles hing davon ab, wie der Supermutant reagieren würde, wenn er erfuhr, daß Feinde auf Gevonia gelandet waren.

»Es kann losgehen!« unterbrach Gucky meine Überlegungen. »Du darfst nicht zu lange warten, Ras.«

Er und Tolot entmaterialisierten.

»Kommen Sie, Sir!« forderte mich Tschubai auf und griff nach meiner Hand.

Seit unserem kurzen Streit innerhalb der Dschungelstation verhielt sich Tschubai reserviert. Ich wußte jedoch, was ihn bewegte und war auf alles vorbereitet.

Saedelaere und ich nahmen Ras Tschubai in die Mitte. Der Teleporter konzentrierte sich einen Augenblick und teleportierte.

Die Dschungelstation verschwand vor meinen Blicken.

Als wir wieder stofflich wurden, lag Tapura vor uns.

Eine Stadt wie aus einem Märchen, und eine Stadt, in der eine tödliche Gefahr lauerte.

ANMERKUNG: An dieser Stelle endet der Bericht Lordadmiral Atlans.

26.

Das Warten wurde allmählich zur Qual. Perry Rhodan machte sich Vorwürfe, daß er sich von Atlan hatte abhalten lassen, nach Gevonia zu fliegen. Er war jetzt sicher, daß der Arkonide ihn bei diesem kindischen Wettspiel betrogen hatte. Wahrscheinlich hatte er mit Fellmer Lloyd eine Abmachung getroffen.

Jetzt war es zu spät, den Telepathen zu fragen oder ihm gar Vorwürfe zu machen. Im Augenblick stellte Fellmer Lloyd ihre einzige Verbindung zu der auf Gevonia gelandeten Gruppe dar.

Allerdings fiel es Lloyd sehr schwer, mit Gucky in Kontakt zu treten. Corellos starke Mentalimpulse überlagerten weiterhin alle anderen parapsychischen Strömungen. So konnte Lloyd nur sagen, daß Atlan und seine Begleiter noch immer unentdeckt geblieben waren und sich der Stadt näherten, wo Ribald Corello zu leben schien.

Inzwischen war einer der drei kleinen Begleitkreuzer der INTERSOLAR aus der Lasztman-Ballung herausgeflogen, um eventuell ankommende Schiffe der Solaren Flotte über den Standort der INTERSOLAR zu unterrichten.

Tipa Riordan, die mit der baldigen Ankuft der DREADFUL in der Nähe der Lasztman-Ballung rechnete, war an Bord des Kreuzers gegangen, um zu ihrem Schiff zurückzukehren. Sie hielt ihre Mission vorläufig für beendet. Sie war mächtig stolz darauf, daß sie Perry Rhodan zu Corellos Geheimplaneten geführt hatte.

Perry bedauerte, daß die Piratin die INTERSOLAR verlassen hatte. Die alte Frau war eine unerschöpfliche Quelle von Informationen. Von ihr hätten sie sicherlich noch so manchen wertvollen Hinweis bekommen. Aber Rhodan scheute sich davor, bestimmte Wünsche oder gar Befehle an die Piratin zu richten. Sie war eine große Individualistin und hätte ihm einen solchen Fehler kaum verziehen.

Wenn er sie brauchte, dessen war Rhodan sicher, würde sie sofort zurückkommen.

Rhodans Gedanken wurden unterbrochen, als am Kontrollstand ein Kommandowechsel stattfand. Oberst Korom-Khan übergab den Pilotenplatz wieder an Senco Ahrat. Ahrat setzte sofort die SERT-Haube auf, denn sie mußten damit rechnen, mit der INTERSOLAR blitzschnelle Manöver ausführen zu müssen.

Der schwarzhaarige Raumschiffskommandant ließ sich neben Rhodan in einem freien Sessel nieder.

»Wollen Sie nicht in Ihrer Kabine ein bißchen schlafen?« fragte Rhodan.

Der Emotionaut winkte einen Roboter herbei und ließ sich ein Fruchtsaftgetränk bringen. Ein Lächeln auf seinem Gesicht ließ ihn fast verträumt aussehen.

»Ich fürchte, ich würde nicht einschlafen, Sir. Obwohl alles ruhig ist, rechne ich jeden Augenblick mit einem Zwischenfall.«

»Ich habe einen Gedankenimpuls Guckys empfangen!« rief Fellmer Lloyd plötzlich. »Atlans Gruppe hat soeben die Hauptstadt von Gevonia erreicht. Sie sind nach wie vor unentdeckt.«

»Großartig!« Rhodan stand auf und ging zu dem Telepathen hinüber.

»Mehr konnte Gucky mir nicht mitteilen.«

»Ich bin froh, daß er uns überhaupt eine Nachricht zukommen ließ«, antwortete Rhodan. »Ich finde, das sollte uns noch zuversichtlicher machen.«

Rhodan wußte, daß Atlans Gruppe erst am Anfang des Unternehmens stand. Was die Mitglieder des Einsatzkommandos bisher geleistet hatten, war eine Spielerei, verglichen mit dem, was ihnen bevorstand, wenn sie von Ribald Corello entdeckt würden.

Diese Entdeckung ließ sich nicht vermeiden, denn schließlich waren Atlan und seine Begleiter nach Gevonia geflogen, um mit Corello zu sprechen.

Lord Zwiebus lehnte sich mit dem Rücken gegen eine dicke Wurzel. Der Raketenwerfer lag vor ihm am Rand der Erdhöhle. Der Dschungel zog sich immer dichter um die Höhle zusammen. Zahlreiche Lianen hatten sich um den neben der Höhle liegenden Baumstamm gewickelt. Der Stamm hatte schon einige Male bedenklich gewackelt.

Lord Zwiebus wußte, daß die Pflanzen ihn wegzuziehen versuchten. Vielleicht glaubten sie, dann besser an ihren Gegner herankommen zu können.

Bisher hatte der Neandertaler alle Angriffe erfolgreich abwehren können. Er fühlte eine grimmige Entschlossenheit, die Höhle weiterhin zu verteidigen. Lord Zwiebus feuerte auf eine Buschgruppe, die sich langsam auf die Höhle zubewegte. Die Pflanzen lösten sich in Rauch und Flammen auf, aber dahinter krochen schon neue Formationen heran. Insgesamt gab es sieben bewegliche Pflanzenarten in der Nähe der Höhle. Hinzu kamen die mit Tentakeln ausgerüsteten Bäume.

Lord Zwiebus blickte sich um, aber von Blanckon war nichts zu sehen. Der Aufseher schien sich in den hinteren Teil der Höhle verkrochen zu haben.

Der Neandertaler veränderte seine Stellung. Solange der Baumstamm neben der Höhle lag, konnte er nur von einer Seite aus angegriffen werden. Deshalb nahm er wieder die Lianen unter Beschuß, die den Baum wegzuzerren versuchten.

Lord Zwiebus wußte, daß er im Ernstfall durch den Transmitter fliehen konnte. Das wäre aber einer Preisgabe des Stützpunktes gleichgekommen. Außerdem bestand die Gefahr, daß der Transmitter geortet und angepeilt wurde, wenn er ihn benutzte. Wenn er seinen Freunden helfen wollte, mußte er die Höhle verteidigen.

Seinen Augen entging nichts. Er hatte innerhalb kurzer Zeit gelernt, aus den Bewegungen der Pflanzen deren Absichten zu erkennen. Das erleichterte ihm die Verteidigung. Während er anfangs noch blindlings geschossen hatte, wählte er seine Ziele jetzt mit Bedacht. Er wartete, bis sich die Angreifer an einem Platz konzentrierten und schoß erst dann. Zunächst hatte er auf diese Weise große Erfolge erzielt. Der Druck gegen die Höhle hatte nachgelassen. Dann jedoch hatten die Pflanzen ihre Taktik geändert. Vor allem die beweglichen Exemplare besaßen einen unglaublichen Instinkt. In dieser von Corello willkürlich zusammengestellten Umgebung konnten nur die Besten und Stärksten überleben.

Lord Zwiebus veränderte die Stellung des Raketenwerfers. Er mußte darauf achten, daß er keine Liane übersah, die ihm die Waffe entreißen konnte.

Der Neandertaler spürte, wie die Wurzel, gegen die er sich lehnte, heftig erschüttert wurde.

Er fuhr herum.

Ganze Lianenbüschel hatten sich um den Stamm geschlungen und zerrten daran. Lord Zwiebus schoß. Er mußte aufpassen, daß er nicht den Baumstamm vernichtete.

Noch immer zitterte der dicke Stamm. Am hintersten Ende, das Lord Zwiebus nicht sehen konnte, mußten zahlreiche Lianen große Anstrengungen unternehmen, um die natürliche Deckung des Neandertalers zu entfernen.

Zwiebus packte den Raketenwerfer und sprang aus der Erdhöhle. Im gleichen Augenblick wurde er von mehreren kürbisgroßen Früchten getroffen, die ein Baum im Hintergrund in seine Richtung katapultierte. Der Neandertaler verlor das Gleichgewicht. Zwei Lianen umschlossen seine Beine und brachten ihn endgültig zu Fall. Er kam auf dem Rücken zu liegen. Bevor ihn weitere Pflanzen angreifen konnten, wälzte er sich herum und schoß. Er war sich darüber im klaren, daß er nur noch wenige Sekunden leben würde, wenn er sich nicht aus der Umklammerung befreite. Ohne zu zielen, schoß er in Richtung der nächsten Bäume.

Das Geschoß explodierte so nahe, daß Lord Zwiebus den Luftdruck spürte. Einen Augenblick lockerte sich der Griff der Lianen. Der Neandertaler warf sich zur Seite. Erde und verkohlte Pflanzen mit sich reißend, stürzte er in die Höhle zurück. Meterlange Tentakel peitschten über ihn hinweg.

Lord Zwiebus atmete schwer. Bevor er eine sichere Stellung beziehen konnte, hatten die Pflanzen die Gelegenheit benutzt und den Baumstamm hochgerissen. Sie hielten ihn ein paar Meter über dem Boden.

Gerade noch rechtzeitig erkannte Lord Zwiebus, was geschehen würde. Er warf sich zu Boden und preßte die Arme über dem Kopf zusammen.

Mit der Wucht eines Dampfhammers wurde der Baumstamm auf den Höhleneingang geschmettert. Es gab einen dumpfen Schlag. Der Baumstamm splitterte. Holz und Erde wurden in die Höhle geschleudert.

Lord Zwiebus sprang auf.

Die Pflanzen hatten den Stamm bereits wieder angehoben, um ihn ein zweites Mal gegen dasselbe Ziel zu werfen.

Zwiebus riß den Raketenwerfer hoch. Er traf den Stamm genau in der Mitte und trennte ihn in zwei Hälften, die zu beiden Seiten des Höhleneingangs aufprallten.

Der Neandertaler atmete auf. Wenn es ihm gelang, die Überreste des Baumstammes zu verteidigen, besaß er wieder eine Deckung.

Hinter ihm stöhnte jemand.

Er fuhr herum. Blanckon stand im Höhleneingang. Eine armdicke Liane hatte sich um seinen Hals geschlungen. Er zerrte mit beiden Händen daran. Sein Gesicht war blau angelaufen.

Lord Zwiebus warf den Raketenwerfer zur Seite und packte das am Boden liegende Vibratormesser. Mit einem Schlag trennte er die Liane ab. Blanckon taumelte gegen die Höhlenwand. Das Endstück des Pflanzententakels fiel von ihm ab.

Blanckon begann zu schreien.

Er hat den Verstand verloren! dachte Lord Zwiebus.

Er wollte den Aufseher niederschlagen und nach hinten in den großen Höhlenraum bringen. Doch dazu kam er nicht mehr.

Blanckon sprang mit einem Satz aus der Höhle. Bevor Lord Zwiebus ihn aufhalten konnte, rannte er davon. Der Dschungel schloß sich hinter ihm. Lord Zwiebus hörte noch einen Entsetzensschrei, dann wurde es schnell still.

Die Angriffe wurden eingestellt. Die Pflanzen zogen sich von der Erdhöhle zurück.

Der Dschungel hatte sein Opfer bekommen.

Lord Zwiebus bedauerte Blanckons Tod. Ohne es zu wollen, hatte der bedauernswerte Aufseher den Neandertaler gerettet.

Zwiebus duckte sich und betrat die Haupthöhle. Vorläufig brauchte er keine Angriffe mehr zu fürchten. Er hatte Zeit, sich von der Anstrengung zu erholen.

Erst jetzt merkte er, daß er aus mehreren Wunden blutete. Der Vorraum der Höhle war mit verkohlten Pflanzenresten bedeckt. Der Gestank war fast unerträglich.

Lord Zwiebus setzte sich auf den Boden und lehnte sich an die weiche Wand. Er schloß die Augen. Sein Instinkt würde ihn rechtzeitig vor neuen Angriffen warnen.

27.

Innerhalb des großen Raumes war es stiller als in einer Gruft. Aus verborgenen Düsen strömte Warmluft in den Raum. Indirekte Beleuchtung tauchte ihn in angenehmes Licht. Boden und Wände waren gepolstert.

Acht Roboter schwebten lautlos hin und her. Sie hielten sich in der Nähe jenes monströsen Wesens, das sich Ribald Corello nannte und in diesem Raum Gehversuche machte.

Corello trug nur einen dünnen Umhang. Er hatte weder seine Nakkenstütze noch einen Antigravprojektor bei sich.

Er wollte gehen.

Gehen wie ein normaler Mensch.

Er kam sehr oft in diesen Raum, um es zu erlernen. Er wußte um seine körperliche Unvollkommenheit. Jeder Schritt, den er ohne jede Hilfe schaffte, erschien ihm wie ein großartiger Sieg. Obwohl er wußte, daß er niemals richtig gehen konnte, versuchte er es immer wieder.

Jetzt lag er am Boden. Er stützte sich auf seine dünnen Ärmchen.

Mühsam richtete er sich auf.

Die Roboter kamen näher heran, um ihm zu helfen, wenn er es verlangte.

Corello wußte, daß ihn niemand beobachtete, denn er war das einzige lebende Wesen innerhalb des Tapuriums. Ebenso wie die Stadt Tapura war dieser Tempel vor viereinhalbtausend Jahren von Antis und Akonen erbaut worden. Seine technische Einrichtung war vollkommen. Sie diente heute nur einem Wesen: Ribald Corello.

Corello stand schwankend auf den Beinen. Die Anstrengung ließ sein Herz schneller schlagen.

Vorwärts! befahl er sich.

Erst den linken Fuß. Nur ein paar Zentimeter. Sein starker Wille besiegte die Schwäche des Körpers. Die tief in Corello verwurzelte Furcht vor einem Sturz mußte besiegt werden.

»Vorwärts!« sprach sich der Supermutant Mut zu. »Du kannst es schaffen.«

Der linke Fuß bewegte sich. Corello schwankte. Sein schwerer Kopf wackelte unsicher. Schweiß lief dem Monstrum über das kindlich wirkende Gesicht.

Der linke Fuß bewegte sich ein paar Zentimeter über den gepolsterten Boden.

»Du schaffst es!« sagte Corello.

Jetzt den rechten Fuß nachziehen. Langsam und vorsichtig.

Corello mußte darauf achten, daß er sich breitbeinig bewegte, damit er einen besseren Stand hatte.

Der rechte Fuß stand wieder parallel zu dem linken.

Noch ein paar Schritte! Einmal hatte er vier Schritte geschafft, aber das war an einem Tag gewesen, wo er ohne Belastung hatte üben können. Jetzt befand er sich in einem Zustand äußerster Verwirrung.

Deshalb übte er.

Er versuchte es immer wieder, ein paar Schritte zu machen, weil er hoffte, daß ihn diese Übungen ablenkten.

Was war nur mit ihm?

Wer war diese Gestalt, die sich Kitai Ishibashi nannte und behauptete, sein Vater zu sein? Handelte es sich um eine Vision, oder erschien sie tatsächlich immer wieder, um zu ihm zu sprechen und ihn zu ermahnen?

Es fiel Corello immer schwerer, zwischen Realität und Phantasie zu unterscheiden.

Noch einen Schritt!

Er quälte sich vorwärts. Zuerst den linken Fuß. Warten, Ausruhen. Dann, ein paar Sekunden später, den rechten Fuß. Gleichgewicht halten. Richtig atmen. Den Kopf nicht so heftig bewegen, damit er den schwachen Körper nicht umwarf.

Corellos Aufschrei hallte durch den Raum und wurde von den gepolsterten Wänden erstickt.

Hilflos lag er am Boden.

Die Roboter huschten herbei.

»Verschwindet!« schrie Corello und zappelte hilflos mit den Ärmchen. »Rührt mich nicht an!«

Sie verhielten über ihm, gleichgültig, abwartend.

Er haßte sie.

Er haßte sie wegen ihrer Beweglichkeit. Wie behende sie hin und her huschten!

»Ihr Teufel!« rief Corello. »Verschwindet. Ich will euch nicht mehr sehen!«

Im Hintergrund öffnete sich eine Tür. Die Roboter glitten hinaus.

Ich kann gehen, dachte Corello. Ich muß es nur wollen.

»Kommt zurück!« schrie er. »Helft mir auf die Beine.«

Die Roboter flogen wieder in den Raum. Behutsam griffen sie mit weichen und gepolsterten Armen nach Corello. Sie hoben ihn auf. Er fand das Gleichgewicht wieder.

»Loslassen!«

Die Arme lösten sich von ihm. Er fiel vornüber. Auf das Gesicht. Wut und Enttäuschung raubten ihm fast den Atem.

»Ihr Tölpel!« kreischte er. »Nur ihr seid daran schuld!«

Er wälzte sich auf den Rücken. Über ihm schwebten die Roboter, gleichgültig, abwartend.

»In den Konverter mit euch!«

Sie glitten davon, um auch diesen Befehl auszuführen. In den letzten Jahren hatte Corello Tausende von Robotern in den Konverter geschickt. Er stellte sich vor, wie sie sich in den atomaren Gluten auflösten. Das versöhnte ihn ein wenig.

»Die nächste Gruppe!« befahl Corello.

Andere Roboter schwebten herein. Sie unterschieden sich nicht von jenen, die der Mutant gerade in den Konverter geschickt hatte.

»Hebt mich auf!«

Er wurde auf die Beine gestellt.

»Festhalten!« Diesmal wollte er vorsichtiger sein. Keinen Fehler machen. Sich nicht der Lächerlichkeit preisgeben. Er war Ribald Corello, der mächtigste Mann des Universums. Ein Mächtiger, der nicht auf den eigenen Beinen stehen konnte.

»Festhalten!« Da war diese kreatürliche Angst vor dem Sturz, die er niemals überwinden würde.

Über dem Eingang glühten rote Lampen. Funkanlage, Ortungsanlage. Zahlreiche Sklaven Corellos wollten mit ihrem Tapur sprechen. Corello kümmerte sich nicht darum. Diese Barbaren mußten warten, bis er bereit war, mit ihnen zu sprechen. Nur unbewußt war er sich darüber im klaren, daß er innerhalb der Lasztman-Ballung durch widersprüchliche Befehle ein Chaos ausgelöst hatte.

Niemand wußte, was getan werden sollte.

»Loslassen. Vorsichtig, ihr Narren!«

Er stand da. Er schwankte. Der ganze Raum schien sich um ihn zu drehen.

Der linke Fuß, ganz langsam!

Er war wie besessen von der Idee, diesmal mehr Schritte zu machen als jemals zuvor. Er mußte es nur wollen. Vielleicht konnte er sogar die andere Seite des Raumes erreichen. Zehn Meter! Tränen liefen über sein Gesicht. Zehn Meter!

Eine unvorstellbare Entfernung, wenn er sie auf seinen Beinchen zurücklegen sollte.

Jetzt wieder der rechte Fuß. Ganz einfach. Nur Geduld und Geschicklichkeit gehörten dazu.

»Haltet mich!«

Der Aufschrei kam zu spät. Wieder stürzte er. Diesmal seitwärts. Das Polster verhinderte, daß er sich verletzte.

Plötzlich dachte er wieder an das fremde Schiff.

War es inzwischen vernichtet worden? Er erinnerte sich, daß er entsprechende Befehle gegeben hatte. Aber hatte er sie später nicht widerrufen? Erschien nicht in regelmäßigen Abständen die Vision?

Kitai Ishibashi!

Wie kam er überhaupt auf diesen Namen? Was geschah überhaupt?

Speichel lief aus seinem Mund und befeuchtete den gepolsterten Boden.

»Ich bin müde!« sagte Corello. »Ich möchte mich ausruhen!«

Die Roboter sanken zu ihm hinab, hoben ihn behutsam auf und flogen mit ihm davon.

»Anhalten!« schrie Corello, noch bevor sie den Raum verlassen konnten. Ein dumpfer Druck im Gehirn warnte ihn. Ein neuer Anfall stand bevor. Er wußte es, ohne sich in Einzelheiten an den letzten erinnern zu können. Angst stieg in ihm auf und schnürte ihm die Kehle zu.

Die Roboter setzten ihn neben der Tür ab. Er lehnte sich gegen die Wand, die sich seiner Körperform anpaßte.

Kitai Ishibashi!

Sein Vater? Eine Halluzination?

Was geschah in seinem Unterbewußtsein? Corello preßte in einer heftigen Gefühlswallung beide Händchen vors Gesicht.

»Tötet alle Fremden!« befahl er. Sein telepathischer Impuls ging an alle Kommandanten von Tapura. Sie würden ihn weitergeben.

»Tötet alle Fremden!«

Corello rang nach Atem. Seine Umgebung schien sich vor seinen Augen aufzulösen.

Da erschien eine Gestalt. Sie tauchte aus dem Nebel hervor, ohne völlig materiell zu werden. Corello konnte nicht feststellen, ob diese Gestalt wirklich existierte. Er starrte sie an.

Es war Kitai Ishibashi. Sein Vater. Sein Vater, der schon längst tot war. »Vater!« schrie Corello.

Die Gestalt bewegte sich. Sie schien sich wieder auflösen zu wollen, blieb aber sichtbar. Sie blickte aus großen Augen auf Corello herab. Vorwurfsvolle Blicke waren es, unter denen Corello sich wand.

»Warum bist du der Menschheit untreu geworden, mein Sohn?« fragte die Gestalt.

Ribald Corello zuckte zusammen. Sprach dieser Fremde wirklich, oder kam die Stimme aus Corellos Unterbewußtsein?

»Warum wurdest du zum größten Verbrecher der Galaxis?« fuhr Kitai Ishibashi fort. »Du hast gute Erbanlagen. Dein Vater war der Menschheit treu.«

Corello schickte einen telepathischen Befehl aus. Er verbot seinen geistigen Sklaven, die in der Lasztman-Ballung eingedrungenen Fremden anzugreifen. Er wußte, daß er damit seinen früheren Befehl widerrief. Aber er konnte nicht anders.

Nicht, solange dieses Gesicht auf ihn herabstarrte.

»Mein Sohn, du mußt dich ändern!«

Die Stimme war deutlich zu hören. »Du darfst nicht so weiterleben wie bisher.«

Corello begann zu weinen. Längst vergessen geglaubte Erinnerungen wurden in ihm wach.

»Beschimpfe mich nicht!« flüsterte er schweißüberströmt. »Ich werde alles in Ordnung bringen.«

»Du darfst den Fremden nichts tun. Sie wollen dir helfen. Denke immer daran, mein Sohn.«

»Bist du wirklich mein Vater?« fragte Corello.

»Ich bin die Summe deiner Kenntnisse, die du über mich besitzt«, antwortete die Vision.

Dann verschwand sie.

Corello lag ausgestreckt am Boden. Er wimmerte. Seine Hände zitterten. Dann war alles vorbei.

»Hierher!« befahl er.
Die Roboter schwebten heran, hoben ihn auf.
»Festhalten!« kommandierte Corello. Die Erinnerung an die Vision verblaßte, nur eine quälende Ungewißheit blieb. Die Erinnerung an einen Namen, an Wünsche und Gefühle, wie Corello sie bisher nicht gekannt hatte.
»Loslassen!«
Die kleine Gestalt mit dem großen Kopf stand schwankend im Raum. In diesem Augenblick wirkte sie nicht häßlich, bestenfalls bedauernswert.
»Warum ist es so still?« rief Corello.
Sofort begann Musik zu spielen. Eine wilde, kaum verständliche Musik, die Corello selbst geschrieben hatte. Gleichzeitig liefen Bilder über die Wände. Corello projizierte diese Bilder mit seiner psionischen Energie auf die Wände.
Er sah sich selbst, aufrecht und stolz, wie er eine riesige Ebene durchwanderte.
Da ging er!
Die Bilder wechselten. Eine Schlucht wurde sichtbar. Sie war nur dreißig Zentimeter breit. Auf der einen Seite strömte der Fluß vorbei, aus dem Corello zu trinken hoffte.
Er konnte nicht über die schmale Schlucht springen. Er mußte verdursten, weil er nicht fähig war, dreißig Zentimeter zu springen. Er konnte überhaupt nicht springen.
Die Bilder wechselten erneut.
Corello stand auf einem Hügel. Die Sonne strahlte auf ihn herab. Unter ihm bewegte sich eine Masse von Menschen, die seine Sklaven waren. Sie wogten an ihm vorüber, die Blicke gesenkt, die Rücken gebeugt. Er schritt zu ihnen hinab. Auf ihren Rücken ging er weiter.
Ein paar dieser anonymen Wesen blickten auf.
»Er kann überhaupt nicht gehen!« riefen sie.
Die Masse teilte sich. Corello fiel zu Boden, unfähig, sich wieder zu erheben. Sie schritten über ihn hinweg, und er spürte jeden einzelnen Tritt. Ihre Füße bohrten sich in seinem Körper.
Die Bilder verschwanden.
Da! Die Gestalt! Sie erschien schon wieder.
Corello erlebte einen Schock, als er sah, daß es diesmal seine Mutter war, die vor ihm stand.
»Mutter!« stammelte er. »Warum hast du den Schrein verlassen? Bist du aufgewacht?«

Entsetzt erinnerte er sich daran, daß seine Mutter tot war. Sie lag tot im Sarg auf dem Dach von Corellos Schrein, in ihrer unvergleichlichen Schönheit, für alle Zeiten konserviert.

»Mein Sohn!«

Die Stimme klang weich und liebevoll.

Der Mutant stürzte zu Boden.

Er sah, daß seine Mutter weinte. Sie weinte um ihn. Ihre Trauer war unbeschreiblich.

»Mutter!« rief Corello und stöhnte. »Geh weg, Mutter! Ich ertrage es nicht!«

Sie streckte die Hände aus, als wollte sie ihn berühren, aber sie glitt durch seinen Körper hindurch. Trotzdem war sie da! Er sah sie. Er hörte sie. Sie war Gevoreny Tatstun, seine Mutter.

»Wie konntest du zu einem Verbrecher werden?«

Corello schloß die Augen, aber die Vision blieb.

»Kannst du dich nicht erinnern, was ich alles für dich getan habe?« fragte die schöne Frau und weinte. »Erinnere dich, mein Sohn. Weißt du nicht mehr, wie ich dir den Zellaktivator gab, den ich bis zum Alter von dreihunderteinundneunzig Jahren trug?«

Vor Corellos geistigen Augen stiegen längst vergessene Bilder auf. Er begann sich zu erinnern. Obwohl er es nicht wollte. Er wehrte sich verzweifelt dagegen. Denn jeder Schritt in die Erinnerung bedeutete die Erkenntnis, daß er ein Verbrecher war.

»Sei still, Mutter!« flehte er.

Aber sie sprach unbeirrt weiter. Es war die Stimme von Corellos Unterbewußtsein. Sie sprach zu ihm in Gestalt seiner Mutter, die er mehr liebte, als sich selbst.

»Du warst fast vierhundert Jahre alt, als du den Zellaktivator von mir erhieltest. Du brauchtest so lange, um erwachsen zu werden. Von Geburt an warst du ungewöhnlich. Ein Mutant. Aber du warst nicht schlecht.

Weißt du noch, warum ich dir den Zellaktivator gab? Du solltest durch ihn vor dem Offensivprogramm der Antis und Aras gerettet werden.«

Corello schrie. Seine Stimme überschlug sich.

Offensivprogramm!

Da war das Wort, das seit Tagen an die Oberfläche seines Bewußtseins drängte. *Offensivprogramm!*

Dieses Wort barg alle nur erdenklichen Schrecken in sich. Und die Erklärung für alles.

»Ich wollte verhindern, daß das Offensivprogramm verwirklicht wird«, hörte er die weibliche Stimme:

»Aber es ist mir nicht gelungen.«

Corello schrie noch immer. Er stand an der Schwelle des Wahnsinns.

Offensivprogramm! durchraste es sein Gehirn. Immer dieses Wort. Er glaubte es in seiner ganzen schrecklichen Tragweite zu verstehen.

Das Bild seiner Mutter verblaßte. Corello wurde ruhiger. Die Wirkung des schrecklichen Wortes ließ nach.

Ich habe geträumt, dachte Corello. Es kann keine Wirklichkeit sein.

Ein Nachrichtenroboter schwebte in den Raum. Er war kugelförmig und besaß ein halbes Dutzend Antennen.

Corello schickte einen Psi-Impuls in Richtung des Roboters.

»Fremde sind aufgetaucht!« sendete der Nachrichtenroboter. »Sie nähern sich Tapura.«

Er erinnerte sich an das Schiff. Hatte er nicht den Befehl gegeben, es anzugreifen?

Wieder sandte er einen Psi-Impuls aus und erfuhr, daß das Schiff noch immer im Ortungsschutz einer Sonne manövrierte, die nur ein Lichtjahr von Targo entfernt war.

Seltsam! dachte Corello.

»Die Kommandanten erwarten Befehle. Sie wissen nicht, was sie tun sollen«, sendete der Nachrichtenroboter.

Corello hob befehlend ein Ärmchen. Er fragte sich, woher sein Unbehagen kam, das ihn nicht mehr losließ. Ein Wort beschäftigte ihn. Irgendein Wort, an das er sich nicht mehr erinnern konnte, das aber von großer Wichtigkeit war.

»Befehle, Tapur?« fragten die Kommandanten über den Nachrichtenroboter.

Corello spürte Haß und Ärger. Er wußte, daß er Fehler machte. Es war an der Zeit, energisch zuzuschlagen.

»Ich werde mich selbst um die Fremden kümmern«, entschied er. »Ich werde sie vernichten.«

28.

Sonnenaufgang!

Die Nacht hatte sich hinter den Horizont zurückgezogen; graue Wolkenschleier am Himmel waren ihre letzten Zeugen.

Atlan, der die ganze Nacht über wach geblieben war, erhob sich, schaltete seinen Mikrodeflektor ein und verließ die Bodensenke, in der sie die letzten Stunden verbracht hatten. Alaska Saedelaere schlief. Icho Tolot war vor einer Stunde aufgebrochen, um die nähere Umgebung zu erkunden. Die beiden Teleporter unterhielten sich leise, um Saedelaere nicht zu wecken. Atlan stieg auf einen Hügel in der Nähe, von dem aus er einen guten Ausblick auf Tapura hatte. Die Hauptstadt lag im Licht der Morgensonne. Die hellen Dächer verschiedener Gebäude reflektierten die Sonnenstrahlen.

Die Stadt war nicht so groß wie erwartet. Von Atlans Platz aus glich sie einer kompakten Festung. Auch in der Peripherie standen die Gebäude dicht gedrängt. Im Zentrum der Stadt flackerte ein zwanzig Kilometer durchmessender Schutzschirm, der eine Höhe von tausend Metern besaß. Dort lag das Tapurium, der Tempel Ribald Corellos.

»Überlegen Sie, wie wir unser Ziel am schnellsten erreichen können?«

Atlan zuckte zusammen, als die Stimme Alaska Saedelaeres unmittelbar neben ihm aufklang. Saedelaere hatte ebenfalls seinen Mikrodeflektor eingeschaltet und war zu Atlan heraufgestiegen.

»Sie sollten sich nicht von hinten an mich heranschleichen, Alaska. Das kann gefährlich werden. Vor allem auf einer Welt wie dieser.«

Er hörte den Transmittergeschädigten leise auflachen.

»Entschuldigen Sie, Sir. Ich wollte Sie nicht erschrecken.«

Atlans Ärger verflog. Er hob den Kopf, als sie von ein paar Transportgleitern überflogen wurden.

»Ich kann es nicht fassen, daß wir noch nicht entdeckt wurden, Alaska. Sehen Sie sich den Schutzschirm um das Tapurium an. Er flackert immer, wenn Corello einen Anfall hat.«

»Das ist unser Glück«, meinte Saedelaere. »Es bedeutet, daß der Schutzschirm nicht mit voller Intensität arbeitet.«

Sie verließen den Hügel und kehrten in die Senke zurück.
»Schaltet eure Deflektoren ein«, befahl Atlan den beiden Teleportern. »Das Gebiet rund um die Stadt wird ständig von Transportmaschinen überflogen. Ich möchte nicht, daß man uns durch einen dummen Zufall entdeckt.«
Atlan war entschlossen, die Stadt zu durchqueren und in das Tapurium einzudringen. Er wartete nur noch auf Icho Tolots Rückkehr, dann würde er den Befehl zum Aufbruch geben.
Etwa hundert Meter hinter der Senke begann der Dschungel. Atlan war froh, daß sie ihn hinter sich gelassen hatten. Er hoffte, daß es ihnen erspart bliebe, auf dem Rückweg dieses Gebiet noch einmal betreten zu müssen.
Gucky machte den Vorschlag, bis zum Rand des Schutzschirms zu teleportieren.
»Ras wird zunächst einen Versuchssprung machen und feststellen, ob es in Tapura Psi-Fallen gibt«, ordnete Atlan an. »Wenn wir aufs Geratewohl teleportieren, können wir alle zusammen ausgeschaltet werden.«
Icho Tolot kam zurück und ließ sich neben den anderen nieder.
»Ich habe die ganze Stadt umrundet«, berichtete er. »Es sieht fast überall so aus wie hier. Besonders günstige Stellen, wo man ungehindert ins Stadtzentrum vordringen könnte, gibt es nicht. Die Gebäude stehen überall dicht zusammengedrängt. Nur wenige Menschen sind zu sehen. Die meisten von ihnen machen einen nervösen und verwirrten Eindruck.«
»Kein Wunder!« sagte Atlan. »Bei der augenblicklichen Verfassung des Mutanten weiß niemand in Tapura, was er tun soll.«
Tolot zögerte einen Augenblick. Dann fuhr er fort: »Es ist eine seltsame Stadt. In ihrer Kompaktheit erinnert sie mich an . . . an einen Behälter. Ich möchte um keinen Preis dort leben.«
Atlan erkannte erstaunt den starken Widerwillen in Tolots Stimme. Er glaubte sogar Entsetzen aus den Worten des Haluters herausgehört zu haben. Was hatte Tolot so stark beeindruckt? Es konnte nur die Atmosphäre sein; die düstere Stimmung dieser Stadt, die so gar nicht zu ihrem märchenhaften Aussehen paßte.
Atlan lenkte seine Gedanken gewaltsam in eine andere Richtung.
»Machen Sie jetzt den Probesprung, Ras.«
Er konnte Tschubai nicht sehen, aber wenige Sekunden später zeigte ein Geräusch implodierender Luft die Stelle an, von der aus der Afroterraner teleportiert war.

Tschubai blieb nicht lange weg. Als er zurückkam, schaltete er seinen Mikrodeflektor aus. Atlan sah bestürzt, daß der Teleporter schwankte. Er machte einen Schritt auf ihn zu und stützte ihn.

»Sie sind fast in eine Psi-Falle geraten!« meinte er. »Oder wurden Sie von einem Schutzschirm zurückgeschleudert?«

Tschubai blickte sich um, als müßte er sich zunächst wieder an diese Umgebung gewöhnen. Sein Gesicht wirkte verkrampft, die Augen traten leicht hervor. Er atmete schwer.

»Ras!« rief Atlan. »Was ist geschehen, Ras?«

Tschubai preßte die Augen fest zusammen und öffnete sie wieder. Er gab keine Antwort.

»Er hat einen Schock erlitten!« Atlan führte Tschubai zum Rand der Senke und ließ ihn dort Platz nehmen. »Gucky, kannst du seine Gedanken erkennen?«

»Nein«, sagte der Mausbiber knapp.

»Sie brauchen sich keine Sorgen zu machen, Sir!«

Atlan fuhr herum, als er Tschubai so unverhofft sprechen hörte.

Tschubai lächelte gequält.

»Was ist geschehen?« erkundigte sich der Arkonide. Ohne zu wissen, warum, rechnete er mit einer Antwort, die ihr Unternehmen zum Scheitern bringen konnte. Er spürte, daß Tschubai etwas *Entscheidendes* widerfahren war.

»Ich weiß nicht genau, was geschehen ist«, berichtete Tschubai verstört. »Es gab weder Schutzschirme noch Psi-Fallen. Ich materialisierte vor dem Schutzschirm, der das Tapurium umschließt. Es war die Stadt, die eine starke Wirkung auf mich ausübte. Sie . . . sie ist keine Stadt im üblichen Sinne. Corello hat ihr und ihren Bewohnern seinen Stempel aufgedrückt.«

Er blickte auf und schüttelte den Kopf.

»Wenn ich es nur erklären könnte! Sie müßten selbst hingehen, um zu wissen, wie es ist.«

Tschubai befeuchtete seine Lippen mit der Zungenspitze. Es war ein Zeichen seiner großen Nervosität.

»Diese Stadt ist wie etwas Lebendiges. Die Gebäude und Straßen strahlen Corellos Geist aus. Es ist, als hätte alles in der Nähe des Tapuriums etwas von Corellos Kraft in sich aufgesogen. Jeder Stein, jedes Sandkorn reflektiert die Ausstrahlung Corellos.«

Atlan blickte den Mutanten aufmerksam an.

»Wie konnten Sie das feststellen, Ras?«

Tschubai preßte seine Handflächen gegeneinander.

»Es war nicht greifbar«, antwortete er. »Trotzdem spürt man seine Allgegenwärtigkeit. Dabei war es nicht irgendein Gefühl. Es läßt sich noch am ehesten mit einem dünnen Nebelschleier vergleichen, der über Tapura liegt. Die Stadt schien zu spüren, daß ich ein Fremdkörper war. Ich paßte nicht dorthin. Deshalb stießen mich die Gebäude und die Straßen ab. Sie waren meine Feinde.«

»Du kannst doch nicht von Straßen und Gebäuden reden, als wären sie etwas Lebendiges, Ras!« mischte sich Gucky ein. »Das ist verrückt.«

Tschubai lehnte sich zurück und verschränkte die Hände hinter dem Kopf. Seine Augen blickten in den blauen Himmel.

»Wir ändern unsere Pläne«, beschloß Atlan. »Um sicher zu sein, daß wenigstens ein paar von uns das Tapurium erreichen, werden wir uns trennen.«

»Das halte ich für einen Fehler«, protestierte Gucky. »Bisher hatten wir Erfolg, weil wir zusammengeblieben sind.«

»Das galt für den Dschungel. Doch jetzt sind die Voraussetzungen anders. Wir müssen die Stadt durchqueren. Da stimmt was nicht. Wir wissen nicht genau, was es ist, aber es hat in Ras einen Schock ausgelöst und Icho Tolot beeindruckt.«

Gucky kratzte sich an den Ohren und schwieg. Es war ihm anzumerken, daß er eine Trennung nach wie vor ablehnte. Er mußte sich jedoch den Befehlen des Arkoniden fügen.

»Wir bilden drei Gruppen«, entschied Atlan. »Alaska und ich brechen zuerst auf und versuchen, das Tapurium zu Fuß zu erreichen. Tolot, der sich am schnellsten bewegen kann, begibt sich auf die andere Seite des Stadtrands und dringt von dort aus zum Zentrum vor. Wahrscheinlich wird er noch vor Alaska und mir dort ankommen.«

»Und was ist mit Ras und mir?« erkundigte sich Gucky.

»Ihr teleportiert, sobald wir vor dem Schutzschirm angelangt sind«, befahl Atlan. »Wir können euch dann eventuell helfen, wenn ihr Schwierigkeiten habt. Sollte nur eine der drei Gruppen das Ziel erreichen, wird das Unternehmen fortgesetzt. Jeder weiß, worum es geht.«

Atlan schaltete seinen Mikrodeflektor ab. Auch Alaska Saedelaere wurde sichtbar.

»Ich halte es für sicherer, wenn wir versuchen, uns als Sklaven Corellos auszugeben«, erklärte Atlan seine Maßnahme. »Wenn wir mit eingeschaltetem Mikrodeflektor geortet werden, erwecken wir größeres Mißtrauen, als wenn wir uns unauffällig durch die Straßen der Stadt bewegen.«

Der Arkonide wollte weitere Diskussionen vermeiden und machte sich mit Alaska Saedelaere auf den Weg. Wenige Augenblicke später erreichten sie eine der zahlreichen Straßen, die in die Stadt führten. Sie bestand aus dunkelbraunem Kunststoff und war an den Seiten befestigt. Die Sonne stand im Rücken der beiden Männer und tauchte die Randgebäude der Stadt in helles Licht.

Der flexible Boden dämpfte die Schritte der beiden Männer. Es war angenehm warm, ohne schwül zu sein. Aus Richtung des Dschungels wehte ein leichter Wind zur Stadt hin.

»Ein goldener Käfig«, meinte Alaska Saedelaere und sprach damit aus, was auch der Arkonide empfand.

Die Anti-Priester, die Tapura vor mehr als viertausend Jahren gebaut hatten, konnten nicht geahnt haben, daß diese wunderbare Stadt eines Tages Hauptquartier eines Monstrums sein würde. Sie hatten eine heilige Stätte errichten wollen, zu der sich Anhänger aus der ganzen Galaxis hingezogen fühlten.

Atlans Gedanken wurden unterbrochen, als sich aus der Stadt ein Fahrzeug näherte. Es war ein Gleiter, der auf einem energetischen Prallfeld schwebte. Er war fast so breit wie die Straße und über zehn Meter lang. Atlan vermutete, daß es sich um ein Transportfahrzeug handelte. Es war aus dieser Entfernung nicht festzustellen, ob der Wagen besetzt war.

»Wollen wir uns verstecken?« fragte Saedelaere.

Atlan schüttelte den Kopf.

»Jetzt haben wir vielleicht eine Gelegenheit, die Reaktion eines Stadtbewohners auf unsere Anwesenheit zu testen.«

Sie stellten sich an den Straßenrand und warteten. Der Transporter glitt vorbei, ohne seine Geschwindigkeit zu verringern.

»Ich glaube, er war robotgesteuert«, bemerkte Saedelaere und blickte dem Fahrzeug erleichtert nach.

Sie gingen weiter. Je näher sie den ersten Gebäuden kamen, desto stärker spürte Atlan die Drohung, die von der Stadt ausging. Jetzt verstand der Arkonide, was Ras Tschubai ihnen hatte sagen wollen. Die schönen Fassaden der Häuser erschienen Atlan plötzlich wie Fallen. Unwillkürlich wurde er an die fleischfressenden Pflanzen des Dschungels erinnert, die mit ihrer Blütenpracht ahnungslose Opfer anzulocken versuchten.

Atlan merkte, daß Saedelaere sich immer zögernder bewegte. Der Transmittergeschädigte griff immer häufiger nach seiner Maske. Die Aktivität des Cappin-Fragments hatte anscheinend wieder zugenommen. Im hellen Sonnenlicht war nur schwer festzustellen, ob es stärker als zuvor unter der Maske hervorleuchtete.

Unmittelbar vor der Stadt gabelte sich die Straße und führte in zwei Richtungen um eine Häusergruppe herum.

»Es sind kaum Menschen zu sehen«, bemerkte Atlan verwundert. »Ob nicht mehr in Tapura leben?«

»Vielleicht sind sie unterwegs, oder sie halten sich in den Gebäuden auf und warten auf klare Befehle«, antwortete Saedelaere.

Ein paar Fluggleiter, die irgendwo in der Stadt gestartet waren, huschten lautlos über die beiden Männer hinweg. Ein Tier, das wie die Karikatur eines Hundes aussah, lief direkt vor ihnen quer über die Straße und verschwand zwischen zwei Häusern.

Tapura war die sauberste Stadt, die Atlan jemals gesehen hatte. Es schien unvorstellbar zu sein, daß sich irgendwo in diesen Gebäuden Schmutz ansammeln konnte. Die Häuser wirkten fast steril.

Die Stille wirkte bedrückend. Die beiden Männer hörten nur das Säuseln des Windes, der sich in den Dächern der Gebäude verfing. Die Fahrzeuge, die ihnen begegneten, bewegten sich mit völliger Lautlosikeit. Die Stadt schien zu schlafen.

Atlan blieb stehen. Er hatte das Gefühl, daß sie beobachtet wurden. Der Wunsch, umzukehren und in den Dschungel zu fliehen, wurde immer stärker. Er preßte die Lippen zusammen. Das war ja lächerlich! Er fürchtete sich vor ein paar Gebäuden.

»Etwas stimmt hier nicht!« Saedelaere sprach im Flüsterton. »Ich fühle es. Es gibt hier irgendeine Gefahr.«

»Unsinn!« Atlan erschrak vor seiner eigenen Stimme. »Wir gehen weiter.«

Die Türen der Häuser waren verschlossen. Fenster gab es nicht. Die Außenwände der Gebäude waren mit seltsamen Malereien verziert. Gelb und Rot bildeten die vorherrschenden Farben. Atlan sah künstlerische Darstellungen von Anti-Priestern, die gegen mehrköpfige Ungeheuer kämpften. Die Farben hatten nichts von ihrer Leuchtkraft verloren. In dieser Stadt schien außer den Bewohnern nichts zu altern.

Plötzlich hörte der Arkonide Schritte. Er packte Saedelaere am Arm und bedeutete ihm, stehenzubleiben.

Die Schritte wurden lauter und verklangen dann wieder. Atlan starrte auf seine Füße. Seine und Saedelaeres Schritte wurden vom Kunststoffbelag der Straße gedämpft. Es war nicht anzunehmen, daß die anderen Straßen einen festeren Belag hatten. Das machte die Sache noch unheimlicher.

Atlan wurde das Gefühl nicht los, daß die Häuser dichter zusammenrückten und sie einschlossen. Seine Augen bewiesen ihm das Gegenteil, aber die Furcht, allmählich zwischen den Gebäuden zerdrückt zu werden, ließ ihn nicht los.

Irgendwo begann jemand zu pfeifen. Es waren klagende Geräusche, die ein Echo zwischen den Häusern fanden. Atlan hatte niemals zuvor eine solche Melodie gehört. Sie war schön und drückte gleichzeitig tief empfundenes Leid aus.

»Können Sie feststellen, woher das kommt?«

»Von dort vorn, glaube ich.«

In der Mitte des freien Platzes stand eine Säule. Sie bestand aus ineinander verschlungenen Körpern, die ein Künstler aus einem Stück herausgehauen hatte. Aus der Ferne sah es aus, als drehten sich die Körper im Sonnenlicht. Der Boden des Platzes war mit Kristallplatten ausgelegt. Atlan wurde an einen See im Sonnenlicht erinnert.

»Niemand zu sehen«, sagte Saedelaere mit wachsendem Unbehagen.

»Wir können nicht den gesamten Platz sehen«, erwiderte Atlan.

Das Pfeifen brach einen Augenblick ab und begann dann erneut. Atlan glaubte zu hören, daß das Geräusch jetzt aus einer anderen Richtung kam.

Sie erreichten das Ende der Straße. Da sahen sie ein Mädchen. Es war klein und mager. Es lehnte mit dem Rücken an einer Hauswand und blickte zur Säule hinüber.

»Ein Mädchen!« sagte Saedelaere verwundert.

Eigentlich hätten sie jetzt Erleichterung empfinden müssen, aber der Anblick des Mädchens machte das Gefühl tödlicher Gefahr noch gegenwärtiger. Das Pfeifen ließ Atlans Pulsschlag rasen.

Die beiden Männer näherten sich dem Mädchen. Es hörte auf zu pfeifen und blickte in ihre Richtung. Da sah Atlan, daß sie blind war. Sie hob die Hände, als wolle sie nach etwas greifen. Sie sah enttäuscht aus.

»Hallo!« sagte Atlan in die Stille hinein. »Du kannst wunderbar pfeifen.«

Sie hielt den Kopf schräg, als lausche sie voller Wohlbehagen der Stimme des Arkoniden.

»Hast du verstanden, was ich gepfiffen habe?« fragte sie. Ihre Stimme klang krächzend und holprig, es schien undenkbar, daß die Worte aus demselben Mund kamen, der zuvor so wunderbar gepfiffen hatte.

»Ich glaube, wir haben es verstanden«, erwiderte Atlan.

Das Mädchen drehte den Kopf. Ihre dunklen Haare schimmerten in der Sonne. Ihr Gesicht war sehr blaß. Sie sah hungrig aus. Irgendeine schmerzliche Erfahrung hatte sich in ihr Gesicht eingegraben.

»Bitte, würde dein Freund auch mal sprechen?«

»Gern«, sagte Saedelaere. »Wenn es dir Spaß macht.«

Das Mädchen streckte eine Hand aus und Alaska ergriff sie.

»Ihr habt schöne Stimmen. Anders als die Gefangenen.«

»Von welchen Gefangenen sprichst du?« fragte Atlan.

Sie machte eine Geste, als wolle sie die Stadt mit beiden Händen umfassen. Ihre Mundwinkel zuckten.

»Alle in dieser Stadt sind gefangen«, sagte sie. »Wußtet ihr das nicht? Ihr könnt froh sein, daß der Schreckliche krank ist, sonst hätte er euch schon in seiner Gewalt.«

»Sie spricht von Ribald Corello«, flüsterte Atlan Saedelaere zu.

Der Transmittergeschädigte nickte.

»Wie heißt du?« fragte er das Mädchen.

»Kytoma.« Ein verlegenes Lächeln machte ihr Gesicht kindlicher. »Diesen Namen habe ich mir selbst gegeben.«

»Wie kommt es, daß du keine Gefangene bist?«

Sie spitzte die Lippen und begann zu pfeifen. Ihre Hände strichen über ihren Körper.

»Mir kann der Schreckliche nichts anhaben. Er spürt mich nicht. Er kann mit seiner schrillen Stimme nicht zu mir sprechen.«

Atlan und Saedelaere tauschten einen Blick. Entweder war Kytoma durch irgendwelche Zufälle mentalstabilisiert, oder sie besaß selbst parapsychische Gaben. Da sie blind war, nahm Atlan an, daß die letzte Möglichkeit zutraf. Es war erstaunlich, in Tapura einen Menschen zu treffen, der keine Marionette Corellos war.

»Leben deine Eltern ebenfalls in Tapura?« erkundigte sich Atlan.

»Was ist das?« wollte sie wissen. »Sind Eltern Leute, bei denen man lebt, wenn man jung ist?«

Atlan war verblüfft.

»So ungefähr kann man es ausdrücken.«

»Meine Eltern fühlen mich nicht mehr«, sagte sie. Sie sprach ein einwandfreies Interkosmo, obwohl ihre Stimme wie ein alter Lautsprecher krächzte. »Ich kann sie auch nicht mehr fühlen. Deshalb bin ich weggegangen. Ich komme jeden Morgen hierher zu meinem Lieblingsplatz. Ich wärme mich in der Sonne. Manchmal kommen Gefangene des Schrecklichen und jagen mich weg.«

»Weiß der Schreckliche von deiner Existenz?«

Sie nickte heftig.

»Einmal wurde ich zu ihm gebracht. Ein paar Gefangene sperrten mich in einen Wagen, der mich direkt zum Schrecklichen fuhr. Ich erinnere mich, daß er über mich lachte. Er sagte, daß er mich studieren wolle, denn ich sei interessant für ihn. Ich war lange Zeit krank, nachdem ich bei dem Schrecklichen war.«

»Das kann ich verstehen«, meinte Saedelaere mitfühlend. »Wenn du willst, bringen wir dich aus dieser Stadt weg. Du kannst uns auf eine Welt begleiten, wo der Schreckliche keine Macht besitzt. Dort sprechen alle Menschen so frei wie wir, und sie werden dich gut behandeln.«

Kytoma schien zu überlegen. Nach einer Weile schüttelte sie den Kopf und begann zu pfeifen. Atlan erkannte, daß Kytoma schwere seelische Schäden erlitten hatte. Trotzdem machte sie einen starken Eindruck auf ihn. Sie schöpfte Kraft aus ihrer seltsamen Musik. Sie lebte als geistig freier Mensch unter Tausenden von Sklaven. Sie war mit Corello zusammengetroffen, ohne daß er sie in seinen Bann gezwungen hatte.

»Warum willst du hierbleiben?« fragte Atlan verwundert.

Sie deutete mit zitternden Händen in die Mitte des Platzes.

»Die Säule«, erklärte sie. »Wegen der Säule.«

Atlans Augen verengten sich.

»Was ist mit dieser Säule? Welche Verbindung hat sie zu Corello?«

»Ich verstehe dich nicht«, erwiderte Kytoma. »Deine Stimme klingt gut, aber deine Worte verwirren mich.« Atlan blickte zur Säule hinüber. Die Figuren schienen im Sonnenlicht zu tanzen. Konnte die Blinde das sehen? Oder fühlen? Diese Säule war geheimnisvoll. Atlan war sicher, daß es sich um eine Kultstätte der Anti-Priester handelte.

»Wir könnten die Säule mit auf einen anderen Planeten nehmen und sie dort aufstellen«, schlug Atlan vor. »Dann könntest du immer in ihrer Nähe sein und gleichzeitig mit glücklichen Menschen leben.«

Während er sprach, veränderte sich Kytomas Gesichtsausdruck. Sie sah entsetzt aus.

»Du würdest die Säule von diesem Platz wegnehmen?«

»Natürlich nur, wenn du es möchtest«, redete Atlan beruhigend auf das Mädchen ein. Ihre Hände ballten sich zu Fäusten.

»Die Säule soll an ihrem Platz bleiben«, verlangte sie. »Wenn du sie wegnimmst, werde ich dich töten. Ich werde jeden töten, der sie nur anrührt.«

Atlan starrte sie überrascht an. Er hätte ihr soviel Aggressivität nicht zugetraut. Erstaunt erkannte Atlan, daß er ihr *glaubte*. Er hielt sie für fähig, Saedelaere und ihn umzubringen, obwohl er keine klaren Vorstellungen davon hatte, wie sie dabei vorgehen würde.

»Die Säule wird an ihrem Platz bleiben«, versicherte er ihr hastig. »Und du kannst ebenfalls in Tapura bleiben.«

Ihr Gesicht bekam Farbe. Nur die Augen blieben tot und leer.

»Eines Tages wird Tapura von dem Schrecklichen befreit sein«, sagte sie verträumt. »Dann werden Menschen zu der Säule kommen und Kraft aus ihr schöpfen.«

Die Säule!

Atlan holte tief Atem. Er hätte es längst merken müssen. Spätestens nachdem das Mädchen seine Verbundenheit mit diesem steinernen Gebilde bekundet hatte.

Alles, was man spürte, wenn man sich dieser Stadt näherte, ging von dieser Säule aus, Tschubai hatte gesagt, daß die Stadt die Kraft Corellos ausstrahlte. Der Mutant hatte sich getäuscht. Nicht Corello, sondern die Säule verlieh der Stadt eine ungewöhnliche Ausstrahlungskraft. Die Säule fungierte als eine Art Wächter, die einsuggerierte und allein auf diese Weise die Stadt verteidigte. Die Anti-Priester hatten in dieser Säule den Mittelpunkt der Stadt gesehen. Und Corello, der den Vorteil des Kunstwerkes erkannt hatte, hatte sich wohlweislich gehütet, es zu zerstören.

Aber auf welche Weise übermittelte die Säule das Gefühl der Gefahr und des Unbehagens? War in ihrem Innern ein Psi-Sender verborgen? Es war den Anti-Priestern zuzutrauen, daß sie ein solches Gerät gebaut hatten.

Das Merkwürdige war, daß man die Kraft der Säule spürte, noch bevor man sie gesehen hatte. Ihre Ausstrahlungskraft reichte bis zum Stadtrand.

Aber es war bestimmt nicht irgendein Sender, der im Innern der Säule verborgen war, überlegte Atlan weiter. Er war ganz sicher, daß Kytoma an nichts *Technischem* so hängen würde. Es war etwas anderes – etwas *Übernatürliches*.

Was für eine Stadt, dachte Atlan und erschauerte. Vielleicht war sie wirklich nur ein paar Jahrtausende alt, aber in ihren Mauern barg sie die Geheimnisse von Jahrmillionen. Alte Geschichten von Antis fielen ihm ein, Legenden des Báalol-Kults, von denen die Geschichtsforscher bisher angenommen hatten, daß sie nur dazu dienten, die Gläubigen zu beeinflussen.

Man müßte dieser Sache bis zu ihrem Anfang nachgehen, überlegte Atlan.

In welchem Zusammenhang mit der Säule stand Ribald Corello? Ein sensibler Mutant wie er mußte etwas über diese Säule wissen. Bestimmt wäre er in der Lage gewesen, diesen großen Stein zu vernichten.

Atlan hatte ein Gefühl der Leere und Verlorenheit.

»Wir wollen weitergehen«, sagte er.

Kytoma sagte unvermittelt: »Das Gesicht Ihres Freundes! Was ist mit ihm? Es ist gefährlich! Ein gefährliches Gesicht. Ich spüre den Tod darin.«

»Es ist ein Cappin-Fragment«, erwiderte Saedelaere mit heiserer Stimme. »Ich habe es unter einer Maske verborgen, daß niemand es sehen kann.«

»Ach so«, antwortete Kytoma, als verstünde sie alles. Und dann sehr, sehr gedehnt: »Ein Cappin-Fragment.«

Sie preßte die Fingerspitzen gegen die Schläfen und neigte den Kopf.

»Es will sich verändern«, sagte sie. »Es . . . es will weg. Es sucht nach einem geeigneten Wesen.«

»Spürst du das Cappin-Fragment?« fragte Atlan erregt.

Kytoma nickte. Plötzlich wich sie bis zur Hauswand zurück und preßte sich fest dagegen. Ihr Körper versteifte sich.

»Was bist du nur für ein Kind?« fragte Saedelaere beeindruckt. »Ich wünschte, du würdest mit uns gehen.«

Ihre blinden Augen sahen ihn an, sahen durch ihn hindurch.

»Wir werden uns noch einmal begegnen, Alaska Saedelaere«, verkündete sie. »Ich kann es spüren. Eines Tages, irgendwo. Dann können wir wie Freunde miteinander sprechen. Ich werde dich dann begleiten.«

Saedelaere hatte ein Gefühl, als müßte er zerspringen. Die Anziehungskraft des Mädchens war fast übermächtig. Sie war wie ein Spiegelbild seiner selbst.

Eines Tages . . .

»Bist du sicher, Kytoma?«

»Ich sehe es deutlich vor mir. Das Universum scheint unermeßlich groß zu sein, aber es gibt Bezugspunkte, an denen niemand vorbeikommt.«

»Ich kann dich nicht verstehen«, erwiderte der Transmittergeschädigte traurig.

Eine Wolke erschien am Himmel und schob sich vor die Sonne. Die Säule in der Mitte des Platzes wurde zu einem dunklen, hoch aufgerichteten Stein. Die Figuren, die in sie geschlagen waren, schienen zu sterben.

»Die Sonne ist weg«, sagte Kytoma enttäuscht. »Das kommt selten vor.«

»Wir müssen weiter«, entschied Atlan. »Wir werden noch einmal zurückkommen und dich fragen, ob du uns begleiten willst.«

Kytoma antwortete nicht. Sie hob die Hände und streckte sie mit den Handflächen den beiden Männern entgegen. Sie spitzte den Mund und begann zu pfeifen. Wieder die klagende Melodie.

»Sie ist verrückt«, sagte Atlan, als sie weitergingen und außer Hörweite waren. »Ein kleines verrücktes Mädchen, das durch irgendwelche Umstände aus Corellos Kontrolle entgleiten konnte.«

Saedelaere antwortete nicht. Er preßte die Maske so fest gegen das Gesicht, daß es schmerzte. Allmählich fand er zu sich selbst zurück. Die Worte des Mädchens brannten sich tief in sein Gedächtnis.

Eines Tages . . . .

Das klang nach Unendlichkeit, wenn es auch voller Überzeugung ausgesprochen wurde.

Die Wolke verflog. Sonnenstrahlen trafen die Säule in der Mitte des Platzes. Die grotesken Figuren im Stein begannen zu tanzen.

Die beiden Männer gingen um die Säule herum. Sie starrten auf den kristallinen Boden und sahen sich an.

Die Säule warf keinen Schatten. Die Sonne schien hindurch.

Als sie den Schutzschirm erreichten, der sich um das Tapurium spannte, war Icho Tolot bereits eingetroffen. Er versteckte sich zwischen zwei Häusern. Er schaltete einen Augenblick den Mikrodeflektor aus, damit Atlan und Saedelaere ihn sehen konnten.

»Ich dachte schon, Sie kämen überhaupt nicht mehr«, sagte er verstimmt. Wenn ein Haluter überhaupt nervös werden konnte, dann konnte man unterstellen, daß Icho Tolot es jetzt war. Die Umgebung und die geheimnisvolle Ausstrahlungskraft beeinflußten auch ihn.

»Wir wurden aufgehalten«, erklärte Atlan.

»Von einem Mädchen«, ergänzte Saedelaere.

Tolot schnaubte verächtlich, als könnte er sich nicht vorstellen, daß so etwas möglich war.

»Ich bin ein paar Marionetten begegnet«, berichtete er. »Sie interessierten sich nicht für mich. Sie bewegten sich ziellos durch die Straßen. Mir ist aufgefallen, daß sie nicht miteinander sprechen.« Er schüttelte sich. »Können Sie sich vorstellen, daß intelligente Wesen in einer Stadt zusammen wohnen, ohne sich miteinander zu unterhalten?«

»Irgendeine Kommunikation muß aber da sein«, meinte Atlan. »Ich glaube, sie kommen bestimmt nicht ohne jedes Gespräch aus.«

»Corello spricht für sie alle«, antwortete Tolot. »Er denkt sogar für sie.«

Atlan antwortete nicht, sondern konzentrierte sein Interesse auf die nähere Umgebung. Rund um den Schutzschirm führte eine breite Straße, auf der sich niemand aufhielt. Auf der dem Schutzschirm gegenüberliegenden Seite der Straße standen ein paar der schönsten Gebäude, die Atlan bisher in Tapura gesehen hatte. Sie besaßen weit überhängende Dächer mit kunstvoll verzierten Giebeln. Im Gegensatz zu den Häusern in anderen Teilen der Stadt standen hier die Türen offen. In den Häusern war es dunkel. Die offenen Türen starrten wie schwarze Augen. Die Gebäude machten einen verlassenen Eindruck. Die Marionetten Corellos schienen diesen Bezirk zu meiden. Entweder hatten sie einen entsprechenden Befehl, oder sie handelten vollkommen instinktiv. Hier vor dem Schutzschirm hoben sich die Kräfte der Säule und Corellos gegenseitig auf. Die Straße rund um das Tapurium war Niemandsland. Wieder fragte sich der Arkonide, welche Zusammenhänge es zwischen Corello und dem Monolithen gab.

»Haben Sie schon eines der Gebäude untersucht?« erkundigte er sich bei Tolot.

»Nein«, erklärte der Haluter. »Ich weiß nicht mit Sicherheit, ob hier jemand lebt. Wenn man mich sieht, kann es zu einem Aufruhr kommen, der Ribald Corello vorzeitig auf den Plan ruft.«

Atlan beobachtete den flackernden Schutzschirm. Solange sie hier waren, hatte er schon ein paarmal den Eindruck gehabt, als würde das Energiefeld zusammenbrechen.

Bevor Atlan weitere Überlegungen anstellen konnte, materialisierten Gucky und Tschubai in der Nähe. Der Mausbiber brach zusammen und stöhnte. Tschubai beugte sich über ihn, um ihm auf die Beine zu helfen, besaß aber offenbar nicht genügend Kraft dazu.

Sie rannten auf die beiden Teleporter zu.

»Atlan!« Guckys Stimme klang flehentlich. »Es war . . . ein schreckliches Gefühl.«

»Ich weiß, mein Kleiner«, erwiderte der Arkonide. »Wir wissen inzwischen, wo es seinen Ursprung hat.«

»Es kommt nicht von Corello?« Gucky schüttelte den Kopf. »Es fällt mir schwer, mich auf etwas zu konzentrieren.«

»In der Stadt gibt es einen freien Platz, auf dem eine Säule steht«, berichtete Atlan. »Sie ist auf geheimnisvolle Weise psionisch aufgeladen. Jedenfalls strahlt sie Schwingungen aus, die jeden Fremden daran hindern, Tapura zu betreten.«

»Eine Maßnahme Corellos?« fragte Tschubai erschöpft.

»Ich bezweifle es. Die Säule scheint noch aus der Blütezeit der Anti-Priester zu stammen. Wir trafen ein Mädchen, es nannte sich Kytoma. Sie war entweder vollkommen verrückt oder eine begnadete Mutantin. Leider war es unmöglich, ein vernünftiges Gespräch mit ihr zu führen.«

»Was ist schon Vernunft?« fragte Alaska Saedelaere erbittert. »Nichts als Wertmaßstäbe, die sich die Menschheit selbst geschaffen hat.«

Atlan hob Gucky hoch und hielt ihn in den Armen. Gucky lehnte sich an ihn, als suchte er Schutz.

»Hier ist es besser«, sagte der Ilt erleichtert. »Ich fürchte mich jetzt schon vor unserer Rückkehr.«

Der Arkonide hatte den Mausbiber selten so eingeschüchtert erlebt. Atlan war fest davon überzeugt, daß die Säule dafür verantwortlich war. Er bedauerte, daß sie keine Zeit hatten, sie zu untersuchen.

»Das Mädchen hat von einem Wagen gesprochen, mit dem man es zu Corello gebracht hat«, wurden Atlans Gedanken von Saedelaere unterbrochen. »Für diesen Zweck muß Corello den Schutzschirm abgeschaltet haben, oder es existiert irgendwo eine Schleuse.«

Atlan warf einen Blick auf den flimmernden Schutzschirm. Manchmal schien das Energiefeld in der Auflösung begriffen, um sich dann jedoch wieder zu stabilisieren. Wenn sie Pech hatten, konnte es Tage dauern, bis der Energieschirm endgültig zusammenbrach.

Atlan wandte sich an Icho Tolot.

»Umrunden Sie einmal das Tapurium«, bat er den Haluter. »Vielleicht entdecken Sie eine Schleuse oder einen unter dem Schirm hindurchführenden Zugang.«

Tolot raste davon. Bei den Geschwindigkeiten, die der Haluter erreichen konnte, würde er in weniger als einer halben Stunde zurück sein. So lange mußten sie noch warten.

»Kommen Sie, Alaska!« forderte Atlan den Transmittergeschädigten auf. »Bis Tolot zurückkommt, wollen wir uns eines der Häuser auf der anderen Straßenseite ansehen.«

»Was sollen Ras und ich unternehmen?« fragte Gucky, der sich nur langsam von seinem Schock erholte.

»Es ist besser, wenn ihr euch ausruht«, entschied Atlan. Er fing einen dankbaren Blick Tschubais auf und wußte, daß die beiden Teleporter eine Ruhepause nötig hatten. Wenn sie ins Tapurium eindrangen, mußten sie vielleicht mit Hilfe der Teleporter fliehen. Dann kam es darauf an, daß beide im Besitz ihrer vollen Kräfte waren.

Zusammen mit Saedelaere überquerte Atlan die Straße. Noch immer war es unheimlich still. Die Stadt schien zu schlafen. Atlan war sicher, daß der Bezirk, in dem sie sich jetzt befanden, von den Einwohnern gemieden wurde. Hier begann der Bannkreis des Supermutanten. Wer zu nahe an den Schutzschirm kam, mußte damit rechnen, von Corello getötet zu werden.

Wieder dachte Atlan an die seltsame Säule. Er brannte darauf zu erfahren, welche Beziehungen Corello zu dem Monolithen hatte.

Vor einem der größten Häuser in der Umgebung blieben sie stehen. Die Tür stand offen. Sie war vier Meter breit und drei Meter hoch. Über dem Eingang leuchtete ein farbiges Zeichen, das die Form eines menschlichen Auges hatte. An der Stelle der Iris trat die Hauswand etwas hervor, so daß das Gebilde plastisch aussah. Vom Mittelpunkt des Auges führten strahlenförmige Linien über die gesamte Außenfläche des Gebäudes. Zwischen diesen Linien waren Zeichen aufgemalt, die die Form von Menschen- und Tierkörpern hatten. Atlan versuchte die Bedeutung dieser Schrift zu erkennen, aber es handelte sich um eine ihm unbekannte Sprache.

Unter dem vorspringenden Dach hingen seltsame Bündel, die wie überdimensionale Weintrauben aussahen. Sie bewegten sich im Wind wie Luftballons; wenn sie gegeneinanderschlugen, erzeugten sie einen metallischen Ton.

»Eigenartig«, meinte Alaska Saedelaere. »Wir dachten immer, viel über den Báalol-Kult zu wissen. Was wir hier jedoch sehen, scheint einer anderen Kultur zu entstammen.«

»Vielleicht hat Ribald Corello diese Stadt völlig umgekrempelt«, vermutete Atlan.

»Daran glaube ich nicht«, antwortete Saedelaere überzeugt. »Corello hat sich hier niedergelassen, weil diese Stätte seiner Mentalität entspricht. Er fühlte sich hier wohl.«

Atlan berührte mit einer Hand die Hauswand. Sie war glatt wie polierter Marmor und eiskalt. Vor dieser Kälte schreckte der Arkonide zurück.

»Ich erinnere mich an eine bestimmte Legende der Antis«, sagte er zu Saedelaere. »Darin wird erzählt, daß die ersten Anti-Priester Schüler der Gelben Eroberer waren. In keiner Geschichte der Antis wird näher auf diese Gelben Eroberer eingegangen. Vielleicht war es ein Volk, das entscheidenden Einfluß auf die Kultur des Báalol-Kultes hatte. Aber nur auf Gevonia sind die Zeugen einer längst vergangenen Macht erhalten geblieben.«

»Die Gelben Eroberer«, wiederholte Saedelaere langsam. »Irgendwie paßt dieser Name zu diesem Haus und der Säule auf dem Kristallplatz.«

Aus dem Eingang des Hauses schien ein eiskalter Wind zu wehen. Atlan trat in das Gebäude. Von der Straße aus hatte der Korridor dunkel ausgesehen, aber hier im Innern war alles taghell beleuchtet. Atlan ging noch einmal hinaus, um festzustellen, ob er sich vielleicht getäuscht hatte, aber das Phänomen blieb. Irgendeine Substanz verhinderte, daß man den Korridor von der Straße aus sehen konnte, obwohl die Tür offenstand und alles hell beleuchtet war.

Saedelaere verstand den Sinn von Atlans Vorgehen und nickte.

»Seltsam. Es erinnert mich daran, daß die Säule keinen Schatten warf.«

Ihre Stimmen klangen hohl durch den Korridor. Die Wände reichten bis zum Dach hinauf und schienen sich in einem durchdringenden Leuchten zu verlieren. Der Boden bestand wie die Straßen aus flexiblem Kunststoff. Die Wände waren nackt, wiesen aber horizontale Rillen auf, in denen in regelmäßigen Abständen Bündel jener seltsamen Kugelkörper hingen, die Atlan bereits unterhalb des Daches gesehen hatte.

Im Innern des Hauses war es eiskalt.

Die warme Luft schien keine Möglichkeit zu haben, in dieses Gebäude einzudringen, obwohl die Eingangstür offenstand.

Die Schlußfolgerung aus dieser Tatsache konnte nur sein, daß die Bewohner dieses Hauses es vorgezogen hatten, in kalter Luft zu leben.

Vorgezogen hatten, wiederholte Atlan in Gedanken. Wie kam er dazu, die Bewohner des Gebäudes in die Vergangenheit zu verbannen? Vielleicht lebten sie noch.

Aber nein! Corellos Marionetten wohnten nicht in diesen Häusern rund um das Tapurium. Hier hatte schon Jahrtausende niemand mehr gelebt. Trotzdem war alles gut erhalten.

Sterilisiert.

Das war das richtige Wort.

»Ich glaube, die Temperatur in diesem Haus liegt nur wenige Grad über dem Gefrierpunkt«, bemerkte Alaska Saedelaere. »Seine Bewohner waren wohl Kältefanatiker.«

Sie *waren* Kältefanatiker! Saedelaere benutzte ebenfalls die Vergangenheitsform, stellte Atlan beunruhigt fest.

»Gehen wir weiter.« Obwohl Atlan leise gesprochen hatte, hallte die Stimme durch den Korridor.

Plötzlich war der Gang zu Ende. Atlan merkte es erst, als er unmittelbar vor der Wand stand. Vorher hatte es ausgesehen, als würde er tief ins Haus hineinführen. Dieser Effekt mußte von irgendeiner Spiegelung hervorgerufen werden, überlegte Atlan. Dabei waren keine Spiegel vorhanden. Es konnte auch sein, daß die optischen Täuschungen von den eigenartigen Farben herrührten, die die Erbauer in diesem Haus benutzt hatten.

Atlans Hände tasteten über die eiskalte Wand.

»Es scheint nicht weiterzugehen.«

Saedelaere trat ein paarmal mit der Fußspitze gegen die Wand. Es gab dumpfe Geräusche.

»Es liegt kein Raum dahinter«, stellte Saedelaere fest. »Schade, daß Tolot nicht hier ist, dann könnten wir das Haus mit dem Ortungsgerät untersuchen.«

Atlan bezweifelte, daß ihnen das kombinierte Meß- und Ortungsgerät irgendwelche Daten liefern würde. Dieses Gebäude war ihm unheimlich. Er wurde den Verdacht nicht los, daß es nur diesen einen Raum besaß, im übrigen aber aus festem Material bestand. Aber wer war so verrückt, und baute ein großes Haus, um alle Räume bis auf einen schließlich mit irgendeiner Masse zu füllen?

Sie klopften die Seitenwände ab, hatten aber auch hier keinen Erfolg.

Danach standen sie ratlos im Korridor.

Atlans Hand lag auf dem Kolben seines Strahlers, aber irgend etwas hielt ihn davon ab, die Waffe in diesem Gebäude zu benutzen. Es wäre wohl unrecht gewesen, dieses Haus zu . . . *verwunden.* Atlan wölbte die Augenbrauen. Wieder ein Gedanke, der sich förmlich in seine Überlegungen gedrängt hatte.

Verwunden!

Verrückt! Ein Haus konnte man nicht verwunden. Es war schließlich nichts Lebendiges.

Auf eine geheimnisvolle Weise war dieses Gebäude mit der Säule auf dem Kristallplatz verbunden. Zwar war die Ausstrahlungskraft des

Hauses nicht so stark wie die des Monolithen, aber sie war trotzdem spürbar. Die eiskalte Luft in diesem Raum war mit jener gefährlichen Drohung geschwängert, die wie eine dunkle Wolke über dieser Stadt zu hängen schien.

»Gehen wir hinaus!« sagte Atlan schroff. »Tolot wird jeden Augenblick zurück sein.«

Es war, als würden sie eine Gruft verlassen. Atlan atmete auf, als sie vor dem Haus standen. Über ihnen klirrten die metallenen Trauben sanft im Wind. Das Auge über der Tür schien zu pulsieren. Von ihm führten Linien über die Hauswand hinweg – in die Unendlichkeit.

Ribald Corello – Báalol Kult – die Gelben Eroberer.

Zwischen diesen drei Namen mußte irgendein Zusammenhang bestehen.

Atlan hörte Saedelaere etwas sagen, aber der Transmittergeschädigte hatte sich schon zu weit von dem Haus entfernt, so daß seine Worte unverständlich blieben.

Der Arkonide holte den Mann mit der Maske mit wenigen Schritten ein.

»Eines ist sicher, Alaska. Die Häuser rund um den Schutzschirm sind alle unbewohnt. Hier kann kein Mensch leben.«

»Ich bezweifle keine Sekunde die Richtigkeit Ihrer Worte, Lordadmiral. Diese Häuser sind schon seit ewigen Zeiten verlassen. Sie haben auch nichts mit den Menschen zu tun, die jetzt in Tapura leben.«

Warum, so fragte sich Atlan immer wieder, hatte Corello sich ausgerechnet diese Stadt als Aufenthaltsort gewählt? Oder – und dieser Gedanke war faszinierend – war es überhaupt nicht Corello gewesen, der diese Auswahl getroffen hatte?

Vielleicht war Corello *gezwungen* worden, hier zu leben!

Atlan verdrängte diese Gedanken.

Erst mußte es ihnen gelingen, an den Supermutanten heranzukommen. Dann war Zeit für andere Dinge.

Sie erreichten den Platz, wo Tschubai und Gucky warteten. Beide Teleporter lagen auf dem Rücken und schienen zu schlafen. Gucky hob jedoch den Kopf, als er Atlan sah.

»Nun, hast du den Besuch beendet?« fragte er.

Immerhin gab Gucky sich wieder Mühe, humorvoll zu sein, dachte Atlan. Das war ein gutes Zeichen.

»Ist Tolot noch nicht zurück?« erkundigte sich der Arkonide.

Der Mausbiber schüttelte den Kopf.

»Der Schutzschirm hat ein paarmal stark geflackert«, berichtete

Gucky. »Ich bin sicher, daß er bald zusammenbrechen wird. Corellos Impulse bestätigen mir, daß seine seelische Verfassung immer schlechter wird. Der Höhepunkt der Krise steht bevor.«

»Vielleicht haben wir Glück und können den Schutzschirm mühelos durchbrechen«, meinte Atlan.

Tolot kam zurück und berichtete, daß er den Schirm umrundet hätte, ohne eine Schleuse oder einen Tunnel zu finden.

»Ich bin sicher, daß Corello den gesamten Energieschirm ausschaltete, wenn er Kytoma oder andere Bewohner Tapuras zu sich bringen ließ. Er konnte das riskieren, weil hier in diesem Gebiet niemand lebt, der ins Tapurium eindringen würde.«

Atlan deutete in Richtung des Schutzschirms.

»Und was ist mit den wilden Tieren, die innerhalb des Schirms leben? Warum sind sie nicht ausgebrochen, als sie Gelegenheit dazu hatten?«

»Corello kann die Bestien im Tapurium mühelos zurückhalten, wenn der Schutzschirm ein paar Minuten ausfällt«, antwortete Saedelaere.

»Er konnte es!« verbesserte Gucky. »Aber was geschieht, wenn der Schirm jetzt vollkommen zusammenbricht und Corello seinen hypnosuggestiven Einfluß auf die Lebewesen im Tapurium verliert?«

»Sie würden ausbrechen und sich in der Stadt verstreuen.« Atlan sah in einer entsetzlichen Vision, wie Tausende von raubgierigen Ungeheuern über die Bewohner Tapuras herfielen.

Was konnten sie dagegen tun? Es würde ihnen nicht gelingen, alle Bestien zu erledigen.

Der Schutzschirm begann erneut zu flackern. Der endgültige Zusammenbruch, den Atlan und seine Begleiter erwarteten, erfolgte jedoch nicht.

»Wir können nicht länger warten«, sagte Atlan. »Sobald Corello einen neuen Anfall hat, versuchen wir, den Schirm zu durchbrechen.«

Sie schalteten die Individualschutzschirme ihrer Kampfanzüge ein und machten ihre Waffen schußbereit. Sie warteten, bis Gucky ihnen ein Zeichen gab, dann eröffneten sie das Feuer auf den Energieschirm.

Zunächst sah es so aus, als würde der Schirm die von den Waffen abgestrahlte Energie mühelos absorbieren, dann jedoch blähte er sich an einer Stelle auf. Eine leuchtende Blase entstand, die zersprang. Eine hundert Meter durchmessende Öffnung mit wabernden Rändern bildete sich.

»Jetzt!« rief Atlan.

In seinem Helmempfänger rauschte es. Das Tosen sich entladender Energien klang wie ein mächtiger Wasserfall. Atlan rannte auf die Öffnung zu. Tolot war vor ihm.

Als Atlan sich umschaute, hatte der Schirm sich wieder geschlossen. Sie befanden sich innerhalb des Tapuriums.

29.

Tipa Riordan lag ausgestreckt auf der fellüberzogenen Massagebank und beobachtete amüsiert Kawa Dantroff, der neben der Tür stand und vor Verlegenheit nicht wußte, wohin er blicken sollte.

»Staatsmarschall Bull bittet dringend um ein Gespräch«, sagte Dantroff. »Er ist bereits vor einer halben Stunde mit dem Ultraschlachtschiff NOME TSCHATO eingetroffen. Er gibt an, wichtige Nachrichten für Perry Rhodan zu haben.« Dantroff hüstelte. »Wenn Bull persönlich kommt, *müssen* es wichtige Nachrichten sein, Tipa.«

Tipa stand auf und wickelte ein Handtuch um ihren dürren Körper. Ohne den Ersten Wesir zu beachten, ging sie zum Ruheplatz und ließ sich dort nieder. Mit geübten Griffen zündete sie sich eine Zigarre an.

Dantroff wurde nervös.

»Dieser Bull ist ein angriffslustiger Mann«, erinnerte er Tipa Riordan. »Ich möchte nicht, daß wir wegen einer . . . äh . . . undiplomatischen Entscheidung in Schwierigkeiten kommen.«

Tipa beobachtete genüßlich, wie sich die Aschenspitze ihrer Zigarre allmählich vergrößerte. Sie wußte, daß sie Dantroff mit ihrer aufreizenden Art ärgerte, aber das störte sie nicht.

»Ich führe die Piraten, mein lieber Kawa Dantroff. Ob meine Entscheidungen richtig oder undiplomatisch sind, kannst du überhaupt nicht beurteilen, weil es dir an Intelligenz mangelt, um meine vorausschauenden Pläne zu verstehen.«

Dantroff schlug unwillig auf eine mit Fell bespannte Holztrommel, die zum Schmuck dieses Raumes gehörte.

»Jetzt langt es aber, Tipa. Ich verlange zumindest eine Erklärung. Ich will wissen, was ich diesem Bull sagen soll.«

Tipa drückte auf eine Taste. Leise Musik ertönte. Ein Roboter kam herein und stellte ein Tablett mit Gläsern neben Tipa ab.

»Bevor du explodierst, will ich dir die Situation erklären, mein Freund«, sagte Tipa gelangweilt. »Perry Rhodan hält sich mit der INTERSOLAR im Zentrum der Lasztman-Ballung auf. Wir wissen, welches Ziel er dort verfolgt. Er will Ribald Corello dazu bringen, ihm bei der Fertigstellung eines brauchbaren Tastresonators zu helfen.«

»Das ist nichts Neues«, unterbrach Dantroff die Piratin. »Sage mir endlich, wie ich bei den Verhandlungen mit Bull vorgehen soll.«

Tipa nahm die Zigarre aus dem Mund und trank eines der Gläser leer. Sie schmatzte genießerisch.

»Abgesehen davon, daß *ich* diese Verhandlungen führen werde, möchte ich dich daran erinnern, daß dein Respekt vor Reginald Bull völlig unbegründet ist. Vor allem deshalb, weil wir in dieser Situation alle Trümpfe in den Händen halten. Bull will zu Perry. Es gibt nur einen Weg ins Innere der Lasztman-Ballung, das ist die Durststrecke. Bull wird nicht so naiv sein und ausgerechnet jene Leute verärgern, die ihn durch diesen Tunnel lotsen können. Außerdem halte ich es für gefährlich, ein zweites Ultraschlachtschiff in die Nähe des Targo-Systems zu bringen. Das könnte unerwartete Reaktionen Corellos zur Folge haben.«

Sie winkte mit der Hand. Dantroff war entlassen. Tipa rauchte in Ruhe ihre Zigarre fertig, dann zog sie sich an. Sie ließ sich von einer jungen Piratin ihr Make-up auflegen, begutachtete sich im Spiegel und trank noch ein Glas Moran-Wein. Danach war sie in bester Stimmung.

Über Interkom stellte sie eine Verbindung zur Zentrale der DREADFUL her.

Dantroffs Gesicht zeichnete sich auf dem 3-D-Bildschirm ab.

»Endlich«, rief er. »Bull hat inzwischen schon dreimal mit mir gesprochen. Er ist wütend.«

»So?« Tipa grinste verschlagen. »Mit wütenden Männern verhandle ich besonders gern.«

»Bezog sich das auf mich?« erkundigte sich Dantroff mißtrauisch.

»Ausschließlich«, meinte Tipa spöttisch. »Mein lieber Kawa, du mußt noch viel ruhiger werden, wenn du eines Tages die Piraten führen willst.«

»Bedauerlicherweise besitze ich keinen Zellaktivator und werde lange vor dir sterben«, gab Dantroff zurück. »Aber jetzt werde ich eine Verbindung zur NOME TSCHATO herstellen, damit du mit Bull reden kannst.«

Tipa Riordan wartete. Ein paar Sekunden später erschien Bulls Gesicht auf dem Bildschirm.

»Hallo, Reginald!« rief Tipa. »Ich bin entzückt, dich nach so langer Zeit einmal wiederzusehen.«

»Dein Charme ist geradezu überwältigend«, sagte Bull grimmig. »Er steht in keinem Verhältnis mehr zu deiner Vernunft.«

Tipa schlug die Augen nieder.

»Spricht man so mit einer alten Freundin, Reginald?«

Auf Bulls Stirn erschien eine Falte.

»Nenne mich nicht ständig Reginald!« rief er. »Ich glaube, Perry hat dir in letzter Zeit zuviel durchgehen lassen.«

Tipa gab einem ihrer Dienstroboter einen Wink. Der Automat rollte einen Kontursessel heran. Tipa ließ sich darin nieder, räkelte sich und blickte zum Bildschirm auf.

»Also, was ist los?« erkundigte sie sich sachlich.

»Ich bin leider gezwungen, dich über einige Geheimnisse des Ghost-Systems aufzuklären«, begann Bull.

Tipa winkte ab.

»Ich weiß mehr darüber, als du vielleicht annimmst. Du kannst dir ausführliche Berichte sparen.«

»Der Todessatellit hat mit Experimenten begonnen. Wir haben verschiedene Steuermanöver registriert und einige starke energetische Ausstrahlungen geortet. Das kann nur bedeuten, daß die Reparatur des Satelliten vorangetrieben wird.«

Bull unterbrach sich einen Augenblick. Er sprach mit jemand in der Zentrale der NOME TSCHATO, den Tipa auf dem Bildschirm nicht sehen konnte.

»Wir müssen damit rechnen, daß der Satellit seine ursprüngliche Aufgabe, nämlich die Sonne in eine Nova zu verwandeln, bald zu erfüllen versuchen wird«, fuhr Bull fort. »Ich muß mit Perry darüber sprechen. Der Nullzeit-Deformator muß unter allen Umständen schnell betriebsfähig gemacht werden.«

»Blinder Eifer schadet nur«, meinte Tipa. »Was dabei herauskommt, zeigten die Experimente auf Last Hope.«

»Bedeutet das, daß du mich mit der NOME TSCHATO nicht ins Targo-System bringen willst?« fragte Bull ungehalten.

Tipa nickte.

»Es ist keine Böswilligkeit, wenn ich mich weigere. Ich will nur, daß Perry ungestört mit Ribald Corello Kontakt aufnehmen kann. Wenn das Unternehmen vorüber ist oder vorzeitig scheitern sollte, lotse ich dein Schiff sofort durch die Durststrecke.«

»Ich könnte dich zwingen, es schon jetzt zu tun!«

»Wirklich? Versuch es doch! Eine alte Frau wie ich ist nicht so leicht zu erschrecken. Dantroff und ich sind die einzigen an Bord der DREADFUL, die die Koordinaten des Tunnels genau kennen. Dantroff läßt sich eher eine Hand abhacken, bevor er etwas verrät. Meine Einstellung kennst du.«

Tipa lächelte spöttisch.

Bull beherrschte sich eisern.

»Du bist jetzt gereizt«, stellte Tipa amüsiert fest. »Perry wird mir später jedoch recht geben.«

Die Verbindung wurde von Bord der NOME TSCHATO aus unterbrochen. Tipa ließ sich in ihren Sessel zurücksinken und dachte nach. Als Dantroffs Gesicht auf dem Bildschirm erschien, schaltete die Piratin den Lautsprecher aus, denn sie konnte sich denken, was ihr Erster Wesir alles zu sagen hatte. Es war ein grotesker Anblick, Dantroff reden zu sehen, ohne seine Worte verstehen zu können. Als Tipa grinste, merkte Dantroff, was los war. Sein Gesicht lief rot an, und er schaltete ab.

Tipa griff nach ihrem Glas.

»Zwei zornige Männer innerhalb weniger Minuten«, stellte sie fest. »Das ist ein bißchen viel für eine alte Dame wie mich.«

Sie drehte sich auf die Seite und lauschte der Musik. Wenige Minuten später war sie eingeschlafen.

»Was werden Sie tun, wenn die Kontaktaufnahme zu Ribald Corello scheitert?«

Es war Kosmopsychologe Thunar Eysbert, der die Frage aussprach, mit der sich alle Verantwortlichen an Bord der INTERSOLAR schon seit Tagen beschäftigten. Die INTERSOLAR befand sich nach wie vor in einer Kreisbahn um eine Sonne, die ein Lichtjahr von Targo entfernt war. Fellmer Lloyd konnte als einziger an Bord Verbindung zur Gruppe Atlan aufnehmen.

Was werden Sie tun, wenn die Kontaktaufnahme zu Ribald Corello scheitert?

Perry wiederholte die Frage des Kosmopsychologen noch einmal in Gedanken.

Dann erwiderte er Eysberts offenen Blick.

»Sie glauben nicht daran, daß Corello sich ändern wird?«

Eysbert schüttelte den Kopf.

»Er war und bleibt der gefährlichste Verbrecher, den diese Galaxis in unserer Zeit hervorbrachte. Da wir jetzt seinen Heimatplaneten entdeckt haben, müssen wir bei einem Fehlschlag unserer Pläne die Konsequenzen ziehen.«

Rhodan verstand Eysbert genau. Wenn sie Corello nicht als Verbündeten gewinnen konnten, mußten sie ihn töten.

Rhodan wußte, daß er den Befehl zum Angriff auf Gevonia geben mußte. Diese Verantwortung konnte ihm niemand abnehmen. Wenn Corello sich nicht änderte, mußte dieser Befehl erteilt werden, denn wer den Supermutanten entkommen ließ, setzte die gesamte Menschheit der Gefahr einer geistigen Versklavung aus.

»Ich glaube noch immer, daß wir Erfolg haben werden«, sagte Perry zu dem Kosmopsychologen. »Die Gedankenimpulse, die Fellmer Lloyd ständig empfängt, beweisen, daß auf Gevonia etwas nicht stimmt. Auch die sich widersprechenden Befehle Corellos deuten darauf hin.«

Eysbert antwortete nicht. Er glaubte zu wissen, daß Rhodan unbewußt davor zurückschreckte, den Angriffsbefehl zu geben, der die Zerstörung von Corellos Welt einleiten würde. Als Kosmopsychologe kannte Eysbert ihn genau. In Rhodan kämpften oft Gefühl und Vernunft gegeneinander. Logik und Vernunft geboten den Tod des Supermutanten, aber gefühlsmäßig sträubte sich Rhodan dagegen, tödliche Angriffe auf andere Wesen zu befehlen, selbst wenn es sich um Verbrecher wie Ribald Corello handelte.

Trotzdem zweifelte Eysbert keinen Augenblick, daß Corello im Geschützfeuer der INTERSOLAR sterben würde, wenn es nicht gelingen sollte, mit ihm ein Bündnis zu schließen. Rhodan blieb keine Alternative.

»Er hat wieder einen Anfall«, verkündete Fellmer Lloyd, der sich ständig auf die von Gevonia kommenden Psi-Impulse konzentrierte. »Seine seelische Krise nähert sich dem Höhepunkt. Er gibt immer verworrenere Befehle.«

»Das kann Atlans Chance sein.« Rhodan blickte zum Bildschirm. »In diesem Stadium ist Corello anfällig.«

Rhodan bedauerte, daß sie keinen besseren Kontakt zur Einsatzgruppe hatten. Das Hyperfunkgerät, das Atlan und die anderen mit sich führten, sollte nur im Notfall benutzt werden, denn Funksendungen waren leicht anzupeilen.

Auf dem Bildschirm war nur die Sonne Targo, nicht aber der schräg hinter ihr stehende Planet Gevonia zu sehen. Rhodan fragte sich, was sich auf der Stützpunktwelt des Mutanten jetzt abspielen mochte.

Vielleicht waren Atlan oder ein anderes Mitglied der Einsatzgruppe bereits ins Tapurium vorgedrungen.

Rhodan hatte das Gefühl, entscheidende Ereignisse zu versäumen. Er brannte darauf, selbst nach Gevonia zu gehen und sich einzuschalten. Aber diesen Wunsch konnte er sich jetzt nicht mehr erfüllen.

Dazu war es zu spät. Er hätte Atlan schon zu Beginn des Unternehmens von einer Teilnahme ausschließen sollen.

Dann hätte er sich jetzt anstelle des Arkoniden zu Ribald Corello vorgekämpft.

30.

Der Prilla besaß sieben Kinder, die er in Hautnäpfen rund um seinen gepanzerten Körper mit sich herumschleppte. Die Kinder schrien nach Nahrung. Ihr Hunger war nicht zu stillen. Der Prilla fand kaum noch Zeit für Ruhepausen. Ständig war er auf Jagd nach Beute. In den letzten Tagen war es immer schwieriger geworden, an begehrte Opfer heranzukommen.

Irgend etwas in der gewohnten Umgebung des Prilla hatte sich geändert. Mit dem Instinkt eines Raubtiers fühlte er, daß entscheidende Veränderungen vorgegangen waren. Bisher hatten glänzende Flugwesen für die Ernährung des Prilla gesorgt, so daß er nur ab und zu aus Spaß Jagd gemacht hatte. Dabei hatte er sein Wohngebiet, das zwei Kilometer lange sandige Ufer eines Sees, jedoch niemals verlassen. Nun war er gezwungen, in das Gebiet anderer Tiere einzudringen, denn es wurde ihm keine Nahrung mehr gebracht. Er jagte nicht mehr zum Vergnügen, sondern aus Hunger. Er jagte, weil seine sieben Kinder nach Nahrung schrien.

Zweimal in den letzten Tagen war er in die Gebiete fremder Großtiere eingedrungen. Jedesmal war es zu einem erbitterten Kampf gekommen. Der Prilla, belastet durch das Gewicht seiner Kinder, hatte die Auseinandersetzungen nicht siegreich beenden können und war in die Flucht geschlagen worden. Jetzt jagte er kleineres Wild. Es stillte zwar nicht so gut den Hunger, aber es war dafür ungefährlicher zu erlegen.

Der Prilla schob sich schwerfällig auf seinen acht Beinen voran. Sie waren zu beiden Seiten seines tonnenförmigen Körpers angeordnet. Einen Kopf im üblichen Sinne besaß der Prilla nicht. An der Vorderseite seines Körpers gab es eine sichelförmige Erhöhung, in der zwei starre Augen und ein rundes Riechorgan saßen. Unterhalb der Sichel trug der Prilla einen gezahnten Schnabel von fast einem Meter Breite. Dieser und der schwere Panzer waren die beiden stärksten Waffen des Prilla.

Das Raubtier hatte einen Hügel erstiegen und beobachtete aus dem Schutz eines Gebüschs seine Umgebung. Die nicht greifbare Veränderung war ihm deutlich bewußt. Sie und das Schreien der hungrigen Kinder machten ihn zu einer zornigen und unberechenbaren Bestie.

Der Prilla lebte am Rand jener leuchtenden Barriere, die sich nicht durchdringen ließ. Seitdem er jagte, war er Alleinherrscher auf dem gesamten Gebiet rund um den See. Das herausfordernde Gebrüll anderer großer Tiere bestärkte den Prilla jedoch in seiner Sorge, daß seine Kinder gefährdet waren. Es würde nicht mehr lange dauern, bis sich die ersten vom Hunger getriebenen Gegner in sein Gebiet wagten.

Unten im Tal sah der Prilla den See liegen, an dessen Ufer er gelebt hatte, solange er sich erinnern konnte. Er sehnte sich nach der Ruhe vergangener Tage zurück, ahnte jedoch, daß sie für immer verloren waren.

Der Prilla schob sich langsam herum, um die Gegend besser beobachten zu können. Seine mächtigen, krallenbewehrten Füße hinterließen tiefe Spuren im Boden.

Der Prilla öffnete probeweise den Schnabel und ließ ihn wieder zuschnappen. Das metallisch klingende Geräusch versetzte seine Jungen einen Augenblick in Aufregung, denn für sie war es ein Signal zur Nahrungsaufnahme.

Mühelos schob der Prilla seinen acht Tonnen schweren Körper einen Meter den Hügel hinab.

Dann erstarrte er.

Unten im Tal erkannte er eine Bewegung. Im ersten Augenblick dachte er, die glänzenden Flugwesen, die ihn früher mit Nahrung versorgt hatten, wären zurückgekehrt. Seine Drüsen reagierten auf den Anblick sich bewegender Wesen. Unter seinem Panzer quoll Schaum hervor.

Der Prilla richtete sich auf und nahm Witterung auf.

Dort unten am See bewegten sich fünf Gestalten. Nur eine davon war so groß, daß sie dem Prilla Widerstand leisten konnte. Alle anderen betrachtete das Raubtier als leichte Opfer.

Eines erstaunte den Prilla: Wieso fiel das große Wesen nicht über die vier anderen her und fraß sie auf? Unter den gegebenen Umständen wäre das vernünftig gewesen.

Der Prilla schnaubte und stürmte den Hügel zum See hinab. Die Jungen schienen zu ahnen, daß ihr Vater auf die Jagd ging, denn sie kämpften wie wild gegen die Umklammerung der Hautnäpfe an und versuchten, aus ihnen zu entkommen.

Die gepolsterten Ausleger tauchten behutsam in das Becken und schoben die Antigravplatte unter Ribald Corello. Der Mutant schwebte auf dem Rücken in der milchigen Flüssigkeit und versuchte sich zu entspannen. Bisher hatte ihn ein Merkalbad immer erfrischt, doch diesmal war der Erfolg ausgeblieben.

Ein Gedankenimpuls Corellos ließ die Kraftfelder des Projektors wirksam werden. Corellos tropfnasser Körper glitt aus dem Becken. Warmluft umwehte ihn. Behutsam rotierende Massagearme tasteten sich über seine Haut.

»Aufhören!« befahl er.

Hinter ihm ertönte ein gurgelndes Geräusch. Die Merkalflüssigkeit wurde aus dem Becken gesaugt. Scheinbar hilflos wirbelten die Greifarme des Auslegers durch die Luft.

Schwerelos schwebte Corello zu seinem Ruhelager hinüber. Nach jedem Bad pflegte er dort ein paar Stunden zu schlafen. Diesmal, so ahnte er, würde sich der ersehnte Schlaf nicht einstellen.

Der häßliche Mutant stöhnte leise. Er war so erschöpft und niedergeschlagen, daß er kaum noch einen klaren Gedanken fassen konnte. Er wußte, daß er die Kontrolle über die Stützpunktanlagen innerhalb der Lasztman-Ballung verloren hatte, weil er nicht mehr in der Lage war, klare Befehle zu geben.

Immer wieder erschienen vor seinen geistigen Augen sein Vater und seine Mutter und redeten eindringlich auf ihn ein.

Corello sank langsam auf das Lager hinab, das sich sofort seinem mißgestalteten Körper anpaßte. Er lag da und starrte zur Decke hinauf.

Dunkel!

Sein Gedankenbefehl ließ die Beleuchtung des Raumes erlöschen.

Plötzlich wurde sich der Mutant seiner unendlichen Einsamkeit bewußt. Nur von Robotern umgeben, lebte er innerhalb eines Tempels, der den Mittelpunkt des Tapuriums bildete.

Ich bin lebendig begraben, dachte er.

Er hörte sich schluchzen. In der Dunkelheit klang es noch unheimlicher. Er schaltete die Beleuchtung wieder ein. Seine Blicke fielen auf das inzwischen geleerte Becken. Zum erstenmal dachte er daran, seinem Leben ein Ende zu machen. Es wäre so einfach gewesen. Hineingleiten ins Merkalbad, ein kurzer Todeskampf – vorbei.

Er befahl zwei Roboter zu sich. Sie hoben ihn auf und flogen mit ihm zu dem Raum hinüber, wo sein Schrein stand.

»Zeigt mir meine Mutter!« befahl Corello.

Zwei andere Roboter sanken zu dem Schrein hinab und öffneten den Sarg, der auf dem Dach stand.

Corello starrte hinab.

Im Sarg lag seine Mutter. Konservierungsstoffe hatten sie erhalten. Manchmal hatte Corello den Eindruck, es bedürfe nur eines Anstoßes, um sie zum Verlassen des Sarges zu bewegen. Aber sie war tot und hatte ihn endgültig verlassen.

»Mutter!« rief Corello. »Was soll ich nur tun?«

Aber die Gestalt dort unten im Sarg hatte nichts mit den Visionen zutun, unter denen der Mutant in letzter Zeit litt. Er mußte sich immer wieder klarmachen, daß es die Stimme seines Unterbewußtseins war, wenn ihm sein Vater und seine Mutter erschienen.

Hatte ihn der Anblick seiner toten Mutter früher beruhigt, so wühlte er ihn jetzt innerlich auf.

»Zumachen!« schrie er von Panik ergriffen. »Vorwärts, ihr Tölpel. Verschließt den Sarg!«

Der Sarg schloß sich. Corello atmete schwer. Er ließ sich von den Robotern in einen Schaltraum bringen und nahm dort an den Kontrollen Platz. Auch hier saß er in einem speziell für ihn konsturierten Sessel, dessen Nackenstütze den übermäßig großen und schweren Kopf des Mutanten festhielt.

Corello blickte auf die Bildschirme. Er war hergekommen, um sich abzulenken. Vielleicht gelang es ihm doch noch, klare Entscheidungen zu treffen und die frühere Situation wiederherzustellen. Corello spürte, wie zerrissen er innerlich war. Ein Teil seines Verstandes sehnte sich nach geordneten Verhältnissen, die ihm gestatten würden, alle anderen Lebewesen zu beherrschen. Andererseits wünschte er, daß die einmal begonnene Veränderung schnell vorbeigehen würde, damit er eine Antwort auf alle Fragen erhielt, die ihn bedrängten.

Offensivprogramm! Da war das Wort wieder. Es stempelte ihn, den Mächtigen, zu einem Sklaven einer Machtgruppe!

Offensivprogramm!

Corello erschauerte, wenn er daran dachte. Für die Antis und Aras war Corello nur ein Werkzeug gewesen.

Offensivprogramm!

Er quälte sich mit der Frage ab, wie sie an ihn herangekommen waren. Was hatten sie getan, um ihm die Erinnerung zu nehmen? Zweifellos war er nach einiger Zeit der Kontrolle dieser Machtgruppe entglitten, wenn er auch noch in ihrem Sinne weitergearbeitet hatte.

Corello betrachtete nachdenklich die Bildschirme der Kontrollanlage. Die Informationen, die ihm sein Unterbewußtsein lieferte, brauchten nicht zu stimmen. Es konnten die Phantasien eines Kranken sein.

Über die Bildschirme schwebte eine schattenhafte Gestalt. Große Augen blickten auf Corello hinab.

»Deine Mutter lügt nicht, Ribald!«

Corello wischte sich mit einem Händchen über die Augen. Die Gestalt löste sich auf.

Seltsam! dachte Corello. Die Vision meines Vaters konnte er viel leichter vertreiben als die seiner Mutter. Das konnte nur an dem besonderen Verhältnis liegen, daß er zu seiner Mutter hatte.

Corello strahlte einen Psi-Impuls ab.

Einer der Bildschirme zeigte eine Straße in Tapura. Die Stadt machte einen verlassenen Eindruck.

Kein Wunder! dachte Corello. Meine Sklaven, die dort leben, warten auf Befehle. Sie wissen nicht, was los ist. Die Situation auf Gevonia war überall die gleiche. Menschen, die daran gewöhnt waren, daß man ihnen alle Handlungen vorschrieb, lebten jetzt ziellos und führungslos dahin.

Das Bild wechselte.

Corello sah den freien Platz mit der Säule. Irgendwie stand sie im Zusammenhang mit dem Wort *Offensivprogramm*. Aber sie hatte auch noch eine andere Bedeutung, die Corello noch nicht einmal zu erahnen vermochte.

Ein Gedankenimpuls Corellos genügte, um eine Vergrößerung auf den Bildschirm zu bringen.

Am Rande des freien Platzes stand das blinde Mädchen!

»Kytoma!« rief Corello erregt.

Er hatte sie in den letzten Tagen völlig vergessen.

Sie schien zu spüren, daß sie beobachtet wurde, denn sie bewegte lauschend den Kopf.

Ihr Anblick steigerte noch Corellos Verwirrung. Er erinnerte sich daran, wie er sie gewaltsam hatte zu sich bringen lassen, nachdem es ihm nicht gelungen war, sie hypnosuggestiv zu beeinflussen. Schon damals hatte sie ihm Respekt eingeflößt.

»Kytoma!« wiederholte er, beinahe ehrfurchtsvoll.

Er sah, wie sie sich der Säule näherte und einen seltsamen Tanz begann. Ihre Schritte wirkten so sicher, wie die einer Sehenden, und Corello war sicher, daß sie auch sehen konnte – auf ihre eigene, unverständliche Art.

Das Mädchen tanzte um die Säule herum. Sie schien eins zu werden mit den in den Monolithen eingehauenen Körpern.

Kytoma!

Diesmal war es ein telepathischer Befehl, aber er erreichte das Mädchen nicht. Sie war immun gegen Corellos psionische Kräfte. Corello versuchte sich zu erinnern, warum er sie nicht getötet hatte. Hatte er sie verschont, um sie später, wenn er noch stärker geworden war, unter Kontrolle zu bekommen?

Er erinnerte sich an ihre Worte, als sie damals bei ihm gewesen war und ihm gegenübergestanden hatte.

»Sie sind der Schreckliche, nicht wahr?«

Diese Worte hatten ihn tief getroffen. Irgendwie wollte er ihre Anerkennung erreichen.

Furchtlos, ohne zu betteln oder irgendwelche Zeichen der Unterwürfigkeit anzudeuten, hatte sie damals mit ihm gesprochen.

Er versuchte es noch einmal.

Kytoma!

Das Mädchen tanzte weiter. Seine Schritte wirkten leicht. Es spiegelte sich in den Kristallplatten, mit denen der Boden bedeckt war.

Plötzlich wurden die Bildschirme dunkel.

Corello zuckte zusammen.

Weitermachen! befahl er. Seine parapsychischen Sinne suchten nach einer Fehlschaltung, konnten sie jedoch nicht finden.

Sekunden später leuchteten die Bildschirme wieder auf. Gleichzeitig schaltete sich die Alarmanlage ein.

Corello richtete sich auf.

Jemand war durch den Schutzschirm ins Tapurium eingedrungen. Corello suchte angestrengt nach den Gedankenimpulsen fremder Wesen, aber er spürte nur die Mentalströmungen der im Tapurium lebenden Tiere.

Wie war das möglich?

Die Alarmeinrichtungen im Tapurium arbeiteten einwandfrei. Er hatte sie laufend überprüft.

Das konnte nur bedeuten, daß jemand mit einem mentalstabilisierten Gehirn durch den Schutzschirm gekommen war. Corellos Gesicht zuckte. Sein kleiner Mund wollte ein paar Worte formen. Auf einem der Bildschirme war die tanzende Kytoma zu sehen.

Ihr Siegestanz! dachte Corello unwillkürlich.

Dann beruhigte er sich. Auch ein Wesen mit einem mentalstabilisierten Gehirn konnte das Tapurium nicht durchqueren. Zu viele Gefahren lauerten in diesem Gebiet. Sollte jedoch der unwahrscheinliche Fall eintreten, daß jemand bis zu Corellos Tempel vorstieß, dann würde er vor den Festungsanlagen dieses Gebäudes sterben.

Corello dachte wieder an das Schiff, das in die Lasztman-Ballung eingedrungen war. Ein terranisches Schiff. War bereits ein Landungskommando auf Gevonia angekommen? So ganz unmöglich war das nicht. Der Kontakt zwischen Corello und seinen Marionetten war gestört. Er erinnerte sich, daß ein paar verantwortliche Männer versucht hatten, mit ihm zu sprechen und ihn zu warnen. Er hatte diese Bemühungen jedoch ignoriert.

Corello überzeugte sich, daß der Schutzschirm um das Tapurium sich wieder stabilisierte.

Als er sich anschickte, sich um den oder die Eindringlinge zu kümmern, hatte er eine erneute Halluzination.

Wieder erschien ihm seine Mutter. Ihre Projektion war wesentlich deutlicher als die Kitai Ishibashis.

Gevoreny Tatstun schien neben den Kontrollen zu stehen.

Warum lächelt sie nicht? fragte Corello sich.

»Du darfst die Fremden nicht töten, die jetzt zu dir kommen«, hörte er eine Stimme in seinem Gehirn. »Sie sind deine Freunde.«

»Freunde?« antwortete er müde. »Ich habe keine Freunde.«

Das Bild seiner Mutter tauchte jetzt vor den Bildschirmen auf. Durch ihren nebelartigen Körper sah Corello das tanzende Mädchen. Dieser Doppeleffekt ließ ihn aufstöhnen.

Kraftlos hing er im Sessel.

»Du kennst jetzt das *Offensivprogramm*«, fuhr Gevoreny Tatstun fort. »Warum kämpfst du nicht dagegen an? Du mußt zu dir selbst finden.«

»Wie ist es passiert?« fragte er. Seine Lippen bewegten sich kaum, aber er hörte seine eigenen Worte so deutlich, als würde ein anderer direkt an seinem Ohr sprechen.

»Man hat eine Embryo-Blockade bei dir vergenommen«, antwortete Gevoreny Tatstun.

»Embryo-Blockade?« wiederholte Corello aufgewühlt. Er begann Zusammenhänge von schrecklicher Tragweite zu erahnen.

»Anti-Priester und Ara-Mediziner haben deinen Embryo noch im Mutterleib beeinflußt«, berichtete Gevoreny Tatstun.

Corello sah, daß die Vision weinte. Es war schrecklich für ihn.

Was war damals mit ihm geschehen? Schon vor seiner Geburt war er ein Opfer fremder Mächte geworden.

Die Zusammenhänge wurden immer klarer.

Embryo-Blockade – Offensivprogramm!

Das paßte zusammen. Durch Berechnungen und in wissenschaftlicher Kenntnis der damaligen Ereignisse hatten die Antis und Aras gehandelt. Wahrscheinlich waren die Para-Impulse von Corellos Embryo angemessen worden. Seine Mutter hatte damals hilflos erdulden müssen, daß man ihren Sohn schon vor seiner Geburt präparierte. Nachdem Corello dann zur Welt gekommen war, hatte Gevoreny Tatstun alles getan, um ihren Sohn zu retten. Fast vierhundert Jahre lang hatte sie ihn, den unglaublich langsam Heranwachsenden, vor allen Schwierigkeiten geschützt. Als er dann alt genug war, hatte sie ihm als letzten Schutz noch den Zellaktivator überreicht.

Alle Maßnahmen waren sinnlos gewesen. Die hypnosuggestive Blockade in Corellos Unterbewußtsein hatte standgehalten. Das Offensivprogramm der Antis und Aras war angelaufen. Die mächtigen Ärzte und Priester hatten ihr Opfer jedoch unterschätzt und waren schließlich selbst von ihm versklavt worden.

Wie beabsichtigt, war Ribald Corello zum größten Feind der Menschheit geworden, aber jene, die ihn als Werkzeug zu benutzen gedacht hatten, waren von ihm ausgeschaltet worden. Corello hatte die Antis und Aras besiegt, ohne zu wissen, daß er noch immer in ihrem Sinne arbeitete, wenn er Flottenstützpunkte des Solaren Imperiums angriff oder die Bewohner von Kolonialwelten unterjochte.

Je länger die Stimme seiner Mutter aus dem Unterbewußtsein zu ihm sprach, desto klarer wurden die Zusammenhänge.

»Alles war geplant«, fuhr Gevoreny Tatstun fort. »Du warst wichtigster Bestandteil des teuflischsten Planes, den die Antis und Aras sich jemals ausgedacht hatten.«

Corellos Kopf schwankte hin und her. Er war verzweifelt.

»Ich wollte es nicht«, rief er jammernd. »Du mußt mir verzeihen, Mutter.«

»Wer sollte dir noch verzeihen können?« fragte die Erscheinung. »Es gibt nur eine Möglichkeit für dich: Du mußt versuchen, alles wiedergutzumachen.«

Corello verdrehte die Augen. Die seelische Belastung war so stark, daß er wahnsinnig zu werden drohte.

Dann verschwand die Vision so plötzlich, wie sie gekommen war. Der Anfall war vorüber.

Corello hatte fast alles vergessen, was die Erscheinung gesagt hatte. Geblieben waren Unsicherheit und Furcht.

Ein Blick auf den Bildschirm zeigte ihm, daß Kytoma vom Tanz erschöpft neben der Säule lag. Sie bewegte sich nicht.

Corello schaltete mit einem Psi-Impuls die Alarmanlage aus.

Jetzt, da die inneren Stimmen verstummt waren, konnte er sich wieder der Verteidigung des Tapuriums zuwenden. Er mußte seinen engsten Machtbereich absichern. Niemand durfte bis in den Tempel vordringen.

Die Ermahnungen seiner Mutter waren vergessen.

Corello rief ein paar Roboter zu sich. Er befahl ihnen, den Tempel zu verlassen und das Tapurium nach Fremden abzusuchen.

Corello sah, wie Kytoma sich erhob und mit schlafwandlerischer Sicherheit auf eines der Häuser am Rande des freien Platzes zuging und darin verschwand. Er atmete auf, als er sie nicht mehr sehen konnte. Ihre Bewegungen erinnerten ihn an etwas.

»Durst!« sagte Corello.

Von der Decke senkte sich ein Metallarm herab, der Corello einen Sauger hinstreckte. Corello schob ihn in den Mund und begann zu trinken. Es schmeckte ihm nicht. Er hatte in den letzten Tagen nur wenig Nahrung zu sich genommen, denn seine Magennerven waren überanstrengt. Er spie den Sauger aus. Ein paar Tropfen der goldgelben Flüssigkeit fielen auf sein Gesicht, dann wurde der Sauger zurückgezogen.

Corello beobachtete die Kontrollen. Die Verteidigungsanlagen des Tempels funktionierten einwandfrei.

Seine Gegner sollten nur kommen.

»Bei allen Planeten! Was ist das?«

Ras Tschubai war stehengeblieben und deutete zu dem Hügel hinauf, der rechts nebem dem See lag.

Ein Wesen, das auf den ersten Blick wie eine achtbeinige Riesenschildkröte aussah, kam den Hügel herabgestürmt. Es bewegte sich jedoch wesentlich schneller als eine Schildkröte und unterschied sich auch erheblich von einem solchen Tier.

Atlan sah, daß das Monstrum zu beiden Seiten seines Körpers Hautkörbe besaß, in denen es kleinere Exemplare seiner Gattung mitschleppte. Vermutlich waren es die Jungen der Bestie.

»Es greift uns an!« rief Saedelaere alarmiert und riß seinen Strahler heraus. Atlan griff ebenfalls nach seiner Waffe.

»Wir schießen nur im Notfall«, sagte er. »Ich möchte nicht, daß die Energieausstrahlung der Schüsse von Ribald Corello geortet wird.«

Während sie ihre Aufmerksamkeit auf das gepanzerte Ungeheuer richteten, teilte sich hinter ihnen die Oberfläche des Sees, und ein auf vier tentakelartigen Beinen stehendes Wesen schwankte aus dem Wasser. Der Wasserbewohner besaß einen scheibenförmigen Körper von zehn Metern Durchmesser und drei Metern Höhe, aus dem zahlreiche Fühler und Greifarme ragten. Das Ding gab schmatzende Geräusche von sich. Es war mit Wasserpflanzen behangen.

Tolot sah es zuerst.

»Gefahr von hinten!« meldete er ruhig.

»Gucky, du und Tolot kümmert euch um das Seeungeheuer, wir erledigen die Schildkröte«, befahl Atlan.

Der Mausbiber schickte einen schwachen telekinetischen Impuls aus, mit dem er das Monstrum umwerfen wollte. Es mißlang. Gucky war überrascht. Das eigenartige Wesen näherte sich unbeirrt dem Ufer. Jetzt, da es den See fast verlassen hatte, konnte der Ilt sehen, daß die Beine des Angreifers fast sechs Meter lang waren und sich an ihren Enden spreizten. An der Unterseite des Scheibenkörpers befand sich eine Blase aus glänzender Haut, die sich in regelmäßigen Abständen aufblähte. Damit schien das Monstrum zu atmen.

»Jetzt versuche du dein Glück, Icho«, forderte Gucky den Haluter auf.

Inzwischen hatte sich die »Schildkröte« der Gruppe bis auf ein paar Meter genähert. Sie stampfte so fest auf, daß der Boden vibrierte. Sie besaß einen riesigen Schnabel, den sie gierig auf und zu klappte. Die Jungen, die sie in den Hautkörben mitschleppte, veranstalteten einen Höllenspektakel.

An den Absichten der Bestie bestanden keine Zweifel mehr.

»Feuer!« befahl Atlan.

Er, Tschubai und Saedelaere eröffneten das Impulsfeuer aus ihren Strahlern.

Die gepanzerte Kreatur brüllte auf, als ihr Körper plötzlich in Flammen gehüllt war. Sie katapultierte in einer blitzschnellen Reaktion ihre Jungen aus den Hautkörben in sichere Entfernung von der sich entladenden Energie. Die jungen Prillas prallten hart auf den Boden und gingen sofort zum Angriff über.

»Kümmert euch um die Jungen«, rief Atlan Saedelaere und dem Afroterraner zu, während er weiter auf den Prilla schoß.

Der sichelförmige Wulst, der den Kopf des Prilla bildete, war verschwunden, aber das Wesen bewegte sich immer noch weiter, als könnte es von keiner Macht des Universums aufgehalten werden.

Atlan warf sich zur Seite, als der Prilla an ihm vorbeistapfte und mit seinen krallenbewehrten Füßen den Boden aufwühlte. Der Arkonide erkannte, daß der Angreifer keine kontrollierten Bewegungen mehr ausführen konnte. Irgendwelche Nervensysteme aber funktionierten noch und trieben den gepanzerten Körper voran.

Das Wasser zischte, als die Kreatur hineinstürzte und in den aufschäumenden Fluten verschwand.

Inzwischen hatte Tolot das Seeungeheuer aus seinem Kombi-Lader unter Beschuß genommen. Das Wesen begann zu schwanken. Seine Beine knickten ein. Platschend landete es im Wasser.

Die jungen Prillas rasten irrsinnig vor Hunger in den See und fielen über ihren Vater und die andere Bestie her. Das Wasser schien zu kochen.

»Wir haben erst ein paar hundert Meter zurückgelegt«, sagte Atlan. »Das war ein kleiner Vorgeschmack auf das, was uns noch auf dem Weg zum Tempel erwartet.«

»Corello hat uns jetzt bestimmt geortet«, vermutete Ras Tschubai. »Es wird nicht lange dauern, dann werden alle Bewohner des Tapuriums Jagd auf uns machen.«

Atlan warf Gucky einen fragenden Blick zu.

Der Mausbiber schüttelte den Kopf.

»Es ist seltsam, aber seit wir uns innerhalb des Schutzschirms befinden, kann ich Corellos Gedankenimpulse nicht mehr spüren. Meine Psi-Kräfte haben sich stark verringert, das spürte ich schon, als ich das Seeungeheuer mit telekinetischen Befehlen zur Umkehr veranlassen wollte.«

»Das habe ich befürchtet«, gab der Arkonide zurück. »Corello hat zu seiner Sicherheit bestimmt überall Psi-Sperren aufgebaut.«

»Ich glaube, das Ras und ich noch teleportieren können, wenn wir genügend Zeit zur Konzentration haben«, meinte Gucky. »Ich halte es jedoch für falsch, für einen Versuch Kraft zu verschwenden.«

Atlan blickte über den See, dessen Oberfläche sich wieder beruhigt hatte. Der Lordadmiral ließ sich jedoch durch diese Stille nicht täuschen. Überall in dieser Umgebung lauerten tödliche Gefahren. Aus allen Teilen der Galaxis hatte Corello die gefährlichsten Ungeheuer hierherbringen lassen. Mit seinen unvorstellbaren geistigen Kräften hatte er dafür gesorgt, daß sie in dem fremden Lebensraum überlebten und sich sogar fortpflanzten. Er hatte auch verhindert, daß sie sich gegenseitig umgebracht hatten.

»Wir halten unsere Waffen schußbereit«, sagte Atlan. »Ich möchte nicht überrascht werden. Wenn wir die Wälder durchqueren, die noch auf unserem Weg liegen, müssen wir besonders auf der Hut sein.«

Sie gingen weiter. Als sie den See hinter sich gelassen hatten, stellte Atlan fest, daß die Energiezufuhr seines Individualschirms nur noch unregelmäßig funktionierte. Auch die Schutzschirme seiner Begleiter flackerten.

Atlan ließ die Gruppe anhalten.

»Etwas stimmt nicht mit unseren Rückentornistern.« Der Arkonide schnallte sein Gerät ab. »Die Energie wird blockiert.«

Gemeinsam mit Saedelaere untersuchte er den Tornister. Sie konnten jedoch keinen Schaden feststellen.

Atlan schaltete seinen Strahler auf Desintegrationswirkung, stellte ihn auf maximale Leistung und gab einen Schuß auf einen Baum in der Nähe ab. Der Energiestrahl war nur schwach.

Der Arkonide stieß eine Verwünschung aus.

»Auch die Energie unserer Waffen wird blockiert! Vermutlich werden sie in ihrer Leistung immer schwächer, je näher wir dem Tempel Corellos kommen.«

»Es läßt sich nicht ändern«, antwortete Icho Tolot. »Sollen wir deshalb vielleicht umkehren, obwohl wir unser Ziel bald erreicht haben?«

»Natürlich gehen wir weiter«, entschied Atlan. »Wir müssen uns jedoch jetzt auf schnelle Flucht einrichten.«

Sie verließen das Tal, in dem der See lag, an dessen Ufer sie ihren ersten Kampf bestanden hatten. Atlan war froh, daß bei dieser Auseinandersetzung ihre Waffen noch funktioniert hatten.

Sie bewegten sich über die Hügel hinweg und sahen vor sich einen dichten Wald liegen, der zum größten Teil aus niedrigen Bäumen zu bestehen schien, deren Äste miteinander verwachsen waren. Dazwischen ragten Pflanzen hervor, die wie Riesenspargel aussahen. Im Unterholz waren keine Einzelheiten zu erkennen.

»Ob es ratsamer wäre, diesen Wald zu umgehen?« fragte Tschubai.

»Er dehnt sich nach beiden Seiten hin ein paar Meilen aus«, erwiderte Atlan. »Wenn wir ihn umgehen, verlieren wir viel Zeit. Außerdem wissen wir nicht, wo es am gefährlichsten ist. Vielleicht sind wir im Wald sicherer als außerhalb.«

Er bemerkte ein Flimmern über sich. Als er aufblickte, sah er einen kleinen Schwarm Insekten, deren durchsichtige Körper im Sonnenlicht glitzerten. Er maß ihnen keine Bedeutung bei, sondern befahl den Weitermarsch. Weder er noch ein anderer der Gruppe bemerkte, daß die Anzahl der Insekten über ihren Köpfen immer größer wurde. Jede Fliege erzeugte mit einer Drüse einen klebrigen Faden, der sich mit den Fäden anderer Insekten verband. So entstand ein dichtes Gespinst, das so dünn war, daß man es kaum sehen konnte.

Noch bevor Atlans Gruppe den Wald erreicht hatte, senkte sich das so entstandene Gebilde auf die fünf Raumfahrer hinab.

Tolot, der am größten war, spürte die Bewegung zuerst und blieb stehen. Er wollte das Gespinst achtlos wegwischen, stellte aber fest, daß ihm das nicht gelang. Noch machte er sich keine Sorgen, sondern griff mit beiden Handlungsarmen zu. Der übrige Teil des Teppichs hatte sich inzwischen auf Tolots Begleiter herabgesenkt. Gucky und die drei Männer versuchten, das Gespinst zu zerreißen, doch es klebte am Körper und widerstand allen Bemühungen seiner Opfer.

»Es kommt von den Insekten über uns«, stellte Tschubai fest. »Es ist wie Spinnfäden, nur fester.«

Atlan zog sein Vibratormesser und stach zu. Das Messer, das sogar hartes Gestein und Metall durchschneiden konnte, rutschte einfach ab. Die Schneide fiel klirrend zu Boden.

Der Arkonide spürte, wie der von den Insekten geschaffene Mantel sich fest um ihn zog. Gucky lag bereits hilflos am Boden.

Atlan dachte an den Mann, den sie vor ein paar Tagen im Dschungel von Gevonia gefunden hatten und ahnte, was kommen würde, wenn es ihnen nicht gelang, sich aus dem Gespinst zu befreien.

Er stellte seine Bewegungen ein, denn je heftiger er sich wehrte, desto enger schlangen sich die dünnen Fäden um seinen Körper. Das seltsame Netz umwehte ihn jetzt leicht, als wollte es mit ihm spielen.

»Wehrt euch nicht dagegen!« rief Atlan den anderen zu. »Dann ist es nicht so schlimm.«

Inzwischen war es Tolot gelungen, den silbernen Mantel an einigen Stellen zu zerreißen. Er kam vollständig frei und näherte sich Atlan, um auch in zu befreien. Als er zugriff, spürte Atlan, wie das Gespinst sich sofort wieder zusammenzog.

»Bleiben Sie weg von mir, Tolot!« rief er dem Haluter zu.

Tolot wich ein paar Meter zurück und beobachtete die Vorgänge. Atlan, Saedelaere und die beiden Teleporter rührten sich nicht. Der Umhang aus dem Drüsensekret der Insekten umwehte die vier Raumfahrer. Sein Zugriff lockerte sich immer weiter. Nach ein paar Minuten löste er sich vollkommen und schwebte davon.

»Wenn wir uns weiter gewehrt hätten, wären wir von dieser Substanz erstickt worden«, sagte Saedelaere. »Tolot hätte uns nicht alle vier schnell genug befreien können.«

Der Arkonide blickte sich um. Der Insektenschwarm war verschwunden.

Unangefochten erreichten die fünf den Waldrand. Tolot untersuchte das Unterholz und die am nächsten stehenden Bäume nach Fallen irgendwelcher Tiere.

»Ich glaube, an dieser Stelle können wir in den Wald eindringen«, sagte er. »Ich werde vorausgehen und eine Gasse bahnen. Halten Sie Ihre Vibratormesser bereit.«

Gucky kletterte auf den Rücken des Haluters, denn er war zu klein und unbeholfen, um in dieser Umgebung mit den Männern Schritt zu halten.

Atlan schob seinen nutzlos gewordenen Strahler in den Waffengürtel zurück. Er umklammerte das abgebrochene Vibratormesser.

Äste und Zweige brachen, als der Haluter in den Wald eindrang. Tschubai und Saedelaere folgten unmittelbar hinter Tolot. Atlan bildete den Schluß der Gruppe. Er blickte sich immer wieder nach eventuellen Verfolgern um.

Wider Erwarten kamen sie rasch voran. Stellenweise war das Unterholz so dicht, daß Tolot seine Zellstruktur verhärten mußte, um es zu durchbrechen.

Ab und zu wurden sie von kleineren Tieren angegriffen, die sie jedoch mühelos töten oder in die Flucht schlagen konnten. In diesem Wald schienen sich keine großen Raubtiere aufzuhalten.

Eine halbe Stunde nachdem sie in den Wald eingedrungen waren, wurden sie von einem Schwarm vogelähnlicher Wesen angegriffen.

Die Tiere waren einen halben Meter groß und besaßen deltaförmige Stummelflügel, mit deren Hilfe sie sich wie Pfeile auf ihre Opfer stürzen konnten. Dabei benutzten sie ihre spitzen Schnäbel und harten Krallen als Waffen. Verfehlten sie ihr Ziel, liefen sie blitzschnell am nächsten Baum zu einem als Startplatz geeigneten Ast hinauf. Sie waren nicht in der Lage, vom Boden nach oben zu fliegen.

Atlan bemerkte die Gefahr erst, als sich zwei der Kreaturen in den Schulterwülsten seines Kampfanzuges verkrallten und mit den Schnäbeln auf ihn einhieben.

Rings um den Arkoniden fielen jetzt dutzendweise Vögel mit dem Schnabel voran von den umstehenden Bäumen. Sie verfehlten ihr Ziel nur selten.

Saedelaere, auf dem fünf der gefährlichen Angreifer hockten, schlug wild um sich. Die Vögel wichen seinen Schlägen jedoch geschickt aus und hieben pausenlos mit ihren scharfen Schnäbeln auf ihn ein.

Glücklicherweise hielt das Material ihrer Schutzanzüge viel ab.

Icho Tolot, der bereits vorausgeeilt war, kehrte mit Gucky auf dem Rücken zurück und griff in den Kampf ein, indem er nach den Vögeln auf den Körpern seiner Begleiter griff und sie von dort mühelos abpflückte. Die Tiere krächzten wie Raben. Ihr Geschrei lockte weitere ihrer Artgenossen herbei, so daß es bald von dunkelbraunen Kreaturen wimmelte, die sich von den Bäumen auf die fünf Raumfahrer stürzten.

»Weitergehen!« schrie Tolot. »Wir müssen hier weg. Hier sind ihre Nistplätze.«

Ein Vogel prallte gegen Atlans Brust und krallte sich fest. Bevor er jedoch mit seinem Schnabel zuschlagen konnte, wurde er vom Vibratormesser des Arkoniden getroffen und fiel zu Boden. Einen Augenblick blieb er benommen liegen, dann raffte er sich auf und rannte blitzschnell zum nächsten Baum, um wieder nach oben zu klettern und einen neuen Angriff zu starten.

Atlan spürte, wie ein paar heftige Schnabelhiebe das Rückenteil seines Kampfanzuges durchdrangen. Er rannte auf den nächsten Baum zu und warf sich mit dem Rücken dagegen. Einer der Angreifer wurde dabei zerquetscht.

Tolot war es gelungen, Alaska Saedelaere von den beutelüsternen Raubvögeln zu befreien. Er packte den Transmittergeschädigten und stürmte mit ihm davon. Tschubai, der sich gegen sechs Vögel zu wehren hatte, versuchte dem Haluter zu folgen, stolperte aber über eine aus dem Boden ragende Wurzel und kam zu Fall.

Atlan stieß sich vom Baumstamm ab und rannte auf Tschubai zu, um ihm zu helfen. Die Vögel saßen auf dem Teleporter und hackten mit ihren langen Schnäbeln auf ihn ein. Tschubai verbarg seinen Kopf mit den Armen, um nicht im Gesicht getroffen zu werden.

Um Atlan herum kreischten die Tiere. Unmittelbar vor ihm landete eines dieser Wesen auf dem Boden und bearbeitete blindlings einen trockenen Ast, der sofort zersplitterte.

Atlan hieb auf die Tschubai bedrängenden Vögel mit Händen und Füßen ein. Sie kreischten auf und flohen. Wenn sie über den Boden rannten, breiteten sie ihre Flügel aus und wackelten mit dem Körper hin und her.

Ras Tschubai richtete sich auf. Er und Atlan stellten sich Rücken an Rücken und erwehrten sich neuer Angriffe, wobei sie sich langsam aus dem Nistgebiet der gefährlichen Tiere entfernten.

»Hierher!« kam Tolots dröhnende Stimme aus dem Unterholz.

Die letzten Vögel blieben zurück. Atlan und Tschubai erreichten eine kleine Lichtung, wo Tolot Saedelaere und Gucky abgesetzt hatte. Hier besaßen die Vögel keine Chance für einen Angriff.

Erst jetzt bemerkte Atlan, daß ihm die Tiere zahlreiche schmerzhafte Wunden beigebracht hatten. Auch Saedelaere und die beiden Teleporter hatten Verletzungen davongetragen. Nur Tolot, an dessen stahlharter Haut die Schnabelhiebe abgeprallt waren, befand sich in bester Verfassung.

Atlan wußte, daß die Kraft ihrer Zellaktivatoren helfen würde, die Wunden schnell zu verheilen. Nur Saedelaere würde länger damit zu tun haben.

Atlan ignorierte seine Schmerzen.

»Kannst du Corello wieder spüren?« erkundigte er sich bei Gucky.

»Nein«, antwortete der Mausbiber. »Ich kann keine Impulse wahrnehmen.«

»Vielleicht bedeutet das, daß die Psi-Kräfte des Mutanten erloschen sind«, meinte Saedelaere.

»Unmöglich!« Gucky schüttelte den Kopf. »Wenn wir Corello wieder spüren, wird es wahrscheinlich schon zu spät für eine Flucht sein.«

Tolot deutete auf die andere Seite der Lichtung.

»Wir müssen in dieser Richtung weitergehen. Beeilen wir uns.«

Er hob den Mausbiber in seinen Nacken und übernahm wieder die Führung. Der Wald lichtete sich allmählich. Sie wurden nicht mehr angegriffen, obwohl sie in ihrer unmittelbaren Nähe ein paarmal das Schreien größerer Tiere hörten.

Als sie aus dem Wald heraustraten, standen sie vor einem hügeligen, grasbewachsenen Landstrich. Sie sahen vereinzelte Bäume, unter denen große büffelähnliche Tiere standen und ästen. Auf den Rücken dieser Tiere stelzten schlanke Schmarotzervögel auf und ab. Ab und zu schreckten sie auf und flatterten zu den Wipfeln der Bäume empor, wo sie verharrten. Handgroße Schmetterlinge taumelten über das Gras.

Atlan sah ein paar meterhohe Erdhügel, in denen er unbekannte Tiere vermutete.

»Sieht alles sehr friedlich aus«, bemerkte Saedelaere und rückte seine Plastikmaske zurecht.

Atlan blieb skeptisch. »Wir sollten uns von diesem Bild nicht täuschen lassen. Wer weiß, welche Gefahren in diesem Land auf uns lauern.« Er blickte auf sein abgebrochenes Vibratormesser. »Hoffentlich genügt diese Waffe, um damit fertig zu werden.«

Nebeneinander marschierten sie auf den nächsten Hügel los.

Ein Dutzend raubgieriger Augen verfolgte jede ihrer Bewegungen.

31.

Ribald Corello wußte jetzt, daß fünf Wesen in das Tapurium eingedrungen waren. Er machte sich deshalb Sorgen, denn er konnte mit ihnen keinen Psi-Kontakt aufnehmen. Das wies darauf hin, daß sie mentalstabilisierte Gehirne besaßen.

Die Roboter, die ihm von der Anwesenheit der fünf Fremden innerhalb des Tapuriums berichtet hatten, waren leider ohne gute Aufnahmen zurückgekehrt. Corello hatte sich bisher nicht entschließen können, abermals Roboter auszuschicken, die die Fremden aus der Nähe filmen und dann töten sollten.

Corello wunderte sich darüber, daß die Eindringlinge immer noch lebten. Offenbar hatten sie sich bisher mit Erfolg aller Angriffe der im Tapurium lebenden Bestien erwehrt.

Der Mutant fragte sich, warum er noch immer mit entscheidenden Maßnahmen zögerte. Es wäre ihm leichtgefallen, die Fremden töten zu lassen. Schließlich war es gleichgültig, wer sich erdreistet hatte, in das Tapurium einzudringen. Trotzdem hätte Corello gern diese mutigen Männer kennengelernt.

Er lehnte sich zurück und ließ von einem Roboter einen Speicherkristall bringen, den er besprechen wollte. In den letzten Jahren hatte er sich angewöhnt, alle wichtigen Ereignisse auf diese Weise festzuhalten. Sein phänomenales Gedächtnis belieferte ihn zwar mit allen Daten aus der Vergangenheit, aber er hatte die Absicht, seiner Mutter einmal in allen Einzelheiten über seine Taten zu berichten. Er hoffte noch immer, daß er eines Tages so viel psionische Energie produzieren konnte, um seine Mutter zum Leben zu erwecken. Seine Vorstellungen, wie er dabei vorgehen sollte, waren unklar, aber er klammerte sich an die Idee, daß es möglich wäre.

Der Roboter, der den Kristall gebracht hatte, schaltete das Aufnahmegerät ein und schob ein Mikrophon über den Sessel des Mutanten.

Corello wußte, daß er keine schöne Stimme hatte, deshalb gab er sich Mühe, seine Berichte langsam und deutlich zu sprechen. Er wollte, daß jedes einzelne Wort später verstanden werden konnte.

Er nannte zunächst das Datum. Er hatte sich angewöhnt, die Erdzeit zu verwenden.

»Heute ist der fünfte Januar dreitausendvierhundertvierunddreißig«, begann er. Er unterbrach sich, weil seine Stimme sehr unsicher klang. Er löschte den Satz und sprach noch einmal. Diesmal gefiel ihm seine Stimme besser.

»Dieser Tag gehört zu den entscheidensten in meinem Leben«, hörte er sich weitersprechen.

Er schloß die Augen. Wie kam er dazu, solche bombastischen Worte zu gebrauchen?

»Ich hatte wieder Halluzinationen«, fuhr er fort. »Es wäre jedoch falsch, wenn ich ihnen Bedeutung beimessen würde. Bestimmt bin ich krank. Jeder wird einmal krank. Ich darf mich nicht so sehr auf den Zellaktivator verlassen, denn es ist ziemlich sicher, daß er gegen seelische Krankheiten nicht hilft. Ich vermute, daß ich überlastet bin.«

Corello machte eine Pause. Warum erzählte er das? Wäre es nicht wichtiger gewesen, über die fünf Eindringlinge und seine Gegenmaßnahmen zu berichten?

»Fünf Fremde sind ins Tapurium eingedrungen. Irgendwie ist es ihnen gelungen, den Schutzschirm zu durchbrechen. Ich kann sie auf parapsychischem Weg nicht orten. Sie besitzen mentalstabilisierte Gehirne. Ich vermute, daß es Besatzungsmitglieder jenes Raumschiffs sind, das vor einiger Zeit in die Lasztman-Ballung eingedrungen ist. Es sind Freunde Perry Rhodans. Vielleicht ist Rhodan sogar selbst dabei.«

Corello lehnte sich zurück. Sein Kopf wurde von der Nackenstütze gehalten. Er löschte alles, was er bisher gesprochen hatte. Es schien ihm stellenweise unlogisch. Das rührte von seiner Krankheit her. Er wußte manchmal nicht mehr, was er tat. Noch schlimmer war, daß ihn seine Erinnerung im Stich ließ. Er wußte nicht, welche Befehle er gab, wenn er einen Anfall hatte. Sicher war nur, daß er in diesem Stadium Anordnungen widerrief, die er zuvor an seine Marionetten durchgegeben hatte.

Als der Kristall wieder aufnahmebereit war, überkam ihn das Gefühl grenzenloser Hilflosigkeit.

Eine Weile saß er still und bewegungslos da. Dann rief er einen Roboter herbei.

»Vernichte alle Kristalle, die ich bisher besprochen habe«, befahl er. »Sie liegen in Raum vierundachtzig. Du mußt sie in den Konverter werfen.«

Der Roboter wollte davongleiten, aber Corello rief ihn noch einmal zurück.

»Nimm diesen hier auch mit. Ich werde in Zukunft keine mehr besprechen.«

Stumm erledigte der Roboter alle Befehle, die er erhielt. Er war ein Automat und machte sich keine Gedanken über die Probleme seines Meisters. Hätte er eine komplizierte Positronik besessen, hätte er vielleicht unter der Unlogik von Corellos Befehlen gelitten.

Das Bewußtsein, daß die Kristalle bald nicht mehr existieren würden, verschaffte Corello ein Gefühl der Erleichterung. Etwa deshalb, weil er jetzt sicher sein konnte, daß seine Mutter auf diesem Weg nie von seinen Taten erfahren würde? Begann er sich etwa seiner Taten zu schämen?

Er spürte immer deutlicher, daß er in zwei Persönlichkeiten gespalten war. Bedauerlicherweise kannte er nur eine davon. Wie er während seiner Anfälle dachte und handelte, vergaß er fast völlig. Kleine Episoden, die ihm im Gedächtnis haftenblieben, waren eher dazu angetan, seine Unruhe zu vergrößern, als ihn zu beruhigen.

Corello blickte angespannt auf die Bildschirme. In der Stadt war alles ruhig. Die Situation innerhalb des Tapuriums war ungeklärt. Corello konnte beobachten, daß die Tiere ihre für sie vorgesehenen Reservate zum Teil verlassen hatten und im gesamten Tapurium auf Jagd gingen.

Alles ist in der Auflösung begriffen, dachte er.

Leider waren alle aus dem Tapurium eingehenden Bilder sehr

undeutlich. Das lag daran, daß die Flugroboter, die die Aufnahmen machen sollten, nicht genügend Energie besaßen. Corello hatte einen Teil der Verteidigungsanlage eingeschaltet. Sechsdimensionale Kraftfelder bewirkten, daß jede untergeordnete Energieform geschwächt wurde. Auf diese Weise wollte Corello verhindern, daß die fünf Eindringlinge Energiewaffen und andere Geräte benutzten.

Plötzlich sah Corello auf einem der Bildschirme fünf Gestalten, die nebeneinander durch das Hügelland Soorn gingen. Corello hatte allen Gebieten des Tapuriums Namen gegeben. Drei dieser verschwommen sichtbaren Gestalten sahen sich ähnlich, die beiden anderen dagegen unterschieden sich voneinander.

»Die Eindringlinge!« rief der Mutant. »Sie sind bereits bis ins Soornland vorgedrungen.«

Hinter dem Soornland lag nur noch das Land Haytos, dann kam der Tempel Corellos.

Corello wollte gerade ein paar Dutzend Kampfroboter losschicken, als neben den Kontrollen wieder eine schattenhafte Gestalt sichtbar wurde. Im ersten Augenblick wehrte sich der Mutant gegen sein starkes Unterbewußtsein. Er wollte die Halluzination verdrängen, gab aber unwillkürlich seinen inneren Wünschen nach. Die Gestalt nahm deutlichere Formen an. Wieder erschien seine Mutter.

Ihre schönen Augen schienen von innen heraus zu leuchten.

Corello vergaß fast, daß er eine Erscheinung vor sich hatte, eine Projektion seines Unterbewußtseins. Er dachte nicht mehr daran, daß er Kampfroboter ins Soornland schicken wollte.

»Es ist dir noch immer nicht gelungen, dich von den Folgen der Embryo-Blockade zu erholen«, klagte Gevoreny Tatstun. »Noch immer erfüllst du die Aufgaben, die dir das Offensivprogramm der Antis und Aras gestellt hat.«

»Verachte mich nicht!« bat Corello verzweifelt, der jetzt völlig vergessen hatte, daß er Zwiesprache mit sich selbst hielt, mit den Erinnerungen, die sein Unterbewußtsein in immer stärkerem Maße freigab.

»Du wirst dich selbst verachten, wenn du nicht endlich die Schranken niederreißt, die dich daran hindern, Frieden mit der Menschheit zu schließen«, prophezeite die Erscheinung. »Den ersten Schritt hast du schon getan, indem du die Fremden ins Tapurium eindringen ließest. Warum machst du nicht endgültig Schluß mit dem Offensivprogramm und sprichst mit den Männern, die zu dir kommen?«

Corello merkte, wie ihm der Schweiß ausbrach. Er geriet in einen immer stärker werdenden inneren Konflikt.

Er machte eine fahrige Handbewegung.

»Geh weg!« rief er kreischend. »Ich will dich nicht mehr sehen. Geh weg!«

Die Gestalt schwankte. Die Augen verloren ihren Glanz.

»Du nimmst mir den Atem«, jammerte der Mutant. »Willst du, daß ich ersticke?«

Gevoreny Tatstun schien sich auflösen zu wollen, doch dann wurde sie noch einmal mit der Vorstellungskraft von Corellos Unterbewußtsein erneuert.

Sie wirkte jetzt so echt, daß sie sich kaum noch von der toten Frau im Sarg auf dem Schreindach unterschied.

Corello blickte fasziniert auf die Gestalt.

»Du wirst nicht erstickten. Quäle dich nicht länger. Du weißt jetzt, daß du in Wirklichkeit kein Verbrecher bist. Die Embryo-Blockade hat dich dazu gemacht. Indem du das Offensivprogramm der Antis und Aras erfüllst, stellst du dich gegen dein eigenes Volk.«

Corello wand sich auf dem Sessel. Sein Kopf rutschte aus der Nakkenstütze und fiel schwer zur Seite. Der Schmerz ließ den Mutanten aufschreien. Er konnte sich aus eigener Kraft nicht erheben. In diesem Zustand konnte er auch keine Roboter herbeirufen, die ihm bei seinen Bemühungen helfen würden.

»Ich habe alles selbst entschieden!« stieß er trotzig hervor. »Ich bin kein Opfer fremder Mächte. Ich bin so stark, daß kein Anti und kein Ara es mit mir aufnehmen könnte. Kein Wesen in der Galaxis ist so stark, um gegen mich bestehen zu können.«

Gevoreny Tatstun schien nach ihrem Sohn greifen zu wollen, aber ihre ausgestreckten Hände glitten durch den Sessel und durch Corellos Körper hindurch.

»Du hast jene, die dich im Mutterleib vergiftet haben, längst besiegt.« Die Gestalt zog die Arme zurück. »Aber du führst noch immer ihr Offensivprogramm durch. Du selbst bist dein größter Gegner, Ribald Ishibashi.«

Corello krümmte sich im Sitz zusammen.

»Nenne mich nicht Ishibashi!«

»Doch! Ich nenne dich beim Namen deines Vaters, der unvergessen bleiben wird, weil er für die Menschheit große Taten vollbracht hat. Dein Vater war einer der berühmtesten Mutanten. Du solltest stolz darauf sein, seinen Namen tragen zu dürfen.«

»Ich bin ein größerer Mutant als mein Vater!« sagte Corello trotzig.

»Wirklich?« Gevoreny lächelte traurig. »Woran, glaubst du, wird

Größe gemessen? Worauf kannst du stolz sein? Darauf, daß du mehrere Millionen Menschen und andere Wesen getötet und unterjocht hast? Darauf, daß du Mitgliedern deines Volkes die Freiheit nimmst?«

Corello preßte die Hände vors Gesicht. Er konnte den Anblick nicht mehr ertragen. Die Auseinandersetzung mit seinem Unterbewußtsein hatte ihn so viel Kraft gekostet, daß er bewußtlos zur Seite kippte. Er hing schlaff im Sessel.

Auf dem Bildschirm über ihm waren noch immer die fünf Gestalten zu erkennen, die beharrlich durch das Soornland marschierten.

Auf der Außenseite des Erdhügels zeigten sich ein paar Risse, dann brach er völlig zusammen, und ein weißbepelztes Tier mit schaufelartigen Krallen kam aus dem Boden hervor. Es war drei Meter lang, besaß vier Beine und einen spitz zulaufenden Kopf.

Atlan, der es zuerst sah, hob den Arm.

»Achtung!« rief er. »Ein Riesenmaulwurf. Nein, das Ding sieht eher wie ein großes Wiesel aus.«

Aber auch dieser Vergleich war nicht richtig. Das Tier bewegte sich mit unerwarteter Schnelligkeit auf die Männer zu. Es riß seinen mit kleinen, aber scharfen Zähnen bewehrten Rachen auf und wollte sich auf Saedelaere stürzen.

Der Transmittergeschädigte war ein reaktionsschneller Mann, aber diesem blitzschnell vorgetragenen Angriff wäre er zum Opfer gefallen, wenn Icho Tolot nicht eingegriffen hätte. Der Haluter warf sich mit einem gewaltigen Satz zur Seite und packte die Kreatur im Genick. Das »Wiesel« gab einen miauenden Klagelaut von sich. Tolot wirbelte es ein paarmal durch die Luft und schleuderte es dann in Richtung des Erdhügels davon. Dort blieb es sekundenlang liegen. Es äugte zu den Fremden herüber, offenbar unschlüssig, was es nun unternehmen sollte. Schließlich entschied es sich für die Flucht und verschwand in seinem Erdloch.

Atlan deutete zu den anderen Erdhügeln.

»Jetzt wissen wir, wer sie gebaut hat. Diese Biester sind unglaublich schnell. Wenn mehrere von ihnen zusammen angreifen, müssen wir aufpassen, daß wir nicht in Schwierigkeiten kommen, denn Tolot kann nicht gleichzeitig überall sein.«

Als sie weitergingen, hielten sie sich den Erdhügeln fern. Trotzdem wurden sie noch zweimal von den Höhlenbewohnern angegriffen. Jedesmal war es Tolot, der das Schlimmste abwenden konnte.

Eine halbe Stunde später hatten sie das Hügelland hinter sich gelassen. Vor ihnen lag eine flache Wüste. Keine Pflanze und kein Lebewesen waren zu sehen.

»Sie kann nicht breiter als zwei oder drei Kilometer sein«, sagte Tolot. »Dahinter muß Corellos Tempel liegen.«

»Wenn sie wirklich nur ein paar Kilometer breit ist, müßten wir das Gebäude sehen können, in dem der Mutant lebt«, wandte Alaska Saedelaere ein.

Atlan beschattete seine Augen mit der Hand, denn der helle Wüstensand reflektierte das Sonnenlicht und blendete ihn. Täuschte er sich, oder sah er im Dunst des Horizonts die Umrisse eines Gebäudes? Er schloß einen Moment die Augen.

»Können Sie etwas erkennen, Tolot?« wandte er sich an den Haluter.

Tolot verneinte.

»Ich bin sicher, daß der Wohnsitz Corellos getarnt ist.«

Atlan blickte seine Begleiter der Reihe nach an. Den beiden Mutanten waren deutlich die Nachwirkungen des Schocks anzusehen.

»Wir müssen diese Wüste durchqueren. Wenn wir das Gebäude Corellos auch nicht sehen können, so wissen wir doch, daß es nur ein paar Kilometer von hier entfernt ist.«

Er machte ein paar Schritte in die Wüste hinein. Plötzlich tat sich der Boden vor ihm auf, dann rutschte er zusammen mit trockenem Sand in die Tiefe. Bevor einer der anderen eingreifen konnte, war der Arkonide verschwunden. Die Wüstenoberfläche hatte sich geschlossen. Alles sah aus wie zuvor.

Tolot erholte sich zuerst von der Überraschung. Rasch schob er Gucky von seinem Rücken und stürzte dann auf die Stelle zu, wo der Lordadmiral verschwunden war. Die Handlungsarme des Haluters wühlten den Sand zur Seite.

Noch bevor die beiden Männer und Gucky überhaupt reagierten, hatte Tolot bereits ein großes Loch gegraben, ohne allerdings auf eine Spur von Atlan zu stoßen.

»Er kann doch nicht einfach verschwunden sein«, sagte Gucky entsetzt.

»Impulse?« erkundigte sich Saedelaere knapp.

»Ja«, erwiderte Gucky zögernd. »Ich glaube es jedenfalls. Sie sind sehr schwach.«

Tolot war bereits mit seiner gesamten Körpergröße in der Grube verschwunden, die er in wenigen Sekunden geschaffen hatte. Sand flog heraus und türmte sich am Rand des Loches.

Tschubai stocherte mit der Spitze seines Vibratormessers im Sand herum, als könnte er auf diese Weise etwas entdecken.

Saedelaere trat an den Rand der Grube und blickte zu dem immer tiefer vordringenden Tolot hinab.

»Der Boden ist hier sehr locker«, bemerkte Tolot, ohne seine Arbeit zu unterbrechen. »Wir stehen sicher vor einer raffiniert angelegten Falle.«

Saedelaere fragte sich, wer oder was Atlan so schnell in eine so große Tiefe gezogen haben konnte. Plötzlich hörte er ein knackendes Geräusch. Er blickte zu Tolot hinab, der sich aufgerichtet hatte und mit seinen Handlungsarmen an einem dunkelbraunen Ding herumzerrte, das wie ein riesiger gezackter Fühler aussah. Jedesmal, wenn Tolot sich nach hinten lehnte, gab es dieses knackende Geräusch.

Der Transmittergeschädigte zögerte keinen Augenblick, sondern sprang zu Tolot hinab. Er hob sein Vibratormesser und wollte zuschlagen. Alaska zuckte herum und traf ihn gegen den Rücken. Er fiel zu Boden.

»Vorsicht!« brüllte Tolot. »Das Ding zerschmettert Sie.«

Saedelaere wollte sich wieder aufrichten, als der Boden unter ihm unverhofft zu schwanken begann und ihn erneut zu Fall brachte. Sand knirschte zwischen seinen Zähnen.

Etwas, das unter ihm im Sand steckte, richtete sich auf. Das Ding mußte riesig sein. Tolot war es gelungen, das fühlerähnliche Gebilde abzubrechen. Er benutzte es als Waffe und stieß damit in den Boden.

Saedelaere fühlte, wie er hochgehoben wurde. Er suchte Halt, als er auf dem glatten Rücken des erst zum Teil sichtbaren Monstrums abrutschte. Seine Hände umklammerten etwas Hartes.

Tolot schrie etwas Unverständliches.

Das Ding im Sand schnaubte und schleuderte Sandfontänen aus der Grube. Die gesamte Welt schien nur noch aus Sand zu bestehen. Saedelaeres Bemühungen beschränkten sich darauf, sich an dem aus dem Sand ragenden Fühler festzuhalten.

Die Grube stürzte ein. Saedelaere wurde herumgeworfen. Er sah Tolot, der bis zur Brust im Sand steckte und sich mit ruckartigen Bewegungen auf ihn zuschob. Etwa zehn Meter von Saedelaere entfernt brach der Boden auf. Ein nach innen gekrümmter Schwanz wurde sichtbar, der den Boden peitschte und Sand aufwirbelte.

Saedelaere verlor den Halt und rutschte über die glatte Außenfläche des noch immer erst zu einem geringen Teil sichtbaren Tieres. Er kam in einer muldenförmigen Vertiefung zum Liegen. Die Gefahr, daß er bei der nächsten Bewegung des Monstrums zerquetscht wurde, ließ ihn schnell handeln. Er packte das Vibratormesser mit beiden Händen und stieß immer wieder in jenen Teil des gigantischen Körpers, den er vor sich sehen konnte.

Das Ungeheuer wälzte sich aus seinem Versteck unter dem Sand, wobei es den Boden erschütterte und immer wieder schnaubte.

Saedelaere konnte Tolot nicht mehr sehen. Er wurde mit nach oben gerissen und schwebte einen schrecklichen Augenblick lang ein paar Meter über dem Boden. Mit großer Deutlichkeit sah er Tschubai und Gucky, die sich aus der Gefahrenzone entfernt hatten und entsetzt zu ihm heraufblickten.

Das Vibratormesser steckte im Körper des Monstrums. Saedelaere hielt sich daran fest, bis eine Abwärtsbewegung eintrat. Mit letzter Kraft stieß sich der Transmittergeschädigte ab und landete ein paar Meter von der Gruppe entfernt am Boden. Er rollte sich seitwärts.

Jetzt erst sah er die Bestie in ihrer gesamten Länge. Das Tier ähnelte einem umgekippten Schiff mit Beinen und Fühlern. Der Kopf war gespalten und endete in zwei meterlangen Zangen. Der gesamte Körper der Kreatur war gepanzert und besaß eine graubraune Farbe.

Als Saedelaere sich aufrichtete, konnte er Tolot wieder sehen. Der Anblick des Haluters raubte ihm fast den Atem. Tolot hockte im Genick des Monstrums und bearbeitete den gespaltenen Kopf mit fürchterlichen Hieben. Immer wieder bäumte sich die Kreatur auf, um den Peiniger abzuschütteln. Jedesmal, wenn sie sich bewegte, gab es knackende Geräusche, die Saedelaere erschauern ließen.

»Hierher, Alaska!« rief Tschubai ihm zu. »Wir können Tolot nicht helfen.«

Saedelaere wich weiter zurück. Das rettete ihm das Leben. Der gewaltige Schwanz des Giganten streckte sich und riß Furchen in den Boden. Dort, wo Saedelaere noch vor wenigen Augenblicken gestanden hatte, wirbelte Staub auf.

Das Ungeheuer krümmte sich zusammen und warf den Kopf zurück. Tolot wurde herumgerissen und verlor den Halt. Schnaubend raste sein Gegner davon. Saedelaere dachte schon, Tolot wolle die Verfolgung aufnehmen, doch der Haluter stürmte nur zu der Stelle zurück, wo Atlan verschwunden war.

»Helft mir suchen!« rief Tolot.

Der Wüstenbewohner entzog sich den Blicken der Raumfahrer, indem er sich in ein paar hundert Metern Entfernung wieder in den Boden grub.

Saedelaere eilte voran.

»Wir müssen die Gänge des Monstrums finden!« Wie eine Fräse bohrte er sich in den Sand. »Ich bin sicher, daß der Lordadmiral noch lebt.«

Saedelaere fühlte, daß sich in seiner Kehle ein Klumpen bildete. Ein Wunder, wenn Atlan noch lebte. Der Arkonide war der Bestie in die Falle gegangen.

Trotzdem sprang der Transmittergeschädigte in die Grube und half Tolot bei der Suche. Tschubai tauchte an seiner Seite auf. Nur der Mausbiber blieb oben stehen und konzentrierte sich auf Gedankenimpulse. Da seine parapsychischen Kräfte jedoch nachgelassen hatten, war es fraglich, ob er die Mentalströmungen eines bewußtlosen Atlan feststellen konnte.

Saedelaere sah, wie Tolot ein paar Meter nach unten rutschte.

»Da ist ein Gang!« rief der Haluter.

Aasgeruch stieg aus der Tiefe. Saedelaere fragte sich bestürzt, ob das Monstrum hier unten ein Vorratslager eingerichtet hatte. Er konnte Tolot nicht folgen, dann dabei hätte er sein eigenes Leben gefährdet.

»Ich habe ihn!« brüllte Tolot nach wenigen Sekunden.

Gleich darauf wurde der vierarmige Riese wieder sichtbar. Atlan lag quer über seinen Schultern. Der Arkonide bewegte sich nicht.

»Ist . . . ist er tot?« fragte Tschubai stockend.

»Nein«, erwiderte Tolot kurz. Er trug Atlan aus der Grube und legte ihn oben auf den Boden. Gucky und Saedelaere untersuchten den Arkoniden. Der Kampfanzug Atlans war von einer schleimigen Masse bedeckt, an der Sand klebte.

Saedelaere öffnete den Brustteil des Anzugs, damit Atlan freier atmen konnte.

»Er ist bewußtlos«, stellte Tschubai fest. »Er muß einen heftigen Schlag erhalten haben.«

Tolot deutete mit einer Hand in Richtung der Grube.

»Dort unten sah es schrecklich aus«, berichtete er. »Es wimmelt von Skeletten und halb angefressenen Tieren.«

Sie bemühten sich weiter um den Arkoniden, der schließlich sein Bewußtsein zurückerlangte und den Kopf hob.

Saedelaere drückte ihn sanft auf den Boden zurück.

»Warten Sie noch, Sir! Wir müssen erst wissen, ob Sie Verletzungen davongetragen haben.«

Atlan stöhnte leise und griff sich mit den Händen an die Brust.

»Hier?« fragte Saedelaere und drückte.

»Ja. Sie tun mir weh, Alaska!«

»Nichts Ernsthaftes«, erklärte Saedelaere lakonisch. »Wir machen einen festen Verband. Der Zellaktivator wird ein übriges tun.«

Sie richteten Atlan auf und legten seinen Oberkörper frei. Nachdem sie ihn verbunden hatten, reinigten sie seinen Schutzanzug und zogen ihn ihm wieder an.

»Was ist überhaupt passiert?« erkundigte sich Atlan.

Tolot schilderte in knappen Worten seinen Kampf mit dem Ungeheuer.

»Wir werden uns von jetzt an mit doppelter Vorsicht durch diese Wüste bewegen«, sagte Atlan. »Diesmal hatten wir noch Glück, aber niemand von uns weiß, wie es bei einem erneuten Zusammentreffen mit einem solchen Monstrum ausgehen kann.«

Tolot bestand darauf, jetzt wieder vorauszugehen. »Ich kann am leichtesten aus einer solchen Falle entkommen«, argumentierte er.

Saedelaere, der Atlan nicht aus den Augen ließ, beobachtete, daß der Arkonide nur mit Mühe seine Schmerzen unterdrücken konnte. Trotzdem kamen sie jetzt schnell voran. Ab und zu stießen sie auf Spuren großer Tiere. Saedelaere war jedoch sicher, daß diese Bestien nur im Randgebiet der Wüste jagten, denn bis hierher wagte sich bestimmt keines der anderen Tiere des Tapuriums.

»Corellos Tempel ist noch immer nicht zu sehen«, stellte Gucky verwundert fest, nachdem sie einen halbstündigen Marsch hinter sich hatten. »Normalerweise müßten wir jeden Augenblick davor stehen.«

»Vielleicht lebt er in einer Station unter dem Wüstenboden«, vermutete Ras Tschubai.

Die kleine Gruppe bewegte sich weiter durch das Tapurium. Plötzlich hob der ein paar Meter vorausgehende Tolot einen Arm.

»Da!« rief er. »Das Gebäude liegt unter einem Deflektorschirm.«

Die anderen beeilten sich, zu dem Haluter aufzuschließen.

Als hätte ihn jemand vor einer Sekunde erst dort abgestellt, ragte vor Atlan und seinen Begleitern Corellos Tempel in die Höhe. Es war ein festungsähnliches Gebäude, das Atlan in seiner Bauweise an alte asiatische Tempel auf der Erde erinnerte. Die massiven Außenwände verliefen schräg nach innen und waren zwanzig Meter hoch. Auf ihrem oberen Rand schloß sich die Dachkonstruktion an, die noch einmal dreißig Meter hoch war. In seiner Grundfläche war der Tempel rechteckig, er bedeckte ein Gebiet von ungefähr drei Quadratkilometern.

Obwohl Atlan sich das Gebäude größer vorgestellt hatte, war er doch von ihm beeindruckt. Die grauen Mauern wirkten uneinnehmbar. Das Dach mit den zahllosen Verzierungen ähnelte einem gigantischen Sattel.

Von dem Gebäude ging eine unheimliche Drohung aus. Sie war anderer Natur als die, die Atlan und Saedelaere beim Durchqueren Tapuras gespürt hatten. Hier konnte man die Anwesenheit des mächtigen Supermutanten spüren.

»Das eigentliche Tapurium«, sagte Saedelaere leise. »Irgendwo hinter diesen Mauern hält sich Ribald Corello auf. Ich bin sicher, daß er uns beobachtet. Wahrscheinlich könnte er uns leicht vernichten.«

Atlan vergaß seine Schmerzen.

Er ahnte, daß die Entscheidung bald fallen würde. In den letzten Stunden hatten sich die Ereignisse weiter zugespitzt. Corello konnte nicht länger zögern. Er mußte sich ergeben oder kämpfen. Sollte sich der Mutant für Kampf entscheiden, standen den Mitgliedern des Einsatzkommandos schlimme Augenblicke bevor.

»Spürst du Impulse, Kleiner?« fragte Atlan den Ilt.

»Ja, aber nur sehr undeutlich«, erwiderte Gucky. »Corello hat sich abgeschirmt. Es ist schwer festzustellen, was im Augenblick mit ihm los ist.«

»Wir umrunden das Gebäude und suchen nach einem Eingang«, entschied Atlan. »Wenn wir keinen finden können, dringen wir gewaltsam ein.«

Tschubai stieß einen Warnruf aus und deutete nach oben.

Über das Dach des Tempels flog ein Schwarm Kampfroboter. Sie bewegten sich langsam und unregelmäßig, ein sicheres Zeichen dafür, daß auch sie nicht genügend mit Energie versorgt wurden.

Mit vorgestreckten Waffenarmen sanken die Roboter herab.

Der Kampf um das Tapurium nahm seinen Anfang.

32.

Ribald Corello kam zu sich.

Er hatte starke Schmerzen und einen faden Geschmack im Mund. Sein Gehirn arbeitete jedoch einwandfrei. Erleichtert stellte er fest, daß er wieder klar und logisch denken konnte. Offenbar war die Krise vorüber.

Genau im richtigen Augenblick.

Sein Verstand begann zu planen. Er konnte sich endlich an alle Ereignisse der letzten Tage erinnern. Ein Schiff war in die Lasztman-Ballung eingedrungen. Mindestens fünf Wesen hatten dieses Schiff verlassen und waren auf Gevonia gelandet, um das Tapurium anzugreifen.

Halt! dachte Corello. Irgendwie war das unlogisch. Wenn die Fremden das Tapurium vernichten wollten, hätten sie mit ihrem Schiff eine Kreisbahn um Gevonia einschlagen und es bombardieren können. So aber begnügten sie sich mit einem kleinen Landungskommando, das kaum eine Chance hatte, gegen ihn zu bestehen.

Warum? fragte sich Corello.

Es konnte sich nur um einen Trick handeln. Versuchten diese fünf Wesen, ihn von anderen Gefahren abzulenken, oder trugen sie Waffen mit sich, gegen die es keine Abwehr gab?

Corello wurde unsicher. Bei allen Kämpfen, die er bisher ausgetragen hatte, war die Stellung der streitenden Parteien klar umrissen gewesen. Auf der einen Seite Corello, der mächtige Eroberer, auf der anderen die um ihre Freiheit kämpfenden Bewohner irgendeines Planeten, die schließlich doch unterworfen wurden.

Diesmal war es völlig anders.

Zum erstenmal sah sich Corello in einer Abwehrstellung.

Corello wußte, wem er diese Schwierigkciten zu verdanken hatte.

Dem Mann mit der Maske!

Wer war der geheimnisvolle Mensch, der immer wieder in seinen Lebensbereich eindrang und sich nicht bezwingen ließ?

Er hieß Alaska Saedelaere.

Allein die Erinnerung an das, was dieser Saedelaere unter der

Maske trug, ließ Corello erschauern. Jedesmal, wenn Corello in diese flammende Substanz geblickt hatte, war er unfähig gewesen, etwas zu unternehmen. Seine Psi-Kraft hatte ausgesetzt.

Alaska Saedelaere hatte Perry Rhodan gerettet, als Corello den Großadministrator bereits in die Enge getrieben hatte. Saedelaere hatte die erste große Krise in Ribald Corello ausgelöst.

Auch das zweite Zusammentreffen mit dem Geheimnisvollen war für Corello alles andere als erfolgreich verlaufen. Er hatte fliehen müssen. Seitdem litt er unter Halluzinationen.

Was, so fragte sich der Mutant zum unzähligsten Male, trug der Fremde unter der Maske?

Sicher war nur eines: Es handelte sich um eine im sechsdimensionalen Bereich strahlende Masse. Beim erstenmal hatte Corello den Eindruck gehabt, daß es sich um etwas *Lebendiges* handelte.

Das war natürlich Unsinn.

Genug überlegt! machte Corello diesen Gedanken ein Ende. Was immer diese fünf Fremden hierherführte – sie waren seine Gegner. Sie konnten nur seine Gegner sein, denn sie besaßen mentalstabilisierte Gehirne und konnten nicht von ihm kontrolliert werden.

Er mußte sie ausschalten.

Corello strahlte ein paar Befehlsimpulse ab. Bildschirme erloschen, andere wurden hell. Die Alarmanlagen waren noch immer aktiviert, ein sicheres Zeichen dafür, daß die Fremden noch lebten und sich innerhalb des Tapuriums aufhielten.

Corello wunderte sich immer noch, daß sie nicht von den Bestien getötet worden waren. Aber auch in den künstlich geschaffenen Landschaften rund um den Tempel war nicht mehr alles in Ordnung. Tiere und Pflanzen litten unter den Veränderungen und verhielten sich nicht mehr wie früher. Das mochte den Eindringlingen ihr Vorhaben erleichtert haben. Schließlich hatte er selbst, Corello, die Fremden oft genug durch widersprüchliche Befehle gerettet. Doch damit war es jetzt vorbei. Jetzt sah er seine Aufgabe klar vor sich.

Auf einem der Bildschirme entstand eine Vergrößerung der Wüste.

Corello sah fünf Gestalten, die nur wenige Dutzend Meter vor der Mauer des Zentrums standen.

Der Mutant beugte sich überrascht nach vorn und hätte dabei fast das Gleichgewicht verloren.

Die fünf Eindringlinge hatten also auch das Reich des Deichsors durchquert. Der Deichsor war die gefährlichste Bestie, die im Tapurium lebte.

Eine der Gestalten drehte sich herum.

Der Mann trug eine Maske. Unter der Maske leuchtete es geheimnisvoll.

»Das ist er, Mutter!« rief Corello. »Ich habe gewußt, daß er eines Tages hier auftauchen würde. Jetzt kommt es zum entscheidenden Kampf. In dieser Umgebung ist er mir nicht gewachsen. Ich werde ihn vernichten und meine Macht in dieser Galaxis noch vergrößern.«

Corello ließ den geheimnisvollen Mann nicht aus den Augen. Er interessierte sich kaum für die Begleiter seines gefährlichsten Gegners, denn er hielt sie für unbedeutend.

Corello spielte einen Augenblick mit dem Gedanken, alle Verteidigungsanlagen auszuschalten und es auf einen geistigen Kampf mit den Fremden ankommen zu lassen. Das hätte jedoch dazu geführt, daß seine Gegner ihre Energiewaffen wieder benutzen konnten.

Ein Gedankenbefehl Corellos ließ ein Dutzend Kampfroboter aus ihren Nischen gleiten und zur Dachschleuse hinaufschweben. Sie würden sich außerhalb des Tempels infolge der Energiesperre nur langsam bewegen können. Trotzdem würden sie ihm helfen, die Eindringlinge zurückzuschlagen.

Corellos Blicke glitten über die Kontrollen. Der kleine Mund des Mutanten öffnete und schloß sich rasch hintereinander. Es war ein Zeichen höchster Erregung. Sobald die Roboter angriffen, würde Corello mit seiner gesamten parapsychischen Kraft zuschlagen. Aus dieser Nähe mußte er damit sogar mentalstabilisierte Gehirne beeinflussen können, zumal der Angriff die Eindringlinge völlig unvorbereitet treffen würde.

Geduldig wartete Corello, bis die Roboter auf dem Bildschirm sichtbar wurden. Sie bewegten sich unregelmäßig. Der Mutant glaubte nicht, daß sie die Fremden gefährden konnten, aber sie würden sie ablenken und damit Corellos entscheidenden Gegenschlag einleiten.

Corello wünschte, ein paar seiner Sklaven wären in der Nähe gewesen. Er bedauerte, daß er schon immer allein im Tapurium gelebt hatte. Nun war es zu spät, Bewohner Tapuras hierherzuholen und in den Kampf einzuschalten. Der Mutant war allein auf seine parapsychischen Kräfte und mehrere hundert Spezialroboter angewiesen.

Die Kampfroboter, die die Raumfahrer fast erreicht hatten, gaben ein paar sinnlose Schüsse ab. Ihre Waffenarme wirbelten durch die Luft. Corello sah, wie der häßliche Riese, der zu den Fremden gehörte, zupackte und einen Automaten ergriff. Er schleuderte ihn gegen die Außenwand des Tempels, wo er zerbrach und liegenblieb.

Corello konzentrierte sich. Er wußte, daß bereits sein erster Angriff über den Ausgang des Kampfes entscheiden würde. Ein quälender Gedanke schlich sich in sein Gehirn. Er verdrängte ihn hastig, weil er mit Erinnerungen an seine Mutter verbunden war, die ihm sehr ungelegen kamen.

Er sah, daß der Mann mit der Maske von einem Roboter gepackt und davongetragen wurde. Aber schon war der dunkelhäutige Koloß mit den vier Armen zur Stelle und schlug den Roboter nieder. Dieses seltsame Wesen schien ungeheure Kräfte zu besitzen. Jetzt konnte Corello verstehen, daß die Raumfahrer den Tapurium-Park ohne Verluste durchquert hatten. Der Mutant war gespannt, wie der Vierarmige einen Psi-Angriff überstehen würde.

Corello schloß die Augen. Seinem übergroßen Gehirn entströmten gewaltige Mengen psionischer Energie, die sich über den fünf Eindringlingen entlud und sie zu willenlosen Sklaven machen sollte.

Der Angriff erfolgte so überraschend, daß das sensitive Gehirn des Mausbibers wie unter einem starken Elektroschock zu zucken begann. Bevor er überhaupt wußte, was geschah, fand sich Gucky schreiend am Boden liegen und beide Hände gegen die Schläfen pressen. Instinktiv versuchte er zu teleportieren, aber die Entmaterialisierung, die er mit allen Fasern seines gequälten Körpers herbeisehnte, fand nicht statt.

Ein paar Meter von ihm entfernt war Ras Tschubai auf die Knie gesunken. Der große Afroterraner schwankte mit dem Oberkörper hin und her und gab schluchzende Laute von sich.

Erst jetzt wurden die noch immer gegen die Roboter kämpfenden Begleiter auf die Teleporter aufmerksam.

»Kümmern Sie sich um die beiden!« rief der Haluter Saedelaere und Atlan zu. »Mit den Robotern werde ich schon allein fertig.«

Gucky sah Atlan wie durch einen dichten Nebel auf sich zukommen. Der Arkonide bewegte sich schwerfällig, ganz so, als würde auch er von diesem heftigen parapsychischen Angriff beeinflußt. Der Mausbiber wollte etwas sagen, aber er brachte nur zusammenhanglose Worte heraus. Immer wieder rief er den Namen des Supermutanten.

Atlan beugte sich zu ihm herab und streichelte ihm über den Kopf. Die sanften Bewegungen brachten Gucky fast zur Raserei.

»Weg!« wehrte er stöhnend ab.

»Es muß furchtbar sein, Kleiner«, sagte der Arkonide mitfühlend.

»Ich spüre die Impulse ebenfalls, kann mich ihnen aber widersetzen. Versuche, ob du teleportieren kannst.«

Gucky wälzte sich hin und her. Ein paar Meter von ihm entfernt war Ras Tschubai auf die Beine gesprungen und drehte sich in einem wilden Tanz um die eigene Achse. Vergeblich versuchte Saedelaere, ihn festzuhalten.

Atlan wollte Gucky hochheben, als ihn einer der letzten noch kampffähigen Roboter von hinten ansprang und ihm einen Waffenarm auf den Kopf schmetterte.

Atlan wurde sofort bewußtlos. Tolot raste heran und streckte den Roboter nieder, bevor er Atlan töten konnte.

»Was jetzt?« rief Saedelaere. »Die beiden Mutanten können nichts unternehmen, und Atlan ist bewußtlos.«

»Wir müssen zu Corello vordringen, bevor er Gucky und Tschubai tötet«, entschied Tolot. »Vorwärts, Saedelaere, jetzt können Sie einmal beweisen, ob Sie so gute Nerven haben, wie immer behauptet wird.«

Der Haluter ließ sich auf die Laufarme sinken und raste wie von einem Katapult abgeschossen in Richtung des Tempels davon. Saedelaere warf einen letzten Blick auf die beiden Teleporter und Atlan. Helfen konnten sie ihnen im Augenblick sowieso nicht. Die Roboter waren ausgeschaltet. Eine unmittelbare Lebensgefahr bestand nicht.

Tolot prallte kopfvoran gegen die Mauer des Tempels. Überall bildeten sich Risse. Saedelaere setzte sich in Bewegung. Mit langen Schritten näherte er sich der von Tolot geschaffenen Öffnung.

Er spürte die parapsychische Stimme des Mutanten in seinem Gehirn. Sie wisperte und drängte, sie drohte und versprach. Das Cappin-Fragment in seinem Gesicht wurde aktiv. Flammenspeere schossen aus Augenschlitzen und Mundöffnungen.

Auch das noch! dachte Saedelaere, ohne seine Geschwindigkeit zu verlangsamen.

Unmittelbar vor dem Durchbruch blieb er stehen. Er fühlte eine starke Scheu, diesen Tempel zu betreten.

Noch einmal blickte er zurück; Tschubai war zusammengebrochen und kauerte bewegungslos neben Atlan. Gucky lag noch immer auf dem Bauch und strampelte hilflos mit den Beinen.

Saedelaere umklammerte das Vibratormesser und schob sich durch die Mauer. Er gelangte in den Korridor. Ein paar Meter von ihm entfernt kämpfte Tolot gegen ein halbes Dutzend Wachroboter, die ihn zurückdrängen wollten.

Hier, im Innern des Gebäudes, vernahm Alaska die psionische Stimme Corellos noch deutlicher. Der Supermutant begnügte sich jetzt nicht mehr damit, seine Gegner zu unterjochen, sondern er wollte sie töten. Die hypnosuggestiven Befehle waren nicht mißzuverstehen.

Saedelaere hörte summende Geräusche und fuhr herum. Von der anderen Seite des Korridors näherten sich drei Roboter. Aus ihren kegelförmigen Körpern mit den runden, kopfähnlichen Aufsätzen ragten biegsame Greifarme.

Saedelaere riskierte noch einen kurzen Blick in Tolots Richtung. Der Haluter war fast in der Robotermenge verschwunden, aber daran, daß ständig zerbrochene Metallkörper aus diesem Wust von Angreifern heraustaumelten, erkannte Saedelaere, daß Tolot nicht so leicht zu überwältigen war.

Saedelaere packte das Messer fester. Es war jetzt seine einzige Waffe. Zum Glück verzichteten die Roboter auf den Gebrauch von Schußwaffen. Sie streckten die Arme in seine Richtung und wollten nach ihm greifen.

Saedelaere schlug zu. Mit blitzschnellen Hieben trennte er die gefährlichen Arme der Roboter ab. Ein paar Sekunden glitten die metallenen Körper hilflos hin und her, dann griffen sie wieder an. Diesmal versuchten sie ihn gegen die Wand zu drücken und zu erstikken. Er wich geschickt aus und schlug dabei wild mit dem Messer um sich.

Die Roboter schwebten höher und ließen sich dann auf ihn herabsinken. Er versuchte einen Ausfall, aber die positronisch gesteuerten Automaten reagierten schneller. Ein heftiger Stoß ließ ihn das Gleichgewicht verlieren. Er stürzte zu Boden. Sofort waren die Roboter über ihm.

»Tolot!« schrie er in äußerster Not.

Vom anderen Ende des Ganges kamen klirrende Geräusche. Metall prallte gegen Metall.

Die auf ihm liegenden Roboter preßten Saedelaere die Stummel ihrer Arme in den Körper. Er bekam kaum noch Luft. Mit einer verzweifelten Anstrengung gelang es ihm, das Vibratormesser unter sich herauszuziehen. Er stach blindlings zu.

Einer der Roboter rollte von ihm herunter und krachte auf den Boden. Saedelaere erhielt einen Hieb in den Unterleib und schrie vor Schmerzen. Vor seinen Augen bildeten sich dunkle Kreise. Das Messer wurde ihm entrissen. Mit letzter Kraft packte er mit den Händen zu und zerrte an dem »Kopf« eines der auf ihm liegenden Roboter.

Da war Tolot heran und befreite ihn.

»Das war knapp!« keuchte Saedelaere.

Tolot deutete auf einen Berg funktionsunfähiger Roboter weiter hinten im Gang.

»Als Sie um Hilfe riefen, war ich mitten unter ihnen«, entschuldigte er sich. »Schneller konnte ich nicht kommen.«

Saedelaere richtete sich auf und blickte an sich herab. Er schwankte leicht.

»Ihre Maske!« sagte Tolot. »Sie ist verrutscht!«

Saedelaere griff an sein Gesicht. Er berührte einen Teil des Cappin-Fragmentes und fuhr zurück. Das Ding wallte und glühte. Die Nähe des Mutanten schien es verrückt zu machen.

Alaska schob die Maske zurecht und hob sein Messer auf. Jede Bewegung tat ihm weh, aber deshalb machte er sich keine Sorgen. Die Prellungen, die er davongetragen hatte, würden bald wieder heilen.

»Glauben Sie, daß das alle Roboter waren, die Corello zu seiner Verteidigung einsetzen kann?« erkundigte er sich.

»Bestimmt nicht!« meinte Tolot und blickte sich um. »Wer weiß, was er uns noch alles entgegenschicken kann. Wir müssen uns beeilen. Je schneller wir ihn finden, desto weniger müssen wir kämpfen.«

Alaska dachte an die beiden Teleporter und Atlan draußen in der Wüste. Ob sie noch lebten? Corellos Impulse schienen immer stärker zu werden. Saedelaere konnte sie jetzt deutlich wahrnehmen. Das Cappin-Fragment in seinem Gesicht gebärdete sich so wild, daß die Maske ab und zu gelüftet wurde.

»Steigen Sie auf meinen Rücken und halten Sie sich gut fest«, schlug Tolot vor. »Dann kommen wir schneller voran.«

Saedelaere blickte skeptisch zu ihm auf.

»Wollen Sie wieder Mauern durchbrechen? Mein Kopf ist nicht so hart wie Ihrer.«

Tolot gab ein gurgelndes Geräusch von sich, das ebenso ein Lachen wie Protestgemurmel sein konnte. Dann packte er Saedelaere ohne weitere Umstände und hob ihn hoch. Gleich darauf saß Saedelaere in seinem Nacken.

Trotz der gefährlichen Situation war Alaska amüsiert. Er hob das Messer und schrie: »Vorwärts, Tolot!«

Der Haluter raste durch den Korridor.

»Vorsicht!« rief Saedelaere. »Dort vorn ist eine Tür oder eine Sperre.«

Er zog den Kopf zwischen die Schultern, als er merkte, daß Tolot das Tempo nicht verlangsamte. Es gab einen explosionsartigen Knall, als der Riese gegen die Tür prallte und sie wie Papier zerfetzte.

Durch die Wucht des Aufpralls wurde Saedelaere abgeworfen, aber er landete auf weichem Boden. Er richtete sich auf und blickte sich um. Der Raum war überall gepolstert. Indirektes Licht beleuchtete ihn. Tolot kam an Saedelaeres Seite.

»Sie müssen sich besser festhalten.«

Alaska war verärgert.

»Hören Sie auf, an mir herumzunörgeln, Tolot. Glauben Sie, daß es mir Spaß macht, von Ihnen im Höllentempo durch dieses Gebäude geritten zu werden?«

Tolot zeigte seine Zähne. Es sah aus, als würde er grinsen.

»Kommen Sie, wir müssen weiter!«

Er packte Saedelaere und schleppte ihn auf die nächste Tür zu. Die Ausstrahlungen Corellos nahmen weiter an Intensität zu. Saedelaere begann sich Sorgen zu machen. Er konnte diesen Psi-Angriff vielleicht noch aushalten, aber wenn das Cappin-Fragment weiter aktiviert wurde, war er stark gefährdet. Alles hing jetzt davon ab, wie schnell sie den Mutanten fanden.

Die Befehle des Mutanten brannten sich wie Feuer in Guckys Gehirn.

Er lag am Boden. Der Sand ringsum schien so heiß zu sein wie kochendes Wasser. Der Himmel hatte sich verdunkelt. Ab und zu erkannte der Mausbiber eine schattenhafte Bewegung.

Die einzelnen Befehle des Supermutanten waren schwer zu unterscheiden, besaßen aber alle den gleichen Sinn.

Gucky sollte seine Begleiter töten. Er ahnte, daß Tschubai ähnliche Befehle bekam. Obwohl er sich über die Folgen im klaren war, konnte er nichts gegen den Zwang unternehmen, der auf ihn ausgeübt wurde.

Noch war der parapsychische Druck so stark, daß Gucky sich nicht bewegen konnte. Sollte er sich jedoch lockern, würde die hypnosuggestive Wirkung immer noch ausreichen, um ihn alle Befehle Corellos ausführen zu lassen.

Nach einer Weile begann Gucky sich aufzurichten. Er tat es mehr oder weniger unbewußt und ohne seine Umgebung zu sehen. Der feinkörnige Sand preßte sich in seine Handflächen.

Der Mausbiber kroch durch die Dunkelheit, angetrieben von den Befehlen eines Wesens, das wie kein anderes vor ihm psionische Energie zu meistern verstand.

Irgenwo hörte Gucky ein Geräusch. Er begriff, daß es Tschubai war, der ebenfalls auf dem Weg war, um ein Opfer zu suchen.

Wir werden übereinander herfallen, dachte Gucky von Entsetzen gepackt. Und wir werden uns nicht dagegen wehren können. Vielleicht fielen sie auch gemeinsam über Atlan her und brachten ihn um.

Es war schrecklich. Der Mausbiber wimmerte. Er aktivierte seine letzten Willenskräfte, kam aber nicht gegen die Ausstrahlungen an. Auf Händen und Knien bewegte er sich voran.

Gucky! Der telepathische Impuls war so stark, daß er die hypnosuggestive Wellenfront des Mutanten durchbrach.

Fellmer? erkundigte sich Gucky in verzweifelter Hoffnung.

Gucky, ich versuche Kontakt zu dir aufzunehmen. Wir machen uns Sorgen, weil du dich so lange nicht gemeldet hast.

Ja, das war Fellmer Lloyd.

Gucky benutzte die ihm noch verbliebene telepathische Kraft und versuchte den Telepathen an Bord der INTERSOLAR zu erreichen. Er war zu schwach. Er versagte.

Noch einmal vernahm er Lloyds Ruf, dann wurden alle Mentalströmungen von Corellos psionischer Energie überlagert.

Niedergeschlagen kroch Gucky weiter.

Plötzlich berührte er eine am Boden liegende Gestalt. Er zuckte zusammen.

Die Gestalt von Atlan. Gucky versuchte die Dunkelheit zu durchdringen, die ihn noch immer umgab. Er wußte, daß es noch immer Tag war. Psionische Kräfte hatten sich wie ein Schleier über seine Sinne gelegt.

Zum erstenmal strahlte Corello einen klaren Befehl aus.

Tötet ihn!

Gucky sank neben Atlan nieder.

Tötet ihn! wiederholte Corello.

Hinter Gucky wurden scharrende Geräusche laut. Das war Tschubai, der sich dem Arkoniden näherte. Gucky merkte, wie seine Hände sich zum Waffengürtel des Arkoniden hinabtasteten und nach dem Vibratormesser suchten. Der Ilt schüttelte sich.

Als er den kalten Stahl der Klinge berührte, war es ihm, als hätte man ihn in eiskaltes Wasser getaucht. Keuchend zog er das Messer heraus.

Er spürte den Triumph, der jetzt in Corellos Gedanken mitschwang. Mühsam richtete er sich auf. Die Spitze des Messers zeigte nach unten. Dorthin, wo die Brust des Arkoniden war.

Als der fremde Riese die Außenmauer des Tempels durchbrochen hatte, war es für Ribald Corello wie eine Verletzung seines Körpers gewesen. Er hatte sich schnell wieder gefangen. Mit großem Erfolg hatte er die beiden psi-strahlenden Wesen unter Kontrolle genommen. Sie würden den von den Robotern zusammengeschlagenen Mann töten und sich danach gegenseitig umbringen.

Corello bedauerte, daß er nicht seine gesamte Aufmerksamkeit auf den Riesen und den Mann mit der Maske richten konnte, die beide in das Gebäude eingedrungen waren und gegen die Roboter kämpften. Erst mußten die Psi-Strahler draußen tot sein, dann konnte er sich um Saedelaere und den Großen kümmern.

Corello war jetzt davon überzeugt, daß er die Auseinandersetzung siegreich überstehen würde. Wenn Saedelaere tot war, gab es kein Wesen mehr in der Galaxis, das ihm gefährlich werden konnte.

Der Mutant warf einen kurzen Blick auf die Bildschirme. Er sah, daß Saedelaere und der vierarmige Koloß in einen Maschinenraum eingedrungen waren. Saedelaere saß im Nacken seines Begleiters und schwang sein Messer gegen einige Flugroboter, die pausenlos angriffen.

Corello hoffte, daß Saedelaere unverletzt ins Zentrum des Tempels gelangen würde, denn er wollte ihn ohne fremde Hilfe besiegen. Nur auf diese Weise konnte er die seelische Belastung loswerden, die dieses von einer Maske bedeckte Feuergesicht für ihn bedeutete. Er mußte sich selbst beweisen, daß er auch mit einem Gegner wie Saedelaere fertig wurde. Danach würde er wieder der mächtige Ribald Corello sein, dem sich niemand entgegenstellen konnte.

Corello spürte die Ausstrahlung, die vom Gesicht Saedelaeres ausging. Er mußte alles daransetzen, ihrer Herr zu werden.

Einige Roboter kamen herein. Es gehörte zu ihren Routineaufgaben, in regelmäßigen Abständen die Zentrale zu untersuchen.

»Bewacht den Schrein!« befahl ihnen Corello. »Wenn die beiden Fremden die Zentrale erreichen sollten, dürfen sie auf keinen Fall an den Schrein herankommen.«

Corello machte sich keine Sorgen um seinen seltsamen Flugkörper. Er konnte ihn jederzeit erneuern. Auf dem Dach des Schreins stand jedoch der Sarg mit seiner konservierten Mutter darin, der unter keinen Umständen etwas geschehen durfte.

Befriedigt beobachtete Corello, wie die Roboter einen Kreis um den Schrein bildeten. Er entschloß sich, noch mehr Automaten in die Zentrale zur Bewachung des Schreins zu rufen.

Corello genoß es, wieder klar denken zu können. Endlich konnte er planvoll vorgehen. In der letzten halben Stunde hatte er keinen Anfall erlitten. Das lag daran, daß er sich nur auf den Kampf konzentrierte.

Die beiden Psi-Strahler, die zweifellos Mutanten waren, befanden sich jetzt völlig unter seiner Kontrolle. Er spürte, daß ihr Wille weitgehend gebrochen war.

Der Mann und das Pelzwesen krochen beide auf den bewußtlosen Gefährten zu. Sie würden ihn töten, wenn Corello es befahl.

Corello zögerte nicht, diesen Befehl zu geben.

Damit waren die Angreifer, die sich noch außerhalb des Tempels aufhielten, endgültig erledigt. Corello wartete nicht, bis seine Befehle ausgeführt waren, denn das war nur noch eine Frage der Zeit.

Jetzt konnte er sich um Saedelaere und diesen Riesen kümmern.

Er blickte auf seine Bildschirme. Seine beiden Gegner hatten den Maschinenraum fast durchquert. Ein halbes Dutzend zerstörter Roboter lag hinter ihnen auf dem Boden.

Corello wartete, bis sie sich einem großen Maschinenblock genähert hatten, dann brachte er diesen zur Explosion. Der Bildschirm wurde von einer Stichflamme erhellt.

In Rauch und Flammen war nichts zu erkennen.

Corello verzog höhnisch das Gesicht.

»Das war eine Warnung«, rief er. »Ihr sollt um euer Leben zittern, wenn ihr schließlich die Zentrale erreicht.«

Sein Lächeln wurde starr, als sich über den Kontrollen eine durchsichtige Gestalt bildete. Er hob abwehrend die Hände.

»Das ist vorbei! Nein! Geh weg!« sagte er entsetzt.

Die Gestalt entwickelte ein Gesicht, bekam Augen, Beine und leuchtende Augen. Sie deutete anklagend auf Corello.

»Du handelst wie ein Verbrecher, Ribald Ishibashi!« rief die Stimme seiner Mutter. »Nimm die Befehle sofort zurück!«

Corello versuchte sich aufzurichten, aber sein Körper war viel zu schwach dazu.

Nein! dachte er. Ich will nicht tun, was dieses Ding von mir verlangt.

»Du Gespenst!« schrie er. »Du bist nur ein Schemen.«

Aber seine Mutter verschwand nicht. Wie ein schwereloser Körper schwankte sie hin und her.

»Widerrufe deinen Befehl!« forderte sie.

Und Corello tat, was sie verlangte. Er forderte die beiden Psi-Strahler in der Wüste auf, den Bewußtlosen unbehelligt zu lassen und sich auch gegenseitig nichts zu tun.

»Ich will, daß du die beiden in den Tempel eingedrungenen Raumfahrer nicht aufhältst«, fuhr seine Mutter fort. »Sie kommen nicht, um dir zu schaden, sondern sie wollen mit dir verhandeln.«

»Ich töte sie!« kam es aus dem kleinen Mund des Mutanten.

»Du wirst niemanden mehr töten, Ribald Ishibashi!«

Die Gestalt löste sich auf. Corello wurde schlaff. Er fühlte sich ausgehöhlt und niedergeschlagen. Er brauchte ein paar Minuten, um sich zu erholen. Die Krise war noch nicht vorüber. Abermals hatte er eine Halluzination erlebt. Er hatte getan, was diese mysteriöse Erscheinung von ihm verlangt hatte.

Seine parapsychischen Sinne tasteten sich in die Wüste hinaus.

Von dort drohte keine Gefahr. Die beiden Mutanten waren viel zu verwirrt, um etwas zu unternehmen. Die schwachen Impulse bewiesen, daß der dritte Mann noch immer ohne Bewußtsein war.

Corello preßte die Lippen aufeinander. Er hatte jetzt keine Zeit mehr, um die beiden Psi-Strahler erneut unter seine Kontrolle zu bringen. Damit mußte er warten, bis er Saedelaere und dessen Begleiter erledigt hatte.

Corello hob den Kopf. Beunruhigt sah er auf die Bildschirme.

Saedelaere lag am Boden, bedeckt von den Trümmern einer Maschine. Jeder Atemzug brannte wic Feuer in seinen Lungen. Er hatte das Gefühl, daß sein Körper zerbrochen war.

Alles, woran er sich erinnerte, war ein Blitz quer durch den Raum, der ihn geblendet und gegen eine Wand geworfen hatte. Die Luft war ihm aus den Lungen gepreßt worden, dann waren die Überreste einer Maschine auf ihn herabgeregnet.

Saedelaere wußte, daß in seiner unmittelbaren Umgebung eine Explosion stattgefunden hatte. Seine Augen, obwohl durch das Cappin-Fragment geschützt, waren geblendet. Er atmete heiße, stinkende Luft ein.

Corello hat uns besiegt, dachte er.

Etwas Feuchtes lief über seinen Hals. Sein eigenes Blut. Das Cappin-Fragment zuckte unruhig. Es schien zu spüren, daß sein Wirt in Gefahr war.

Tolot! kam es dem Transmittergeschädigten in den Sinn. Der Haluter mußte die Explosion überstanden haben, denn sein Körper konnte so leicht nicht zerstört werden.

Saedelaere spürte, daß sich in seiner Nähe etwas rührte. Er konnte nur Schatten sehen, zwischen denen Flammen züngelten. Wie aus weiter Ferne vernahm er eine Stimme, aber das Dröhnen in seinen Ohren war so stark, daß er sie nicht verstehen konnte. Jemand räumte die Trümmer von ihm. Dann wurde er gepackt.

Er schrie auf, aber der Griff lockerte sich nicht.

»Tolot, sind Sie das?«

»Natürlich!« übertönte jemand das Dröhnen. »Sie lagen hier herum, da mußte ich Ihnen wohl oder übel helfen.«

Dieser schwarze Teufel! dachte Saedelaere amüsiert. Er verstand es, einem wieder Mut zu machen.

»Können Sie stehen, Alaska?«

»Lassen Sie mich los, dann werden Sie es merken«, erwiderte Saedelaere.

»Wir müssen hier weg. Der Raum steht in Flammen. Jeden Augenblick kann es neue Explosionen geben. Achtung! Jetzt lasse ich los!«

Die kräftigen Hände zogen sich von Saedelaeres Körper zurück. Der Transmittergeschädigte sah den Raum vor sich hochkippen, aber bevor er fallen konnte, war Tolot an seiner Seite und hielt sich fest.

Alaska fluchte erbittert.

»Ich kann nicht richtig sehen und hören. Ich glaube, ich bin erledigt.«

»Dann kann ich Sie ja liegenlassen«, erwiderte Tolot lakonisch.

»Verdammt!« schrie Saedelaere. »Sie seelenloses Monstrum. Heben Sie mich auf. Ich kann auf diesen Beinen noch bis zum Meer gehen.«

Tolot knurrte zufrieden und half seinem Begleiter auf die Beine. Saedelaere wischte das Blut weg, das unter der Maske hervorquoll. Das Cappin-Fragment war unverletzt, aber Alaska hatte ein paar Wunden am Kopf.

»Das war nur eine Warnung«, sagte er zu Tolot. »Corello kann uns jederzeit in die Luft sprengen, so daß nur eine Staubwolke von uns übrig bleibt.«

»Er tut es nicht«, gab Tolot gleichmütig zurück. »Kommen Sie jetzt, wir müssen weiter.«

Saedelaeres Blick klärte sich. Vor ihm am Boden gähnte ein Krater. Er erinnerte sich an den Maschinenblock, der dort gestanden hatte. Es war ein Wunder, daß er die Explosion überlebt hatte. Er blickte an sich herab. Sein Kampfanzug hing in Fetzen herunter. Sein Vibrationsmesser lag irgendwo zwischen den Trümmern. Auch Tolots Kampfanzug hatte Beschädigungen erlitten, aber Wunden konnte Saedelaere am Körper des Haluters keine feststellen.

An mehreren Stellen im Maschinenraum brannte es. Der Durchgang in den nächsten Raum war mit Trümmern bedeckt, die Tolot jedoch mühelos zur Seite räumte. Saedelaere taumelte hinter dem Riesen her. Er fühlte sich ohne Waffen dem Mutanten hilflos ausgeliefert. Dann fiel ihm die Wirkung ein, die das Cappin-Fragment auf Corello hatte. Ganz wehrlos war er also nicht.

Der Raum, den sie nun betraten, war eine Art Vorratslager. Hier hatte Corello einen Teil der Schätze gelagert, die er auf anderen Welten geraubt hatte. Tolot blickte sich um.

»Die Schatzkammer des Teufels«, sagte er grimmig. Er griff wahllos in ein paar Regale und zog glänzende Steine hervor. Mühelos zerbrach er sie zwischen den Händen.

Saedelaere deutete auf eine Tür in der Seitenwand.

»Da hinüber!« rief er.

Die Schmerzen in seinem Körper ließen nicht nach. Wellen der Übelkeit durchfluteten ihn. Er wußte, daß er sich nicht mehr lange auf den Beinen halten konnte.

Tolot rammte die verschlossene Tür. Sie fiel krachend in den anschließenden Korridor. Tolot drehte sich um und packte den Transmittergeschädigten. Für Saedelaere war das alles andere als angenehm. Trotzdem bedeutete es eine Erleichterung, nicht laufen zu müssen.

Der vor ihnen liegende Gang war schmal und beschrieb eine enge Kurve.

»Wir nähern uns dem Mittelpunkt des Gebäudes«, erklärte Tolot.

Sie erreichten eine gepanzerte Tür, vor der sich mehrere Roboter versammelt hatten. Tolot setzte seinen Begleiter auf den Boden und warf sich auf die Automaten.

Saedelaere lehnte mit dem Rücken gegen die Wand und sah zu. Eine Zeitlang stand der Kampf unentschieden, denn die Roboter klammerten sich an Tolots Handlungsarme und hielten sie fest. Der Haluter stieß sich jedoch immer wieder mit seinen tonnenförmigen Beinen ab und prallte gegen die Tür, wobei er nacheinander fünf Roboter zerdrückte. Den Rest der Gegner konnte er leicht überwältigen.

»Ausgezeichnet!« lobte ihn Saedelaere.

Tolot tat dies mit einer lässigen Handbewegung ab.

»Es war nichts!« Er deutete auf die Tür. »Wir müssen weiter.«

Saedelaere hielt den Kopf schräg, als wolle er lauschen.

»Spüren Sie ihn?« fragte er leise. »Er lauert hinter der Tür auf uns.«

»Schon möglich.« Tolot senkte den Kopf und machte sich bereit. »Für mich ist diese Tür ein Hindernis wie alle anderen.«

»Er hat uns absichtlich so weit vordringen lassen«, fuhr Saedelaere fort, als hätte er Tolot nicht verstanden. »Er spielt mit uns. In dem Augenblick, da wir ihn sehen, wird er uns töten.«

»Pah!« machte der halutische Gigant. »Ich bin Icho Tolot. Seit Jahrhunderten versuchen alle möglichen Wesen, mich umzubringen. Bisher ist es niemand gelungen. Sobald wir drinnen sind, nehmen Sie Ihre Maske ab. Dann werden wir sehen, wer der Stärkere ist.«

Saedelaere fühlte deutlich die Individualschwingungen des Supermutanten. Zweifellos wußte Corello, daß sie nur noch ein paar Meter von ihm entfernt waren. Eine Tür trennte sie vom größten Gegner der Menschheit, den sie zu ihrem Verbündeten machen wollten.

Als Tolot losrennen wollte, um die Tür zu zerschmettern, glitt sie wie von Geisterhand geöffnet zur Seite. Saedelaere erschauerte. Er blickte in die Zentrale des Tempels. Zuerst sah er den Schrein des Mutanten. Die eigenartige Flugmaschine war jedoch verlassen.

Saedelaere schwankte hinter Tolot auf den Eingang zu.

Er erblickte Corello.

Der Mutant lag ausgestreckt in einem Kontursessel vor den Kontrollen. Er hatte den Sessel jedoch in Richtung der Tür umgedreht und blickte den beiden Eindringlingen entgegen.

Die Psi-Impulse, die von Corello ausgingen, waren so stark, daß Saedelaere nicht weitergehen konnte. Auch Tolot war jetzt stehengeblieben. Saedelaere sah, wie der kleine Mund in Corellos Kindergesicht sich bewegte.

»Dachtet ihr wirklich, daß ihr Ribald Corello besiegen könnt?«

Die Stimme des Mutanten klang durchdringend.

Die Worte hämmerten in Saedelaeres Gehirn. Er spürte immer stärker die Wirkung der Psi-Ausstrahlungen. Das Cappin-Fragment begann zu rasen. Saedelaere griff sich an den Hals. Er bekam keine Luft mehr. Etwas schlug über ihm zusammen.

Entsetzt sah er, wie Icho Tolot, der unbesiegbare Tolot, neben ihm zusammenbrach und hilflos mit den Armen zuckte.

»Da liegt Ihr Freund, Alaska Saedelaere«, klang die Stimme Corellos in Saedelaeres Ohren. »Er ist kampfunfähig. Ich habe ihn mit psionischer Energie ausgeschaltet. Er wird Ihnen nicht helfen können.«

Saedelaere starrte in Richtung des Mutanten. Der Raum begann um ihn zu kreisen.

»Nehmen Sie die Maske ab!« kreischte Corello in höchster Erregung. »Nehmen Sie diese verdammte Maske ab, und ich werde Ihnen beweisen, daß ich der mächtigste Mensch innerhalb des Universums bin.«

Er fordert es heraus, dachte Saedelaere benommen. Er fühlt sich stark genug, um mich herauszufordern.

Er tastete mit zitternden Händen über die Maske. Das Cappin-Fragment war angeschwollen und quoll zu beiden Seiten hervor. Es zuckte wie verrückt und strahlte mit einer Intensität wie noch niemals zuvor. Aber das berührte Saedelaere nicht.

»Los!« schrie Corello mit sich überschlagender Stimme. »Lassen Sie mich Ihr verdammtes Gesicht sehen, dann wird sich herausstellen, wer von uns beiden stärker ist.«

Saedelaere fühlte, daß er dem Wahnsinn nahe war. Er zerrte an der Maske, aber sie saß fest in der schwellenden Masse des Cappin-Fragments. Saedelaere hakte beide Daumen in die Augenschlitze. Diesmal gab die Maske nach. Mit einem Ruck riß er sie ab.

Der Lichtschein des Cappin-Fragments fiel vor ihm auf den Boden.

Corello bedeckte seine Augen mit den Händen. Er schrie und wand sich in seinem Sessel, als wollte er die Flucht ergreifen. Saedelaere gab ein paar erstickte Laute von sich und wankte voran. Er näherte sich dem Mutanten, nur noch von dem blinden Drang getrieben, seinen Gegner endgültig auszulöschen.

Corello faßte sich. Er hob den Kopf. Saedelaere spürte, wie die psionische Energie über ihm zusammenschlug. Der Cappinteil tobte. Er dehnte sich nach beiden Seiten aus und bedeckte bereits Saedelaeres Ohren.

Saedelaere konnte nichts mehr sehen, denn auch seine Augen wurden jetzt von dem fremdartigen Geschöpf in seinem Gesicht bedeckt. Mund und Nase wurden verschlossen. Saedelaere konnte nicht mehr atmen. Er fühlte den Schlag seines Herzens und wurde plötzlich sehr ruhig. Seine Lungen drohten zu zerbersten.

Dann geschah etwas Unheimliches, Unerwartetes.

Das Cappin-Fragment verließ Alaska Saedelaeres Gesicht.

33.

Allmählich wurde es heller.

Gucky ließ das Messer fallen, als sei es glühend, und blickte sich um.

Ein paar Meter von ihm entfernt stand Ras Tschubai und starrte benommen auf den am Boden liegenden Atlan.

»Kleiner!« sagte er rauh. »Ich wollte ihn umbringen!«

»Ich weiß«, antwortete der Ilt leise. »Ich hatte die gleiche Absicht. Danach hätte ich versucht, dich zu töten.«

Tschubai drehte sich um und schüttelte drohend die Faust in Richtung des Tempels.

»Dieser Verbrecher! Es wäre ihm fast gelungen, uns zu Mördern zu machen. Aber damit ist jetzt Schluß. Er hat uns nicht besiegen können.«

Gucky antwortete nicht. Ras besaß keine telepathischen Fähigkeiten. Er wußte nicht, was sich in Wirklichkeit ereignet hatte. Als Gucky das Vibratormesser in Atlans Brust stoßen wollte, hatte Corello einen Anfall erlitten und seinen ursprünglichen Befehl widerrufen.

Nur das hatte Atlan das Leben gerettet.

Der Mausbiber rechnete damit, daß Corello jeden Augenblick erneut angreifen würde.

Er watschelte auf den bewußtlos im Sand liegenden Arkoniden zu.

»Wir müssen erreichen, daß er zu sich kommt, Ras. Hilf mir. Solange er ohnmächtig ist, besteht Gefahr für ihn.«

Er ließ sich neben dem Arkoniden nieder und schüttelte ihn. Gleichzeitig verströmte er heftige telepathische Impulse. Er kümmerte sich nicht um Corello, dessen Ausstrahlung deutlich zu spüren war. Gucky spürte instinktiv, daß der Mutant im Tempel jetzt andere Probleme hatte. Das gab ihnen eine Atempause.

»Warte!« Ras Tschubai öffnete seinen Gürtel und holte eine Wasserkapsel hervor. Er wartete, bis die Wärme seiner Hand die konzentrierte Flüssigkeit ausdehnte und die Kapsel zu einem faustgroßen Ball erweiterte. Dann zerdrückte er sie. Flüssigkeit lief dem Arkoniden über das Gesicht, rann in seinen Mund.

Tschubai schüttelte Atlan an den Armen.

»Er hat einen heftigen Schlag erlitten«, sagte Gucky. »Ich glaube nicht, daß wir es schaffen.«

Tschubai hob den Kopf des Arkoniden in seinen Schoß. Er preßte die letzten Tropfen aus der Wasserkapsel in Atlans Mund. Die Brust des Bewußtlosen hob und senkte sich unregelmäßig.

Atlan begann zu husten und verzog das Gesicht.

»Er kommt zu sich!« Gucky war erleichtert.

Atlan schlug die Augen auf. Er rang nach Atem und griff sich an die Seite.

»Atlan!« rief Gucky. »Atlan, kannst du mich verstehen?«

Der Lordadmiral nickte schwach. Er wollte sprechen, aber mehr als ein Zucken der Lippen brachte er nicht zustande.

»Du darfst dich nicht zu sehr anstrengen. Ras und ich werden versuchen, dich in die Dschungelhöhle zu bringen, wo du in Sicherheit bist.«

»Was?« Der Arkonide wehrte sich gegen Tschubais Griff und richtete sich auf. »Wo sind – Alaska und Tolot?«

»Im Tempel!« erwiderte Gucky knapp. »Das ist jetzt völlig unwichtig. Du bist in großer Gefahr. Fast hätten Ras und ich dich auf Corellos Befehl hin getötet. Du mußt hier weg, bevor Corello erneut die Kontrolle über uns erlangt.«

Der Arkonide wischte sich mit dem Handrücken über den Mund. Seine Blicke waren auf das Gebäude gerichtet, wo sich Ribald Corello aufhielt.

»Ich werde – hierbleiben!« Atlan versuchte aufzustehen. »Wagt nicht . . . mich wegzubringen.«

Tschubai und Gucky tauschten einen entschlossenen Blick. Bevor Atlan etwas tun konnte, packte jeder von ihnen einen Arm des Arkoniden. Sie konzentrierten sich auf einen Teleportersprung. Gucky spürte, wie etwas an seinem Körper zerrte. Er entmaterialisierte jedoch nicht. Die Wüste, der Tempel, die gesamte Umgebung veränderten sich nicht.

Atlan machte sich los und stieß die beiden Teleporter zurück.

»Da seht ihr es! Ihr seid viel zu schwach, um von hier in die Höhle zu teleportieren.«

Er setzte sich in Bewegung und näherte sich dem Tempel. Gucky und Ras rannten ihm nach. Der Mausbiber war bereits nach wenigen Metern völlig außer Atem.

»Halt!« rief er Atlan zu. »Wohin willst du?«

Der Arkonide hob einen Arm und deutete auf die Öffnung in der

Mauer, durch die Tolot und Saedelaere in das Gebäude eingedrungen waren.

»Das ist Wahnsinn!« ereiferte sich Tschubai. »Corello ist viel stärker als wir. Er kann uns nach Belieben vernichten. Bleiben Sie stehen, Lordadmiral.«

Aber Atlan war nicht aufzuhalten. Seine Augen glänzten wie im Fieber. Seine Kopfwunde war verkrustet, das Blut bildete dunkle Spuren im hellen Haar des Arkoniden.

Im Befehlston sagte er zu Tschubai: »Folgen Sie mir!«

»Nein, Sir! Ich überlege gerade, ob sich Sie nicht gewaltsam aufhalten soll.«

»Das wagen Sie nicht, Ras!« Atlan ging weiter. »So groß Ihr Haß auf Corello auch ist, aber Sie werden mich nicht aufhalten. Das bringen Sie nicht fertig.«

Was ist aus uns geworden? dachte Gucky bestürzt. Was hat diese Bestie aus uns allen gemacht? »Seid still!« rief er seinen Freunden zu. Er schluchzte fast. »Gehen wir doch alle zu Corello hinein. Vorwärts, Ras! Begleiten wir diesen Narren.«

Sand wirbelte unter den Füßen der beiden Männer. Gucky konnte ihnen nicht schnell genug folgen und fiel zurück. Aber auch er ging weiter. Je näher sie dem Tempel kamen, desto deutlicher waren Corellos Ausstrahlungen zu spüren. Die Gedanken des Supermutanten ließen keine Zweifel an seinen Absichten aufkommen. Er hatte Icho Tolot ausgeschaltet und war gerade dabei, seinen gefährlichsten Gegner zu töten: Alaska Saedelaere.

Saedelaere hatte plötzlich das Gefühl, als sei sein Gesicht zusammengeschrumpft. Die Haut spannte über den Wangenknochen. Er hob eine Hand und berührte sein Gesicht mit den Fingern. Da war nicht die schwammige Masse des Cappin-Fragments, sondern feste Haut und harte Knochen. Hastig tastete Saedelaere über sein Gesicht, als wollte er alle Einzelheiten in sich aufnehmen, solange er noch lebte. Er hatte fast vergessen, wie sein Gesicht sich anfühlte.

Corello beachtete er nicht mehr. Er ließ sich auf den Boden sinken und betrachtete sein Gesicht im polierten Boden. Er sah das Spiegelbild eines hageren Männergesichts mit einer scharfrückigen Nase und breiten Lippen. Die Stirn war hoch, die Augen lagen tief in den Höhlen. Sein Kinn war breit und wurde von einer tiefen Kerbe durchschnitten.

Ich bin frei! schoß es dem Transmittergeschädigten durch den Kopf. Das Cappin-Fragment ist verschwunden.

Erst jetzt fragte er sich, wohin es sich gewandt haben mochte. Er blickte zu Corello hinüber, aber der Mutant saß unverändert im Sessel, nicht weniger überrascht als Saedelaere. Auch Tolot, der sich noch immer am Boden wälzte, trug den Cappinteil nicht.

Nun gut! dachte Saedelaere trotzig. Ich werde mit meinem eigenen Gesicht sterben.

Corello hob ein Ärmchen und lachte triumphierend. Es klang schrecklich.

»Wo ist Ihre Waffe, Saedelaere?«

»Sie haben gewonnen, Corello«, antwortete Saedelaere ruhig. »Aber es ist ein halber Sieg. Solange ich das Cappin-Fragment im Gesicht hatte, konnten Sie mich nicht besiegen.«

»Ich werde Sie explodieren lassen.« Corello klatschte in die Hände. »Aber nicht auf einmal. Ich will sehen, wie Sie langsam zugrunde gehen. Ich kann über Sie lachen, Alaska Saedelaere.«

Saedelaere griff nach seiner am Boden liegenden Maske und wog sie nachdenklich in den Händen. Wie lange hatte er sie eigentlich schon getragen? Es schien Ewigkeiten her zu sein, daß er durch den Transmitter gegangen war und sich mit dem Körperteil eines Cappins verbunden hatte.

»Haben Sie Angst, Saedelaere?« fragte Corello lauernd.

Saedelaere sah zu ihm hinüber. Er spürte weder Haß noch Wut.

»Ich empfinde nur Mitleid für Sie, Ribald Corello«, sagte er ruhig.

Ich muß es noch länger aufschieben, dachte Corello, während ein nie gekanntes Triumphgefühl durch seinen Körper strömte. Er darf nicht schnell sterben. Er sah das Gesicht Saedelaeres. Ein normales Männergesicht. Das, was es gefährlich machte, war verschwunden. Vernichtet von der Kraft Ribald Corellos.

Corello konnte es nicht fassen. Hatte er die seltsame, sechsdimensional strahlende Masse tatsächlich vernichtet? Es gab keine andere Möglichkeit. Corello drang in das Gehirn des vor ihm stehenden Mannes ein. Er konnte das jetzt mühelos.

Drehen Sie sich um! befahl er.

Saedelaere gehorchte ohne Gegenwehr.

Corello kicherte befriedigt. Er gab dem Terraner ein paar sinnlose Befehle, die dieser widerstandslos ausführte.

»Sie sind mein Sklave«, sagte Corello zufrieden. Einen Augenblick spielte er mit dem Gedanken, Alaska Saedelaere am Leben zu lassen und zu seinem persönlichen Diener zu machen. Dann entschied er sich jedoch dafür, den Mann zu töten. Saedelaere mußte sterben, um die Krise, die Corello kaum noch zu überwinden gehofft hatte, zu beenden.

Diese Krise hatte beim ersten Zusammentreffen der beiden so ungleichen Männer begonnen. Sie endete jetzt, in diesem Augenblick.

»Zuerst lasse ich Ihren Arm explodieren!« erklärte Corello. »Den linken Arm, mein Freund.«

Stehen Sie still! befahl er telepathisch. *Heben Sie den linken Arm.*

»Es wird weh tun, Saedelaere. Aber Sie sind ja gewohnt, Schmerzen zu ertragen, nicht wahr?«

Saedelaere antwortete nicht. Seine Augen hatten jeden Glanz verloren. Er war zu einer hilflosen Marionette geworden.

Corello hob den Kopf und wollte die psionische Energie abstrahlen, die den Arm des Terraners vernichten würde.

Da sah er, daß sich der Deckel des auf dem Schrein stehenden Sarges öffnete.

Corellos Mund öffnete sich zu einem lautlosen Schrei. Er hatte keinen Befehl gegeben, seine Mutter herauszuholen. Es war auch kein Roboter auf dem Dach des Schreins. Die Maschinen bildeten einen Kreis um den Schrein, so, wie es Corello befohlen hatte.

Corello schluckte entsetzt. Was ging da vor? Er strahlte einen Befehlsimpuls ab, aber der Sargdeckel rutschte weiter seitwärts, als könnte keine Macht des Universums ihn aufhalten.

Corello spürte, daß sich eine dramatische Entwicklung anbahnte. Er hatte Alaska Saedelaere vollkommen vergessen. Seine Blicke hefteten sich auf den Sarg.

Etwas bewegte sich darin. Corello sah das Aufblitzen einer Schnalle, hörte das Rascheln von Kleidern.

Dann erhob sich Gevoreny Tatstun aus ihrem Sarg.

Corello schrie, zutiefst aufgewühlt. Schaum trat vor seinen Mund. In diesem Augenblick zerbrach sein Wille.

Den Anblick seiner Mutter hätte er noch ertragen, aber nicht den der feurigen wirbelnden Masse in ihrem Gesicht, die zuvor Alaska Saedelaere getragen hatte.

Gevoreny Tatstun stieg aus ihrem Sarg, in dem sie lange Zeit zugebracht hatte. Sie kletterte am Schrein hinab und durchquerte ruhig die Zentrale. Das Cappin-Fragment in ihrem Gesicht schien ihr nichts auszumachen. Sie beachtete Saedelaere nicht, als sie an ihm vorbeiging. Erst vor dem Sessel, in dem ihr schreiender Sohn lag, blieb sie stehen.

Sie streichelte seinen häßlichen, unförmigen Kopf.

»Beruhige dich«, sagte sie sanft. »Jetzt ist alles vorbei. Du hast dich selbst überwunden. Ich kann es fühlen.«

Corello hörte nicht auf zu schreien.

Die Frau löste ein Tuch von ihrer Hüfte und bedeckte damit Corellos Gesicht.

»Es ist besser, wenn du mich nicht ansiehst, mein Sohn. Ich weiß nicht, was mein Gesicht beherrscht, aber dieses seltsame Geschöpf hat dafür gesorgt, daß ich aus dem Schlaf erwachte. Ich war niemals wirklich tot, wie du glaubtest, sondern ich befand mich in einem biologischen Tiefschlaf.«

Sie hörte nicht auf, den Mutanten zu streicheln. Das und ihre sanfte Stimme taten allmählich ihre Wirkung. Corello schrie nicht mehr.

»Ich weiß, daß ich in letzter Zeit oft Kontakt mit dir hatte«, fuhr Gevoreny Tatstun fort. »Ich versuchte dir zu erklären, wer du wirklich bist. Kannst du mich verstehen?«

Corello wollte nicken, aber sein schwerer Kopf fiel zur Seite. Er weinte wie ein Kind.

Saedelaere trat hinzu. Sein Verstand, in den letzten Stunden ständig angespannt, hatte den Schock überwunden.

Er legte sanft die Hand auf die Schulter der Frau.

»Lassen Sie ihn, Lady«, sagte er in seiner holprigen Sprechweise. »Sie können ihm nicht helfen.«

Tolot hatte sich aufgerichtet und kam heran. Corello besaß keine Macht mehr über ihn. Gevoreny erschrak, als sie den Riesen an ihrer Seite sah.

»Keine Angst!« beruhigte Saedelaere das Anti-Mädchen. »Das ist Icho. Er wird Ihnen nichts tun.«

Tolot drängte sich an ihnen vorbei und streckte seine Arme nach Corello aus.

»Aber diesen elenden Wurm werde ich zerquetschen.«

»Halt!« schrien Saedelaere und Gevoreny Tatstun gleichzeitig.

Die Frau warf sich über ihren mißgestalteten Sohn. Tolot starrte unschlüssig auf sie herab und trat dann zur Seite.

»Ribald ist unschuldig! Er ist ein Opfer übler Machenschaften der Antis und Aras. Schon als Embryo wurde er beeinflußt. Die Priester und Ärzte wollten ihn als Werkzeug benutzen, mit dessen Hilfe sie das Solare Imperium zerschlagen konnten.«

»Es stimmt also!« sagte Corello stöhnend. »Was die Halluzinationen mir berichteten, entspricht der Wahrheit.«

»Ja, Ribald Ishibashi.«

Alaska sah weg, um nicht länger in das strahlende Cappin-Fragment im Gesicht des Anti-Mädchens blicken zu müssen. Er ahnte, wie es dorthin gekommen war. Der Cappinteil hatte gespürt, daß sein Wirt vom Tode bedroht war, und hatte sich einen sicheren Platz gesucht. Er hatte die Ausstrahlungen der im Tiefschlaf liegenden Gevoreny Tatstun gespürt und war zu ihr hinübergewechselt. Dabei hatte er nicht ahnen können, daß er sie aufwecken würde.

Saedelaere hoffte, daß er gegen den Anblick des Cappin-Fragments immun war, sonst war er von Wahnsinn und Tod bedroht. Icho Tolot würde es bestimmt aushalten.

»Hör mir zu, Ribald!« Gevorenys Stimme klang eindringlich. »Dein Vater war ein guter Mensch. Auch ich habe mich nie an verbrecherischen Aktionen beteiligt. Die Embryo-Blockade, die den Anfang des Offensivprogramms der Antis und Aras bildete, hat dich zum Verbrecher gemacht. Aber in Wirklichkeit bist du unschuldig. Du mußt nur zu verstehen versuchen und dich diesen Männern unterordnen.«

Corello bewegte den Kopf. Das Tuch über seinem Gesicht machte ihn noch unheimlicher.

»Saedelaere!«

Der Transmittergeschädigte hörte die Stimme des Mutanten.

»Ja?«

Corello streckte ein Ärmchen aus.

»Saedelaere?«

Es klang flehend. Saedelaere zögerte jedoch, die Hand zu ergreifen, die sich hilfesuchend in seine Richtung ausstreckte. Zu lange hatte er dieses Wesen gehaßt. Zu frisch waren noch die Erinnerungen an die zahllosen Untaten Ribald Corellos. Vor allem konnte er nicht vergessen, daß der Mutant ihn noch vor ein paar Minuten umbringen wollte.

Die Hand des Mutanten sank nach unten.

»Saedelaere!« Die Stimme klang enttäuscht. »Ist es zu spät?«

»Was bedeutet das?« fragte Tolot dazwischen. »Soll das ein Trick sein?«

»Ist es zu spät, Saedelaere?« fragte der Mutant drängend.

Der hagere Mann wandte sich ab. Er konnte Corello nicht mehr ansehen.

»Diese Frage kann ich Ihnen nicht beantworten, Ribald Corello. Das kann niemand. Die Zeit wird auf alles eine Antwort geben.«

»Töte mich, Mutter!« bat Corello.

Gevoreny Tatstun beugte sich über ihn und drückte ihn an sich. Sie sagte nichts. Sekundenlang bildeten die beiden eine Einheit. Das bewahrte Corello vor dem endgültigen Wahnsinn.

»Ich wünschte, ich hätte dir mehr helfen können, mein Sohn«, sagte sie bedrückt.

Sie richtete sich auf. Vor den entsetzten Augen Saedelaeres und Tolots zerfiel sie zu grauem Staub. Dieser Prozeß dauerte nur ein paar Sekunden. Es gab ein klatschendes Geräusch, als das Cappin-Fragment in Saedelaeres Gesicht zurückkehrte und sich festsaugte. Es hatte den Tod des Anti-Mädchens geahnt und gehandelt.

Saedelaere stand wie erstarrt da. Alle Hoffnungen, die er sich gemacht hatte, waren mit einem Schlag vernichtet. Er trug wieder den gefährlichen Fremdkörper im Gesicht.

War es da nicht besser, zu sterben?

Tolots Stimme klang auf: »Setzen Sie Ihre Maske auf. Da hinten kommen Atlan, Ras und Gucky. Wollen Sie Ihre Freunde gefährden?«

»Nein«, sagte Saedelaere.

Mechanisch drückte er die Maske ins Gesicht. Er kam sich wie betäubt vor. Ohne daß er es bemerkte, scharrten seine Füße im Staub von Gevoreny Tatstuns Körper.

»Soll ich Ihnen etwas sagen?« erkundigte sich Tolot in seiner burschikosen Art. »Mit diesem Plastikding im Gesicht gefallen Sie mir wesentlich besser.«

34.

Die Torbogensäulen des Transmitters an Bord der INTERSOLAR flammten auf. Innerhalb des Transmitters begann es zu wallen.

Perry Rhodan, der mit allen Wissenschaftlern des Flaggschiffs in die Transmitterhalle gekommen war, erhob sich von seinem Platz und trat auf die Plattform zu.

Er wartete gespannt. Gucky hatte Fellmer Lloyd in einem telepathischen Bericht in aller Kürze mitgeteilt, was sich auf Gevonia ereignet hatte. Obwohl er immer gehofft hatte, daß es ihnen gelingen würde, Kontakt zu Corello aufzunehmen, empfand Perry es als Sensation, daß die Einsatzgruppe den Mutanten mit an Bord des Schiffes brachte.

Atlan und seine Begleiter traten nacheinander aus dem Transmitter. Icho Tolot hatte den stöhnenden Mutanten auf den Armen.

Perry lief auf den Arkoniden zu und betrachtete ihn besorgt.

»Du bist verletzt?«

Atlan winkte ab.

»Nur Kleinigkeiten. Jeder von uns hat etwas abbekommen. Die Hauptsache ist, daß wir Corello haben.«

Rhodan warf einen Blick auf das stöhnende Bündel in den Armen des Haluters.

»Ist er noch gefährlich?«

»In diesem Zustand bestimmt nicht«, meinte Atlan. »Ich glaube, daß seine Laufbahn als Eroberer vorbei ist. Wenn er jemals den erlittenen Schock überwinden kann, wird er mit uns zusammenarbeiten.«

Rhodan winkte ein paar Männer heran.

»Bringt ihn in die Krankenstation!« befahl er. »Es sollen ständig fünf bewaffnete Männer bei ihm bleiben. Sobald er den Versuch macht, jemanden an Bord anzugreifen, muß er erschossen werden.«

»Diese Vorsichtsmaßnahme ist berechtigt«, stimmte Atlan zu. »Damit vermeiden wir, daß Corello während eines Anfalls das Schiff übernimmt oder es sogar zerstört.«

Rhodan sah den Männern nach, die Corello wegtrugen. Er wußte, daß er ein gefährliches Wesen an Bord aufgenommen hatte. Aber es war unumgänglich, dieses Risiko einzugehen. Es gab keine andere Möglichkeit, Corello nach Last Hope zu bringen, wo der Dakkar-Tastresonator auf seine Fertigstellung wartete.

Rhodan wandte sich den Männern des Einsatzkommandos zu.

»Ich habe von Ihrem Pech gehört«, sagte er zu Saedelaere. »Verzweifeln Sie nicht. Das Ereignis auf Gevonia beweist Ihnen, daß Sie eines Tages endgültig von dieser Kreatur befreit werden können.«

Saedelaere nickte müde.

»Gewiß, Sir. Ich glaube auch, daß ich mich schon fast an meinen Begleiter gewöhnt habe.«

Er legte sich auf eine Tragbahre und wurde in die Krankenstation geflogen.

»Nun zu dir, mein arkonidischer Freund«, wandte sich Rhodan an Atlan. »Es gibt da eine Münze, die ich mir sehr gern noch einmal genau ansehen würde.«

Atlan sah ihn betroffen an. Seine Hände fuhren in die Taschen, und er begann darin herumzuwühlen.

»Ich muß sie auf Gevonia verloren haben. Tut mir leid, Perry.«

Später, als sie in der Zentrale standen und die Bildschirme beobachteten, auf denen die gelbe Sonne Targo allmählich kleiner wurde, sagte Atlan: »Eines Tages werde ich noch einmal hierherkommen und versuchen, das Rätsel der Stadt Tapura zu lösen. Außerdem gibt es auf dieser Welt ein Mädchen, das sich Kytoma nennt. Sie ist es wert, daß man sich um ihre Geschichte kümmert.«

»In den nächsten Wochen und Monaten werden wir kaum Zeit dazu haben«, erwiderte Rhodan. »Es gibt dringlichere Probleme. Vor wenigen Augenblicken ist ein Funkspruch eingegangen. Reginald Bull wartet an Bord der NOME TSCHATO vor der Lasztman-Ballung. Er bringt wichtige Nachrichten über den Todessatelliten.«

»Das alles hatte ich fast vergessen«, gab der Arkonide zu. Er wandte sich vom Panoramaschirm ab und ließ sich in einem Sessel nieder. Er schloß die Augen und entspannte sich.

Etwas fiel ihm in den Schoß. Er blickte auf und sah ein Geschenkpäckchen, das Rhodan ihm zugeworfen hatte.

Rhodan lächelte.

»Es ist zwar schon ein paar Tage über die Zeit, aber ich möchte dir trotzdem fröhliche Weihnachten wünschen. Und viel Glück im Neuen Jahr.«

Atlan riß das Päckchen auf.

»Immer noch mit den alten Traditionen verbunden, Perry?« Seine Stimme war ohne jeden Spott.

»Altes und Neues läßt sich immer verbinden«, erwiderte Rhodan. »Ich bin sicher, daß die Menschen auch in kommenden Jahrhunderten noch diese Feste feiern werden.«

Sofern es dann noch Menschen gibt, dachte Atlan.

Er öffnete das Päckchen, nahm das Geschenk heraus und war zufrieden.

ENDE

Todes- oder Sonnensatellit

(Pedopeilstation der Cappins)